›Also sprach Zarathustra‹ ist Friedrich Nietzsches berühmtestes, vielleicht aber auch sein schwierigstes Werk, denn in ihm begegnet man einem dichtenden Philosophen wie einem philosophischen Dichter gleichermaßen, der sich jeglicher Systematik zu verschließen scheint. Hinzu kommt die Problematik einer außergewöhnlichen Textgeschichte, die auch mit Fälschung und ideologischer Vereinnahmung zu tun hat. Wer aber den Schlagwörtern vom »Übermenschen« oder vom »Willen zur Macht« mißtraut und Nietzsches vielzitiertes Werk im Original lesen möchte oder gar muß – der findet hier einen hilfreichen Wegbegleiter. Dieses Buch ist ein Angebot, sich mit zwei erfahrenen Lesern auf den nicht ganz unbeschwerlichen Weg zu machen, Schritt für Schritt mit der diesem radikalen Philosophen eigenen Sprache vertraut zu werden, um am Ende gerüstet zu sein, den ganzen Text selbst mit Vergnügen und Gewinn anzupacken.

Nietzsche für Anfänger
Also sprach Zarathustra

Eine Lese-Einführung
von Rüdiger Schmidt und Cord Spreckelsen

dtv

Ausführliche Informationen über
unsere Autoren und Bücher
www.dtv.de

Für Sabine und Silvia

Originalausgabe 1995
11. Auflage 2018
dtv Verlagsgesellschaft mbH & Co. KG, München

Umschlagkonzept: Balk & Brumshagen
Umschlagbild: Ralph Bittner
Satz: Design Typo Print GmbH
Druck und Bindung: Druckerei C.H.Beck, Nördlingen
Gedruckt auf säurefreiem, chlorfrei gebleichtem Papier
Printed in Germany · ISBN 978-3-423-30124-4

Inhaltsverzeichnis

Vorbemerkung

> Innerhalb meiner Schriften steht für sich mein *Zarathustra*. Ich habe mit ihm der Menschheit das grösste Geschenk gemacht, das ihr bisher gemacht worden ist. Dies Buch, mit einer Stimme über Jahrtausende hinweg, ist nicht nur das höchste Buch, das es giebt, das eigentliche Höhenluft-Buch – die ganze Thatsache Mensch liegt in ungeheurer Ferne *unter* ihm –, es ist auch das *tiefste*, das aus dem innersten Reichthum der Wahrheit heraus geborene, ein unerschöpflicher Brunnen, in den kein Eimer hinabsteigt, ohne mit Gold und Güte gefüllt heraufzukommen. (KSA 6, 259)

Also sprach Zarathustra »steht für sich«. Es wurde zu Nietzsches berühmtestem Buch; es wurde als Versuch einer neuen heiligen Schrift verstanden, verehrt und verrissen. Nietzsches *Zarathustra* ist noch mehr als seine übrigen Bücher irritierend: das Buch ist keine philosophische Abhandlung im üblichen Sinne, es ist auch keine Dichtung, vor allem aber fällt es formal aus dem Rahmen der anderen Schriften Nietzsches. Nirgendwo sonst gestaltet er eine zentrale Figur, nirgendwo sonst finden sich derart viele stilistische Anklänge an religiöse Bücher. Das Buch entzieht sich in mehrfacher Hinsicht einer Einordnung.

Und Nietzsche selbst? Auch er widersetzt sich Vereinnahmungen. Die zitierte Äußerung zum Zarathustra findet sich im *Ecce homo*, seiner letzten für den Druck vorbereiteten Schrift, einer vorbeugenden Selbstdarstellung. »Ich habe eine erschreckliche Angst davor, dass man mich eines Tages *heilig* spricht: man wird errathen, weshalb ich dies Buch vorher herausgebe, es soll verhüten, dass man Unfug mit mir treibt…« (KSA 6, 365). Auch *Ecce homo* erzeugt Irritationen, hier jedoch bezogen auf Nietzsche selbst:

»Warum ich so weise bin«, »Warum ich so klug bin«, »Warum ich so gute Bücher schreibe«, »Warum ich ein Schicksal bin«, lauten Abschnittsüberschriften.

Diese letzte autobiographische Schrift dokumentiert Extreme und Brüche. Und dennoch, so sehr die Instabilitäten des *Ecce homo* auch auf den Turiner Zusammenbruch Nietzsches hindeuten mögen, der das katastrophale Abreißen seiner Denkarbeit markiert: Dieser Selbstkommentar spiegelt die Lebendigkeit seiner Gedanken, formuliert radikale Selbsteinschätzungen genauso wie radikale Selbstzweifel und deutet gerade darin an, warum es sich lohnt, Nietzsche zu lesen.

> Ich will kein Heiliger sein, lieber noch ein Hanswurst … Vielleicht bin ich ein Hanswurst … Und trotzdem oder vielmehr nicht trotzdem – denn es gab nichts verlogeneres bisher als Heilige – redet aus mir die Wahrheit.(ebd.)

Ein Fall für Leser

Nietzsche – ein gläserner Mensch

Über kaum einen philosophischen Autor wissen wir so viel wie über Friedrich Nietzsche, sein Arbeiten, seine Träume und Wünsche. Über fast jeden Tag können wir berichten, jede Reise rekonstruieren und nebenbei noch lernen, daß man in den achtziger Jahren des 19. Jahrhunderts mit dem Zug schneller von Florenz nach Genua kam als heute.

Eine Voraussetzung lieferte Nietzsche selbst, da er seine Notizbücher und Zettel aufhob und an den jeweiligen Aufenthaltsorten deponierte, um später wieder auf sie zurückgreifen zu können, und dann ein Notizbuch von hinten nach vorne beschrieb, bis er auf die beschriebenen Seiten der ersten Benutzung stieß. Eine weitere Voraussetzung schuf schon früh seine Schwester Elisabeth, die 1846 – zwei Jahre nach ihrem Bruder – geboren wurde und die jede Notiz ihres Bruders aufhob; auch dann, wenn Nietzsche ausdrücklich das Verbrennen eines Kartons alter Aufzeichnungen wünschte. Nach dem Zusammenbruch ihres Bruders (1889) systematisierte sie den gesammelten Nachlaß, gründete 1894 in Naumburg das Nietzsche-Archiv und organisierte die systematische Suche nach weiteren schriftlichen Zeugnissen, vor allem den Briefen des Philosophen.

Von Anfang an aber macht das Interesse an der Person Nietzsche einen bedeutenden Anteil der Literatur über ihn aus. Früh setzt eine biographische Forschung ein, die bis heute nicht abgeschlossen und noch immer auf der Jagd nach neuen Details ist. Schon 1894 veröffentlichte Lou Andreas-Salomé ›Friedrich Nietzsche in seinen Werken‹. Dort findet man die vielleicht schönste Beschreibung des Menschen Nietzsche, liest etwas über die Art seines Sprechens, über seine Bewegungen, seine Hände. Erinnerungen der Schwester und seiner Freunde folgten. Ab 1894 wird dann die erste große Edition der Schriften und des Nachlasses herausgegeben – und damit beginnt eine neue, bis heute nicht abgeschlossene Geschichte.

»Als käme er aus einem Lande wo sonst Niemand wohnt«
(Erwin Rhode)

Stationen

Wäre die Historie nicht immer noch eine verkappte christliche Theodicee, wäre sie mit mehr Gerechtigkeit und Inbrunst des Mitgefühls geschrieben, so würde sie wahrhaftig am wenigsten gerade als Das Dienste leisten können, als was sie jetzt dient: als Opiat gegen alles Umwälzende und Erneuernde. Aehnlich steht es mit der Philosophie: aus welcher ja die Meisten nichts Anderes lernen wollen, als die Dinge ungefähr – sehr ungefähr! – verstehen, um sich dann in sie zu schicken. Und selbst von ihren edelsten Vertretern wird ihre stillende und tröstende Macht so stark hervorgehoben, dass die Ruhesüchtigen und Trägen meinen müssen, sie suchten dasselbe, was die Philosophie sucht. Mir scheint dagegen die wichtigste Frage aller Philosophie zu sein, wie weit die Dinge eine unabänderliche Artung und Gestalt haben: um dann, wenn diese Frage beantwortet ist, mit der rücksichtslosesten Tapferkeit auf die *Verbesserung der als veränderlich erkannten Seite der Welt* loszugehen. (KSA 1, 445)

Dies schreibt 1876 der Professor der Altphilologie Friedrich Nietzsche, einunddreißig Jahre alt – und doch schon seit dreieinhalb Jahren Lehrstuhlinhaber in Basel. Verändern wollte er das verkrustete Deutschland, das nach dem militärischen Sieg über Frankreich meinte, auch kulturell gesiegt zu haben. Gerade aber das Kulturleben als, wie Nietzsche meinte, reine Unterhaltung, spiegelte eine gleichgültige Gesellschaft wider – gleichgültig den Werten gegenüber, die das antike Griechenland prägten. Dieses war dem Professor der alten Sprachen allerdings ein Griechenland, das nicht das schöne, einfältige der deutschen Klassik war.

An einem neuen Griechenbild arbeitete schon der Student Nietzsche in Leipzig. Leitfaden ist ihm die Philosophie Schopenhauers und das Gesamtwerk Wagners. Nietzsche entdeckt den griechischen Pessimismus: gerade weil die Griechen von den Abgründen des Lebens wußten, schufen sie ihre große Kunst. Die Abgründe repräsentiert Dionysos, die Kunst Apollo. Nur »als *ästhetisches Phänomen*«, heißt es im ersten Buch Nietzsches, »ist das Dasein und die Welt ewig *gerechtfertigt*« (KSA 1, 47). Dieses Buch, die 1872 veröffentlichte *Geburt der Tragödie aus dem Geiste der Musik*, brachte Nietzsche gleich um seinen wissenschaftlichen Ruf; zu revolutionär waren seine Thesen über die dunklen Seiten Griechenlands, zu deutlich die Absicht, ein geschichtsphilosophisches Fundament für die Bayreuther Pläne Richard Wagners zu errichten. Als dann auch noch Wagner selber in den Streit um Nietzsches Buch eingreift und in der *Norddeutschen Allgemeinen* eine Verteidigung veröffentlicht, ist es endgültig mit der Seriosität Nietzsches vorbei. »In einem speziellen Fall weiß ich sogar,« schreibt Nietzsche an seinen Freund Erwin Rhode, »daß ein Student [...] in Bonn zurückgehalten ist und beglückt an Verwandte geschrieben hat, er danke

Gott nicht an einer Universität zu sein, wo *ich* Lehrer sei« (KSA 15, 44). Die Studenten bleiben dann auch im Wintersemester gänzlich weg: »Hier ist das nächste, mich etwas bedrückende Faktum, daß an unserer Universität die Philologen ausgeblieben sind, [...] ein ganz einziges Phänomen. [...] Mit äußerster Noth habe ich ein Colleg [...] zu Stande gebracht, mit 2 Zuhörern, d.h. einem Germanisten und einem Juristen [...] Daß die kleine Universität nun gar noch durch mich leiden soll, ist recht schwer zu ertragen« (ebd.). Die Universität Basel hat Nietzsche gegenüber nie ein kritisches Wort geäußert.

Am 9. Juni 1872 schreibt Cosima Wagner in ihr Tagebuch:

> Brief [*nicht überliefert*] von Professor Nietzsche, der das Pamphlet des H. von Wilamowitz gegen ihn schickt. Betrachtungen, die sich an diese neue Gemeinheit knüpfen; Richard erkennt den jetzigen Zustand der Welt als einen trostlosen; die Professoren, die wieder Spezial-Professoren bilden, keine humane Bildung, die sich verbreitet, der Jurist z.B. denkt nicht daran, Philologie und Philosophie zu studieren, alles nur Spezialitäten. (KSA 15, 40)

Um eine Einheit von Leben, Arbeiten und Kultur ging es Nietzsche, um das Bayreuther Projekt, also die Errichtung eines großen Festspielhauses ausschließlich für die Aufführungen der Opern Richard Wagners, die Schaffung eines – fast – mystischen Ortes, von dem aus dann die Gesellschaft sich erneuern sollte. Die Begeisterung vieler junger Menschen für dieses Projekt ist zu vergleichen mit der Begeisterung einer ganzen Generation für Woodstock.

Als Nietzsche dann zur Eröffnung der ersten Festspiele 1876 nach Bayreuth kommt, hat Wagner dessen Schrift *Richard Wagner in Bayreuth* nicht gelesen, und überhaupt hat er keine Zeit für »seinen« Professor. Und der fand in Bayreuth keine Kulturrevolutionäre, sondern Geld- und echten Adel. Nietzsche verläßt Bayreuth noch während der Proben und flüchtet nach Klingenbrunn, wo ihn am 8. August 1876 ein Brief seiner Schwester Elisabeth erreicht: »Wagner begrüßte mich in einer Zwischenpause und (sagte) ›Du möchtest nur kommen seine Kompositionen hätten Dir immer gefallen!‹ er war so drollig« (KSA 15, 69).

Nun, drollig ist schon, so zu sprechen. Jemandem gegenüber, dem das Bayreuther Projekt einmal Weltanschauung war und der noch für die ersten Festspiele einen programmatischen Aufsatz schrieb; zusammengesetzt aus Zitaten – so wissen wir seit den Arbeiten Mazzino Montinaris – der frühen, kulturrevolutionären Schriften Wagners. Ein Spiegel gleichsam: so hast Du früher gedacht.

Im Sommer 1876 erschien jedoch die hohe Gesellschaft. Es war keine Rede mehr davon, das Festspielhaus dem »Volk« zu öffnen und den ›Ring des Nibelungen‹, Wagners Gesamtkunstwerk, als Fanal zur Veränderung der Gesellschaft zu verstehen, um dann das Festspielhaus wieder abzureißen.

Nietzsches Flucht, so wissen wir heute, kam nicht unerwartet. In seinen Notizbüchern finden sich schon früh kritische Töne gegen den Dogmatismus Schopenhauers und Wagners. 1874 schreibt Nietzsche einen kleinen Aufsatz mit dem Titel *Über Wahrheit und Lüge im außermoralischen Sinne*. »Außermoralisch« meint hier nicht wertend. Eine historische Analyse der moralischen Begriffe.

Noch aber riskiert Nietzsche nicht, seine kritischen Gedanken zu veröffentlichen. *Über Wahrheit und Lüge im außermoralischen Sinne* bleibt eine Geheimschrift. In ihr finden sich bereits Elemente seiner späteren kritischen Philosophie. Die in dieser Zeit von ihm publizierten *Unzeitgemäßen Betrachtungen*,

Schopenhauer als Erzieher und *Wagner in Bayreuth* sind Abschiedsschriften.

Nietzsche geht es in der zweiten Hälfte der siebziger Jahre zunehmend schlechter. Kopfschmerzen und ein ständiges Augenleiden lassen ihn schon 1877 um eine Beurlaubung bitten. Er verbringt den Winter 1877/78 in Sorrent bei Neapel zusammen mit seiner mütterlichen Freundin Malwida von Meysenbug, seinem ehemaligen Studenten Alfred Brenner und mit Paul Rée, dem Verfasser des ›Urspungs der moralischen Empfindung‹. In Rée findet Nietzsche jemanden, mit dem zusammen er philosophieren und arbeiten kann.

1878 erscheint dann *Menschliches, Allzumenschliches. Ein Buch für freie Geister. Dem Andenken Voltaire's geweiht*. Nietzsches Bayreuther Freunde waren entsetzt: Ein Buch Voltaire gewidmet, einem Franzosen und Aufklärer? Nietzsche schreibt *über Menschliches, Allzumenschliches*: »Es heisst sich ein Buch für freie Geister: fast jeder Satz davon drückt einen Sieg aus – ich habe mich mit demselben vom Unzugehörigen in meiner Natur freigemacht.« Das Unzugehörige, das ist Nietzsche nun jeglicher Dogmatismus, jeglicher Glaube – und sei es an ein philosophisches System. Die deutsche Aufklärung, die man im 18. Jahrhundert vergeblich sucht, gilt es noch zu entdecken. Man findet sie in Nietzsches Schriften.

In einem Brief an Marie von Schleinitz schreibt Cosima Wagner:

> Das Buch von Nietzsche habe ich nicht gelesen. Das Durchblättern und einige prägnante Sätze daraus genügten mir und ich legte es ad acta. Bei dem Autor hat sich ein Prozeß vollzogen, welchen ich schon längst habe kommen sehen, gegen welchen ich nach meinen geringen Kräften gekämpft habe. Vieles hat mitgewirkt zu dem traurigen Buche! Schließlich kam noch Israel hinzu in Gestalt eines Dr. Rée, sehr glatt, sehr kühl,

> gleichsam durchaus eingenommen und unterjocht durch Nietzsche, in Wahrheit aber ihn überlistend, im Kleinen das Verhältnis von Judäa und Germania ... Malwida leugnet durchaus den bösen Einfluß von Dr. Rée, welchen sie sehr gern hat ... Auch bittet sie mich, Nietzsche nicht aufzugeben, aber ich habe für jeden Satz, den ich gelesen, einen Kommentar, und ich weiß, daß hier das Böse gesiegt hat. (KSA 15, 83f.)

Das Böse, die Aufklärung, das Judentum. Hier entsteht der intellektuelle Antisemitismus: Die Juden sezieren Werte, Begriffe, ja, zerstören das Ganze, die Ganzheit. Dies muß auch heute hellhörig machen, wenn neue Ganzheitlichkeitsapostel vor dem Kopf warnen und von der Intuition des Bauches sprechen und den Sinnen mehr vertrauen als der Vernunft.

In *Menschliches, Allzumenschliches* und den beiden sich anschließenden Büchern, der *Morgenröthe* und der *Fröhlichen Wissenschaft* (erschienen zwischen 1878 und 1882), macht Nietzsche sich, so der Untertitel der *Morgenröthe*, ›Gedanken über die moralischen Vorurtheile‹. Gegen die dogmatischen Systeme gewandt, bevorzugt Nietzsche jetzt die aphoristische Form. Nietzsche schreibt als freier Geist für Freigeister. Seine Kopfschmerzen, sein fast ständiges Kranksein lassen die Ausübung seines Berufes nicht mehr zu. 1879 bittet Nietzsche um Entlassung aus dem Universitätsdienst. Ein freier Geist, aber auch ein einsamer Wanderer zwischen den geistigen und wirklichen Welten, zwischen der Schweiz, Frankreich und Italien. Auf der Suche. In der *Fröhlichen Wissenschaft* schreibt er: »Auch die moralische Erde ist rund! Auch die moralische Erde hat ihre Antipoden! Auch die Antipoden haben ihr Recht des Daseins! Es giebt noch eine andere Welt zu entdecken – und mehr als eine! Auf die Schiffe, ihr Philosophen!« (KSA 3, 125)

Am Ende von Nietzsches – wie er sagt – »Freigeisterei«, dieser späten deutschen Aufklärung, steht die erschütternde Erfahrung vom Tode Gottes und die Frage nach dem Weiter. Wir stürzen fortwährend, es gibt kein Zentrum, keine verbindlichen und verbindenden Werte mehr. Wir sind allein. Allein, das war auch Nietzsche. Schon mit seinen Büchern für »freie Geister«, *Menschliches, Allzumenschliches*, der *Morgenröthe* mit dem bezeichnenden Untertitel ›Gedanken über die moralischen Vorurtheile‹ und der *Fröhlichen Wissenschaft* verlor Nietzsche fast alle Freunde, nicht nur diejenigen des Bayreuther Kreises. Neben Paul Rée hatte er vor allem in Lou Salomé noch einmal eine gleichberechtigte Gesprächspartnerin gewonnen, in die er sich verliebte. Müßig, heute darüber zu spekulieren, ob Nietzsches Schwester die Freundschaft zerstörte, oder ob es Nietzsche selber war oder Lou. Entscheidend bleibt, daß Nietzsche Lou und Lou Nietzsche verstanden hat, wie Mazzino Montinari schreibt und dann fordert: »geben wir diesen zwei Menschen ihre Autonomie zurück«. Sie liegt in den Gedanken, den Schriften, den Versuchen und dem Scheitern. Nach dem Scheitern der Freundschaft mit Lou Salomé und Paul Rée bleibt Nietzsche allein.

Scheitert *Zarathustra*? Er verwandelt sich fortwährend und verwandelte sich schon in den Vorstudien Nietzsches. Zur Zeit der Freundschaft mit Lou Salomé finden wir in den Notizbüchern Nietzsches einen weicheren Zarathustra; seine Härte, das was uns heute abschrecken kann und sollte, entsteht erst nach dem Bruch mit Lou. Und nur in diesem Zusammenhang kann nach dem biographischen Hintergrund gefragt werden.

Diese Notizbücher, der Nachlaß Nietzsches, sollten immer mitgelesen werden. Im Kommentarband der Kritischen Studienausgabe[1] gibt Mazzino Montinari die Verweise auf die Vorstufen des Zarathustra. Erst seit der Herausgabe der Historisch-Kritischen Gesamtausgabe[2] können wir wirklich dem Denken Nietzsches folgen, vorher blieb alles im Dickicht der Arbeiten des Weimarer-Nietzsche-Archivs hängen.

Texte und Fälschungen

Zügig wurden vom Weimarer-Nietzsche-Archiv – 1896 siedelte Elisabeth Förster-Nietzsche von Naumburg nach Weimar um und bezog die »Villa Silberblick« in der Humboldtstraße – die Texte des inzwischen berühmt gewordenen Philosophen verlegt. Weiterhin wurden auch Briefe Nietzsches der Öffentlichkeit vorgestellt. Und hier beginnt die Geschichte der Fälschungen: um sich nicht nur als Herausgeberin, sondern auch als Interpretin ihres Bruders zu legitimieren, adressierte Elisabeth Briefe um. Wenn Nietzsche zum Beispiel an einen Freund schreibt, »Du verstehst mich am besten«, so entfernte Elisabeth die Anrede z.B. durch das Verbrennen eines Teils des Briefes. Vielleicht mußte eine Frau am Ende des letzten Jahrhunderts fälschen, um ein bedeutendes Archiv aufzubauen, editorische Arbeiten zu leiten und Wissenschaftsmanagerin zu werden – die erste Deutschlands.

Ernster zu nehmen sind allerdings ihre inhaltlichen Eingriffe in die nachgelassenen Texte. Nietzsche-

[1] Friedrich Nietzsche, Sämtliche Werke. Kritische Studienausgabe in 15 Einzelbänden, hrsg. v. Giorgio Colli und Mazzino Montinari, Berlin, New York 1988, Bd. 14, S. 279–344 [Zuerst: München, Berlin/New York 1980]. Im folgenden zitiert als: KSA.

[2] Friedrich Nietzsche, Werke. Kritische Gesamtausgabe, begr. v. Giorgio Colli und Mazzino Montinari, weitergeführt von Wolfgang Müller-Lauter und Karl Pestalozzi, Berlin/New York 1967 ff.

Schüler Heinrich Köselitz, der über sein Pseudonym Peter Gast bekannt wurde, berichtet schon 1910 (in einem Brief) vom »Wahrheitssinn« Elisabeths:

> ... zu dem Capitel ›Der Wahrheitssinn der Frau Förster‹ muß ich Ihnen eines der Beispiele erzählen, die mir gerade vorschweben und mich lächeln machen. Lächeln – denn was sollte man als einstiger Archivmensch nicht alles mitvertreten, das man als anständiger Mensch eben nie vertreten kann. Als wir 1904 an dem II. Band der Biographie druckten, kam auch der Brief N[ietzsche]'s hinein, in welchem unser damals 29jähriger Kaiser für missfällige Äusserungen über Antisemiten und Kreuzzeitung belobt wird. Nun ist Ihnen bekannt, wie heftig Frau Förster danach brennt, den Kaiser für Nietzsche zu interessieren und ihn womöglich zu einer anerkennenden Äusserung über N.'s Tendenz zu bringen. Was thut sie zu diesem Zweck? (Bitte nehmen Sie Bd. II der Biogr. zur Hand.) Sie schiebt einen Satz ein, der in dem betreffenden Brief N.'s von Ende (nicht Anfang) Oktober 1888 gar nicht steht: – sie schreibt auf S. 890, Z. 9 v.u. den Satz hin ›*Der Wille zur Macht als Princip wäre ihm* (dem Kaiser) *schon verständlich!*‹ Sie erinnern sich, woher dieser Satz stammt: aus der Vorwort-Skizze zum *Willen zur Macht*, welche in Bd. XIV, S. 420 abgedruckt ist. Die Niederschrift dieser Skizze (auf dem inneren Wachstuch-Umschlag des Heftes W IX [= W II 1] stehend) gehört zu den schwierigsten Aufgaben der Nietzsche-Entzifferung. Vor mir hatten sich schon die Horneffers daran versucht; ihr Entzifferungstext wies aber mehr Lacunen als Worte auf. Nur gerade diesen Satz hatten sie vollständig hingeschrieben. Solche Vorarbeit wird dem, der sich als Zweiter darüberher macht, oft mehr zum Hemm-, als zum Förderniss. Genug: mir, als dem Zu-Ende-Entzifferer des Stücks, entging damals, dass die Horneffer'sche Entzifferung ›*Der Wille zur Macht als Princip wäre ihnen* (den Deutschen) *schon verständlich*‹ im Zusammenhang der Vorwort-Skizze keinesfalls richtig sein kann. Und wie ich im April

vorigen Jahres das Heft W IX wieder in die Hand bekomme, bestätigt sich mein Verdacht, dass es ja fraglos ›*schwer verständlich*‹ statt ›*schon verständlich*‹ heissen müsse! – Ist der Witz nun nicht sehr gut, dass wenn Frau Förster exact sein wollte, sie jetzt drucken lassen müsste ›*der Wille zur Macht als Princip wäre ihm* (dem Kaiser) *schwer verständlich*‹?! (KSA 14, 743)

Dieses Dokument veröffentlichte Mazzino Montinari in seinem Kommentarband (KSA 14) und weist darauf hin, daß schon der erwähnte Brief Nietzsches »eine große Fälschung« sei.

Für den *Ecce homo* formulierte Nietzsche noch: »ich würde dem jungen deutschen Kaiser nicht die Ehre zugestehen, mein Kutscher zu sein« (KSA 6, 268).

In dem vom Nietzsche-Archiv herausgegebenen *Ecce homo* fehlt dann konsequent nicht nur dieser Satz, sondern der gesamte Abschnitt 3 des ersten Kapitels. Noch die Edition von Karl Schlechta (s. nächste Seite) veröffentlicht den gefälschten *Ecce homo*. Nietzsche verkündet in diesem Abschnitt öffentlich einen Bruch mit Schwester und Mutter, gegen den die spätere »autorisierte« Herausgeberin sich schwerlich hätte legitimieren können:

> Die Behandlung, die ich von seiten meiner Mutter und Schwester erfahre, bis auf diesen Augenblick, flösst mir ein unsägliches Grauen ein: hier arbeitet eine vollkommene Höllenmaschine, mit unfehlbarer Sicherheit über den Augenblick, wo man mich blutig verwunden kann – (ebd.).

Die folgenreichste Arbeit des Archivs war die Herausgabe des ›Willen zur Macht‹. Aus dem reichhaltigen Nachlaßmaterial – und unter inkonsequenter Verwendung einer der vielen fallengelassenen Gliederungen Nietzsches – kompilierten die Herausgeber Peter Gast, Ernst und August Horneffer 483 numerierte

Stücke. Dieser erste ›Willen zur Macht‹ erschien 1901 als Band 15 der *Großoktavausgabe* (Leipzig 1894ff.). 1906 gaben Elisabeth Förster-Nietzsche und Peter Gast einen ›Willen zur Macht‹ heraus (Bände 9 und 10 der *Taschen Ausgabe*), der plötzlich mehr als doppelt so viele Aphorismen enthielt; einige aus der ersten Ausgabe fehlten, andere wiederum wurden verändert. Diese Kompilation wird zur Grundlage eines dritten ›Willen zur Macht‹, der einige »unwesentliche Änderungen und Ergänzungen« vornimmt. 1911 erscheint so – wieder unter einem anderen Herausgeber, Otto Weiss, – die noch heute bekannte Version mit nunmehr 1067 Aphorismen (anstelle des ersten ›Willen zur Macht‹ in die *Großoktavausgabe* aufgenommen). Welche dieser Fassungen sollte nun als das »Hauptprosawerk« Nietzsches gelten?

Wessen Texte lesen wir?

Schon die erste in Angriff genommene *Historisch-Kritische-Gesamtausgabe*, die ab 1934 vom Weimarer Archiv herausgegeben wurde, mußte im Vorwort darauf hinweisen, daß der »Wille zur Macht« nicht in die Edition mit aufgenommen werden könne – weil es ihn als Werk Nietzsches nicht gebe.

In den fünfziger Jahren entbrannte im Anschluß an die Edition von Karl Schlechta[3] noch einmal ein absurder Gelehrtenstreit um den sogenannten »Willen zur Macht«. Karl Schlechta hatte den »Text« unter dem korrekten Titel ›Aus dem Nachlaß der achtziger Jahre‹ herausgegeben. Dies ging dann all denjenigen zu weit, die sich einen deutschen Philosophen ohne

[3] Karl Schlechta (Hrsg.), Friedrich Nietzsche, Werke in drei Bänden, München bzw. Darmstadt o.J. [1954ff.].

systematisches Hauptwerk nicht vorstellen konnten.

Aber erst der italienische Nietzsche-Herausgeber Mazzino Montinari konnte den gesamten Nachlaß der achtziger Jahre in zeitlicher Anordnung herausgeben, bereinigt von allen Fälschungen. Noch immer jedoch – auch und gerade seit der großen Ausgabe von Colli und Montinari – ist es nicht leicht, Nietzsche zu lesen: erschließen doch oft erst die Kommentarbände den Text und decken auf, daß wir häufig ganz andere Autoren unter dem Namen Nietzsche lesen.

So übersetzt sich z.B. Nietzsche in der Bibliothek von Nizza eine Passage aus dem Werk des französischen Physiologen Charles Féré. Nietzsche notiert sich: »Féré p.89« (KSA 13, 429). Diesen Zusatz ließen vor Colli und Montinari die Weimarer Herausgeber noch weg – und ein siebenseitiges Kapitel aus dem Buch ›Dégénérescence et criminalité‹ wird zu einem Text Nietzsches. Oder wir lesen Auszüge aus Lawrence Sternes ›Tristram Shandy‹ und bewundern die Intellektualität des fünfzehnjährigen Nietzsche: »Elisabeth Förster-Nietzsche (machte) aus den Tristram Shandy-Exzerpten authentische philosophische Reflexionen des jungen Nietzsche«[4].

»Sämtliche Werke Nietzsches« – schreibt Mazzino Montinari – »von *Menschliches, Allzumenschliches* an, also auch die *Morgenröthe*, entziehen sich einer Systematisierung.« Sie sind offen, sie suchen »die Befreiung des Geistes« (M M, 80). Die Befreiung vom Werk? Und der *Zarathustra*? Nach der positiven Auflehnung gegen die ästhetisierenden, dekadenten Bayreuther Tendenzen sucht Nietzsche nun nach einer Bejahung.

[4] Mazzino Montinari, Friedrich Nietzsche. Eine Einführung, Berlin, New York 1991, S. 16 [Zuerst: Che cosa ha ›veramente‹ detto Nietzsche, Roma, 1975]. Im folgenden zitert als: MM.

Am Ende seiner Freigeisterei steht die Erfahrung des Todes Gottes, die Verzweiflung des »tollen Menschen« über die allgemeine Gleichgültigkeit. Der »tolle Mensch« heißt in einer früheren Fassung »Zarathustra«. Im letzten Aphorismus der *Fröhlichen Wissenschaft* erscheint dann Zarathustra selbst. Für die Form des *Zarathustra* gibt es kein Vorbild, auch nicht die Bibel. Und es wäre müßig, nach einem zu suchen.

Zarathustra kann als der letzte Versuch gelten, die Krise der Moderne durch ein geschlossenes Werk zu bannen. Das macht den *Zarathustra* zugleich so anziehend und abstoßend, so beeindruckend in seiner Kraft der Auflehnung, so gefährlich durch die Radikalität seiner Superlative. Dabei geht es Nietzsche um die Möglichkeit des Lebens nach dem Tod aller Sicherheiten. Die ewige Wiederkehr des Gleichen ohne die Möglichkeit, die Grenzen dieser Welt zu überschreiten, das Aushalten dieses Gedankens als höchste Anforderung, ist Nietzsches Antwort.

Der vierte Teil des *Zarathustra* bleibt verborgen und wird auch 1887 nicht in die einbändige Ausgabe aufgenommen. Gibt es nach dem *Zarathustra*, den Nietzsche auch als »Vorhalle« zu seiner Philosophie bezeichnet, Nietzsches Philosophie? Den »Willen zur Macht«? Aber schon 1932 forderte Tucholsky: »Wir wollen nicht die Werke Lieschen Försters, sondern die Werke Friedrich Nietzsches lesen«. Doch es gibt nicht *den* Text. Schicht für Schicht finden wir einen anderen. Ein Laboratorium gefährlicher Experimente. Nietzsche ist ein besessener Leser, greift jeden Satz des 19. Jahrhunderts auf und denkt ihn radikal zu Ende. Darunter auch Sätze über Wert und Unwert des Lebens, die von den Nationalsozialisten mühelos abgeschrieben werden konnten. Hier brauchte niemand zu fälschen, alles war rezipierbar, ein offenes Buch aller Tendenzen, eine Collage? Ein Fall für Philologen und kritische Leser, herauszufinden, *wen* wir lesen:

Elisabeth statt Friedrich, Féré statt Nietzsche oder Baudelaire, Tolstoi, die Gebrüder Goncourts, Renan, Afrikan Spir, Maximilian Drossbach …

Nietzsches Werkstatt

»Zehn Tage genügten; ich habe in keinem Falle, weder beim ersten, noch beim dritten und letzten mehr gebraucht« (KSA 6, 341) schreibt Nietzsche über die Entstehung seines *Zarathustra*. Dieser Satz begründete den Mythos über den Schöpfungsprozeß des Zarathustra. Und Nietzsche hatte recht. Die Niederschrift der einzelnen Teile wird tatsächlich kaum mehr Zeit in Anspruch genommen haben. Freilich, wenn Nietzsche sich zu einem bestimmten Zeitpunkt entschloß, für den Druck zu schreiben, lag immer eine längere Periode des Lesens, des Schreibens, des Experimentierens mit Gedanken hinter ihm. Dies gilt für alle Werke, auch für den Zarathustra – auch wenn dieses Buch so gänzlich aus dem Rahmen der übrigen Schriften Nietzsches zu fallen scheint.

Die erste Erwähnung des Namens Zarathustra stammt aus dem August 1881. Unter dem Titel ›Mittag und Ewigkeit. Fingerzeige zu einem neuen Leben‹ (KSA 9, 519) ist bereits vom dreißigjährigen Zarathustra und dessen zehn Jahre währende Einsamkeit die Rede. Nietzsche plant hier schon vier Bücher und spricht – für das erste Buch – vom »Stile des ersten Satzes der neunten Symphonie« (ebd.). Ihm ist also die »musikalische« Gestaltung des späteren *Zarathustra* – »Man darf vielleicht den ganzen Zarathustra unter die Musik rechnen« (KSA 6, 335) – schon Programm.

Nietzsches Arbeitsweise bei der Vorbereitung des Zarathustra änderte sich nicht wesentlich. Dies zeigen die Vorarbeiten an vielen Passagen des Buches. Diese

Vorläufer sind Texte, die unterwegs zum Aphorismus sind. Sie sind Zwischenstationen eines Prozesses. Ausgehend vom Notieren seiner Einfälle und Stoffsammlungen gelangt Nietzsche zu einem rohen Text, dessen Umarbeitung, Verdichtung und Präzisierung dann zu der komprimierten, geistreichen und brilliant formulierten Ausdrucksform führt, die Nietzsche seit *Menschliches, Allzumenschliches* weiterentwickelt. Zum Formenrepertoire der Bücher neben dem *Zarathustra* gehören solche Aphorismen, die einige Absätze Text umfassen und selten länger als eine Buchseite sind, daneben aber auch Reime und freie Sentenzen.

Ein Textvergleich zeigt beispielsweise, daß Nietzsche auch in das erste Buch des *Zarathustra* eine komplett ausformulierte Sentenzensammlung einarbeitete, die er für Lou Andreas-Salomé zusammengestellt hatte. Der Text des *Zarathustra* zerfällt dort bei näherem Hinsehen in eine Sammlung thematisch zusammengehöriger Sentenzen. Ein Beispiel:

> Mancher wird auch für seine Wahrheiten und Siege zu alt; ein zahnloser Mund hat nicht mehr das Recht zu jeder Wahrheit.
>
> Und Jeder, der Ruhm haben will, muss sich beizeiten von der Ehre verabschieden und die schwere Kunst üben, zur rechten Zeit zu – gehn.
>
> Man muss aufhören, sich essen zu lassen, wenn man am besten schmeckt: das wissen Die, welche lange geliebt werden wollen. [...]. (Z, Vom freien Tode, 94)

Wird das »Und« vor dem zweiten Satz gestrichen, bleibt vom Zusammenhang des Textes kaum mehr übrig als ein den Sätzen gemeinsamer Themenkreis. Die drei sonst unabhängigen Sentenzen könnten statt aus dem *Zarathustra* aus den *Vermischte[n] Meinungen und Sprüche[n]* in *Menschliches, Allzumenschliches* stammen.

Nietzsche protokollierte ständig, auch auf seinen ausgedehnten Spaziergängen, seine Gedanken, schrieb seine Notizen erneut ab, stellte sich aus alten Notizbüchern Sentenzensammlungen zusammen, ließ Zarathustra zum Sprecher dieser Sentenzen werden, verwarf diese Idee wieder und nahm später dafür Teile aus einer Sammlung, nur leicht verändert, wieder für den endgültigen *Zarathustra* auf.

Ausgelöst wird sein Nachdenken immer wieder durch Lektüre. Nietzsche als Leser, seine in Weimar vorbildlich aufgehobene und zugängliche Bibliothek (als Teil der Herzogin-Anna-Amalia-Bibliothek) ist noch immer zu wenig bekannt. »Was aber«, so Mazzino Montinari auf die Frage, ob Nietzsche überhaupt Bücher gelesen habe, »soll jemand, der so gut wie blind ist, denn tun als lesen.« Die Berge des Engadins wird Nietzsche nur schemenhaft gesehen haben, Museen besuchte er nicht. Und Nietzsche las vor allem zeitgenössische Literatur. Selbst der Name Zarathustra (üblich war Zoroaster) entspringt der Lektüre.

Wenn man parallel zum *Zarathustra* den Kommentar von Marie-Luise Haase[5] und den von Mazzino Montinari (KSA, Bd. 14) liest, erschließt man sich nicht nur die Arbeitsweise Nietzsches, sondern häufig auch den Text. Durch den Kommentar und das weitere Verfolgen eines Gedankens können wir Schicht für Schicht abtragen; manchmal stößt man auf einen anderen Autor, manchmal auf eine entscheidende Variante, einen Entwurf, eine Streichung, die den ge-

[5] Friedrich Nietzsche, Werke. Kritische Gesamtausgabe, begr. v. Giorgio Colli und Mazzino Montinari, weitergeführt von Wolfgang Müller-Lauter und Karl Pestalozzi, Berlin/New York 1991, Sechste Abteilung, Vierter Band: Marie-Luise Haase und Mazzino Montinari, Nachbericht zum ersten Band der sechsten Abteilung: Also sprach Zarathustra.

druckten Satz erst deutlich macht. Dieser Blick in seine Werkstatt und in seine Bücher entmythologisiert den Dichter und macht uns zum Dialogpartner eines aktuellen Philosophen, dessen Philosophie aus einem Dialog mit seiner Zeit besteht, die noch immer die unsrige ist.

Ein neues Schwergewicht

»Ich will das Leben nicht *wieder*«, notiert Nietzsche sich 1882/83. »Wie habe ich's ertragen? Schaffend. Was macht mich den Anblick aushalten? der Blick auf den Übermenschen, der das Leben bejaht. Ich habe versucht, es selber zu bejahen – Ach!« (KSA 10, 137). Um die Bejahung des Lebens geht es Zarathustra, das ist das Ziel seiner Wanderschaft. Die ewige Wiederkehr ist das Zentrum – *so* zu leben, daß alles wiederkehren kann, die ethische Folgerung. Der vorletzte Aphorismus der *Fröhlichen Wissenschaft*, des Buches vor dem *Zarathustra*, faßt diesen schwersten Gedanken zusammen:

> *Das grösste Schwergewicht.* – Wie, wenn dir eines Tages oder Nachts, ein Dämon in deine einsamste Einsamkeit nachschliche und dir sagte: ›Dieses Leben, wie du es jetzt lebst und gelebt hast, wirst du noch einmal und noch unzählige Male leben müssen; und es wird nichts Neues daran sein, sondern jeder Schmerz und jede Lust und jeder Gedanke und Seufzer und alles unsäglich Kleine und Große deines Lebens muss dir wiederkommen, und Alles in der selben Reihe und Folge – und ebenso diese Spinne und dieses Mondlicht zwischen den Bäumen, und ebenso dieser Augenblick und ich selber. Die ewige Sanduhr des Daseins wird immer wieder umgedreht – und du mit ihr, Stäubchen vom Staube!‹ – Würdest du dich nicht niederwerfen und mit

> den Zähnen knirschen und den Dämon verfluchen, der so redete? Oder hast du einmal einen ungeheuren Augenblick erlebt, wo du ihm antworten würdest: ›du bist ein Gott und nie hörte ich Göttlicheres!‹ Wenn jener Gedanke über dich Gewalt bekäme, er würde dich, wie du bist, verwandeln und vielleicht zermalmen; die Frage bei Allem und Jedem ›willst du diess noch einmal und noch unzählige Male?‹ würde als das grösste Schwergewicht auf deinem Handeln liegen! Oder wie müsstest du dir selber und dem Leben gut werden, um nach Nichts *mehr zu verlangen*, als nach dieser letzten ewigen Bestätigung und Besiegelung? – (KSA 3, 570)

Der letzte Aphorismus kündigt dann *Zarathustra* an, vielleicht als Antwort auf die Frage, die Nietzsche 1881 stellte:

> Wird man vielleicht uns einstmals nachsagen, dass auch wir, *nach Westen steuernd, ein Indien zu erreichen hofften*, – dass aber unser Loos war, an der Unendlichkeit zu scheitern? Oder, meine Brüder? Oder? – (KSA 3, 331)

Ein Buch für Alle und Keinen?

Das Erscheinen des *Zarathustra*

> Im Winter darauf [1883/84], unter dem halkyonischen Himmel Nizza's, der damals zum ersten Male in mein Leben hineinglänzte, fand ich den dritten Zarathustra – und war fertig. (KSA 6, 341)

Die ersten drei Teile des *Zarathustra* erscheinen einzeln zwischen 1883 und 1885. Dem ersten Buch war bei seinem Erscheinen nicht anzusehen, daß weitere Teile folgen würden. Nietzsche selbst entschloß sich wohl erst nach der Veröffentlichung dieses Buches dazu, weitere Teile zu verfassen. Für das vierte Buch des *Zarathustra* fand sich kein Verleger. Nietzsche läßt es privat in vierzig Exemplaren drucken. Das Titelblatt enthält den Hinweis: ›Vierter und letzter Theil‹.

Der Gesamtplan zum *Zarathustra* ändert sich ständig. Zwischenzeitlich werden in Nietzsches Notizen auch ein fünftes und sechstes Buch erwähnt. Noch nach Abschluß des vierten Buches entsteht ein Buchplan für ein weiteres, der unausgeführt bleibt.

Schon im Rahmen der Konzeption des vierten Teiles denkt Nietzsche daran, diesen als eine Sammlung von Gedichten zu gestalten. Er ergänzt die Gesänge, welche den dort auftretenden Gestalten in den Mund gelegt werden, später durch weitere und hinterläßt nach seinem Turiner Zusammenbruch 1889 das druckfertige Manuskript der *Dionysos-Dithyramben* – trotz Nietzsches Entschluß: »Ich will reden, und nicht mehr Zarathustra« (KSA 11, 83) zeigt sich die Schwierigkeit, einen Schlußpunkt unter das Werk zu setzen.

›Ein Buch für Alle und Keinen‹ – schon die Veröffentlichung des ersten Teils trägt den merkwürdigen Untertitel. Nicht nur die Form des Werkes entzieht sich der Einordnung, auch die Leserschaft, welcher Nietzsche den *Zarathustra* widmet, läßt sich nicht fassen. An wen wendet sich Nietzsche, zu wem spricht Zarathustra?

> Als ich zum ersten Male zu den Menschen kam, da that ich die Einsiedler-Thorheit, die grosse Thorheit: ich stellte mich auf den Markt.
>
> Und als ich zu Allen redete, redete ich zu Keinem. Des Abends aber waren Seiltänzer meine Genossen, und Leichname; und ich selber fast ein Leichnam. (Z, Vom höheren Menschen, 356)

Die Formulierung spielt auf den Untertitel des Buches an, gleichzeitig verweist das Zitat auf ›Zarathustra's Vorrede‹, den ersten Abschnitt des Buches. Dort scheitert Zarathustras Ansprache, die er auf dem Marktplatz an ein großes Publikum richtet.

Die Veröffentlichung seines Buches, so deutet es der Untertitel an, könnte Nietzsche selbst als eine »Einsiedler-Thorheit« erschienen sein.

Schon vor der zitierten Stelle findet sich eine Anspielung auf den Untertitel:

> Du [Zarathustra] warntest vor seinem Irrthum, du warntest als der Erste vor dem Mitleiden – nicht Alle, nicht Keinen, sondern dich und deine Art. (Z, Der hässlichste Mensch, 330)

Nietzsche selbst muß sich stattdessen an »Alle und Keinen« wenden. Zarathustra und seine Art stehen ihm als Adressaten nicht zur Verfügung. Im Buch drückt sich eine Einsamkeit aus, die auch Nietzsches eigene war. Immer wieder kehrt Zarathustra in seine Einsamkeit zurück, die er dankbar begrüßt, aus der er sich aber auch sehnsüchtig wieder zu seinen »Kindern« wünscht. Nietzsche selbst bezeichnet die Einsamkeit, die das ›Buch für Alle und Keinen‹ bestimmt, als eine Einsamkeit der Distanz:

> [...] das ist Alles das Wenigste und giebt keinen Begriff von der Distanz, von der *azurnen* Einsamkeit, in der dies Werk lebt. Zarathustra hat ein ewiges Recht zu sagen: ›ich schliesse Kreise um mich und heilige Grenzen; immer Wenigere steigen mit mir auf immer höhere Berge, – ich baue ein Gebirge aus immer heiligeren Bergen.‹ (KSA 6, 343)

Eine neue Bibel?

»Dies Buch, mit einer Stimme über Jahrtausende hinweg, ist nicht nur das höchste Buch, das es giebt, [...] es ist auch das tiefste [...]« (KSA 6, 259) – Nietzsches Selbstkommentar zum *Zarathustra* ist auch noch knapp vier Jahre nach dem Abschluß des vierten Teils euphorisch. Während der Arbeit am Druckmanuskript von *Ecce homo* wird er in einem Brief an Paul Deussen noch deutlicher:

> Darin [in *Ecce homo*] wird zum ersten Mal Licht über mein *Zarathustra* gemacht, das erste Buch aller Jahrtausende, die Bibel der Zukunft, der höchste Ausbruch des menschlichen Genius, in dem das Schicksal der Menschheit einbegriffen ist. (KSA 15, 188)

Der *Zarathustra* als Bibel der Zukunft, als heiliges Buch – es scheint fast unglaublich, daß Nietzsche eine solche Einschätzung getroffen oder je beabsichtigt haben sollte, eine neue Bibel zu schreiben.

Die drei Bücher vor dem Zarathustra: *Menschliches, Allzumenschliches, Morgenröthe, Fröhliche Wissenschaft* radikalisieren die europäische Aufklärung:

> Ein Irrthum nach dem anderen wird gelassen aufs Eis gelegt, das Ideal wird nicht widerlegt – *es erfriert* ... Hier zum Beispiel erfriert ›das Genie‹; eine *Ecke* weiter erfriert ›der Heilige‹; unter einem dicken Eiszapfen erfriert ›der Held‹; am Schluss erfriert ›der Glaube‹, die sogenannte ›Überzeugung‹, auch das ›Mitleiden‹ kühlt sich bedeutend ab – [...]. (KSA 6, 323)

In einer nach dem *Zarathustra* verfaßten Vorrede zu *Menschliches, Allzumenschliches* (1886) wünscht sich Nietzsche leidenschaftlich »freie Geister«. *Zarathustra*, verstanden als neues heiliges Buch, wirkt dazwischen wie eine Entgleisung.

Mazzino Montinari spricht von einer Fehleinschätzung des Buches durch Nietzsche selbst:

> Nietzsches Irrtum in bezug auf seinen Zarathustra ist, daß er glaubte, der Menschheit ein neues heiliges Buch zu geben. Dieser Irrtum wurde durch die Blindheit seines ersten ›Schülers‹, Peter Gast, begünstigt. Sein zweiter Irrtum war, an die Unverständlichkeit des Z[arathustra] zu glauben, ja sich darüber zu freuen. Zarathustra ist kein heiliges Buch, Zarathustra ist kein unverständliches Buch, kein Buch für Eingeweihte, wofür es sehr schnell gehalten wurde von denen, die – wie Gast – sich unkritisch selbst als ›Ausnahmen‹, als Eingeweihte betrachten konnten.[6]

[6] Mazzino Montinari, Notizen aus dem Jahre 1967 zu ›Also sprach Zarathustra‹; das Handwerk des Pilogen. In: Nietzsche-Studien Bd. 18, 1989, LXIX. Im folgenden zitiert als: M M, Notizen.

Noch über diese Einschätzung hinausgehend fragt sich, ob Nietzsche den ersten Irrtum wirklich beging. Vieles spricht dafür, daß er mit dem Ausdruck »neue Bibel« sein Buch gar nicht heilig sprechen will, sondern die Einzigartigkeit, die sehnsüchtig erhoffte Wirkung und gerade die antireligiöse Haltung seines Werkes bezeichnet.

In *Ecce homo* dementiert Nietzsche, daß Zarathustra ein neuer Religionsgründer ist:

> Hier redet kein ›Prophet‹, keiner jener schauerlichen Zwitter von Krankheit und Willen zur Macht, die man Religionsstifter nennt. (KSA 6, 259)

> Ist Zarathustra mit Alledem nicht ein *Verführer*? ... Aber was sagt er doch selbst, als er zum ersten Male wieder in seine Einsamkeit zurückkehrt? Genau das Gegentheil von dem, was irgendein ›Weiser‹, ›Heiliger‹, ›Welt-Erlöser‹ und andrer décadent in einem solchen Falle sagen würde ... (KSA 6, 260)

Wenn aber durch den Mund Zarathustras kein Prophet, Heiliger, Weiser oder Welt-Erlöser redet, warum finden sich in Nietzsches Buch so viele stilistische Anlehnungen an heilige Bücher, warum so viele – oft nur leicht abgeänderte – Bibelzitate? Neben die – vielleicht vorschnelle – Erklärung, Nietzsche könnte einen weihe- und würdevollen Ton für sein neues heiliges Buch gesucht haben, läßt sich ein weiterer Selbstkommentar aus *Ecce homo* stellen:

> Ein andres Ideal läuft vor uns her [...]: das Ideal eines Geistes, der naiv, das heisst ungewollt und aus überströmender Fülle und Mächtigkeit mit Allem spielt, was bisher heilig, gut, unberührbar, göttlich hiess; [...] das Ideal eines menschlich – übermenschlichen Wohlseins und Wohlwollens, welches oft genug *unmensch-*

lich erscheinen wird, zum Beispiel, wenn es sich neben den ganzen bisherigen Erdenernst, neben alle bisherige Feierlichkeit in Gebärde, Wort, Klang, Blick, Moral und Aufgabe wie deren leibhafteste unfreiwillige Parodie hinstellt – [...] (KSA 6, 338f.)

Was Nietzsche hier vom »Ideal eines Geistes« schreibt, läßt sich nicht nur auf die Figur, sondern auch auf das Buch *Zarathustra* beziehen. Nietzsche selbst gibt einen anspielungsreichen Hinweis: Jener erste, mit dem Anfang des *Zarathustra* fast textgleiche Aphorismus der *Fröhlichen Wissenschaft*, in dem Nietzsche die Gestalt Zarathustra vorstellt, ist überschrieben ›Incipit tragoedia‹ (KSA 3, 571) – die Tragödie beginnt, eine Überschrift, die ihr Echo am Ende der Textstelle findet: ›Also begann Zarathustra's Untergang‹. 1886, also nach der Fertigstellung des *Zarathustra*, schreibt Nietzsche eine Vorrede zur zweiten Ausgabe der *Fröhlichen Wissenschaft*. Dort spielt er auf diesen Aphorismus und zugleich indirekt auf den nach der *Fröhlichen Wissenschaft* veröffentlichten *Zarathustra* an.

> ›Incipit *tragoedia*‹ – heisst es am Schlusse dieses bedenklich-unbedenklichen Buchs: man sei auf seiner Hut! Irgend etwas ausbündig Schlimmes und Boshaftes kündigt sich an: incipit *parodia*, es ist kein Zweifel ... (FW 346)

»Incipit *parodia*« – die Parodie fängt an; das »ausbündig« Schlimme und Boshafte sind das Buch und die Gestalt Zarathustra, genau in dem Sinne, in dem Nietzsche in *Ecce homo* von der Parodie auf alles spricht, was bisher heilig war.

Die vielen biblischen Stilmittel in *Zarathustra*, der pseudo-religiöse Charakter mancher Passage können so verstanden werden, daß Nietzsche beabsichtigte, auch stilistisch mit allem zu spielen, was bisher heilig war.

Der Stil

Es ist wohl angebracht, eine Bemerkung darüber zu machen, weshalb der Stil des *Zarathustra* Anlaß zum Nachdenken geben kann. Eine besonders bildreiche oder »dramatische« Sprache gebrauchten auch andere damalige philosophische Schriftsteller. Niemand käme heute auf die Idee, davon irritiert zu sein. Hätte Nietzsche nur dieses eine Buch geschrieben – Anmerkungen zum Stil des *Zarathustra* wären Randbemerkungen.

Nun lassen sich aber andere Werke, wie *Menschliches, Allzumenschliches*, die *Morgenröthe* oder die *Fröhliche Wissenschaft* neben den *Zarathustra* stellen. Die Texte dieser Werke sind knappe, brilliante Prosastücke. Erst der Vergleich gibt Anlaß zum Erstaunen. Vielleicht wäre auch dies noch nicht genug Grund dazu, bei einer Beschäftigung mit Nietzsches Gedanken auf den Stil Rücksicht zu nehmen, in dem er sie äußert. Entscheidend aber ist, daß Nietzsche selbst den Stil zu einem wichtigen Gegenstand seiner philosophischen Auseinandersetzung machte, daß für ihn gewissermaßen Stilfragen zum Gegenstand der Philosophie wurden.

Die Arbeit an *Menschliches, Allzumenschliches* war auch eine intensive Auseinandersetzung mit der eigenen sprachlichen Ausdrucksform. Diese Auseinandersetzung findet ihren Niederschlag in vielen Aphorismen zum Stil. Die Arbeit am Stil stellt sich dar als Arbeit am Gedanken:

> *Den Gedanken verbessern.* – Den Stil verbessern – das heisst den Gedanken verbessern, und gar Nichts weiter! – Wer diess nicht sofort zugiebt, ist auch nie davon zu überzeugen. (KSA 2, 610).

In einer bemerkenswerten Abwandlung dieser Überlegung erscheint die Verbesserung des Gedankens zugleich als eine Verbesserung seiner Mitteilbarkeit, und jene erhält Gewicht als Vorbedingung einer – europäischen – Verständigung freier Geister:

> Besser schreiben aber heisst zugleich auch besser denken; immer Mittheilenswertheres erfinden und es wirklich mittheilen können; übersetzbar werden für die Sprachen der Nachbarn; [...] Wer das Gegentheil predigt, sich *nicht* um das gut-Schreiben und gut-Lesen zu kümmern – beide Tugenden wachsen mit einander und nehmen mit einander ab –, der zeigt in der That den Völkern einen Weg, wie sie immer noch mehr *national* werden können: er vermehrt die Krankheit dieses Jahrhunderts und ist ein Feind der guten Europäer, ein Feind der freien Geister. (KSA 2, 592f.)

Menschliches, Allzumenschliches, das »Buch für freie Geister«, untergräbt jeden Dogmatismus, setzt Aufklärung als radikalen Zweifel fort. Der schlichte, klare Stil gehört zum Programm: er bedeutet den Verzicht auf eine Wirkung, die zur Überzeugungskraft der Gedanken etwas hinzutun will.

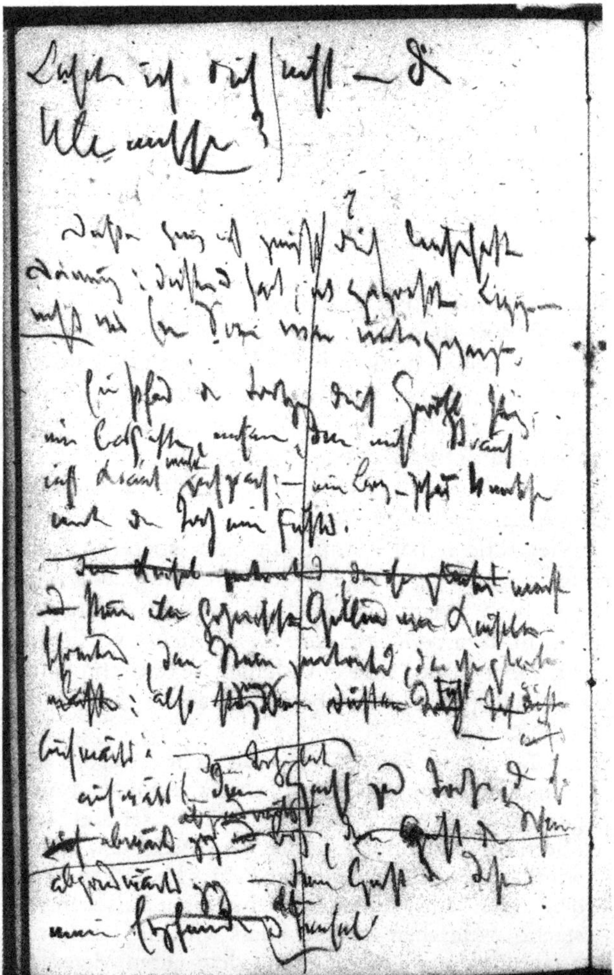

(Stiftung Weimarer Klassik)

> *Gegen Bilder und Gleichnisse.* – Mit Bildern und Gleichnissen überzeugt man, aber beweist nicht. Deshalb hat man innerhalb der Wissenschaft eine solche Scheu vor Bildern und Gleichnissen; man will hier gerade das Überzeugende, das *Glaublich*-Machende *nicht* und fordert vielmehr das kälteste Misstrauen auch schon durch die Ausdrucksweise und die kahlen Wände heraus: weil das Misstrauen der Prüfstein für das Gold der Gewissheit ist. (KSA 2, 614)

Spätestens hier stellt sich die Frage nach dem Stil des *Zarathustra* dringend und irritierend: Zarathustra redet fast ausschließlich in Bildern und Gleichnissen. Der Skandal daran ist, daß Nietzsche offensichtlich wußte, was er tat: Ist also der *Zarathustra* ein bewußtermaßen auf stilistische »Überzeugung« angelegtes Buch, ein Buch, das den »Prüfstein für das Gold der Gewissheit« scheuen muß?

Nietzsche selbst nimmt mit einer späteren Äußerung in *Ecce homo* eine andere Deutung seines Stils für sich in Anspruch. Wichtig ist, daß auch diese schon in *Menschliches, Allzumenschliches* vorbereitet wird. Dort findet sich ein kleiner Textabschnitt, der als eine Utopie des Stils überschrieben werden könnte:

> *Die Lehre vom besten Stile.* – Die Lehre vom Stil kann einmal die Lehre sein, den Ausdruck zu finden, vermöge dessen man jede Stimmung auf den Leser und Hörer überträgt; sodann die Lehre, den Ausdruck für die wünschenswertheste Stimmung eines Menschen zu finden, deren Mittheilung und Uebertragung also am meisten zu wünschen ist: [...] Diess wird die Lehre vom besten Stile sein: er entspricht dem guten Menschen. (KSA 2, 593)

Das Kriterium der Mitteilungskraft ist geblieben, ja weiterentwickelt zu dem einer »Uebertragung« der »wünschenswerthesten Stimmung«. Gegenüber dem

Vorwurf eines propagandistischen Stils nimmt Nietzsche für sich in Anspruch, daß der *Zarathustra* den Versuch darstellt, eine »Stimmung« mitzuteilen, und zwar eine so ungewöhnliche Stimmung, daß dieser Versuch besondere Stilmittel erforderlich macht. Nietzsche schreibt in *Ecce homo*:

> Einen Zustand, eine innere Spannung von Pathos durch Zeichen, eingerechnet das tempo dieser Zeichen, *mitzutheilen* – das ist der Sinn jedes Stils; und in Anbetracht, dass die Vielheit innerer Zustände bei mir ausserordentlich ist, giebt es bei mir viele Möglichkeiten des Stils [...] *Gut* ist jeder Stil, der einen inneren Zustand wirklich mittheilt, der sich über die Zeichen, über das tempo der Zeichen, über die *Gebärden* – [...] – nicht vergreift. [...] Immer noch vorausgesetzt, dass es Ohren giebt – dass es Solche giebt, die eines gleichen Pathos fähig und würdig sind, dass die nicht fehlen, denen man sich mittheilen *darf*. – Mein Zarathustra zum Beispiel sucht einstweilen noch nach Solchen – ach! er wird noch lange zu suchen haben! (KSA 6, 304)

Der halkyonische Ton

Nietzsches späterem Kommentar nach wäre der Stil des *Zarathustra* also der Versuch, einen besonderen inneren Zustand mitzuteilen. Ausgeschlossen bleiben aber diejenigen, die keines »gleichen Pathos fähig und würdig sind«. Hierin spricht sich wieder das Motiv des, wenn schon nicht heiligen, so doch esoterischen Buches »für Alle und Keinen« aus: Nicht-Eingeweihten bleibt der Zugang verwehrt. Der Stil erhält in diesem Rahmen eine neue auslesende Funktion. Solche Überlegungen sind ärgerlich. *Eine* Haltung ist es, Nietzsche seine Aussage vom esoterischen Charakter des Buches abzunehmen. Interessanter ist es, ihm gerade hierin nicht zu folgen und die Unverständlichkeit des *Zarathustra* für Nichteingeweihte schlicht zu leugnen. Folgsame, brave Leser wünschte sich Nietzsche ohnehin nicht:

> Wenn ich mir das Bild eines vollkommenen Lesers ausdenke, so wird immer ein Unthier von Muth und Neugierde daraus, ausserdem noch etwas Biegsames, Listiges, Vorsichtiges, [...]. (KSA 6, 303)

Die Stelle liest sich als Anregung für Neugierige, sich nicht abschrecken zu lassen, sie liest sich auch als Aufforderung herauszufinden, was Nietzsche damit meint, wenn er von solchen redet, »die eines gleichen Pathos fähig und würdig sind«.

Die Formulierung deutet jedenfalls darauf hin, daß eine Reduzierung des *Zarathustra* auf die bloße Sentenzensammlung, auf die Entwürfe der Vorstufen, auf zentrale Gedanken zu kurz greifen dürfte, obwohl alle diese Ansätze wichtige Aspekte einer umfassenden Interpretation darstellen. Ausgehend von den Überlegungen zum Stil läßt sich nun ein weiterer Aspekt anfügen: Der irritierende Stil soll – Nietzsches Kommentar nach – etwas mitteilen, das sich nicht in den geäußerten Gedanken erschöpft: einen »inneren Zustand«, eine »Stimmung«, »Pathos«. Im äußersten Falle könnte sogar beabsichtigt sein, »den Ausdruck für die wünschenswertheste Stimmung zu finden«, ja, diese zu übertragen. Eine neugierige Herangehensweise wird sich mit dieser immer noch diffusen Aussage nicht zufriedengeben, wird fragen, ob sich nicht wenigstens ein expliziter, verständlicher Hinweis auf diese Stimmung finden läßt. Tatsächlich gibt Nietzsche genauer Auskunft:

> Man muss vor Allem den Ton, der aus diesem [Zarathustras] Munde kommt, diesen halkyonischen Ton

> richtig *hören*, um dem Sinn seiner Weisheit nicht erbarmungswürdig Unrecht zu thun. (KSA 6, 259)

Der Ausdruck halkyonisch stammt aus der griechischen Mythologie: Der Gott der Winde sendet den in Eisvögel verwandelten Liebenden Keyx und Alkyone ruhiges Wetter, damit sie im Winter nisten können. Diese windstillen Tage im Winter nannten die griechischen Schiffer in der Antike nach dem Mythos halkyonisch.

Das Bild der windstillen Wintertage steht für Ruhe und eine gewisse Gelassenheit genauso wie für die befristete Pause nach überstandenen und vor bevorstehenden Auseinandersetzungen, Stürmen. Bestimmend bleibt dabei aber auch die Unwirtlichkeit und Kälte des Winters.

In Entsprechung dazu fehlt beispielsweise im *Zarathustra* die Polemik, mit welcher Nietzsche in Werken davor und danach philosophische oder religiöse Positionen angreift:

> Hier redet kein Fanatiker, hier wird nicht ›gepredigt‹, hier wird nicht *Glauben* verlangt: aus einer unendlichen Lichtfülle und Glückstiefe fällt Tropfen für Tropfen, Wort für Wort, – eine zärtliche Langsamkeit ist das tempo dieser Reden. (KSA 6, 260)

Die halkyonische Stimmung ist, wenn es Derartiges überhaupt gibt, eine philosophische Stimmung: Die Winter-Metapher trat schon in der oben zitierten Textstelle aus *Menschliches, Allzumenschliches* auf: »Ein Irrthum nach dem anderen wird gelassen auf's Eis gelegt, das Ideal wird nicht widerlegt – es erfriert«. Nietzsche faßt hier die Radikalität seiner Aufklärung als Kälte. Die radikal aufgeklärte Erkenntnis ist kalt – ohne Ideal, ohne Gott und ohne daß »redliches« Denken eine Alternative dazu finden könnte. Hier nach stürmischer Zeit einen Punkt der Gelassenheit, sogar des Glücks gefunden zu haben, gehört zu der – philosophischen – Stimmung, welche der *Zarathustra* transportiert.

Ein Parallel-Begriff zum »halkyonischen Ton« läßt sich derselben philosophischen Stimmung zuordnen: es ist die »Sprache des Dithyrambus«:

> Das psychologische Problem im Typus des Zarathustra ist, […]; wie der, welcher die härteste, die furchtbarste Einsicht in die Realität hat, welcher den ›abgründlichsten Gedanken‹ gedacht hat, trotzdem darin keinen Einwand gegen das Dasein, selbst nicht gegen dessen ewige Wiederkunft findet, – vielmehr einen Grund noch hinzu, das ewige Ja zu allen Dingen *selbst zu sein*, […].
>
> – Welche Sprache wird ein solcher Geist reden, wenn er mit sich allein redet? Die Sprache des Dithyrambus. Ich bin der Erfinder des *Dithyrambus*. Man höre, wie Zarathustra *vor Sonnenaufgang* (III 18) mit sich redet: […]. (KSA 6, 344f.)

Mit dem Satz »Ich bin der Erfinder des Dithyrambus« zeigt Nietzsche an, daß er den Begriff »Dithyrambus« – in der Antike ein Kultgesang für Dionysos – hier neu bestimmt.

Er steht für die sprachliche Form, welche die – philosophische – Stimmung des *Zarathustra* übertragen soll. Nicht Erlebnisse im üblichen Sinne rufen diese Stimmung hervor, sondern Erlebnisse von Gedanken. Die Passage spielt mit den Formulierungen »abgründlichster Gedanke«, »ewige Wiederkunft« auf gedankliche Zentren des *Zarathustra* an. Die Zusammengehörigkeit von Stimmung und philosophischem Gehalt wird dadurch ein weiteres Mal verstärkt: Es geht um Nietzsches Erlebnis dieser Gedanken. Dazu gehört die Einsamkeit, in die diese Gedanken einfielen, die Zeit radikaler Infragestellungen, die ihnen vorausging, das Warten.

Sils-Maria
Hier sass ich, wartend, wartend, – doch auf Nichts,
Jenseits von Gut und Böse, bald des Lichts
Geniessend, bald des Schattens, ganz nur Spiel,
Ganz See, ganz Mittag, ganz Zeit ohne Ziel.

Da, plötzlich, Freundin! wurde Eins zu Zwei –
– Und Zarathustra gieng an mir vorbei …

(KSA 3, 649)

Wird die Annahme zurückgewiesen, *Zarathustra* sei ein esoterisches – also nur Eingeweihten zugängliches – Buch, so stellen die Selbstkommentare Nietzsches neugierige Leser vor die Aufgabe, anhand solcher Hinweise ein Stück weit das Ereignis zu rekonstruieren, welches die im *Zarathustra* geäußerten – und verständlichen – Gedanken für Nietzsche darstellten.

> Aber für ihn [Nietzsche] waren die Gedanken Ereignisse; wie wir schon gesagt haben, waren sie sein ganzes Leben. (M M, Notizen, LXXIV)

Der Typus

In der späten Schrift *Ecce homo*, mit der Nietzsche sich selbst seiner Nachwelt vorstellt, beschreibt er die Entstehung des ersten Buches des *Zarathustra*:

> Auf diesen beiden Wegen fiel mir der ganze erste Zarathustra ein, vor Allem Zarathustra selber, als Typus: richtiger, er *überfiel mich*...
>
> Um diesen Typus zu verstehn, muss man sich zuerst seine physiologische Voraussetzung klar machen: sie ist das, was ich die *grosse* Gesundheit nenne. (KSA 6, 337)

Dieser Bericht stellt einen Schlüssel zum Verständnis der Gestalt Zarathustras und ihrer Rolle in Nietzsches Buchprojekt dar: Zarathustra steht für einen Typus.

Der Begriff Typus tritt in Nietzsches philosophischen Überlegungen mehrfach auf: So spricht er vom Typus des Übermenschen (vgl. KSA 6, 300), vom »Typus eines Erlösers« (KSA 6, 191), aber auch generell vom »Typus ›Mensch‹« (KSA 3, 629) – um nur einige Beispiele zu nennen.

Der Ausdruck »Typus« erlaubt es Nietzsche, auf die philosophische Frage »Was ist der Mensch?« nicht mit einer allgemeinen Definition antworten zu müssen. Nietzsche wehrt sich gegen Versuche, nach *dem* Menschen im allgemeinen zu fragen:

> [...] – alle diese sich selber unbekannten Menschen glauben an das blutlose Abstractum ›Mensch‹, das heisst, an eine Fiction; [...]. (KSA 3, 93)

Stattdessen beschreibt Nietzsche »Typen«. Er vermeidet dadurch aber auch, nur über jeweils Einzelne zu sprechen.

Indem er von Menschen als »Typen« spricht, entzieht sich Nietzsche der – auch philosophiegeschichtlichen – Konvention, den Menschen als Individuum und Gattungswesen aufzufassen.

In einem umfassenden Sinne stellt ein bestimmter »Typus ›Mensch‹« die Zusammenfassung einer konkreten Möglichkeit, Mensch zu sein, dar. Nietzsches Formulierung von der »physiologischen Voraussetzung« eines solchen »Typus« deutet an, daß eine solche Möglichkeit durch das Zusammenwirken verschiedener auch materieller Vorbedingungen zustande kommt; wir würden heute vielleicht stattdessen von biologischen, sozialen und gesellschaftlichen Voraussetzungen sprechen.

Das Konzept des »Typus« wird bereits in einem Aphorismus der *Morgenröthe* als besonders angemessen herausgestellt:

> *Ein Vorbild.* – Was liebe ich an Thukydides, was macht, dass ich ihn höher ehre, als Plato? Er hat die umfänglichste und unbefangenste Freude an allem Typischen des Menschen und der Ereignisse und findet, dass zu jedem Typus ein Quantum *guter Vernunft* gehört: *diese* sucht er zu entdecken. [...] er sieht etwas Grosses in alle Dinge und Personen hinein und zu ihnen hinzu, indem er nur Typen sieht; [...] So kommt in ihm, dem Menschen-Denker, jene *Cultur der unbefangensten Weltkenntniss* [der *Sophisten*] zu einem letzten herrlichen Ausblühen, [...]. (KSA 3, 150f.)

Wenn Nietzsche von Zarathustra als Typus redet, so geht es also um eine mögliche Spielart des Menschseins, die in die Menschheit »hineingesehen« wird. Die individuelle Gestalt Zarathustras demonstriert diese. Das Besondere an Zarathustra ist, daß hier durch den Typus keineswegs eine bereits realisierte, sondern eine noch nicht dagewesene menschliche Möglichkeit dargestellt wird. Nietzsche behauptet, von der Inspiration zu einem neuen »Typus ›Mensch‹« »überfallen« worden zu sein.

Der Name

Es ist bemerkenswert, daß Nietzsche diesem neuen »Typus ›Mensch‹« den Namen einer historischen Gestalt gibt. Diesen historischen Zarathustra, einen altpersischen Religionsgründer, stellt Nietzsche in eine interessante Reihe, die er als eine Art geistige Ahnengalerie für sich selbst in Anspruch nimmt:

> Mein Stolz dagegen ist ›ich habe eine *Herkunft*‹ – deshalb brauche ich den Ruhm nicht. In dem, was Zarathustra, Moses, Muhamed Jesus Plato Brutus Spinoza Mirabeau bewegte, lebe ich auch schon, und in manchen Dingen kommt in mir erst reif an's Tageslicht, was embryonisch ein paar Jahrtausende brauchte. (KSA 9, 642)

Interessanterweise tritt in einem ersten Fragment (KSA 9, 590), das denselben Gedanken formuliert, nur der Name Zarathustra auf, ehe es unleserlich wird. Zeitlich zwischen den beiden Gedankenskizzen liegen Glossen und Notizen, die sich Nietzsche in sein Buchexemplar der ›Versuche‹ des amerikanischen Philosophen Ralph Waldo Emerson (1803-1882) notierte. Dort findet sich auch – wie im Kommentar der Montinari-Ausgabe angeführt – eine von Nietzsche mehrfach unterstrichene Textstelle, in der Zarathustra erwähnt wird und an deren Rand Nietzsche »Das ist es!« schrieb.

Die ganze von Nietzsche hervorgehobene Textstelle lautet:

> Wir verlangen, daß ein Mensch so groß und säulenförmig in der Landschaft dastehe, daß es berichtet zu werden verdiente, wenn er aufstünde und seine Lenden gürtete und einem andern solchen Ort zueilte. Die glaubwürdigsten Bilder scheinen uns die von großen Menschen zu sein, die bei ihrem ersten Erscheinen schon die Oberhand hatten und die Sinne überführten; wie es dem morgenländischen Weisen erging, der gesandt war, die Verdienste des Zaratustra oder Zoroaster zu erproben. Als der Weise von Yunnan in Balk ankam, so erzählen uns die Perser, setzte Gustasp einen Tag an, an dem die Mobeds eines jeden Landes sich versammeln sollten, und ein goldener Stuhl wurde für den Weisen aus Yunnan in Bereitschaft gehalten. Darauf trat der allgemein geliebte Yezdam, der Prophet Zaratustra in die Mitte der Versammlung. Der Weise von Yunnan sagte, als er jenes Oberhaupt erblickte: ›Diese Gestalt und dieser Gang und Haltung können nicht lügen, und nichts als Wahrheit kann daraus hervorgehen‹. (KSA 14, 279)

Inhaltlich auffällig an dieser Textstelle ist, daß nicht Zarathustras Lehre beschrieben wird und den Gast beeindruckt, sondern sein Auftreten, »erstes Erscheinen«. Emerson gibt mit der persischen Erzählung selbst ein Beispiel für einen »Typus ›Mensch‹« – den er »verlangt«.

Nietzsches Lesespuren lassen keinen strengen Nachweis zu, daß es die wiedergegebene Textpassage war, die ihn bewogen haben könnte, den Namen Zarathustra für sein Projekt zu verwenden. Er selbst gibt Erklärungen im nachhinein, die – wenig bescheiden – einen geradezu menschheitsgeschichtlichen Rahmen andeuten, in den er sich und sein Denken stellt. Einem Fragment von 1884 zufolge widmet Nietzsche durch die Verwendung des Namens Zarathustra sein Werk den Anfängen einer entsprechend großzügigen Geschichtsauffassung:

> Ich mußte Zarathustra, einem *Perser*, die Ehre geben: Perser haben zuerst Geschichte im Ganzen Großen *gedacht*. Eine Abfolge von Entwicklungen, jeder präsidirt ein Prophet. Jeder Prophet hat seinen *hazar*, sein Reich von tausend Jahren. – (KSA 11, 53)

Die längste eigene Äußerung zur Frage der Namensgebung Zarathustras macht Nietzsche wiederum in seiner merkwürdigen Selbstdarstellung, in *Ecce homo*. Gegenüber den bisherigen sind Akzentverschiebungen zu erkennen. Zwar geht es ihm immer noch um umfassende geschichtliche Perspektiven, hier aber – ganz im Sinne eines Schwerpunktes seiner philosophischen Überlegungen der achtziger Jahre – um die Geschichte von Wertsetzungen und Umwertungen. Nietzsches *Zarathustra* wird von ihm als »Selbstüberwindung der Moral« interpretiert, der historische Zarathustra als Wertesetzer der Moral, welcher gerade dadurch als erster ein Stück weit über ihr steht:

> Man hat mich nicht gefragt, man hätte mich fragen sollen, was gerade in meinem Munde, im Munde des ersten Immoralisten, der Name *Zarathustra* bedeutet: denn was die ungeheure Einzigkeit jenes Persers in der Geschichte ausmacht, ist gerade dazu das Gegentheil. Zarathustra hat zuerst im Kampf des Guten und des Bösen das eigentliche Rad im Getriebe der Dinge gesehn, – die Übersetzung der Moral in's Metaphysische, als Kraft, Ursache, Zweck an sich, ist *sein* Werk. Aber diese Frage wäre im Grunde bereits die Antwort. Zarathustra *schuf* diesen verhängnisvollsten Irrthum, die Moral: folglich muss er auch der Erste sein, der ihn *erkennt*. [...] Die Selbstüberwindung der Moral aus Wahrhaftigkeit, die Selbstüberwindung des Moralisten in seinen Gegensatz – in *mich* – das bedeutet in meinem Munde der Name Zarathustra. (KSA 6, 367)

Diese zeitlich späteste Äußerung Nietzsches zur Problematik öffnet die Frage für philosophische Deutungen der Namensgebung. Die Kenntnis der Arbeitsweise Nietzsches läßt es aber nach wie vor ebenfalls interessant erscheinen, nach weiteren literarischen Quellen zu suchen. Jeder Fund gibt auch Aufschluß über inhaltliche Impulse, die der Abfassung des *Zarathustra* vorausgingen.

Facetten

> Und auch ihr fragtet euch oft: ›wer ist uns Zarathustra? Wie soll er uns heissen?‹ Und gleich mir selber gabt ihr euch Fragen zur Antwort.
>
> Ist er ein Versprechender? Oder ein Erfüller? Ein Erobernder? Oder ein Erbender? Ein Herbst? Oder eine Pflugschar? Ein Arzt? Oder ein Genesener?
>
> Ist er ein Dichter? Oder ein Wahrhaftiger? Ein Befreier? Oder ein Bändiger? Ein Guter? Oder ein Böser? (Z, Von der Erlösung, 179)

»Fragen zur Antwort« – Nietzsche läßt Zarathustra auf dessen eigene Vielschichtigkeit hinweisen. Zarathustra ist eine Gestalt, die alle diese Fragen aufwerfen kann und viele Gesichter hat, je nachdem, von wo aus und von wem sie angesehen wird. Dies entspricht Nietzsches Absicht.

Bei aller Inspiration, die er mit Formulierungen wie der schon zitierten: »er [der Typus Zarathustra] *überfiel* mich« für sich in Anspruch nimmt, stellt sich diese Vielschichtigkeit jedoch nicht von selbst ein. Nietzsche plant seine Gestalt, gibt sich Rechenschaft über ihre Komponenten. So findet sich unter seinen Notizen aus dem Jahr 1883 die folgende Liste:

> Wahrsager
> Vernichter
> Schaffender
> Verbinder
> Entdecker (Meer)
> Tänzer – Lacher
> Fliegender – Siegender
> (KSA 10, 596)

Ein Jahr später, während der Vorarbeiten zum vierten Teil, notiert er sich:

> In Zarathustra 6 die große Synthesis des Schaffenden, Liebenden, Vernichtenden (KSA 11, 360)

Eine solche widerspruchsvolle oder mindestens ungewöhnliche Zusammenstellung spiegelt sich oftmals in der Abfolge und Gegenüberstellung widersprüchlicher Aussagen:

> Du widersprichst heute dem, was du gestern gelehrt hast – Aber dafür ist gestern nicht heute, sagte Zarathustra. (KSA 9, 598)

Die Zusammenfügung, Integration der Spannungen *ist* die Person Zarathustra. Zarathustra durchlebt – Nietzsches Absicht nach unbekümmert – die Widersprüche.

Einige der gestellten Fragen, beispielsweise »Ist er ein Dichter? Oder ein Wahrhaftiger?«, bleiben dabei unentschieden. Hierauf wird noch einzugehen sein.

Dennoch legt Nietzsche dem Zarathustra eine Warnung in den Mund, diese Gestalt nicht als gänzlich beliebig und jeder Vereinnahmung verfügbar mißzuverstehen:

> Meine Freunde, ich will nicht vermischt und verwechselt werden.
>
> Es giebt Solche, die predigen meine Lehre vom Leben: und zugleich sind sie Prediger der Gleichheit und Taranteln.
>
> Dass sie dem Leben zu Willen reden, ob sie gleich in ihrer Höhle sitzen, diese Gift-Spinnen, und abgekehrt vom Leben: das macht, sie wollen damit wehethun. (Z, Von den Taranteln, 129f.)

Die Facetten Zarathustras werden nicht immer durch bloß oberflächliches Nebeneinandersetzen erzeugt. Ein Beispiel dafür, wie Nietzsche durch ein Überlagern und Wiederverwenden vorgeformter Bilder der Gestalt Zarathustras Vielschichtigkeit und Facettenreichtum gibt, findet sich schon in der Vorrede. Zunächst wird ein Ereignis geschildert:

> Als er [der Seiltänzer] eben in der Mitte seines Weges war, öffnete sich die kleine Thür noch einmal, und ein bunter Gesell, einem Possenreisser gleich, sprang heraus und gieng mit schnellen Schritten dem Ersten nach. ›Vorwärts, Lahmfuss, rief seine fürchterliche Stimme, vorwärts Faulthier, Schleichhändler, Bleichgesicht! […]‹ – Und mit jedem Worte kam er ihm näher und näher: als er aber nur noch einen Schritt hinter ihm war, da geschah das Erschreckliche, das jeden Mund stumm und jedes Auge starr machte: – er stiess ein Geschrei aus wie ein Teufel und sprang über Den hinweg, der ihm im Wege war. Dieser aber, als er so seinen Nebenbuhler siegen sah, verlor dabei den Kopf und das Seil; […]. (Z, Zarathustra's Vorrede, 21)

Etwas später wird das Ereignis zur Metapher: Der »bunte Gesell« mahnt Zarathustra, die Stadt zu verlassen: »– oder morgen springe ich über dich hinweg, ein Lebendiger über einen Todten« (ebd., 23). Schließlich wird diese Metapher durch einen zu sich selbst gesprochenen Satz Zarathustras am Ende der Vorrede zum Bild für ihn:

> Zu meinem Ziele will ich, ich gehe meinen Gang; über die Zögernden und Saumseligen werde ich hinwegspringen. Also sei mein Gang ihr Untergang! (ebd., 27)

In dem Moment, in dem Zarathustra das Bild des »bunten Gesellen« auf sich selbst anwendet, erhält seine Gestalt Vielschichtigkeit und wird widersprüchlich: Zarathustra, der vorher als einziger dem gestürzten Seiltänzer Trost spendete und ihn »mit seinen eigenen Händen« begrub, wird nun zusätzlich zu jemandem, der andere durch Überspringen zum Absturz bringt.

Im vierten Teil des Buches folgt eine weitere Anspielung – noch einmal aus veränderter Perspektive:

> Der Mensch ist Etwas, das überwunden werden muss.
> Es giebt vielerlei Weg und Weise der Überwindung: da siehe *du* zu! Aber nur ein Possenreisser denkt: ›der Mensch kann auch *übersprungen* werden.‹ (Z, Von alten und neuen Tafeln, 249)

Bei sorgfältigem Lesen zeigt sich die vollständige Transparenz der Mittel, die Nietzsche dazu verwendet, solche Vielschichtigkeit zu erzeugen. Es sind Anklänge: Wiederholungen von Formulierungen, Namen, Bildern. Nietzsches Buch ist ein Geflecht wechselseitiger Verweise und solcher auf andere Werke. Das Buch und der Typus Zarathustra stellen die Aufgabe, diesen Verweisen nachzugehen.

Der Gottlose

»Gott ist todt!« – Dieser Ausruf gehört zu den wohl bekanntesten Formulierungen Nietzsches. Die Auseinandersetzung mit der Religion, oft auch speziell mit dem Christentum, wird immer wieder bestimmend für Nietzsches Denken. Noch im letzten Jahr vor seinem Turiner Zusammenbruch verfaßt er eine Schrift, die *Der Antichrist. Fluch auf das Christenthum* betitelt ist.

Auch Zarathustra kommt mehrfach auf dieses Thema zurück. Zarathustra will ein »Gottloser« heißen:

> Und wenn ich rufe: ›Flucht allen feigen Teufeln in euch, die gerne winseln und Hände falten und anbeten möchten‹: so rufen sie: ›Zarathustra ist gottlos‹.
>
> Und sonderlich rufen es ihre Lehrer der Ergebung –; aber gerade ihnen liebe ich's, in das Ohr zu schrein: Ja! Ich *bin* Zarathustra, der Gottlose!
>
> [...]
>
> Wohlan! Diess ist meine Predigt für *ihre* Ohren: ich bin Zarathustra, der Gottlose, der da spricht ›wer ist gottloser denn ich, dass ich mich seiner Unterweisung freue?‹ (Z, Von der verkleinernden Tugend, 215)

Die »Predigt« hat spezielle Adressaten: sie ist besonders für die Ohren der »Lehrer der Ergebung« bestimmt, für religiöse Lehrer, Religionsstifter, Propheten, Geistliche. Diese konfrontiert Zarathustra mit dem Bekenntnis seiner Gottlosigkeit. Er hält denen seine Redlichkeit entgegen, die diese hassen:

> [...] wüthend hassen sie [welche dichten und gottsüchtig sind] den Erkennenden und jene jüngste der Tugenden, welche heisst: Redlichkeit. (Z, Von den Hinterweltlern, 37)

Zarathustras Gottlosigkeit ist jedoch weit mehr als bloße Religionskritik.

Das Zitat »Gott ist todt!« stammt aus einem Abschnitt der *Fröhlichen Wissenschaft*, welcher ›Der tolle Mensch‹ überschrieben ist. Der antike Provokateur Diogenes soll am hellichten Tage auf dem bevölkerten Marktplatz Athens mit einer Laterne nach Menschen gesucht haben. Nach seinem Vorbild sucht der »tolle Mensch« Gott. Es gibt eine unmittelbare Vorfassung zu diesem Textstück. Dort steht für den tollen Menschen noch ein Name: Zarathustra (vgl. KSA 14, 256f.). Der Aphorismus aus der *Fröhlichen Wissenschaft* kann daher helfen, Aspekte der besonderen »Gottlosigkeit« Zarathustras zu sammeln.

> *Der tolle Mensch.* – Habt ihr nicht von jenem tollen Menschen gehört, der am hellen Vormittage eine Laterne anzündete, auf den Markt lief und unaufhörlich schrie: ›Ich suche Gott! Ich suche Gott!‹ – Da dort gerade Viele von Denen zusammen standen, welche nicht an Gott glaubten, so erregte er ein grosses Gelächter. Ist er denn verloren gegangen? sagte der Eine. Hat er sich verlaufen wie ein Kind? sagte der Andere. Oder hält er sich versteckt? Fürchtet er sich vor uns? Ist er zu Schiff gegangen? ausgewandert? – so schrieen und lachten sie durcheinander. Der tolle Mensch sprang mitten unter sie und durchbohrte sie mit seinen Blicken. ›Wohin ist Gott? rief er, ich will es euch sagen! *Wir haben ihn getödtet*, – ihr und ich! Wir Alle sind seine Mörder! Aber wie haben wir diess gemacht? Wie vermochten wir das Meer auszutrinken? Wer gab uns den Schwamm, um den ganzen Horizont wegzuwischen? Was thaten wir, als wir diese Erde von ihrer Sonne

losketteten? Wohin bewegt sie sich nun? Wohin bewegen wir uns? Fort von allen Sonnen? Stürzen wir nicht fortwährend? Und rückwärts, seitwärts, vorwärts, nach allen Seiten? Giebt es noch ein Oben und ein Unten? Irren wir nicht wie durch ein unendliches Nichts? Haucht uns nicht der leere Raum an? Ist es nicht kälter geworden? Kommt nicht immerfort die Nacht und mehr Nacht? Müssen nicht Laternen am Vormittage angezündet werden? Hören wir noch Nichts von dem Lärm der Todtengräber, welche Gott begraben? Riechen wir noch Nichts von der göttlichen Verwesung? – auch Götter verwesen! Gott ist todt! Gott bleibt todt! Und wir haben ihn getödtet! Wie trösten wir uns, die Mörder aller Mörder? Das Heiligste und Mächtigste, was die Welt bisher besass, es ist unter unseren Messern verblutet, – wer wischt diess Blut von uns ab? Mit welchem Wasser könnten wir uns reinigen? Welche Sühnfeiern, welche heiligen Spiele werden wir erfinden müssen? Ist nicht die Grösse dieser That zu gross für uns? Müssen wir nicht selber zu Göttern werden, um nur ihrer würdig zu erscheinen? Es gab nie eine grössere That, – und wer nur immer nach uns geboren wird, gehört um dieser That willen in eine höhere Geschichte, als alle Geschichte bisher war!‹ – Hier schwieg der tolle Mensch und sah wieder seine Zuhörer an: auch sie schwiegen und blickten befremdet auf ihn. Endlich warf er seine Laterne auf den Boden, dass sie in Stücke sprang und erlosch. ›Ich komme zu früh, sagte er dann, ich bin noch nicht an der Zeit. Diess ungeheure Ereigniss ist noch unterwegs und wandert, – es ist noch nicht bis zu den Ohren der Menschen gedrungen. Blitz und Donner brauchen Zeit, das Licht der Gestirne braucht Zeit, Thaten brauchen Zeit, auch nachdem sie gethan sind, um gesehen und gehört zu werden. Diese That ist ihnen immer noch ferner, als die fernsten Gestirne, – *und doch haben sie dieselbe gethan*!‹ – Man erzählt noch, dass der tolle Mensch des selbigen Tages in verschiedene Kirchen eingedrungen sei und darin sein Requiem aeternam deo angestimmt habe. Hinausgeführt und zur Rede gesetzt, habe er

> immer nur diess entgegnet: ›Was sind denn diese Kirchen noch, wenn sie nicht die Grüfte und Grabmäler Gottes sind?‹ – (KSA 3, 480ff.)

Die Provokation des »tollen Menschen« zielt nicht in erster Linie darauf, den Glauben an Gott zu erschüttern, nicht auf Religionskritik. Die »Gottessuche« findet amüsierte Zuschauer vor, die schon längst nicht mehr an Gott glauben. »Gott ist todt!« ist selbst gar keine provokante Behauptung, es ist ein längst akzeptierter Tatbestand. Provozierend ist, daß der »tolle Mensch« Mordanklage gegen die Mitmenschen und sich selbst erhebt. Aus dem stillen Dahinscheiden einer altersschwachen Überzeugung wird ein Mordfall. Der Ankläger – und Mittäter gleichermaßen – fragt »Aber wie haben wir dies gemacht? [...]. Was thaten wir, [...]?« Gefragt wird einerseits nach dem Tathergang andererseits nach der Schwere der Tat.

»Es gab nie eine grössere That.« – aus dem Kontext wird deutlich, daß diese Bewertung doppeldeutig ist: der Mord an Gott war das schwerste Verbrechen, aber dieses Verbrechen hatte Größe, verlangt nach Tätern, die seiner »würdig« sind.

Die Konsequenzen der Tat fallen auf die Täter zurück: durch die Ermordung Gottes entziehen sie *allen* ihren bisherigen Sinnstiftungen und Wertmaßstäben die Grundlage.

Die Provokation des »tollen Menschen« versucht, die – vollständig ignorierte – Tragweite des »ungeheure[n] Ereigniss[es]« sichtbar zu machen. Der »tolle Mensch« fragt aber auch, wie es möglich wurde, Gott umzubringen, religiöse Überzeugungen abzulegen oder zu diskreditieren.

»[...] – auch Götter verwesen!« – Nietzsche arbeitete spätestens seit *Menschliches, Allzumenschliches* daran, Götter und Religionen als geschichtliche und menschliche Veranstaltungen zu begreifen, ihr Funktionieren und ihre Bedeutung zu beschreiben.

Hierbei schon zeigt sich ein Doppelaspekt seiner Herangehensweise: Ganz im Sinne der »Grösse dieser That [des Mordes an Gott]« versucht er der Bedeutung, der Macht des Religiösen gerecht zu werden, ohne allerdings daran Zweifel zu lassen, daß keine Religion Wahrheit enthält:

> *Die Wahrheit in der Religion.* – In der Periode der Aufklärung war man der Bedeutung der Religion nicht gerecht geworden, daran ist nicht zu zweifeln: aber ebenso steht fest, dass man, in dem darauffolgenden Widerspiel der Aufklärung, wiederum ein gutes Stück über die Gerechtigkeit hinausgieng, indem man die Religionen mit Liebe, selbst mit Verliebtheit behandelte und ihnen zum Beispiel ein tieferes, ja das allertiefste Verständniss der Welt zuerkannte; welches die Wissenschaft des dogmatischen Gewandes zu entkleiden habe, um dann in unmythischer Form die ›Wahrheit‹ zu besitzen. [...] ... er [Schopenhauer] würde vielmehr der Wahrheit die Ehre gegeben haben, wie er es pflegte, mit den Worten: *noch nie hat eine Religion, weder mittelbar, noch unmittelbar, weder als Dogma, noch als Gleichniss, eine Wahrheit enthalten.* (KSA 2, 109f.)

Der angesprochene Doppelaspekt spricht sich in veränderter Gewichtung auch in einem Fragment aus, das der Entstehungszeit des *Zarathustra* zuzuordnen ist:

> Ihr macht es euch zu leicht, ihr Gottlosen! Gut, es mag so sein, wie ihr sagt: die Menschen haben Gott geschaffen – ist dies ein Grund, sich nicht mehr um ihn zu kümmern? [...] (KSA 9, 611)

Die Sterblichkeit Gottes ist der eine Aspekt, welchen die Frage »Aber wie haben wir dies gemacht?« eröffnet. Der zweite betrifft die Täter. Über ihr Motiv wird in dem Aphorismus der *Fröhlichen Wissenschaft* nichts gesagt, wohl aber darüber, daß sie nicht wußten, was sie taten. »Diese That ist immer noch ferner, als die fernsten Gestirne, – *und doch haben sie dieselbe gethan*!« Schließlich unterschätzten sie die Tragweite des Ereignisses auch für sich selbst. Wenn es den Menschen möglich gewesen sein sollte, mit Gott den bisherigen universellen Bezugspunkt, die Grundlage aller Wertmaßstäbe zu beseitigen, so berührte dies ihr Selbstverständnis: »Müssen wir nicht selber zu Göttern werden, nur um ihrer würdig zu erscheinen? Es gab nie eine grössere That, – und wer nur immer nach uns geboren wird, gehört um dieser That willen in eine höhere Geschichte, als alle Geschichte bisher war!«

Die skizzierten Aspekte des Textes aus der *Fröhlichen Wissenschaft* finden sich auch im *Zarathustra* wieder. Vielleicht sind es aber gerade die Zwischentöne, das nebenher und außerdem Gesagte, welche die Lektüre entsprechender Passagen aus dem *Zarathustra* lohnend machen.

Zu den leiseren Zwischentönen im *Zarathustra* gehört das Gespräch, welches Zarathustra kurz nach seinem ersten Aufbruch mit einem Einsiedler führt. Der bereits angesprochene Aspekt eines noch gar nicht vollständig wahrgenommenen Todes Gottes findet sich auch hier. Der Einsiedler erklärt, die Menschen »allzu sehr« geliebt und sich enttäuscht mit seinem Gott allein in den Wald zurückgezogen zu haben: »Jetzt liebe ich Gott: die Menschen liebe ich nicht. Der Mensch ist mir eine zu unvollkommene Sache. Liebe zum Menschen würde mich umbringen.« (Z, Zarathustra's Vorrede, 13)

Er versucht, Zarathustra von seinem »Untergang«, seinem Gang zu den Menschen abzuhalten:

Gehe nicht zu den Menschen und bleibe im Walde! Gehe lieber noch zu den Thieren! Warum willst du nicht sein, wie ich, – ein Bär unter Bären, ein Vogel unter Vögeln?

›Und was macht der Heilige im Walde?‹ fragte Zarathustra.

Der Heilige antwortete: Ich mache Lieder und singe sie, und wenn ich Lieder mache, lache, weine und brumme ich: also lobe ich Gott.

Mit Singen, Weinen, Lachen und Brummen lobe ich den Gott, der mein Gott ist. Doch was bringst du uns zum Geschenke?

Als Zarathustra diese Worte gehört hatte, grüsste er den Heiligen und sprach: ›Was hätte ich euch zu geben! Aber lasst mich schnell davon, dass ich euch Nichts nehme!‹ – Und so trennten sie sich von einander, der Greis und der Mann, lachend, gleichwie zwei Knaben lachen.

Als Zarathustra aber allein war, sprach er also zu seinem Herzen: ›Sollte es denn möglich sein! Dieser alte Heilige hat in seinem Walde noch Nichts davon gehört, dass *Gott todt* ist!‹ – (Z, Zarathustra's Vorrede, 13f.)

Zarathustras Verwunderung unterstreicht nur noch einmal den Befund »Gott ist todt! Gott bleibt todt!«, den der tolle Mensch proklamierte. Dadurch, daß dies gleich am Beginn des Buches wie selbstverständlich hingestellt wird, ist eine wesentliche Ausgangsposition des *Zarathustra* bezeichnet: Das Buch stellt sich den *Folgen* des »Todes Gottes«.

Die Provokation der Anklage, welche der »tolle Mensch« führt, wird jedoch zurückgenommen. Zarathustra tritt gleich zu Beginn gelassen auf, ist kein missionierender Atheist. Er selbst stellt sich den Folgen des Verlustes und versucht, eine mögliche Haltung nach dem Zerfall religiöser und metaphysischer Fundamente zu finden. Dem Einsiedler läßt er sein »Singen, Weinen, Lachen und Brummen«, beide trennen sich heiter, ohne daß Zarathustra dem Heiligen seinen Gott »nehmen« will.

Trotz der fehlenden Anklage bleibt der Tod Gottes auch im *Zarathustra* ein Mordfall. Ein wichtiger Unterschied ist allerdings zu beobachten: Aus dem »wir«, das die Täter bezeichnet, den Ankläger mit umfaßt, aber interessanterweise schon in dem Text der *Fröhlichen Wissenschaft* zur dritten Person tendiert – »[...], *– und doch haben sie dieselbe gethan*« – wird im *Zarathustra* die Figur des Mörders Gottes: der häßlichste Mensch. Nietzsche strich eine Passage, in der Zarathustra selbst als der Mörder Gottes bezeichnet wird (vgl.: KSA 14, 309).

Der hässlichste Mensch

[...] Als aber der Weg wieder um einen Felsen bog, veränderte sich mit Einem Male die Landschaft, und Zarathustra trat in ein Reich des Todes. Hier starrten schwarze und rothe Klippen empor: kein Gras, kein Baum, keine Vogelstimme. Es war nämlich ein Thal, welches alle Thiere mieden, auch die Raubthiere; nur dass eine Art hässlicher, dicker, grüner Schlangen, wenn sie alt wurden, hierher kamen, um zu sterben. Darum nannten diess Thal die Hirten: Schlangen-Tod.

Zarathustra aber versank in eine schwarze Erinnerung, denn ihm war, als habe er schon ein Mal in diesem Thal gestanden. Und vieles Schwere legte sich ihm über den Sinn: also, dass er langsam gieng und immer langsamer und endlich still stand. Da aber sahe er, als er die Augen aufthat, Etwas, das am Wege sass, gestaltet wie ein Mensch und kaum wie ein Mensch, etwas Unaussprechliches. Und mit Einem Schlage überfiel Zarathustra die grosse Scham darob, dass er so Etwas mit den Augen angesehn habe: erröthend bis hinauf an sein weisses Haar, wandte er den Blick ab und hob den Fuss, dass er diese schlimme Stelle verlasse. Da aber wurde die todte Öde laut: vom Boden auf nämlich quoll es gurgelnd und röchelnd, wie Wasser Nachts durch verstopfte Wasser-Röhren gurgelt und röchelt; und zuletzt wurde daraus eine Menschen-Stimme und Menschen-Rede: – die lautete also.

›Zarathustra! Zarathustra! Rathe mein Räthsel! Sprich, sprich! Was ist *die Rache am Zeugen*?

Ich locke dich zurück, hier ist glattes Eis! Sieh zu, sieh zu, ob dein Stolz sich hier nicht die Beine bricht!

Du dünkst dich weise, du stolzer Zarathustra! So rathe doch das Räthsel, du harter Nüsseknacker, – das Räthsel, das ich bin! So sprich doch: wer bin *ich*!‹

– Als aber Zarathustra diese Worte gehört hatte, – was glaubt ihr wohl, dass sich da mit seiner Seele zutrug? *Das Mitleiden fiel ihn an*; und er sank mit Einem Male nieder, wie ein Eichbaum, der lange vielen Holzschlägern widerstanden hat, – schwer, plötzlich, zum Schrecken selber für Die, welche ihn fällen wollten. Aber schon stand er wieder vom Boden auf, und sein Antlitz wurde hart.

›Ich erkenne dich wohl, sprach er mit einer erzenen Stimme: *du bist der Mörder Gottes*! Lass mich gehn.

Du *ertrugst* Den nicht, der *dich* sah, – der dich immer und durch und durch sah, du hässlichster Mensch! Du nahmst Rache an diesem Zeugen!‹

Also sprach Zarathustra und wollte davon; aber der Unaussprechliche fasste nach einem Zipfel seines Gewandes und begann von Neuem zu gurgeln und nach Worten zu suchen. ›Bleib!‹ sagte er endlich –

– bleib! Geh nicht vorüber! Ich errieth, welche Axt dich zu Boden schlug: Heil dir, oh Zarathustra, dass du wieder stehst!

Du erriethest, ich weiss es gut, wie Dem zu Muthe ist, der ihn tödtete, – dem Mörder Gottes. Bleib! Setze dich her zu mir, es ist nicht umsonst.

[...]

Dass du aber an mir vorübergiengst, schweigend; dass du erröthetest, ich sah es wohl: daran erkannte ich dich als Zarathustra.

Jedweder Andere hätte mir sein Almosen zugeworfen, sein Mitleiden, mit Blick und Rede. Aber dazu – bin ich nicht Bettler genug, das erriethest du –

– dazu bin ich zu *reich*, reich an Grossem, an Furchtbarem, am Hässlichsten, am Unaussprechlichsten! Deine Scham, oh Zarathustra, *ehrte* mich!

Mit Noth kam ich heraus aus dem Gedräng der Mitleidigen,

– dass ich den Einzigen fände, der heute lehrt ›Mitleiden ist zudringlich‹ – dich, oh Zarathustra!

[...]

Du selber aber – warne dich selber auch vor *deinem* Mitleiden! Denn Viele sind zu dir unterwegs, viele Leidende, Zweifelnde, Verzweifelnde, Ertrinkende, Frierende –

Ich warne dich auch vor mir. Du erriethest mein bestes, schlimmstes Räthsel, mich selber und was ich that. Ich kenne die Axt, die dich fällt.

Aber er – *musste* sterben: er sah mit Augen, welche *Alles* sahn, – er sah des Menschen Tiefen und Gründe, alle seine verhehlte Schmach und Hässlichkeit.

Sein Mitleiden kannte keine Scham: er kroch in meine schmutzigsten Winkel. Dieser Neugierigste, Über-Zudringliche, Über-Mitleidige musste sterben.

Er sah immer *mich*: an einem solchen Zeugen wollte ich Rache haben – oder selber nicht leben.

Der Gott, der Alles sah, *auch den Menschen*: dieser Gott musste sterben! Der Mensch *erträgt* es nicht, dass solch ein Zeuge lebt. (Z, Der hässlichste Mensch, 327ff.)

Der Mörder Gottes wird auch hier erkannt; anders als im Falle des »tollen Menschen« fehlt aber der Ankläger, fehlt erst recht das Moment einer Selbstanklage. Zarathustra und der Mörder Gottes sind verschiedene Personen. Lediglich eine Art déjà-vu-Erlebnis läßt eine Ahnung aufkommen, daß Zarathustra schon vorher irgend etwas mit dem Mörder oder gar dem Mord Gottes zu tun gehabt haben könnte: »[...], denn ihm war, als habe er schon ein Mal in diesem Thal gestanden. Und vieles Schwere legte sich ihm über den Sinn: [...]« (ebd.)

Die Problematik erscheint daher aus vollständig neuer Perspektive. Dennoch finden sich Aspekte wieder: Die Schwere der Tat, welche furchtbar auf den Täter zurückfällt: » – du erriethest, wie Dem zu Muthe ist, welcher ihn tödtete«, das Moment einer Größe der Tat: »– dazu bin ich zu reich, reich an Grossem, an Furchtbarem, am Hässlichsten, am Unaussprechlichsten!«, die Unwahrheit der Religionen – hier des Christentums:

> Und ›Wahrheit‹ heisst heute, was der Prediger sprach, der selber aus ihnen herkam, jener wunderliche Heilige und Fürsprecher der kleinen Leute, welcher von sich zeugte ›ich – bin die Wahrheit.‹
>
> [...]
>
> Ward einem Unbescheidnen jemals höflicher geantwortet? – Du aber, oh Zarathustra, giengst an ihm vorüber und sprachst: ›Nein! Nein! Drei Mal Nein!‹ (Z, Der hässlichste Mensch, 330)

In der neuen Perspektive steht allerdings etwas anderes im Vordergrund. Der Text benennt ein Motiv für den Mord:

> Du *ertrugst* Den nicht, der *dich* sah, – der dich immer und durch und durch sah, du hässlichster Mensch! Du nahmst Rache an diesem Zeugen! (ebd., 328)

> [...] Der Gott, der Alles sah, *auch den Menschen*: dieser Gott musste sterben! Der Mensch *erträgt* es nicht, dass solch ein Zeuge lebt. (ebd., 331)

Vordergründiges Motiv ist also die Scham des Häßlichsten vor dem Zeugen seiner Häßlichkeit. Warum aber ist der Mörder Gottes häßlich? Es ist offensichtlich nicht der Mord, der ihn dazu machte, da die Häßlichkeit gerade dem Motiv vorausging. Zu billig wäre es, anzunehmen, daß Nietzsche diese Charakterisierung absichtslos wählte. Der Ausdruck Häßlichkeit stellt Verweise her, die weitere Interpretationen anregen.

> *Ein gefährlicher Entschluss.* – Der christliche Entschluss, die Welt hässlich und schlecht zu finden, hat die Welt hässlich und schlecht gemacht. (KSA 3, 485)

Nietzsche wirft speziell dem Christentum, aber auch allgemein den Religionen und der metaphysischen Spekulation immer wieder vor, ein Jenseits gegen das Diesseits, überweltliche Idealvorstellungen gegen die naheliegende weltliche Wirklichkeit auszuspielen:

> [...] Der Begriff ›Gott‹ war bisher der größte *Einwand* gegen das Dasein ... Wir leugnen Gott, wir leugnen die Verantwortlichkeit in Gott: *damit* erst erlösen wir die Welt. – (KSA 6, 97)

Entsprechende Überlegungen machen bereits in *Menschliches, Allzumenschliches* einen thematischen Schwerpunkt aus (KSA 2, 107-140). Sie gehören zu einer – bei aller Polemik – argumentativen Auseinandersetzung mit dem Phänomen Religion. Interessant ist allerdings, daß Nietzsche schon hier über eine rein rational begründete Religionskritik hinausgeht.

Seine Begründungen stützen sich auf das, was er »Geschmack« nennt:

> *Gegen das Christenthum.* – Jetzt entscheidet unser Geschmack gegen das Christenthum, nicht mehr unsere Gründe. (KSA 3, 485)

Geschmack ist ein von Nietzsche mehrfach reflektierter Begriff. Nietzsche faßt ihn als Ausdruck der ganzen Persönlichkeit auf, die ihre Herkunft und »physiologische« Konstitution im Geschmacksurteil äußert:

> Geschmack: das ist Gewicht zugleich und Wagschale und Wägender; und wehe allem Lebendigen, das ohne Streit um Gewicht und Wagschale und Wägende leben wollte! (Z, Von den Erhabenen, 150f.)

Jeder »Typus ›Mensch‹« verkörpert bestimmte geschmackliche Wertungen; und nur diese können die Kritik an bestehenden Religionen zureichend »begründen«. Bloß rationale Argumentationen reichen nicht tief genug: auch ihnen geht noch eine Wertung voraus.

> Doch man wird es begriffen haben, worauf ich hinaus will, nämlich dass es immer noch ein *metaphysischer Glaube* ist, auf dem unser Glaube an die Wissenschaft ruht, – dass auch wir Erkennenden von heute, wir Gottlosen und Antimetaphysiker, auch *unser* Feuer noch von dem Brande nehmen, den ein Jahrtausende alter Glaube entzündet hat, jener Christen-Glaube, der auch der Glaube Plato's war, dass Gott die Wahrheit ist, dass die Wahrheit göttlich ist... (KSA 3, 577)

In einer mehrfach gebrochenen Weise äußert Nietzsche diesen Gedanken auch im *Zarathustra*. Er legt ausgerechnet dem letzten Papst, der nach dem Tode Gottes gewissermaßen arbeitslos geworden ist, die Worte in den Mund: »Oh Zarathustra, du bist frömmer als du glaubst, mit einem solchen Unglauben! Irgend ein Gott in dir bekehrte dich zu deiner Gottlosigkeit.« (Z, Ausser Dienst, 325)

Der Papst, Experte in solchen Angelegenheiten, weist Zarathustra mit diesen Worten darauf hin, daß seine Geschmacksurteile und Neubewertungen in ihren Voraussetzungen genauso tief gründen wie Religionen. Es ist ein wichtiger Gedanke Nietzsches, daß Religionen mächtige Vermittler von Perspektiven und Wertsetzungen sind, die in den Personen der

Religionsstifter und Gesetzgeber selbst wieder »physiologischen« Voraussetzungen unterworfen sind.

> Also sprach Zarathustra und durchbohrte mit seinen Blicken die Gedanken und Hintergedanken des alten Papstes. Endlich begann dieser: ›Wer ihn am meisten liebte und besass, der hat ihn nun am meisten auch verloren –:
>
> – siehe, ich selber bin wohl von uns Beiden jetzt der Gottlosere? Aber wer könnte daran sich freuen!‹ – (ebd., 323)
>
> ›[...] Es giebt auch in der Frömmigkeit guten Geschmack: *der* sprach endlich ›Fort mit einem *solchen* Gotte! Lieber keinen Gott, lieber auf eigne Faust Schicksal machen, lieber Narr sein, lieber selber Gott sein!‹
>
> – ›Was höre ich! sprach hier der alte Papst mit gespitzten Ohren; oh Zarathustra, du bist frömmer als du glaubst, mit einem solchen Unglauben! Irgend ein Gott in dir bekehrte dich zu deiner Gottlosigkeit.
>
> Ist es nicht deine Frömmigkeit selber, die dich nicht mehr an einen Gott glauben lässt? Und deine übergrosse Redlichkeit wird dich auch noch jenseits von Gut und Böse wegführen!
>
> Siehe doch, was blieb dir aufgespart? Du hast Augen und Hand und Mund, die sind zum Segnen vorher bestimmt seit Ewigkeit. Man segnet nicht mit der Hand allein. [...]‹ (ebd., 324f.)

Die Dramatik der Anklagerede des »tollen Menschen«, welcher seine Mitmenschen auf die furchtbaren Konsequenzen des Todes Gottes aufmerksam zu machen versuchte, kehrt hier in der Trauer des alten Papstes wieder: »Wer aber nähme dir [Papst] *deine* Schwermuth von der Schulter? Dazu bin ich [Zarathustra] zu schwach.« (ebd.; 325)
Nicht nur die selbstverständliche Gottlosigkeit Zarathustras, sondern auch die schwermütige des Papstes sind Nietzsches eigene Erfahrungen. In einer autobiographischen Skizze notiert der Pastorensohn zu

seiner Kindheit: »Gott in seinem Glanze gesehen« (KSA 8, 505). Neben dem Aphorismus vom »tollen Menschen« reflektieren noch viele weitere Textzeugnisse das zeitweilige Gefühl von Verlorenheit, ja Verzweiflung über den Verlust dieses Gottes, und selbst sein später »Fluch gegen das Christenthum«, der *Antichrist*, enthält noch Passagen, die geradezu liebevoll über Jesus von Nazareth sprechen.

> Dieser ›frohe Botschafter‹ starb wie er lebte, wie er *lehrte* – *nicht* um ›die Menschen zu erlösen‹, sondern um zu zeigen, wie man zu leben hat. Die *Praktik* ist es, welche er der Menschheit hinterliess: sein Verhalten vor den Richtern, vor den Häschern, vor den Anklägern und aller Art Verleumdung und Hohn, – sein Verhalten am *Kreuz*. Er widersteht nicht, er vertheidigt nicht sein Recht, er thut keinen Schritt, der das Äusserste von ihm abwehrt, mehr noch, *er fordert es heraus* ... Und er bittet, er leidet, er liebt *mit* denen, *in* denen, die ihm Böses thun ... Die Worte zum *Schächer* am Kreuz enthalten das ganze Evangelium. ›Das ist wahrlich ein *göttlicher* Mensch gewesen, ein ›Kind Gottes‹ sagt der Schächer. ›Wenn du dies fühlst – an[t]wortet der Erlöser – *so bist du im Paradiese*, so bist auch du ein Kind Gottes ...‹ *Nicht* sich wehren, *nicht* zürnen, *nicht* verantwortlich-machen ... Sondern auch nicht dem Bösen widerstehen, – ihn *lieben*... (KSA 6, 207f.)

Ekel

> Ich, Zarathustra, der Fürsprecher des Lebens, der Fürsprecher des Leidens, der Fürsprecher des Kreises – dich rufe ich, meinen abgründlichsten Gedanken!
>
> Heil mir! Du kommst – ich höre dich! Mein Abgrund *redet*, meine letzte Tiefe habe ich an's Licht gestülpt!

> Heil mir! Heran! Gieb die Hand – ha! lass! Haha!– Ekel, Ekel, Ekel – wehe mir! (Z, Der Genesende, 271)

Zarathustras Ekel ist keine Nebensache. Er hat zu tun mit einem seiner zentralen Gedanken – dem »abgründlichsten«. Zarathustra ruft diesen Gedanken in der Art, wie ein Geist von seinem Meister beschworen wird: Er legitimiert seine Beschwörung, indem er sich mit seinem Namen und seinen Titeln ausweist. Diese Titel stellen die Verbindung zu zentralen Gedankenkomplexen des *Zarathustra* her: der radikalen Immanenz, also dem Verneinen jeglicher Jenseitigkeit (»Fürsprecher des Lebens«, »Fürsprecher des Leidens«) und der ewigen Wiederkehr des Gleichen (»Fürsprecher des Kreises«). Auch dies weist darauf hin, daß der Ekel nicht nebensächlich ist. Zarathustra befiehlt dem abgründlichsten Gedanken heraufzukommen und, indem sich dieser Gedanke einstellt, entfaltet sich zwischen den Ausrufen »Heil mir!« und »[...] — wehe mir!« der Ekel.

Dieser Ekel ist so heftig, daß Zarathustra »gleich einem Todten« niederstürzt und sich im folgenden sieben Tage lang auskurieren muß. Erst danach ist der Ekel ganz überwunden:

> Endlich, nach sieben Tagen richtete sich Zarathustra auf seinem Lager auf, nahm einen Rosenapfel in die Hand, roch daran und fand seinen Geruch lieblich. (ebd., 271)

Eine zentrale Facette Zarathustras ist daher, daß er diesen maßlosen Ekel zwar verspürt, aber auch überwindet:

> ›[... der Berg-Prediger spricht] Diess ist der Mensch ohne Ekel, diess ist Zarathustra selber, der Überwinder des grossen Ekels, diess ist das Auge, diess ist der Mund, diess ist das Herz Zarathustra's selber.‹

> […] ›Sprich nicht von mir, du Wunderlicher! Lieblicher! sagte Zarathustra und wehrte seiner Zärtlichkeit, sprich mir erst von dir! […]‹ (Z, Der freiwillige Bettler, 334f.)

Zarathustra, der »Überwinder des grossen Ekels« – worin besteht dieser Ekel, worauf bezieht er sich? Schon bevor ihm der große Ekel derart zusetzt, berichtet Zarathustra:

> Sondern ich fragte einst und erstickte fast an meiner Frage: wie? hat das Leben auch das Gesindel *nöthig*?
>
> […]
>
> Nicht mein Hass, sondern mein Ekel frass mir hungrig am Leben! Ach, des Geistes wurde ich oft müde, als ich auch das Gesindel geistreich fand! (Z, Vom Gesindel, 125)

Zarathustras Haltung zum »Gesindel« färbte den Blick auf das Dasein selbst: »mein Ekel frass mir hungrig am Leben«.

Diese Haltung steht stellvertretend für etwas, das Nietzsche in *Ecce homo* den »Ekel am Menschen« nennt: Zarathustra empfindet diesen nicht permanent, er kennt auch die Liebe zum Menschen, ja sogar das Mitleid mit Menschen. Zarathustras Ekel am Menschen ist die Kehrseite seiner ganz persönlichen Menschenliebe. Schon in der Vorrede wird der Grund und Ansatzpunkt dieser speziellen Menschenliebe deutlich:

> Was gross ist am Menschen, das ist, dass er eine Brücke und kein Zweck ist: was geliebt werden kann am Menschen, das ist, dass er ein *Übergang* und ein *Untergang* ist. (Z, Zarathustra's Vorrede, 16f.)

Die alltäglichen Häßlichkeiten und Gemeinheiten, aber auch das Leiden und Zerbrechen am Leben machen das Unvollkommene und aus Nietzsches Sicht Unfertige des Lebewesens Mensch aus. Gerade die Unfertigkeit aber ist sowohl Grund der spezifischen Menschenliebe als auch des Ekels am Menschen, die Nietzsche im *Zarathustra* schildert. Wie Zarathustra seinen Ekel überwindet, so auch seine Liebe, endlich sogar sein Mitleiden. Letzteres erst auf der letzten Seite des *Zarathustra.* Nietzsche selbst kommentiert diese Entwicklung. Was Zarathustra erreicht, ist die Darstellung einer Perspektive, in welcher der Mensch sich selbst als künstlerische Herausforderung, als Stoff zur Vollendung begreift:

> An einer andren Stelle bestimmt er so streng als möglich, was für ihn allein ›der Mensch‹ sein kann – *kein* Gegenstand der Liebe oder gar des Mitleidens – auch über den *grossen Ekel* am Menschen ist Zarathustra Herr geworden: der Mensch ist ihm eine Unform, ein Stoff, ein hässlicher Stein, der des Bildners bedarf. (KSA 6, 348)

Der Gedanke der Wiederkunft des Gleichen aber verschärft den Ekel am Menschen. Das Streben nach Selbsterlösung im Sinne eines Fortschrittes zu immer größerer Vollkommenheit fällt in sich zusammen.

> Aber der Knoten von Ursachen kehrt wieder, in den ich verschlungen bin, – der wird mich wieder schaffen! Ich selber gehöre zu den Ursachen der ewigen Wiederkunft. (Z, Der Genesende, 276)

Das Unfertige kehrt als Unfertiges genauso wieder wie das Vollendete als Vollendetes. Erst jetzt wird der Ekel am Häßlichen, das durch keinen Fortschritt mehr überwunden werden kann, zum großen Ekel am Dasein:

> Allzuklein der Grösste! – Das war mein Überdruss am Menschen! Und ewige Wiederkunft auch des Kleinsten! – Das war mein Überdruss an allem Dasein!
>
> Ach, Ekel! Ekel! Ekel! – Also sprach Zarathustra und seufzte und schauderte; denn er erinnerte sich seiner Krankheit. (ebd., 274f.)

Bejahung

> Amor fati: das sei von nun an meine Liebe! Ich will keinen Krieg gegen das Hässliche führen. Ich will nicht anklagen, ich will nicht einmal die Ankläger anklagen. *Wegsehen* sei meine einzige Verneinung! Und, Alles in Allem und Grossen: ich will irgendwann einmal nur noch ein Ja-sagender sein! (KSA 3, 521)

Hier in dem 1887 – also nach Abfassung des *Zarathustra* – der *Fröhlichen Wissenschaft* angefügten fünften Buch spricht Nietzsche von sich selbst. Was für ihn Ziel und Vorsatz ist, nimmt er in der Gestalt des Zarathustra vorweg:

> [...] – So sprach Z‹arathustra› ›*ich klage nicht an, ich will selbst die Ankläger nicht anklagen*‹ (KSA 9, 616)
>
> Ich aber bin ein Segnender und ein Ja-sager, wenn du nur um mich bist, du Reiner! Lichter! Du Licht-Abgrund! – in alle Abgründe trage ich da noch mein segnendes Ja-sagen. (Z, Vor Sonnen-Aufgang, 208f.)

Was sich schon am Stil des *Zarathustra* beobachten läßt, das weitgehende Fehlen polemischer Attacken, setzt sich inhaltlich fort. Zarathustra greift nicht an, er bestreitet in seinen Wertungen keine Daseinsberechtigungen, übt keine *vernichtende* Kritik.

Diese Haltung ringt sich Zarathustra an einigen Stellen schwer ab. Er muß dazu die unmittelbarste –

gewissermaßen leibhaftigste – Form des Verabscheuens zunächst überwinden, seinen Ekel.

Es gibt einen bemerkenswerten Abschnitt im dritten Buch des *Zarathustra*, der verdeutlicht, daß Zarathustra gerade nicht bei seinem Ekel stehenbleibt. Zarathustra trifft auf eine Figur, die ein Zerrbild seiner selbst ist, indem sie ihn und seine Lehre nachäfft:

> Diess aber war der selbige Narr, welchen das Volk ›den Affen Zarathustra's‹ hiess: denn er hatte ihm Etwas vom Satz und Fall der Rede abgemerkt und borgte wohl gerne auch vom Schatze seiner Weisheit. (Z, Vom Vorübergehen, 222)

Im dem Appell, den dieser Narr an Zarathustra richtet, finden sich zum Teil wörtliche Übereinstimmungen mit dessen Reden – beispielsweise der ›Vom neuen Götzen‹. Zarathustra jedoch distanziert sich:

> Was war es denn, was dich zuerst grunzen machte? Dass Niemand dir genug *geschmeichelt* hat: – darum setztest du dich hin zu diesem Unrathe, dass du Grund hättest viel zu grunzen, –
>
> – dass du Grund hättest zu vieler *Rache*! Rache nämlich, du eitler Narr, ist all dein Schäumen, ich errieth dich wohl!
>
> Aber dein Narren-Wort thut *mir* Schaden, selbst, wo du Recht hast! Und wenn Zarathustra's Wort sogar hundert Mal Recht *hätte*: *du* würdest meinem Wort immer – Unrecht *thun*!‹ (ebd., 224f.)

Diese letzte Bemerkung weist sehr deutlich darauf hin, daß die Reden Zarathustras nicht einzeln in der Art von Lehrsätzen zu verstehen sind, sondern einerseits im Zusammenhang aller seiner – manchmal sogar sich widersprechenden – Aussprüche, andererseits aber auch in Verbindung mit der facettenreichen

Schilderung des Typus Zarathustra. Es ist von Bedeutung, wer spricht und aus welcher Motivation.

Zarathustra läßt seine Abscheu hinter sich:

> Diese Lehre aber gebe ich dir, du Narr, zum Abschiede: wo man nicht mehr lieben kann, da soll man – *vorübergehn!* –
>
> Also sprach Zarathustra und gieng an dem Narren und der grossen Stadt vorüber. (ebd.)

Zarathustra ist kein Gegner, Zarathustra insgesamt ist stattdessen ein Gegenentwurf. Als Gegenentwurf, als große Alternative, stellt er das bisherige komplett in Frage, er »thut« »Nein«, gleichzeitig bleibt er der »Ja-sagende«. Nietzsche kommentiert in *Ecce homo*:

> Das psychologische Problem im Typus des Zarathustra ist, wie der, welcher in einem unerhörten Grade Nein sagt, Nein *thut*, zu Allem, wozu man bisher Ja sagte, trotzdem der Gegensatz eines neinsagenden Geistes sein kann; wie der das Schwerste von Schicksal, ein Verhängniss von Aufgabe tragende Geist trotzdem der leichteste und jenseitigste sein kann – Zarathustra ist ein Tänzer –; wie der, welcher die härteste, die furchtbarste Einsicht in die Realität hat, welcher den ›abgründlichsten Gedanken‹ gedacht hat, trotzdem darin keinen Einwand gegen das Dasein, selbst nicht gegen dessen ewige Wiederkunft findet, – vielmehr einen Grund noch hinzu, das ewige Ja zu allen Dingen selbst zu sein, ›das ungeheure unbegrenzte Ja- und Amensagen‹ ... ›In alle Abgründe trage ich noch mein segnendes Jasagen‹ ... *Aber das ist der Begriff des Dionysos noch einmal.* (KSA 6, 344f.)

Alles Bestehende sieht sich durch den Gegenentwurf Zarathustras, der »Nein *thut*, zu Allem, wozu man bisher Ja sagte« radikal in Frage gestellt. Dennoch übt Zarathustra keine *vernichtende* Kritik. Seine Haltung ist die einer »neuen Gerechtigkeit«. Diese wird erst möglich durch die Überwindung, die Kehrseite des großen Ekels: das »ungeheure unbegrenzte Ja- und Amen-sagen« Zarathustras, das den Wegfall jedes fundamentalen »Einwand[s] gegen das Leben« – selbst angesichts einer möglichen ewigen Wiederkehr des Gleichen – bedeutet. Hierdurch läßt er allem auf sehr grundsätzliche Weise Gerechtigkeit widerfahren. Diese »neue Gerechtigkeit« findet sich fast programmatisch in Nietzsches *Fröhlicher Wissenschaft* wieder:

> *Auf die Schiffe*! – Erwägt man, wie auf jeden Einzelnen eine philosophische Gesammt-Rechtfertigung seiner Art, zu leben und zu denken, wirkt – nämlich gleich einer wärmenden, segnenden, befruchtenden, eigens ihm leuchtenden Sonne, wie sie unabhängig von Lob und Tadel, selbstgenugsam, reich, freigebig an Glück und Wohlwollen macht, wie sie unaufhörlich das Böse zum Guten umschafft, alle Kräfte zum Blühen und Reifwerden bringt und das kleine und grosse Unkraut des Grams und der Verdriesslichkeit gar nicht aufkommen lässt: – so ruft man zuletzt verlangend aus: oh dass doch viele solche neue Sonnen noch geschaffen würden! Auch der Böse, auch der Unglückliche, auch der Ausnahme-Mensch soll seine Philosophie, sein gutes Recht, seinen Sonnenschein haben! Nicht Mitleiden mit ihnen thut noth! – diesen Einfall des Hochmuths müssen wir verlernen, so lange auch bisher die Menschheit gerade an ihm gelernt und geübt hat – keine Beichtiger, Seelenbeschwörer und Sündenvergeber haben wir für sie aufzustellen! Sondern eine neue *Gerechtigkeit* thut noth! Und eine neue Losung! Und neue Philosophen! Auch die moralische Erde hat ihre Antipoden! Auch die Antipoden haben ihr Recht des Daseins! Es giebt noch eine andere Welt zu entdecken – und mehr als eine! Auf die Schiffe, ihr Philosophen! (KSA 3, 529f.)

Aus dem Bild der »eigens ihm leuchtenden Sonne« wird »sein eigener Himmel«, der über jedem Ding steht. Das Bild wird zur Selbstbeschreibung Zarathustras, der durch das Überwinden des großen Ekels ein Ja-sagender, Segnender geworden ist:

> Ich aber bin ein Segnender und ein Ja-sager, wenn du nur um mich bist, du Reiner! Lichter! Du Licht-Abgrund! – in alle Abgründe trage ich da noch mein segnendes Ja-sagen.
>
> Zum Segnenden bin ich worden und zum Ja-sagenden: und dazu rang ich lange und war ein Ringer, dass ich einst die Hände frei bekäme zum Segnen.
>
> Das aber ist mein Segnen: über jedwedem Ding als sein eigener Himmel stehn, als sein rundes Dach, seine azurne Glocke und ewige Sicherheit: und selig ist, wer also segnet.
>
> Denn alle Dinge sind getauft am Borne der Ewigkeit und jenseits von Gut und Böse; Gut und Böse selber aber sind nur Zwischenschatten und feuchte Trübsale und Zieh-Wolken.
>
> Wahrlich ein Segnen ist es und kein Lästern, wenn ich lehre: ›über allen Dingen steht der Himmel Zufall, der Himmel Unschuld, der Himmel Ohngefähr, der Himmel Übermuth.‹
>
> ›Von Ohngefähr‹ – das ist der älteste Adel der Welt, den gab ich allen Dingen zurück, ich erlöste sie von der Knechtschaft unter dem Zwecke. (Z, Vor Sonnen-Aufgang, 208f.)

Hier treffen sich mehrere Gedankenzüge im Bild des Ja-sagenden Zarathustra: Eine Anspielung erinnert an die Überwindung des großen Ekels – »[...] und dazu rang ich lange und war ein Ringer«; gleich mehrere Hinweise auf den Gedanken der ewigen Wiederkunft treten hinzu – »Denn alle Dinge sind getauft am Borne der Ewigkeit«. Dieses zentrale Gedankenspiel Nietzsches liegt hier der neuen Gerechtigkeit zugrunde. In Nietzsches Gedankenspiel, wo alles in Ewigkeit so wiederkehrt, wie es ist, ist ein vollständiges Ende von Entwicklungen unmöglich, sind Zwecke und Ziele daher immer nur zeitweilig und vorübergehend. Bewertungen, die aus diesen entspringen, wie nützlich oder unnütz, gut und böse treten nur vorübergehend zu den Dingen, können nur relative Gültigkeit beanspruchen. Nietzsche notiert sich 1883:

> Wichtigster Gesichtspunkt: *die* **Unschuld** *des Werdens zu gewinnen, dadurch, daß man die* **Zwecke** *ausschließt.* (KSA 10, 245)

Mit den Zwecken fällt aber auch jede Rechtfertigung des Daseins durch Endziele: Es ist nicht länger etwas, damit ... oder umzu ... .

> Und sind nicht solchermaassen fest alle Dinge verknotet, dass dieser Augenblick *alle* kommenden Dinge nach sich zieht? *Also* – sich selber noch? (Z, Vom Gesicht und Räthsel, 200)

Erlöst von der »Knechtschaft unter dem Zwecke« ist alles gewissermaßen einfach so da, »von Ohngefähr« – wie es in Zarathustras Sprechweise heißt. Hinzuweisen ist darauf, daß Zarathustra eigens betont, diese Konzequenz sei in seinem Munde kein »Lästern«, keine Minderung an Wert und Würde, sondern im Gegenteil ein »Segnen«.

Gemeinhin werden wir, wie Nietzsche einmal in der *Fröhlichen Wissenschaft* erörtert, selbst oder gerade, wenn etwas gelingt, verführt, einen höheren Zweck oder eine Vorsehung dahinter zu vermuten. Nietzsche bemerkt dazu kritisch:

> Nun – ich meine trotzalledem! wir wollen die Götter in Ruhe lassen und die dienstfertigen Genien ebenfalls und uns mit der Annahme begnügen, dass unsere eigene practische und theoretische Geschicklichkeit im

> Auslegen und Zurechtlegen der Ereignisse jetzt auf ihren Höhepunct gelangt sei. Wir wollen auch nicht zu hoch von dieser Fingerfertigkeit unserer Weisheit denken, wenn uns mitunter die wunderbare Harmonie allzusehr überrascht [...]. In der That, hier und da spielt Einer *mit* uns – der liebe Zufall: [...]. (KSA 3, 522)

Zarathustras – mühsam dem großen Ekel abgerungenes – Ja-sagen ist Nietzsches Entwurf einer Haltung, die aus der »Physiologie« eines »unendlichen Wohlseins« heraus wahrnehmen kann, daß alles »einfach so« ist, und dem grundsätzlich zustimmt.

Schaffen, Lieben, Vernichten, Leiden

> In Zarathustra 6 die große Synthesis des Schaffenden, Liebenden, Vernichtenden (KSA 11, 360)

> Aber dass der Schaffende sei, dazu selber thut Leid noth und viel Verwandelung. (Z, Auf den glückseligen Inseln, 110)

Der Plan Nietzsches und die Zarathustra in den Mund gelegte Aussage dokumentieren, daß die darin genannten Facetten in engem Zusammenhang stehen. Auf den ersten Blick könnte die Zusammenstellung kaum widersprüchlicher und merkwürdiger sein – eine Beobachtung, die fragen läßt, weshalb Nietzsche gerade hier eine Synthese versuchte.

Ein erster Ansatz ist es, zunächst nachzusehen, was Zarathustra schafft, in welcher Hinsicht und auf welche Weise er ein Schaffender ist.

Hinweise darauf lassen sich in einer Passage finden, in welcher Zarathustra mit dem Bild eines Baumzüchters, der seine Sprößlinge verpflanzt, schildert, wie seine »Kinder« – seine Nachkommenschaft wohl nicht im engeren biologischen Sinn – zu Mitschaffenden herangezogen und ausgewählt werden:

> Noch grünen mir meine Kinder in ihrem ersten Frühlinge, nahe bei einander stehend und gemeinsam von Winden geschüttelt, die Bäume meines Gartens und besten Erdreichs.
>
> Und wahrlich! Wo solche Bäume bei einander stehn, da *sind* glückselige Inseln!
>
> Aber einstmals will ich sie ausheben und einen Jeden für sich allein stellen: dass er Einsamkeit lerne und Trotz und Vorsicht.
>
> Knorrig und gekrümmt und mit biegsamer Härte soll er mir dann am Meere dastehn, ein lebendiger Leuchtthurm unbesiegbaren Lebens.
>
> Dort, wo die Stürme hinab in's Meer stürzen, und des Gebirgs Rüssel Wasser trinkt, da soll ein Jeder einmal seine Tag- und Nachtwachen haben, zu *seiner* Prüfung und Erkenntniss.
>
> Erkannt und geprüft soll er werden, darauf, ob er meiner Art und Abkunft ist, – ob er eines langen Willens Herr sei, schweigsam, auch wenn er redet, und nachgebend also, dass er im Geben *nimmt*: –
>
> – dass er einst mein Gefährte werde und ein Mitschaffender und Mitfeiernder Zarathustra's-: ein Solcher, der mir meinen Willen auf meine Tafeln schreibt: zu aller Dinge vollerer Vollendung. (Z, Von der Seligkeit wider Willen, 204)

Die Ortsbescheibung ist sorgfältig gewählt: Nietzsche kombiniert verschiedene landschaftliche und klimatische Charakteristika, die an anderen Stellen seines Werkes wieder mit gedanklichem Inhalt gefüllt werden. Die Ortsbeschreibung ist wieder mehr eine Landschaft aus Gedanken als eine Naturkulisse: ein Gebirgsrand am Meer, stürmische Fallwinde.

Das Gebirge ist die Landschaft der philosophischen Distanz, gewissenmaßen die einer philosophischen

Vogelperspektive auf das Dasein. Nietzsche formuliert diese Verknüpfung in *Ecce homo*:

> – Wer die Luft meiner Schriften zu athmen weiss, weiss, dass es eine Luft der Höhe ist, eine *starke* Luft. Man muss für sie geschaffen sein, sonst ist die Gefahr keine kleine, sich in ihr zu erkälten. Das Eis ist nahe, die Einsamkeit ist ungeheuer – aber wie ruhig alle Dinge im Lichte liegen! wie frei man athmet! wie Viel man *unter* sich fühlt! – Philosophie, wie ich sie bisher verstanden und gelebt habe, ist das freiwillige Leben in Eis und Hochgebirge – das Aufsuchen alles Fremden und Fragwürdigen im Dasein, alles dessen, was durch die Moral bisher in Bann gethan war. (KSA 6, 258)

Die Mechanismen des Daseins liegen einem fast unbeteiligten Betrachter zu Füßen. Zu diesen Mechanismen gehören auch und vor allem Zweck- und Wertsetzungen; das Gebirge ist auch die Landschaft für ein »Jenseits von Gut und Böse«.

Das Meer ist die Gegend neuer Entdeckungen, neuer Perspektiven, aber auch die einer »furchtbaren« Unendlichkeit:

> [...] Es giebt noch eine andere Welt zu entdecken – und mehr als eine! Auf die Schiffe, ihr Philosophen! (KSA 3, 530)
>
> Wir haben das Land verlassen und sind zu Schiff gegangen! Wir haben die Brücke hinter uns, – mehr noch, wir haben das Land hinter uns abgebrochen! Nun, Schifflein! sieh' dich vor! Neben dir liegt der Ocean, es ist wahr, er brüllt nicht immer, und mitunter liegt er da, wie Seide und Gold und Träumerei der Güte. Aber es

> kommen Stunden, wo du erkennen wirst, dass er unendlich ist und dass es nichts Furchtbareres giebt, als Unendlichkeit. [...] (KSA 3, 480)

Der Ort, an den diejenigen verpflanzt werden, die zu Zarathustras Mitschaffenden herangezogen werden sollen, liegt dort, wo diese beiden Landschaftsbilder für Gedanken kombiniert werden. Diese Zusammenstellung ist kein neutrales Nebeneinander, sondern heftiges Wechselwirken: »wo die Stürme hinab in's Meer stürzen, und des Gebirgs Rüssel Wasser trinkt«.

Der Platz ist unwirtlich, und er ist einsam. Der dahin verpflanzte Baum muß sich in der Unwirtlichkeit zwischen philosophischer Distanz und Entdeckungsexpedition ins Unendliche behaupten, hier eine eigene Lebensmöglichkeit finden.

Als Mitschaffender Zarathustras wird er einen eigenen Lebensentwurf, einen eigenen Typus darstellen, der auch unter diesen klimatischen Bedingungen, die für philosophische Gesichtspunkte stehen, lebensfähig ist: »ein lebendiger Leuchtthurm unbesiegbaren Lebens«.

In einem Abschnitt von *Jenseits von Gut und Böse* beschreibt Nietzsche weniger metaphorisch einen Werdegang durch philosophische Gesichtspunkte hindurch:

> Es mag zur Erziehung des wirklichen Philosophen nöthig sein, dass er selbst auch auf allen diesen Stufen einmal gestanden hat, auf welchen seine Diener, die wissenschaftlichen Arbeiter der Philosophie, stehen bleiben, – stehen bleiben *müssen*; er muss selbst vielleicht Kritiker und Skeptiker und Dogmatiker und Historiker und überdies Dichter und Sammler und Reisender und Räthselrather und Moralist und Seher und ›freier Geist‹ und beinahe Alles gewesen sein, um

den Umkreis menschlicher Werthe und Werth-Gefühle zu durchlaufen und mit vielerlei Augen und Gewissen, von der Höhe in jede Ferne, von der Tiefe in jede Höhe, von der Ecke in jede Weite, blicken zu *können*. (KSA 5, 144)

Und indem Nietzsche fortfährt, stellt er den Zusammenhang zwischen diesen »wirklichen Philosophen« und den Schaffenden im Sinne der »Mitschaffenden Zarathustras« her:

> Aber dies Alles sind nur Vorbedingungen seiner Aufgabe: diese Aufgabe selbst will etwas Anderes, – sie verlangt, dass er *Werthe schaffe*.
>
> [...] *Die eigentlichen Philosophen aber sind Befehlende und Gesetzgeber*: sie sagen ›so *soll* es sein!‹, sie bestimmen erst das Wohin? und Wozu? des Menschen [...], – sie greifen mit schöpferischer Hand nach der Zukunft, und Alles, was ist und war, wird ihnen dabei zum Mittel, zum Werkzeug, zum Hammer. Ihr ›Erkennen‹ ist *Schaffen*, ihr Schaffen ist eine Gesetzgebung, ihr Wille zur Wahrheit ist – *Wille zur Macht*. Giebt es heute solche Philosophen? Gab es schon solche Philosophen? *Muss* es nicht solche Philosophen geben? ... (KSA 5, 144f.)

Die Schaffenden, von denen Zarathustra spricht, sind in erster Linie solche Werte-Schaffenden, Wertsetzer. Nietzsche notiert während der Abfassung des *Zarathustra*:

> ein Schaffender ist, der neue Werthe schafft. Aber der Künstler nicht! (KSA 10, 184)

Auch im *Zarathustra* wird diese Verbindung hergestellt. Zarathustra selbst sitzt und wartet zwischen Tafeln, »alte[n] zerbrochene[n]« und »neue[n] halb beschriebene[n]«. Die Assoziation der Gesetzestafeln Moses, auch sie beim ersten Mal vom zornigen Mose zerbrochen, liegt nahe. Der Blick auf Zarathustra zwischen alten und neuen Gesetzes- bzw. Werttafeln ist der Blick auf einen Schaffenden während einer Arbeitspause, in der er von sich und seiner Arbeit berichtet:

> Als ich zu den Menschen kam, da fand ich sie sitzen auf einem alten Dünkel: Alle dünkten sich lange schon zu wissen, was dem Menschen gut und böse sei.
>
> [...] Diese Schläferei störte ich auf, als ich lehrte: was gut und böse ist, *das weiss noch Niemand*: – es sei denn der Schaffende!
>
> – Das aber ist Der, welcher des Menschen Ziel schafft und der Erde ihren Sinn giebt und ihre Zukunft: Dieser erst *schafft es, dass* Etwas gut und böse ist. (Z, Von alten und neuen Tafeln, 246f.)

Wissen, was dem Menschen gut und böse ist – Zarathustra spielt mit einer doppelten Bedeutung, die er diesem Satz gibt. Im herkömmlichen Sinne meint derjenige zu wissen, was gut und böse ist, der anhand dieses Maßstabes über sein Leben oder das anderer urteilt, der diesen Maßstab gewissermaßen abzulesen lernte. Zarathustra deutet demgegenüber an, daß wissen, was gut und böse ist, auch heißen kann: wissen, wie solche Maßstäbe hergestellt werden und warum.

Zunächst gibt es gar keine einzelnen Schaffenden, die sich darüber hinaus Rechenschaft über Methoden und Gründe ihrer Arbeit geben könnten. Ein längerer Abschnitt im ersten Buch berichtet über Zarathustras Reiseerfahrungen fast im Sinne einer vergleichenden Verhaltensforschung:

> Von tausend und Einem Ziele
>
> Viele Länder sah Zarathustra und viele Völker: so entdeckte er vieler Völker Gutes und Böses. Keine grös-

> sere Macht fand Zarathustra auf Erden, als gut und böse.
>
> Leben könnte kein Volk, das nicht erst schätzte; will es sich aber erhalten, so darf es nicht schätzen, wie der Nachbar schätzt.
>
> Vieles, das diesem Volke gut hiess, hiess einem andern Hohn und Schmach: also fand ich's.
>
> [...].
>
> Wahrlich, die Menschen gaben sich alles ihr Gutes und Böses. Wahrlich, sie nahmen es nicht, sie fanden es nicht, nicht fiel es ihnen als Stimme vom Himmel.
>
> Werthe legte erst der Mensch in die Dinge, sich zu erhalten, – er schuf erst den Dingen Sinn, einen Menschen-Sinn! Darum nennt er sich ›Mensch‹, das ist: der Schätzende.
>
> Schätzen ist Schaffen: hört es, ihr Schaffenden! [...].
>
> Wandel der Werthe, – das ist Wandel der Schaffenden. Immer vernichtet, wer ein Schöpfer sein muss.
>
> Schaffende waren erst Völker und spät erst Einzelne; wahrlich, der Einzelne selber ist noch die jüngste Schöpfung. [...].
>
> Tausend Ziele gab es bisher, denn tausend Völker gab es. Nur die Fessel der tausend Nacken fehlt noch, es fehlt das Eine Ziel. Noch hat die Menschheit kein Ziel.
>
> Aber sagt mir doch, meine Brüder: wenn der Menschheit das Ziel noch fehlt, fehlt da nicht auch – sie selber noch? – (Z, Von tausend und Einem Ziele, 74ff.)

An dieser Passage sind gleich mehrere Aspekte interessant: zunächst die – mit einer nicht ganz stichhaltigen Herleitung von »Mensch« aus dem Lateinischen – Bestimmung des Wertens als wesentliche und fundamentale Fähigkeit des Menschen. Gleich zu Beginn wird festgestellt, daß Menschen, um in funktionsfähigen Sippen oder Völkern überleben zu können, von dieser Fähigkeit ständig Gebrauch machen. Die identitätsstiftende Wirkung verschiedener Wertungen und Sitten stellt sich als notwendig zur Abgrenzung verschiedener Gruppen und Völker gegeneinander dar. Schließlich wird berichtet, daß die Herstellung von Wertsetzungen und Sitten zunächst das – unreflektierte – Werk der Völker und erst viel später Sache einzelner ist, ja daß Individualität, die (Selbst-)Wahrnehmung einzelner Individuen durch das Gattungswesen Mensch, erst aufgrund einer speziellen Wertung – Schöpfung – möglich wurde. Nietzsche beschäftigt sich seit seinen frühen Schriften mit diesem Themenkreis; ein eigenes Buch zur Entstehungsgeschichte von Moral entsteht noch 1887: die *Genealogie der Moral.*

Wenn die Anwesenheit von Gesetz gewordener Wertung so grundlegend zum menschlichen Dasein gehört, kann eine neue Wertsetzung immer nur vor dem Hintergrund einer bereits bestehenden erfolgen. Deren Gesetz wird gebrochen. Neue Wertsetzungen, zumal diejenigen einzelner, gehen mit der Vernichtung älterer einher. Mit der Formulierung: »Immer vernichtet, wer ein Schöpfer sein muss« wird endlich deutlich, weshalb Nietzsche die Facette des Schaffenden und die des Vernichtenden in so engen Zusammenhang stellt.

Auffällig ist, daß jemand »Schöpfer sein muss«. Eine innere Dynamik der menschlichen Wertsetzungen selbst erzwingt dies, es geschieht nicht aus einer augenblicklichen Anmaßung heraus:

> Wahrlich, ich sage euch: Gutes und Böses, das unvergänglich wäre – das giebt es nicht! Aus sich selber muss es sich immer wieder überwinden.
>
> Mit euren Werthen und Worten von Gut und Böse übt ihr Gewalt, ihr Werthschätzenden: und diess ist eure verborgene Liebe und eurer Seele Glänzen, Zittern und Überwallen.
>
> Aber eine stärkere Gewalt wächst aus euren Werthen und eine neue Überwindung: an der zerbricht Ei und Eierschale.

> Und wer ein Schöpfer sein muss im Guten und Bösen: wahrlich, der muss ein Vernichter erst sein und Werthe zerbrechen. (Z, Von der Selbst-Ueberwindung, 149)

Diese innere Dynamik, die immer wieder zum Bruch alter und zur gleichzeitigen Setzung neuer Werte drängt, wird Nietzsche in der Zeit nach dem *Zarathustra* noch intensiv beschäftigen. Er versucht – teilweise systematisch – diese Dynamik als fundamental für Seiendes allgemein herauszustellen. Der Begriff für diese Dynamik fällt schon direkt vor der zitierten Stelle:

> ›Nur, wo Leben ist, da ist auch Wille: aber nicht Wille zum Leben, sondern – so lehre ich's dich – Wille zur Macht!‹
>
> ›Vieles ist dem Lebenden höher geschätzt, als Leben selber; doch aus dem Schätzen selber heraus redet – der Wille zur Macht! –‹ (ebd.)

Es wird auf diese Überlegung noch einzugehen sein, hier soll nur der Hintergrund skizziert werden, vor dem die Gedanken zum Schaffen und Vernichten von Werten geäußert werden.

Die Worte »Schöpfer« und »Vernichter« haben etwas Titanisches an sich, sie rufen Assoziationen von großen Ereignissen, Massenumsturz, Revolution oder gar globalen Katastrophen hervor. Im *Zarathustra* wird – ohne daß der im wahrsten Sinne weltbewegende Anspruch von Umwertungen aufgegeben wäre – solchen grandiosen Vorstellungen entschieden entgegengetreten. Im Abschnitt ›Von grossen Ereignissen‹ heißt es:

> ›Freiheit‹ brüllt ihr Alle am liebsten: aber ich verlernte den Glauben an ›grosse Ereignisse,‹ sobald viel Gebrüll und Rauch um sie herum ist.

> Und glaube mir nur, Freund Höllenlärm! Die grössten Ereignisse – das sind nicht unsre lautesten, sondern unsre stillsten Stunden.
>
> Nicht um die Erfinder von neuem Lärme: um die Erfinder von neuen Werthen dreht sich die Welt; *unhörbar* dreht sie sich. (Z, Von grossen Ereignissen, 169)

Das Pathos der großen Worte »Schöpfer«, »Vernichter« wird hier komplett zurückgenommen. Die »Erfinder« von Wertungen treten an diese Stelle. Eine Umwertung kann in den einsamen, »stillsten Stunden« geschehen, wenn eine alte Sichtweise plötzlich einer ganz neuen Perspektive Platz macht. In *Jenseits von Gut und Böse* stellt Nietzsche ausdrücklich die Gleichung zwischen »grössten Gedanken« und »grössten Ereignissen« auf:

> Die grössten Ereignisse und Gedanken – aber die grössten Gedanken sind die grössten Ereignisse – werden am spätesten begriffen: die Geschlechter, welche mit ihnen gleichzeitig sind, *erleben* solche Ereignisse nicht,– sie leben daran vorbei. Es geschieht da Etwas, wie im Reich der Sterne. Das Licht der fernsten Sterne kommt am spätesten zu den Menschen; und bevor es nicht angekommen ist, *leugnet* der Mensch, dass es dort – Sterne giebt. (KSA 5, 232)

Entsprechend merkwürdig kann sich auch die »Vernichtung« darstellen. Werte werden am gründlichsten dadurch beseitigt, daß sie nicht ernst genommen werden:

> ›Nicht durch Zorn, sondern durch Lachen tödtet man‹ – so sprachst du einst. Oh Zarathustra, du Verborgener, du Vernichter ohne Zorn, du gefährlicher Heiliger, – du bist ein Schelm!‹ (Z, Das Eselsfest, 392)

In der *Fröhlichen Wissenschaft* formuliert Nietzsche kommentierend die Zusammengehörigkeit von Schaffen und Vernichten in diesem speziellen Sinn:

> [...]. Was wäre das für ein Narr, der da meinte, es genüge, auf diesen Ursprung [den Schein] und diese Nebelhülle des Wahnes hinzuweisen, um die als wesenhaft geltende Welt, die sogenannte *›Wirklichkeit‹, zu vernichten*! Nur als Schaffende können wir vernichten! – Aber vergessen wir auch diess nicht: es genügt, neue Namen und Schätzungen und Wahrscheinlichkeiten zu schaffen, um auf die Länge hin neue ›Dinge‹ zu schaffen. (KSA 3, 422)

Es bleibt nicht dabei. Insofern ein Vernichten immer mit dem Schaffen und Vorbereiten von Neuem zusammenfällt, wird für Nietzsche ein Einverständnis mit der Vernichtung denkbar:

> Meine *erste Lösung*: **die dionysische Weisheit.**
>
> Dionysisch: zeitweilige Identification mit dem Princip des Lebens (Wollust des Märtyrers einbegriffen):
>
> *Lust an der Vernichtung des Edelsten* und am Anblick, *wie* er schrittweise in's Verderben geräth
>
> *als Lust am* **Kommenden Zukünftigen**, *welches triumphirt über das* **Vorhandene noch so Gute** (KSA 10, 334f.)

Die dionysische Weisheit ist das Einverständnis mit der Dynamik von Schaffen und Vernichten um des Neuen willen, welches diese Dynamik hervorbringt. Das Dionysische wird, ganz im Sinne schon der ersten veröffentlichten Schrift Nietzsches, zur fast betrunkenen Lust an dieser Lebensdynamik.

Ein bestimmendes Moment dieser Dynamik ist die Liebe des Schaffenden. Diese ist eine bemerkenswerte Liebe, die das Bestehende um des Möglichen willen liebt und gleichzeitig verachtet, die verachtet, um aus dieser Verachtung das Neue hervorzutreiben:

> Schaffen will der Liebende, weil er verachtet! Was weiss Der von Liebe, der nicht gerade verachten musste, was er liebte! (Z, Vom Wege des Schaffenden, 82)

Die Härte des Vernichtens, welches untrennbar mit dem Schaffen verbunden ist, kündigt sich schon in der Verachtung des Liebenden an. An einer anderen Textstelle spricht sie sich als Überwindung von Mitleiden aus:

> Merket aber auch diess Wort: alle grosse Liebe ist noch über all ihrem Mitleiden: denn sie will das Geliebte noch – schaffen! (Z, Von den Mitleidigen, 116)

Unter der Lust an der dionysischen Lebensdynamik und der Liebe des Schaffenden wird jedoch eine weitere Facette Zarathustras wieder sichtbar: die des Leidenden – »Dergleichen ist nie gedichtet, nie gefühlt, nie *gelitten* worden« (KSA 6, 348) kommentiert Nietzsche im *Ecce homo* Zarathustras ›Nachtlied‹.

> Schaffen – das ist die grosse Erlösung vom Leiden, und des Lebens Leichtwerden. Aber dass der Schaffende sei, dazu selber thut Leid noth und viel Verwandelung. (Z, Auf den glückseligen Inseln, 110)

Der Grund, aus welchem Zarathustra Schaffender »sein muss«, ist nicht bloß die Lust am Schaffen, sondern auch das Leiden am Menschen. Die Frage: »Aber sagt mir doch, meine Brüder: wenn der Menscheit das Ziel noch fehlt, fehlt da nicht auch – sie selber noch?«, wird im Zusammenhang mit Zarathustras großem Ekel am Dasein quälend und zwingt zur Zielsetzung:

> Ihr [höheren Menschen] leidet mir noch nicht genug! Denn ihr leidet an euch, ihr littet noch nicht *am Menschen*. Ihr würdet lügen, wenn ihr's anders sagtet! Ihr leidet Alle nicht, woran *ich* litt. – (Z, Vom höheren Menschen, 359)

Es gibt noch ein zweites Leiden: das Leiden am Schaffen, gerade weil es gleichermaßen ein Vernichten ist. Einem der Zitate aus dem *Zarathustra*, die wohl am gründlichsten mißbraucht wurden, geht die fast melancholische Frage nach der eigenen Grausamkeit voraus:

> Oh meine Brüder, bin ich denn grausam? Aber ich sage: was fällt, das soll man auch noch stossen! (Z, Von alten und neuen Tafeln, 261)

Schon Zarathustra ist nicht ausschließlich hart und grausam, er ist jene komplizierte »Synthesis des Schaffenden, Liebenden, Vernichtenden« und des Leidenden. Nietzsche selbst war ganz sicher der eigenen Forderung nach Härte und Mitleidlosigkeit nicht gewachsen. Stattdessen dokumentiert er sogar sein Leiden an dem, was er glaubte durch den *Zarathustra* in die Wege zu leiten:

> Oh Zarathustra Fürsprecher des Lebens! Du mußt auch Fürsprecher des Leidens sein!
>
> Die Menschen müssen *böser* werden. Zarathustra 4 dies ist mir das größte Leid – ich muß sie böser *machen*! (KSA 10, 539)

Nur Narr! Nur Dichter!

– dass ich nämlich in Gleichnissen rede und gleich Dichtern hinke und stammle: und wahrlich, ich schäme

> mich, dass ich noch Dichter sein muss! – (Z, Von alten und neuen Tafeln, 247)

Auffällig oft nimmt Zarathustra Stellung zu »den Dichtern«. Das Thema durchzieht das ganze Buch. Verwirrend ist dabei die Abfolge der Stellungnahmen: die Haltung Zarathustras erscheint zwiespältig. »Dichter« ist in seinem Mund eine ambivalente Bezeichnung.

Dieser Beobachtung nachzugehen ist besonders wegen der beunruhigenden literarischen Form des Buches selbst interessant. Ist Nietzsche selbst unter die Dichter gegangen, als er den *Zarathustra* schrieb? Der eklatante Unterschied zur Textform seiner anderen Werke wirft auch die Frage auf, ob oder in welchem Sinne im *Zarathustra* noch philosophiert wird.

Wieder läßt es sich als Selbstkommentar zu dieser Problematik lesen, wenn Nietzsche Zarathustra sagen läßt: »ich schäme mich, dass ich noch Dichter sein muss«.

Die problematische doppelte Wertigkeit, die mit der Selbstbezeichnung »Dichter« verbunden ist, wird umgesetzt in Aussagen Zarathustras, deren Gegensätzlichkeit, ja Widersprüchlichkeit sogar einem zeitweiligen Wegbegleiter Zarathustras auffällt. Sagt Zarathustra einmal:

> Alles Unvergängliche – das ist nur ein Gleichniss! Und die Dichter lügen zuviel. – (Z, Auf den glückseligen Inseln, 110)

so wehrt er sich später in einem eigenen Abschnitt – ›Von den Dichtern‹ – ausdrücklich dagegen, auf diese frühere Aussage festgelegt zu werden:

> ›[...] und alles das ›Unvergängliche‹ – das ist auch nur ein Gleichniss.‹
>
> ›So hörte ich Dich schon einmal sagen, antwortete der Jünger; und damals fügtest du hinzu: ›aber die

> Dichter lügen zuviel.‹ Warum sagtest du doch, dass die Dichter zuviel lügen?‹
>
> ›Warum? sagte Zarathustra. Du fragst warum? Ich gehöre nicht zu Denen, welche man nach ihrem Warum fragen darf.
>
> Ist denn mein Erleben von Gestern? Das ist lange her, dass ich die Gründe meiner Meinungen erlebte.
>
> Müsste ich nicht ein Fass sein von Gedächtniss, wenn ich auch meine Gründe bei mir haben wollte?
>
> Schon zuviel ist mir's, meine Meinungen selber zu behalten; und mancher Vogel fliegt davon.
>
> Und mitunter finde ich auch ein zugeflogenes Thier in meinem Taubenschlage, das mir fremd ist, und das zittert, wenn ich meine Hand darauf lege.‹ (Z, Von den Dichtern, 163)

Schließlich entschließt er sich doch zu einer neuen Stellungnahme:

> Doch was sagte dir einst Zarathustra? Dass die Dichter zuviel lügen? – Aber auch Zarathustra ist ein Dichter.
>
> Glaubst du nun, dass er hier die Wahrheit redete? Warum glaubst du das?‹
>
> Der Jünger antwortete: ›ich glaube an Zarathustra.‹ Aber Zarathustra schüttelte den Kopf und lächelte.
>
> Der Glaube macht mich nicht selig, sagte er, zumal nicht der Glaube an mich. (ebd., 163f.)

Auf den ersten Blick scheint Zarathustra hier seinen Jünger mutwillig und spielerisch mit einem Paradox verwirren zu wollen. »Der Dichter sagt, die Dichter lügen« als Variation des schon in der Antike erfundenen Satzes: »Der Kreter sagt, alle Kreter lügen« – die Formulierung scheint zunächst darauf zu zielen, den Jünger in seinem Glauben an Zarathustras Wahrhaftigkeit zu verunsichern. Zu Zarathustra würde das passen. Er lehnt Jünger, die ihm blind nachfolgen, ab, will keine Gemeinden von Gläubigen gegründet sehen.

Aus diesem Grunde zieht er sich am Ende des ersten Buches in seine Einsamkeit zurück und warnt seine Begleiter sogar vor sich:

> Wahrlich, ich rathe euch: geht fort von mir und wehrt euch gegen Zarathustra! Und besser noch: schämt euch seiner! Vielleicht betrog er euch.
>
> [...]
>
> Ihr verehrt mich; aber wie, wenn eure Verehrung eines Tages umfällt? Hütet euch, dass euch nicht eine Bildsäule erschlage!
>
> Ihr sagt, ihr glaubt an Zarathustra? Aber was liegt an Zarathustra! Ihr seid meine Gläubigen: aber was liegt an allen Gläubigen!
>
> Ihr hattet euch noch nicht gesucht: da fandet ihr mich. So thun alle Gläubigen; darum ist es so wenig mit allem Glauben.
>
> Nun heisse ich euch, mich verlieren und euch finden; und erst, wenn ihr mich Alle verleugnet habt, will ich euch wiederkehren. (Z, Von der schenkenden Tugend, 101)

Zarathustra läßt seinen Anhängern keine Wahrheit zurück, die gläubig übernommen werden könnte. Stattdessen fordert er sie auf, die jeweils individuelle Perspektive zu suchen. Er verlangt sogar, zugunsten des eigenen Entwurfs, Lehre und Lehrer zu »verleugnen«, mehr noch, sich des Lehrers zu »schämen«. Der Anspruch auf einen einzigen Heilsweg oder auch nur eine universelle Wahrheit wird zurückgewiesen:

> Ein Versuchen und Fragen war all mein Gehen: – und wahrlich, auch antworten muss man *lernen* auf solches Fragen! Das aber – ist mein Geschmack:
>
> [...].
>
> ›Das – ist nun *mein* Weg, – wo ist der eure?‹ so antwortete ich Denen, welche mich ›nach dem Wege‹ frag-

> ten. *Den* Weg nämlich – den giebt es nicht. (Z, Vom Geist der Schwere, 245)

Die paradoxe Selbstbezeichnung Zarathustras als Dichter, der zuviel lügt, ist aber wohl nicht bloß ein pädagogisches Hilfsmittel, den Jünger in seiner Gläubigkeit zu verunsichern. Der Stachel sitzt tiefer. Der Jünger »zürnt« zwar Zarathustra; wer sich Zarathustras schämt, ist aber nicht der Jünger, sondern Zarathustra selbst: »ich schäme mich, dass ich noch Dichter sein muss! –« (Z, Von alten und neuen Tafeln, 247).

Das Spielerische der auf den ersten Blick bloß paradoxen Bemerkung geht im Verlaufe des Gesprächs verloren.

> Aber gesetzt, dass Jemand allen Ernstes sagte, die Dichter lügen zuviel: so hat er Recht, – *wir* lügen zuviel. (Z, Von den Dichtern, 164)

Übrig bleibt die Feststellung, als Dichter tatsächlich zuviel zu lügen. Diese Feststellung klingt nicht eben erfreut. In weit drastischerer Form stellt ›Das Lied der Schwermuth‹ im vierten Buch die Differenz zwischen Dichtung und Wahrheit dar:

> ›Der *Wahrheit* Freier? Du? – so höhnten sie –
> Nein! Nur ein Dichter!
> Ein Thier, ein listiges, raubendes, schleichendes,
> Das lügen muss,
> Das wissentlich, willentlich lügen muss:
> Nach Beute lüstern,
> Bunt verlarvt,
> Sich selber Larve,
> Sich selbst zur Beute –
> *Das* – der Wahrheit Freier?
> Nein! Nur Narr! Nur Dichter!
> (Z, Das Lied der Schwermuth, 371f.)

> [...]
> So sank ich selber einstmals
> Aus meinem Wahrheits-Wahnsinne,
> Aus meinen Tages-Sehnsüchten,
> Des Tages müde, krank vom Lichte,
> – sank abwärts, abendwärts, schattenwärts:
> Von Einer Wahrheit
> Verbrannt und durstig:
> – gedenkst du noch, gedenkst du, heisses Herz,
> Wie da du durstetest? –
> Dass ich verbannt sei
> Von *aller* Wahrheit,
> Nur Narr!
> Nur Dichter!
> (ebd., 374)

Zur inneren Dynamik des Gedichtes gehört, daß die Stimmen, welche zu Beginn höhnisch die Unwahrhaftigkeit des Dichters betonen, nicht das letzte Wort behalten. Das letzte Wort behält der Sänger des ›Lied[s] der Schwermuth‹, und er drückt – selbst »krank vom Lichte« – angesichts der »Einen« grellen, desillusionierenden Wahrheit sein Verlangen nach Illusion, nach Unwahrheit aus. Er formuliert seinen »Durst« danach, »dass ich verbannt sei von aller Wahrheit, Nur Narr! Nur Dichter!«.

Der Sänger des Liedes ist jedoch nicht Zarathustra, sondern der »alte Zauberer« – ein Illusionskünstler also. Bevor er singt, bestätigt er den Unterschied, der zwischen ihm und Zarathustra besteht:

> [...] – schon fällt mich mein schlimmer Trug- und Zaubergeist an, mein schwermüthiger Teufel,
>
> – welcher diesem Zarathustra ein Widersacher ist aus dem Grunde: vergebt es ihm! [...]
>
> – euch Allen, die ihr *am grossen Ekel* leidet gleich mir, denen der alte Gott starb und noch kein neuer Gott in Wiegen und Windeln liegt, – euch Allen ist mein böser Geist und Zauber-Teufel hold. (Z, Das Lied der Schwermuth, 370)

Das Fehlen religiösen und metaphysischen Trostes, schließlich der Ekel am Dasein führen zu einer Müdigkeit und Schwermut, die die Illusion als Trost- und Heilmittel herbeiwünscht und Wahrheit als dem Leben schädlich verwirft.

Während der »alte Zauberer« noch zu Beginn seiner Vorstellung Zarathustra als Widersacher bezeichnet, kommt es kurz danach zu einer bemerkenswerten Unterstellung: auch Zarathustra könnte ein nur anders verkleideter Trug- und Zaubergeist sein, eine Illusion mehr, die gegen den »großen Ekel« ins Feld geführt wird:

> [...] – ich kenne auch diesen Unhold, den ich wider Willen liebe, diesen Zarathustra: er selber dünkt mich öfter gleich einer schönen Heiligen-Larve,
>
> – gleich einem neuen wunderlichen Mummenschanze, in dem sich mein böser Geist, der schwermüthige Teufel, gefällt:
>
> [...] (ebd.)

Die Unterstellung des alten Zauberers korrespondiert einerseits mit Zarathustras Selbstbezichtigung, noch Dichter sein zu müssen, sie findet andererseits eine noch weitergehende Entsprechung im Abschnitt ›Von den Dichtern‹:

> Wahrlich, immer zieht es uns hinan – nämlich zum Reich der Wolken: auf diese setzen wir unsere bunten Bälge und heissen sie dann Götter und Übermenschen: –
>
> Sind sie doch gerade leicht genug für diese Stühle! – alle diese Götter und Übermenschen.
>
> Ach, wie bin ich all des Unzulänglichen müde, das durchaus Ereigniss sein soll! Ach, wie bin ich der Dichter müde! (Z, Von den Dichtern, 164f.)

Der Ausdruck Übermensch, bisher immer gegen »Gott« und »Götter« gehalten, wird in einem Atemzug mit diesen genannt. Sollte auch der Übermensch, den Zarathustra eingangs noch »lehrt«, ein Dichtererzeugnis im schlechten Sinne, eine allzu leichte Illusion sein? Auch hierin drückt sich einmal mehr die auffällige Schwierigkeit aus, die im *Zarathustra* mit dem Ausdruck »Dichter« verknüpft ist.

Mazzino Montinari stellt die Verbindung zu dem persönlichen und damit auch philosophischen Problem her, welches für Nietzsche der Bruch mit Richard Wagner darstellte:

> Aber das eigentliche Formproblem von Also sprach Zarathustra ist, wie wir sehen werden, eng verbunden mit Nietzsches Schwierigkeit beziehungsweise Unmöglichkeit, sich ›als Dichter‹ auszudrücken, ja mit seiner Verurteilung der Dichtung als etwas der Wahrheit entgegengesetztes. ›Dichtung und Wahrheit‹, das, was für Goethe noch möglich war, ist es für Nietzsche nicht mehr. Im vierten Teil von Also sprach Zarathustra beklagt der Zauberer, (in dem man zu Recht die Züge Richard Wagners erkannt hat) in seinem ›Lied der Schwermuth‹: ›dass er verbannt sei/ Von *aller* Wahrheit,/ Nur Narr!/ nur Dichter!‹. Bevor Nietzsche diese Worte dem Zauberer-Schauspieler-Wagner in den Mund legte, hatte er dieses Gedicht zunächst für sich konzipiert, zusammen mit einer ganzen Reihe poetischer Entwürfe unter dem Titel ›Der Dichter – Qual des Schaffenden.‹ (KSA 11, 310) In dieser Qual erkennt Nietzsche noch einmal seine eigene Nähe und Gegnerschaft zu Wagner, der aus voller Überzeugung Dichter, Künstler und ›Schauspieler‹ war. (M M, 85)

Nietzsches Nähe zu Wagner dokumentiert sich in den Schriften der Basler Zeit. Der ästhetischen Illusion weist er dort noch eine notwendige kulturstiftende und kulturerhaltende Rolle zu: »[...] ich meine: das bewußte Festhalten an der Illusion und zwangsweise Einverleibung derselben als *Basis der Cultur*. [...]. Der ersten Gefahr ist W‹agner› erlegen.« (KSA 10, 507)

Spätestens seit *Menschliches, Allzumenschliches* bricht Nietzsche mit dieser Rechtfertigung der ästhetischen Illusion. So kommt der Name Richard Wagner in *Menschliches, Allzumenschliches* nicht einmal mehr vor.

Der Dichter kann nun im negativen Sinne als Schöpfer ästhetischer Nebenwelten und Fluchtmittel erscheinen. Was Dichtern allerdings »abgelernt« werden kann, ist der kreative Umgang mit Spielräumen: ein Gestalten des Möglichen, das Setzen von Perspektiven:

> Sich von den Dingen entfernen, bis man Vieles von ihnen nicht mehr sieht und Vieles hinzusehen muss, *um sie noch zu sehen* – oder die Dinge um die Ecke und wie in einem Ausschnitte sehen – oder sie so stellen, dass sie sich theilweise verstellen und nur perspectivische Durchblicke gestatten – oder sie durch gefärbtes Glas oder im Lichte der Abendröthe anschauen – oder ihnen eine Oberfläche und Haut geben, welche keine volle Transparenz hat: das Alles sollen wir den Künstlern ablernen und im Uebrigen weiser sein, als sie. Denn bei ihnen hört gewöhnlich diese ihre feine Kraft auf, wo die Kunst aufhört und das Leben beginnt; *wir* aber wollen die Dichter unseres Lebens sein, und im Kleinsten und Alltäglichsten zuerst. (KSA 3, 538)

Im positiven Sinne steht hier der Ausdruck »Dichter« für eine gestaltende Existenz. Die Fähigkeit der Dichter, Perspektiven zu gestalten, sollte allerdings nicht auf den engen Bereich der Kunst beschränkt sein, sollte keine bloße ästhetische Illusion erzeugen. Darüber hinaus kann diese Fähigkeit zur Gestaltung von in der Tat *möglichen* Perspektiven eingesetzt werden, ohne daß sich die Redlichkeit dafür schämen müßte. Hier ist die positive Kehrseite der Selbstbezeichnung Zarathustras als Dichter. Nietzsche läßt diese Kehrseite schon in *Morgenröthe* erkennen:

Von zukünftigen Tugenden. [...] Oh, wollten doch die Dichter wieder werden, was sie einstmals gewesen sein sollen: – *Seher*, die uns Etwas von dem *Möglichen* erzählen! [...] Wollten sie uns von den *zukünftigen Tugenden* Etwas vorausempfinden lassen! Oder von Tugenden, die nie auf Erden sein werden, obschon sie irgendwo in der Welt sein könnten, – von purpurnglühenden Sternbildern und ganzen Milchstrassen des Schönen! Wo seid ihr, ihr Astronomen des Ideals? (KSA 3, 321f.)

Stellvertretend für mehrere Stellen, an denen sich diese positive Seite der Facette »Dichter« im *Zarathustra* zeigt, läßt sich die folgende Passage anführen:

Ich lehrte sie all *mein* Dichten und Trachten: in Eins zu dichten und zusammen zu tragen, was Bruchstück ist am Menschen und Räthsel und grauser Zufall, –

– als Dichter, Räthselrather und Erlöser des Zufalls lehrte ich sie an der Zukunft schaffen, und Alles, das *war* –, schaffend zu erlösen.

Das Vergangne am Menschen zu erlösen und alles ›Es war‹ umzuschaffen, bis der Wille spricht: ›Aber so wollte ich es! So werde ich's wollen –‹ (Z, Von alten und neuen Tafeln, 248f.)

Auch diese Stelle läßt sich als Selbstkommentar lesen. Eine ähnlich lautende Stelle formuliert sogar noch schärfer: »Ich wandle unter den Menschen als den Bruchstücken der Zukunft: jener Zukunft, die ich schaue. Und das ist all mein Dichten und Trachten, dass ich in Eins dichte und zusammentrage, was Bruchstück ist und Räthsel und grauser Zufall« (Z, Von der Erlösung, 179). Die Menschen selbst werden zu Bruchstücken der Zukunft, die das Dichten Zarathustras vorwegnehmend zusammenfügt.

Auch Zarathustra selbst ist nicht heil und ganz. Nietzsche streicht erst kurz vor dem Druck einen

Satz, in dem es heißt: »Denn daß [ich kein Ganzer bin, sondern eine Vielheit, und ein Zu-Viel, zugleich, und Ein zu Wenig –] [...] das errieth ich oft aus euren Worten und Fragen über mich.« (KSA 14, 307)

Die Formulierung deutet an, in welchem Sinne Buch und Typus Zarathustra noch »Dichtung« sein könnten: als Versuche einer immerhin möglichen Zukunftsperspektive. Nietzsche notiert sich – passend hierzu – im Winter 1882/83, in welcher Richtung für ihn Kunst denkbar wäre:

> Meine Richtung der *Kunst*: nicht dort weiter dichten, wo die *Grenzen* sind! sondern die *Zukunft* des Menschen! Viele *Bilder* müssen da sein, nach denen *gelebt* werden kann! (KSA 10, 183)

Gedanken als Experimente: Zarathustras Wahrhaftigkeit

> Wahrhaftig – so heisse ich Den, der in götterlose Wüsten geht und sein verehrendes Herz zerbrochen hat.
>
> Im gelben Sande und verbrannt von der Sonne schielt er wohl durstig nach den quellenreichen Eilanden, wo Lebendiges unter dunkeln Bäumen ruht. [...]
>
> In der Wüste wohnten von je die Wahrhaftigen, die freien Geister, als der Wüste Herren; [...] (Z, Von den berühmten Weisen, 133)

Zarathustra, der Gottlose, ist der eigenen Definition nach ein Wahrhaftiger und freier Geist. Schon daß er außerdem und problematischerweise auch Dichter ist, zeigt an, wie schwierig es sein wird, Zarathustras besondere Wahrhaftigkeit zu charakterisieren.

Es werden sich weitere Figuren finden lassen, welche die Wahrhaftigkeit Zarathustras kontrastieren:

Erkennende, Weise, Wissenschaftler, Gelehrte oder aber Betrüger und Lügner. Selbst der Dichter, insofern er Illusionskünstler ist, gehört zu dieser Gruppe. Jede dieser Kontrastfiguren wird der speziellen Wahrhaftigkeit Zarathustras Kontur geben. Auch daß Nietzsche so viele Kontrastfiguren überhaupt einführt, weist darauf hin, daß die Wahrhaftigkeit Zarathustras eine problematische Facette dieser Figur ist.

Die Landschaft, in die der Wahrhaftige geht, ist die Wüste, eine extrem lebensfeindliche Umgebung. Von dort »schielt« er »durstig nach den quellenreichen Eilanden, wo Lebendiges unter dunklen Bäumen ruht«.

Diese Lebensfeindlichkeit kehrt im Bilde einer besonderen Vivisektion wieder:

> Geist ist das Leben, das sich selber in's Leben schneidet: an der eignen Qual mehrt es sich das eigne Wissen, – wusstet ihr das schon? [...]
>
> Ihr kennt nur des Geistes Funken: aber ihr seht den Ambos nicht, der er ist, und nicht die Grausamkeit seines Hammers!
>
> Wahrlich, ihr kennt des Geistes Stolz nicht! Aber noch weniger würdet ihr des Geistes Bescheidenheit ertragen, wenn sie einmal reden wollte! (Z, Von den berühmten Weisen, 134)

Des Geistes Stolz dürfte es – um im Bild zu bleiben – sein, immer tiefere Schnitte zu führen oder härtere Schläge, immer mehr in Frage zu stellen; des Geistes Bescheidenheit, sich selbst immer geduldiger diesen Schnitten und Schlägen, die für Infragestellungen stehen, hinzuhalten – Amboß für den Hammer zu sein.

Die Vivisektion des Geistes, der das Leben ist, »das sich selbst in's Leben schneidet«, enthält ein Moment der Gefährdung. Der Geist gefährdet das Leben, gefährdet damit gleichzeitig sich selbst. Diese Gefährdung formuliert Nietzsche auch in der *Fröhlichen Wissenschaft*:

> Der Denker: das ist jetzt das Wesen, in dem der Trieb zur Wahrheit und jene lebenerhaltenden Irrthümer ihren ersten Kampf kämpfen, nachdem auch der Trieb zur Wahrheit sich als eine lebenerhaltende Macht *bewiesen* hat. Im Verhältniss zu der Wichtigkeit dieses Kampfes ist alles Andere gleichgültig: die letzte Frage um die Bedingung des Lebens ist hier gestellt, und der erste Versuch wird hier gemacht, mit dem Experiment auf diese Frage zu antworten. Inwieweit verträgt die Wahrheit die Einverleibung? das ist die Frage, das ist das Experiment. (KSA 3, 471)

Hier wird mit Leben und Wahrheit experimentiert. Die Frage, welche geklärt werden soll, läßt sich ebensogut auch in der Umkehrung lesen: Im Experiment wird auch getestet, wieviel Wahrheit das Leben verträgt.

Der »Geist« in diesem Sinne, der »freie Geist« stellt alle Sicherheiten, alle für allgemein wahr und verbindlich gehalteten Perspektiven in Frage. Konsequenterweise wird er als gefährlicher Unruhestifter bekämpft:

> Aber wer dem Volke verhasst ist wie ein Wolf den Hunden: das ist der freie Geist, der Fessel-Feind, der Nicht-Anbeter, der in Wäldern Hausende.
>
> Ihn zu jagen aus seinem Schlupfe – das hiess immer dem Volke ›Sinn für das Rechte‹: gegen ihn hetzt es noch immer seine scharfzahnigsten Hunde. (Z, Von den berühmten Weisen, 132)

Die berühmten Weisen

Als erster Kontrast zum Wahrhaftigen und zu freien Geistern können die »berühmten Weisen« aufgefaßt werden. Allgemein anerkannt und berühmt sind diese, da sie, statt Sicherheiten infrage zu stellen, im Gegenteil allgemeine Verbindlichkeiten und Wahrheitslehren bestätigen und systematisch weiter absichern:

> Dem Volke habt ihr gedient und des Volkes Aberglauben, ihr berühmten Weisen alle! – und *nicht* der Wahrheit! Und gerade darum zollte man euch Ehrfurcht. (ebd.)

Die »berühmten Weisen« dienen zwar als Kontrastmittel, es wäre aber zu einfach, sie als Feindbild aufzufassen. Auch sie haben ihren Platz und können diesen gut oder weniger gut ausfüllen:

> Nicht dass ich ihnen darob zürne: aber Dienende bleiben sie mir und Angeschirrte, auch wenn sie von goldnem Geschirre glänzen.
>
> Und oft waren sie gute Diener und preiswürdige. Denn so spricht die Tugend: ›musst du Diener sein, so suche Den, welchem dein Dienst am besten nützt!
>
> […].
>
> Und wahrlich, ihr berühmten Weisen, ihr Diener des Volkes! Ihr selber wuchset mit des Volkes Geist und Tugend – und das Volk durch euch! Zu euren Ehren sage ich das! (ebd., 133)

Diese Würdigung ist nicht ironisch gemeint. Gewürdigt wird die Rolle, welche die Sicherheiten der Weisen bei der Erhaltung und Entwicklung menschlicher Gesellschaften spielen. Zu vergleichen ist dies mit einer gleichzeitigen Würdigung und Infragestellung der »Lehrer vom Zwecke des Daseins« in der *Fröhlichen Wissenschaft*:

> Jener Trieb, welcher in den höchsten und gemeinsten Menschen gleichmässig waltet, der Trieb der Arterhaltung, bricht von Zeit zu Zeit als Vernunft und Leidenschaft des Geistes hervor; er hat dann ein glänzendes Gefolge von Gründen um sich und will mit

> aller Gewalt vergessen machen, dass er im Grunde Trieb, Instinct, Thorheit, Grundlosigkeit ist. Das Leben *soll* geliebt werden, *denn*! Der Mensch *soll* sich und seinen Nächsten fördern, *denn*! Und wie alle diese Soll's und Denn's heissen und in Zukunft noch heissen mögen! Damit Das, was nothwendig und immer, von sich aus und ohne allen Zweck geschieht, von jetzt an auf einen Zweck hin gethan erscheine und dem Menschen als Vernunft und letztes Gebot einleuchte, – dazu tritt der ethische Lehrer auf, als der Lehrer vom Zweck des Daseins; [...]
>
> Es ist nicht zu leugnen, dass *auf die Dauer* über jeden Einzelnen dieser grossen Zwecklehrer bisher das Lachen und die Vernunft und die Natur Herr geworden ist: [...]. Aber bei alle diesem corrigirenden Lachen ist im Ganzen doch durch diess immer neue Erscheinen jener Lehrer vom Zweck des Daseins die menschliche Natur verändert worden, – [...]. Der Mensch ist allmählich zu einem phantastischen Thiere geworden, welches eine Existenz-Bedingung mehr, als jedes andere Thier, zu erfüllen hat: der Mensch *muss* von Zeit zu Zeit glauben, zu wissen, *warum* er existirt, seine Gattung kann nicht gedeihen ohne ein periodisches Zutrauen zu dem Leben! (KSA 3, 371f.)

Der freie Geist stört dadurch, daß er die bestehenden Zwecksetzungen und allgemeinen Verbindlichkeiten in Frage stellt, dasjenige Zutrauen zum Leben, welches hierauf gegründet ist.

Für ein selbstsicheres Leben und Handeln, welches das durch Zwecke und Sicherheiten stimulierte Zutrauen nicht nötig hat, stellen solche Störungen keine Bedrohung dar, sondern können Abwechslung oder Herausforderung sein:

> Ihr [berühmte Weise] seid mir Laue: aber kalt strömt jede tiefe Erkenntniss. Eiskalt sind die innersten Brunnen des Geistes: ein Labsal heissen Händen und Handelnden. (HZ, 134)

Der Weisheit der »berühmten Weisen« stellt daher Zarathustra seine »wilde Weisheit« gegenüber. Sie ist nicht die Bestätigung von Sicherheiten und Verbindlichkeiten, sondern eine Ermutigung zur Verunsicherung und Entdeckung neuer Perspektiven, wofür die Fahrt über das Meer ein Sinnbild ist:

> Dem Segel gleich, zitternd vor dem Ungestüm des Geistes, geht meine Weisheit über das Meer – meine wilde Weisheit! (ebd., 135)

Der Gewissenhafte des Geistes

Auch der »Gewissenhafte des Geistes«, der zum Vergleich neben Zarathustra als »Wahrhaftigen« gehalten werden kann, hat mit sicheren Wahrheiten zu tun. Anders als die berühmten Weisen, welche die allgemeinen Urteile als Sicherheiten bestätigen und weiter absichern, kennt der »Gewissenhafte des Geistes« den prüfenden und infragestellenden Geist, der sich selbst ins Leben schneidet. Die Prüfungen haben bei ihm jedoch ein Ziel: Er geht »auf den Grund«, versucht durch immer hartnäckigeres Suchen wenigstens einen sicheren Ausgangspunkt zu finden:

> ›Ich bin *der Gewissenhafte des Geistes*, antwortete der Gefragte, und in Dingen des Geistes nimmt es nicht leicht Einer strenger, enger und härter als ich, ausgenommen der, von dem ich's lernte, Zarathustra selber.
>
> Lieber Nichts wissen, als Vieles halb wissen! Lieber ein Narr sein auf eigne Faust, als ein Weiser nach fremdem Gutdünken! Ich – gehe auf den Grund:
>
> – was liegt daran, ob er gross oder klein ist? Ob er Sumpf oder Himmel heisst? Eine Hand breit Grund ist mir genung: wenn er nur wirklich Grund und Boden ist! [...]. (Z, Der Blutegel, 311)

Später als Gast in Zarathustras Höhle spricht der »Gewissenhafte« noch deutlicher aus, was die Motivation für seine Suche ist: Die Furcht vor dem Ungewissen und die Suche nach Sicherheit.

> Wir *suchen* Verschiednes auch hier oben, ihr und ich. Ich nämlich suche *mehr Sicherheit*, desshalb kam ich zu Zarathustra. Der nämlich ist noch der festeste Thurm und Wille – [...].
>
> Furcht nämlich – das ist des Menschen Erb- und Grundgefühl; aus der Furcht erklärt sich Jegliches, Erbsünde und Erbtugend. Aus der Furcht wuchs auch *meine* Tugend, die heisst: Wissenschaft. (Z, Von der Wissenschaft, 376f.)

Der Gewissenhafte des Geistes hat ein »intellectuales Gewissen«. Etwas, das Nietzsche am Beginn der *Fröhlichen Wissenschaft* bei den meisten fast schmerzhaft vermißt:

> *Das intellectuale Gewissen.* – Ich mache immer wieder die gleiche Erfahrung [...]: *den Allermeisten fehlt das intellectuale Gewissen;*
>
> [...]. Ich will sagen: *die Allermeisten* finden es nicht verächtlich, diess oder jenes zu glauben und darnach zu leben, *ohne* sich vorher der letzten und sichersten Gründe für oder wider bewusst worden zu sein und ohne sich auch nur die Mühe um solche Gründe hinterdrein zu geben, – die begabtesten Männer und die edelsten Frauen gehören noch zu diesen ›Allermeisten‹. [...].
>
> Aber inmitten dieser rerum concordia discors [zwieträchtigen Eintracht der Dinge] und der ganzen wundervollen Ungewissheit und Vieldeutigkeit des Daseins stehen *und nicht fragen*, nicht zittern vor Begierde und Lust des Fragens, nicht einmal den Fragenden hassen, vielleicht gar noch an ihm sich matt ergötzen – das ist es, was ich als *verächtlich* empfinde, [...]. (KSA 3, 373)

Nietzsches eigenes Ethos der Redlichkeit spricht aus dem »Gewissenhaften des Geistes«, auch jener verachtet aus dieser Haltung heraus den Mangel an Gewissenhaftigkeit bei anderen:

> Mein Gewissen des Geistes will es so von mir, dass ich Eins weiss und sonst Alles nicht weiss: es ekelt mich aller Halben des Geistes, aller Dunstigen, Schwebenden, Schwärmerischen.
>
> Wo meine Redlichkeit aufhört, bin ich blind und will auch blind sein. Wo ich aber wissen will, will ich auch redlich sein, nämlich hart, streng, eng, grausam, unerbittlich.
>
> Dass *du* einst sprachst, oh Zarathustra: ›Geist ist das Leben, das selber in's Leben schneidet,‹ das führte und verführte mich zu deiner Lehre. Und, wahrlich, mit eignem Blute mehrte ich mir das eigne Wissen!‹ (Z, Der Blutegel, 312)

Mit drastischen metaphorischen Mitteln wird jedoch auf eine Besonderheit dieser Figur hingewiesen: Der Geist, der sich ins Leben schneidet, mutiert hier zu Blutegeln, die der »Gewissenhafte des Geistes« auf sich angesetzt hat:

> ›So bist du vielleicht der Erkenner des Blutegels? fragte Zarathustra; und du gehst dem Blutegel nach bis auf die letzten Gründe, du Gewissenhafter?‹
>
> ›Oh Zarathustra, antwortete der Getretene, das wäre ein Ungeheures, wie dürfte ich mich dessen unterfangen!
>
> Wess ich aber Meister und Kenner bin, das ist des Blutegels *Hirn*: – das ist *meine* Welt! (ebd., 311)

Die Suche nach sicheren Grundlagen, welche die eigentliche Motivation seiner Infragestellungen ist, hat den Gewissenhaften zum Hirn des Blutegels geführt. Hier meint er eine sichere Grundlage vorzufinden. Diese wirkt allerdings bizarr und gemessen an der großen Aufgabe, einen sicheren Grund zu finden, belanglos.

Zwei Entwürfe für die Gestalt des »Gewissenhaften des Geistes« aus dem Winter 1884/85 sind in diesem Zusammenhang aufschlußreich:

Der erste Hinweis findet sich in einer Liste von Figuren, die Nietzsche für das vierte Buch des *Zarathustra* vorsah:

> der Verehrer der facta, ›Das Gehirn des Blutegels‹, voll schlechten Gewissens aus Übermaaß, will *sich* los sein! Das feinste intellectuelle Gewissen
> [...] (KSA 11, 362)

Das Ethos der Redlichkeit wird zum »schlechten Gewissen«, zum Ungenügen an sich selbst. Daß der »Gewissenhafte des Geistes« Blutegel auf sich ansetzt, spiegelt das Bestreben wider, durch den Griff nach puren Fakten die eigene – »feinste« – Gewissenhaftigkeit, sich selbst, endlich suspendieren zu können.

Der zweite Entwurf für die Figur des »Gewissenhaften des Geistes«, der zum Vergleich herangezogen werden kann, ist bereits eine ausführliche Stoffsammlung (KSA 11, 404-406). Nicht alle dort aufgeführten Aspekte fanden schließlich Verwendung. Wieder tritt das Motiv des Leidens an der eigenen Gewissenhaftigkeit auf:

> – er hat kalte vertrocknende Augen, vor ihm liegt jedwedes Ding entfedert und ohne Farbe, er leidet an seiner Ohnmacht zur Lüge und heißt sie ›Wille zur Wahrheit‹! (KSA 11, 405)

Der Aspekt, aus Gewissenhaftigkeit »Verehrer der facta« zu werden, findet auch in der Stoffsammlung eine Entsprechung:

– sie liegen auf dem Bauche vor kleinen runden Thatsachen, sie küssen Staub und Koth zu ihren Füßen, sie frohlocken: ›hier ist endlich Wirklichkeit!‹ (ebd., 406)

Interessant ist ein Einwand Zarathustras gegen die Sicherheit, die der »Gewissenhafte« bei seinen Fakten gefunden zu haben meint:

›– du fühlst noch nicht einmal, daß du träumst: oh, da bist du noch fern vom Aufwachen!‹

[...] – wie geschah es doch, daß die Wahrheit hier zum Siege kam? Kam ihr wohl ein starker Irrthum zu Hülfe?

– hier bist du blind, denn hier hört deine Redlichkeit auf. (ebd., 406)

Die Kombination dieser Formulierungen erläutert die Passage, welche in der Endfassung des Abschnittes ›Der Blutegel‹ im *Zarathustra* zu finden ist:

Wo meine Redlichkeit aufhört, bin ich blind und will auch blind sein. Wo ich aber wissen will, will ich auch redlich sein, nämlich hart, streng, eng, grausam, unerbittlich. (Z, Der Blutegel, 312)

Die Blindheit ist eine willentliche, die Haltbarkeit von Fakten wird wohlweislich nicht hinterfragt, denn der »Gewissenhafte des Geistes« sucht nach haltbaren Gründen und nach einem Ruhepunkt für seine intellektuelle Gewissenhaftigkeit. Selbst sein Lob für Zarathustra verrät seine Suche einer solchen Gewissensberuhigung: »Gelobt sei der beste lebendigste Schröpfkopf, der heut lebt, gelobt sei der grosse Gewissens-Blutegel Zarathustra!« (ebd., 310f.)

Die Gelehrten

> Denn diess ist die Wahrheit: ausgezogen bin ich aus dem Hause der Gelehrten: und die Thür habe ich noch hinter mir zugeworfen. (Z, Von den Gelehrten, 160)

Was Nietzsche hier Zarathustra in den Mund legt, könnte er von sich selbst sagen. Das Aufgeben seiner Basler Professur war ein solcher Auszug aus dem »Hause der Gelehrten« – in diesem Fall der Philologen. Das Erscheinen der *Geburt der Tragödie aus dem Geist der Musik* stieß auf Unverständnis und vereinzelt heftige Kritik – »steige er [Nietzsche] herab vom katheder, auf welchem er wissenschaft lehren soll« (Ulrich von Wilamowitz-Möllendorff, KSA 15, 40), heißt es in einem zeitgenössischen Pamphlet. Auch das Unverständnis der Fachkollegen findet eine Entsprechung:

> Sie wollten Nichts davon hören, dass Einer über ihren Köpfen wandelt; und so legten sie Holz und Erde und Unrath zwischen mich und ihre Köpfe.
>
> Also dämpften sie den Schall meiner Schritte: und am schlechtesten wurde ich bisher von den Gelehrtesten gehört. (Z, Von den Gelehrten, 162)

Neben all diesen biographischen Verweisen auf Nietzsche selbst sollte jedoch nicht vergessen werden, daß auch die »Gelehrten« als Kontrast zu Zarathustras Wahrhaftigkeit gesehen werden können. So betrachtet erscheint es auffällig, daß auch Zarathustra immerhin für einige Zeit im »Hause der Gelehrten« war und daß ihm – wenn auch von einem Schaf – nachgesagt werden kann, er sei nicht *mehr* Gelehrter:

> Als ich im Schlafe lag, da frass ein Schaf am Epheukranze meines Hauptes, – frass und sprach dazu: ›Zarathustra ist kein Gelehrter mehr.‹

> Sprach's und gieng stotzig davon und stolz. Ein Kind erzählte mir's.
>
> Gerne liege ich hier, wo die Kinder spielen, an der zerbrochnen Mauer, unter Disteln und rothen Mohnblumen.
>
> Ein Gelehrter bin ich den Kindern noch und auch den Disteln und rothen Mohnblumen. Unschuldig sind sie, selbst noch in ihrer Bosheit.
>
> Aber den Schafen bin ich's nicht mehr: so will es mein Loos – gesegnet sei es!
>
> Denn diess ist die Wahrheit: ausgezogen bin ich aus dem Hause der Gelehrten: und die Thür habe ich noch hinter mir zugeworfen.
>
> Zu lange sass meine Seele hungrig an ihrem Tische; nicht, gleich ihnen, bin ich auf das Erkennen abgerichtet wie auf das Nüsseknacken. (ebd., 160)

Die Feststellung Zarathustras, »Kindern«, »Disteln und rothen Mohnblumen« noch Gelehrter zu sein, liest sich als Hinweis darauf, daß wenigstens einige Aspekte des Gelehrtendaseins Anerkennung finden. Noch in einer der Sentenzensammlungen, welche Nietzsche teilweise in den *Zarathustra* einarbeitete, unterscheidet er zwischen zweierlei Gelehrten:

> Gelehrte: so nennt man heute sowohl die Soldaten des Geistes als – leider – auch die Strumpfwirker des Geistes. (KSA 10, 390)

Im Abschnitt ›Von den Gelehrten‹ findet sich der zweite Aspekt wörtlich wieder. Statt »Soldaten des Geistes« zu sein, wurden die Gelehrten dort aber »auf das Erkennen abgerichtet wie auf das Nüsseknacken«. Soviel Spott auch in dieser Formulierung mitschwingt, sie enthält eine Würdigung: gewissermaßen aus Drill leisten die Gelehrten in ihrem Fachgebiet ein Stück weit unabhängige und redliche Erkenntnisarbeit, etwas, das Nietzsche den bisherigen

Philosophen in *Jenseits von Gut und Böse* komplett abspricht:

> – Freilich: bei den Gelehrten, den eigentlich wissenschaftlichen Menschen, mag es anders stehn – ›besser‹, wenn man will –, da mag es wirklich so Etwas wie einen Erkenntnistrieb geben, irgend ein kleines unabhängiges Uhrwerk, welches, gut aufgezogen, tapfer darauf los arbeitet, *ohne* dass die gesammten übrigen Triebe der Gelehrten wesentlich dabei betheiligt sind. Die eigentlichen ›Interessen‹ des Gelehrten liegen deshalb gewöhnlich ganz wo anders, etwa in der Familie oder im Gelderwerb oder in der Politik; ja es ist beinahe gleichgültig, ob seine kleine Maschine an diese oder jene Stelle der Wissenschaft gestellt wird, [...]: – es *bezeichnet* ihn nicht, dass er dies oder jenes wird. Umgekehrt ist an dem Philosophen ganz und gar nichts Unpersönliches; [...] (KSA 5, 20)

Der Vielzahl und Vielfalt gewissenhaft erarbeiteter Einzelerkenntnisse der Gelehrten steht – so leitet Nietzsche den Textabschnitt ein – auf der Seite großer Philosophen ein sehr persönliches »Selbstbekenntnis« gegenüber:

> Allmählig hat sich bei mir herausgestellt, was jede grosse Philosophie bisher war: nämlich das Selbstbekenntniss ihres Urhebers und eine Art ungewollter und unvermerkter mémoires; insgleichen, dass die moralischen (oder unmoralischen) Absichten in jeder Philosophie den eigentlichen Lebenskeim ausmachten, aus dem jedesmal die ganze Pflanze gewachsen ist. (ebd., 19f.)

Das Moment des Persönlichen und Eigenen, das Nietzsche – anders als bei den Gelehrten – bei den Philosophen vorfindet, und die hiermit verbundene »Einfalt« *eines* charakteristischen Lebenskeims, unterscheidet auch Zarathustra von den Gelehrten:

> Ich bin zu heiss und verbrannt von eigenen Gedanken: oft will es mir den Athem nehmen. Da muss ich in's Freie und weg aus allen verstaubten Stuben.
>
> [...].
>
> Geschickt sind sie [die Gelehrten], sie haben kluge Finger: was will *meine* Einfalt bei ihrer Vielfalt! Alles Fädeln und Knüpfen und Weben verstehn ihre Finger: also wirken sie die Strümpfe des Geistes! (Z, Von den Gelehrten, 160f.)

Der Vorzug der Gelehrten gegenüber den Philosophen liegt daher auf den zweiten Blick gerade nicht darin, daß sie unpersönlich und unabhängig erkennen. Zarathustra stellt sich souverän über sie:

> Aber trotzdem wandele ich mit meinen Gedanken *über* ihren Köpfen; und selbst, wenn ich auf meinen eignen Fehlern wandeln wollte, würde ich noch über ihnen sein und ihren Köpfen.
>
> Denn die Menschen sind *nicht* gleich: so spricht die Gerechtigkeit. Und was ich will, dürften *sie* nicht wollen! (ebd., 162)

Diese geistes-aristokratische Haltung, in welcher selbst die Fehler Zarathustras noch über der Redlichkeit und dem Verdienst der Gelehrten stehen, ist grundsätzlich undemokratisch.

> Die Unabhängigkeits-Erklärung des wissenschaftlichen Menschen, seine Emancipation von der Philosophie, ist eine der feineren Nachwirkungen des demokratischen Wesens und Unwesens: die Selbstverherrlichung und Selbstüberhebung des Gelehrten steht heute überall in voller Blüthe und in ihrem besten Frühlinge, – womit noch nicht gesagt sein soll, dass in diesem Falle Eigenlob lieblich röche. (KSA 5, 129)

Nietzsche meint, damit das Recht, ja die Notwendigkeit persönlicher Perspektiven vor jener historischen Entwicklung in Schutz nehmen zu müssen. Die Selbstgewißheit »wissenschaftlicher Menschen« überhebt sich aus Nietzsches Sicht, indem sie meint, im Rahmen wissenschaftlicher Korrektheit über persönlichen Perspektiven stehen zu können.

Im fünften Buch der *Fröhlichen Wissenschaft* stellt Nietzsche eine Überlegung zu den Schwierigkeiten und Ansprüchen der Philosophen gegenüber den Gelehrten und Wissenschaftlern an:

> Vielleicht sind wir Philosophen allesammt heute zum Wissen schlimm gestellt: die Wissenschaft wächst, die Gelehrtesten von uns sind nahe daran zu entdecken, dass sie zu wenig wissen. Aber schlimmer wäre es immer noch, wenn es anders stünde, – wenn wir *zu viel* wüssten; unsre Aufgabe ist und bleibt zuerst, uns nicht selber zu verwechseln. Wir *sind* etwas Anderes als Gelehrte: obwohl es nicht zu umgehn ist, dass wir auch, unter Anderem, gelehrt sind. (KSA 3, 635)

Die Rein-Erkennenden

Ein Charakteristikum, das die Gelehrten von Zarathustra unterscheidet, verbindet sie mit den »Rein-Erkennenden«: ihr Versuch, die Untersuchungsgegenstände mit dem Blick eines Unbeteiligten zu sehen.

> Aber sie [die Gelehrten] sitzen kühl in kühlem Schatten: sie wollen in Allem nur Zuschauer sein und hüten sich dort zu sitzen, wo die Sonne auf die Stufen brennt. (Z, Von den Gelehrten, 161)

Dies ist auch das Kennzeichen der »Rein-Erkennenden«: Ihr Anspruch, vollkommen unvoreingenommen und ohne Eigeninteresse Betrachter und Zuschauer zu sein.

> Jedes Redlichen Schritt redet; die Katze aber stiehlt sich über den Boden weg. Siehe, katzenhaft kommt der Mond daher und unredlich. –
>
> Dieses Gleichniss gebe ich euch empfindsamen Heuchlern, euch, den ›Rein-Erkennenden‹! Euch heisse *ich* – Lüsterne! [...]
>
> ›Das wäre mir das Höchste – also redet euer verlogner Geist zu sich – auf das Leben ohne Begierde zu schaun und nicht gleich dem Hunde mit hängender Zunge: [...].
>
> Wagt es doch erst, euch selber zu glauben – euch und euren Eingeweiden! Wer sich selber nicht glaubt, lügt immer. [...] Wahrlich, ihr täuscht, ihr ›Beschaulichen‹! Auch Zarathustra war einst der Narr eurer göttlichen Häute; nicht errieth er das Schlangengeringel, mit denen sie gestopft waren.
>
> Eines Gottes Seele wähnte ich einst spielen zu sehn in euren Spielen, ihr Rein-Erkennenden! Keine bessere Kunst wähnte ich einst als eure Künste! (Z, Von der unbefleckten Erkenntniss, 156ff.)

Die Haltung der »Rein-Erkennenden« ist Zarathustra suspekt. Er unterstellt ihnen Selbsttäuschung: »Wagt es doch erst, euch selber zu glauben – euch und euren Eingeweiden!«.

Der Abschnitt ›Von der unbefleckten Erkenntniss‹ ist auch ein Seitenhieb auf Ästheten und das von ihnen angeschaute »Schöne«, welches Immanuel Kant in einer berühmten Definition als »Gegenstand des Wohlgefallens ohne alles Interesse« (Immanuel Kant, Kritik der Urteilskraft, I. Abschnitt 1. Buch §6) bezeichnet. Zarathustra spricht von einer anderen Schönheit:

> Wo ist Schönheit? Wo ich mit allem Willen *wollen muss*; wo ich lieben und untergehn will, dass ein Bild nicht nur Bild bleibe. [...].

> Aber nun will euer entmanntes Schielen ›Beschaulichkeit‹ heissen! Und was mit feigen Augen sich tasten lässt, soll ›schön‹ getauft werden! Oh, ihr Beschmutzer edler Namen! (Z, Von der unbefleckten Erkenntniss, 157)

Durch die Verbindung zu diesem – wie es sich hier darstellt – ästhetischen Mißverständnis des Schönen läßt sich Zarathustras Aussage »Keine Kunst wähnte ich einst als eure Künste!« auch mit Nietzsches eigener langer Hochschätzung des Ästhetischen in Verbindung setzen.

Der Vorwurf, den Zarathustra nun den Beschaulichen, »Rein-Erkennenden« macht, ist der ihrer zu geringen Liebe:

> Wahrlich nicht als Schaffende, Zeugende, Werdelustige liebt ihr die Erde! (ebd.)

Die ästhetische Beschaulichkeit der »Rein-Erkennenden« versucht, sich herauszuhalten, dem Dasein nur freundlich zuzusehen. Zarathustra hält dem seine – größere – Liebe entgegen, welche gerade nicht interesselos ist, sondern Erkennen und Eingreifen verbindet:

> Geküsst und gesaugt *will es* [das Meer] sein vom Durste der Sonne; Luft *will* es werden und Höhe und Fusspfad des Lichts und selber Licht!
>
> Wahrlich, der Sonne gleich liebe ich das Leben und alle tiefen Meere.
>
> Und diess heisst *mir* Erkenntniss: alles Tiefe soll hinauf – zu meiner Höhe! (ebd., 159)

Das Erkennen Zarathustras ist weder interesseloses Erkennen noch verzichtet er dabei auf die eigene Auslegung und Perspektive. Er legt das »Leben« willentlich so aus, daß es ins beste Licht gerückt erscheint.

Diese Perspektive ist die einer Arbeit an der möglichen Selbstvervollkommnung des Lebens. Am Beginn des vierten Buches wird die merkwürdige Charakterisierung der besonderen Erkenntnis Zarathustras in ein ausführliches Bild umgesetzt. Wie ein Angler wirft Zarathustra sein Glück – seine Erkenntnis und Lebensperspektive – als Köder aus, um damit möglichst viele zu locken, zu erziehen, ja zu »züchten«:

> Thue dich auf und wirf mir deine Fische und Glitzer-Krebse zu! Mit meinem besten Köder ködere ich mir heute die wunderlichsten Menschen-Fische!
>
> – mein Glück selber werfe ich hinaus in alle Weiten und Fernen, zwischen Aufgang, Mittag und Niedergang, ob nicht an meinem Glücke viele Menschen-Fische zerrn und zappeln lernen.
>
> Bis sie, anbeissend an meine spitzen verborgenen Haken, hinauf müssen in *meine* Höhe, die buntesten Abgrund-Gründlinge zu dem boshaftigsten aller Menschen-Fischfänger.
>
> *Der* nämlich bin ich von Grund und Anbeginn, ziehend, heranziehend, hinaufziehend, aufziehend, ein Zieher, Züchter und Zuchtmeister, der sich nicht umsonst einstmals zusprach: ›Werde, der du bist!‹ (Z, Das Honig-Opfer, 297)

Zarathustras Erkenntnis ist in diesem Sinne eine erziehende und züchtende. Die Tierart, die durch diese Erkenntnis weitergezüchtet werden soll, ist der Mensch. Nietzsche konnte – auch zu seiner Zeit provozierend genug – den Ausdruck »Zucht« noch auf Menschen anwenden, ohne daß damit die späteren Rassenzucht-Experimente der Nationalsozialisten hätten assoziiert werden können. Der Aspekt bleibt dennoch problematisch. Wenn im *Zarathustra* von Zucht die Rede ist, dann handelt es sich jedoch im oben skizzierten Sinne um eine Zucht durch Erkenntnisse, Perspektiven und Wertsetzungen.

Nietzsche betont, indem er den Menschen als Tier bezeichnet, daß dieser kein bloßes Verstandes- und Geistwesen ist, daß physiologische und psychologische Mechanismen zu seinen ihm selbst oft verborgenen Voraussetzungen gehören. Der »Erkennende« sieht ein Stück weit in diese Voraussetzungen hinein. Schon *Menschliches, Allzumenschliches* begreift den Menschen in diesem Sinne als »Ueber-Thier«:

> *Das Ueber-Thier.–* Die Bestie in uns will belogen werden; Moral ist Nothlüge, damit wir von ihr nicht zerrissen werden. Ohne die Irrthümer, welche in den Annahmen der Moral liegen, wäre der Mensch Thier geblieben. So aber hat er sich als etwas Höheres genommen und sich strengere Gesetze auferlegt. (KSA 2, 64)

Es gibt eine sinngemäße Replik dieses Abschnittes im *Zarathustra.* Dort berichtet der »Gewissenhafte der Geistes«:

> Die Furcht nämlich vor wildem Gethier – die wurde dem Menschen am längsten angezüchtet, einschliesslich das Thier, das er in sich selber birgt und fürchtet: – Zarathustra heisst es ›das innere Vieh.‹ (Z, Von der Wissenschaft, 377)

Im Sinne eines Erkennenden, der die Voraussetzungen der Menschen kennt, formuliert Nietzsche im *Zarathustra*:

> Meine Freunde, es kam eine Spottrede zu eurem Freunde: ›seht nur Zarathustra! Wandelt er nicht unter uns wie unter Thieren?‹
>
> Aber so ist es besser geredet: ›der Erkennende wandelt unter Menschen *als* unter Thieren.‹ (Z, Von den Mitleidigen, 113)

Der Erkennende vergleicht die Menschen nicht mit Tieren, für ihn sind sie noch Tiere. Wenn Zarathustra versucht, Menschen am Köder seines Glücks höher zu ziehen und zu züchten, so wäre das ein völlig fruchtloses Unterfangen, wenn zu den »biologischen« Eigenschaften des Lebewesens Mensch nicht eine besondere Formbarkeit und Unabgeschlossenheit gehören würde. Nietzsche charakterisiert den Menschen in einem Abschnitt der *Genealogie der Moral* in diesem Sinne als ein solches *»noch nicht festgestellte[s] Thier«* (KSA 11, 125). Zu den Chancen und Gefahren des Menschen gehört gerade, daß dieses Lebewesen mit sich selbst experimentieren kann, auf der Suche danach, was es ist:

> Denn der Mensch ist kränker, unsicherer, wechselnder, unfestgestellter als irgend ein Thier sonst, daran ist kein Zweifel – er ist *das* kranke Thier: woher kommt das? Sicherlich hat er auch mehr gewagt, geneuert, getrotzt, das Schicksal herausgefordert als alle übrigen Thiere zusammen genommen: er, der grosse Experimentator mit sich, der Unbefriedigte, Ungesättigte, der um die letzte Herrschaft mit Thier, Natur und Göttern ringt, – [...]. (KSA 5, 367)

Der Aufruf, den Zarathustra an sich selbst richtete: »Werde, der du bist!«, enthält diese experimentelle Komponente: das zu werden, was das noch nicht fixierte Lebewesen Mensch ist, indem im Versuch geprüft wird, was es noch sein kann.

Ein hohes Interesse an solchen Selbstversuchen vorausgesetzt, unterscheidet sich hierin Zarathustras »Erkenntnis« deutlich von dem interesselosen Wohlgefallen der »Rein-Erkennenden«.

> Zuschauer will der Geist des Dichters: sollten's auch Büffel sein! –
>
> Aber dieses Geistes wurde ich müde: und ich sehe kommen, dass er seiner selber müde wird.
>
> Verwandelt sah ich schon die Dichter und gegen sich selber den Blick gerichtet.
>
> Büsser des Geistes sah ich kommen: die wuchsen aus ihnen. (Z, Von den Dichtern, 166)

Daß die Dichter lügen, daß ihre ästhetischen Illusionen über das Dasein unredlich sind, machte die negative Seite des in Zarathustras Mund ambivalenten Begriffs »Dichter« aus.

Auffällig ist nun, daß den Dichtern kein Aufklärer oder Wissenschaftler entgegengehalten wird, der ihre Lügen entlarvt. Stattdessen kündigt Zarathustra an, daß die Dichter »gegen sich selbst den Blick« richten werden, daß sie gewissermaßen vor sich selbst nicht mehr bestehen können. Der Illusionskünstler und Lügner wird daher nicht an einem äußeren Maßstab gemessen, sondern erträgt sich selbst nicht mehr – er wird zum »Büsser des Geistes«.

Der alte Zauberer, der als Dichter bereits vorgestellt wurde, tritt im vierten Buch des *Zarathustra* als »Büsser des Geistes« auf, stimmt einen Jammergesang an – und wird von Zarathustra dafür geprügelt:

> – Hier aber konnte sich Zarathustra nicht länger halten, nahm seinen Stock und schlug mit allen Kräften auf den Jammernden los. ›Halt ein! schrie er ihm zu, mit ingrimmigem Lachen, halt ein, du Schauspieler! Du Falschmünzer! Du Lügner aus dem Grunde! Ich erkenne dich wohl! (Z, Der Zauberer, 317)

Zarathustra nimmt dem alten Zauberer nicht ab, »Büsser des Geistes« zu sein, sich der Kälte des Gedankens aussetzen zu wollen: »Von dir gejagt, Gedanke!« – wie der Zauberer singend vorgibt. Diese Rahmengeschichte, in welcher der Illusionskünstler selbst den »Büsser des Geistes« zunächst nur vorgegaukelt haben will, verunsichert. Deutlich wird, wie bodenlos die Lüge geworden ist.

> [...] Und, wahrlich, du hast mich gut durchschaut!
> Aber auch du – gabst mir von dir keine kleine Probe: du bist *hart*, du weiser Zarathustra! Hart schlägst du zu mit deinen ›Wahrheiten,‹ dein Knüttel erzwingt von mir – *diese* Wahrheit!‹
> – ›Schmeichle nicht, antwortete Zarathustra, immer noch erregt und finsterblickend, du Schauspieler aus dem Grunde! Du bist falsch: was redest du – von Wahrheit!‹ (ebd.)

Im nächsten Moment des Dialoges erklärt der alte Zauberer, wen er vorgespielt haben will. Er nimmt dabei ausdrücklich Bezug auf die frühere Ankündigung der »Büsser des Geistes« durch Zarathustra.

> ›*Den Büsser des Geistes*, sagte der alte Mann, *den* – spielte ich: du selber erfandest einst diess Wort –
> – den Dichter und Zauberer, der gegen sich selber endlich seinen Geist wendet, den Verwandelten, der an seinem bösen Wissen und Gewissen erfriert. [...]‹ (ebd., 318)

Nach der Erklärung, die der alte Zauberer gibt, ist der »Büsser des Geistes« ein zur intellektuellen Redlichkeit sich selbst gegenüber Konvertierter, der an der Selbsterkenntnis »erfriert«. Eine Notiz Nietzsches charakterisiert den im Gesang des Zauberers gezeichneten Typus in diesem Sinne: » ›Wer liebt mich noch‹ – ein erfrierender Geist [...]« (KSA 11, 342). Das Gedicht wurde zunächst ohne die vielfache Brechung der Rahmengeschichte von Nietzsche in eigenem Namen konzipiert.

Nietzsche zeichnet – konsequenterweise im ersten Buch seiner radikalen Aufklärung, in *Menschliches, Allzumenschliches* – eine entsprechende historische Entwicklungslinie, die nach dem Wegfall religiöser und metaphysischer Illusionen vom Künstler zum vorurteilslos Erkennenden führt:

> Jene [religiösen und metaphysischen] Voraussetzungen sind aber falsch: welche Stellung bleibt nach dieser Erkenntniss jetzt noch der Kunst? Vor Allem hat sie durch Jahrtausende hindurch gelehrt, mit Interesse und Lust auf das Leben in jeder Gestalt zu sehen und unsere Empfindung so weit zu bringen, dass wir endlich rufen: ›wie es auch sei, das Leben, es ist gut.‹ Diese Lehre der Kunst, Lust am Dasein zu haben und das Menschenleben wie ein Stück Natur, ohne zu heftige Mitbewegung, als Gegenstand gesetzmässiger Entwickelung anzusehen, – diese Lehre ist in uns hineingewachsen, sie kommt jetzt als allgewaltiges Bedürfniss des Erkennens wieder an's Licht. [...] Der wissenschaftliche Mensch ist die Weiterentwickelung des künstlerischen. (KSA 2, 185f.)

Hier fehlt noch völlig das Moment einer Erkenntnis, welche das Leben in Frage stellt, »sich selbst ins Leben schneidet«. Auffällig ist allerdings die Distanz des wissenschaftlichen Menschen, der seine Betrachtungen »ohne zu heftige Mitbewegung« anstellt. Jene interesselose Erkenntnis der »Rein-Erkennenden«, von denen Nietzsche den Zarathustra sagen läßt, auch er habe einst geglaubt, daß keine »bessere Kunst [...] als Eure Künste« sei, wird in diesem früheren Buch als einzig legitime Nachfolgerin der Kunst angesprochen.

Die bereits oben zitierte Liste der Gestalten für das vierte Buch des *Zarathustra* gibt einen entsprechenden

Übergang vom Künstler, hier dem Dichter, zum Erkennenden an. Dieselbe Liste enthält noch zwei weitere Figuren, deren Züge sich ebenfalls im alten Zauberer wiederfinden:

> der Dichter, im Grunde nach wilder Freiheit gelüstend, wählt die Einsamkeit und die *Strenge* der Erkenntniß.
>
> [...]
>
> der Erfinder neuer Rausch-Mittel, Musiker, der Bezauberer, der endlich vor einem liebevollen Herzen sich niederwirft und sagt: ›*nicht zu mir*! sondern zu *jenem* will ich euch führen!‹
>
> [...]
>
> das Genie (als Anfall von Wahnsinn) erfrierend aus Mangel an Liebe ›ich bin kein Gedanke und auch kein Gott‹ – große Zärtlichkeit ›Man muß ihn mehr lieben!‹ (KSA 11, 362f.)

Nietzsche verbindet die Charakteristika von Genie und Dichter im »erfrierenden Geist«, dem »Büsser des Geistes«.

Im weiteren Verlauf seines Dialoges mit dem alten Zauberer unterbricht Zarathustra dessen bodenloses Täuschungsmanöver:

> ›Du magst Feinere betrogen haben als mich, sagte Zarathustra hart. Ich bin nicht auf der Hut vor Betrügern, ich *muss* ohne Vorsicht sein: so will es mein Loos.
>
> Du aber – *musst* betrügen: so weit kenne ich dich! Du musst immer zwei- drei- vier- und fünfdeutig sein! Auch was du jetzt bekanntest, war mir lange nicht wahr und nicht falsch genung!
>
> Du schlimmer Falschmünzer, wie könntest du anders! Deine Krankheit würdest du noch schminken, wenn du dich deinem Arzte nackt zeigtest.
>
> So schminktest du eben vor mir deine Lüge, als du sprachst: ›ich trieb's also *nur* zum Spiele!‹ Es war auch *Ernst* darin, du *bist* Etwas von einem Büsser des Geistes!

> Ich errathe dich wohl: du wurdest der Bezauberer Aller, aber gegen dich hast du keine Lüge und List mehr übrig, – du selber bist dir entzaubert!
>
> Du erntetest den Ekel ein, als deine Eine Wahrheit. Kein Wort ist mehr an dir ächt, aber dein Mund: nämlich der Ekel, der an deinem Munde klebt.‹ –
>
> [...] (Z, Der Zauberer, 318)

Zarathustra hält dem Zauberer keine unabhängige Wahrheit vor, sondern gewissermaßen den Spiegel. Er zeigt dem Illusionskünstler dessen eigene Tätigkeit, sein willentliches Erzeugen von neuer Illusion, und seine Motivation dazu: den Ekel vor allem, was seinen Ansprüchen von Schönheit und Größe nicht entspricht. Dieser Daseins-Ekel ist es, welcher sich schließlich als Selbsterkenntnis gegen den Zauberer richtet:

> ›Oh Zarathustra, ich bin's müde, es ekelt mich meiner Künste, ich bin nicht *gross*, was verstelle ich mich! Aber, du weisst es wohl – ich suchte nach Grösse!
>
> Einen grossen Menschen wollte ich vorstellen und überredete Viele: aber diese Lüge gieng über meine Kraft. An ihr zerbreche ich.
>
> [...]
>
> Du schlimmer alter Zauberer, *das* ist dein Bestes und Redlichstes, was ich an dir ehre, dass du deiner müde wurdest und es aussprachst: ›ich bin nicht gross.‹ (ebd., 319)

Die Züge der dritten Figur, die in die Gestalt des Zauberers eingeht, des »Erfinders neuer Rauschmittel«, der »vor einem liebevollen Herzen sich niederwirft«, finden im Anschluß daran ihren Ort:

> Oh Zarathustra, ich suche einen Ächten, Rechten, Einfachen, Eindeutigen, einen Menschen aller Redlichkeit, ein Gefäss der Weisheit, einen Heiligen der Erkenntniss, einen grossen Menschen!

Weisst du es denn nicht, oh Zarathustra? *Ich suche Zarathustra.*‹

– Und hier entstand ein langes Stillschweigen zwischen Beiden; Zarathustra aber versank tief hinein in sich selber, also dass er die Augen schloss. Dann, aber zu seinem Unterredner zurückkehrend, ergriff er die Hand des Zauberers und sprach, voller Artigkeit und Arglist:

›Wohlan! Dort hinauf führt der Weg, da liegt die Höhle Zarathustra's. In ihr darfst du suchen, wen du finden möchtest. [...]

Du suchst nach grossen Menschen, du wunderlicher Narr? Wer *lehrte's* dich? Ist heute dazu die Zeit? Oh du schlimmer Sucher, was – versuchst du mich?‹ – (ebd., 319f.)

Offensichtlich ist der Ausdruck »versuchen« mehrfach zu deuten. Die Versuchung Zarathustras besteht einmal darin, ihn auf die Probe zu stellen, wie es der Zauberer tat. Darüber hinaus suggeriert Zarathustras rhetorische Frage »Ist heute dazu die Zeit?«, daß gerade nicht die Zeit ist, in der nach »grossen Menschen« gesucht werden kann, daß er selbst nicht der Versuchung erliegt, sich für *den* großen Menschen zu halten oder sich sogar damit zufriedenzugeben. Zuletzt weisen Zarathustras Stillschweigen, seine Arglist und die Erlaubnis zu suchen, »wen du finden möchtest«, darauf hin, daß der Zauberer ihn im Sinne eines Verfehlens »versucht« hat: er liegt mit seinen Vorstellungen von Zarathustra daneben. Zarathustra ist – das zeigen seine Selbstwiderspüche und seine vielen Facetten – eines sicher nicht: ein Einfacher und Eindeutiger.

Auch Zarathustra ist ein »Dichter« und in sehr speziellem Sinne sogar eine Dichtung Nietzsches – eines jener Bilder, »nach denen *gelebt* werden kann« (KSA 10, 183).

Der Unterschied zum Zauberer liegt in der Motivation: Zarathustras Beweggrund soll gerade nicht mehr der Daseins-Ekel sein, dafür steht seine Überwindung des großen Ekels.

Der Schatten

> Wahrhaftig – so heisse ich Den, der in götterlose Wüsten geht und sein verehrendes Herz zerbrochen hat. (Z, Von den berühmten Weisen, 133)

Nietzsche läßt Zarathustra schließlich auf eine Figur treffen, die dieser Charakterisierung nach ein »Wahrhaftiger« sein müßte:

> Mit dir zerbrach ich, was je mein Herz verehrte, alle Grenzsteine und Bilder warf ich um, den gefährlichsten Wünschen lief ich nach, – wahrlich, über jedwedes Verbrechen lief ich einmal hinweg. (Z, Der Schatten, 340)

Der so spricht, stellt sich als der »Schatten« Zarathustras vor. Das Verhältnis eines anderen Wanderers zu seinem Schatten findet sich schon in dem Rahmendialog, der die gleichnamige ›Zweite Abtheilung‹ des zweiten Buches von *Menschliches, Allzumenschliches* einleitet und abschließt. Die kontrastierende, konturgebende Wirkung des Schattens, welche zur Verbesserung der Wahrnehmbarkeit beiträgt, wird eigens gewürdigt.

Dennoch ist dieser Schatten keine den Wanderer bloß kontrastierende Figur, sondern eine fast zwangsläufige Konsequenz seines Daseins – auf diese Besonderheit wird auch hinsichtlich des Verhältnisses Zarathustras zu seinem Schatten zu achten sein:

> *Der Wanderer:* Ich merke erst, wie unartig ich gegen dich bin, mein geliebter Schatten: ich habe noch mit keinem Worte gesagt, wie sehr ich mich *freue*, dich zu hören und nicht blos zu sehen. Du wirst es wissen, ich liebe den Schatten, wie ich das Licht liebe. Damit es Schönheit des Gesichts, Deutlichkeit der Rede, Güte und Festigkeit des Charakters gebe, ist der Schatten so nöthig wie das Licht. Es sind nicht Gegner: sie halten sich vielmehr liebevoll an den Händen, und wenn das Licht verschwindet, schlüpft ihm der Schatten nach.
>
> *Der Schatten:* Und ich hasse das Selbe, was du hassest, die Nacht; ich liebe die Menschen, weil sie Lichtjünger sind, und freue mich des Leuchtens, das in ihrem Auge ist, wenn sie erkennen und entdecken, die unermüdlichen Erkenner und Entdecker. Jener Schatten, welchen alle Dinge zeigen, wenn der Sonnenschein der Erkenntniss auf sie fällt, – jener Schatten bin ich auch. (KSA 2, 538)

Der Wanderer, der für den radikal-aufklärerischen »freien Geist« steht, wirft diesen Schatten: im Licht der aufgeklärten, vernünftigen Erkenntnis werden dunkle und unvernünftige Seiten der Welt, ja der menschlichen »Vernunft« selber, sichtbar. So heißt es gleich im zweiten Aphorismus dieses Abschnittes:

> *Die Vernunft der Welt.* – Dass die Welt *nicht* der Inbegriff einer ewigen Vernünftigkeit ist, lässt sich endgültig dadurch beweisen, dass jenes *Stück Welt*, welches wir kennen – ich meine unsre menschliche Vernunft –, nicht allzu vernünftig ist [...]. (KSA 2, 540)

Im Falle des Wanderers ist es das Licht seiner radikalen Aufklärung, die auch eine Selbst-Aufklärung ist, welches den Schatten wirft. Es läßt sich nun fragen, in welchem Sinne Zarathustras Schatten seine Konsequenz oder dunkle Seite ist.

Zunächst fällt auf, daß Zarathustra seinen Schatten nicht so herzlich begrüßt wie der Wanderer. Das Verhältnis ist gespannter:

> ›Wer bist du? fragte Zarathustra heftig, was treibst du hier? Und wesshalb heissest du dich meinen Schatten? Du gefällst mir nicht.‹ (Z, Der Schatten, 339)

Auf die Frage, wer der Schatten sei, läßt sich zunächst wieder mit Nietzsches Entwurf aus der bereits mehrfach zitierten Liste der Figuren für das vierte Buch des *Zarathustra* antworten:

> der Unstäte, Heimatlose, Wanderer – der sein Volk verlernt hat zu lieben, weil er viele Völker liebt, der gute Europäer. (KSA 11, 362)

Der Ausdruck »guter Europäer« findet sich noch oft in Nietzsches Werk, er tritt sogar als geplanter Buchtitel auf. Ein Charakteristikum des »guten Europäers« ist, daß er, wie es Zarathustra von sich selbst sagt, »viele Völker sah«. Der Zweifel am Absolutheitsanspruch des jeweiligen Wertmaßstabs eines Volks erwächst aus diesem Vergleich. Dieser Zweifel mündet in die »Noth des Geistes«, welcher sich vor der Aufgabe sieht, Maßstab und Ziel zu finden. In der Vorrede zu *Jenseits von Gut und Böse* formuliert Nietzsche diesen Gedanken:

> Aber wir, die wir weder Jesuiten, noch Demokraten, noch selbst Deutsche genug sind, wir *guten Europäer* und freien, *sehr* freien Geister – wir haben sie noch, die ganze Noth des Geistes und die ganze Spannung seines Bogens! Und vielleicht auch den Pfeil, die Aufgabe, wer weiss? das *Ziel* ..... (KSA 5, 13)

»[...], wer weiss?« ... – Zarathustras Schatten jedenfalls steht für eine orientierungs- und perspektivlose »Noth des Geistes«. Aus Zarathustras Infragestellung aller bisherigen Werte und Verbindlichkeiten, deren Vernichtung ihm als »Schaffendem« grundsätzlich möglich ist, folgert sein Schatten die Beliebigkeit. Indem er so jedes Ziel verliert, ist er die mögliche Konsequenz und dunkle Kehrseite Zarathustras und die Gefahr, in welche die Wahrhaftigkeit Zarathustras führt:

> ›Nichts ist wahr, Alles ist erlaubt‹: so sprach ich mir zu. In die kältesten Wasser stürzte ich mich, mit Kopf und Herzen. Ach, wie oft stand ich darob nackt als rother Krebs da! [...]
>
> Zu oft, wahrlich, folgte ich der Wahrheit dicht auf dem Fusse: da trat sie mir vor den Kopf. Manchmal meinte ich zu lügen, und siehe! da erst traf ich – die Wahrheit.
>
> Zu Viel klärte sich mir auf: nun geht es mich Nichts mehr an. Nichts lebt mehr, das ich liebe, – wie sollte ich noch mich selber lieben?
>
> [...]
>
> Diess Suchen nach *meinem* Heim: oh Zarathustra, weisst du wohl, diess Suchen war *meine* Heimsuchung, es frisst mich auf.
>
> ›Wo ist – *mein* Heim?‹ Darnach frage und suche und suchte ich, das fand ich nicht. Oh ewiges Überall, oh ewiges Nirgendwo, oh ewiges – Umsonst!‹
>
> Also sprach der Schatten, und Zarathustra's Gesicht verlängerte sich bei seinen Worten. ›Du bist mein Schatten! sagte er endlich, mit Traurigkeit.
>
> Deine Gefahr ist keine kleine, du freier Geist und Wanderer! Du hast einen schlimmen Tag gehabt: sieh zu, dass dir nicht noch ein schlimmerer Abend kommt!
>
> [...] Du hast das Ziel verloren: wehe, wie wirst du diesen Verlust verscherzen und verschmerzen? Damit – hast du auch den Weg verloren! (Z, Der Schatten, 340f.)

Es ist die Haltung und Motivation *hinter* der »Wahrhaftigkeit«, welche der Kontrast zwischen der Wahrhaftigkeit des Schattens und der Wahrhaftigkeit Zarathustras ausmacht. Auch Zarathustra erweist sich als freier Geist; Nietzsche versucht jedoch, mit Zarathustra den Gegenentwurf zu einem orientierungslos freien Geist zu gestalten: Im Gegensatz zu seinem Schatten erliegt Zarathustra nicht den Gefahren seiner Autonomie, also der Notwendigkeit, sich selbst Gesetze zu geben.

> Frei wovon? Was schiert das Zarathustra! Hell aber soll mir dein Auge künden: frei *wozu*?
>
> Kannst du dir selber dein Böses und dein Gutes geben und deinen Willen über dich aufhängen wie ein Gesetz? Kannst du dir selber Richter sein und Rächer deines Gesetzes?
>
> Furchtbar ist das Alleinsein mit dem Richter und Rächer des eignen Gesetzes. Also wird ein Stern hinausgeworfen in den öden Raum und in den eisigen Athem des Alleinseins. (Z, Vom Wege des Schaffenden, 81)

Zarathustras Wahrhaftigkeit

Die »berühmten Weisen«, der »Gewissenhafte des Geistes«, die »Gelehrten«, die »Rein-Erkennenden«, der »Büsser des Geistes« und sogar Zarathustras »Schatten« stehen im Kontrast zur Wahrhaftigkeit Zarathustras. Von jeder dieser Figuren distanziert er sich.

Dennoch kann der – erfolgversprechende – Versuch unternommen werden, wenigstens einige Züge jeder Figur in Zarathustra selbst oder seinem fiktiven Werdegang wiederzufinden: etwa, wenn er berichtet, selbst im »Hause der Gelehrten« gewohnt zu haben, oder »einst« keine Kunst höher geschätzt zu haben als die »Künste« der »Rein-Erkennenden«. Am deutlichsten wird dieses Wiederauftreten von Kennzeichen der Kontrastfiguren in der Gestalt Zarathustras an Zarathustras »Schatten«. Er führt Zarathustra die Gefahr der eigenen Wahrhaftigkeit vor Augen.

Auch für Zarathustra dürfte gelten, was Nietzsche in *Jenseits von Gut und Böse* vom »wirklichen Philosophen« sagt:

> [...], er muss selbst vielleicht Kritiker und Skeptiker und Dogmatiker und Historiker und überdies Dichter und Sammler und Reisender und Räthselrather und Moralist und Seher und ›freier Geist‹ und beinahe Alles gewesen sein, [...] (KSA 5, 144)

Die feinen Unterschiede und Gemeinsamkeiten Zarathustras und jener Anderen seiner selbst formuliert Nietzsches Text.

Oft lassen sich darüber hinaus Textstellen aus anderen Werken, oder – wie im Falle des poetischen Textes »Nur Narr! Nur Dichter!« – nachweislich Texte, die Nietzsche zunächst in eigener Sache verfaßte, den Kontrastfiguren erläuternd zuordnen.

Also sprach Zarathustra arrangiert – so gesehen – in weiten Teilen frühere Gedanken Nietzsches neu. Mehr noch: indem Nietzsche die Figur Zarathustra kontrastierend und kommentierend neben die anderen hält, ist sein Buch auch ein Selbstkommentar.

Um den *Zarathustra* in dieser Weise lesen zu können, ist es wichtig, darauf zu achten, welcher Figur und welchem Typus Nietzsche die jeweiligen Sätze oder Gedanken zuschreibt; schon darin besteht ein inhaltlich wichtiger Kommentar.

Tatsächlich zeigt sich, daß die Haltung und Motivation der anderen Figuren Hauptgrund dafür ist, daß sich Zarathustra von ihnen distanziert.

Seine heftige Betonung der Ungleichheit der Menschen und der Bedeutung persönlicher Perspektiven verbindet sich in bedenklicher Weise mit der Rede von gewissermaßen aristokratischen Vorrechten. In einen entsprechenden Zusammenhang stellt Nietzsche den Begriff »Wahrhaftigkeit« in *Jenseits von Gut und Böse*:

> Der vornehme Mensch trennt die Wesen von sich ab, an denen das Gegentheil solcher gehobener stolzer Zustände zum Ausdruck kommt: er verachtet sie. [...]. Verachtet wird der Feige, der Ängstliche, der Kleinliche, der an die enge Nützlichkeit Denkende; ebenso der Misstrauische mit seinem unfreien Blicke, der Sich-Erniedrigende, die Hunde-Art von Mensch, welche sich misshandeln lässt, der bettelnde Schmeichler, vor Allem der Lügner: – es ist ein Grundglaube aller Aristokraten, dass das gemeine Volk lügnerisch ist. ›Wir Wahrhaftigen‹ – so nannten sich im alten Griechenland die Adeligen. (KSA 5, 209)

Die Wahrheit als Vorrecht der Vornehmen? Zarathustras Wahrhaftigkeit provoziert Fragen.

Zarathustra, der etwas andere Weise

Im ersten Teil ist Zarathustra ein Weiser, der seine Einsiedelei verläßt und zum überlegenen Lehrer wird. Die Gestalt bleibt vergleichsweise blaß.

»Wahrlich, ich rathe euch: geht fort von mir und wehrt euch gegen Zarathustra! Und besser noch: schämt euch seiner! Vielleicht betrog er euch.« (Z, Von der schenkenden Tugend, 101) – der Aufruf zur Autonomie, der den ersten Teil abschließt, setzt das nötige Fragezeichen hinter die Lehren und den Lehrer. Noch sieht Zarathustra anderen Weisheitslehrern oder Religionsstiftern zum Verwechseln ähnlich. Erst mit dem Beginn des zweiten Teiles beginnen sich seine Konturen deutlicher abzuzeichnen.

Die Besonderheit seines Ekels, Ja-Sagens, Schaffens und Dichtens oder seiner Wahrhaftigkeit wird aus den Stellungnahmen und durch Kontrastfiguren ersichtlich.

Querbezüge im Buch selbst und zu anderen Werken Nietzsches verhelfen den genannten Facetten zu größerer Plastizität.

Darüber hinaus finden sich Passagen, die Stimmungen zum Ausdruck bringen: Zarathustra kennt Schwermut, Einsamkeit, Sehnsucht ebenso wie Gelassenheit und Euphorie.

Ein schon von der Textform her auffälliger Abschnitt beinhaltet eine Auswahl und Zusammenfassung charakteristischer Züge. Er schließt den dritten Teil des *Zarathustra* ab. ›Die sieben Siegel‹ erhält den Untertitel ›das Ja- und Amen-Lied‹. Der Abschnitt ist siebenteilig, jeder der strophenartigen Teile endet refrainartig. Facetten, die dem »neuen Typus« Zarathustra eigentümlich sind, werden durch den Refrain mit dem Gedanken der »ewigen Wiederkehr des Gleichen« in Zusammenhang gebracht.

> [...] oh wie sollte ich nicht nach der Ewigkeit brünstig sein und nach dem hochzeitlichen Ring der Ringe, – dem Ring der Wiederkunft! (Z, Die sieben Siegel, 287)

Der Anfang des Refrains stellt den Zusammenhang ausdrücklich fest. Durch den Refrain wird jede Strophe zu einem Argument dafür, daß Zarathustra die »Wiederkunft« denken kann und denken will. Das Argumentationsmuster ist: Wenn ich *so* bin, wie sollte ich nicht die Wiederkunft wollen. Der Typus des Zarathustra tritt in weiten Teilen des Buches an die Stelle einer argumentativen Begründung der Gedanken. Ausgangspunkt ist kein Grundsatz, kein Axiom. Im

Zarathustra finden sich wenige Folgerungen. Stattdessen ist der Versuch bemerkbar, sowohl Stellungnahmen als auch den Typus dessen festzuhalten, der Stellung bezieht. Hiermit gestaltet Nietzsche versuchsweise die Gesamtaufnahme einer Perspektive: der Betrachtende, Bewertende rückt ins Bild.

›Die sieben Siegel‹ stellen Zarathustra als denjenigen Typus Mensch dar, der das Leben unter der Perspektive der »ewigen Wiederkunft des Gleichen« sehen kann und will. Bereits nachgezeichnete Facetten dieses Typus finden sich dort wieder: »Wenn ich je frohlockend sass, wo alte Götter begraben liegen, weltsegnend, weltliebend neben den Denkmalen alter Welt-Verleumder [...]« (ebd., 288) – der zweite Abschnitt verweist auf Zarathustra den Gottlosen. Seine Absage an jedes Ideal, jede Instanz, welche das in der Welt Mögliche übersteigt, klingt an.

Die beiden folgenden Abschnitte (3. und 4.) spielen auf die Facette des Schaffenden an, der Neu- und Umbewertungen vornimmt:

> ›Wenn ich selber ein Korn bin von jenem erlösenden Salze, welches macht, dass alle Dinge im Mischkruge gut sich mischen: –
>
> – denn es giebt ein Salz, das Gutes mit Bösem bindet; und auch das Böseste ist zum Würzen würdig und zum letzten Überschäumen: – [...] (ebd., 289)

Schließlich läßt eine Zeile des siebten Abschnittes die Problematisierung der einen Wahrheit anklingen, das Fehlen absoluter Orientierung, die Perspektivität, welche es Zarathustra erlaubt, sowohl »freier Geist« als auch »Dichter« zu sein:

> [...] – so aber spricht Vogel-Weisheit: ›Siehe, es giebt kein Oben, kein Unten! Wirf dich umher, hinaus, zurück, du Leichter! Singe! sprich nicht mehr!

– ›sind alle Worte nicht für die Schweren gemacht? Lügen dem Leichten nicht alle Worte! Singe! sprich nicht mehr!‹– (ebd., 291)

Einige der im Abschnitt anklingenden Facetten Zarathustras wurden bislang zurückgestellt: Der Wahrsager, der Entdecker, Versucher, Experimentator, der Tänzer und Lachende, der Krüppel.

Der Wahrsager

Wenn ich ein Wahrsager bin und voll jenes wahrsagerischen Geistes, der auf hohem Joche zwischen zwei Meeren wandelt, –

zwischen Vergangenem und Zukünftigem als schwere Wolke wandelt, – schwülen Niederungen feind und Allem, was müde ist und nicht sterben, noch leben kann:

zum Blitze bereit im dunklen Busen und zum erlösenden Lichtstrahle, schwanger von Blitzen, die Ja! sagen, Ja! lachen, zu wahrsagerischen Blitzstrahlen: –

– selig aber ist der also Schwangere! Und wahrlich, lange muss als schweres Wetter am Berge hängen, wer einst das Licht der Zukunft zünden soll! – [...] (ebd., 287)

Diese Facette wurde bislang erst gestreift: »Oh, wollten doch die Dichter wieder werden, was sie einstmals gewesen sein sollen: – *Seher,* die uns etwas von dem *Möglichen* erzählen!« (KSA 3, 321). Mit dieser Stelle aus der *Morgenröthe* ließ sich ein Stück weit nachvollziehen, in welchem Sinne Zarathustra sich als Dichter bezeichnet. Seher, Wahrsager, Weissager sind Selbstbezeichnungen, die einen Zukunftsbezug herstellen. Zarathustra will Zukunftsweisendes mitteilen, greift sogar ein Stück weit der Gegenwart vor. Das Bild ist nicht das eines raunenden und orakelnden

Wahrsagers; Zarathustra spricht aus seiner Einsicht in die Dynamik des Vorhandenen, benennt Tendenzen, »spricht auch, was er weiss, ein Weissager« (Z, Von den drei Bösen, 240). Nietzsche notiert einen Übergang vom »freien Willen« zu einer dynamischen Verknüpfung des Jetzigen mit dem Zukünftigen, welche je nach Kenntnisstand Voraussagen zuläßt:

> Auflösung des *›freien Willens‹* und der Verantwortlichkeit in ein **Vorhersagen** und einen Grad von Wahrscheinlichkeit nach unserer Kenntniß von uns selber. (KSA 10, 480)

Trotzdem ist das Wahrsagen Zarathustras keine Kalkulation. Es bleibt ein Spiel mit Möglichkeiten, ein mutwilliges Spiel, welches sich gegen den Stillstand des Vorhandenen richtet, »feind« dem, »was müde ist und nicht sterben noch leben kann«. Es ist ein Denken, das sprunghaft Alternativen skizziert und vorwegnimmt:

> Zarathustra der Wahrsager, Zarathustra der Wahrlacher, kein Ungeduldiger, kein Unbedingter, Einer, der Sprünge und Seitensprünge liebt; ich selber setzte mir diese Krone auf! (Z, Vom höheren Menschen, 366)

Der Entdecker, Versucher, Experimentator

Wenn ich dem Meere hold bin und Allem, was Meeres-Art ist, und am holdesten noch, wenn es mir zornig widerspricht:

> Wenn jene suchende Lust in mir ist, die nach Unentdecktem die Segel treibt, wenn eine Seefahrer-Lust in meiner Lust ist:

> Wenn je mein Frohlocken rief: ›die Küste schwand, – nun fiel mir die letzte Kette ab –
>
> – das Grenzenlose braust um mich, weit hinaus glänzt mir Raum und Zeit, wohlan! wohlauf! altes Herz!‹ – (Z, Die sieben Siegel, 290)

Die Facette des Entdeckers und Suchenden schließt sich fast nahtlos an die des Wahrsagers an. Der Zukunftsbezug wird verstärkt. Das Fallen von Sicherheiten – von »Küsten« – wirkt nicht bedrohlich, sondern als Befreiung zu Neuem. Experiment und Expedition sind Stichworte, welche die Arbeit an der Überwindung der Gegenwart genauso bezeichnen wie die Selbstüberwindung.

Nietzsche fühlt sich früh als ein »Unzeitgemäßer«, schreibt ab 1873 *Unzeitgemäße Betrachtungen*. Die Distanz zur zeitgenössischen Welt wird immer wieder benannt: eine Haltung und Stimmung der Fremdheit gegenüber einer Gegenwart, die gleichermaßen als gefährdend und als verächtlich empfunden wird. Die Fremdheit gegenüber der Gegenwart fordert den Mut zum Risiko, zum Neuen.

> Fremd sind mir und ein Spott die Gegenwärtigen, zu denen mich jüngst das Herz trieb; und vertrieben bin ich aus Vater- und Mutterländern.
>
> So liebe ich allein noch meiner *Kinder Land*, das unentdeckte, im fernsten Meere: nach ihm heisse ich meine Segel suchen und suchen.
>
> An meinen Kindern will ich es gut machen, dass ich meiner Väter Kind bin: und an aller Zukunft – *diese* Gegenwart! (Z, Vom Lande der Bildung, 155)

Der Tänzer und Lachende

> Wenn meine Tugend eines Tänzers Tugend ist, und ich oft mit beiden Füssen in gold-smaragdenes Entzücken sprang:
>
> Wenn meine Bosheit eine lachende Bosheit ist, heimisch unter Rosenhängen und Lilien-Hecken:
>
> – im Lachen nämlich ist alles Böse bei einander, aber heilig- und losgesprochen durch seine eigne Seligkeit:–
>
> Und wenn Das mein A und O ist, dass alles Schwere leicht, aller Leib Tänzer, aller Geist Vogel werde: und wahrlich, Das ist mein A und O! – (Z, Die sieben Siegel, 290)

Tanz und Lachen charakterisieren die Leichtigkeit. Nietzsche versucht, den Typus Zarathustras vom Titanischen freizuhalten. Seine Gedanken sollen keinem zerquälten Gemüt abgerungen, seine Aufgaben nicht mit letzter Kraft gelöst erscheinen.

> Die Mühsal ist ein Einwand, der Gott ist typisch vom Helden unterschieden (in meiner Sprache: die *leichten* Füsse das erste Attribut der Göttlichkeit). (KSA 6, 90)

Zarathustras Leichtigkeit und Leichtfertigkeit dienen als Ausweis seiner Flugtauglichkeit: in seinem Typus soll die Möglichkeit zu Höhenflügen liegen. Die Distanz, ja Vogelperspektive seiner Gedanken, die weiten Gedankenflüge des »Wahrsagers« sollen glaubhaft werden, nicht als Ausgeburten einer nervösen Phantasie erscheinen.

> Zarathustra der Tänzer, Zarathustra der Leichte, der mit den Flügeln winkt, ein Flugbereiter, allen Vögeln zuwinkend, bereit und fertig, ein Selig-Leichtfertiger: – (Z, Vom höheren Menschen, 366)

Nietzsche bezeichnet es noch in *Ecce homo* als das »psychologische Problem im Typus des Zarathustra«, »[...] wie der das Schwerste von Schicksal, ein Verhängniss von Aufgabe tragende Geist trotzdem der leichteste und jenseitigste sein kann« (KSA 6, 345). Das Problem wird auch in der *Fröhlichen Wissenschaft* umrissen. Dort ist es der Kontrast zwischen Philosophen und Gelehrten, die mögliche Stellung des philosophischen neben dem wissenschaftlichen Denken, die im Bild des Tanzes formuliert werden:

> [...] – und ich wüsste nicht, was der Geist eines Philosophen mehr zu sein wünschte, als ein guter Tänzer. Der Tanz nämlich ist sein Ideal, auch seine Kunst, zuletzt auch seine einzige Frömmigkeit, sein ›Gottesdienst‹ ... (KSA 3, 635)

Nietzsche hat diese Leichtigkeit, die Zarathustra für sich beansprucht, wohl nur selten selbst erlebt. Sogar Zarathustras Tanz und Lachen wirkt oft noch schwerfällig, sein sprachlicher Ausdruck fast pathetisch. Es ist der Versuch, diese Leichtigkeit philosophisch zu rehabilitieren, der beachtenswert erscheint.

Der Krüppel

> Das Jetzt und das Ehemals auf Erden – ach! meine Freunde – das ist *mein* Unerträglichstes; und ich wüsste nicht zu leben, wenn ich nicht noch ein Seher wäre, dessen, was kommen muss.
>
> Ein Seher, ein Wollender, ein Schaffender, eine Zukunft selber und eine Brücke zur Zukunft – und ach, auch noch gleichsam ein Krüppel an dieser Brücke: das Alles ist Zarathustra.
>
> Und auch ihr fragtet euch oft: ›wer ist uns Zarathustra? Wie soll er uns heissen?‹ Und gleich mir selber

> gabt ihr euch Fragen zur Antwort. (Z, Von der Erlösung, 179)

Die Facetten Zarathustras fügen sich nicht bruchlos. Zarathustra ist kein ganzheitlich vollendetes Ideal. Seine Sehnsucht greift auf die Zukunft vor, sein Typus ist eine bereits in die Menschheit »hineingesehene« Möglichkeit, ist Vorgriff, doch an dem Brückenweg zur Zukunft, die er zeigt, steht er selber noch – als Krüppel.

Die Facetten Zarathustras geben Fragen zur Antwort.

Fluchtpunkte

Übermensch

> Der Gegensatz des *Übermenschen* ist der *letzte Mensch*: ich schuf ihn zugleich mit jenem. (KSA 10, 162)

Diese Notiz Nietzsches aus dem Winter 1882/83 führt direkt ins Zentrum des ersten Buches. Tatsächlich ist der Übermensch eine der Parolen, an die man denkt, wenn man den Titel *Zarathustra* oder den Namen Friedrich Nietzsche hört.

Und ein Satz zum Übermenschen ist auch das erste, was Zarathustra sagt, als er aus den Bergen kommend die Stadt erreicht. Der erste Satz, den er auf dem Markte der anwesenden Menge sagt, ist gleich die Ankündigung einer Lehre – der des Übermenschen: »Und Zarathustra sprach also zum Volke: / *Ich lehre euch den Übermenschen*. Der Mensch ist Etwas, das überwunden werden soll. Was habt ihr gethan, ihn zu überwinden?« (Z, Zarathustra's Vorrede, 14). Eine eigenartige Ansprache, denjenigen, an die sie sich wendet, zu predigen, daß sie überwunden werden müßten.

Konsequenterweise endet diese Ansprache mit dem Lachen der Zuhörer: »Und alles Volk lachte über Zarathustra« (ebd., 16).

> Als Zarathustra diese Worte gesprochen hatte, sahe er wieder das Volk an und schwieg. ›Da stehen sie‹, sprach er zu seinem Herzen, ›da lachen sie: sie verstehen mich nicht, ich bin nicht der Mund für diese Ohren.

Muss man ihnen erst die Ohren zerschlagen, dass sie lernen, mit den Augen hören? Muss man rasseln gleich Pauken und Busspredigern? Oder glauben sie nur dem Stammelnden?

Sie haben Etwas, worauf sie stolz sind. Wie nennen sie es doch, was sie stolz macht? Bildung nennen sie's, es zeichnet sie aus vor den Ziegenhirten.

Drum hören sie ungern von sich das Wort ›Verachtung‹. So will ich denn zu ihrem Stolze reden.

So will ich ihnen vom Verächtlichsten sprechen: das aber ist *der letzte Mensch*.‹ (Z, Zarathustra's Vorrede, 18f.)

Diejenigen, an welche Zarathustra seine ersten Reden richtet, stehen nach dieser vorläufigen, strategischen Überlegung zwischen dem Übermenschen und dem »letzten Menschen«. Indem Zarathustra ihnen den »letzten Menschen« vorstellt, glaubt er, an ihren Stolz appellieren zu können, diese »Verächtlichste[n]« nicht zu sein.

Mehr noch: Übermensch und »letzter Mensch« werden den Zuhörern als Alternative vor Augen gestellt. Nach Zarathustras Diagnose besteht *noch* die Möglichkeit zur Entscheidung: der »letzte Mensch« heißt auch deshalb der letzte, weil er keine Alternativen mehr haben wird. Das »Glück«, das die letzten Menschen erfunden zu haben glauben, wird von diesen nicht mehr für etwas Neues aufs Spiel gesetzt:

Und also sprach Zarathustra zum Volke:

Es ist an der Zeit, dass der Mensch sich sein Ziel stecke. Es ist an der Zeit, dass der Mensch den Keim seiner höchsten Hoffnung pflanze.

Noch ist sein Boden dazu reich genug. Aber dieser Boden wird einst arm und zahm sein, und kein hoher Baum wird mehr aus ihm wachsen können.

Wehe! Es kommt die Zeit, wo der Mensch nicht mehr den Pfeil seiner Sehnsucht über den Menschen hinaus wirft, und die Sehne seines Bogens verlernt hat, zu schwirren!

Ich sage euch: man muss noch Chaos in sich haben, um einen tanzenden Stern gebären zu können. Ich sage euch: ihr habt noch Chaos in euch.

Wehe! Es kommt die Zeit, wo der Mensch keinen Stern mehr gebären wird. Wehe! Es kommt die Zeit des verächtlichsten Menschen, der sich selber nicht mehr verachten kann.

Seht! Ich zeige euch den *letzten Menschen*.

›Was ist Liebe? Was ist Schöpfung? Was ist Sehnsucht? Was ist Stern?‹ – so fragt der letzte Mensch und blinzelt.

Die Erde ist dann klein geworden, und auf ihr hüpft der letzte Mensch, der Alles klein macht. Sein Geschlecht ist unaustilgbar, wie der Erdfloh; der letzte Mensch lebt am längsten.

›Wir haben das Glück erfunden‹ – sagen die letzten Menschen und blinzeln.

Sie haben die Gegenden verlassen, wo es hart war zu leben: denn man braucht Wärme. Man liebt noch den Nachbar und reibt sich an ihm: denn man braucht Wärme.

Krankwerden und Misstrauen-haben gilt ihnen sündhaft: man geht achtsam einher. Ein Thor, der noch über Steine oder Menschen stolpert!

Ein wenig Gift ab und zu: das macht angenehme Träume. Und viel Gift zuletzt, zu einem angenehmen Sterben.

Man arbeitet noch, denn Arbeit ist eine Unterhaltung. Aber man sorgt, dass die Unterhaltung nicht angreife.

Man wird nicht mehr arm und reich: Beides ist zu beschwerlich. Wer will noch regieren? Wer noch gehorchen? Beides ist zu beschwerlich.

Kein Hirt und Eine Heerde! Jeder will das Gleiche, Jeder ist gleich: wer anders fühlt, geht freiwillig in's Irrenhaus.

›Ehemals war alle Welt irre‹ – sagen die Feinsten und blinzeln.

> Man ist klug und weiss Alles, was geschehn ist: so hat man kein Ende zu spotten. Man zankt sich noch, aber man versöhnt sich bald – sonst verdirbt es den Magen.
>
> Man hat sein Lüstchen für den Tag und sein Lüstchen für die Nacht: aber man ehrt die Gesundheit.
>
> ›Wir haben das Glück erfunden‹ – sagen die letzten Menschen und blinzeln. – (ebd., 19f.)

Der Lebensinhalt des »letzten Menschen«, wie Zarathustra ihn schildert, reduziert sich auf die Selbsterhaltung: »Krankwerden und Misstrauen-haben gilt ihnen sündhaft: man geht achtsam einher. Ein Thor, der noch über Steine oder Menschen stolpert!«, »der letzte Mensch lebt am längsten«. Er lebt für Unterhaltung und möglichst risikolosen Genuß.

Zarathustras Strategie geht nicht auf: Statt diese Möglichkeit verächtlich von sich zu weisen, sind Zarathustras Zuhörer spontan begeistert:

> Und hier endete die erste Rede Zarathustra's, welche man auch ›die Vorrede‹ heisst: denn an dieser Stelle unterbrach ihn das Geschrei und die Lust der Menge. ›Gieb uns diesen letzten Menschen, oh Zarathustra, – so riefen sie – mache uns zu diesem letzten Menschen! So schenken wir dir den Übermenschen!‹ Und alles Volk jubelte und schnalzte mit der Zunge. Zarathustra aber wurde traurig und sagte zu seinem Herzen:
>
> Sie verstehen mich nicht: ich bin nicht der Mund für diese Ohren.
>
> Zu lange wohl lebte ich im Gebirge, zu viel horchte ich auf Bäche und Bäume: nun rede ich ihnen gleich den Ziegenhirten.
>
> Unbewegt ist meine Seele und hell wie das Gebirge am Vormittag. Aber sie meinen, ich sei kalt und ein Spötter in furchtbaren Spässen.
>
> Und nun blicken sie mich an und lachen: und indem sie lachen, hassen sie mich noch. Es ist Eis in ihrem Lachen. (ebd., 20f.)

Das Scheitern der Ansprache an die Menge ist in mehrfacher Hinsicht von Bedeutung: Zunächst spiegelt es Nietzsches Aussage in *Ecce homo* wieder, daß Zarathustra keinen neuen Glauben stiften will: »hier wird nicht ›gepredigt‹, hier wird nicht *Glauben* verlangt« (KSA 6, 260). Gleich die Vorrede stellt klar, daß keine »Lehre« vom Übermenschen den Aufruf zur Autonomie, zur eigenen Perspektive und Zielgebung ersetzen kann, der sich immer wieder im *Zarathustra* findet. Nietzsche zitiert selbst im Anschluß an seinen Kommentar die Schlußpassage aus dem ersten Buche des *Zarathustra*, in der Zarathustra seine Jünger vor sich warnt und fortschickt:

> Nun heisse ich euch, mich verlieren und euch finden; und erst, wenn ihr mich Alle verleugnet habt, will ich euch wiederkehren. (Z, Von der schenkenden Tugend, 101)

Die »Predigt« an eine Menge ist – so stellt Zarathustra nach seinem Mißerfolg fest – das falsche Medium für eine Aufforderung zur Selbständigkeit und individuellen Autonomie.

> Ein Licht gieng mir auf: Gefährten brauche ich und lebendige, – nicht todte Gefährten und Leichname, die ich mit mir trage, wohin ich will.
>
> Sondern lebendige Gefährten brauche ich, die mir folgen, weil sie sich selber folgen wollen – und dorthin, wo ich will.
>
> Ein Licht gieng mir auf: nicht zum Volke rede Zarathustra, sondern zu Gefährten! Nicht soll Zarathustra einer Heerde Hirt und Hund werden!
>
> Viele wegzulocken von der Heerde – dazu kam ich. (Z, Zarathustra's Vorrede, 25)

Der Absicht nach richtet sich Zarathustras Bemühung gegen eine homogene Menschenmasse, eine »Heerde«, in der die Unterschiede zwischen Menschen zum Verschwinden gebracht werden und welche hochgradig heteronom – also von äußerer Gesetzgebung abhängig – einem Führer oder einer einheitlichen Idee nachläuft.

Stattdessen setzt er in einem Textabschnitt aus *Jenseits von Gut und Böse* auf den erzieherischen Wert von Unterschieden und gesellschaftlichen Distanzierungen. Diese bleiben jedoch kein Selbstzweck, sondern dienen der Entwicklung des »Pathos der Distanz« sich selbst gegenüber: der Selbstdistanzierung, die zu hohen Forderungen an sich selbst die Grundlage abgibt.

> Ohne das *Pathos der Distanz*, wie es aus dem eingefleischten Unterschied der Stände, aus dem beständigen Ausblick und Herabblick der herrschenden Kaste auf Unterthänige und Werkzeuge und aus ihrer ebenso beständigen Übung im Gehorchen und Befehlen, Nieder- und Fernhalten erwächst, könnte auch jenes andre geheimnissvollere Pathos gar nicht erwachsen, jenes Verlangen nach immer neuer Distanz-Erweiterung innerhalb der Seele selbst, die Herausbildung immer höherer, seltenerer, fernerer, weitgespannterer, umfänglicherer Zustände, kurz eben die Erhöhung des Typus ›Mensch‹, die fortgesetzte ›Selbst-Überwindung des Menschen‹, um eine moralische Formel in einem übermoralischen Sinne zu nehmen. (KSA 5, 205)

Ein zweiter Aspekt, den das Scheitern der »Predigt« Zarathustras verdeutlicht, läßt sich an der Begeisterung der Menge für den »letzten Menschen« festmachen. Der – historischen – Tendenz nach entwickelt sich der »letzte Mensch« von selbst oder »unbedingt«, daher meint Nietzsche, mit seiner gegen diese Tendenz gerichteten Aufforderung an die Menschheit herantreten zu müssen – unter anderem durch die Veröffentlichung des *Zarathustra*.

In einer Skizze Nietzsches aus dem Jahre 1883 finden sich beide Aspekte wieder:

> *Meine* Forderung: Wesen hervorzubringen, welche über der ganzen Gattung ›Mensch‹ erhaben dastehen: und diesem Ziele sich und ›die Nächsten‹ zu opfern.
>
> Die bisherige Moral hatte ihre Grenze innerhalb der Gattung: alle bisherigen Moralen waren nützlich, um der Gattung *zuerst* unbedingte Haltbarkeit zu geben: *wenn* diese erreicht ist, kann das Ziel höher genommen werden.
>
> Die *eine* Bewegung ist unbedingt: die Nivellirung der Menschheit, große Ameisen-Bauten usw. [...]
>
> Die *andere* Bewegung: meine Bewegung: ist umgekehrt die Verschärfung aller Gegensätze und Klüfte, Beseitigung der Gleichheit, das Schaffen Über-Mächtiger.
>
> *Jene* erzeugt den letzten Menschen. *Meine* Bewegung den Übermenschen.
>
> Es ist *durchaus* **nicht** das Ziel, die letzteren als die Herren der Ersteren aufzufassen: sondern: es sollen zwei Arten neben einander bestehen – möglichst getrennt; die eine wie *die epikurischen Götter, sich um die andere nicht kümmernd*. (KSA 10, 244)

Nietzsches Übermensch ist kein Herrenmensch.

Die Götter des griechischen Philosophen Epikur sind Vergleichsbild. Vielleicht ist es gut, sich von Nietzsche selbst den Epikur vorstellen zu lassen, der ihm vor Augen stand und in dessen Ruhe sich etwas von der Unerschütterlichkeit »seiner« Götter spiegelt:

> *Epikur*. [...] – ich sehe sein Auge auf ein weites weissliches Meer blicken, über Uferfelsen hin, auf denen die Sonne liegt, während grosses und kleines Gethier in ihrem Lichte spielt, sicher und ruhig wie diess Licht und jenes Auge selber. Solch ein Glück hat nur ein fortwährend Leidender erfinden können, das Glück

> eines Auges, vor dem das Meer des Daseins stille geworden ist, und das nun an seiner Oberfläche und an dieser bunten, zarten, schaudernden Meeres-Haut sich nicht mehr satt sehen kann: es gab nie zuvor eine solche Bescheidenheit der Wollust. (KSA 3, 411)

Die Götter denkt Epikur als Wesen vollendeter Unerschütterlichkeit, ataraxía. Diese ist auch Ziel seiner philosophischen Selbsterlösung. Ihre Unerschütterlichkeit besteht unter anderem darin, »losgelöst« von allem sich selbst zu genügen. Menschliches geht diese Götter nichts mehr an.

Das Bild für den Übermenschen ist eines der Machtvollkommenheit, die sich in Selbstbestimmung und Selbständigkeit, in Autonomie und Autarkie äußert.

Wie Nietzsche in dem kurzen Portrait Epikurs dessen Glück aus einem »fortwährend[en]« Leiden entsprungen sieht, so zeichnet er als Hintergrund, vor dem der Übermensch zu sehen ist, seine langwährende Beschäftigung mit dem Pessimismus.

> Wer, gleich mir, mit irgend einer räthselhaften Begierde sich lange darum bemüht hat, den Pessimismus in die Tiefe zu denken [...], der hat vielleicht ebendamit, ohne dass er es eigentlich wollte, sich die Augen für das umgekehrte Ideal aufgemacht: für das Ideal des übermüthigsten lebendigsten und weltbejahendsten Menschen, der sich nicht nur mit dem, was war und ist, abgefunden und vertragen gelernt hat, sondern es, *so wie es war und ist*, wieder haben will, in alle Ewigkeit hinaus, unersättlich da capo rufend, nicht nur zu sich, sondern zum ganzen Stücke und Schauspiele, und nicht nur zu einem Schauspiele, sondern im Grunde zu Dem, der gerade dies Schauspiel nöthig hat – und nöthig macht: weil er immer wieder sich nöthig hat – und nöthig macht – Wie? Und dies wäre nicht – circulus vitiosus deus? (KSA 5, 74f.)

Zarathustras »Ekel« am Dasein ist auch Nietzsches Erfahrung. Der »Pessimismus«, von dem er berichtet, verwandelt sich in die »große Traurigkeit«, die in *Zarathustra* durch den Wahrsager beklagt wird:

›– und ich sahe eine grosse Traurigkeit über die Menschen kommen. Die Besten wurden ihrer Werke müde.

Eine Lehre ergieng, ein Glauben lief neben ihr: ›Alles ist leer, Alles ist gleich, Alles war!‹

Und von allen Hügeln klang es wieder: ›Alles ist leer, Alles ist gleich, Alles war!‹

[...]

Umsonst war alle Arbeit, Gift ist unser Wein geworden, böser Blick sengte unsere Felder und Herzen gelb.

Trocken wurden wir Alle; und fällt Feuer auf uns, so stäuben wir der Asche gleich: – ja das Feuer selber machten wir müde.

Alle Brunnen versiegten uns, auch das Meer wich zurück. Aller Grund will reissen, aber die Tiefe will nicht schlingen!

›Ach, wo ist noch ein Meer, in dem man ertrinken könnte‹: so klingt unsre Klage – hinweg über flache Sümpfe.

Wahrlich, zum Sterben wurden wir schon zu müde; nun wachen wir noch und leben fort – in Grabkammern!‹– (Z, Der Wahrsager, 172)

Das Gedankenspiel einer ewigen Wiederkunft des Gleichen wirkt in diesem Sinne als eine Verschärfung der Frage. Eine Erlösung durch Fortschritt kommt darin ebensowenig in Betracht, wie der Weg ins Nichts offensteht: Im Falle einer ewigen Wiederkunft des Gleichen würde alles so wiederkehren, wie es ist.

Das »Ideal des übermüthigsten lebendigsten und weltbejahendsten Menschen« steht vor diesem Hintergrund. Er macht sich selbst zum notwendigen Sinn seines Daseins; seine Selbstvervollkommnung wird gleichzeitig zum Sinn alles übrigen. Sie findet ihren

Abschluß im »spiel's noch einmal ...«, dem »da capo«, das die Vollkommenheit sich selbst zuruft. Der Übermensch wird so zum Gegenmittel gegen den Pessimismus im kleinen und selbst gegen den »großen Ekel«.

Die konkrete Beschreibung des Übermenschen fällt eher dürftig aus. Es ist seine Rolle, die in *Zarathustra* beschrieben wird. Er ist einerseits eine Perspektive, unter welcher der vorhandene Mensch sich selbst anders sehen lernt: als einen Übergang, der es rechtfertigt, sich nicht zu schwer zu nehmen – »stecke Dir selber Ziele, *hohe* und *edle Ziele* und gehe an ihnen zu Grunde!« (KSA 7, 651) notiert Nietzsche schon 1873. Der Übermensch stellt sich andererseits als Aufgabe dar, den Sinn des Daseins nicht nach außerhalb oder jenseits zu verlegen; er ist die Forderung nach Immanenz.

> *Ich lehre Euch den Übermenschen.* Der Mensch ist Etwas, das überwunden werden soll. Was habt ihr gethan, ihn zu überwinden?
>
> Alle Wesen bisher schufen Etwas über sich hinaus: und ihr wollt die Ebbe dieser grossen Fluth sein und lieber noch zum Thiere zurückgehn, als den Menschen überwinden?
>
> Was ist der Affe für den Menschen? Ein Gelächter oder eine schmerzliche Scham. Und ebendas soll der Mensch für den Übermenschen sein: ein Gelächter oder eine schmerzliche Scham.
>
> Ihr habt den Weg vom Wurme zum Menschen gemacht, und Vieles ist in euch noch Wurm. Einst wart ihr Affen, und auch jetzt noch ist der Mensch mehr Affe, als irgend ein Affe.
>
> Wer aber der Weiseste von euch ist, der ist auch nur ein Zwiespalt und Zwitter von Pflanze und von Gespenst. Aber heisse ich euch zu Gespenstern oder Pflanzen werden?
>
> Seht, ich lehre euch den Übermenschen!

> Der Übermensch ist der Sinn der Erde. Euer Wille sage: der Übermensch sei der Sinn der Erde!
> Ich beschwöre euch, meine Brüder, *bleibt der Erde treu* und glaubt Denen nicht, welche euch von überirdischen Hoffnungen reden! Giftmischer sind es, ob sie es wissen oder nicht. (Z, Zarathustra's Vorrede, 14f.)

Der Übermensch ist vor allem aber dasjenige Lebewesen, dessen Dasein die Möglichkeit der ewigen Wiederkunft des Gleichen vor dem Hintergrund des verschärften Pessimismus erst erträglich macht. In Nietzsches Notizen zum Plan des Buches heißt es:

> Erst die Gesetzgebung. *Nach der Aussicht auf den Übermenschen* auf schauerliche Weise die Lehre der Wiederkunft: jetzt erträglich! (KSA 10, 482)

Weder sah sich Nietzsche selbst als einen solchen Übermenschen, noch ist es Zarathustra. Dieser stellt sich als dessen Ankündigung und Vorbereitung vor:

> Seht, ich bin ein Verkündiger des Blitzes und ein schwerer Tropfen aus der Wolke: dieser Blitz aber heisst Übermensch. – (Z, Zarathustra's Vorrede, 18)

Wille zur Macht

> 1. Wille zum Leben? Ich fand an seiner Stelle immer nur Wille zur Macht. (KSA 10, 187)

Der »Wille zur Macht« wurde zum Titel eines lange verfolgten Buchprojekts Nietzsches. Im August 1888 stellte er einen letzten inhaltlichen Plan für dieses Buch auf. Danach änderten sich Titel und Konzeption. Die *Götzendämmerung* als das erste Buch einer »Umwerthung aller Werthe« wurde stattdessen realisiert.

Elisabeth Förster-Nietzsche, die Schwester, ließ später aus dem Nachlaß das Buch »Der Wille zur Macht« zusammenstellen und als Hauptwerk Nietzsches herausgeben.

Früher Kritik daran folgte die Demontage: zunächst durch Karl Schlechta, dann fortgesetzt im Rahmen der editorischen Arbeit Mazzino Montinaris.

Der »Wille zur Macht« ist eines der Konzepte Nietzsches: ein wichtiges unter seinen gedanklichen Experimenten. Es gibt aber kein systematisches Hauptwerk – auch und gerade unter diesem Titel nicht.

> Wo ich Lebendiges fand, da fand ich Willen zur Macht; und noch im Willen des Dienenden fand ich den Willen, Herr zu sein.
>
> Dass dem Stärkeren diene das Schwächere, dazu überredet es sein Wille, der über noch Schwächeres Herr sein will: dieser Lust allein mag es nicht entrathen.
>
> Und wie das Kleinere sich dem Grösseren hingiebt, dass es Lust und Macht am Kleinsten habe: also giebt sich auch das Grösste noch hin und setzt um der Macht willen – das Leben dran. (Z, Von der Selbst-Ueberwindung, 147f.)

Dieser Abschnitt baut die eingangs zitierte Notiz Nietzsches aus. Zarathustra gibt mit dem Willen zur Macht eine Deutung des »Lebendigen«. Die Beobachtungen, die er gemacht haben will, widersprechen der Annahme, Lebendiges werde lediglich durch eine Art Selbsterhaltungstrieb motiviert. Schon das Maß der Selbstentäußerung oder Unterwerfung seitens der »Dienenden« übersteigt, so gesehen, das Überlebensnotwendige. Auf der anderen Seite findet sich bei den »Grössten«, welche viel zu verlieren haben, die – aus der Sicht einer Bestandserhaltung überflüssige –

Tendenz, um eines Zuwachses willen alles aufs Spiel zu setzen.

Der »Wille zur Macht« ist jedoch keine bloße Raffgier. Er äußert sich nicht nur auf politischem oder wirtschaftlichem Gebiet. Auch Denk- oder Erkenntnisstreben spiegelt den »Willen zur Macht« wieder. Es gehört zu einer »psychologischen« Auslegung des menschlichen Urteilens, Erkennens und Denkens, eine entsprechende Dynamik auch in diesem Falle am Werk zu sehen. Nietzsche erhebt in *Jenseits von Gut und Böse* den Anspruch darauf, die Psychologie mit seiner Sichtweise zu vertiefen:

> Die gesammte Psychologie ist bisher an moralischen Vorurtheilen und Befürchtungen hängen geblieben: sie hat sich nicht in die Tiefe gewagt. Dieselbe als Morphologie und *Entwicklungslehre des Willens zur Macht* zu fassen, wie ich sie fasse – daran hat noch Niemand in seinen Gedanken selbst gestreift: sofern es nämlich erlaubt ist, in dem, was bisher geschrieben wurde, ein Symptom von dem, was bisher verschwiegen wurde, zu erkennen. (KSA 5, 38)

Im *Zarathustra* sind es die »Weisesten«, deren »Willen zur Wahrheit« in diesem Sinne »psychologisch« demaskiert werden soll – als »Wille zur Macht«:

> ›Wille zur Wahrheit‹, heisst ihr's, ihr Weisesten, was euch treibt und brünstig macht?
>
> Wille zur Denkbarkeit alles Seienden: also heisse *ich* euren Willen!
>
> Alles Seiende wollt ihr erst denkbar *machen*: denn ihr zweifelt mit gutem Misstrauen, ob es schon denkbar ist.
>
> Aber es soll sich euch fügen und biegen! So will's euer Wille. Glatt soll es werden und dem Geiste unterthan, als sein Spiegel und Widerbild.

Das ist euer ganzer Wille, ihr Weisesten, als ein Wille zur Macht; und auch wenn ihr vom Guten und Bösen redet und von den Werthschätzungen.

[...].

Euren Willen und eure Werthe setztet ihr auf den Fluss des Werdens; einen alten Willen zur Macht verräth mir, was vom Volke als gut und böse geglaubt wird.

[...].

Weiter trägt nun der Fluss euren Nachen: er *muss* ihn tragen. Wenig thut's, ob die gebrochene Welle schäumt und zornig dem Kiele widerspricht!

Nicht der Fluss ist eure Gefahr und das Ende eures Guten und Bösen, ihr Weisesten: sondern jener Wille selber, der Wille zur Macht, – der unerschöpfte zeugende Lebens-Wille. (Z, Von der Selbst-Ueberwindung, 146f.)

Die »Weisesten« treten in einer Doppelrolle auf: als Denkende und als Wertesetzer. Aspekte, die im Rahmen der Facetten Zarathustras – speziell des Schaffenden und des Wahrhaftigen – schon angesprochen wurden, lassen sich leicht assoziieren:

Falls ein Setzen von Perspektiven unvermeidlich zum Dasein gehört, wird der Versuch des Denkens, alles systematisch auf einen Begriff zu bringen, zum Akt einer mächtigen Perspektivensetzung. Unter dieser Perspektive einer universellen Denkbarkeit bemächtigten sich Menschen des »Seienden«. Was sich nicht oder unvollkommen in Begriffe fassen läßt, wird dabei unterdrückt.

Daß ein Aufstellen neuer Wertungen mit einem massiven Eingriff in das Bestehende verbunden sein kann und damit Ausüben von Macht ist, betont Nietzsche, indem er die Setzer neuer Werte sogar als die eigentlich »Schaffenden« bezeichnet.

Deren Wertsetzungen gelten nicht für immer: »Gutes und Böses, das unvergänglich wäre – das giebt es nicht! Aus sich selber muss es sich immer wieder überwinden.« (Z, Von der Selbst-Ueberwindung, 149). Schon oben wurde darauf hingewiesen, daß nach dieser Formulierung eine innere Dynamik immer wieder zum Bruch alter und zur gleichzeitigen Setzung neuer Werte drängt. Es ist kein äußerlicher »Fluss des Werdens«, der die Gründungen der Weisesten auflöst. Dieselbe Motivation, dieselbe treibende Kraft, welche jene antrieb, vernichtet durch erneute Umwertungen das Bestehende auch wieder. Nietzsches Name für diese Dynamik ist: »Wille zur Macht«.

Auffällig ist hieran, daß auch diejenigen, die Macht ausüben, selbst noch dieser Dynamik unterworfen sind. Dies ist nicht bloß äußerlich. Die Rede ist von einer zur inneren Verfassung des Lebens selbst gehörigen Dynamik.

> Dem Lebendigen gieng ich nach, ich gieng die grössten und die kleinsten Wege, dass ich seine Art erkenne.
>
> […].
>
> Aber, wo ich nur Lebendiges fand, da hörte ich auch die Rede vom Gehorsame. Alles Lebendige ist ein Gehorchendes.
>
> Und diess ist das Zweite: Dem wird befohlen, der sich nicht selber gehorchen kann. So ist es des Lebendigen Art.
>
> Diess aber ist das Dritte, was ich hörte: dass Befehlen schwerer ist, als Gehorchen. Und nicht nur, dass der Befehlende die Last aller Gehorchenden trägt, und dass leicht ihn diese Last zerdrückt: –
>
> Ein Versuch und Wagniss erschien mir in allem Befehlen; und stets, wenn es befiehlt, wagt das Lebendige sich selber dran.
>
> Ja noch, wenn es sich selber befiehlt: auch da noch muss es sein Befehlen büssen. Seinem eignen Gesetze muss es Richter und Rächer und Opfer werden. (ebd., 147)

»Alles Lebendige ist ein Gehorchendes« – es gehorcht der Dynamik des »Willens zur Macht«, die seine innere Verfassung ist. Die Textstelle beschreibt die zwei Möglichkeiten dieses Gehorchens: Lebendiges kann dieser Dynamik durch andere unterworfen werden, wenn es nicht dazu in der Lage ist, selbst Macht auszuüben. Übt es stattdessen selbst Macht aus, so bleibt es innerlich dem »Willen zur Macht« unterworfen. Er wird zur Motivation, die bestehende Machtfülle – also die bloße Möglichkeit des Gestaltens und Befehlens – zu nutzen und so um neuer Macht willen zu riskieren.

Befehlen zu können, selbst Macht auszuüben, beinhaltet zuletzt die Möglichkeit, nicht nur anderen, sondern sich selbst zu befehlen. Das »Pathos der Distanz«, das sich bis zur Selbstdistanzierung entwickeln kann, kehrt hier in neuer Formulierung wieder.

In denen, die sich selbst befehlen und sich damit immer wieder selbst riskieren, läßt der Wille zur Macht erstmalig Selbstbestimmung und Selbständigkeit zu: Seine Dynamik entfaltet sich in einem einzelnen Wesen, das sich selbst befiehlt und gehorcht und darin autonom und autark ist. So gesehen erweist sich die Dynamik des »Willens zur Macht« als »Selbstüberwindung«.

Nietzsche läßt das Leben selbst sprechen: es verrät sein Geheimnis an Zarathustra. Dieses Geheimnis besteht darin, daß es – ganz im Sinne seiner Verfassung, des »Willens zur Macht« – Selbstüberwindung ist.

> Und diess Geheimniss redete das Leben selber zu mir. ›Siehe, sprach es, ich bin das, *was sich immer selber überwinden muss.*
>
> ›Freilich, ihr heisst es Wille zur Zeugung oder Trieb zum Zwecke, zum Höheren, Ferneren, Vielfacheren: aber all diess ist Eins und Ein Geheimniss.
>
> ›Lieber noch gehe ich unter, als dass ich diesem Einen absagte; und wahrlich, wo es Untergang giebt und

> Blätterfallen, siehe, da opfert sich Leben – um Macht! [...].
>
> ›Der traf freilich die Wahrheit nicht, der das Wort nach ihr schoss vom ›Willen zum Dasein‹: diesen Willen – giebt es nicht!
>
> ›Denn: was nicht ist, das kann nicht wollen; was aber im Dasein ist, wie könnte das noch zum Dasein wollen!
>
> ›Nur, wo Leben ist, da ist auch Wille: aber nicht Wille zum Leben, sondern – so lehre ich's dich – Wille zur Macht!
>
> ›Vieles ist dem Lebenden höher geschätzt, als Leben selber; doch aus dem Schätzen selber heraus redet – der Wille zur Macht!‹ –
>
> Also lehrte mich einst das Leben: und daraus löse ich euch, ihr Weisesten, noch das Räthsel eures Herzens. (ebd., 148f.)

Es sieht so aus, als würden hier die letzten Geheimnisse des Lebens geklärt. Auch Nietzsche war offenbar einige Zeit lang versucht zu glauben, daß er hiermit einen neuen Schlüssel zu einer erschöpfenden philosophischen Klärung des Daseins in den Händen hielt. Aber er verwarf das Konzept dafür, diesen Einfall systematisch auszubauen. Es gibt keine Vervollständigung seiner Überlegungen zu einer »Willensmetaphysik«. Eine entsprechende vereinheitlichende Interpretation seiner Texte zu geben würde bedeuten, den experimentellen Charakter dieser Äußerungen zu überlesen.

Tatsächlich finden sich Ansätze, die Dynamik des »Willens zur Macht« auch als wirkendes Prinzip nicht nur des Lebens, sondern des Seienden überhaupt anzusetzen.

Typischerweise spielt jedoch die Formulierung, die Nietzsche in *Jenseits von Gut und Böse* wählt, die Überlegung zu einer Hypothese herunter. Die Aussagen sind eingerahmt von einer nicht bloß rhetorischen Frage, die vorsichtiger nicht sein könnte: »Gesetzt, dass […]-: ist es nicht erlaubt, den Versuch zu machen […]?«:

> Gesetzt, dass nichts Anderes als real ›gegeben‹ ist als unsre Welt der Begierden und Leidenschaften, dass wir zu keiner anderen ›Realität‹ hinab oder hinauf können als gerade zur Realität unserer Triebe – denn Denken ist nur ein Verhalten dieser Triebe zu einander –: ist es nicht erlaubt, den Versuch zu machen und die Frage zu fragen, ob dies Gegeben nicht *ausreicht*, um aus Seines-Gleichen auch die sogenannte mechanistische (oder ›materielle‹) Welt zu verstehen?
>
> […] Die Frage ist zuletzt, ob wir den Willen wirklich als *wirkend* anerkennen, ob wir an die Causalität des Willens glauben: thun wir das – und im Grunde ist der Glaube *daran* eben unser Glaube an die Causalität selbst –, so *müssen* wir den Versuch machen, die Willens-Causalität hypothetisch als die einzige zu setzen. […]
>
> – Gesetzt endlich, dass es gelänge, unser gesammtes Triebleben als die Ausgestaltung und Verzweigung Einer Grundform des Willens zu erklären – nämlich des Willens zur Macht, wie es *mein* Satz ist –; gesetzt, dass man alle organischen Funktionen auf diesen Willen zur Macht zurückführen könnte und in ihm auch die Lösung des Problems der Zeugung und Ernährung – es ist Ein Problem – fände, so hätte man damit sich das Recht verschafft, *alle* wirkende Kraft eindeutig zu bestimmen als: *Wille zur Macht*. Die Welt von innen gesehen, die Welt auf ihren ›intelligiblen Charakter‹ hin bestimmt und bezeichnet – sie wäre eben ›Wille zur Macht‹ und nichts ausserdem.– (KSA 5, 54f.)

Der Wille zur Macht blieb einer der vielen Denkversuche Nietzsches.

Nicht zu leugnen ist, daß das Konzept des »Willens zur Macht« in engem Zusammenhang mit Zarathustras Bild des Übermenschen und sogar mit dem Typus Zarathustra selbst steht. Schon die Verbindung von

Selbstüberwindung und Selbstdistanzierung macht dies deutlich.

Darüber hinaus gibt Zarathustra eine Entstehungsgeschichte der »grossen Traurigkeit«, des Pessimismus, in Anwendung des Konzepts vom »Willen zur Macht« und bestimmt in ihr die Rolle des Übermenschen.

> Wollen befreit: aber wie heisst Das, was auch den Befreier noch in Ketten schlägt?
>
> ›Es war‹: also heisst des Willens Zähneknirschen und einsamste Trübsal. Ohnmächtig gegen Das, was gethan ist – ist er allem Vergangenen ein böser Zuschauer.
>
> [...].
>
> Also wurde der Wille, der Befreier, ein Wehethäter: und an Allem, was leiden kann, nimmt er Rache dafür, dass er nicht zurück kann.
>
> Diess, ja diess allein ist *Rache* selber: des Willens Widerwille gegen die Zeit und ihr ›Es war.‹
>
> Wahrlich, eine grosse Narrheit wohnt in unserm Willen; und zum Fluche wurde es allem Menschlichen, dass diese Narrheit Geist lernte!
>
> *Der Geist der Rache:* meine Freunde, das war bisher der Menschen bestes Nachdenken; und wo Leid war, da sollte immer Strafe sein.
>
> [...]. Und nun wälzte sich Wolke auf Wolke über den Geist: bis endlich der Wahnsinn predigte: ›Alles vergeht, darum ist Alles werth zu vergehn!‹
>
> [...].
>
> ›Keine That kann vernichtet werden: wie könnte sie durch die Strafe ungethan werden! Diess, diess ist das Ewige an der Strafe ›Dasein‹, dass das Dasein auch ewig wieder That und Schuld sein muss!
>
> ›Es sei denn, dass der Wille endlich sich selber erlöste und Wollen zu Nicht-Wollen würde –‹: doch ihr kennt, meine Brüder, diess Fabellied des Wahnsinns! (Z, Von der Erlösung, 179ff.)

Diese Begründung für den Pessimismus könnte kaum abstrakter sein. Nietzsche kombiniert das Konzept des »Willens zur Macht« mit einem Begriff seiner »psychologischen« Überlegungen zur Moral: dem des »Ressentiment«. Das »Ressentiment« entsteht als das Produkt »solcher Wesen, denen die eigentliche Reaktion, die der That versagt ist, die sich nur durch eine imaginäre Rache schadlos halten« (KSA 5, 270). Nietzsche beschreibt es als die Reaktion eines Verletztseins, welches lediglich darauf aus ist, mit seinen – geringen – Mitteln selber wieder zu verletzen.

Aus der sehr allgemeinen Perspektive, die Nietzsche Zarathustra hier einnehmen läßt, stellt sich der Pessimismus als ein universelles Ressentiment dar. Der »Wille zur Macht« selbst entwickelt es angesichts der Vergangenheit, gegenüber der er ohnmächtig ist. »Also wurde der Wille, der Befreier, ein Wehethäter: und an allem, was leiden kann, nimmt er Rache dafür, dass er nicht zurück kann.«

Aus der Dynamik alles Lebendigen, in der sich der »Wille zur Macht« entfaltet, wird erst das Leiden an der unabänderlichen – schlechten – Vergangenheit und dann die »grosse Traurigkeit« über das Leben selbst. Sie ist jene Verletzung, mit der sich das Ressentiment des »Willens zur Macht« am Leben für die Zeit rächt.

Die *eine* Selbsterlösung des Willens – die Lösung des »Wahnsinns« – führt ins Nichts: »›Es sei denn, dass der Wille endlich sich selber erlöste und Wollen zu Nicht-Wollen würde –‹: doch ihr kennt, meine Brüder, diess Fabellied des Wahnsinns!«

Der Sinn dieser großangelegten Deutung der »grossen Traurigkeit« ist jedoch nicht die philosophische Erklärung des Geschehens, sondern ist es, eine alternative Therapiemöglichkeit aufzuzeigen. Der Ansatz macht deutlich, inwiefern der Übermensch imstande ist, den Knoten zu lösen.

Weg führte ich euch von diesen Fabelliedern, als ich euch lehrte: ›der Wille ist ein Schaffender.‹

Alles ›Es war‹ ist ein Bruchstück, ein Räthsel, ein grauser Zufall – bis der schaffende Wille dazu sagt: ›aber so wollte ich es!‹

– Bis der schaffende Wille dazu sagt: ›Aber so will ich es! So werde ich's wollen!‹

Aber sprach er schon so? Und wann geschieht diess? Ist der Wille schon abgeschirrt von seiner eignen Thorheit?

Wurde der Wille sich selber schon Erlöser und Freudebringer? Verlernte er den Geist der Rache und alles Zähneknirschen?

Und wer lehrte ihn Versöhnung mit der Zeit, und Höheres als alle Versöhnung ist?

Höheres als alle Versöhnung muss der Wille wollen, welcher der Wille zur Macht ist –: doch wie geschieht ihm das? Wer lehrte ihn auch noch das Zurückwollen?‹ (Z, Von der Erlösung, 181)

Die »Erlösung« des Willens ist keine »Versöhnung«; es könnte stattdessen die »Selbstüberwindung« derjenigen sein, die sich durch die eigene Selbstdistanzierung befehlen können und sich dadurch immer wieder selbst notwendig machen. Sie eignen sich die Vergangenheit an – »aber so wollte ich's«. Indem sie sich selbst notwendig machen, wird ihre Vergangenheit unentbehrlich.

Die Möglichkeit einer »Versöhnung mit der Zeit« ist durch den von Zarathustra skizzierten Ansatz noch nicht vollständig gezeigt. Lediglich die Rolle des Übermenschen dabei wird angedeutet. Am Ende steht die Frage, wie das Problem, das die Struktur der vergehenden Zeit aufwirft, zu lösen sei.

– Aber an dieser Stelle seiner Rede geschah es, dass Zarathustra plötzlich innehielt und ganz einem Solchen gleich sah, der auf das Äusserste erschrickt. Mit erschrecktem Auge blickte er auf seine Jünger; sein Auge durchbohrte wie mit Pfeilen ihre Gedanken und Hintergedanken. [...] (ebd., 181f.)

In Zarathustras Erschrecken spiegelt sich die Furcht, zuviel verraten zu haben. Die Jünger könnten erraten, daß die Fragen auf den Gedanken der »Ewigen Wiederkunft des Gleichen« führen.

Es gehört zur »Dramaturgie« des *Zarathustra*, diesen Gedanken, der für Nietzsche selbst das erschütterndste seiner Gedankenexperimente war, bis zum dritten Buch aufzuheben. Deutlich wird dadurch, daß Nietzsche diesen Gedanken für ein Risiko hielt.

Ewige Wiederkehr des Gleichen

> Denn deine Thiere wissen es wohl, oh Zarathustra, wer du bist und werden musst: siehe, *du bist der Lehrer der ewigen Wiederkunft* –, das ist nun *dein* Schicksal! (Z, Der Genesende, 275)

Die sogenannte Lehre von der »ewigen Wiederkunft« ist mehr als nur eine der vielen Äußerungen Zarathustras. Sie ist zentral für das Buch und für den Typus Zarathustra; zentral jedoch nicht im Sinne eines philosophischen Systems – »Alle philosophischen Systeme sind *überwunden*; [...]« notiert sich Nietzsche 1884 (KSA 11, 159). Ein Großteil der Gedankenbilder, die im *Zarathustra* gezeichnet werden, bezieht sich jedoch inhaltlich und über anspielende Verweise auf dieses Zentrum.

Vielleicht ist eine umgekehrte Sichtweise sogar angemessener: der »Ewige-Wiederkunfts-Gedanke« ist die Keimzelle des Buches. Nietzsche leitet seinen

Kommentar zum *Zarathustra* in *Ecce homo* mit einer entsprechenden Stellungnahme ein:

> Ich erzähle nunmehr die Geschichte des Zarathustra. Die Grundconception des Werks, der *Ewige-Wiederkunfts-Gedanke*, diese höchste Formel der Bejahung, die überhaupt erreicht werden kann –, gehört in den August des Jahres 1881: er ist auf ein Blatt hingeworfen, mit der Unterschrift: ›6000 Fuss jenseits von Mensch und Zeit‹. Ich gieng an jenem Tage am See von Silvaplana durch die Wälder; bei einem mächtigen pyramidal aufgethürmten Block unweit Surlei machte ich Halt. Da kam mir dieser Gedanke. – [...] (KSA 6, 335)

Die Notiz, auf welche er anspielt, liegt im Nachlaß vor. Es ist bereits der Versuch, sich Klarheit darüber zu verschaffen, wie mit dem neuen Gedanken umzugehen sei:

> *Die Wiederkunft des Gleichen.*
> Entwurf.
> 1. Die Einverleibung der Grundirrthümer.
> 2. Die Einverleibung der Leidenschaften.
> 3. Die Einverleibung des Wissens und des verzichtenden Wissens. (Leidenschaft der Erkenntniss)
> 4. Der Unschuldige. Der Einzelne als Experiment. Die Erleichterung des Lebens, Erniedrigung, Abschwächung – Übergang.
> 5. Das neue *Schwergewicht: die ewige Wiederkunft des Gleichen.* Unendliche Wichtigkeit unseres Wissen's, Irren's, unsrer Gewohnheiten, Lebensweisen für alles Kommende. Was machen wir mit dem Reste unseres Lebens – wir, die wir den grössten Theil desselben in der wesentlichsten Unwissenheit verbracht haben? Wir *lehren die Lehre* – es ist das stärkste Mittel, sie uns selber *einzuverleiben*. Unsre Art Seligkeit, als Lehrer der grössten Lehre.

> Anfang August 1881 in Sils-Maria,
> 6000 Fuss über dem Meere und viel höher über allen menschlichen Dingen! –
> (KSA 9, 494)

Der Skizze ist anzumerken, daß Nietzsche sich von diesem »neuen Schwergewicht« überwältigt sah. In »der wesentlichsten Unwissenheit verbracht«: so qualifiziert er das Leben vor diesem Gedanken. Danach steht der Versuch an, die Bewährung dieser »Lehre« im Leben zu testen.

Der Entwurf gibt nur wenige Anhaltspunkte für eine Interpretation. Nietzsche macht allerdings eine lange Anmerkung »Zu 4)«. Zunächst stellt er darin als Konsequenz eine gelassene Gleichgültigkeit gegenüber Früherem fest:

> Was früher am stärksten reizte, wirkt jetzt ganz anders, es wird nur noch als *Spiel* angesehn und gelten gelassen [...], wir stellen uns wie die Kinder zu dem, was früher den *Ernst des Daseins* ausmachte. (ebd.)

Ein Perspektivenwechsel ist eingetreten. Ernst bleibt Nietzsche weiterhin die Erkenntnis, die Stellung des Erkennenden zum Dasein:

> Unser Streben des Ernstes ist aber alles als werdend zu verstehen, uns als Individuum zu verleugnen, möglichst aus *vielen* Augen in die Welt sehen, *leben* in Trieben und Beschäftigungen, **um** damit sich Augen zu machen, *zeitweilig* sich dem Leben überlassen, um hernach zeitweilig über ihm mit dem Auge zu ruhen: die Triebe *unterhalten* als Fundament alles Erkennens, aber wissen, wo sie Gegner des Erkennens werden: in summa **abwarten**, wie weit das *Wissen* und die *Wahrheit* sich **einverleiben** können – und inwiefern eine Umwandlung des Menschen eintritt, wenn er endlich nur noch lebt, *um zu erkennen*. – (ebd., 494f.)

Nietzsches Leidenschaft der Erkenntnis, die auch ein Leiden war, spricht aus den Zeilen: ein Interesse an den vielen möglichen Perspektiven. Die Frage nach der Bekömmlichkeit der Wahrheit erhebt sich.

Fraglich ist, wie sich die neuen Perspektiven auswirken. Die »Abgründigkeit« der neuen Einsicht zeichnet sich ab:

> Nun kommt aber die schwerste Erkenntniß und macht alle Arten Lebens furchtbar bedenkenreich: ein absoluter Überschuß von Lust **muß** nachzuweisen sein, sonst ist die Vernichtung unser selbst in Hinsicht auf die Menschheit als Mittel der Vernichtung der Menschheit zu wählen. Schon dies: wir haben die Vergangenheit, unsere und die aller Menschheit, auf die Wage zu setzen und *auch* zu überwiegen – nein! dieses Stück Menschheitsgeschichte *wird* und muß sich ewig wiederholen, *das* dürfen wir aus der Rechnung lassen, darauf haben wir keinen Einfluß: ob es gleich unser Mitgefühl beschwert und gegen das Leben überhaupt einnimmt. Um davon nicht umgeworfen zu werden, darf unser Mitleid nicht groß sein. Die Gleichgültigkeit muß tief in uns gewirkt haben und der Genuß im Anschauen auch. Auch das Elend der zukünftigen Menschheit soll uns *nichts* angehn. Aber ob *wir* noch *leben wollen*, ist die Frage: und wie! (ebd., 495)

Der Gedankengang überschlägt sich zu einer Schicksalsfrage und kehrt dann doch wieder zu einer sehr persönlichen Frage an sich selbst zurück. Der Versuch, den Gedanken einer ewigen Wiederkunft ernstzunehmen, nimmt »gegen das Leben überhaupt« ein. Das Leiden am Dasein vertieft sich. Ob und wie sich angesichts dieser Perspektive noch leben läßt, ist die Frage. Gleichgültigkeit und ästhetischer Genuß werden sich hier als nicht ausreichend erweisen.

Nietzsches erste Äußerung des Gedankens in der *Fröhlichen Wissenschaft* greift die Formulierung vom »grössten Schwergewicht« wieder auf.

Trotz allem macht sich der Gedanke dort leicht: Die ewige Wiederkehr wird nicht dogmatisch als neue Weisheit verkündet, sondern als Frage und Hypothese.

> *Das grösste Schwergewicht.* – Wie, wenn dir eines Tages oder Nachts, ein Dämon in deine einsamste Einsamkeit nachschliche und dir sagte: ›Dieses Leben, wie du es jetzt lebst und gelebt hast, wirst du noch einmal und noch unzählige Male leben müssen; und es wird nichts Neues daran sein, sondern jeder Schmerz und jede Lust und jeder Gedanke und Seufzer und alles unsäglich Kleine und Grosse deines Lebens muss dir wiederkommen, und Alles in der selben Reihe und Folge – und ebenso diese Spinne und dieses Mondlicht zwischen den Bäumen, und ebenso dieser Augenblick und ich selber. Die ewige Sanduhr des Daseins wird immer wieder umgedreht – und du mit ihr, Stäubchen vom Staube!‹ – Würdest du dich nicht niederwerfen und mit den Zähnen knirschen und den Dämon verfluchen, der so redete? Oder hast du einmal einen ungeheuren Augenblick erlebt, wo du ihm antworten würdest: ›du bist ein Gott und nie hörte ich Göttlicheres!‹ Wenn jener Gedanke über dich Gewalt bekäme, er würde dich, wie du bist, verwandeln und vielleicht zermalmen; die Frage bei Allem und Jedem ›willst du diess noch einmal und noch unzählige Male?‹ würde als das grösste Schwergewicht auf deinem Handeln liegen! Oder wie müsstest du dir selber und dem Leben gut werden, um nach Nichts *mehr zu verlangen*, als nach dieser letzten ewigen Bestätigung und Besiegelung? – (KSA 3, 570)

»Diess Leben – dein ewiges Leben!« (KSA 9, 513) – keine Seelenwanderungslehre wird aufgestellt, keine mögliche Erinnerung an ein früheres Leben heraufbeschworen, die Betonung liegt nicht auf geschichtsphilosophischer Spekulation.

Es geht um ein radikal diesseitiges Leben, sogar um diesen »Augenblick«. Sein Anblick unter der möglichen Annahme, daß er für immer so ist, immer wieder so werden wird und immer schon einmal so war, wird zum größten Schwergewicht.

Der »tolle Mensch« zeichnet das Bild der Schwerelosigkeit für das Fehlen jeder Daseins- und Handlungsorientierung nach dem »Tode Gottes«.

> Was thaten wir, als wir diese Erde von ihrer Sonne losketteten? Wohin bewegt sie sich nun? Wohin bewegen wir uns? Fort von allen Sonnen? Stürzen wir nicht fortwährend? Und rückwärts, seitwärts, vorwärts, nach allen Seiten? Giebt es noch ein Oben und ein Unten? Irren wir nicht wie durch ein unendliches Nichts? (KSA 3, 481)

Das »größte Schwergewicht« ersetzt das fehlende Gravitationszentrum nicht durch ein neues, das jenseits des Daseins liegt. Die Möglichkeit einer transzendenten Perspektive besteht nach wie vor nicht. Dasein und Augenblick werden nicht überschritten, sondern im Gegenteil vertieft, verewigt.

Dennoch kann die neue Perspektive Schwerkraft und Orientierung entfalten, kann als Schwergewicht auf dem Handeln liegen. Die Orientierung erfolgt nicht an einer äußeren Weisung, also nicht heteronom.

Stattdessen wird die Perspektive wirksam, indem sie ein Problem verschärft: die Erträglichkeit des eigenen Anblicks. Angesichts eines Ekels und Überdrusses am eigenen Leben und dem Dasein allgemein würde der Gedanke *»Diess Leben – dein ewiges Leben!«* unerträglich.

Das Experiment seiner »Einverleibung« ist die Suche nach einer Lebensform, welche diese Perspektive aushält.

Nietzsche selbst fühlte sich seinem Gedanken nicht gewachsen – »Ich will das Leben nicht *wieder* [...]« (KSA 10, 137). Er vermerkt die Gefährdung, die von dieser Sichtweise ausgeht. Deutlich wird, daß allein die Möglichkeit einer entsprechenden Perspektive schon ihre Wirksamkeit entfalten kann:

> Prüfen wir, wie der *Gedanke*, daß sich *etwas wiederholt*, bis jetzt gewirkt hat (das Jahr z.B. oder periodische Krankheiten, Wachen und Schlafen usw.) Wenn die Kreis-Wiederholung auch nur eine Wahrscheinlichkeit oder Möglichkeit ist, auch der *Gedanke einer Möglichkeit* kann uns erschüttern und umgestalten, nicht nur Empfindungen oder bestimmte Erwartungen! Wie hat die *Möglichkeit* der ewigen Verdammniß gewirkt! (KSA 9, 523f.)

Zarathustra verschweigt den Gedanken lange. Nietzsche gestaltet sein Zögern vor der bedenklichen Mitteilung. Er stellt die Aussicht auf den Übermenschen, den Abschnitt von der möglichen »Erlösung« der »grossen Traurigkeit« vor die Äußerungen zur »ewigen Wiederkunft des Gleichen«.

> Erst die Gesetzgebung. *Nach der Aussicht auf den Übermenschen* auf schauerliche Weise die Lehre der Wiederkunft: jetzt erträglich! (KSA 10, 482)

Zarathustra spricht nur in Form eines Rätsels und außerdem zu einem ausgewählten Personenkreis, dem er zutraut, berufsbedingt der Zumutung gewachsen zu sein:

> Euch, den kühnen Suchern, Versuchern, und wer je sich mit listigen Segeln auf furchtbare Meere einschiffte, – [...]

euch allein erzähle ich das Räthsel, das ich *sah*, – das Gesicht des Einsamsten. –

[...]

Stumm über höhnischem Geklirr von Kieseln schreitend, den Stein zertretend, der ihn gleiten liess: also zwang mein Fuss sich aufwärts.

Aufwärts: – dem Geiste zum Trotz, der ihn abwärts zog, abgrundwärts zog, dem Geiste der Schwere, meinem Teufel und Erzfeinde.

Aufwärts: – obwohl er auf mir sass, halb Zwerg, halb Maulwurf; lahm; lähmend; Blei durch mein Ohr, Bleitropfen-Gedanken in mein Hirn träufelnd.

[...]

›Oh Zarathustra, du Stein der Weisheit, du Schleuderstein, du Stern-Zertrümmerer! Dich selber warfst du so hoch, – aber jeder geworfene Stein – muss fallen! [...]

Aber es giebt Etwas in mir, das ich Muth heisse: das schlug bisher mir jeden Unmuth todt. Dieser Muth hiess mich endlich stille stehn und sprechen: ›Zwerg! Du! Oder ich!‹ – [...].

Muth aber ist der beste Todtschläger, Muth, der angreift: der schlägt noch den Tod todt, denn er spricht: ›War das *das* Leben? Wohlan! Noch Ein Mal!‹

In solchem Spruche aber ist viel klingendes Spiel. Wer Ohren hat, der höre. –

(Z, Von Gesicht und Räthsel, 197ff.)

Zarathustras Aufstieg wird zum Sieg über den »Geist der Schwere«. Letzterer steht der Dynamik einer Selbstüberwindung und Steigerung entgegen – »aber jeder geworfene Stein – muss fallen!« Die Überwindung des »grossen Ekels« macht Zarathustras Überlegenheit über den »Geist der Schwere« aus. Er hat die bessere Kondition: seine bejahende Haltung nämlich, aus der heraus es ihm möglich ist, selbst die Wiederholung dieses Lebens zu wünschen.

Die Wirksamkeit des Gedankens wird skizziert. Er zeigt seine – abgründliche – Kehrseite.

›Halt! Zwerg! sprach ich. Ich! Oder du! Ich aber bin der Stärkere von uns Beiden –: du kennst meinen abgründlichen Gedanken nicht! *Den* – könntest du nicht tragen! ‹–

Da geschah, was mich leichter machte: denn der Zwerg sprang mir von der Schulter, der Neugierige! Und er hockte sich auf einen Stein vor mich hin. Es war aber gerade da ein Thorweg, wo wir hielten.

›Siehe diesen Thorweg! Zwerg! sprach ich weiter: der hat zwei Gesichter. Zwei Wege kommen hier zusammen: die gieng noch Niemand zu Ende.

Diese lange Gasse zurück: die währt eine Ewigkeit. Und jene lange Gasse hinaus – das ist eine andre Ewigkeit.

Sie widersprechen sich, diese Wege; sie stossen sich gerade vor den Kopf: – und hier, an diesem Thorwege, ist es, wo sie zusammenkommen. Der Name des Thorwegs steht oben geschrieben: ›Augenblick‹.

Aber wer Einen von ihnen weiter gienge – und immer weiter und immer ferner: glaubst Du, Zwerg, dass diese Wege sich ewig widersprechen?‹ –

›Alles Gerade lügt, murmelte verächtlich der Zwerg. Alle Wahrheit ist krumm, die Zeit selber ist ein Kreis.‹

›Du Geist der Schwere! sprach ich zürnend, mache dir es nicht zu leicht! Oder ich lasse dich hocken, wo du hockst, Lahmfuss, – und ich trug dich *hoch*!

Siehe, sprach ich weiter, diesen Augenblick! Von diesem Thorwege Augenblick läuft eine lange ewige Gasse *rückwärts*: hinter uns liegt eine Ewigkeit.

Muss nicht, was laufen *kann* von allen Dingen, schon einmal diese Gasse gelaufen sein? Muss nicht, was geschehen *kann* von allen Dingen, schon einmal geschehn, gethan, vorübergelaufen sein?

Und wenn Alles schon dagewesen ist: was hältst du Zwerg von diesem Augenblick? Muss auch dieser Thorweg nicht schon – dagewesen sein?

Und sind nicht solchermaassen fest alle Dinge verknotet, dass dieser Augenblick *alle* kommenden Dinge nach sich zieht? *Also* – sich selber noch?

Denn, was laufen *kann* von allen Dingen: auch in dieser langen Gasse *hinaus – muss* es einmal noch laufen! –

Und diese langsame Spinne, die im Mondscheine kriecht, und dieser Mondschein selber, und ich und du im Thorwege, zusammen flüsternd, von ewigen Dingen flüsternd – müssen wir nicht Alle schon dagewesen sein?

– und wiederkommen und in jener anderen Gasse laufen, hinaus, vor uns, in dieser langen schaurigen Gasse – müssen wir nicht ewig wiederkommen? –‹

Also redete ich, und immer leiser: denn ich fürchtete mich vor meinen eignen Gedanken und Hintergedanken. Da, plötzlich, hörte ich einen Hund nahe *heulen*. […]. (ebd., 199ff.)

Wie in der *Fröhlichen Wissenschaft* sind die Fragen entscheidend. Auffällig offen bleibt, ob und wie sich der Kreis schließt: – »glaubst Du, […] dass diese Wege sich ewig widersprechen?«

Der Blick von außen auf einen Kreislauf der Geschichte, ein »Rad des Daseins« ist Sache des Zwerges, seine verächtliche Sicht auf die Dinge. Er kennt nicht die Perspektive des Augenblicks, sondern nur den Blick auf das ewige Einerlei des Kreislaufs. Zarathustra vertritt eine andere Sicht: In seiner Perspektive »stossen« sich die zwei Wege stattdessen im Augenblick »vor den Kopf«. Der Blickpunkt ist in die Zeit hineinverlagert, der Augenblick Ausgangspunkt. An ihm findet eine Richtungsumkehr der beiden Wege statt. Der Augenblick ist auch Umkehrpunkt: Vergangenes liegt in Richtung der rückwärtigen Ewigkeit, Zukünftiges in Vorwärtsrichtung. Der Zwerg kennt keine Richtungen, kennt nicht den Unterschied zwischen Erwartung und Erinnerung. Er betrachtet den Prozess nur von außen, ist nie Teil des Geschehens.

»Die Zeit selber ist ein Kreis« – diese Sichtweise greift zu kurz, sie unterschlägt die Perspektive des Augenblicks. Trotzdem stellt Zarathustra die Frage nach der Wiederkunft des Gleichen: »Muss nicht, was laufen *kann* von allen Dingen, schon einmal diese Gasse gelaufen sein?«

Die Frage deutet ein Argument an: Wenn der Vorrat an Möglichkeiten endlich ist und ein Augenblick die kommenden Dinge, neue Konstellationen »nach sich zieht«, werden Situationen wieder auftreten.

Nietzsche wird später versuchen, für die Möglichkeit einer ewigen Wiederkunft des Gleichen Argumente zusammenzutragen. Ein Ansatz aus dem Jahre 1885 mischt Aspekte dieser Denkmöglichkeit mit Nietzsches Ethos eines redlichen Denkens, das sich Spekulationen über die Unendlichkeit verbietet.

> [...]. Welches ist denn aber der Satz und Glaube, mit welchem sich die entscheidende Wendung, das jetzt erreichte *Übergewicht* des wissenschaftlichen Geistes über den religiösen götter-erdichtenden Geist, am bestimmtesten formulirt? Heißt er nicht: die Welt, als Kraft, darf nicht unbegrenzt gedacht werden, denn sie *kann* nicht so gedacht werden – wir verbieten uns den Begriff einer *unendlichen* Kraft *als mit dem Begriff ›Kraft‹ unverträglich*. Also – fehlt der Welt auch das Vermögen zur ewigen Neuheit. (KSA 11, 557)

Während der Jahre nach dem *Zarathustra* sammelt Nietzsche weitere Überlegungen in seinen Notizbüchern. Oft sind Gedanken und Formulierungen darunter, welche er bei seiner naturphilosophischen oder naturwissenschaftlichen Lektüre fand, darunter interessante kosmologische Spekulationen und Auseinandersetzungen mit dem Kraftbegriff. Erkennbar ist sein Bemühen, die Möglichkeit der Wiederkunft zu belegen.

Im *Zarathustra* liegt die Betonung auf den Konsequenzen des Gedankens, nicht auf seiner Begründung. Die Rätselfrage an die »Sucher« und »Versucher« steht noch aus. Das Heulen eines Hundes macht Zarathustra auf eine veränderte Szenerie aufmerksam:

Aber da lag ein Mensch! Und da! Der Hund, springend, gesträubt, winselnd, – jetzt sah er mich kommen – da heulte er wieder, da *schrie* er: – hörte ich je einen Hund so Hülfe schrein?

Und, wahrlich, was ich sah, desgleichen sah ich nie. Einen jungen Hirten sah ich, sich windend, würgend, zuckend, verzerrten Antlitzes, dem eine schwarze schwere Schlange aus dem Mund hieng.

Sah ich je so viel Ekel und bleiches Grauen auf Einem Antlitze? Er hatte wohl geschlafen? Da kroch ihm die Schlange in den Schlund – da biss sie sich fest.

Meine Hand riss die Schlange und riss: – umsonst! sie riss die Schlange nicht aus dem Schlunde. Da schrie es aus mir: ›Beiss zu! Beiss zu!

Den Kopf ab! Beiss zu!‹ – so schrie es aus mir, mein Grauen, mein Hass, mein Ekel, mein Erbarmen, all mein Gutes und Schlimmes schrie mit Einem Schrei aus mir. –

Ihr Kühnen um mich! Ihr Sucher, Versucher, und wer von euch mit listigen Segeln sich in unerforschte Meere einschiffte! Ihr Räthsel-Frohen!

So rathet mir doch das Räthsel, das ich damals schaute, so deutet mir doch das Gesicht des Einsamsten!

Denn ein Gesicht war's und ein Vorhersehn: – was sah ich damals im Gleichnisse? Und *wer* ist, der einst noch kommen muss?

Wer ist der Hirt, dem also die Schlange in den Schlund kroch? *Wer* ist der Mensch, dem also alles Schwerste, Schwärzeste in den Schlund kriechen wird?

– Der Hirt aber biss, wie mein Schrei ihm rieth; er biss mit gutem Bisse! Weit weg spie er den Kopf der Schlange –: und sprang empor. –

Nicht mehr Hirt, nicht mehr Mensch, – ein Verwandelter, ein Umleuchteter, welcher *lachte*! Niemals noch auf Erden lachte je ein Mensch, wie *er* lachte!

Oh meine Brüder, ich hörte ein Lachen, das keines Menschen Lachen war, – und nun frisst ein Durst an mir, eine Sehnsucht, die nimmer stille wird.

Meine Sehnsucht nach diesem Lachen frisst an mir: oh wie ertrage ich noch zu leben! Und wie ertrüge ich's, jetzt zu sterben! – (Z, Von Gesicht und Räthsel, 201f.)

Das Geschehen sucht seinesgleichen – »was ich sah, desgleichen sah ich nie«. Zarathustra spricht als »Seher«, sieht Konsequenzen voraus: »ein Gesicht war's und ein Vorhersehn«.

Die Schlange, das »klügste Thier«, ist einem Menschen ins Innerste gekrochen. Nietzsche legt einmal mehr durch Bild und Wortlaut einen deutlichen Verweis auf den »grossen Ekel« an. Zarathustra sagt später von sich selbst:

> Der grosse Überdruss am Menschen – *der* würgte mich und war mir in den Schlund gekrochen: und was der Wahrsager wahrsagte: ›Alles ist gleich, es lohnt sich Nichts, Wissen würgt.‹ (Z, Der Genesende, 274)

Ein weiterer Hinweis auf die Autonomie des einzelnen folgt. Der Rettungsversuch von außen schlägt fehl, Zarathustra kann dem Hirten die Schlange nicht aus dem Schlund ziehen. Der muß selbst zubeißen, muß dem »Wissen«, das ihn würgt, den Kopf abbeißen. Es ist seine Aufgabe, den »grossen Ekel« zu überwinden und mit diesem sich selbst. Sein Lachen danach ist bereits »keines Menschen Lachen« mehr.

Wäre das Rätsel, das Zarathustra den »Suchern« und »Versuchern« stellt, mit einem Wort lösbar, so dürfte dieses Lösungswort wohl »Übermensch« lauten. Das Rätsel deutet den Zusammenhang zwischen Wiederkunftsgedanken und Übermensch an.

Übermensch ist, der den »grossen Ekel« als Lachender überwindet, der deshalb den Wiederkunftsgedanken erträgt und ihn ertragen läßt.

Abgesehen von seiner Rolle ist der Übermensch noch unbekannt. Zarathustra stellt seine Frage »Suchern, Versuchern«. Vielleicht ist dies ein Hinweis

Nietzsches darauf, daß nur der Versuch entscheiden kann, wer der Gesuchte ist, und ob es ihn überhaupt geben kann.

Den zweiten Hinweis auf die Wiederkunftslehre geben Zarathustras Tiere, nicht mehr er selbst. Der Gedanke wirkt aus ihrer Sicht oberflächlicher. Lediglich der Aspekt, daß kein Bewußtsein die Wiederkunft begleitet, keine Seelenwanderung gemeint ist, sondern daß es um die Reproduktion derselben Situation geht, findet sich klarer herausgearbeitet.

> Siehe, wir [Zarathustras Tiere] wissen, was du lehrst: dass alle Dinge ewig wiederkehren und wir selber mit, und dass wir schon ewige Male dagewesen sind, und alle Dinge mit uns. [...].
>
> Und wenn du jetzt sterben wolltest, oh Zarathustra: siehe, wir wissen auch, wie du da zu dir sprechen würdest: – aber deine Thiere bitten dich, dass du noch nicht sterbest!
>
> Du würdest sprechen und ohne Zittern, vielmehr aufathmend vor Seligkeit: denn eine grosse Schwere und Schwüle wäre von dir genommen, du Geduldigster! –
>
> ›Nun sterbe und schwinde ich, würdest du sprechen, und im Nu bin ich ein Nichts. Die Seelen sind so sterblich wie die Leiber.
>
> Aber der Knoten von Ursachen kehrt wieder, in den ich verschlungen bin, – der wird mich wieder schaffen! Ich selber gehöre zu den Ursachen der ewigen Wiederkunft.
>
> Ich komme wieder, mit dieser Sonne, mit dieser Erde, mit diesem Adler, mit dieser Schlange – *nicht* zu einem neuen Leben oder besseren Leben oder ähnlichen Leben:
>
> – ich komme ewig wieder zu diesem gleichen und selbigen Leben, im Grössten und auch im Kleinsten, dass ich wieder aller Dinge ewige Wiederkunft lehre, – [...].

> Ich sprach mein Wort, ich zerbreche an meinem Wort: so will es mein ewiges Loos –, als Verkündiger gehe ich zu Grunde!
>
> Die Stunde kam nun, dass der Untergehende sich selber segnet. Also – *endet* Zarathustra's Untergang.‹ – (ebd., 276f.)

Die Tiere nehmen Zarathustras Tod – das *Ende* seines Untergangs – vorweg. Nietzsche läßt Zarathustra in den vier Büchern nicht sterben, obgleich dies immer wieder geplant und konzipiert wurde.

Schon im Rahmen der ersten Entwürfe des Ereignisses (KSA 10, 377f.) besteht zwischen Zarathustras Tod und der Verkündigung der Wiederkunftslehre ein Zusammenhang. Die Beschreibung durch die Tiere nimmt diesen Gedanken auf: »Ich sprach mein Wort, ich zerbreche an meinem Wort: so will es mein ewiges Loos –, als Verkündiger gehe ich zu Grunde!«

Die Tiere bezeichnen Zarathustra als den »Lehrer der ewigen Wiederkunft«, er ist nicht der Übermensch, der lachend mit dieser Lehre fertig werden könnte. Zarathustra zerbricht jedoch im veröffentlichten Text an keinem der Worte, die er sagt. Er schweigt zur Rede der Tiere. Danach folgt die hymnische Passage ›Von der grossen Sehnsucht‹. Die Sehnsucht nach dem Lachen dessen, der den »grossen Ekel« überwunden hat, läßt Zarathustra auch nach der Mitteilung seines Rätsels von der Wiederkunft nicht los:

> Meine Sehnsucht nach diesem Lachen frisst an mir: oh wie ertrage ich noch zu leben! Und wie ertrüge ich's, jetzt zu sterben! – (Z, Von Gesicht und Räthsel, 202)

Die vier Bücher des *Zarathustra*

Zur Komposition

Auffällig am *Zarathustra* ist die Offenheit der Komposition, welche es Nietzsche erlaubte, immer wieder weitere Gedankenbilder und Texte einzugliedern. Nietzsche gruppierte dabei seine Vorentwürfe wiederholt um, ehe er eine abschließende Abschrift vornahm. Es gibt keinen systematisch-zwingenden Verlauf, stattdessen organisieren die Vorliebe Nietzsches, sein Geschmack für die passende Kombination und Abfolge den Text.

Genausowenig gibt es eine eigentliche Geschichte der Wanderungen Zarathustras, keine Marschroute. Er zieht umher, ist – wie Nietzsche selbst – einmal in der einen Umgebung, dann wieder in einer anderen, kehrt zurück oder geht fort. Die Umgebungen wechseln mit den Gedankenbildern, mehr noch: sie sind der jeweilige Hintergrund für diese. Sie treten auch als Erkennungszeichen auf und stellen so Bezüge zwischen den einzelnen Reden und Bildern Zarathustras her.

Eine entsprechende Funktion haben die markanten Figuren, die mit Zarathustra zusammentreffen. In jeweils verschiedenen Zusammenhängen kann Nietzsche mit deren Namen oder Titeln Verweise herstellen, auf einen anderen Kontext anspielen. Nietzsche arbeitet mit Siglen. Montinari sieht hierin ein Kennzeichen gerade der späteren Werke:

> Nietzsche hat, speziell in der Spätphase seines schöpferischen Daseins, Begriffe benutzt, die leer und fast blutlos, beinahe nichtssagend scheinen (z.B. der Begriff ›höhere Menschen‹): man muß sich folglich aller vorhergehenden Bedeutungen erinnern, mit denen er sie angefüllt hat. Diese Begriffe sind sozusagen *Siglen*: sie sollen uns immer an das denken machen, was vorher gewesen ist. [...]. (M M, Notizen, LXXII)

Über die Verwendung von Siglen hinaus tritt im *Zarathustra* sogar das kommentierte Selbstzitat auf. Ein Beispiel unter vielen ist die Bemerkung »Die Dichter lügen zuviel«. Es entsteht ein Netz von Kommentaren und Assoziationen.

Die Gedankenbilder und Reden Zarathustras sind allerdings inhaltlich nicht gleichmäßig verstreut. Sie haben Schwerpunkte, ziehen sich um gedankliche Zentren herum zusammen.

So, wie Zarathustras Umherwandern sich nicht durch die Angabe einer zielgerichteten Marschroute beschreiben läßt, fügen sich die Gedankenbilder keinem einheitlichen Gedankengang. Was sich beschreiben läßt, sind die verschiedenen Schwerpunkte und ihre Verlagerung. Im Entwurf zum Vorwort für einen nicht realisierten zweiten Band von *Jenseits von Gut und Böse* stellt er dieses Buch als Verständnishilfe für den *Zarathustra* vor – nicht als Kommentar, sondern als Glossar zu inhaltlichen Schwerpunkten:

> [...] So gewiss auch dies ›Vorspiel einer Philosophie der Zukunft‹ keinen Commentar zu den Reden Zarathustra's abgiebt und abgeben soll, so vielleicht doch eine Art vorläufiges Glossarium, in dem die wichtigsten Begriffs- und Werth-Neuerungen jenes Buchs – eines Ereignisses ohne Vorbild, Beispiel, Gleichniß in aller Litteratur – irgendwo einmal vorkommen und mit Namen genannt sind. (KSA 12, 234)

Die inhaltliche Erläuterung wichtiger Schwerpunkte, wie sie in den vorhergehenden Kapiteln versucht wurde, ist die eine Möglichkeit, Verständnishilfen zu geben. Ergänzend soll noch ein Überblick über das Arrangement der Gedankenbilder und Reden gegeben werden, die Verlagerung der Schwerpunkte zu beschreiben.

Kommen und Gehen: die vier Teile

Der erste Teil beginnt damit, daß Zarathustra hinabsteigt aus dem Gebirge; er endet mit dem Verlassen seiner Jünger und der Rückkehr in die Einsamkeit. Der zweite Teil beginnt ähnlich. Wieder bricht Zarathustra aus seiner Einsamkeit auf. Zwar kehrt er nicht gleich zurück, dennoch läßt er auch am Ende des zweiten Teils alle Begleiter – diesmal sind es »seine Freunde« – hinter sich, um in seine Einsamkeit zu gehen. Auf dem Weg dorthin überquert er einen Bergrücken und gelangt an »das andre Gestade« einer Insel. Hiermit setzt der dritte Teil ein. Etwa in dessen Mitte steht die »Heimkehr« Zarathustras in seine Einsamkeit. Ab diesem »Zeitpunkt« unterhält er sich nur noch mit sich selbst, mit seinen Tieren, mit »dem Leben«. Erst am Beginn des vierten Teils bricht er wieder auf, diesmal trifft er nur noch auf einzelne markante Gestalten, die er zum abendlichen Fest in seine Höhle einlädt. Am nächsten Morgen läßt er Höhle und Gäste hinter sich. So endet der vierte Teil.

Distanzierungen machen die Unterteilung des *Zarathustra* aus. »Ich schliesse Kreise um mich und heilige Grenzen; immer Wenigere steigen mit mir auf immer höhere Berge« (Z, Von alten und neuen Tafeln, 260) – so formuliert Zarathustra und bezeichnet damit auch die Tendenz des Buches. Nietzsches Gedanken sind in ihrer Radikalität einsame Experimente, und sie sind die Gedanken eines Einsamen: – »Ich bin die *Einsamkeit* als Mensch« (KSA 13, 641) notiert er noch 1889.

Zarathustras Vorrede

Der Abschnitt ist eine vollständige Einführung: Ausgangspunkte werden umrissen, eine Standortbestimmung durchgeführt. *Zarathustra* ist der Versuch einer individuellen Haltung nach dem »Tode Gottes« und nach dem Scheitern aller philosophischen Systeme. Der Entschluß zum Untergang (1.) und das Gespräch mit dem Einsiedler (2.) verdeutlichen dies.

Es folgt eine thematische Einführung in Form dreier Redeabschnitte an die Menge.

Schwerpunkt ist die Gegenüberstellung des Übermenschen und des »letzten Menschen«. Das Scheitern der »Predigt« vor der Menge, der Entschluß, »Gefährten« zu suchen, stellt klar, daß das Buch nicht als Katechismus eines neuen Glaubens, sondern als Aufforderung zu einer autonomen Haltung zu lesen ist. Die Abschnitte lesen sich als Kommentar zum Untertitel ›Ein Buch für Alle und Keinen‹, geben Hinweise darauf, in welcher Weise sich das Buch an die Leser wendet.

Die Reden Zarathustras

Der erste Teil

›Von den drei Verwandlungen‹: Die erste Rede kann als einleitender Hinweis verstanden werden. Angedeutet wird der Geist der folgenden Reden, die Art und Weise des Denkens und Philosophierens im *Zarathustra*. Eine Metamorphose wird skizziert: der ehrfürchtige wird zum befreienden, freien Geist, dieser zum spielenden, der das »Spiel des Schaffenden« bejaht. Der zweite Schritt führt von der Kritik zum Experiment.

Was folgt, ist die Karikatur von Verbindlichkeiten und verbreiteten Überzeugungen, an die sich teilweise detaillierte Neubewertungen anschließen: Bemerkungen zur Tugendhaftigkeit, zu den Leidenschaften, zu Prüderie und Körperfeindlichkeit, zum Verbrechen, zum Krieg, zum Staat, zur Keuschheit, zur Freundschaft, zur Nächstenliebe, zum Verhältnis von Mann und Frau, zur Partnerschaft und Erziehung, zum Freitod. Verschiedene Lebensbereiche werden aus neuer Perspektive gesichtet, Alltägliches gehört dazu. Zeitgenössische moralische Bewertungen und gesellschaftliche Verpflichtungen finden sich in Frage gestellt. Besonders auffällig ist der Ausfall gegen den Staat. Zarathustra bezeichnet und diskreditiert ihn als Ersatzreligion nach dem Tode Gottes. Ermutigt wird stattdessen das Vertrauen in die eigenen Bedürfnisse und Leidenschaften – auch die des Leibes –, der Mut zum Risiko, sogar der Mut zum eigenen Untergang.

Nebenbei auffällig ist die Einarbeitung einer Spruchsammlung: ›Vom Lesen und Schreiben‹.

Charakteristisch für die Perspektive all dieser Bemerkungen ist Zarathustras Ausspruch:

> Der Mensch ist Etwas, das überwunden werden muss: und darum sollst du deine Tugenden lieben, – denn du wirst an ihnen zu Grunde gehn. – (Z, Von den Freuden- und Leidenschaften, 44)

Gedankliche Schwerpunkte finden sich oft in Textstücken, welche teilweise auch äußerlich die etwas starre Form der Stellungnahmen und Lehrreden aufbrechen:

›Von den Hinterweltlern‹ wiederholt in anderer Form die Forderung der Vorrede: »[...], *bleibt der Erde treu* und glaubt Denen nicht, welche euch von überirdischen Hoffnungen reden!« (Z, Zarathustra's Vorrede, 15). Es ist die Absage an die Transzendenz, an alle Versuche, hinter dem und jenseits des Daseins etwas Wahreres, Ewiges oder auch nur Anderes zu setzen, gleichzeitig die Forderung, am immanenten Sinn des Lebens nicht zu verzweifeln.

›Von den Predigern des Todes‹ setzt diesen Gedanken fort. Denen, die aus eigener Verzweiflung am Leben oder aus anderen Gründen dem Dasein seinen immanenten Sinn völlig absprechen und stattdessen die Abkehr vom Leben predigen, wird sarkastisch gewünscht, sie mögen »nur schnell dahinfahren!« (Z, Von den Predigern des Todes, 57).

›Vom Biss der Natter‹ stellt gegen das Ressentiment das Bild einer starken Vergebung und gelassenen Gerechtigkeit. Zarathustra läßt sich als Vernichter der Moral bezeichnen, welcher er diesen neuen Reaktionen statt einer Vergeltung entgegenhält.

›Von tausend und Einem Ziele‹, ›Von den Fliegen des Marktes‹, ›Vom Baum am Berge‹ und ›Der Weg des Schaffenden‹ formulieren ein Leitmotiv: Schaffen als Setzen neuer Werte, als Brechen alter Verpflichtungen. Das Suchen einer individuellen Perspektive fern vom Geschmack eines breiten Publikums wird ebenso als Vorbedingung eines solchen Schaffens kenntlich gemacht wie die Einsamkeit, ja Vereinsamung auch als seine Konsequenz.

›Von der schenkenden Tugend‹ ist Schlußakkord und Höhepunkt des ersten Teils: eine Tugend, die alles in Anspruch nimmt, gestaltet und umprägt, nicht für sich selbst, sondern um überflüssige Kostbarkeit zu verschenken – diesen Inbegriff des Schaffens zeichnet der erste Abschnitt. Der zweite wiederholt den Aufruf zur Immanenz: »Bleibt mir der Erde treu [...].«. Der Mensch als Versuch, als das Lebewesen, das sich viele Irrtümer einverleibt hat – zunächst ohne Irrtum nicht leben kann: als Anspielung wird diese Thematik gestreift. Eine Skizze zeichnet einen Weg über das Erkennen und Wissen zu den vielen noch unentdeckten Lebensmöglichkeiten und -perspektiven, deren Entdeckung auch den Übermenschen ermöglichen kann. Der dritte Abschnitt ist der Abschied von den Jüngern. Zarathustra stößt alle, die seinen Reden als einer Heilslehre folgen wollen, zurück – zurück auf sich selbst und ihre Autonomie. Aus Jüngern sollen einmal »Freunde geworden sein und Kinder Einer Hoffnung« (Z, Von der schenkenden Tugend, 102).

Zarathustra distanziert sich von den Jüngern und seiner eigenen Lehre und geht zurück in seine Einsamkeit.

Der zweite Teil

Der Anteil der Lehr-Reden nimmt ab. Lieder, skizzierte Begebenheiten und Begegnungen, dialogähnliche Abschnitte kommen neu hinzu. »Was geschah mir doch, meine Thiere? – [...]. Bin ich nicht verwandelt!« (Z, Das Kind mit dem Spiegel, 106). Zarathustras Typus wird facettenreicher, komplizierter. Der überlegene Lehrer tritt zurück. Neue Züge zeigen sich an ihm: Nietzsche nennt das ›Nachtlied‹ in *Ecce homo* eine Äußerung »tiefster Schwermuth«. Das ›Grablied‹ formuliert Trauer und Aufbruch, das ›Tanzlied‹ Distanz zum Leben. ›Die stillste Stunde‹ ist gezeichnet von Verunsicherung, Anfechtung.

Ausgangspunkt ist ein Traum Zarathustras und seine Deutung:

> ›Was erschrak ich doch so in meinem Traume, dass ich aufwachte? Trat nicht ein Kind zu mir, das einen Spiegel trug?
>
> ›Oh Zarathustra – sprach das Kind zu mir – schaue Dich an im Spiegel!‹
>
> Aber als ich in den Spiegel schaute, da schrie ich auf, und mein Herz war erschüttert: denn nicht mich sahe ich darin, sondern eines Teufels Fratze und Hohnlachen.
>
> Wahrlich, allzugut verstehe ich des Traumes Zeichen und Mahnung: meine *Lehre* ist in Gefahr, Unkraut will Weizen heissen! (Z, Das Kind mit dem Spiegel, 105)

Zarathustra begegnet dieser Gefahr. Zwar bezieht er in weiteren Lehrreden Stellung zum Mitleid, zu den Priestern, zur Moralität, zum Problem der Ungleichheit von Menschen. Zusätzlich wird aber der Hintergrund umrissen, vor dem seine Bewertungen zu sehen sind, und die dahinterstehende Problematik.

Das Leiden am Dasein zeichnet sich ab, der »Wahrsager« verkündet den Pessimismus. Zarathustra grenzt sich im Abschnitt ›Von den Taranteln‹ scharf von der Daseinsverachtung, der Rache am Leben ab.

Die Klärung seines Verhältnisses zum Leben, seine Sicht auf das Leben, macht einen inhaltlichen Schwerpunkt aus. Hierzu gehören auch die Abschnitte ›Von der Selbst-Ueberwindung‹ und ›Von der Erlösung‹, die den »Willen zur Macht« als Deutungsansatz einführen, den Pessimismus als Verkehrung seiner Dynamik und den Übermenschen als Gegenmittel auslegen.

Das Motiv des Schaffenden, welcher Umwertungen, jene leisen »grossen Ereignisse«, vornimmt, wird wieder aufgegriffen. Das Setzen neuer Perspektiven, das hiermit verbunden ist, sieht sich mit kontrastierenden Wahrheitskonzepten konfrontiert.

›Von den berühmten Weisen‹, ›Vom Lande der Bildung‹, ›Von der unbefleckten Erkenntniss‹, ›Von den Gelehrten‹, ›Von den Dichtern‹ verweisen wechselseitig aufeinander und auf die Fülle von Denkansätzen Nietzsches zu »Wahrheit«, »Schein«, »Erkenntnis«, »Lüge« und »Geist«.

Eine weitgespannte Aussicht auf die Themenkreise des Buches findet sich zu Beginn: – ›Auf den glückseligen Inseln‹ greift Satz für Satz Schlüsselworte und -gedanken auf, zumeist hochkomprimiert und anspielungsreich. Ein Bild am Anfang steht für den veränderten Ton der Mitteilung, die reife, herbstliche Gelassenheit der »Lehren«, welche sich im zweiten Teil an Geistesverwandte, an Freunde richten:

> Die Feigen fallen von den Bäumen, sie sind gut und süss; und indem sie fallen, reisst ihnen die rothe Haut. Ein Nordwind bin ich reifen Feigen.
>
> Also, gleich Feigen, fallen euch diese Lehren zu, meine Freunde: nun trinkt ihren Saft und ihr süsses

> Fleisch! Herbst ist es umher und reiner Himmel und Nachmittag. (Z, Auf den glückseligen Inseln, 109)

Am Ende des zweiten Teils weint Zarathustra über den Abschied von den Freunden. Die »stillste Stunde« geht seinem Aufbruch voraus. »Du weisst es, Zarathustra, aber du redest es nicht!« (Z, Die stillste Stunde, 188) – Zarathustra verschweigt seinen »schwersten« Gedanken, verschont seine Freunde vor ihm und muß diese deshalb zurücklassen.

Der dritte Teil

Tiefer »hinab in den Schmerz als ich jemals stieg, bis hinein in seine schwärzeste Fluth!« (Z, Der Wanderer, 195): der dritte Teil stößt zu Extremen vor. Bilder und sprachliche Form sind von diesen Extremen geprägt: Dramatischer Monolog steht neben Hymne, Schmährede, Selbstgespräch und rondoartig sich wiederholender Textstruktur. Das Buch ist reicher an Handlung und Bewegung als die vorangegangenen. Nietzsche merkt sich zum Charakter des Buches vor: »[...] *gegen die Behaglichkeit des* ***Weisen*** – gegen die fröhliche Wissenschaft« (KSA 10, 483).

Als Eingangstext faßt ›Der Wanderer‹ bildhaft die – Nietzsches Einschätzung nach – entscheidende Bedeutung des Folgenden zusammen.

›Vom Gesicht und Räthsel‹ enthält in allegorischer Form und mit hinweisenden Fragen die erste längere Passage zum »Wiederkunftsgedanken« – die einzige, welche Zarathustra selbst in den Mund gelegt wird. Später geben die Tiere Zarathustras in ›Der Genesende‹ ihre Darstellung des Gedankens. Der »grosse Ekel« Zarathustras, inhaltlich eng damit verbunden, findet im selben Abschnitt seinen stärksten Ausdruck.

›Vor Sonnenaufgang‹, ›Die Heimkehr‹, ›Von der grossen Sehnsucht‹, ›Das andere Tanzlied‹, ›Die sieben Siegel‹ nähern sich poetischer Sprache; das Dasein erscheint in einem veränderten Licht. Die Stimmungen, die diese Texte zu transportieren versuchen, entsprechen Sichtweisen des Wiederkunftsgedankens: Die Dinge erscheinen befreit von jedem außerhalb ihrer selbst liegenden Sinn, zweckfrei und trotzdem jedes durch seine mögliche ewige Wiederkunft von Gewicht; die Einsamkeit als der einzige Ort, an dem Zarathustra sich frei, ja schonungslos dieser Perspektive stellen kann; die Sehnsucht nach der noch ausstehenden immanenten Sinngebung durch den Übermenschen vertieft; das Leben gleichzeitig bestätigt und infragegestellt; die Ewigkeit geliebt als die Ermöglichung der Wiederkunft.

Ein Teil derjenigen Texte, die Bewertungen formulieren, beginnt um Probleme zu kreisen, die in *Jenseits von Gut und Böse* als Probleme der Rangordnung und der Vornehmheit bezeichnet werden. Deutliche Ausprägungen finden sich in ›Von den verkleinernden Tugenden‹ und ›Vom Vorübergehen‹.

Hervorzuheben ist die lange Passage eines expliziten Selbstkommentars in ›Von alten und neuen Tafeln‹: – »Niemand erzählt mir Neues: so erzähle ich mir mich selber« (Z, Von alten und neuen Tafeln, 246).

Gezeichnet werden auch mögliche Haltungen anderer. ›Von den Abtrünnigen‹ beschreibt diejenigen, die vor der neuen Perspektive in religiöse oder metaphysische Sicherheiten zurückflüchten. In ›Von der Seligkeit wider Willen‹ hat Zarathustra seine Kinder vor Augen. Es sind Kinder im übertragenen Sinne, die angesichts jener Perspektive autonome, starke Individualität entwickeln – jedes dieser Kinder »ein lebendiger Leuchthurm unbesiegbaren Lebens« (Z, Von der Seligkeit wider Willen, 204).

Die rondoartige Liebeserklärung an Ewigkeit und Wiederkunft bildet den Abschluß des dritten Teils.

Der vierte Teil

Der vierte Teil des *Zarathustra* – eine »[...] Lehre der *Mitfreude.*« (KSA 10, 482): Ein großer Bogen ist eher als in den ersten drei Teilen wahrzunehmen. Die sprachliche Form der *Dionysos-Dithyramben*, gedichtartiger Texte in freien Rhythmen, tritt erstmalig auf.

›Das Honig-Opfer‹ steht als Bild für die Ausgangssituation: Zarathustra verwendet sein Glück verschwenderisch als Köder. Es zeigt ihn als »Zieher, Züchter und Zuchtmeister« zu größerer Wahrhaftigkeit, mehr Leichtigkeit und Selbstüberwindung, größerer »Höhe«. ›Der Nothschrei‹ – ein Rückschlag: Die Entwicklung des Menschen zu größerer Höhe im Sinne Zarathustras ist in Gefahr. Der Wahrsager des Pessimismus zeichnet eine äußere Gefahr: »Aber Alles ist gleich, es lohnt sich Nichts, es hilft kein Suchen, es giebt auch keine glückseligen Inseln mehr! – « (Z, Der Nothschrei, 302). Daneben weist Zarathustras Reaktion auf eine innere Entwicklungsstörung hin: der »höhere Mensch« mißrät.

Der Verlauf im folgenden kann grob umrissen werden: Zarathustra – verführt zu seiner »letzten Sünde«, dem Mitleid – sucht den höheren Menschen, trifft dabei auf verschiedene markante Gestalten, die er einlädt zu einem abendlichen Fest in seiner Höhle, und findet bei seiner Rückkehr dort den gesuchten »höheren Menschen« – es sind die Gäste selbst. Bei seinem Fest lernen diese wieder zu lachen und zu hoffen, lernen die Mitfreude.

Die Gestalten, auf welche Zarathustra trifft, sind außergewöhnlich. Sie ragen aus dem historischen Trend zur Angleichung, den Nietzsche diagnostiziert, heraus. Darüber hinaus sind sie allerdings auch facettenreiche Kontrastfiguren zu Zarathustra: Die Könige reden zwar, wie Zarathustra auch, vom Mut zum Risiko und Vorrechten der Besseren, sind selbst aber »sehr friedfertige Könige, [...] mit alten feinen Gesichtern« (Z, Gespräch mit den Königen, 308); der »Gewissenhafte des Geistes« praktiziert intellektuelle Redlichkeit, aber auf der Suche nach Gewißheiten; der »Zauberer« ist Dichter, jedoch als Illusionskünstler; auch der Papst außer Dienst hat seinen Gott verloren, bleibt aber ein Trauernder; der »hässlichste Mensch« wird ebenfalls ein Gottloser, wird sogar zum Mörder Gottes – aus Selbst-Verachtung; der »freiwillige Bettler« liebt die Erde, jedoch als arme Immanenz ohne utopischen Horizont; der »Schatten« schließlich ist freier Geist, aber verliert sich in agnostischer Beliebigkeit.

Den Begegnungen steht Zarathustras Mittagsschlaf gegenüber: ein Vorschein heiterer Vollkommenheit und Vollendung. Er bleibt kurz, Zarathustra bricht bald wieder auf.

> Ich will gegen die Kunst der Kunstwerke eine höhere Kunst lehren: die der Erfindung von *Festen*. (KSA 9, 506)

Der Tag des vierten Teils, den Zarathustra mit »umsonstigen Suchen« nach dem höheren Menschen verbrachte, mündet in das abendliche Fest. ›Die Begrüssung‹ enthält gleich ein Moment der Distanzierung:

> Als Vorzeichen kamt ihr mir nur, dass schon Höhere zu mir unterwegs sind, –

> – *nicht* die Menschen der grossen Sehnsucht, des grossen Ekels, des grossen Überdrusses und Das, was ihr den Überrest Gottes nanntet. (Z, Die Begrüssung, 351)

›Das Abendmahl‹ und Zarathustras zwanzigteilige Rede ›Vom höheren Menschen‹ sind Ausführungen hierzu, abgeschlossen durch Zarathustras Rat: »ihr höheren Menschen, *lernt* mir – lachen!« (Z, Vom höheren Menschen, 368).

Noch einmal treten der »Zauberer«, der »Gewissenhafte« und der »Schatten« auf. Diesmal lösen sich ihre Positionen nacheinander ab, werden sukzessive aufgehoben und enden mit dem mutwillig-leichtfertigen Lied des »Schattens«. Danach ist Zarathustras Höhle »voll Lärmens und Lachens«.

›Das Eselsfest‹ ist ein zwischen Ernst und Parodie heftig schwankender, atavistischer Rückfall in Frömmigkeit und religiöse Verehrung. Vergleichbar mit dem alttestamentarischen Tanz um das goldene Kalb wird hier einem Esel göttliche Verehrung zuteil. Zarathustra, der kurz die Höhle verlassen hat, kehrt zurück; die Veranstaltung geht im Unernst aus.

»Ein Tag, Ein Fest mit Zarathustra lehrte mich die Erde lieben. ›War *Das* – das Leben?‹ will ich zum Tode sprechen. ›Wohlan! Noch Ein Mal!‹« (Z, Das Nachtwandler-Lied, 396) – die Gäste haben die Mitfreude gelernt. Diese versetzt sie in die Lage, das Dasein – sogar unter der Perspektive seiner Wiederholung – zu bejahen.

Im ›Nachtwandler-Lied‹ besingt Zarathustras »Rundgesang« diese Überwindung der »grossen Traurigkeit«.

›Das Zeichen‹ steht für die abschließende Distanzierung Zarathustras auch noch von den »höheren Menschen«. Die Zukunft – *sein* Tag – wird ihm und seinen Kindern allein gehören.

›*Mitleiden*! *Das Mitleiden mit dem höheren Menschen*! schrie er auf, und sein Antlitz verwandelte sich in Erz. Wohlan! Das – hatte seine Zeit!

Mein Leid und mein Mitleiden – was liegt daran! Trachte ich denn nach *Glücke*? Ich trachte nach meinem *Werke*!

Wohlan! Der Löwe kam, meine Kinder sind nahe, Zarathustra ward reif, meine Stunde kam: –

Dies ist mein Morgen, *mein* Tag hebt an: *herauf nun, herauf, du grosser Mittag*!‹ — (Z, Das Zeichen, 408)

Der vierte Teil endet mit Zarathustras Aufbruch.

Zarathustra lesen

In der nachgetragenen Vorrede zur *Morgenröthe* fordert Nietzsche dazu auf, sein Buch mit Sorgfalt, »*gut*« zu lesen, »das heisst langsam, tief, rück- und vorsichtig, mit Hintergedanken, mit offen gelassenen Thüren, mit zarten Fingern und Augen lesen ... Meine geduldigen Freunde, dies Buch wünscht sich nur vollkommene Leser und Philologen: *lernt* mich gut lesen! – « (KSA 3, 17).

Es ist angebracht, seinem Wunsch auch bei der Lektüre des *Zarathustra* zu entsprechen. Hilfreich ist dabei der Blick auf andere Texte Nietzsches, seine veröffentlichten Selbstkommentare, unveröffentlichte Textvarianten, Vorstufen. Hinweise auf den Leser Nietzsche, seine literarischen Quellen, seine Bibliothek können ergänzend hinzutreten. Die Kommentarbände der *Kritischen Gesamtausgabe* und der *Kritischen Studienausgabe* sind erstrangige Hilfsmittel.

Nietzsches Denken ist in radikaler Weise offen, sein Werk Ausdruck dieser Radikalität. Die Beschäftigung mit ihm lohnt gerade deswegen. Jede Interpretation wird sich über kurz oder lang als unvollständig oder zu eng erweisen.

Das Lesen der Bücher Nietzsches bringt reizvolle Provisorien hervor. Im besten Falle eigene Versuche, nachzudenken. *Zarathustra* ist kein heiliges Buch, *Zarathustra* kann ein Denkanstoß sein.

> Wie Za[rathustra] sagt: das Gehirn ist der Magen des Herzens – Man muß einen guten Magen haben. Man muß Zarathustra verdauen – mit dem Gehirn (M M, Notizen, LXX).

Anhang

Literatur

Die wichtigsten Hilfsmittel zum Lesen des *Zarathustra* sind die ›Kommentare‹ bzw. ›Nachberichte‹ von Mazzino Montinari und Marie-Luise Haase:
Mazzino Montinari, Kommentar zu ›Also sprach Zarathustra I-IV‹. In: Friedrich Nietzsche, Sämtliche Werke, Kritische Studienausgabe (KSA), München, Berlin, 1980, Bd. 14, S. 279-344.

Ergänzend dazu sollte die ›Chronik zu Nietzsches Leben‹ von Mazzino Montinari gelesen werden:
Kritische Studienausgabe (KSA), Bd. 15, S. 7-212.

Im Rahmen der ›Kritischen Gesamtausgabe‹ der Werke Nietzsches hat Marie-Luise Haase die Arbeit von Mazzino Montinari weitergeführt und erläutert in ihrem ›Nachbericht‹ zum *Zarathustra* die Entstehungsgeschichte des Werkes, Textvarianten und wörtliche oder indirekte Anspielungen auf von Nietzsche benutzte Literatur:
Friedrich Nietzsche, Werke. Kritische Gesamtausgabe, begr. v. Giorgio Colli und Mazzino Montinari, weitergeführt von Wolfgang Müller-Lauter und Karl Pestalozzi, Berlin/New York 1991, Sechste Abteilung, Vierter Band: Marie-Luise Haase und Mazzino Montinari, Nachbericht zum ersten Band der sechsten Abteilung: Also sprach Zarathustra.

Einen vollständigen Index zum *Zarathustra* erstellten:
Reinhard Rzepka und Judith u. Werner Anuschewski, Index zu Friedrich Nietzsche ›Also sprach Zarathustra‹, W. Anuschewski Verlag, Essen, 1983.

Literatur zum *Zarathustra* findet man u.a. über folgende Bibliographien:
International Nietzsche Bibliography, compiled and edited by *Herbert W. Reichert and Karl Schlechta*, Chapel Hill 1960; revised and expanded 1968 (University of North Carolina Studies in Comparative Literature 45); Herbert W. Reichert, International Nietzsche Bibliography 1968 through 1971 und 1972-1973. In: Nietzsche-Studien Bd. 2, Berlin, New York 1973, S. 320ff. und Nietzsche-Studien Bd. 4, Berlin, New York 1975, S. 351ff.

Eine Übersicht über die deutschsprachige Nietzsche-Literatur von 1974 bis 1987 findet sich in:
Rüdiger Schmidt, ›Ein Text ohne Ende für den Denkenden‹. Studien zu Nietzsche, 2. Aufl., Frankfurt am Main 1989. (Athenäums Monographien Philosophie; Bd. 260), S. 275-319.

Eine einführende Bibliographie gibt:
Jörg Salaquarda, Bibliographie. In: Nietzsche, hrsg. v. Jörg Salaquarda, Darmstadt 1980 (Wissenschaftliche Buchgesellschaft; Wege der Forschung, Bd. 52), S. 351-361. (Kommentiert sind die Werk- und Briefausgaben Nietzsches sowie die Bibliographien und Biographien).

Ein wichtiges Hilfsmittel der Nietzsche-Forschung ist das Verzeichnis seiner Bibliothek:
Richard Oehler, Nietzsches Bibliothek, Weimar 1942 (14. Jahresgabe der Freunde des Nietzsche-Archivs).

Dieses Verzeichnis ist jetzt überprüft und wesentlich erweitert worden durch die ›Italienische Forschungsgruppe Nietzsche‹ und wird von Giuliano Campioni, Paolo D'Orio u.a. auf CD-ROM herausgegeben werden.

Als Einführung in Nietzsches Philosophie:
Mazzino Montinari, Friedrich Nietzsche, Eine Einführung, Berlin, New York, 1991.

Die umfangreichste Biographie Nietzsches ist:
Curt Paul Janz, Friedrich Nietzsche. Biographie in drei Bänden, München 1978-1980.

Über den Stand der Nietzsche-Forschung berichten fortlaufend:
Nietzsche-Studien. Internationales Jahrbuch für die Nietzsche-Forschung. Begr. v. Mazzino Montinari, Wolfgang Müller-Lauter, Heinz Wenzel. Hrsg. v. Ernst Behler, Eckhard Heftrich, Wolfgang Müller-Lauter, Berlin, New York
und
Nietzsche-Forschung. Eine Jahresschrift. Hrsg. im Auftrag der Förder- und Forschungsgemeinschaft Friedrich Nietzsche e.V. von Ralf Eichberg, Hans-Martin Gerlach und Hermann Josef Schmidt, Berlin.

Zur Zitierweise

Friedrich Nietzsche wird grundsätzlich nach der *Kritischen Studienausgabe* (Friedrich Nietzsche, Sämtliche Werke. Kritische Studienausgabe in 15 Einzelbänden, hrsg. v. Giorgio Colli und Mazzino Montinari, Berlin, New York 1988, Bd. 14. [Zuerst: München, Berlin/New York 1980, 2. Auflage 1988, dtv 2234]) zitiert. Im Text wird die Abkürzung KSA verwendet, es folgt jeweils die Angabe des Bandes und die Seitenzahl.

Alle Belege für Zitate aus dem *Zarathustra* werden gekennzeichnet durch die Abkürzung Z. Es folgt die Angabe des Abschnittes und die Seitenzahl. Der Text des *Zarathustra* befindet sich in der KSA, Bd.4, dtv 2224 (vgl. zur genauen bibliographischen Angabe das Literaturverzeichnis).

Im Text werden ferner zitiert: Mazzino Montinari, Friedrich Nietzsche. Eine Einführung, Berlin, New York 1991, S.16 [Zuerst: Che cosa ha ›veramente‹ detto Nietzsche, Roma 1975] unter der Abkürzung M M und gefolgt von der Angabe der Seitenzahl sowie Mazzino Montinari, Notizen aus dem Jahre 1967 zu ›Also sprach Zarathustra‹; Anhang zu Giuliano Campioni, ›Die Kunst, gut zu lesen‹ – Mazzino Montinari und das Handwerk des Philologen. In: Nietzsche-Studien Bd.18, 1989, LXIX unter der Abkürzung M M, Notizen und gefolgt von der Angabe der Seitenzahl.

Alle Hervorhebungen in den Textstellen stammen von den zitierten Autoren selbst.

The H

BY THE SAME AUTHOR

Beggars Would Ride
Yesterday's Road
The Marriage Bowl
The Weeping Doves
Don't Laugh at Fools
Spinners End
Every Street
Paradise Corner

THE HOUSE OF DESTINY

Mary Minton

C

CENTURY

LONDON SYDNEY AUCKLAND JOHANNESBURG

First published in Great Britain in 1993 by
Random Century Group
20 Vauxhall Bridge Road, London SWIV 2SA

Century Hutchinson South Africa (Pty) Ltd
PO Box 337, Bergvlei 2012, South Africa

Random Century Australia Pty Ltd
20 Alfred Street, Milsons Point, Sydney, NSW 2061 Australia

Random Century New Zealand Ltd
18 Poland Road, Glenfield Auckland, New Zealand

British Library Cataloguing in Publication Data

Typeset by Pure Tech Corporation, Pondicherry, India

Printed in England by Clays Ltd, St Ives plc

With love to
Phillip and Julia

Prologue

Jenny Carter was twelve years old when she first saw the house. It was during a visit to her aunt and family and, having lived all her life in an area of heavy industry, she was taken with the lovely Leicestershire countryside, the varying greens of trees and of fields, and the shimmering carpets of bluebells glimpsed in spinneys and woods. She had followed the canal for a while then, noticing a house beyond a belt of trees, she went to take a closer look, peeping over a wall. The grey-stone house with its turrets and ramparts was like a fairy castle to Jenny, but what really entranced her were the hedges and bushes cut in the shapes of animals. There was one of a rearing pony on a raised mound set against a bright yellow background of forsythia, as well as dogs, cats, even a lion and a bear.

She stood for some time, trying to imagine the lives of the people who lived there – beautiful young ladies in silks and satins, no doubt, being escorted by handsome young men in carriages to balls and other social gatherings. She was lost in a dream-world when she was vaguely aware of someone calling her name. Turning, she saw her buxom Aunt Bess coming towards her, calling cheerfully, 'Glad to see you haven't fallen in the canal!'

Jenny scolded her. 'Oh, Aunt Bess, you shouldn't worry. It's so lovely to be free to wander that I forgot the time – and then I spotted this wonderful house and grounds.'

'Oh, the de Kerr place.'

Jenny sighed. 'Just imagine getting up in the morning to such a view. How happy the people who live here must be.'

Bess Herriott, usually so jolly, looked suddenly serious. 'Ah now, my love, they might have been in the past. Five generations of the de Kerr family have lived there, but a year ago the master brought home a young bride and there's been nothing but trouble ever since. We'd better be walking back, as I've left a pan of stew simmering on the hob. Now what was I saying? Oh yes, Laurence de Kerr. When he brought home his new wife he stirred up a whole heap of trouble. Since the day she arrived the house has been full of hatred.'

'How awful. Why?'

'Because the mighty Laurence is so besotted with his beautiful bride that two of his sons and both of his daughters are convinced that he will leave everything to her in the event of his death, and cut them right out.'

'But surely he has a right to do that, if he wishes?'

Bess shook her head. 'According to the story, an early ancestor laid down a rule that at the death of the head of the house, the property and money is to go to the eldest male offspring – with a proviso that the widow and siblings will be well provided for. There is a third son, the eldest, but he doesn't live at home. The pity of it is that it's not only the hatred the children for their stepmother that's blighting their lives, but that now they hate each other, too. No one knows the reason, but it does prove the saying that money doesn't bring happiness.'

'Neither does the lack of it,' Jenny said quietly. 'My mother is always on about money, and she hates everyone – me, I think, more than the others.'

'Poor Abigail. I shouldn't think she's ever been happy, not even as a child. But then that's not altogether her fault: it depends on the House she was born into. I don't mean the house on earth, but the one in the sky.'

Jenny looked at her, puzzled. 'The sky?'

'Yes. Our mother was a sort of soothsayer. She couldn't only see into the future but also the past, and when we were young she told your dad and me about the Houses of Destiny. Before a child is born on earth, it is allotted to one of these Houses and actually lives in it, absorbing all the characteristics inherited from its forebears. Afterwards, Mum said, the child's whole life is mapped out – and nothing it can do will change it. I was a happy baby and I've been happy ever since, while your mother was a miserable child, apparently, and has remained that way. Do you see what I mean?'

Jenny was silent for a moment then she shook her head slowly, 'I don't think I believe in it. You've been happy because Uncle Sam's always been in work, and he doesn't drink much. Pa was out of work for a long time, and when he finally did get a job in the ironworks he got thirsty with the heat and started drinking. If he had managed to start up a little business of his own, as he had always wanted, he wouldn't be drinking the way he is now.'

'But don't you see, Jenny, that's *exactly* what I'm saying! Our lives *are* mapped out. It was destined that your father got a job in the ironworks. It was destined that I marry Sam, that your mother married your father, and that there is someone already chosen for you to marry, although you won't know until it happens.'

Bess paused then went on, 'You talk to your Uncle Sam. He knows a lot about the stars and planets and that sort of thing.'

Jenny did talk to him, but although he explained most painstakingly about the heavens and their influence on our lives, it was beyond her understanding. 'Wait until you are a little older, Jenny,' he concluded, 'then we'll talk again, love.'

It was five long years before Jenny saw her aunt and family again, and a few months after that before she was drawn into the house of the de Kerr family – and yet another year passed before Jenny Carter came to accept that one's life *was* governed by the heavens – and that there was nothing one could do to alter it . . .

CHAPTER ONE

The fog in the evening added to the misery of the day for Jenny Carter and as she began the stiff climb up the street, a street so steep that old people were prisoners in their own homes, a bitterness soured her tongue.

It was her seventeenth birthday – and what did the future have to offer? A life of continued drudgery, unless she made the effort to change it. Which, of course, would mean leaving home. Jenny had thought about doing so many times, and the only reason she remained chained was her widowed mother Abigail's need of her money.

Recently, however, Jenny had found herself developing a hardness, something she had always associated with her mother. The only difference was that whereas Jenny was desperate for some love and warmth in her life, Abigail Carter's need was to save. Every penny she could squeeze from life was put into a knitted black stocking then locked away in a place unknown.

This had become such an obsession with the woman that it made no difference to her who suffered from it. Jenny thought of her two brothers and her twin younger sisters, who had been denied their dreams. The boys had both wanted to learn clerical work, but because they would have had to be apprenticed and work without pay for a certain period, Mrs Carter had instead sent them to work on a farm where they would get free board and be paid a few shillings a week. The girls, who begged to be allowed to train in delicate embroidery, for which they had a natural talent, were employed as skivvies in the same house where their mother worked as a cook, roughening and raining their nimble fingers.

Suddenly, a disembodied voice in the fog greeted Jenny. 'Hello, love. Finished your stint for the day?'

Seeing a shawled figure in one of the dark entries between the houses, Jenny stopped. 'Oh, it's you, Mrs Hind. Hello! You startled me – you can hardly see a hand in front of you tonight. Are you waiting for your husband?'

'No, he's on late shift. I was waiting for you, love. Come in and have a cuppa.'

Jenny was tempted. It would be heaven to go into the cosiness of a kitchen with a blazing fire. She said, 'I'd like to, but you know what Ma's like. If I'm five minutes late she'll swear I've been smooching with some lad.' Jenny gave a harsh laugh. 'As if I ever get the chance.'

'Will your mother be in? I met her earlier going off to her meeting.'

'To commune with the spirits?' Jenny asked wryly. 'A fat lot of good they'll do her. They won't bring her in any money, will they? That's all she thinks about. I bet she's waiting at the door to collect my wages now. I'll see you again, Mrs Hind.'

Jenny was about to move on when the old lady caught her by the arm and putting a coin into her hand said softly, 'Happy birthday.'

It was a sixpence and Jenny felt a rise of tears. 'You remembered.'

'Of course I remembered! How could I forget the little imp who on her third birthday flung her arms around me skirts and beaming up at me said, "I'm *free* years old today".'

Jenny tried desperately to control her tears. Mrs Hind was one of the few people in her life who had shown her little acts of kindness, and she gave her a quick hug. 'Thanks. I'll try and see you soon.' She had gone a few steps when she stopped, turned, and squared her shoulders. 'No, I'll see you tomorrow night, Mrs Hind. About this time.'

Her neighbour chuckled. 'Good for you, lass. I'll have the tea made.'

Jenny walked with firmer steps. It was time she made a stand. Fog swirled around the gas-lamps giving them a mysticism, but it did nothing to ease the girl's depression at having to face the chill of the sparsely-furnished kitchen at home, with its bare boards, smouldering fires that gave out no heat and her mother's permanently hostile expression.

When Jenny reached the dark entry between the two last houses she paused, as she always did, to look across the river; usually she would see the red glow in the sky from the blast furnaces, giving a beauty to the scene, a blazing glory that belied the sweat and toil of the men who worked with iron for low wages. Tonight, however, only the faintest tinge of red could be glimpsed through the fog.

With a sigh she walked along the entry to the back door that led into the scullery. Normally, there was never a light on and she was prepared as always to grope her way to the door when it opened and her mother called, 'Is that you, our Jenny?'

Jenny was taken aback by the fact that not only was the gas-jet in the kitchen on full, but a warmth seeping from the kitchen told her that a fire must be blazing. Why? Something good must have happened to warrant such extravagance. She went in.

Her mother was standing with her back to the fire, and when Jenny saw the aggressive stance of the wiry figure and Abigail's pinched nostrils she knew that whatever had happened was certainly not good.

She took a few steps forward then nodded towards the bright fire. 'Are we celebrating something? I'm used to seeing a black mass of coal-dust with just a few tiny flames trying to push their way through.'

'There's going to be a burning, that's why,' her mother snapped.

'It sounds interesting. A burning of what?' Jenny dropped her black cotton bag that held her sackcloth working apron and old shoes.

'You'll know soon enough,' her mother replied grimly. 'First I want to know what you've been up to. You're supposed to be home by a quarter past eight. It's nearly nine.'

Jenny closed her eyes momentarily. 'I haven't been home before nine o'clock for the past week, or perhaps you haven't noticed?'

'Oh, I've noticed all right, my girl. That's why I want to know what you've been up to. You should have left the Bryants' an hour ago.'

With a weary sigh Jenny dropped on to a chair and began to unwrap the woollen scarf at her throat. 'Why didn't you ask Mrs Bryant why she's kept me late?'

'Because I knew you would have left at a quarter to eight, which is what she promised. They're church people and she wouldn't break her word.'

'Church people?' Jenny gave a derisive laugh. 'They're the biggest hypocrites and liars, the most smarmy-tongued people I've ever known.'

'That's enough!' her mother shouted. 'Don't think you can pull the wool over my eyes. I know where you go after you leave the Bryants' – to meet a feller, that's what.'

Jenny groaned. 'Oh, don't tell me we're going through all that stupid rigmarole again. I've been working fourteen, sometimes fifteen hours a day, cooking and cleaning, scrubbing floors, making beds, cleaning windows, looking after an incontinent old woman and doing all the washing involved. I hardly have the strength to talk, much less do what you're suggesting.'

'It doesn't need any strength on your part to do what I think you've been doing. All you have to do is lie on your back.'

Jenny felt sick as she stared at her mother's distorted face. 'How could you even *think* such a thing! You're evil.'

'Oh, evil, am I?' Her mother went to the low cupboard at the side of the fireplace and brought out what appeared to be a garment of white cotton. She held it up. 'So what's this, then?'

'A chemise.' Jenny forced herself to speak calmly.

'A chemise trimmed with lace *and* slotted with blue ribbon,' her mother spat at her. 'And whose eyes was this bought for? A man's, that's who. You're a slut, our Jenny – a dirty slut.'

Jenny jumped up. 'Hasn't it ever occurred to you that I might want to wear something pretty for my own pleasure! I bought that last Saturday off a second-hand stall in the market for sixpence. I also bought myself a pair of shoes for ninepence to go to church in on Sundays.'

'Shoes *and* a chemise! Have you gone completely mad? You're like a woman with ten arms and ten bags of gold to fling around.'

Jenny laughed and thought her mother could be forgiven if there was a note of hysteria in it. 'Ten bags of gold? When I left school and got a job you told me you would give me a penny a week pocket money, but I was to save some of the pennies to help pay for my clothes. I never even had one penny in my hand. You said that you would look after my money. During the next year you bought me two secondhand vests and two pairs of knickers costing eightpence. What happened to the other three shillings and eightpence?'

'You forget I had the girls to clothe as well.'

Jenny ignored this and went on, 'You accuse me of lying on my back and letting a man have his way with me. Perhaps I should remind you that the first job you got for me was in a public-house, where I not only scrubbed floors and cleaned out filthy spittoons, but where men fondled me. When I complained, you told me they didn't mean any harm.'

Her mother bridled. 'They didn't. You were just a child to them, it was just their fun.'

'A child with budding breasts,' Jenny said bitterly. 'It was not until I threatened to tell my father what was going on that you got me another job.'

Her mother, tight-lipped, held up the chemise. 'And where did you get the money to buy this – and the shoes?'

'Odd pennies given to me by Papa. I had saved them.'

'And I say they were bought with money given you by men who had their way with you.' She flung the chemise on the fire and when Jenny rushed across to try and snatch it from the flames, her mother pushed her so hard that Jenny was thrown as far as the door leading into the scullery. As she fell she hit her head on the doorknob and blacked out.

When she came to, she could see a figure shrouded in mist, a short distance away, but did not realise it was her mother until she spoke.

Abigail Carter's voice was harsh as she ordered her daughter to get up. When Jenny made no move she came nearer and with arms akimbo said scathingly, 'Don't think you can fool me with *that* trick. I wasn't born yesterday. Now get up! You're not hurt.'

A surge of anger sent the blood pounding through Jenny's veins. She struggled to a sitting position and stared at her mother. Then, as the mist began to clear, she got to her feet with the aid of the table leg and edged her way to the door that led to the staircase. She opened it and had managed to climb three stairs, when her mother yelled, 'You come down here at once our Jenny, or I'll come and drag you down!'

Jenny stopped, hesitated a moment then retraced her steps. When she walked back into the room she asked her mother in icy tones to repeat what she had just said.

'I said that if you didn't come down here I'd drag you down.'

'I thought that was what I heard. Well, let me say that you'll never get the chance to lay a hand on me again. And what is more, tomorrow I'm handing in my notice at the Bryants'.'

'You can't do that.' For the first time Jenny saw a look of fear in Abigail's eyes. 'The Bryants pay more than you'd get anywhere else, and I need that money. I wouldn't be able to keep our heads above water otherwise. There's the rent to pay, insurance, coal to buy, food. I know I get bits and pieces from my job, but there's bread, milk and other things to buy. I've never kept any of you short of food.'

'Never kept us short?' Jenny retorted. 'The only times I remember not being starving hungry is when Mrs Hind has given me a bowl of soup and bread. Sometimes I think I must have been born hungry!'

'The trouble with you is that you don't know when you're well off. Unfortunately your stupid father put these big ideas into your head.'

Jenny, who had adored her father and who still grieved over his loss, flared into anger. 'Don't you dare sully Pa's name. He was a gentleman.'

'A gentleman?' her mother sneered. 'He was a drunken slob.'

'You drove him to drink with your constant nagging to hand over every penny he earned. A man needs to have some money in his pocket. But no, you wanted the lot and when he kept some back you stole it from his jacket when he slept. No wonder he rebelled and started drinking.'

'Whoever told you that is a liar.'

'Our Jimmy didn't lie. He saw what happened. It was he who told me.'

'All right, I did take it,' her mother screamed. 'I needed to have money. You don't know anything about my life, do you? We lived in poverty, and I mean poverty. There were days when I had no more than a crust to eat. I was half your age when my mother died and I had to look after my three younger sisters and two baby brothers.'

Jenny was silent. Her mother had never spoken of her past before, but then she had always been a closed-in person. After telling her mother she was going to hand in her notice at work, Jenny had intended to follow this up by announcing that she was leaving home, too. Now she was not sure what to do: was she being unfair to her mother? When the silence lengthened she said, 'I'll decide what I'm going to do tomorrow – but don't you ever raise your hand to me again.'

'Who do you think you're talking to?' her mother demanded, angry colour flushing her cheeks. 'Don't think you can give me orders.'

Jenny, who by this time was bone-weary, made no reply. She went up the stairs to bed, glad that the twins were living in at the big house and she could have the room to herself without a barrage of questions as to what had happened between her mother and herself.

What Jenny did miss, however, was the hot brick that Meg and Anne would always put in her single bed to warm it up for her.

She shivered uncontrollably as she undressed and put on her threadbare flannelette nightdress, but with a white shawl that Mrs Hind had made for her last birthday wrapped round her shoulders, she settled under the covers and was soon fast asleep.

A hooter from one of the factories roused her the next morning. She left the house at five and her mother an hour later. Usually the kitchen was icy, but the fire that had been built up the night before had heated the boiler, not only taking the chill from the room but giving Jenny warm water to wash in – a rare treat.

Mrs Carter had her breakfast at the house where she worked, and Jenny was given a cup of weak cocoa at the Bryants', but as no food was offered she ate a slice of bread which had been left on the tray of one of her employer's sick relatives. Jenny had been doing this for for some time now and so far had not been found out.

There was a chilly dampness in the air, but the fog had lifted and Jenny found pleasure in the red glow of the furnaces across the river. She stepped out with a feeling that something good was going to happen that day, something which would alter her life. Wishful thinking, perhaps, but it made the coming day seem more tolerable.

The Bryants were a big family with several elderly relatives living with them, people who were no longer active. Church members praised the Bryants, saying how kind they were to give the old people a home but Jenny, who had become disillusioned early in life with the do-gooders of this world, knew it was not kindness on Mrs Bryant's part, but a desire to get her hands on what money they had to leave when they died.

Not that Jenny had any pity for them. They were all bad-tempered, all demanding attention and forever complaining: their cocoa was cold or it was too weak; a bed had not been properly made nor the feather mattress thoroughly shaken. One had even accused her of stealing a pendant, and made no attempt to apologise when the item was found later down the side of a chair. Jenny had stoically endured all this nastiness, knowing how important it was to keep her job but today, after all the trouble with her mother, her patience came to an end.

At a quarter to eight she put on her hat and coat and had picked up her cotton bag when her employer came into the kitchen and demanded to know where she thought she was going.

'Home,' Jenny said. 'It was agreed I would leave here at a quarter to eight every evening, but for this past week or so it's been nearer nine.'

Mrs Bryant's face was bright red with outrage. 'You'll go home when I tell you and not a moment before,' she snapped.

'No, Mrs Bryant.' Jenny forced herself to speak quietly. 'I'm leaving *now*. What's more, I won't be coming back.'

She walked to the kitchen door, then turned. 'I've been used as a slave. I hope you'll treat the next girl you employ as a human being.'

'You come back here!' the woman shouted. 'Do you hear me, girl?'

'Yes, I hear you. And may I remind you that my name is Jennifer, not "girl".'

She opened the door, closed it, then leaned back against it for a moment with a feeling of triumph. She had put up a fight against tyranny for the very first time. At least it was a start. Her next fight for independence would be with her mother . . . a far more formidable opponent than Mrs Bryant because Abigail, she felt sure, would appeal to her emotions, as she had done the night before when telling her about the awful life she had led when she was young.

Well, before Jenny went home she would call in and visit Mrs Hind, as promised, and see what she had to say.

Mrs Hind greeted her with a smile. 'Jenny hinny, you're early – isn't that nice! Take your coat off and sit you down, the kettle will soon be on the boil.' She pushed the kettle from the hob on to the fire. 'Now then, what sort of a day have you had?'

'Terrible.' Jenny explained what had happened and concluded, 'I was treated as if I were a nonentity. She never called me by my name, it was always "You there . . ." or "Bring me my coat, girl".' She sighed. 'The trouble is, I've put myself out of a job now and I won't get another one easily as Mrs Bryant won't give me a reference. And with Ma so desperately in need of the money . . .'

Jenny then described the upset at home the night before and Mrs Hind, hand on mantelpiece, eyed her thoughtfully. The kettle came to the boil and after she had made the tea she put the teapot on the hearth to brew then sat down facing Jenny. 'Although it's not really my place to tell you, lass, I think you ought to know that your mother isn't short of money.'

'Oh, I know she has a stocking full of pennies, which she keeps locked up.'

'It's not that kind of money I was meaning, my dear. Your mother is very comfortably off. She doesn't even need to go out to work.'

'Comfortably off?' Jenny stared at her in shock. 'But she told me only last night how hard it is even to make ends meet. She also told me what a dreadful life she had led when she was young, which is something she has never talked about before.' Jenny repeated her mother's words and Mrs Hind pleated the edge of her apron before looking up.

'Jenny love, I'm sorry to have to tell you this, but your mother is not quite telling the truth. She does come from a working-class background, but she had a godmother who owned quite a bit of property and who saw to it that your mother and the other children were well looked after. She had no family herself and when she died she willed everything to Abigail.'

Jenny sat looking at Mrs Hind, bewildered. 'But if this is so, why all the scrimping and saving? Why didn't we know about it? Did my father know?'

Her neighbour nodded slowly. 'Yes he did, and that was why there was so much strife between your parents. Your father wanted to set up a little business with the legacy, but your mother refused. It was *her* money, she said, and it would remain in her hands. It was after this that your father started drinking and gambling, which I thought so sad.'

'Sad? It's downright diabolical! My mother was always nagging at my father about money, and we never even had enough to eat. Why?'

Mrs Hind got up, poured the tea and bringing a cup to Jenny said, 'Perhaps we'll never know. Your mother is a strange person.'

'Strange? She's evil, lying to me like that. When I think of all the awful jobs I've done – one where men pawed my body and after that I worked in a bakery from four o'clock in the morning until six o'clock at night. That is, if I was allowed to go then. Can you wonder that I feel bitter?'

The older woman said gently, 'Don't let the bitterness spoil your life.'

Jenny gave her a piteous look. 'Why didn't you tell me all this before, Mrs Hind?'

Mrs Hind held out a hand and said earnestly, 'I've wanted to many times, Jenny, but my husband told me I mustn't interfere in the lives of another family. I think perhaps he was right. I've made you more unhappy than you were, now that you know the truth.'

'No, I'm glad I know, because now I can make some plans. I shall leave home.'

'Jenny, don't do anything rash. Give yourself time to mull things over. Your mother, as foolish as it might sound to you, needs you.'

'My mother needs me for one thing only,' Jenny retorted. 'For the money I can earn! She never even acknowledges my birthdays. Only you do that, Mrs Hind.' Her voice had lowered. 'You'll never know how much that meant to me.'

'Then don't be too hard on your mother, dear. I know I am right about the money, because several people who lived near the family when they were in Consett, told me about it. But I don't really know if she suffered in any way when she was young. She's a very private person and that type suffer much more than those who can talk about their troubles. I'm the only one in the street that she'll speak to, but even then it's just to pass the time of day. She's never spoken of any troubles she might have. Mrs Tait who goes to the spiritualist meetings says that your mother sits in the back row and never ever speaks to a soul.'

'What does she expect to hear from the Other Side?' Jenny asked dryly. 'To be told she'll be coming into another fortune? Where is this property she owns?'

'She gets rents from ten houses in Hill Street, from the three shops in the middle and she also owns the house you live in.'

'Eleven houses and three shops! I just can't believe it.' Jenny jumped up and looked around for her coat and bag. 'I'll certainly give her a piece of my mind. Rent to pay, indeed! I was beginning to feel sorry for her. Well, I can tell you now, I'm leaving. I couldn't live another day under the same roof.'

'Jenny, love, wait until you cool down!'

'Oh, I'll cool down soon enough when I get into our ice-box of a kitchen. All that money kept secret and we sit freezing, living on scraps she brings home from work.' Jenny began to button up her coat. 'Look at this threadbare thing. When I told her I needed something warmer, she advised me to tack newspaper inside. What do you think of that? Newspaper!'

Mrs Hind shook her head. 'I just can't understand her.'

'Neither can I. She knocked me out last night, but if she touches me again I'll take the poker to her.' Jenny's shoulders suddenly sagged as she saw the alarm on Mrs Hind's face. 'It's all right, I won't do anything stupid. I've got rid of the anger. I'll have a talk to her, but I won't mention where I got my information. I don't want you involved in our troubles.'

Jenny had presumed that because of the scene the night before her mother might be in a more reasonable mood today – but no. As soon as she went in Abigail started on her.

'So you're still late! You met that feller again, didn't you, in spite of all I said to you. Well, I can tell you this, I'm –'

'I didn't meet any feller, as you call this *mystery man*, but I did meet someone from Consett who used to know you.' Jenny didn't make any apology to the Deity for the lie, feeling that in this case it was wholly justified.

A wary look came over her mother's face. 'Oh, and who might that be? I'm not in the habit of mixing with people.'

'No, you're not, but this person knew you, knew all about your life and the lies you have told us about having to struggle to make ends meet. How could you let us all suffer, keep us short of food, let us freeze in this ice-box when all the time you own whole houses and shops?'

Abigail Carter's lips tightened. 'I was warned at the meeting last night that evil people were warring against me. I *need* to have money behind me – no one knows what the future holds.'

'You are the evil one and I don't want to live here any longer.'

'Then clear out now!' her mother shouted. 'And don't think you can come crawling back when you're starving, because I won't let you in!'

Taken aback at the suddenness of what had happened, Jenny stood a moment then made to go upstairs to get her few belongings. Her mother barred her way. 'Oh no, you don't! You're not taking anything out of here. Everything in this house belongs to *me*!'

Jenny's head went up. 'I want my father's photograph.'

'Well, you're not getting it. Out, I said!' Grabbing her daughter by the arm, Abigail dragged her to the back door, pushed her viciously into the entry, slammed the door and shot the bolts.

Jenny, her legs trembling, leaned against the entry wall. She must have the photograph of her father. It was the only thing she had belonging to him.

CHAPTER TWO

Jenny wondered afterwards what she would have done without Mrs Hind. She had stumbled into her neighbour's kitchen and, shaking uncontrollably, had given a garbled account of what had happened.

Without asking questions, the older woman put her in the armchair in front of the fire, draped a shawl around her shoulders, made her a hot drink then talked to her quietly.

'There now, my love, have a drink of tea, it'll help soothe you. Just sit quiet then you can tell me all about it later.'

When the shaking finally ceased Jenny looked up at Mrs Hind and said in a low voice, 'She threw me out and wouldn't let me have my father's photograph. I want it. I must have it, I must.' Her voice broke and Mrs Hind laid a hand over hers.

'You can get it in the morning after your Ma's gone to work.'

'I can't – she always locks the back door. Yes, I know she must be the only one in the district who does so, but she doesn't trust anyone.'

'Well, don't you worry, we'll get it somehow.' Her neighbour smiled. 'Even if I have to break in. Oh yes, I could if I had to. I'd take a knife, slide the catch back on the scullery window and climb in.'

The thought of gentle Mrs Hind climbing through the scullery window brought a faint smile to Jenny's lips, but the next moment as she remembered all that had happened she sobered again. She related the whole story, concluding, 'I have to get away from my mother – the further away the better.'

Mrs Hind explained in her patient way that for her to leave home was a much bigger undertaking than it would be for a boy trying to make his way in the world. 'You're seventeen, love, you're pretty and therefore very vulnerable.'

'Pretty?' Jenny exclaimed. 'I'm plain.'

Mrs Hind gave her a teasing smile. 'Have you seen all the young men eyeing you on a Sunday morning when you come out of church?'

'And how many have asked to walk me home?' Jenny asked wryly.

'How many have had the chance, with your mother on your heels all the time? A woman can be beautiful and lack the essential something that draws men to her. You have it, you can take my word for it. But, as I was explaining, it's a drawback being attractive when you want to explore the big world. And Jenny, there are other considerations. Where were you planning to go?'

'I feel sure that my Aunt Bess, who is my father's sister, would give me a home and help me find a job. The whole family made me most welcome when Pa and I visited them five years ago. I was twelve years old then.'

Her neighbour's eyebrows went up. 'Your mother allowed it?'

'There was a terrible row at the time, but I didn't really know what it was all about. I think I have a glimmering now. Apparently, Pa had inherited some money from a great-uncle who lived abroad. I remember him saying angrily to my mother that she had done what she wanted with the money *she* had inherited, so he would spend his in the way *he* wanted.'

Jenny paused then went on, 'I only know I had the most wonderful time. Pa stayed two days, but I was there for a whole fortnight. Aunt Bess travelled back with me but she only stayed overnight. Before she left, she gave me a hug and whispered that if ever I wanted to live with them, I would be very welcome. They are in Leicester.'

'Leicester? That's a long way away, Jenny. I had friends who used to live there. It will cost a lot to go by train. I could give you a little towards it, but . . .'

'No, you've done enough, Mrs Hind, more than enough. I can get lifts on carts and wagons. Charlie Beacon went to London that way.'

'Jenny, that's different. He's a young man. A girl on her own would be vulnerable to all sorts of unpleasant incidents. A man could molest you . . . ravage you. Do you know what that means?'

'Yes I do, but I can take care of myself.'

Mrs Hind sighed. 'Oh dear, I must tell you a story that I don't like repeating because it's so horrible. Five years ago, a girl of your age from around these parts wanted to leave home. Not because she was ill-treated, but because she wanted to see the world outside. She was molested by two men from a travelling circus. Even though she was a big girl and she fought them off, they were strong, hefty men and she didn't stand a chance.'

Mrs Hind paused and when she spoke again her voice was low. 'She was found naked, in a wood, her body a mass of bruises. That night she died. The men were never found, even though many of the circus people joined in the search.'

Shocked, Jenny whispered, 'Oh, how terrible.'

'Yes, it was. So you see, Jenny, why you can't just go wandering off on your own. If you had only quarrelled with your mother, I would say go back and apologise, but unfortunately her behaviour has shown her to be vindictive and she could harm you.'

'It makes you wonder which House of Destiny she was born into.' When Mrs Hind looked puzzled Jenny repeated what her Aunt Bess had told her, adding, 'If, of course, you go into one of the bad ones before you are actually born, you'll be like that for ever and ever.'

Her friend said, 'I've never heard of the Houses of Destiny and I can't say I believe in them. God can do anything and I can't see why He should put some babies in good Houses and others in bad ones.'

'Then why does He make some people rich and others poor? And why does He send some people to Heaven and others to Hell? He made us all, good and bad, didn't He?'

A faint smile touched Mrs Hind's lips. 'I'm afraid I have a very simple faith and you are giving me questions I can't answer. I shall have to have a talk with the Reverend Henderson.'

'Oh, he's no good,' Jenny exclaimed. 'He says that God loves us all one minute and shouts about hellfire and damnation the next.'

Mrs Hind's expression became serious. 'I think that life has made you old too early, Jenny. Let's talk about where you can go to get away from your mother. I have a cousin in Hexham who, I'm sure, would give you a home.'

Jenny sat silent for a moment then looked up and said a little wistfully, 'I really would like to be with Aunt Bess. I love her as I love you, Mrs Hind.'

'Bless you, Jenny, I would willingly have you to live with us, but it wouldn't work. We're too close to your mother. But I do have an idea that might get you to your aunt and her family, though I'll have to talk it over with my husband first. It's a bit complicated.'

'Do you think it will work?' Jenny asked eagerly.

'It might, but don't count on it. I'll know in the morning. Now, I must put some hot bricks in our spare bed to warm it for you. If my plan comes off you'll have a busy day tomorrow.'

Jenny was sure she would never sleep for excitement, but she went right off and had difficulty in getting her eyes open when Mrs Hind woke her the next morning when it was still dark.

'Sorry to wake you so early, love, but we've found a way to get you to your aunt in Leicester. Get washed and dressed and I'll tell you about it over breakfast. I've brought a jug of hot water up.'

In less than five minutes Jenny was downstairs tucking into a plate of bacon, egg and fried bread. She held a piece of bacon suspended on her fork while Mrs Hind explained the plan.

'When my husband came home this morning, I told him about your upset with your mother and he was fully in agreement that you should get right away from her. Now, we have friends who have a furniture removal business and they have many outlets and know a lot of people who are in the carrier and delivery business. I went to see Mrs Thwaite earlier.'

When Mrs Hind paused, Jenny prompted eagerly, 'And?'

'She and her husband are delivering some furniture to Durham this morning, and they are willing to take you with them. It's not very far on your journey, possibly only about fifteen miles south, but Mrs Thwaite said she'll see that other carriers they know will get you to Leicester.'

'Oh, that's wonderful!' Jenny exclaimed.

'Many of their family are in the same business, and Mrs Thwaite assures me that you'll be well looked after. I can only pray that everything will work out.'

Jenny insisted that she had to get away – miles away – from home, and that she was prepared to take some risks.

Mrs Hind went upstairs and came down carrying a canvas bag. She put it on the floor, and coming to the table laid a photograph on it, saying softly, 'I think this is what you wanted, love.'

Jenny stared at it. 'Pa,' she said, a catch in her voice. 'How did you get it?'

'I just walked in, the back door was unlocked. Abigail must have felt sure you would come back.'

Jenny held the photograph closer. 'Thank you, Mrs Hind. You'll never know how much this means to me.' She gave a little sniff. 'He was handsome, wasn't he?'

'Yes, Jenny, a real good-looking lad. You have his dark hair and lovely blue eyes.' Her neighbour nodded towards the canvas bag. 'I took this and put your clothes into it. I've also added a shawl, some gloves and a thick scarf. It could be very cold travelling.' She hesitated a moment then said, 'When my son and his wife and daughter Anne paid us a quick visit a few days ago, before going to live near her new husband's parents, Anne handed me two dresses and asked me to throw them out or pass them on, saying they were too small for her. They're very nice clothes, Jenny, and I think they would fit you beautifully, if you wouldn't mind wearing them.'

'Mind? I'd welcome them. Anne looked very well dressed.'

'She is. I'm afraid her mother-in-law spoils her. Anyway, I put them in the bag, feeling you would like them. They'll be nice and warm.'

'Thanks, Mrs Hind. What would I have done without you?'

'I'm only too glad to be able to help,' she said softly. 'Now, I'll make you some sandwiches to take with you, then we'll be away.'

Jenny was dying to take a look at the dresses, but had to contain her curiosity. Ten minutes later they left by the back way, going up and around the corner to avoid being seen by neighbours. They passed three streets, went down the fourth and caught a horse-drawn tram to the Central Station where they were to meet the Thwaites.

The only time Jenny had been to the station was when her father had taken her to Leicester, and she once more experienced the excitement she had known then. So much hustle and bustle, passengers arriving in cabs and others departing, the constant movement of traffic and the consequent yelling of draymen, men pushing hand-carts, and cab and van drivers all determined to have the right of way. Pedestrians took their lives in their hands as they darted in and out of the mêlée to get to the other side of the road.

Suddenly, close to Jenny and Mrs Hind could be heard a raucous voice shouting, '*Daisy*!' A woman wearing a man's cap was holding, with one hand, the reins of a horse pulling a furniture van, while with the other she held a whip which she pointed towards a space beyond the station where there was a rail to tether horses.

Mrs Hind said, 'That's Mrs Thwaite. Come along.'

Jenny watched the woman drop nimbly to the ground and found she was not only tiny, but wire-thin. She tethered the horse then turned to greet them with a smile as wide as the Tyne. 'Hello, me darlins. You'll be our passenger.' She took Jenny's hand in a vice-like grip that made her wince. She then turned to Mrs Hind. 'Why don't you come with us, Daisy? The ride'd do you a power of good.'

Mrs Hind began to laugh. 'It certainly would, Aggie. It would be a tonic just being with you, but my man's like yours – he needs mothering. Where is Sep, by the way?'

'In the van. Says he has a backache, but I'd say he had a skinful last night. I told him I'd drive to the station but I want him on the seat next to me when we leave town. I likes to have a chat with this one an' that one.'

Mrs Hind said, 'Aggie, are you sure that Jenny will be all right? I mean to say, you don't know all the carriers she'll meet.'

'Shall I tell you something, gal? If one laid an 'and on this pretty young lass, he would never drive a van again. Satisfied?'

'I'm satisfied, Aggie. Thanks.'

Mrs Thwaite marched to the back of the van, opened one door and yelled, 'Out, Sep!'

There was a grunt as a stout man eased himself out of a chair and looked at them bleary-eyed. 'Sorry, gal, I fell asleep. I'll take over now.' To Mrs Hind he said, 'We'll take good care of the young gal, Daisy. Don't you worry.' He made to get down and gave a groan, 'Oh, this flamin' back. Playin' me up like the very devil.' He eased himself to the ground, but when his wife said she would do the driving he shook his head. 'No, Aggie mate, I can manage.' He reached inside the van and replaced his cap with a black bowler, saying, 'Just to let that mad lot out there know they don't own the flippin' road.'

Aggie helped her husband up to the seat then turned to Jenny. 'Now then darlin', let's find you a comfy seat in the van. You can talk to us through that gap at the front, see. We'll have some stops so's you can stretch your legs and have a hot drink.'

It was Mrs Hind who got Jenny settled, and she was near to tears as she said goodbye. 'You'll be all right, Jenny. They're good people – they'll look after you. Write and let me know how you get on.' Jenny promised, and suddenly feeling choked could only whisper her thanks.

At first it was strange sitting in the darkness among all the furniture with a strong smell of straw and sacking, but after a while it no longer seemed dark. A shaft of thin sunlight came from the opening at the front, and every now and then Mrs Thwaite would give her a cheery, 'All right, me darling?' and Jenny would call, 'Yes, fine, thank you.'

Later she became aware of Mrs Thwaite exchanging greetings with other drivers. 'Hello there, Charlie. Got rid of the lumbago?'

Or, 'Ebenezer, sunshine. 'Ow's your chest?'

And, 'Frankie, old son, haven't seen you for ages. Thought you must be playing an 'arp up there.'

Jenny heard the reply to this one. 'Go on with you, Aggie. You know it wouldn't be a harp I'd be busy with but a shovel, stoking the furnace.' Mrs Thwaite's raucous laugh mingled with guffaws. There was no sound from Sep.

For a while Jenny was conscious of the noise of traffic, horses neighing and people shouting, then she began to feel sleepy and all she could hear was the rhythmic clip-clopping of the horse's hooves. Perhaps they were in the country.

Later, Mrs Thwaite opened the van door and roused her. 'Come on out, me duck, and stretch your legs. It's time for a bite to eat.'

The air was gloriously fresh, and Jenny took deep breaths. Mrs Thwaite brought out a little oil stove and after filling a tin kettle from a stream put it on to boil and called to her husband, asking if he wanted to come down. He said no, it would be too much effort to get up again.

'That's my Sep,' she said. 'Whichever road's the least trouble, he'll take it. But he's a lovely feller, real good-natured. Wouldn't swop him for all the tea in China.' She chatted on about her family, but never once questioned Jenny. Then she produced a bacon and sausage pie, an apple tart and some home-made ginger biscuits. When Jenny brought out her sandwiches Aggie advised her to keep them for later.

Jenny had a feeling of unreality, as though someone had waved a wand and transported her to a different world. All her life she had lived in the same street, the same house, seeing the same people, living in a smoke-laden atmosphere of factories. The first time she had seen green fields was when her father took her to stay in Leicester. She had stared out of the train window, fascinated by the gently swaying fields of corn, peppered with bright red poppies, and the hedgerows of pale pink dogroses. When she saw people pulling out bunches of bright golden flowers in a field and throwing them into a heap, she exclaimed in surprise and her father explained that the flower was in fact a strong weed called a chadlock. Every year, farmers had what they called a 'Chadlock Day', when workers pulled it up, or crops would be ruined.

When Jenny mentioned this custom to Mrs Thwaite the woman shook her head. 'Never heard of it, love, but then I'm not a country gal. Actually, I'm a Cockney born and bred but we've lived in Yorkshire, Lancashire and Newcastle, so take your pick of accents.'

Jenny learned a lot about places and about people during her ride to Durham. The trio were invited into cottages and farms where the Thwaites delivered messages and took new ones to pass on to others. One of the people who invited them in asked about the load they were carrying and Sep told them: 'It's what's been left by a wealthy woman to a couple who used to work for her. An good stuff, so they should get a nice price for it.' On the way back to the van he said to his wife, 'I dropped a line to Tommy Todd, saying what time we'd be there. Tommy'll be fair with them.'

Mrs Thwaite protested. 'You should have waited, Sep. We don't want him waiting to snatch the lot. Annie is sure to want to keep one or two bits and pieces. And, by Jehesophat, they need to in that poverty-stricken place they call home.' She turned to Jenny. 'They have six kids and all there is in the kitchen is a table and two wooden forms to sit on. There are no ornaments or pictures, and they don't even have a rag rug on the floor.'

Jenny, thinking of her own home, made no reply.

During the next stage of the journey, Mr Thwaite wanted to rest so his wife had Jenny up on the seat beside her. To the young girl it was the most wonderful thing she had ever experienced, seeing the countryside from a height; the fields were all shapes and sizes, divided by drystone walls. There were spinneys and forests, hamlets and villages with their church spires appearing from a distance. When Jenny said what a wonderful life it must be, travelling around the country, Mrs Thwaite grinned. 'Tell me that in the winter when the ice is rock-hard and your feet and hands are like lumps of frozen mutton. Still, we have our moments. One winter we came in useful when a girl was givin' birth and the midwife couldn't get there for snowdrifts. I delivered the little 'un!'

Mrs Thwaite suddenly reined and called to the horse, 'Steady there, gal.' They turned sharp left and went up a narrow lane to where the furniture was to be delivered. The cottage at which they stopped looked a bit derelict from a distance, but as they reached it Jenny saw that the front step had been sandstoned and the curtain-less windows shone.

As they drew up, a couple who looked to be in their early thirties came hurrying from the fields to greet them. They were introduced to Jenny as Mr and Mrs Trent.

Mr Thwaite said, 'And how are you, Davy? And you, Annie?'

The wife smiled shyly. 'I'm all right, thank you.'

The husband waved a hand towards the van. 'So you managed it then, Sep. Is there owt worth having?'

Mr Thwaite grinned. 'It's worth more than tuppence, I can tell you that. But let's have it all out then you can see for yourselves.' The first items to be lifted down were two armchairs, with Mr Thwaite saying, 'A bit shabby, but comfortable. I sat in one of them for a snooze on the way here. Very satisfactory!'

Jenny and the two women took smaller items from the men. One was a carved oak cradle which Annie Trent held to her. 'Oh, this will be just fine for the baby. She's in a wooden box at the moment.'

Her husband shouted down to her, 'Come on, woman, stop dreaming. Cop hold of this box of crockery.' She set the cot down hastily, but gave a loving glance at it before taking the box.

Jenny was impressed by the furniture. It was all oak, most of it carved – and she thought how pleased the couple would be, to be able to furnish the cheerless room that Aggie Thwaite had so graphically described. The load consisted of two large chests, a small sideboard, and a table and chairs with carved bulbous legs. From the back of the van came a lovely side-table in gilt with spindly legs, followed by some big gilt-framed mirrors and two sofas covered in rich blue brocade with footstools to match.

In addition, there were boxes of ornaments, pictures, bundles of curtains tied with strips of calico, rolls of blankets and a patchwork quilt made up of diamond shapes of velvet. Annie Trent was very taken with the last item, murmuring, 'Wouldn't it look lovely on our bed!' Her eyes were dreamy, then hearing her husband calling, she carried it hastily into the cottage.

The last items to be unloaded were rolled-up rugs, bundles of satin and velvet cushions, pillows, curtain poles and two big oil paintings.

David Trent walked around eyeing each piece, then he looked up and said to Mr Thwaite, 'Well, Sep, how much do you think the lot'll bring?'

His wife looked at him in dismay. 'Oh Davy, surely we can keep some of the pieces?'

'We need money, Annie, not luxury.' His voice was harsh.

She looked at him with pleading. 'I'd hoped at least that we could keep the cradle.'

'There's no room for hope in the lives we lead.'

Mr Thwaite said, 'Now, now. Let hope be the last thing you lose, Davy lad.'

The younger man glared at him. 'That's easy to say when you've got money behind you.'

'We didn't always,' Aggie protested. 'Sep was out of work for months not long after we were married.'

'And if it hadn't been for Aggie,' her husband went on, 'I'd be where I was when we married – in a rut. She'd been on at me for ages to try and start a business, and when I moaned that I had no money she brought in a box of rusty tools, told me to get them cleaned up and she'd sell them. And she did. She put them in the kitchen window. I bought more and sold them – and that was the start of this business.'

'So, do you expect me to clean up some rusty tools?' David asked sourly.

Mrs Thwaite sighed. 'Oh, stop talking daft. Do what Annie's been hoping you'd do – breed cattle. Start with a couple of cows with the money you'll get from the furniture. But shall I give you a word of advice? Keep some of it for yourselves. A bit of comfort works wonders. Live in drab surroundings and your mind becomes warped – my father always told us that when he bought his first top hat, he felt he'd grown in stature.'

Her husband said, 'Come on, lass. It's started to rain. Let's get this stuff inside.' Sep picked up the gilt side-table and went into the cottage, and they all followed with some item. When Mrs Thwaite had described the kitchen-cum-living room, she had missed out the double bed on the far wall. She had also omitted to mention the bright wood-fire which did give some little comfort to the room. To the left of the fireplace, the baby slept in her wooden box. Aggie, who had stopped to take a peep inside, said, 'Ah, bless her,' then asked where the other children were.

'With my parents.' Annie Trent put down the carved oak cot and set it gently rocking.

The dealer, Tommy Todd, arrived and greeted them all in a hearty voice. Davy was showing him around, explaining about the various pieces when the baby awoke and began to cry.

Annie, who had been listening intently to the two men talking, took no notice and her husband said irritably, 'Annie, for heaven's sake pick the bairn up and take her outside! I can't hear myself speak.'

Guessing how much Annie would want to be there when the transaction took place, Jenny offered to look after the baby.

'Oh, would you, Jenny? Wrap her in a piece of blanket – she'll probably be wet.'

The baby was dry but Jenny wrapped her in the blanket, opened her coat and wrapped that around her, too. It felt cold outside. It was a long time since she had held a baby, for even as a child her mother had seldom let her nurse either of her younger twin sisters. Not that there had been much time, as even at eight years old Jenny was out scrubbing floors after she came home from school, for no more than a penny sometimes, which was always handed over to Mrs Carter.

There was a little whimper and Jenny drew the baby's cheek up to her own. How soft the skin was.

'There now,' she said, cuddling the child close to her. 'You're all right. I'll look after you.' Eyes as blue as a summer sky looked unblinkingly at her. She began to talk softly as though to an adult. 'Your parents are having a bit of a problem. Your mother wants you to have the lovely carved oak cot and your father wants to sell everything. I hope they keep it, also a rug at least.'

The baby had her fist to her mouth and was sucking vigorously. 'Are you hungry, pet? They perhaps won't be long. We'll have a walk to the field gate and back.' Jenny instinctively rocked the baby as she walked. It was not too long before there were voices and the dealer and Davy came out carrying the big oak table between them. Mrs Thwaite hefted the two footstools. Annie followed with the gilt side-table, with a mirror on top. A smile played about her mouth so Jenny guessed the Trents had kept the cradle at least.

She waited and watched the various items going into the dealer's van and when there was a lull she went into the cottage. Everyone in the room seemed to be in a good mood, even David Trent.

Mrs Thwaite called, 'Oh, there you are, Jenny. What do you think of the transformation?' There was an armchair at either side of the fireplace and between them a red patterned rug. On the opposite wall stood the small sideboard and above this was a picture of a country scene. In the middle of the room the deal table and two forms remained, but at the head and foot of the table was an oak chair. The lovely patchwork quilt was spread over the double bed and there were a few ornaments on the mantelpiece.

Jenny said, 'I think it all looks lovely, so cosy.'

'And that's not all.' Annie, her eyes shining, picked up some plush red curtains. 'We're going to hang these at the window. I just can't believe it.'

It was then that Jenny saw the cradle. She said to the baby, 'Look what you've got. Aren't you lucky!' The baby smiled and to Jenny there was a look of mischief in the blue eyes as though she had known all along how it was going to turn out.

Annie took her from Jenny. 'Bless her, she'll be hungry, but she's such a good little soul.'

'Well,' Aggie announced, 'we must be going. Sep's brother and his wife are expecting the three of us – we're staying with them tonight.'

When they were ready to leave Davy Trent said to the Thwaites, 'At least you've made our Annie happy.'

'And you can be, too,' Mrs Thwaite said encouragingly, 'if you use your commonsense and do as I suggested and get those cows. But knowing you and how stubborn you are . . .'

'I'll get them, Aggie, I promise.' He was smiling as he said it, which, Mrs Thwaite said afterwards, gave her the confidence that he might just keep his word and give it a go.

Jenny climbed up into the back of the van and sat on a sack of straw. As they drove away she thought of Sep Thwaite's lovely words: 'Let hope be the last thing you lose.'

She had always kept hopeful that she would be able to get the chance to leave home and open up new horizons. Well, this was just the first day of her adventure and already she had seen into the lives of a couple whose day-to-day existence could be drastically changed just by listening to older people with more experience.

If some other furniture removers had come to their cottage, the Trents might still be living in a cheerless kitchen. But would they? Had their lives already been mapped out before they were born? If so, it would mean that she had no say in her own life – and she was not so sure she liked that.

Jenny dismissed the whole thing from her mind and settled herself on the sack. She had a long way to go and it would be exciting to find out what each day had in store for her.

CHAPTER THREE

During the following week, Jenny travelled South with several different carriers who had goods to deliver or messages to pass on, staying overnight with their families and leaving early the next morning. At first she missed the Thwaites but found a great deal to interest her staying at the various houses where each member of the family worked at a trade.

At one house, wives and daughters made bell-pulls of plaited cords in various colours; these, she was told, went to big houses all over the country. The women were nimble-fingered and worked at such a speed that Jenny found it impossible to see how the cords were formed. At another house, in a hamlet, six women did beautiful embroidery on dresses and silken underwear. At a larger cottage, pottery was made by two older women working at the wheels and the decorating executed by other members of the family. At this house they were jolly people who allowed Jenny to have a go on the wheel, and they chuckled with her when the pot she was trying to fashion wobbled to a misshapen piece of wet clay.

They allowed her several tries and she did finally manage to produce a pot with a shape, which had her saying, 'Now *this* is something I would like to do!'

'Set up a business,' encouraged the older lady. 'There's always room for good workers.'

But it wasn't only women who worked at home. Men made stockings on machines, the women doing the finishing off and children undoing bad or faulty work and rewinding the wool. One house which Jenny really enjoyed visiting was the home of two elderly spinster sisters, who made silk flowers for a milliner. Under their nimble fingers roses took shape as if they were gradually opening in the sun – pale and deep pink ones, crimson and canary yellow. The women also made leaves to go with them.

Before Jenny went to bed in their spare room, she was shown hats in boxes, ready to give to the carrier the next morning, and the sight made her catch her breath. There was one hat trimmed with purple and yellow irises, another with bunches of forget-me-nots. One had marguerites all around the brim among green foliage, and yet another was weighed down at one side with roses, building from delicate pink to the deepest shade. All of the flowers looked unbelievably real.

So much beauty created in a tiny, shabbily-furnished cottage.

It was this that sustained Jenny when she became weary with the constant travelling. Some of the cottages and farms were very remote, with the occupants eager for news of the outside world. Some who lived alone had ailments they wanted to talk about, and Jenny marvelled at the carriers who listened patiently and sympathised.

The people they called on were all very kind. She would be offered refreshments – a piece of cake, a hot drink – and on many occasions, when learning that she was going to live with an aunt, a penny would be slipped into her hand. As for the carrier, Jenny began to think that one passed it on to another that she had been badly treated at home, because every one of them gave her a few coppers or a silver threepenny piece when she left them. It was when she got as far South as Darlington that she realised she might now have sufficient funds to travel by train the rest of the way. As it turned out she had and a carrier's wife, who came to the station with her, found her a carriage with travelling companions who were also bound for Leicester.

Jenny was doubly lucky. Not only was she with a pleasant young man and his equally pleasant aunt, but it turned out that they lived only a short distance away from her Aunt Bess. The young man, who was tall with dark-grey eyes and a smile that emphasized the laughter-lines at the corners of his eyes, introduced his aunt as Madame Auvéry and gave his own name as Frazer Durant. There was an air of quality about them both. The young man spoke in a quiet, educated voice, his aunt with a strong French accent.

Jenny was soon unaware of anything but these two people. She learned that they both made a living working at home in the same house. The young man specialised in making miniature furniture for doll's houses for wealthy clients and collectors, and he also made samples for certain furniture manufacturers whose clients preferred to see the items rather than order from a catalogue.

Madame Auvéry made and sold cosmetics. Jenny was fascinated, especially when she learned that many women called to consult her under cover of darkness, not wanting anyone to know they were using anything to enhance their complexions.

The older woman threw up her hands. 'How could they *not* know, with rouge on their cheeks, their eyelashes blackened and their pale lips made cherry bright! Such foolish women.'

Her nephew teased her. 'You are very lucky, Aunt Céleste. Nature has endowed you with a natural colour in your cheeks and lips but some women, not so fortunate, are afraid of losing their husbands and have to resort to artificial means.' He wagged a finger at her. 'And don't forget, it's to your advantage. You are well rewarded.'

Madame shrugged. 'Not so well as some women I know.'

Frazer Durant said to Jenny, 'My aunt has a fund of stories about clients who have been cheated out of exorbitant amounts for treatments which cost no more than a few pence to make up. You must come and hear them some time.'

Jenny felt a strange excitement. 'I would enjoy that. I also find myself very much interested in your work, Mr Durant.' She told them about the Trents and the furniture that had been willed to them, especially the cradle.

Madame Auvéry said, 'My nephew does some beautiful work on cradles, both miniature ones and those for real babies. I carved a miniature one myself, once, and found the work very soothing. Women are good at the smaller items, as their fingers are nimble and handle the knife well.' She inclined her head. 'Why not try your hand at the work when you call, Miss Carter.'

With such a definite invitation Jenny felt more excited than ever. Life looked very good to her at that moment, and the journey seemed to flash by. The three of them shared a cab from the station, and Jenny thought gleefully of all she would have to tell Mrs Hind when she wrote. Later, she thought she would always remember the astonished look on her aunt's face when Bess Herriott opened the door.

'Why, Jenny! What –? Where –?' She looked beyond her but Frazer Durant and his aunt had already driven off. They had begged to be excused, as they were expecting customers.

Jenny gave a shaky laugh. 'We came in a cab, but the other people had to get home. I'm on my own – I've run away.' Then, as her aunt gathered her in her arms, all the excitement and tension of the past week swamped Jenny and she burst into tears.

After drinking two cups of tea and talking of how she came to run away, and all the journeying that had followed, Jenny began to feel a sense of peace. 'I know it's not fair to you turning up like this, Aunt Bess, but there was nowhere else I wanted to be.'

'Jenny, love, I told you once you would always be welcome here. It's your home for as long as you wish. I'm only annoyed that your mother treated you the way she did. I knew Abigail had a bit of money, but I had no idea she owned property. But there, forget her for the time being. Tell me more about the two people you travelled with. They sound interesting. I did hear there was a Frenchwoman and her nephew who had moved into an old house further along the canal, not far from the de Kerr place. I think I told you about them when you were here last?'

'Yes, you did. They were the people who lived with so much hatred between them. Have they got over their problems, or are they still at war with one another?'

Bess nodded. 'Still at war. In fact, I understand it's become much worse since the master died and his wife inherited the estate, just as the younger ones had feared. She has her mother living with her and this has caused a great deal more conflict. Why should the old lady be fed and housed, the sons and daughters ask, when they are denied so many things?'

'Have any of the children married?'

'They can't. The sons have no means of supporting a wife and family, and the daughters have no dowries. It's a sad state of affairs. The eldest son, Dominic, has recently turned up. He was something of a rebel, apparently, and was sent off at an early age to live with relatives. Now he's returned to contest his father's will. No one knows what the outcome will be. According to what I hear, he's making his presence felt. But there, tell me about *you*.'

Jenny smiled. 'You tell me first about Uncle Sam. Is he still at the dyeworks?'

'He is, and was recently made foreman.'

'That's wonderful! And my lovely cousins? I know the boys were at the dyeworks too, but what trade did the girls take up? I can't wait to see them all again.'

There was a short silence then her aunt said, looking a little puzzled, 'Apart from Kitty, they're all married and moved away, Jenny. Didn't you know? I did write to your parents with the date of each wedding, and said you'd all be very welcome if you could manage to come down. I also enclosed a note for you when Dot wanted you to be her bridesmaid.'

Jenny clenched her fists to try and control her anger. 'No mention was ever made of hearing from you, so my mother must have destroyed the letters. There's no end to her wickedness.'

'She's to be pitied, Jenny. It makes you wonder if she's ever known any happiness in her life.'

Jenny felt no pity. She asked where her cousins lived now and Bess said, 'The boys and their wives went out to Australia soon after they were married, and Margaret and Dot and their husbands followed suit about six months later. Oh, I do miss them, Jenny. Thank goodness Kitty is still at home. She's as lively as ever.'

Jenny was glad. She and her cousin had got on well during her last visit. There was only a month between their ages.

'Mind you,' her aunt went on, 'how long she'll be staying at home is another matter. She's had so many young men wanting to court her that I've lost count. She doesn't deserve them. I've told her that one of these days she'll get her comeuppance.'

Jenny was silent, thinking of her cousin with so many men after her while she had not even been out with one. How barren her life seemed in comparison.

Dusk had fallen and Bess talked quietly on about her family in the ever-darkening room, with the firelight playing on the walls. She said how lucky she had been, with the children all making good marriages; she was fond of her daughters-in-law and her sons-in-law. They all got on well together and there were none of the little petty jealousies that occur in other families. Now all she wanted, said her aunt, was for them to make a success of their new lives in Australia, and to return one day with some beloved grandchildren.

Jenny tried to think of her mother with grandchildren and failed. She would have no love to give them, none at all. Her aunt would adore hers, and they would love her and would be destined to be good-looking and healthy and . . . With a shock she realised how embittered she had become. How could she want to deny her aunt all this happiness? Bess was so kind and caring and would do anyone a good turn, and hadn't she welcomed Jenny into her home?

When the grandfather clock began to chime Bess gave a sigh and got up. 'I must get the meal on. Sam and Kitty will be in soon. Sam comes first, Kitty about ten minutes later.' She chuckled. 'Wait until that lass sees you here. You'll have some fun together, Jenny, and so you should. You deserve it.' She lit a taper at the fire and put it to the gas mantles at either side of the wall above the mantelpiece, then bustled into the scullery.

Jenny got up, too. She removed the dark green plush cloth from the table and, folding it, replaced it with a red and white checked cotton one from the table drawer. As she did so, the five years that had passed since she had last laid the table seemed as though they had never been.

When her Uncle Sam got home, he too eyed her in astonishment, but without asking why she had come or how, he gave her a hug then held her at arm's length. 'My goodness, you're a young lady now, our Jenny. It's good to see you lass.'

Bess called to him from the scullery and he smiled and said he must go and see what the boss wanted. Jenny guessed that her aunt would be explaining the situation to him on the quiet, so that he would not ask any awkward questions.

Although her Uncle Sam was not a tall man and he spoke quietly, he had an air of authority that made people listen to what he had to say. He was a great reader and could talk knowledgeably on many subjects. His friends spoke of him affectionately as 'the professor', and her aunt said that his fellow workmen had a great respect for him.

Bess and Sam spoke in low voices for a time before Sam came back to the living room. 'Jenny, I'm sorry about all the trouble you've been having. I want you to know that you'll be welcome here as long as you wish.'

'Thanks, Uncle. I want to get a job to pay for my keep, but we can perhaps talk about that later.'

He smiled. 'We'll have to, I can hear young Kitty coming.' His youngest daughter came in like a whirlwind, paused when she saw Jenny then with squeals of delight began dancing her around the room.

Bess came in and scolded her. 'Now hold on, our Kitty. You nearly knocked the aspidistra over. Just calm down.'

Kitty, who was slightly-built with golden hair and grey-blue eyes, took off her hat and coat, threw them onto the sofa then turned to Jenny. 'How did you get here? Who brought you, your mother?'

'Kitty, please.'

Her father had not raised his voice but Kitty grinned and said to Jenny, 'Sorry, it was just such a surprise. Sit down, Jen, and tell me the whole story. And begin at the *very* beginning.'

Her parents left them to talk and Jenny told the whole story again, with Kitty's expression changing from disgust to interest and then to excitement when her cousin came to the part where she travelled with Frazer Durant and his aunt.

'You lucky thing! He sounds wonderful. When you go to their house I'll have a day off, pretend to be ill, and go with you.'

'Oh no you won't,' said her mother, who came in with a tureen of soup. 'Apart from the fact that you will not pretend illness and stay off work, you were not invited there.'

'But Ma,' Kitty wailed.

Sam tapped the table. 'Your mother said no, Kitty. Now, can we start the meal?'

They chatted about many things that evening, and it was nearly bedtime before Jenny could once more broach the subject of finding a job.

Kitty said, 'A few months ago you might have been taken on at our shoe factory, but recently they've been laying people off. Some workers at other factories have been laid off, too.'

Her father consoled Jenny. 'We do get spells like this every now and then, but in a few weeks' time they'll probably be taking people on again.' He paused. 'One of the girls where I work will be leaving in a couple of weeks, as the family are moving to Nottingham. I could speak for you.'

'Jenny is not going to the dyeworks,' Bess protested. 'Some of the jobs are not . . . well – not very nice.'

Jenny said earnestly, 'I haven't ever done any job that was nice, Aunt Bess. I don't care what work I do as long as I'm able to pay my way.'

Sam suggested that Jenny had a few days' rest at least and his wife agreed with him, adding, 'We can look around the shops, and go to the market. I always say that a change like that is as good as a rest.' Before Jenny had a chance to reply her aunt got up. 'Well, now that that's all settled, we'd better make tracks for bed.'

Although Kitty was normally a chatterer, once she was in bed it would be only seconds before she was sound asleep. Jenny was glad, wanting to mull over everything that had happened. First of all she thought how blessed she was to be with her uncle and aunt. It seemed as though she had reached a wonderful haven after a storm. Then, after stifling yawns, she settled herself in the bed with a feeling of luxury, wanting her last thoughts before she slept to be of the attractive Frazer Durant and his lovely smile.

It was not of the young man she dreamt, however, but of falling into the canal and fighting frantically to free herself from a tangle of weeds. Although Kitty remained fast asleep, it was her aunt who woke her. She had lit a candle. 'Wake up, my love. You've had a nightmare – you've been crying out.'

Jenny was in a lather of sweat. 'It was awful, I was trapped in weeds. I couldn't get free.' She began to sob.

'You're all right now, pet. Turn over and try to go to sleep again.'

It was daylight and past nine o'clock when Bess took Jenny up a cup of tea. 'I thought I would let you sleep after your bad night. It's understandable, after what you've been through. When you've had your breakfast, love, we'll go out and take a look at the shops. You need to get your home environment right out of your system.'

Jenny wondered if she ever would.

The morning was fresh, and when she and her aunt left the house Jenny was determined to make the most of her freedom.

All the houses in the neighbourhood were the same – two up and two down. There were a few that looked neglected, with dirty windows and soiled lace curtains, but the majority were well cared for. Outside the poorer-looking houses were raggedy children, most of them barefooted, thinly-clad and with noses running. Bess commented, 'Poor little souls. The people round about try to help, but if you give the mothers clothes for the children they're never seen again. No doubt they're sold or pawned and the money's spent on beer. Yes, the women around here drink, as well as the men.'

They left the maze of streets to find a constant stream of traffic on Humberstone Road. Jenny suddenly knew a joyousness. After having been trapped in various houses and businesses nearly all her life, scrubbing and cleaning, this was freedom! Life was flowing around her. It was different even from leaving home and travelling round the countryside in carriers' carts, because then she had been beholden to other people, dependent on them to help her on her way.

They had stopped to look in a shop window displaying women's wear when a voice from behind them said, 'Good morning. It is Miss Carter, isn't it?'

Recognising the voice immediately, Jenny spun round and met the smiling gaze of Frazer Durant. He was rather shabbily dressed this morning, and it was a cap he had raised in greeting, instead of a hat. Before Jenny could manage to respond he went on, 'What a pleasant surprise it is meeting you again, so soon after making your acquaintance yesterday.'

Jenny, cheeks flushed, found her voice. 'It's nice to meet you, Mr Durant. May I introduce you to my aunt, Mrs Herriott.'

Bess, her face one big smile said, 'I'm so pleased to have the opportunity of thanking you and your aunt for looking after my niece so well yesterday, Mr Durant.'

'It was our pleasure, Mrs Herriott. My aunt has not stopped talking about your niece.' He smiled at Jenny. 'She thought her so enterprising to travel such a long distance alone.'

'My husband and I thought so too, but then we both regard Jenny as a very special person.'

Beginning to find this conversation embarrassing, Jenny said, 'We mustn't keep Mr Durant, Aunt Bess. I know he's a very busy person.'

'I do have an appointment but I'm hoping, Miss Carter, that you will call on my aunt and myself at Bank House.' He looked at Bess. 'Perhaps you would accompany your niece, Mrs Herriott?' Bess agreed happily and before they parted they had arranged to meet up the following afternoon.

Jenny, who had found the little encounter stilted and unnatural, burst out, 'Oh, Aunt Bess, that was awful! Yesterday he talked so freely, but just now Mr Durant sounded as if he were choosing every word. And he was so smartly dressed yesterday.'

'Well, he is a working man, my love, and even though his suit may have been a little shabby, he still has class. It showed in every inch of him! It's something you can't take from anyone, not even if they are dressed in rags.' She paused. 'Aren't you pleased you were invited to their home? They both must really think a lot of you to issue an invitation.' Bess grinned. 'Perhaps our Mr Durant is looking for a wife.'

'I doubt it. He must be in his late twenties, and if he hasn't found a bride before now he must be very choosey. What's more, I am definitely *not* looking for a husband. I'm only seventeen and I've just been freed from slavery.'

'Jenny, my love.' Her aunt spoke softly. 'Sometimes a man will wait a long time to find the right woman, then suddenly will fall madly in love with someone at first sight.'

Jenny said wryly, 'I ceased believing in fairy-tales when I was eight years old and no fairy-godmother appeared to save me from having to scrub floors, or to stop a man who tried to put his hand up my knickers.'

Bess stared at her, shocked. 'Did you tell your mother?'

'I told my father. He gave the man a good thrashing and lost his job as a consequence. I scrubbed the floors of other houses because my father was working away. My mother told me if I said anything to him about doing it she would kill me.'

'Oh, Jenny, Jenny,' her aunt said on a despairing note. 'I just can't believe that any woman would treat her own child in such a way.'

'She did, but that's over. Now let us enjoy ourselves.'

'Right!' Bessie said. 'Which market do you want to go to first? The one in Highcross Street, or the one in the Square?'

Jenny chose the one in the Square near the Corn Exchange with the steps going over each side of the arch, remembering her last visit when her Uncle Sam had told her Cousin Kitty and herself some of the history of Leicester. He explained how in olden days it was a walled town, and how people living outside it had to enter and leave by a big gate. Jenny pictured people travelling long distances to sell their wares, and others carrying baskets to buy goods.

Sam also described the town ditch that once ran along Gallowtree Gate and which disposed of the town's sewage. He said that Gallowtree Gate was so named because it was the road that led to Gallows Hill, where thieves and other criminals were left hanging from the gibbet for weeks on end as a warning to others. Although Jenny thought how dreadful it was to leave a body to rot, she had a shivery feeling of excitement at being transported to another era, especially when later on she had seen wine jugs and other items from Roman times and pieces of beautiful mosaic pavement at the museum.

Now she came back to the present when Bess said, 'Are you all right, love? You've gone very quiet. You're not feeling homesick, are you?'

'No, Aunt Bess. That is something I shall *never* be. Oh, let's have a look in this milliner's!'

They wandered round the market, stopping to look at various stalls, but although Jenny would have liked to buy some underwear she had no money so would have to wait until she found a job. Her aunt bought a reel of thread and some oranges then they cut through the Silver Arcade, which Jenny thought most attractive with its three floors having balconies where one could walk around. As they looked in windows Jenny realised how few decent clothes she had. Even the pretty camisole she had bought for sixpence from a second-hand stall had been burned by her mother. Bitterness rose in her and she was unable to shake it off.

She was aware of her aunt glancing at her and when she suggested going home and having a nice cup of tea, Jenny agreed. It was heaven to get back to a lovely glowing fire and she hardly moved from it for the rest of the day.

That evening when her Uncle Sam came home he said brightly, 'Well, Jenny, I hear you've been having a look around Leicester. Enjoy it?'

'Oh, yes. It took me back to my last visit when you told me some of the history of the town. It was so interesting. I remembered the –'

Her aunt interrupted excitedly. 'Jenny, did I ever tell you about the Christmas when your Uncle Sam took me to see the pantomime at the Theatre Royal? Oh my, you've never seen anything like it. There were real waterfalls on stage and people actually disappeared in a flash of smoke before your very eyes. We could only afford to go in the gallery, and sheets of metal covered the floor because the audience jumped up and down in their excitement and stamped their feet so hard the management were afraid they would go through the floorboards.' Bessie chuckled. 'Ooh – the noise and clatter of feet, the shouting, booing the villain and cheering Prince Charming!'

Her husband objected. 'Bess, Jenny was talking about things that took place in centuries gone by. That is real history.'

'So is this, Sam. Every day history is made, isn't it? Do you remember the opening of the Abbey Park by

His Royal Highness the Prince of Wales and Princess Alexandra?' Bess's eyes took on a dreamy look. 'June the ninth, eighteen eighty-two. It was my grandparents' Golden Wedding. Ah, how could I forget it?' She turned to Jenny and now her eyes were alight with pleasure. 'That certainly was a day to remember. All the main roads were decorated and flags flew from every window. People were standing three and four deep on the pavement and there was a constant swaying as folks strained to see if the procession was coming. Then there was a shout and huzzas as they came nearer and nearer and then the open carriage appeared, with outriders at each side. The Prince and Princess waved and he was so handsome and she so beautiful that I wept.'

Sam laughed. 'Someone knocked off your aunt's hat and we found it hours later in a doorway, trampled out of all recognition.'

Bess grinned. 'It was my best one, but I didn't care. It was a wonderful, wonderful day.'

What struck Jenny forcibly at that moment was how Sam and Bess talked to each other, how they laughed and teased. They talked to their daughter, too, and reasoned with her when she attempted to argue – something Jenny had never experienced.

The door was flung open and Kitty came in like a whirlwind, as usual. She whipped off her knitted cap and turned to Jenny. 'And what wonderful things have you done today? Have you seen the handsome Frazer Durant yet?'

Her mother said, 'As a matter of fact, we did. We met him unexpectedly while we were out this morning, and we've both been invited to visit him and his aunt tomorrow afternoon.'

'It's not fair,' Kitty protested. 'I could have been invited too if you had mentioned me.'

'Why should your mother mention you?' her father asked mildly. 'It's Jenny he wants to meet, and your mother was asked too so she could chaperone her. I should imagine that the gentleman might have taken a fancy to her.'

'Taken a fancy? To Jenny?'

Kitty sounded so surprised that her father laughed. 'Don't think that you are the only girl with looks around here. Jenny has a special beauty.' Sam's expression sobered. 'A rare beauty. She has a knowledge of life that has developed her character early.'

Jenny protested. 'You're wrong, Uncle Sam. I know nothing – I haven't been anywhere, I haven't even walked out with a young man.'

'But you have a knowledge of men, all the same, Jenny. You have a wisdom that will help you to cope in life.'

It was not only Jenny who was staring at him now but her Cousin Kitty, too, and her aunt. Bess said, 'Sam, you may be very clever but I don't see how you can really know Jenny's character after such a short acquaintance.'

Sam knocked the dottle from his pipe, filled it from a yellow oilskin bag, tamped it down and lit it before speaking again. 'Certain things register vividly in one's mind, Bess. Your visit to the Christmas pantomime impressed you, as did the visit of the Prince of Wales and Princess Alexandra. Well, one incident has stayed in *my* mind since my seventeenth birthday. My father now and again visited an elderly man who lived in a big house, and on that particular birthday he took me with him. I don't even remember the old man's name, now, but what I do remember was him showing my father and me an oil painting of his late wife.

' "Study it well, young man," he said, "because in my wife you will see true beauty. This was painted when she was sixteen. Most young ladies at this age are inclined to be empty-headed, but my wife had a knowledge of life and therein lay her beauty." '

Bess said, a note of awe in her voice, 'Do you mean she had been reborn many times?'

Sam nodded. 'Yes, I do, Bess.'

Jenny had a shivery feeling as though someone were walking over her grave. 'I don't think I can have been reborn many times, for if I had I would have learned to control my temper. And nor would I feel so much bitterness towards my mother.'

'That will come in time, love,' Bess promised her.

Kitty said to her father, 'How many times do you think I've been born, Dada?'

Sam's smile was indulgent. 'I would say that this is your first birthing, my love.'

Kitty was indignant. 'So I'm empty-headed, is that what you're trying to say?'

'You are very pretty, daughter, and I think some of our ancestors must have been Danish, since you have a Scandinavian fairness and our surname does stem from the early Danes.' Kitty looked enormously pleased at this until Sam added, 'And the Danes of course were a warring people.' He smiled. 'And you are always warring with your mother.'

'Oh, Dada, I hate you.'

Her mother scolded her. 'Kitty, that's a dreadful thing to say.'

The next moment Kitty was all sunny smiles. 'Dada knows I didn't mean it.' She went over and gave him a hug and Jenny felt suddenly tearful that she had no father to hug. Perhaps some day she would have a young man to love her, and then she could hug him.

It was then that she remembered Frazer Durant and knew she was really looking forward to the next day when she would see him again.

CHAPTER FOUR

Although Jenny was conscious of her coat being shabby, she was pleased to be able to wear one of the dresses given her by Mrs Hind. It was made of fine wool in bottle green, with pipings of rose velvet.

Bess was full of praise for the dress. 'That colour really suits you, Jenny. You look very elegant. I'm sure Mr Durant and his aunt will also approve. Now, it's very cold this morning – the pools are coated with ice. I think you need something extra on your shoulders. Hang on a minute.'

She went upstairs and came down holding out a short cape. 'How about this? It's just fur cloth, but it's warm.' She draped it around Jenny's shoulders, tied the two pieces of cord in a loose bow and stepped back. 'It's just right.'

Jenny, smiling, put her hands under the cape. 'Mm, it's lovely and warm. Thanks, Aunt Bess. I'll take great care of it.'

'It's yours to keep, my love. I won't be wearing it any more.'

'Wouldn't Kitty like it?'

'She's the wrong shape to carry it. Kitty is short-waisted, you see, but you have the right carriage. Actually, you have quite a regal air, love!'

Jenny laughed. 'Oh, Aunt Bess, stop exaggerating. I'm a very ordinary person.'

Bess inclined her head and studied her. 'No, Jenny, you have an extra something. Your Uncle Sam said last night that you had a rare beauty. Well, I say that with the right clothes and your hair done differently, you would have heads turning if you attended a ball at Buckingham Palace.'

Buckingham Palace? Jenny collapsed into laughter. 'I could imagine a footman announcing, "My Lords, Ladies and Gentlemen, this person is trespassing, she's a scrubber of floors." '

'That is all behind you now,' her aunt said firmly. 'A new life is beginning: make the most of it.'

Jenny sobered. 'Yes, I will.' Her head went up. 'It may take time but I'll make something of myself. I won't ever go back to the life I knew.'

'Good. Now, shall we go and find this house of industry on the canal bank?'

There was ice in the wind and Jenny was glad of her shoulder-cape, and of the pair of knitted gloves her aunt had given her. Yet there was a strange warmth inside her, possibly because of the invitation. She had never been invited to anyone's house in her whole life, apart from visiting Mrs Hind.

There was a great deal of activity and noise at the wharf. Men from the warehouses were unloading barrels, crates and coal while other boats were being loaded. All the men shouted – they had to, in order to make themselves heard.

The first time that Jenny had seen the narrowboats, which were brightly painted with roses and castles, she had been intrigued. Later, when she had been invited into the living quarters of one with her Uncle Sam she had been astonished that families could live in such a small space. They cooked, ate and slept in an area that seemed to be about a quarter the size of their kitchen at home. Some of the couples had big families, and the older children slept on the 'butty boats' that carried the goods which were tugged by the main boats.

On the walls of this particular cabin were china plates painted with rural scenes, and 'edged' with a pattern of lace. There was a stove where the boat-dwellers cooked and a table that let down from the wall and could be folded back up after use. There were cupboards a-plenty and in one place, a tiny foldaway bed that would take a small child. The cabin was both colourful and cosy.

Bess knew several of the boat people and today, when one of the women invited her and Jenny aboard for a cup of tea, she explained that they had been invited to Bank House near the spinney. The woman grinned. 'Oooh, hobnobbing with the gentry, are you?'

A girl of about sixteen who was standing next to her called, 'Give my love to the good-looking feller what makes the dolls' furniture. Lovely, isn't he?'

The older woman gave her a push. 'That's enough from you, our Dorrie. Go and get on with your work.'

Bess moved closer to the boat and she and the woman spoke for a while in low tones. When Bess came back to Jenny she said, 'She didn't know any more about Mr Durant and his aunt than we do, except to say that the young man was very pleasant and always passed the time of day if he was around.'

Jenny teased her. 'Isn't that as it should be? You don't go around telling strangers your life story.'

Her aunt gave a broad grin. 'That's my trouble, I do. I've only spoken twice to a neighbour who moved into a house at the top of the street three days ago, and she knows how many children we have, their names, the names of their husbands and wives, the fact that they've all emigrated bar our Kitty, and that your Uncle Sam's favourite meal is steak and kidney pie and treacle pudding!' Bess's plump figure shook with laughter. 'Sam said if I had lived in the days of the French Revolution I would have been the first to have my head chopped off, as I would have given all our secrets away.'

Laughing with her Jenny asked, 'And how much did you get to know about your new neighbour?'

Bess, who was wiping her eyes, stopped and eyed Jenny in surprise. 'Now you mention it, nothing – not one single thing. Not even where they had lived before. I'll have to ask her tomorrow.'

Jenny could not help but compare the life she was living now with the one she had known. When had she last laughed so heartily? Not since before her father had died.

Her aunt said suddenly, 'There's the house – I can see the smoke coming from the chimneys. Can you see it? It's surrounded by trees.'

Jenny felt her heartbeats quickening. Would Frazer Durant and his aunt remember their invitation? A short cart-track between the trees brought them into a yard, the dilapidated outbuildings suggesting it had once been a farmhouse. The house itself was stone-built and two-storeyed. There were curtains at the top windows, but at only one window on the ground floor. This was to the right of a door which stood in the middle of the building. In this room could be glimpsed the cosy glow of a fire.

To the left of the door was a smaller window, then an unusually large one.

Bess whispered, as though they could be overheard, 'I think this is the back of the house.' As she spoke the door opened and Frazer Durant appeared. He was pushing his arms into a dark brown tweed jacket. This accomplished he came out, gave them a wave and walked towards them.

'You found us.' His broad smile was more than welcoming.

'No trouble,' Bess said. 'No trouble at all.'

He shook hands with them. 'We were hoping you would be able to come. My aunt is waiting. She's a very impatient lady.'

They went along a stone-flagged passage and turned right into the room where the fire burned brightly. The room was also stone-flagged, with a single square of carpet in the middle, and was sparsely furnished with four wooden kitchen-type chairs, two tall-backed armchairs and a round mahogany table.

Madame Auvéry rose gracefully from an armchair. She was dressed simply in a light grey dress with a narrow white linen collar, but her dark hair, faintly streaked with grey, was expertly coiffeured. It was this perhaps that gave her an air of elegance.

Her nephew introduced Bess to her and Madame Auvéry greeted her and Jenny with equal warmth. 'How good of you to come. Do please take a seat. The maid will bring tea.' Four chairs had been arranged so that Frazer and his aunt sat at one side of the fireplace, and Bess and Jenny faced them. Madame Auvéry spread out the skirt of her dress then smiled at Jenny. 'And have you settled down in Leicester, Miss Carter, after your very trying or should I say, tiring journey?'

'Oh yes, very much so.' Noticing the older woman's slender white hands, Jenny felt suddenly self-conscious about her work-roughened ones. She laid the palm of one hand in another and glanced at her aunt. 'My aunt and uncle gave me such a wonderful welcome. I'm very happy with them.'

Jenny became aware at that moment of Frazer Durant studying her, and she felt colour rise from her neck to her cheeks. Bess said, 'We love having Jenny. She's like our own daughter.'

Madame Auvéry nodded slowly. 'That is good. I was denied children, unfortunately.' The elderly maid came in just then with a tray and said something in French. Frazer took the tray from her and put it on the table. When the maid left his aunt explained, 'Marie has been with me for many years. She is so loyal. Although she did not want to leave Paris she insisted on accompanying me.'

She got up to pour the tea while her nephew handed plates to Bess and Jenny, then offered a round silver dish holding a chocolate cake cut into sections. 'Marie is an excellent cook, too. You must sample her chocolate gâteau.' He smiled. 'I thoroughly recommend it.'

Jenny and Bess took a piece each, and after the first sampling pronounced it excellent. Jenny had certainly never tasted anything like it, even though her aunt was considered a very good cook. She felt oddly dissatisfied with the situation: the conversation was so trivial and she had expected . . . *what* had she expected?

Perhaps all visits began in this way, to 'break the ice' as it were, then proceeded to something more meaningful. What she really did want to know about was the miniature furniture, as well as Madame Auvéry's trade in cosmetics. Deep down Jenny also knew that she wanted to learn more about the lives of these two people before they came to Leicester. They were obviously from gentry stock. Had they both lived in Paris? It was something she was unable to ask outright, for they hardly knew one another.

In the next second she found herself saying, 'Had you lived long in Paris, Madame Auvéry?'

'Until recently, when my husband died.'

Embarrassed, Jenny apologised. 'Oh Madame, I'm so sorry. I had no idea . . .'

'How could you know, my dear.'

Her nephew said, 'I was in Paris at the time and suggested to my aunt that she came back to England with me. This house, which was willed to me by my godfather, was empty, so we decided to move in here and set up in business.'

Bess said, 'I understood that the house was once owned by Mr Laurence de Kerr, whose family live further along the canal.'

'It did once, yes, but I don't think he ever lived in it. It was sold to a friend of my godfather, and when the friend died the house came to him and he, in turn, willed it to me. I am not involved with the de Kerr family personally in any way.' He got up. 'Excuse me a moment, I think that someone outside is trying to catch my attention.'

After he had gone, Bess said to Madame Auvéry in a casual tone, 'I understand there's a great deal of intrigue and hatred among the sons and daughters, owing to their father bringing a young bride to the house.' Then, seeing the Frenchwoman looking a little puzzled, she added, 'Perhaps Mr Durant will know about it.'

'A young bride?' echoed their hostess, frowning. 'My nephew is not married. He lived in Paris. His parents . . . They . . . His father . . .'

Frazer, who had returned said gently, 'I'm sure our guests will not be interested in my family history, Aunt Céleste.'

She flashed him a smile. 'Ah, but Miss Carter *was* most interested when you spoke of miniature furniture during our train journey together.'

Her nephew teased her. 'If I remember, *ma tante*, it was you who brought up the subject.'

'That is possible. I have become such a great talker since I left Paris.' She offered the cake once more to her guests, saying, 'Marie will be upset if you do not have a second portion. She will think this gâteau is not to your liking.' Jenny needed no persuasion. It was delicious! Bess said she ought not to, but did.

A message came that a gentleman wished to speak to Mr Durant, and Frazer excused himself once more and left. Madame Auvéry then began to speak in a low voice, explaining that her nephew did not like her to talk about his background. His father was dead and his mother had had no time for her son. 'Having a growing boy gave her age away,' she explained in a whisper.

Bess was aghast. 'How cruel to disown her son!'

'Camilla is very beautiful and many men adore her.' Madame Auvéry paused then went on, 'I had not seen Frazer since he was young and had no idea where he was until I was staying in a hotel in Paris and heard the pageboy announcing a message for a Monsieur Frazer Durant. I looked up and saw this young man who was the image of his father, my brother. I just had to introduce myself to him, and he was delighted. We talked for what seemed hours, and when he knew I was newly-widowed and on my own he suggested that I come with him to England, to Leicester – and that we set up business in the same house.'

She went on talking as though it were impossible to stop. When she finally paused, Bess ventured to ask when Mr Durant had taken up with miniature furniture. She was told that one of his godfathers had been a furniture manufacturer and had taught him a great deal.

Frazer returned full of good humour. Apparently, a neighbour had offered him a nanny goat which would keep the grass cropped and yield milk. He added that their neighbours had been more than generous. When no mention was made of his work, or anything said about his aunt's trade, Jenny remarked shyly, 'Madame Auvéry, Mr Durant did say that you had many stories of people selling cosmetics to the public for exorbitant fees. Could we hear some, or perhaps one?'

'But of course,' the Frenchwoman said brightly. 'I shall tell you the most scandalous of them. It concerns a woman named Sarah Rachael Leverson, who opened a beauty salon in Bond Street in London.'

'Recently?' Bess asked.

'No, oh no. It was during the last century.'

'Eighteen thirty-three to be exact,' declared her nephew.

'Thank you,' replied his aunt, giving him an indulgent smile. 'Now, if I may proceed. This woman claimed that she was beauty consultant to the Sultana of Turkey. The publicity brought her many clients, but her cosmetics increased so much in price that only the very wealthy could afford them. The products had exotic names like Circassian Beauty Wash, Magnetic Rock Dew, or Armenian Liquid for Removing Wrinkles. Some of these items cost only two guineas – but there were others which ranged from ten to twenty guineas.'

'Twenty guineas?' Jenny exclaimed.

'That was only the beginning, Miss Carter. Later she offered bath oils and essences, reaching the peak with the Royal Arabian Toilette of Beauty – priced from one hundred guineas to a thousand.'

There were gasps from both Jenny and Bess.

Madame Auvéry looked suitably pleased at the stir she was causing. A smile played around her mouth as she went on, 'This dreadful woman claimed that her products were made from rare herbs and other secret ingredients from the East. But . . . they came from humble origins.'

She paused once more then announced dramatically, 'Would you believe that the ingredients of the famous Arabian baths consisted of nothing more than – guess what? – bran and water!'

Bess stared at her. 'Bran and water? Well! Imagine people being taken in by it.'

'Actually, this fraud might never have been uncovered, had this wretched charlatan not also blackmailed the wife of an Indian Army Officer for fifteen hundred pounds. She was taken to court and given five years' penal servitude. That was for the blackmail. She should have had an extra twenty for cheating the public.'

Jenny looked thoughtful. 'Surely the women who paid all that money deserved to be cheated. No one should have thousands to spend on beauty treatments when there are so many poor people starving.'

Frazer Durant said he agreed with Miss Carter, then asked his aunt, an imp of mischief in his eyes, if she did not cheat her clients a little too when giving beauty treatments. She was indignant. They were given value for money!

'All the time?' he persisted, still teasing. 'How much did you charge for the rosemary boiled in wine, which you assured your customer would give her a beautiful fair complexion?'

Madame Auvéry threw up her hands. 'Tais-toi! Stop at once! Are you trying to bankrupt me?' She suddenly grinned. 'I perhaps cheat sometimes, but very little. I treat all my clients fairly because it is important that I keep them.'

The Frenchwoman then deftly changed the conversation by asking Jenny how long she would be staying in Leicester. Jenny glanced quickly at her aunt and Bess replied, 'For as long as she wishes.'

'Splendid,' she enthused. 'Then you must come here when ever you wish, Jenny, and the invitation extends to you too, Mrs Herriott. Then my nephew will show you his workroom and I shall take you into my beauty salon.' Madame Auvéry got up. 'Now I must ask to be excused, as I am expecting a client.' She smiled. 'A very valued one. I will bid you good day, and leave you in the hands of my nephew.'

After she had gone Bess stood up too and said they must also be going as she had a meal to prepare. Frazer said he would have offered to escort them home but the neighbour with the goat would be calling at any time. He added that he would look forward to seeing them again soon; as he made this last remark his gaze was on Jenny. The look in his dark-grey eyes set her heartbeats quickening and she was both relieved and sorry when they parted.

Bess was silent until they had left the courtyard and were walking along the tree-lined path to the canal bank, then she said, 'Well, and what do you think of your newly-acquired friends, my love?'

‘I liked them when I first met them and I still do. They were most hospitable. I was particularly pleased that they’ve asked us to go again. I do so want to see the miniature furniture being made.’

Bess glanced at her. ‘It was you, of course, they wanted to see – but why? I accept that Mr Durant is attracted to you, but there’s something more I don’t understand. Why didn’t they show us the furniture this afternoon? He knew you were interested in it. And why is Madame so keen to show you her beauty salon?’

‘Oh, that’s obvious, Aunt Bess. She knew we were interested in that sort of thing and she admitted she enjoys talking. She also likes making an impression. Didn’t you see how delighted she was, like a child, when she saw she had shocked us with the price of the very special Arabian baths.’

‘That’s quite true, Jenny, but I still feel we haven’t plumbed the mystery. I think she’s trying to hide something.’

Jenny eyed her in surprise. ‘Why should you think that?’

‘Because I know that deep down, Madame Auvéry is an unhappy woman.’ The fact that her aunt was so definite about it gave Jenny a shivery feeling down her spine. Did she have Second Sight? Jenny remembered how, on her last visit five years before, her aunt had said that her mother, Jenny’s paternal grandmother, was a “sort of soothsayer”.

‘I think she’s had some sort of tragedy in her life,’ Bess surmised. ‘I know her husband died, but I feel there’s more to it than that. Whatever it was, she came to England to try and overcome it. What’s more, that young man and his aunt can’t have very much money between them because the room we were in was so poorly furnished.’

‘Oh, Aunt Bess, you’re making far too much of this. We were in what must have been the farmhouse kitchen at one time. They probably have well-furnished rooms elsewhere in the house. Madame spoke of her beauty salon and I'm sure that that at least will be well-equipped if she wants to impress wealthy clients.'

'Time will tell, young Jenny. I'll get to the bottom of it somehow. Bess grinned suddenly. 'I'm not called the Ferret for nothing. Your uncle says I must have been one in previous life, but if I was, I expect I was a lot thinner than I am now, or I wouldn't have been able to scuttle down holes and grab myself a rabbit.'

'Oh don't, Aunt Bess. The poor rabbits – it's so cruel.'

'Nature *is* cruel, Jenny.'

Jenny thought that so was life in many cases, her own for example. Still, it would be foolish to dwell on the past; everything had changed. She said, 'In spite of the fact that Madame Auvéry might have a secret in her life, I thoroughly enjoyed our visit and am looking forward to our next one. I especially want to see the doll's-house pieces. Madame said that women are good at making them, because they handle the small tools so easily.'

Bess gave her a quick glance. 'Did she, now? Was she thinking that you might make a good assistant? No.' She gave a decisive nod. 'I think I know what she's after. She wants an assistant for herself.'

Jenny's eyes widened. 'What on earth for? I don't know anything about cosmetics.'

'She wouldn't need you to know about them. What she would be pleased to have is a young person to parade in front of her clients, to prove what miracles her products can do.' Mrs Herriott's voice held a note of triumph.

Jenny protested. 'Aunt Bess, you are not making sense.'

'Don't you see – you have an excellent creamy skin, without the tiniest blemish. Your cheeks are just tinged with pink, you have a well-shaped mouth and it's cherry red. Your eyelashes are naturally dark and thick. Just think how many of her products she could sell by having you on display to show how, by using them, you have become so beautiful.'

Jenny declared this to be all nonsense. She was young – older women would know that their skins could not be made youthful again.

Bess wagged a finger at her. 'Ah, but that's where you're wrong. Women are gullible. This was surely proved by that story about the Arabian baths. In our wildest imagination we couldn't accept that any woman would be foolish enough to pay a thousand pounds for a special ingredient to put in the bath, hoping that it would recreate a youthful skin.'

'Some women might but –'

'Jenny, Madame Auvéry told us that Frazer Durant's mother abandoned him, because she thought that a growing son would age her. Could you find anything more unbelievable than that?'

'No. I can only say that he'll be better off without her. I would have had a better life without *my* mother.'

'Would you, love? You don't know that. You could have been born to different parents. If they had died when you were young you might have ended up in an orphanage – and you know what sort of life you would have led in one of those places!'

'On the other hand,' Jenny said, in a half-teasing way, 'I could have been born into a wealthy family and now be riding in a carriage and wearing beautiful silk and satin gowns.'

Her aunt's eyebrows shot up. 'And living in hatred like the de Kerrs? I'm glad you were born to the parents you had.'

'Glad?' Jenny was indignant. 'After the way my mother treated me?'

A slow smile spread over Bess's face. 'I know, but if you had been born to anyone else you wouldn't have been my niece. As I've told you before, our lives are mapped out for us before we come into the world.' She paused. 'And I'm certain that Frazer Durant is going to play quite a large part in yours.'

Jenny fervently hoped so, but kept this to herself.

CHAPTER FIVE

Before Jenny and her aunt reached home, Bess stopped once more and said, 'If Madame Auvéry asks you at any time to stand in as a model, Jenny, don't accept. It's demeaning, like living a life of deceit.'

'Don't worry.' Jenny spoke firmly. 'When I find a job, I want to work – create something. I couldn't just stand around looking like a tailor's dummy.'

'Good. Keep that in mind when ever we visit Bank House again.'

The words 'visit Bank House again' gave Jenny a surge of pleasure. What freedom she was enjoying! Not only would she see Frazer Durant's work, but she would also be able to talk to him without having anyone drag her away, like her mother used to, if a boy so much as said hello to her. What humiliation she had suffered!

When Kitty arrived home she was hardly in the front door before she started plaguing Jenny with questions. Was Frazer Durant as nice as he was good-looking? Was their house well-furnished? Was Jenny seeing them again?

Her mother said, 'That's enough, Kitty! Calm down, get your hat and coat off, then sit at the table and I can dish up the meal. Your questions won't be answered until we've eaten.'

'But Ma, I've been dying to know what happened.'

'Do as you're told,' her father said quietly. 'You have the rest of the evening to talk.'

It was not until the meal was over, the dishes washed and put away that the visit was discussed, and then it was Bess who did most of the talking. She told her husband and daughter about the woman who was imprisoned for five years, about the sparsely-furnished room and her suspicion that Madame Auvéry was wanting to make use of Jenny to show off her lovely complexion and colouring.

Kitty said eagerly, 'I wouldn't mind a job like that. I could perhaps be given some special ointment to use on my spots when . . .' Her voice trailed off, then she was giggling. 'I wouldn't be much use as a model, would I? But perhaps I might be good at making doll's furniture.'

'Knowing your erratic ways,' her father said patiently, 'you would probably lose a finger the first time you picked up a knife. Stay with the job you have, love.'

Bess smiled in an indulgent way at her daughter, then spoke to Jenny. 'Our Kitty is a Gemini, you see,' then at Jenny's puzzled expression she continued, 'it's her birth sign. Do you remember your Uncle Sam talking about them when you were here with your father?'

Sam shook his head. 'No, Bess, then I talked about the planets and how they affected our lives. At that time I felt Jenny was not old enough to absorb any more. When is your birthday, Jenny?'

'I had one not long before I left home – January the twenty-first.'

'Ah, so you are an Aquarian. As you were born at the beginning of this sign you should inherit some characteristics of the preceding sign of Capricorn.'

'What exactly does that mean?' Jenny asked.

'In simple terms, had you been born even one minute before midnight – on the twentieth – you would have come under the sign of Capricorn. Then all your main characteristics would have been quite different.'

Kitty said, a proud note in her voice, 'I was born on the tenth of June, so really I am *all* Gemini. Subjects of Gemini are lively, they have a freshness and are affectionate. They don't take kindly to discipline, but . . .'

'And some Gemini subjects I know act in a juvenile way at times,' declared her father. 'Incidentally, may I remind you that we were discussing Jenny's birth sign?'

'Sorry,' Kitty muttered, her expression sulky, but the next moment she was listening eagerly as her father began to talk about the qualities of Aquarian subjects.

'They are active, and have a deep love of freedom and independence, resenting enforced obedience.' Bess gave a quick nod to Jenny, as though to say that this at least was true. Her husband went on, 'Aquarians are artistic and intellectual, storing knowledge as they go along. They value friendship but find it difficult at times to express this, just as they have a great deal of affection to give but are sometimes afraid to give it. Because of this they are often thought uncaring.'

'I've never had any young friends,' Jenny said thoughtfully, 'but Mrs Hind has been a good friend to me.'

'I know,' Bess said softly. 'Such a kind person. I remember your father saying when he was here that she –'

Sam interrupted. 'May I be allowed to continue please, ladies?' Bess apologised and he said, 'Now, where was I? Oh, yes. Aquarians are dedicated to any job they tackle and will give it their whole concentration, working at it until it is as perfect as they can make it.'

Kitty said cheerfully, 'Not like me. I start a task and then can't be bothered to finish it.'

'Don't I know it,' declared her mother. 'I'll leave her to wash up and come back to find that half of the dishes have been abandoned.'

'Blame it on my birth sign,' Kitty grinned. 'I can't be held responsible.'

'Oh, but you can.' Sam spoke firmly. 'It's an easy way out to blame your birth sign – it shows up that juvenile streak in you.'

'I'm not juvenile, Dada! I'm grown up, old enough to get married.'

'Not in my book you aren't. I'll tell you when you can get wed.'

'You won't, Dada, because you can't. If Fate decides that I'll be getting married in three months' time then that's that. Not that I've met anyone I want to marry at the moment, but who knows who could be on the horizon in a few days' time?'

Her father closed his eyes momentarily. 'The world could come to an end before then.'

Bess chuckled. 'Heaven forbid, I haven't finished knitting your Sunday socks yet. It could be cold up there. Oh dear, I shouldn't jest about such a thing.'

Her husband flung out his hands. 'I give up. I can't get a word in edgeways.'

Jenny, who had been watching first one and then the other, and enjoying the banter between the three of them, felt amazed that marriage and heaven could be discussed so lightly. If she had made such remarks her mother would have knocked her off her chair and told her to wash her mouth out with soap, for speaking of such matters with disrespect. And her so evil! Thank goodness she was away from Abigail's violence.

Jenny hesitated for a moment and then said to her uncle, 'Aunt Bess told me about the Houses of Destiny and how children, before they are born, live in one of these Houses and are given the characteristics of their forbears. My mother has always been an unhappy person – so could a devil have got into the House she was in?'

'Ah, well now, Jenny, what I learned about astrology when I was young came from my grandfather. He was a self-taught man who was very much interested in the heavens. He talked about the planets and the effects they have on our lives. I was fascinated by the subject at the time, but it was not until I was older and began to read about astrology that I realised how little I knew. Even now I feel I'm still on the fringe of knowledge. But there, you want to know about the Houses of Destiny.'

He paused to light his pipe and when it was away he went on, 'There are twelve signs of the Zodiac and there are twelve heavenly Houses. Now, in my reading I've found many different versions of these Houses. My grandfather said they were spiritual Houses in which a person is supposed to progress to a higher level each time they are reborn.'

'Reborn?' Jenny echoed in surprise.

'There is a certain body of people who believe in reincarnation. In the First House are many factors which will shape the nature of each person. No one is born perfect: that has to be earned. Many lessons are given and it is up to us to learn them well.'

'But that can't be right, Dada,' complained Kitty. 'Our Fate is mapped out from the day we're born – you yourself said so.'

Bess agreed with this and Sam shook his head. 'No, no, you never listen properly. I said that our lives are mapped out for us, but that we are *free* to make decisions. A man can be imprisoned for life and you might say that he had no choice, but he did have a choice about whether to rob, or try to lead a decent life.'

Bess said, 'I think we had better stop there. Jenny won't want to know all your theories, Sam.'

'Oh, I'm enjoying it,' Jenny said eagerly. 'It's so interesting.'

Kitty got up. 'Well, I'm not enjoying it. I've heard about the twelve Houses, how the sun, the moon, the stars and the planets affect our lives a hundred times and I don't want to hear it again. I'll go and see Hilda.'

Her mother told her to sit down, but Sam said, 'Oh, let her go. If she's out of the way I can talk about her.'

Although his expression was sombre Jenny detected a look of teasing in his eyes.

Kitty stood hesitant. 'What do you want to say about me?'

Sam shrugged. 'Oh, about how you never seem able to learn good manners, how your only interests are in yourself and how many young men you can capture with saucy glances.' When Kitty protested that she never tried to attract young men her father said, 'Oh, indeed you do, Kitty. Now off you go and see your friend Hilda, but be back here in an hour and not a minute later.' When Kitty still hesitated Sam said, 'If you intend to go, be off with you. If you want to listen to your faults sit down.'

'Oh!' Kitty replied in exasperation, and flounced out.

Bess said, 'Why do you get on to her, Sam? She's not a bad girl, she never holds a grudge against anyone.'

'I know, but she has to learn to cope with situations and not always be flying off the handle if things don't please her.' To Jenny he said, 'Kitty has two sides, for the Gemini sign is twins. She can be up in the air one minute and down in the next. She can be full of joy then steeped in despair. On the other hand, the ups are much more frequent than the downs. Sometimes Gemini people are judged to be fickle –'

'Sam, that's not so,' Bess protested.

'I hadn't finished, Bess. I was going to say that instead they are very loyal and faithful to those they love. I was also going to say that although they are gifted with imagination and tend to build castles in the air, they are very artistic. They make excellent friends and are actually the most loved people in the Zodiac.'

'Then why don't you tell her these things, love?'

'And have her be impossible to live with? She already knows some of her good points and loves to flaunt them.' Sam paused then added with a grin, 'In case you have any doubts, Jenny, your aunt and I love her very much.'

'I know you do,' Jenny said softly. 'I really am enjoying your talk. I didn't know about birth signs or heavenly Houses.'

'There's so much to it, Jenny. Some people say that each House means something different, that the First House is the house of personality, the Second one of wealth, the Third friendship and so on. Others say that in each is a planet, and that these planets move among the Houses. A child could come to a House when a certain planet is wrong for its birth sign, so that the child never knows a really happy life.'

'Like my mother?' Jenny queried.

'Exactly. The moon, the sun and the planets have a considerable bearing on our lives and yet, the characteristics of people born under certain signs do remain fairly constant. Take a person born under Virgo. This is an earth sign, ruled by Mercury. The conflict of personality blends well in the average person. Virgos are usually quiet, industrious, painstaking and very modest. They give, but demand measure for measure. They are not adventurous, nor are they heroic but they are, as a rule, most trustworthy and would never, ever, give away another person's secret.'

'It's just so fascinating,' Jenny exclaimed. 'I feel I want to know more and more. What signs are you and Aunt Bess under?'

Her uncle laughed. 'I'll tell you what: I shall write out all the signs of the Zodiac for you and give you all the good and the bad features of each one, and at the end of two months you can tell your aunt and me what signs we were born under.'

'Oh, I couldn't,' Jenny protested. 'I'm not a bit clever.'

Bess said quietly, 'Don't belittle yourself, love. I don't know all the good or bad points you have under your birth sign, but I do know that you have a lot of knowledge. You have a determination to do something with your life and I know you will.'

'I echo that,' said her husband.

Kitty returned earlier than her allotted time, all sunny smiles. A friend of Hilda's brother was there, apparently. Kitty had never seen him before. He was very good-looking and only had eyes for her.

Her mother beamed at her. 'Oh now, isn't that nice!'

Later, when the two girls were alone and Jenny asked Kitty if she was interested in the young man she had met at her friend's house, Kitty said with a grin, 'I didn't really have a chance to get interested in him, as he was only there for about two minutes.' Then she added soberly, 'I only say these things to please my mother. She thinks I'm wonderful and should marry into the gentry. In fact, she's harped on about it so much that I believe I *will* marry money. I certainly don't want to marry a man with a menial job.'

'And what if you should fall in love with someone who works in a factory?'

Kitty's eyes took on a dreamy look. 'The man I would like to marry is Frazer Durant. He's so attractive – so tall, so very strong.'

When Jenny pointed out that he was a working man, her cousin said, 'Yes, but I bet he doesn't come home dirty and sweaty, smelling of grease and such-like. No, Frazer Durant has class. It's in every lovely line of him.' She gave an ecstatic sigh. 'If he put his arms around me I think I would swoon, and if he kissed me I would probably die.'

Jenny laughed and Kitty was indignant. 'It's not something to laugh about. Wouldn't you swoon if he took you in his arms?'

'I think I would be too astonished to swoon. Why should he want to kiss me when he could have his choice of beautiful young ladies in his own class?'

‘A prince has been known to marry a –’

‘A kitchen-maid?’ Jenny finished for her.

‘You have class, Jenny,’ her cousin said quietly. ‘You carry yourself well.’

‘Kitty, I come from a working-class background. I’ve scrubbed floors and done menial tasks since I was a child. You don’t know how well off you are.’

A log shifted on the fire, sending flames shooting up the chimney and ash dropped with a plop into the pan below. The gaze of both girls went towards the fireplace then Jenny turned her head. ‘And anyway, swooning could be dangerous. A man could take advantage of you. I’ve always felt so sorry for bastard children – they’re considered outcasts, jeered at. If a young girl has a baby and her parents won’t have anything to do with her, she has no choice but to go into the dreaded workhouse where, I’ve been told, mother and baby quite often die.’ Jenny shuddered.

‘I know,’ Kitty said in a subdued voice. ‘Girls in the factory talk about it. The thought of having to go through all that would certainly stop me from doing anything wrong.’

Jenny said grimly, ‘According to what I’ve overheard, if you get struck on a man you get carried away and don’t think of the consequences.’

‘Oh dear, though I haven’t been in that position. At least not until now – when I feel I would do anything that Frazer Durant asked me to.’

Jenny looked at her cousin with alarm. ‘Kitty, you mustn’t think like that, otherwise you will be ending up with a baby.’

Kitty’s eyes went wide. ‘Do you mean you have only to think about having a baby and you get one?’

‘No, no, of course not. Hasn’t your mother told you the facts of life, or any of the girls where you work?’

‘Ma just says I haven’t ever to let any young man touch me and the women at work, who whisper among themselves, say it's too dirty for young ears. Lizzie Potter whispered to me one day that it *was* dirty, and that I ought not to listen if they ever did want to tell me about babies. Do you know what happens, Jenny?'

Oh yes, Jenny thought bitterly, she knew only too well what happened – her mother had told her often enough. She had known from the time she left school what you did to make a baby, and she had been sickened by the crudity of her mother's description. She had cried about it to Mrs Hind, who had gently explained it to her again. Even then it had still seemed a terrible thing to happen.

Jenny tried to go through it with Kitty as gently as Mrs Hind had done, but her cousin went pale and stared at her in horror. 'It's awful, terrible! I can hardly believe that women will suffer such a thing in order to have a baby.'

'I'm told that most wives get used to it and that some actually enjoy their husband's . . . love-making.'

'Love-making? It's like being tortured. I can tell you this, I'm not going to have any babies if that's what has to happen.'

'I understand that a husband also expects to make love to his wife at other times, not only when they want to have a child.' Jenny hesitated then said, 'Sometimes, according to Mrs Hind . . . every night.'

'*Every night?*' Kitty squealed. 'Oh, that finishes marriage for me.'

'Mrs Hind did stress that I would have a different outlook on the matter when I fell in love. She said it really is a wonderful . . . experience. She described it as being like two souls merging.'

A slow smile spread over Kitty's face. 'It's not really souls that are merging, though, is it? I tell you what, whichever of us falls in love first can tell the other how it feels. How's that?'

'Kitty, please, please don't treat this lightly,' Jenny said, dismayed. 'Your parents aren't the sort of people to put you out on the street if you were pregnant, but think of what they would suffer. So would you, and worst of all, your child would bear the stigma of being a bastard for the rest of his or her life. How would you like someone to shout to your child, "bastard, dirty bastard"!'

Kitty looked suddenly subdued. 'I won't do anything foolish, I promise. I know that Dada accuses me of behaving in a juvenile way at times, but I do have a will of my own. For instance, last summer on a picnic Charlie Townsend took me by the hand and ran me to a barn. I was so taken aback I just ran with him, but once we were in there he pushed me down on to the straw and fell on top of me, not only trying to kiss me, but also to get his hand under my skirt. I thought he had gone completely mad and I fought him and yelled blue murder. His father burst in, thank goodness, and yanked him off me, then gave him a sound thrashing with his belt.'

'He deserved it. I hope it taught him a lesson.'

Kitty, who was deep in thought, looked up. 'I was sorry for him actually, Jenny, and I must confess to you that while he was kissing me, or trying to kiss me, I felt sort of excited inside. I'm telling you this to show you that in spite of having this strange sort of tingly feeling, I *did* resist him. Have you ever experienced anything like that?'

'No. I've never even been kissed by a boy.'

Kitty stared at her in astonishment. 'Never?'

'No, for the simple reason that I haven't ever had the chance. If a boy so much as said hello to me when we came out of church, my mother would be like a wildcat, dragging me away. I always felt so humiliated, as though I wasn't fit to be let out.'

'Ma told me a bit about that. I'm sorry that Aunt Abigail led you such an awful life.' Kitty laid a hand over Jenny's. 'Don't worry, you'll be all right with us and I'll see that you meet some young men.'

Jenny felt touched by the gesture but knew there was only one young man she wanted to meet and that was Frazer Durant. Fortunately for her peace of mind, she had only four days to wait, because by then he was constantly in her thoughts and no matter where she went, Jenny found herself looking for him. Then she had to ask herself if this obsession was a form of love, for if so, there was certainly nothing beautiful about it. She had even felt jealous when her cousin started day-dreaming aloud about him, saying, 'If only I could get to know him I'm sure he would like me.'

Then Jenny felt like shouting, 'Stop talking about him! He's mine, I saw him first!'

An invitation came from Madame Auvéry, saying that she and her nephew would be so pleased if Jenny and her aunt would call again, adding, *'Come tomorrow if it is convenient – we will both be at home.'* It was signed, *'Best wishes, Céleste Auvéry.'*

Bess was more than willing to pay another visit to Bank House. It was so nice to be meeting people of quality. Although she did not say openly that it would be good if Jenny could meet people out of her own class, she reached it in a roundabout way by saying that a friend of Kitty had gone up in the world after meeting a young man at a wedding. The young man turned out to be a partner in his father's shoe firm. The couple had fallen madly in love and married.

Then there was a distant relative of Sam who saved a young lady from being knocked down by a runaway dray. The girl's father turned out to be an eminent surgeon. This couple had married and, although theirs was not the best of marriages, the bride being terribly spoiled, Bess said it just showed how Fate could bring two people together.

When they arrived at Bank House, Madame Auvéry said that her nephew was with a customer and might not be able to join them. Jenny's disappointment was so acute she actually felt tearful. Her aunt said lightly, 'Business must always come before pleasure.'

The Frenchwoman agreed and added that it was very good business: a titled gentleman not only wanted a ten-roomed doll's house made for his small granddaughter, but he wanted it fully furnished, too.

'Ten-roomed?' Bess echoed. 'My goodness. That will keep Mr Durant occupied for some time.'

'Indeed it will. Do please sit down, both of you. I was so pleased you were able to come. I feel I must be completely honest with you and say that I miss my family and friends.' Céleste Auvéry gave a rather touchingly sad smile. 'But I promise I shall not impose on your good nature.'

Both Jenny and her aunt assured her they were delighted to come.

Tea, as before, was brought in by the elderly maid but this time small iced cakes were served. They melted in the mouth. Today Madame Auvéry was wearing a pale fawn-coloured velvet gown, as simply styled as the grey cotton she had worn on their previous visit and just as elegant. After she had bitten delicately into one of the tiny cakes she smiled from one to the other. 'Now, do please tell me what you have been doing since we last met. I am most interested.'

Jenny glanced at her aunt who said, 'Not a great deal, really. We both enjoy window-shopping, meandering round the market, talking.' Bess chuckled. 'And deciding what we would buy if we had a lot of money.'

'Ah yes, and I do think that the anticipation is so much more pleasurable than having the means to resort to extravagance. At one period in my life I could choose what I wished to buy without any thought of the cost, but those days are long gone and I am not sorry. To work and save for what we wish to buy gives one a very satisfying feeling of achievement.'

'Jenny was saying exactly the same thing. She wants to find a job as soon as possible.'

Guessing the reason for her aunt's bland statement and feeling embarrassed, Jenny said quickly, 'I don't want to rush into anything. For the first time in my life I'm enjoying some freedom.'

The Frenchwoman said, her expression pensive, 'You are young, Miss Carter. Enjoy your freedom while you can. Circumstances can make a prisoner of a woman.'

The three of them were silent for a moment then the door opened and Frazer Durant came in slowly. He addressed Bess and Jenny. 'Good afternoon, ladies. I must apologise for not being here to greet you. Business delayed me.'

His expression was sombre and Jenny saw his aunt frown. 'The gentleman's visit was rather short, nephew. Did the meeting not come up to your expectations?'

Frazer walked to the fireplace, held out his hands to the blaze then, after a pause, turned swiftly, his eyes alight with excitement. 'Everything went splendidly! If the doll's-house and furniture are to His Lordship's liking he will commission me to do four more for his other grandchildren. Four! The prestige will be tremendous.' He strode over to his aunt and lifting her to her feet, waltzed her around the room.

Jenny watched them in utter fascination, then Madame Auvéry laughingly ordered him to stop. They had guests. Frazer took her back to her chair, then after making sweeping bows to Bess and Jenny begged to be forgiven for his outrageous behaviour. He had been carried away by the situation.

'And you have a right to be, Mr Durant,' declared Bess stoutly. 'It does my heart good to hear such news.' She got up. 'And we must leave you and your aunt to celebrate.'

There were immediate protests from both Frazer and his aunt, with Frazer saying they must celebrate with them. He excused himself: he would go and see to the wine.

When he went out his aunt dabbed at her eyes with a wisp of lace-edged lawn and apologised for being so emotional. She explained that so many unhappy things had happened in the recent past and now it seemed there was a chance of a new beginning.

'My nephew is such a talented young man and was not responsible for our setbacks. When we have had our wine he will show you his work. I shall insist. Some pieces are so delicate, so intricate, it is almost impossible to believe they were fashioned by Man and not by some divine creature.'

Jenny, remembering Madame Auvéry saying that women, being nimble-fingered, were good at woodwork felt disillusioned. At the back of her mind she had vaguely imagined herself being able to help this attractive, talented man with his work. How utterly foolish she had been. She had even felt madly jealous when Kitty had mooned over him. Well, far better to come down to earth now than to go on romancing over Frazer Durant who would never feature in her life. They were poles apart.

Jenny decided to enjoy the celebration, then put her feelings about him to the back of her mind as something lovely she had once experienced. After all, she had a great deal to be thankful for. She was free from her mother's dominance and had the secure affection of her aunt, uncle and cousin.

Frazer Durant returned carrying a tray holding a bottle of wine and four glasses. He put it on the table and his aunt went forward to help him. Then he called to Bess and Jenny, who had stayed in the background, 'Come along, dear friends, and let us drink to the success and happiness of us all.'

Dear friends . . . Jenny felt moved at the words. How heartwarming they sounded, coming from a man she had met such a short time before, and who was likely to enjoy some considerable fame in the future.

CHAPTER SIX

Jenny had never tasted wine so took only a few sips, wanting to keep her head clear for when Frazer showed them his work. Afterwards she was glad she had when she saw the display of miniature furniture. She had pictured seeing small chairs of wood and other pieces decorated with some carving.

The reality had her spellbound.

Never in her wildest dreams could she have conjured up such talent, such delicacy of work, some pieces no more than two inches high.

When Frazer put his hand on her shoulder and queried lightly if they met with her approval, she looked up at him and said, a catch in her voice, 'They're the most beautiful things I have ever seen or, I should imagine, will ever see in my lifetime.'

Her aunt, who was standing next to her, was murmuring, 'I can't believe it. I just can't believe it! It's like a fairy-story, when someone waves a magic wand and everyone and everything is reduced to toy size. How do you manage to do it, Mr Durant?'

'Patience and dedication, Mrs Herriott.'

'And sometimes by working twenty hours out of twenty-four,' declared his aunt. 'On many occasions my nephew has not even sought his bed. Now at last, his talents are about to be recognised.'

'I am surprised he has not become famous before now,' said Bess. 'Mr Durant's work is perfection.'

The Frenchwoman looked very gratified and said, 'Have you seen this chest of drawers? It is no larger than a postage stamp. Let me reach it down so you can study it more closely.'

On the tiered shelves, shaped in a half-circle, were cabinets, bureaux, writing desks, tables, davenports, dining chairs, arm chairs and sofas – some of the latter upholstered in brocade or velvet.

Frazer's aunt, smiling, held the tiny chest of drawers on the palm of her hand. It was walnut with cabriole legs, and had three long drawers and two small ones with minute knobs. Jenny felt she wanted to cry. 'It's such a dear little thing,' she breathed, 'so very tiny. How did you manage to fashion anything so small, Mr Durant?'

His aunt said he had perfect hands for the work, and Jenny saw then how slender they were, his fingers long and tapered. She put her own hands quickly behind her back, ashamed of their roughness, and decided she must try and rub some fat into them every night.

Piece by piece was taken down so that it could be studied, and the more Jenny saw the more she appreciated Madame Auvéry's remark that it was difficult to believe the items had been fashioned by the hand of Man and not by some supernatural agency. There was a cabinet, about seven inches high, with a cupboard above and a bureau beneath that was all inlaid. It was exquisite – with many tiny partitions and drawers in the top part and bow-fronted drawers in the lower half. There were sixteen drawers in all – four of them secret ones. Every single drawer had a workable lock. Frazer said it had been made for exhibitions.

Some pieces, about five inches high, used to be carried by travellers as samples; a special case held a selection of five items. Jenny's attention was particularly drawn to a davenport in rosewood with ivory inlay; she wondered how it was possible for anyone to handle such minute fragments, when some parts of the inlay were no bigger than a grain of rice, shaped into various patterns.

The workroom was large, illuminated by the big window that Jenny and Bess had noticed from the outside. Frazer explained that it was essential to have a good light for the fine work. Then he conducted them on a tour. They saw tools of every description – basic tools for cabinet work, fine drills, fine chisels, a set of needle files, one of clamps. Various saws followed. After a while Jenny stopped trying to remember them all. The thing that did impress her was that nothing was out of place and this, she felt, indicated that Frazer Durant was an orderly man.

She remembered once being sent by Mrs Bryant to remind a carpenter about work that was due to be done in the house. His workshop was a shambles. He had mislaid his order book and it not only took him a quarter of an hour to find it, but he had lost some bills in the process. Jenny remembered how he had laughed, saying, 'I never know where a thing is, and if I did I'd get in a bigger muddle than I do now. But still, who cares? I don't.'

Mrs Bryant had cared, and she'd blamed Jenny for wasting time.

Now Madame Auvéry offered to show Jenny and her aunt her salon. They went into a kitchen-cum-laboratory first, where an aroma of herbs mingled with that of lavender. She told them, smiling, that this was where she concocted her "witches' brew".

The floor here was stone-flagged too. There was a fire in the grate and pans hung inside the bricked alcove. Three walls were taken up with shelves containing herbs of every description, and the other wall held cupboards. A small store-room led off from this, containing a varied selection of fancy jars and phials.

From here they went along a short passage into another room that had Jenny and her aunt exchanging surprised glances. The furnishings here spelled luxury. On a deep-pile carpet of dark-green were dainty gilt chairs, the seats of rose-patterned brocade, set in front of gilt tables, placed around the walls, each with a mirror above at which a woman could sit and admire herself.

Floor-length curtains in rose-pink velvet, to match the patterned brocade, had heavily-fringed pelmets. A gold cord looped the curtains back. At the side of each mirror were small bronze gas-brackets with glass shades tinted in pink, and on each small table was a silver-topped scent spray.

The *pièce de résistance* was a cupboard that held a table on wheels; this pulled out to display a large selection of cosmetics to bring 'beauty' into the lives of women who suffered from blemished skins and other disorders.

'Oh, but yes,' said Madame Auvéry, nodding her head slowly. 'Why should a woman be made miserable by having a troubled skin when cosmetics will help Nature to cure the complaint? I have many creams to help these unhappy women.'

Bess, looking suitably impressed, asked what ingredients were used and the Frenchwoman smiled and tapped the side of her nose with a forefinger. 'Ah, I regret, Mrs Herriott, but that must remain my secret.'

'Of course it must,' declared Bess, chuckling. 'How stupid of me. I got carried away – not that I've ever used anything on my face except soap and water. Nor does Jenny, and she has a lovely complexion, hasn't she? Her skin is so beautifully creamy.'

Jenny felt she wanted to crawl away at her aunt's crude attempts to get her involved in this woman's work.

'Yes, her skin is lovely indeed,' Céleste Auvéry said softly. 'But then your niece is an exceptionally beautiful young lady. Many women would give a fortune to have her complexion.' She pushed the table back into the cuboard and closed the door. Then she turned, smiling.

'Perhaps you ladies would do me a favour?' Jenny held her breath then released it slowly as Céleste went on: 'I've made a new hand cream and I would be so grateful if you would test it for me.'

They both agreed at once but Jenny felt a little embarrassed, sensing that the woman was doing *her* a kindness, having noticed the state of her hands.

Céleste left the room and returned with two small fancy jars. She gave one to each, with the plea that they would let her know the result the next time they met.

Jenny and her aunt left in silence as they had done the time before, and again it was Bess who broke it once they were away from Bank House.

'Usually I can weigh people up very quickly, so why can't I get a feeling about Madame Auvéry? It's so strange. She's pleasant, kind, invites us for another visit and I still don't know why. I thought I did – in fact I was so sure she wanted you for her assistant that I would have laid a bet on it, but no. She asks us to sample her new hand cream instead.'

'I can certainly do with some,' Jenny said with a wry smile. 'I was so terribly conscious of my hands this afternoon. Both Mr Durant and his aunt have lovely slender, soft hands. Mine are square and rough – working hands.'

'And that's nothing to be ashamed about,' Bess said firmly. 'Just the reverse. There would be no wealthy people without the workers. Don't ever feel inferior to Frazer Durant and his aunt, my love. They are workers too, even though their customers have money.'

Jenny dreamly said, 'Mr Durant can be proud of the work he produces. It's perfection.'

'I would still like to solve the mystery of their earlier lives,' Bess mused. 'It could be important.'

Jenny stopped. 'Aunt Bess, they are people of a different class from us. I've enjoyed meeting them, but I think it ought to end there. I don't want to go to

Bank House again, it would be wrong. Mr Durant has a chance of fame and I certainly don't expect to be a part of his life.'

'But you will be, Jenny,' her aunt said softly, 'as sure as birds lay eggs. I know it. These two people have come into your life for a reason. I'm sure it's ordained. And although you may say that you want it all to end now, I think you're deceiving yourself.'

'No I'm not, because I know it's sensible. I've never had a chance to go out with boys, then along comes this very attractive man who shows an interest in me. I was actually daydreaming about him, wondering if I was in love! Then I came down to earth.'

Jenny walked on and her aunt followed. 'You can't dismiss Fate like that.'

'I think it's wishful thinking on your part,' Jenny said gently. 'Uncle Sam said we could make our own decisions, and that is one of mine: I'm going to forget Mr Durant and his aunt.'

But circumstances cancelled Jenny's decision. The following day, Frazer Durant called at the Herriotts' house to say that his aunt was indisposed – would Bess and Jenny call in and see her? She was so down, morbidly convinced that ill-luck was dogging her.

He looked from one to the other. 'She so enjoys your company. Do please say you will come, if only for half an hour.'

Bess smiled and nodded. 'How could we refuse? We shall call this very afternoon, Mr Durant, and stay as long as your aunt wishes.' When he had gone and Jenny made no remark, Bess shrugged her shoulders. 'I couldn't refuse, could I?'

'No, but like you, I now think there's some mystery surrounding them. Why is Madame Auvéry feeling so depressed? She was so excited yesterday at her nephew's promise of fame. Is she a person who has to have constant attention, who needs always to be admired? A relative of Mrs Bryant always has different complaints to get attention from the doctor. He spoke of her as a real hypochondriac.'

'We shall find out this afternoon,' said her aunt cheerfully. 'I just knew that we were not finished with our new-found friends.' Jenny was less cheerful, not wanting her life to be dominated by the actions of others.

At first she was sorry for the Frenchwoman. Céleste was upstairs in bed, and although there were rugs on the polished floorboards and a bright fire burning in the grate, there was little furniture in the room – a cupboard, rather than a wardrobe, and a dressing-table holding two small pots and a silver-backed hairbush and mirror. Madame Auvéry was, however, wearing a white satin nightdress and bedjacket, and as usual, looked elegant.

She greeted Bess and Jenny tearfully, saying how good it was of them to call, and motioned them to chairs which had been drawn up to the bed.

'So what is the trouble, my dear?' Bess asked gently.

'I'm afraid that my nephew may have to go and stay in London, and I shall be so lost without him. I have no one – no relatives, no close friends near. I can't bear to be alone. I was alone for so many years.'

'But you have your work,' Jenny said, her voice sharp. 'You can't hold Mr Durant back because you feel lonely.'

'Jenny!' Her aunt looked at her, appalled. 'Loneliness can be an illness to some people.'

'It can also be a curse if you try to turn it into an illness to get sympathy,' Jenny retorted.

'I think you should go, Jenny,' her aunt said firmly. Jenny got up to leave but Madame Auvéry reached out a hand.

'No, please stay.' Her tears had stemmed. 'What you say makes sense – I *am* being selfish. I had been cosseted all my life until I – I lost my husband. It was all so tragic and I was not cushioned against such a blow.' She paused then went on, 'I was so excited about my nephew's success, but then he talked about having to go to London for a few days and I saw myself being alone again.' She looked appealingly at Bess and then at Jenny. 'Perhaps you would visit me while he's away?'

Bess agreed at once, but Jenny said, 'I'm sorry, but I won't be able to come. I shall be taking a job at the dyeworks quite soon.' She stared at the wall opposite, avoiding her aunt's surprised gaze.

'Perhaps I could employ you,' Céleste Auvéry said eagerly.

'No. I want to work in a factory.' When Bess made to protest, Jenny continued, 'May I explain something, Madame Auvéry? I was completely dominated by my mother from childhood. Now, at last, I am free from those chains and I want to remain so, free to make my own decisions and not be pressurised by anyone else.'

'I understand, Miss Carter, but I would never have done so had you not given your reasons. I too must learn to make my own decisions and not be dependent on my nephew. Thank you.' She smiled. 'And now, can I prevail on you and your aunt to have tea with me? I shall get up, if you will be so kind as to pass me my negligée.'

Frazer Durant was surprised to see his aunt out of bed. 'Well, this is a big improvement, Aunt Céleste. Your guests have obviously done you a power of good.' She explained how Jenny had been responsible and a slow smile spread over the young man's face. 'How interesting to find a young lady with a mind of her own. I admire you, Miss Carter.'

Bess, who had been looking glum when Jenny made her statement, beamed at him. 'My niece is quite courageous and I feel she will go far.'

'I am sure she will.'

Over tea he told them the reason for his trip to the capital. The contents of a large residence were being auctioned there and a friend of his had tipped him off that several sheds full of discarded and damaged furniture had been emptied for the sale. Most of it would be sold for a song.

'This is just what I'm looking for,' Frazer enthused. 'I shall be able to create many good miniature pieces from the old wood as it's seasoned and beautiful.' He talked about graining and about all the different woods, then said, 'I found some old timber recently in an inn that had been demolished. Quite a find – I have plans for all of it!'

Jenny was not only fascinated listening to him talking about his work, but entranced by his changing expressions; his eyes were alive with pleasure one moment, then they would darken with a dedication when he spoke of spending hours on some small task that would not go right, such as a tiny drawer that could not be unlocked.

They left Bank House with Bess promising to call the next day, even if Jenny was unable to accompany her.

She expected a lecture from her aunt about her rude behaviour, but no mention was made of it until they all sat down to the evening meal, when Kitty asked for about the fifth time what had happened at Bank House. Then Bess spoke more in sorrow than anger when she said how Jenny had refused an offer to work for Madame Auvéry.

She addressed her husband. 'Jenny wants to find a job in the dyeworks. I hope you can talk her out of it.'

Sam finished chewing a piece of meat then laid down his knife and fork. 'No, Bess, I shall do no such thing. Jenny must do as she pleases. Heaven knows she's had no chance of such a thing in her life. And don't say "But Sam . . ." '

Kitty spoke up. 'I think you're mad, Jen. Fancy having a chance to work in the same house as Frazer Durant and turning it down.'

Sam picked up his knife and fork again. 'We'll have no more talk on the subject.'

But his wife had to have the last word. 'And Mr Durant likes her – he praised her for making a stand. It could be a job in a hundred, no, in a thousand.'

'I said we'll have no more talk on the subject.' Sam spoke firmly. 'And I meant it.'

There was a silence and Jenny felt awful, in case she had caused a rift in the family, but within a few minutes Bess was chatting away again. Jenny thought they must be a very extraordinary family, never to bear ill-feeling towards one another. Later, when Kitty had a chance of being alone with her, she told Jenny she was a fool for even contemplating wanting a job at the dyeworks, especially when she could be working at Bank House. 'They're not only a rough lot but you have to do awful jobs where the men jeer at you.'

'Such as?'

'Well, there's one where you have to put a –' Kitty had lowered her voice '– a pole between your legs so that you can turn the stockings inside out.'

'So it's a job. I don't suppose I have to be naked to do it.'

'Jenny, it's indecent, it's horrible. The men stand and stare at the women and make fun of them. And not only that, you have a job to do where fluff is always rising. It gets on your chest, and it's not healthy.'

'Nothing you can say will put me off, Kitty. I've done terrible jobs in my life, jobs where men tried to grope under my clothes and squeeze my breasts.'

Her cousin stared at her in horror. 'That's terrible! Didn't you tell your mother?'

Bitterness soured Jenny's tongue. 'All my mother ever thought of was money. She said that the men didn't mean any harm. When I told my father, he took me away from there. You are lucky, having a mother and father who care what happens to you.'

'Dada will see that you come to no harm, Jenny, but I still wish you would work for those other people. I want to meet Frazer Durant in the fresh.'

'You'll have to get your mother to take you.' Then Bess came in, cutting short the conversation.

Jenny's aunt went to Bank House on the Friday and Saturday afternoon, and reported that her new friend was coping very well. She added, 'But I think she missed you, Jenny. She really has a very soft spot for you. She keeps saying what a competent young lady you are.' Bess paused. 'I can't go on Sunday, as Sam's godchild is being christened. Would you make an exception just this once and call in at Bank House? Don't say no right away, think about it. They were very kind to you when you travelled from Darlington.'

Jenny felt she had already repaid their kindness by calling to see Madame Auvéry when she was so low-spirited. Then, thinking of her aunt's kindness in comparison, she felt suddenly mean.

'Yes, Aunt Bess, of course I'll go. The following week, with luck, I should be starting at the dyeworks.'

On the Sunday morning Bess said in an urgent way to Jenny, 'Kitty's trying to get out of going to the christening. She's pestering me to let her go with you. I don't want her to become involved with that young man or his aunt. If she tries to persuade you to take her, can you say it's a special invitation for you alone, or something like that?'

Jenny had never seen her aunt so flustered, and she wondered why. As it turned out, she had no need to make excuses to Kitty. Sam told his daughter she would be attending the christening and that was that. Kitty looked sulky, but accepted it.

The family left early for the christening, and as Jenny had plenty of time before going to Bank House she sat down to study the list of birth signs that her uncle had given her.

The first one started at Aries, which was for people born between 21 March and 20 April. The text began with how the sun and moon affected people's lives and how the sun was powerful in Aries; it went on about Scorpio rising in Aries, and how the other planets went through the twelve Houses. Jenny, not understanding a word of it, was about to give up when she read that Aries, as the first sign in the Zodiac, represented the springtime of life. She thought that was nice so she read on.

Arians were natural leaders, apparently. They had courage, energy and originality. The last word brought Frazer Durant to mind. He certainly had originality. She read on. Arians were the doers of the world, and started great things with enthusiasm. Oh yes, that was right, too! Then Jenny read that unfortunately, an Arian could be in the middle of a project, full of excitement, then would suddenly switch to something else.

For instance, a man might start building a house and work night and day on it, then when it was half-built he would get another idea such as making an aviary, and would leave the work on the house to get on with his new scheme. Both projects would be completed eventually, but ten more jobs could be tackled before they were done.

Jenny lowered the sheaf of notes. No, that was not Frazer. He would complete what he was working on before starting something else, she was sure of that.

The next part was about Arian women. They made good wives, were loving and willing to help a husband in business matters, had an independent mind, and often carried on some lucrative sideline of their own in order to add to the family money. One fault was their extravagance, a case of spend now and think later. Aries women were passionate, but only loved a man they could admire. Her lover's ability to control an Arian woman was part of her devotion to him.

Jenny moved on to the next sign, Taurus, 21 April to 20 May, reminding herself that she was looking for signs that would fit her aunt and uncle's temperaments. If you were born under this sign, she read, which was ruled by the beautiful Venus, you would be loving and contented, a fine contrast and balance wheel for the highly-strung types of the Zodiac. Jenny paused, not sure what this meant, then read on; *'A Taurean is stubborn and hates to be contradicted. A feeling of security is important to him. He is possessive, which is his worst fault. He is slow to anger but when aroused is difficult to deal with. He can, however, be very patient and have plenty of warmth and charm. Taureans tend to have excellent business sense and are good savers. They prefer to live in the country to the town. He is a faithful and generous friend, with a great capacity for affection. He is amorous but sexually straightforward and not given to experiment.'* The text moved on here to the Taurean woman.

'These women are perhaps the most devoted and dependable kind of wife in the whole range of Zodiacal types. She would suffer extreme hardship rather than desert her mate. She has a nature adapted to domestic life. She is the perfect homemaker, a loving wife and a devoted mother. She does, however, have a secret desire to enjoy life's luxuries and would cheat a little, even the husband she loves, to acquire them. There is nothing she likes more than praise for her well-run home.'

Next came Gemini, 21 May to 21 June.

'Gemini people are under the sign of the Twins and have dual personalities. They are talented, intellectual and sociable and will put their attributes to good use. Then suddenly they can change, become restless and take up new

activities, continually flitting from project to project. Many can overcome this and rise to good positions. They are successful in the newspaper world, as scientists and writers. Those who are drawn to the church are brilliant rather than profound.

'Geminians are affectionate and generous, thoughtful towards the poor and suffering, but what work they do to help must not interfere too much with their own interests.

'This type of man often looks for a marriage partner who can share his mental interests and who is willing to change her environment as often as he wishes to make changes. He is inclined to be flirtatious but would never go as far as upsetting the home life. In spite of their dual personality, Geminian men mostly make good husbands and fathers, guiding their children to adulthood rather than bullying them.

'The Gemini wife is first and foremost an intellectual woman and has the ability to further her husband's career socially. It pleases her to feel she is in partnership with her husband, and yet she prides herself that her home is run smoothly and her children are cared for. Both men and women have a flirtatious nature, but neither would sacrifice home or partner to satisfy sexuality.

'Many, of course, live on a lower level, but the Gemini woman is so adaptable she adjusts to conditions and often can improve them by her inherent ingenuity and cleverness.'

Jenny went on then to the sign of Cancer, from 22 June to 22 July. As she started to read, she decided that her Aunt Bess could come under this sign.

The text said that for nearly nineteen million years, the Cancer sign had represented the Mother of All. Hence, Cancerian women not only adored their own children, but would love and care for the children of other people. How true. Dear Aunt Bess. Apparently the Moon ruled this sign, and was shared by none of the other eleven signs. There was a lot more about planets but Jenny moved on to where it stated that

Cancerians were intelligent but sluggish. They were difficult to rouse in the morning, the women more so than the men. Cancerian men also loved their children and their home, but although they were mostly faithful to their wives there was a longing in them to have a little secret affair. Then when Jenny read the next sentence she sat up.

'*Cancerian men are always searching for knowledge and are greatly interested in travel, in astronomy and astrology* . . .' Her uncle and aunt could both be born under the same sign! But no. It went on to say that the men hankered after women. This did not fit her Uncle Sam. Then further on she read that the husbands were more dominant than their wives and were able to control their children. This was certainly so. Oh dear . . . how difficult it was to know whether a person fitted into a certain birth sign.

Apart from the actual statements, there was also the paraphernalia of other planets having an influence on the signs. It seemed that a certain planet could pop into one of the twelve Houses and change everything. In one part it said that when Jupiter trines Neptune and when Mars, whose transit around the Zodiac is usually swift and sure, stays in the sign of Cancer for many months it would bring dramatic activity during that period, setting off the many events promised by other planets. Which had Jenny wondering if people ever did control their own lives!

She moved on to Leo the Lion, 23 July to 22 August. This description did not fit Frazer Durant, but the description captured her attention.

'*If Aries is the Prince of the Zodiac, Leo is King. The Leo type is the most dominant of all the Zodiacal characters. He knows he is far better at organising everyone else's life than they are and, if they accept this, all will be well. He is arrogant, over-dogmatic, but he has a natural spontaneous charm that draws people to him. At their best Leos are enthusiastic, optimistic people and make wonderful lovers.*

'Although he tries not to show it he is sensitive and easily hurt. He is extravagant, spends money lavishly, but is generous to those who are in need. No matter his background, he will have a kingdom of some sort. A wife can have a difficult time if she does not stand up to his dominating ways. He will respect her if she does because he enjoys a challenge.

'On the whole he is a power for good. He is strongly idealistic, humane and beneficent. His faults, however, are as large in scale as his virtues. He is arrogant, and has a quick temper. He is jealous of rivals, especially in the matter of love. When he does love he can be fierce as well as tender. Women adore him. The average Leo makes a splendid husband for the woman who loves him passionately, yet will challenge his right to rule her. Nothing in life must be dull for the Leo husband.'

The grandfather clock began to strike – two o'clock. Where had the time gone? Jenny felt she must go, but was reluctant to leave without reading about the Leo women.

'Even the poorest of Leo women have an aura of graciousness about them, a caring for other people. Their homes are tidy, their husbands and children given the best that can be managed. They make loving wives and will make excuses for their husbands if they are unable to improve their lot. The Leo woman blessed by a higher standard of living has all the social graces. She is excellent at entertaining, draws people to the marital home and is well-respected. She is passionate, loyal and is ready to overlook her husband's small infidelities. If, however, he neglects her then he comes to learn the anger of a woman scorned and becomes very much aware that she does not forgive easily.

'She makes a loving mother, but will not tolerate disobedience. She is talented and excels in the arts.'

Jenny glanced at the clock then hastily gathered the papers together and put them back in the box. She would read the rest later.

On her way to Bank House she realised that she had not yet found a sign that fitted Frazer Durant, but she was certainly taken by the description of Leo men. Life would certainly not be dull married to one of them. While Jenny was walking along the canal bank she saw a woman ahead who reminded her of Aunt Bess, and this set her to wondering why her aunt was so against Kitty being introduced to Durant and Madame Auvéry. After all, she wanted her daughter to meet nice people and marry into the gentry, and they certainly both had class. Did Bess think there was something underhand about their lives? Many people had skeletons in their cupboards, or so Mrs Hind would often say.

Thinking of Mrs Hind reminded Jenny that she had not yet written to her old friend. She must; Mrs Hind had been so good to her, and would no doubt be wondering how she was faring. And, of course, thinking of Mrs Hind brought her mother to mind, and the secrets that Abigail Carter had kept from her. Jenny shuddered. Thank goodness she had broken away from her mother. What sign did *she* come under? She had never known her birthday, nor that of her father. The dates were never mentioned. Her father always bought some small thing for her birthday and for her brothers and sisters, but later the small gifts had to be given in secret because of the rows her mother created over good money being wasted on silly toys, as she called them. As Bank House came into view, Jenny put her unpleasant past from her mind.

Madame Auvéry was almost tearful when she greeted Jenny. How wonderful to see her. Her aunt had said that she might come, but was unable to promise. 'Please do be seated,' she begged. 'I shall order tea then you must tell me all that you have been doing.'

While they waited the Frenchwoman talked non-stop for several moments. She was missing her nephew terribly, but she had been very good, very disciplined, never complaining or allowing herself to become depressed. She gave Jenny an expansive smile, followed by praise. 'You were responsible for this, Miss Carter, you and your excellent advice. You are such a sensible person and yet commonsense and beauty do not often go together. But there, I talk too much. I want to know what you have been doing. Are you beginning employment soon at the . . .' She waved a slender hand. 'Was it a clothing factory? No, no, I remember – it was a dyeworks.'

Jenny told her no, not yet, and because she did not want to repeat a list of going to the market and looking around shops, she said she had been studying astrology . . . and realised her mistake when Madame Auvéry looked delighted.

'Astrology! Oh, you must tell me what the stars have in store for me. At one time in my life I had a wonderful astrologer. He foretold everything that was going to happen.'

Jenny spoke up quickly. 'Madame, I am a mere amateur. I have only just started to read some birth signs that my uncle prepared for me. He –'

'Your uncle is an astrologer? I must meet him. He will tell me what the stars foretell.'

'No, I'm afraid I've misled you.' Jenny, seeing her Uncle Sam being summoned to Bank House and the furore it could cause, went on hastily, 'My aunt would be very upset if she thought I had led you to believe that her husband is an astrologer. He too is an amateur, and he would be horrified if he thought I had asked you to believe that he is any more than that.'

'I understand. I do apologise. Actually, it would be unwise to go into the subject again. My nephew would not approve. He told me that it dominated my life and that I must stop at once.' She leaned forward in a confidential way. 'But I must say that it is a most fascinating subject. My astrologer friend told me things about myself that even I did not know.'

Jenny could understand her interest, as the little she knew had whetted her appetite to know more. She would have liked to question Madame Auvéry about her astrologer friend, but decided it would not be wise or she might find herself in Frazer Durant's bad books. She changed the subject.

'Madame, I must thank you for the hand cream. I've only used it a few times but the improvement is tremendous.' She held out her hands. 'Look, all the dreadful cracks have healed and my skin is so soft. When it's finished perhaps you would sell me some more.'

'Indeed not. I shall *give* you another jar.' While Jenny was trying to insist she must pay for it, the Frenchwoman began talking about the complexion of various women, then mentioned the skin of her Aunt Bess. It was sallow – she could make it fairer. Would her aunt be upset if she offered her a jar of her skin lotion? Céleste Auvéry paused then went on, 'The hand cream was something different to offer. I needed the help of both of you for my experimentation.'

Jenny said a little tentatively that she thought her aunt would be pleased to try the lotion and Madame Auvéry said, 'Then I shall give you a bottle and also tell you the ingredients, but I will not divulge the quantities! She took pen and paper and read aloud as she was writing, 'Mix horse-radish, sour milk, rainwater, cream, lemons, grapes, cucumber, lavender and rose petals.'

There followed other directions about the mixture being left in the sun for so many hours, then kept in a dark place for a week until it was ready to bottle.

Afterwards she talked of the dreadful concoctions that women used in days gone by when complexions had to be white. First of all she gave her a recipe for a 'bleach', which contained dead ash from the fire, cow dung, chopped worms and other obnoxious ingredients, which had Jenny pulling a face and protesting that she refused to believe that women would go to such lengths.

'But they did. The fashion was for women to look pale and wan, so they took this dreadful concoction to make themselves sick, which certainly did make them look pale and wan. Worse still was the white lead that many put on their faces during the eighteenth century. It was poison, and they knew it. Many died – and why?' The Frenchwoman spread her hands. 'Because of so-called fashion. An appalling situation. But there, let us talk of something more pleasant. I have a little job to do, perhaps you would like to help me?'

Jenny was only too pleased to help her fill fancy containers with a liquid that would be used to spray clothes in a closet. The room was soon filled with the perfume of flowers.

'How beautiful,' Jenny murmured. 'I don't think I could ever feel lonely with this to remind me of a summer garden. When I was about fourteen I used to work at a big house that was grim and cheerless. On my way home in the evenings I came to a garden that was full of different varieties of roses and I used to stop and breathe in the scent. Then one evening an elderly man spoke to me.

' "You like roses," he said.

' "Oh yes, I do," I replied. "They're so beautiful and have such a lovely scent. Sometimes when they move in the wind I feel they are people."

'He smiled then and said gently, "Ah, you are a young lady after my own heart. They are people to me, too. Keep on thinking in this way and you will never feel lonely where there are roses. Look for me when you pass this way. My daughter is calling to me." '

Jenny paused. 'I never saw him again. When I stopped the next evening I saw that all the blinds in the house were drawn. A servant told me her master had died.' Tears suddenly filled her eyes. 'I felt it was destiny that I had met him that evening.'

'I'm sure it was.' The Frenchwoman spoke softly. 'Your aunt told me you have had an unhappy life, but you have had certain things happen to you that I have never experienced. You travelled with carriers who took you to little villages, you met people, some of whom made beautiful things. You learned about their lives. I remember the two spinster sisters who fashioned silk flowers for milliners. I thought it beautiful, and I thought this story of the rose garden more lovely still. I shall look on roses now as people and not be lonely.'

Frazer Durant had mentioned once about having a rapport with people, and Jenny now understood what he meant. She felt very close to his aunt at that moment.

They were still working, filling the sprays, when a voice called, 'Hello! Anyone at home?'

Céleste Auvéry turned swiftly, her face alight with happiness. Frazer Durant came striding in. He dropped his bag and gave her a hug. Then, seeing Jenny he exclaimed: 'Well! What a lovely surprise. I certainly didn't expect to see *you* here, Jenny.' He gave her a hug too and her heart began to beat in slow, pleasurable thuds.

CHAPTER SEVEN

Jenny thought she would always remember the hour she spent with Frazer and his aunt on that Sunday evening.

He told them how he had bid for several chests of wood and got them at reasonable prices, and his excitement was infectious as the varieties of woods rolled off his tongue: rosewood, satinwood, close-grained mahogany, walnut, silver ash, oak, elm . . .

Then he held up a hand. 'But that is not all. Wait one moment, ladies.' He went out and came back carrying a sizeable wooden box. He beamed at them. 'The chests will be delivered, but this I just *had* to bring home with me. I found it at the bottom of one of the chests.'

He started undoing the knots of the rope binding the box and his aunt said, 'Cut it! I cannot wait to see this treasure because treasure it must be.'

'Indeed it is – there.' With the last knot untied Frazer pushed aside the rope, raised the lid slightly, laughing as he kept them in suspense, then he opened it. 'Hey presto!'

The only thing to be seen was straw. His aunt made to move some and her nephew shook his head. He would see to it. With the straw removed he began to lift out, with great reverence, pieces of miniature furniture. 'A great find,' he murmured. There was an assortment of tiny cabinets, chests of drawers, bureau cabinets, desks – one less than an inch high – and a selection of chairs with different styles of legs that Frazer itemised as he lifted them out: 'Chinese style, cluster column, scroll, fluted column . . .'

Jenny said, in a voice full of awe, 'How truly lovely.'

When Madame Auvéry asked if they were worth much money her nephew replied, his eyes dreamy, 'At the moment I see only their beauty.'

Later he talked about some of the furniture that had been auctioned, and of a friend he had met who had taken him to his club for dinner; he was like a young boy describing a special treat and his aunt gave him an indulgent smile and said softly, 'It will not be long before you are back in the fold.'

For a second he looked serious but the next was enthusing about the miniatures and then his eyes were alight with pleasure. Jenny helped him to carry them to his workshop while he talked about London, the magnificence of the Houses of Parliament and of walking along the Embankment in the moonlight. He told her he hoped she would have the opportunity of visiting the capital too, some day. Jenny had a feeling of being close to him, so close she could almost imagine he had said he would take her there.

It was then that her resolution to stay away from Bank House dissolved. She knew she was a world apart from Frazer Durant and his aunt, but she could dream – and surely there was no harm in being friends? In any case, she would be starting work soon so there would be little opportunity for visiting. Deciding then that she must not overstay her welcome, she said she must be going as her aunt was expecting her back. Frazer said he would walk her home, and although she told him it was not necessary he insisted. They left after Jenny had promised to visit Madame Auvéry again soon.

Jenny had walked home many times in her life in the moonlight, but always after a long, hard day's work. She had certainly never found any beauty in the night. Now, with Frazer's hand cupping her elbow, and listening to his quiet voice talking about the first time he had walked along the Champs Elysées in the moonlight and how impressed he had been, Jenny saw a beauty in the canal scene; the narrowboats moored on the still water were romantic vessels to carry them across oceans, the warehouses palaces under the silvery light.

Reality came when the sound of drunken men singing could be heard in the distance, but even then nothing could mar Jenny's first experience of being walked home by a man.

When they reached the Herriotts' house, Jenny asked Frazer if he would care to come in. He said, 'Another time, perhaps. My aunt will be wanting to ask all sorts of questions about my trip.' He leaned forward and for a moment she thought he was going to kiss her but he simply touched her lightly on the cheek and added with a smile, 'When you come again I'll teach you how to do carving.'

She waited until he reached the end of the street before going in. He turned and waved. She waved back and had just brought the doorkey from her pocket when she heard her Uncle Sam say, 'So you were brought home by the young man, were you?' He had opened the door and was smiling at her. 'Our Bess was getting a bit worried. I was coming to fetch you.' When Jenny apologised for being late he said, 'It's all right, love. She's only just remembered you weren't with us. She's full of the christening, the prettiest baby that's ever been born. Each one is, but that's your Aunt Bess for you. She would have had twenty or more babies had it been the Lord's wish.'

Bess glanced over her shoulder when they went in, said, 'Oh, you're back safe and sound, Jenny,' then turned to Kitty once more. The girl looked half-asleep. 'Now, as I was saying to Great-Aunt Ada . . .'

Kitty was suddenly wide awake. 'Mum, please! Jen, what happened? Come on, tell us all about it. Was the handsome prince there? What did he say? Did he bring you home?'

Her mother scolded her. 'Let the poor girl take her hat and coat off.' To Jenny she said, 'Oh, I wish you had been with us love. I think it was the best christening I've ever seen. The baby never cried when the water was –'

Sam interrupted, 'Bess, I feel I've been to six christenings today. Tell Jenny tomorrow. Now let us hear how she got on.'

Jenny told them what had happened and they all caught the excitement, especially Bess. 'Well, would you believe it? All that tiny furniture. He'll be a rich man soon at this rate.'

Jenny knew there was one question her Cousin Kitty was burning to ask: had Frazer Durant kissed her? It was bed-time before the chance came. When she told her cousin no, Kitty offered advice on how to tempt her man. She must flirt with her eyes and her body. Before Jenny had a chance to reply to this Kitty, who had climbed into bed, was fast asleep.

Jenny, who had intended to mull over all that had happened, was not long in following her cousin into slumber.

The following morning Bess began to question her about Frazer. Did he appear to be serious about her? Had he said anything that gave her the impression he might be in love with her? It was not the kind of probing that Kitty might adopt, but an earnest interest which puzzled Jenny. She said, 'Aunt Bess, you told me that you didn't want Kitty to become involved with our new friends, and before that you hinted there might be some mystery about them.'

'I have no idea what it is, Jenny. It's just a sort of feeling.'

'So, although you don't want Kitty to get to know them, you think it's all right if I do?'

'Now then, love, our Kitty is a different proposition,' Bess said earnestly. 'She's headstrong. If she fell in love with that young man I'm sure she would run away with him if he asked her. But if the position was reversed and *you* were to fall in love with him, you would give the matter a great deal of thought. You are sensible, Jenny. You wouldn't rush into anything.'

'I've never been in love, so I don't know how I would react.'

'You wouldn't do anything foolish, believe me. You were brought up in a hard school, and you've learned values. Kitty hasn't. With her being the youngest she's been spoiled, by me. I've let her walk with boys because she loves being made a fuss of, but at the same time she's never been alone with any of them.'

'Aunt Bess, I'm still puzzled. You wanted me to to visit Madame Auvéry, pressed me to go and see her – and now you seem concerned that Mr Durant might have suggested he was in love with me.'

'Don't you see, Jenny? I was delighted that you had the chance of meeting people from a very different society. I thought it would all add to this new world you've come into. But I didn't want him to bring any complications into your life. When I asked you to go to Bank House I genuinely thought he was in London. I only want for you to be happy, my love.'

'And I am, Aunt Bess.' Jenny came over and gave her a hug. 'I love being with you all, and I've enjoyed going to Bank House. I wouldn't have missed the experience of last night for anything, seeing Mr Durant's pleasure when he brought out the miniature furniture, piece by piece. It was something to be remembered and treasured. I'll keep on visiting Bank House because he told me he would teach me how to carve, but don't ever worry that I'll fall madly in love with him. He and his aunt are friends, nothing more.'

Later on that day, a sudden thought had Jenny bringing out the list of birth signs to study, to see if she could find one that might fit in with the very talented Frazer Durant. She had reached Virgo, 23 August to 22 September.

She read that: '*The Virgo person is quiet, modest, very industrious and almost a slave to his work. These people excite no envy as they progress because of the modesty of their demands. They are not adventurous but they are trustworthy people with clear, high-thinking minds. What ever dignity of office they arrive at, they guard jealously and keep untarnished.*

'*The chief characteristics of the Virgoans is their ability to deal with intricate work. They are the people you will find working to thousandths of an inch.*' Oh, this *must* be Frazer, Jenny thought. '*Such work is critical and they will bring all their powers of concentration to it. Because of this they often become fussy over details in other parts of their lives. With always striving for perfection they have no flights of fancy and find difficulty in coming to terms with their own imperfections and those of others.*' Jenny shook her head. No, that was not Frazer. She read on: '*All of the Virgo processes of thought are factual, earth-bound and material. As sweethearts and lovers they are engaging and attentive enough, but as husbands they are often uninspiring. Many Virgoan men are unable to even comprehend the heights of poetical, physical love.*'

Definitely *not* Frazer. The next part was about Virgoan women.

'*Those born under this sign are as precise, hardworking and as trustworthy as the males. They make good wives, caring for the well-being of the husband and keeping the home spotless. Unfortunately, many Virgoan mothers show an excessive attachment to their children and in many cases exert an undue tyranny over them.*'

Jenny sat back. She had no idea of her mother's birthday, as it had never been mentioned, but the words 'undue tyranny' seemed to fit in with her nature! But then she read on that although these traits were strong in the Virgoan women, it was because they had been reinforced by influences reaching back to the remotest past.

Did that mean Abigail Carter was not to blame for her cruelty? No, Jenny refused to believe that her mother had been unable to behave differently. If people did not make any effort to control their baser feelings there would be no kindness in the world at all.

She moved on to the next sign, Libra, 23 September to 22 October.

'Libra women have a delicate, spiritual appeal. They are ideal wives for wealthy, successful men, who are stimulated by union with a woman who carries herself like a goddess and who designs a background for herself in keeping with her rare, exquisite personality. Actually, however, these women are not as fragile as they appear. If they are forced through circumstances to earn a living they would succeed as a designer, a high-class milliner or beautician.'

Beautician . . . Madame Auvéry?

'Librans, cheerful, natural optimists, cannot bear loneliness.'

Oh, *definitely* Madame Auvéry.

'The Libran woman, when she marries is wife, mistress, friend and is utterly charming. She enjoys socialising and is the perfect hostess.

'A Libran man relaxes and thrives in good company. He enjoys all the good things that life has to offer and enjoys beauty in all forms. He is a passionate lover and although he can be tempted by a beautiful woman outside of marriage, he expects his wife to be faithful.

'The men are financially shrewd and can often build up a big business. There are others, however, who are tempted to speculate and will take a chance where big risks are involved. If they feel their business is failing, they will beg, borrow or steal to get it onto its feet again: and often end up in dire trouble. In cases like this the Libran wife is supportive and will do anything to help her husband.'

Was it possible that Madame Auvéry's late husband was also a Libran, and had got into trouble financially?

This could perhaps account for Aunt Bess's sense of unease and mystery about the Frenchwoman and her nephew. Perhaps all three had been involved . . .

The text went on to state that a fault of Librans, both men and women, was that they often used a 'wait and see' policy. If an unpleasant job was to be done, they would put it off as long as possible. Another fault was that they sulked if they could not get their own way, and needed a lot of coaxing before they snapped out of their mood. They were, however, fighters for justice, mercy and peace, and would make a sacrifice, without complaint.

It was some time before Jenny could settle herself to go on to the sign of Scorpio, 23 October to 22 November.

'Scorpios have powerful feelings and emotions. They have a sense of purpose and are highly imaginative. They are very discerning, are persistent and determined. This applies to male and female. Both are inventive; the woman able to produce stories to delight her children and the man to make unusual toys. The hands of the Scorpio male could be responsible for building up a successful business.' The text went on to say that a Scorpio male's enormously powerful energy gave him hidden depths with great qualities of endurance, and that he would battle against severe odds to win. Jenny decided that this could very well be Frazer's sign, thus was taken aback when she read on and found that the Scorpio man was not only exceedingly jealous, but stubborn – and that if a husband even faintly suspected that his wife had been unfaithful, it would mean the end of their marriage!

No, Frazer would never behave in such a way, surely?

The next section said that Scorpio women were loyal and courageous, needing no hot-house atmosphere to keep their love in bloom. They enjoyed responsibility and a large family was a delight to them. These women were very capable, and once they were settled in domestic life they put all of the management and energy of their passionate natures into the home. They were at their best examining the roots of problems, personal or otherwise. The extract concluded that Scorpios, both men and women, had a personal magnetism that drew people to them, and that they also had a certain mysticism. And finally: *'Study will not be difficult for these people if it means research rather than speculation. Hard workers, they will happily undertake long periods of study. They often make journalists or excel in medical or scientific work.'*

Jenny had put the papers down rather guiltily when her Aunt Bess came home, but when Mrs Herriott said she had to go out again to give a message to her neighbour's daughter, Jenny picked them up once more and started on the next sign, of Sagittarius, 23 November to 23 December.

It began: *'Physically, Sagittarians are distinguished-looking, tall and well-developed.'* Jenny settled herself in the armchair. This looked a promising beginning! She read on.

'The expression in both sexes is apt to be vivacious, laughing and sunny. The mien is cultured, the features clear and well-formed. The health of the Sagittarians is good. They have naturally sound bodies but delicate nervous systems. They have a tremendous zest for life and are not at all self-centred. The result is too often overstrain, mental or physical.

'The Sagittarian wife is the best fitted of all Zodiacal types to be a companion to her husband. This type of woman takes an intelligent interest in her husband's business. She is not an intruder and has enough reserve to wait until she is asked for advice, but when the confidences come, she is not only a sympathetic listener but a useful adviser. She is a woman to be trusted, for her judgments are mature, and her natural equipment sound.'

Although Jenny was impatient to get on with the male of the sign she felt compelled to learn about the women, too. It might help her to know someone more clearly in the future.

'These women are often tall, attractive and have good dress sense. They have no petty jealousy and are sensible enough to avoid emotional complications outside of marriage.

'In the home this kind of wife is competent, speedy in her housekeeping, efficient and very warm and loving towards her husband and children. But she is outspoken and both husband and children may expect to hear their faults being frankly discussed, often for their own good.'

Then it went on: *'The Sagittarian man is not really fitted for domestic life'*, and Jenny said aloud, 'Oh,' having assumed for some reason that male and female had excellent qualities for marriage. But no, this man had a dislike of being fenced in. *'His interest in world affairs is great. He loves humanity and can become absorbed in social progress and the problems that confront the world. His greatest enemy is boredom and he is constantly setting himself new tasks. The challenge of a new problem is a delight to him, for it caters for his pleasure in exploration, in pushing his mind ever outwards. He is capable of planning on a vast scale but will not concentrate on detail. He is often a good linguist and many become great sportsmen.*

'He is as ardent as one would expect of a fire sign. His hail-fellow-well-met appraoch gets him many friends, but as soon as he senses a threat to his freedom he withdraws. Married Sagittarians need partners who understand this and will not make them feel tied. If this is observed he will be a good husband and parent.'

Finding herself becoming more and more interested in the subject, Jenny moved on to Capricorn, 23 December to 20 January. This extract began with the traits of the Capricornian: *'They are reliable, ambitious, prudent, have a sense of humour, a sense of discipline and are persevering.'* Following this it said: *'They are also over-exacting and some are inclined to be miserly.'*

Definitely not Frazer Durant, Jenny decided. The next words, however, pleased her: *'One of the most likeable traits of the Capricornians is their sense of humour. They are people of few words but their dry comments can be extremely funny.*

'The male has a constant active drive to reach the top of his profession, and his way is by continued effort, patience and sheer stickability. Slow and steady is their motto, so they tend to reach their goal later in life.

'At some time during his life, the male Capricorn will most likely be drawn to the ruthless world of politics. Many make excellent politicians. They also have a flair for music. His perseverance for anything he tackles is formidable. Emotionally he is cool, but he will be a faithful husband and will see his role in the household as being a good provider for his wife and children.

'The Capricorn woman is intuitive, sensitive, capable and faithful. She loves her home and is one of the finest housekeepers of all the Zodiacal types. She is an excellent cook, is an economist, is a good hostess and very ambitious for the success of her husband and children.

'She is an admirable wife in all these respects, but unfortunately is unable to show her affection, which is sad because most of all she needs affection, needs encouragement to call forth her deep loyalty, which once given lasts for a lifetime. Men of a more practical nature, who wish their homes to run smoothly, rather like a good-class hotel, will find this type of wife very satisfactory.'

Poor wife, thought Jenny.

The next sign, Aquarius, 21 January to 19 February, was her own, and although her Uncle Sam had told Jenny some of her traits already, she was naturally interested in learning more.

'Aquarian woman is one of the highest of Zodiacal types and is better equipped for marriage than those of several other signs. She is capable, intellectual, adaptable, discerning and often very talented. She has a man's ability to

accomplish a long day's work without a grumble or showing fatigue. She attracts people, and her friendly manners make her home a social centre. Her behaviour is above reproach. Aquarian women are the kindest in the world and would rather suffer themselves than create a condition from which someone else might know grief.'

Could that be right? It would not matter to *her* if her mother suffered sorrow! She read on.

'She is generous and would give her last penny away to someone desperately in need. Although emotionally she is responsive, her intellect rules her and is most appreciated when she is married to an intellectual man.'

Her intellect rules her? This was not right, either. She was not clever in any way.

'The Aquarian male is also the kindest and most generous of all the Zodiacal types. He will give without any thought of return or reward. These are considerate men, gentlemen in every way, treating even people on a lower rung in society with courtesy. Independence, originality and scope for inventiveness must be used by the Aquarian if he is to be happy in his work. He is a born scientist and is constantly working on new ideas or seeking new truths.' Uncle Sam! It had to be!

'He longs to be free to widen his horizons and often a marriage will fail because of this. Those, however, who learn discipline and how to be free within confinement can make extremely stable marriages.'

Jenny felt touched. Could this be her Uncle Sam? The description fitted so well! She had still not found a sign that matched Frazer Durant, as she saw him. Now there was only one sign left to study – Pisces, 20 February to 20 March.

'Pisceans are the most kind and gentle people. The women react quickly to anyone who needs their sympathy and are easily moved to tears. Consequently, they are never short of friends and are well-loved. It would be a tragedy to the warm-hearted Pisceans if this was not so, because they can

imagine nothing worse than not being loved. They often have a fragile look. They tend to have oval faces, fine foreheads and arched eyebrows above large dark eyes. Both men and women, even those with rounded figures, are light on their feet and make good dancers, yet both men and women lack energy. A woman will make the home restful, but often has not the strength to keep it constantly tidy.

'The Piscean woman, unfortunately, is unworldly and impractical and will always be eager to escape from reality. On the positive side, however, these women have great compassion and an ability to relieve the suffering of others.

'A man will do his best at his work, but often finds it difficult to concentrate. Both are dreamers and the concept of sex is high and beautiful, far above the average.

'It is not easy for Pisceans to conform. They will not run their lives with discipline or routine, but their natural charm and genuine tenderness will inspire their friends, and because of their delightful manner, they will not notice the chaos which all too often abounds in the Piscean home.

'They make excellent doctors or nurses, also artists. Pisceans are highly intuitive and develop psychic and mediumistic abilities.'

There was a paragraph at the end in which her Uncle Sam had written: *'From the observations over perhaps thousands of years, made in all parts of the world, it appears that a person's character will correlate with the positions of the various planets not only at the time and place of birth, but with how they move through the Houses at different times.*

'No matter what the stars foretell, a man by his own initiative and will-power can wring a victory from difficult circumstances, just as by his own laziness, he can let his opportunities slip away.

'As he has free will, a leader of men may become a great general or a leader of thieves.

'We can all improve ourselves, Jenny. Make a note of the following: "Before the voice can speak in the Master's presence, it must have lost the power to wound."'

After studying these words for some time, Jenny decided that no matter how the planets affected her life, she would never reach that enlightened stage. One would need to be a saint – and that was not on her agenda. So much goodness would be *very* boring. She was just beginning to experience life, and it was exciting . . . very exciting indeed!

CHAPTER EIGHT

The first thing her Uncle Sam said when he came in that evening was, 'Well Jenny, are you ready to start at the dyeworks next Monday? Mary Dodd will be leaving this Friday so the job's yours if you want it.'

Although Jenny was anxious to earn some money so she could pay for her keep she was taken aback, and knew it was because she had secretly been hoping for Frazer Durant to teach her carving. She said, 'Yes, of course, Uncle. Thanks very much for speaking for me.' When Bess started to voice her worries about the dyeworks Jenny said quickly, 'I want to go there, Aunt Bess.' She smiled. 'It'll be the first time I'll be handling my own wages.'

When Kitty learned about the dyeworks job she told Jenny she would soon regret not having accepted Madame Auvéry's offer of work. But Jenny said firmly, 'No, for the first time in my life I have the opportunity to make a choice, and this is what I want to do. I can still call at Bank House on an occasional Sunday.'

But even as Jenny spoke, there was a little cold feeling near her heart; she feared that somehow there would be a severance of her friendship with the young man and his aunt, for three evenings ago her uncle had been making an itinerary of places he would take her to visit on the next five or six Sundays, 'to get her more acquainted with the environment'.

After the meal that evening Sam talked to Jenny about the dyeworks, so she would know what to expect when she started. He described first of all the section where women wound the cones of wool on the machines, adding, 'And that is where you will probably start, love.'

Bess sniffed, 'And it's where you'll get fluff up your nose all the time. It flies all over the place, gets into everything. They have to be constantly cleaning the machines.' She sniffed again, in sympathy.

'Your aunt knows everything, Jenny.' Sam spoke sharply. 'You would think she had worked there.'

'I've as good as,' retorted Bess, 'with the girls being there since they left school. I've heard plenty of stories, believe you me.'

It was the first time Jenny had heard her uncle and aunt be sharp with one another, and feeling that she was indirectly responsible she said placatingly, 'It can't be any worse than the work I've been doing.'

Her uncle began to describe other sections: there was the dyeing room, where the dyeing was done in large wooden vats called ghorries. He explained that stockings were put into net bags, twelve pairs in each so they wouldn't get tangled. He further explained that when fabric was being dyed it was inched up in twelve-foot lengths so that every part would be covered.

'And in that section,' Bess interrupted, 'it's steamy, like washday. The steam gets on your chest and you could end up with bronchitis.'

A pained look came over her husband's face and he closed his eyes momentarily. 'Bess, *please*. I'm trying to put Jenny in the picture of what to expect. It's certainly not getting bronchitis. Were the girls ever off with bronchitis?'

'No, but –'

Sam slapped his knees and got up. 'I think the best thing I can do at the moment is to go and see Mr Turnbull. I'll finish telling Jenny about the work some other time. Expect me when I return.'

When he had gone Jenny said, 'You've upset him, Aunt Bess, and he was only trying to prepare me for when I do start work.'

'I don't want you to work there,' Bess wailed. 'I want better things for you. You could be working with Madame Auvéry.'

'Listen, Aunt,' Jenny spoke firmly. 'I'm taking the job at the dyeworks, and that is definite. If I don't like the job I'll leave, but please don't upset Uncle Sam any more. He's only trying to help me.'

'I know.' Bess looked shamefaced 'I must stop always wanting to have my say. Don't worry about your uncle. After he's had a chat with a friend, who's a historian, he'll be as happy as Larrikins.'

Kitty, who had gone to see Hilda, returned with talk of being invited to a party and Bess said, 'Put the kettle on, love. We'll have a nice cup of tea and you can tell us all about it.'

And when Sam came back later he was in a good mood again and so the evening ended peaceably.

In spite of this, when Jenny went to bed she had nightmares of drowning in a dye vat, where net bags of stockings were all mixed up with birth signs and pieces of miniature furniture. When someone pulled her out she was running down a stony road barefooted, trying to stop Frazer Durant from marrying an ugly old witch.

She felt jaded at breakfast, and when her aunt suggested they went visiting to Bank House she said, 'Perhaps tomorrow. I feel I need to sort out a few things. I thought of going for a long walk. Where do you suggest I make for?'

'How about walking to Humberstone village? It's a sharp morning, so it'll clear the cobwebs away. Then after a bite to eat you might feel like visiting our friends.'

Although Bess seemed determined to get her to Bank House, Jenny was just as determined she was *not* going that day. She said, 'I'll see how I feel when I get back.'

Bess accepted Jenny's decision, but before she left she handed her a small leather bag, saying there were some meat sandwiches in it and an apple in case she got hungry. Jenny gave her a hug.

The wind was really cutting but she felt exhilarated as she stepped out along the road. She had not been this way before, and was surprised at how many public-houses there were. Her uncle had told her that many had a clubroom where men could hold Union meetings. He had also told her that they were meeting places for carriers taking people and goods to outlying districts, and that the Fox Inn on Humberstone Gate had over forty services running.

It was not long before Jenny reached the open country, and then the wind took her breath away. Oh, it was good to be free. With a feeling of having all the time in the world at her disposal she turned left to go along a country lane and was swinging the little leather bag when she heard the sound of a vehicle travelling at speed, and a man singing at the top of his voice. She looked back and saw a carriage approaching. It was lurching from side to side and she stepped hastily into a ditch to avoid it. She just had time to catch a glimpse of two frightened-looking women inside before it went round a bend in the road. The next moment, there was the sound of a crash and a woman screaming. Jenny began to run. When she rounded the corner she saw that the carriage had indeed overturned; the driver was staggering along the road, still singing and taking swigs from a bottle. He came up to her and grabbing her by the shoulder, pushed his beery face into hers. 'Give us a kiss then, dearie.' Using both hands Jenny pushed him hard. He tottered, fell back onto the grass verge and lay there, eyes closed.

The horse was whinnying in terror. She unloosed it from the shafts and after talking to it soothingly, tethered it to the branch of a tree. She then turned to the carriage.

A young woman had clambered over the still form of an older one and was trying to get the carriage door open as she shouted to Jenny, 'Help me. Please help me!' She seemed on the verge of hysteria.

Jenny managed to get the door open and all but lifted her to the ground. She saw then that the woman was a little older than she had at first imagined, and that she was dressed in expensive furs. Then, noticing that the older woman's hat had been knocked off and that blood was trickling from her brow she said, 'I must attend to the lady in the carriage, she's hurt. Have you a handkerchief? Her forehead is cut.'

'She's my mother. Oh God, that driver should be horse-whipped. If he's killed her . . .'

Jenny said firmly, 'I need a handkerchief, please, and have you any smelling salts?'

'Mama has some in her bag. Can you reach it? I'm sorry, I'm no use in this sort of situation. Here is a handkerchief. I must sit down or I shall faint.' She swayed. Jenny grabbed her and made her bend over. Then raising her she said, 'Come along, there's a log over there where you can sit. I must see to your mother.'

Having found the smelling salts she was about to hold them under the older woman's nose when she realised that her eyes were open and were watching her intently. 'You are very efficient. Are you a nurse?'

'No, but I have had quite a lot of dealings with invalids. You have a cut on your brow – it's bleeding. If I put this handkerchief to it, would you hold it still while I try to find something to bind it with? I need a scarf or –'

'Take the one tied around my throat.'

It was flimsy but it held the pad. Jenny then said, 'I must see about getting some help.'

The daughter came over. She was still tearful. 'Oh, Mama, this is quite dreadful. Have you broken any bones?'

'How do I know?' She snapped. 'At the moment I can't move. For heaven's sake stop grizzling. This girl has offered to go for help. Where is the wretched driver?'

Jenny answered, 'In the ditch. I don't think he'll give you any trouble. He's in a drunken stupor. Now, there's a farm down the road. Is there anything I can do to make you more comfortable before I go?'

'No. Just see you bring some strong men back with you so they can get this carriage back on the road.'

Jenny bridled at the woman's manner. Without replying she left, but stopped to give the horse a pat and talk gently to it, for it was still trembling. Then from the open door of the carriage came the old lady's voice. 'You, girl, come here.'

Jenny, fuming, went to the carriage. 'My name is not "girl". It's Miss Jennifer Frances Carter.'

'Well, Miss Jennifer Frances Carter, I would like to inform you that I consider myself more important than a wretched horse. Will you stop wasting time and get some help!'

There was an arrogant expression on the thin face with its sharp nose and tight lips. Jenny said, 'Your daughter can go to the farm. I shall try to find a farmhand to see to the horse. I consider animals to be as important as people, especially as they cannot answer back when they are ill-treated.'

She made to move away when the daughter grabbed her arm. 'Please go for help, Miss Carter. I don't think I could walk more than a few yards. My legs are so shaky.'

Her mother snapped, 'Stop pleading with her, Theadora. Don't demean yourself with anyone so cold and heartless. Someone will come along the road . . . eventually.'

And cunning with it too, Jenny thought. The daughter began to plead. 'I cannot walk to the farm, Miss Carter. I'll pay you – I'll give you anything you ask.'

Jenny's anger suddenly died. A woman like this was to be pitied. She said quietly, 'I don't want money. I'll go to the farm.' On the way she thought what a dreadful life the daughter must have with such a domineering mother. She herself had suffered in the past. How lucky she had been to get away from it all.

A man striding up the road stopped on meeting Jenny. 'What's going on up yonder, Miss? My little lad said he saw a carriage overturn. He was up a tree – just told us now.'

Jenny explained about the accident and the man said he would get some help, adding with a grin, 'There's me Dad and me five hefty brothers. D'ye think that'll be enough to get the old lady on her feet?'

Jenny smiled. 'I would say so. But you had all better beware – she's got a temper.'

'Oh, we're used to that. None of our wives are angels.'

'But all husbands are,' Jenny teased.

He chuckled. 'Of course. Let's go and get them rounded up then. Who are these women, have you any idea?'

Jenny explained she was a stranger to the district but when she described them the man stopped. 'Why, that sounds like Mrs de Kerr and her mother, the Honourable Mrs Brevedere.'

Jenny stared at him. 'Mrs de Kerr . . . the Honourable – oh my goodness, I nearly snapped the old lady's head off!'

'She deserves it if anyone does . . . she's a bad tempered old . . . well, I'd better not say any more.' They walked on. 'The one I really feel sorry for is Mrs de Kerr. She's a sweet-natured soul, but she has a terrible life, what with her mother and her stepchildren. Oh, here's me Dad come to see what's going on.'

The result of this encounter was that Jenny was accompanied back to the carriage by six brawny men, who treated the incident as a bit of light relief. The carriage was righted with as much ease as though it were made of cardboard, and the horse was soothed and coaxed gently back into the shafts, with the father of the boys saying, 'There, there, old gel, you're all right.'

Mrs de Kerr, who was actually smiling shyly, thanked them all and especially Jenny, for their help. Her mother, sitting upright, said, 'Oh, incidentally Miss Carter, I'm in need of a companion. If you should want such a position you can contact me at this address.' She handed her a card. Jenny opened her mouth intending to say she had a job, thank you, but closed it again, without knowing why.

It was decided that the driver would be left in the ditch to recover and one of the sons would drive the ladies home. Mrs de Kerr gave them all a gracious wave but her mother stared ahead stony-faced.

When the carriage had moved away the father of the men said to Jenny, 'She must have taken a fancy to you, Miss, offering you a job but I couldn't see you wanting to work for that – that –'

'Dear lady,' declared one of his sons, and they all laughed.

Jenny said, 'I can't think why she offered me a job – I was really rude to her. As it happens I have a job to go to on Monday, but if it doesn't work out I might accept the challenge.'

The father shook his head. 'You would be asking for trouble, miss, working for her, but then what is life but a challenge?'

Jenny was given an invitation to call at the farm any time she wished, and she felt strangely happy. The world was opening up to her, and with an urge to talk about the incident she retraced her steps to tell her aunt all about it.

Bess was utterly intrigued to think that Jenny had not only met Mrs de Kerr, but the lady's mother, an Honourable! Wait until Sam and Kitty knew about this.

When they did come home Sam was annoyed that Jenny should be treated so badly by Mrs Brevedere.

Kitty's only interest was in knowing what the de Kerr young men were like. Her mother said, 'They're terrible people. They don't speak to one another, nor to their sisters and Jenny would be foolish if she ever decided to take a job of companion to that awful Mrs Brevedere.'

Bess said no more about the incident that evening but the next morning, after sitting deep in thought for a while, she looked up. 'Do you know, Jenny, although I certainly don't want you to go to that de Kerr house I have a strange certainty that you'll be wrapped up in their lives in some way. I felt this five years ago when you first saw the house and were so taken with it. Today that feeling is stronger than ever. I don't want you to be mixed up with them, it could only mean misery living in such a house of hatred, and yet . . .' Bess spread her hands in a gesture of despair '. . . how can you avoid it if it's your Fate to work there?'

Her husband said, 'Although our lives are guided by the planets we are free to make a choice.'

'That's your opinion, Sam, not mine.'

Jenny said, 'When Mrs Brevedere offered me the job yesterday I felt it would be a challenge. It would be an opportunity to tell the wretched woman that because people are poor that doesn't give her the right to treat them as slaves.'

'You'd be wasting your time, Jenny love. That kind of woman knows of no other life but her own. They've been steeped for generations into believing that they are the superior ones because they have wealth and position.'

'Anyway, I shall be starting work at the dyeworks on Monday. If I settle down to it I'll stay.'

'You won't, Jenny. The Fates have already decreed otherwise. You'll end up working in that awful house of hatred, God help you.'

For a few seconds Jenny had a feeling of being trapped, then she threw off the gloom and managed to say cheerfully, 'In the meantime I shall practise my wood-carving. I'm determined to master it.'

'Good, and this afternoon you shall show Mr Durant what progress you've made.'

Jenny wanted to say no, wait, but the words refused to come.

She worked all morning on her wood-carving, attempting a very small pattern of leaves and roses. Although the work was not small enough to be classed as miniature, the scale was certainly smaller than the piece she had worked on the day before.

Frazer declared himself astonished at her progress and Jenny knew it was genuine and not something said just to encourage her. He gave her further instructions, then told her he had to go out, but before he left he showed her the plan of the latest doll's-house he had been commissioned to make. He asked her not to divulge the plan to anyone, as even the customer had not yet seen it. Jenny felt honoured by his trust.

Seeing the plan and the drawings of furniture and furnishings for the rooms made Jenny realise how trivial her own work was. Nevertheless she still had a lovely warm glow of accomplishment. Frazer had given generously of his precious time to instruct her, so Jenny tactfully stayed away for the next three days. Although her aunt had been pressed by Madame Auvéry to call every day, she too had had to curtail her visits when the Frenchwoman suddenly acquired a few more quite influential customers.

Bess said, 'But Madame Céleste did insist that we come on Sunday for tea, so we have that to look forward to.'

On that Sunday morning, Sam wanted to take Jenny and Kitty to Bradgate Park. Bess said no, it was a long way; they were going out to tea in the afternoon and she didn't want Jenny to be worn out when she would be starting at the dyeworks the next morning.

So, while Jenny carved patterns on a piece of wood, her uncle talked to her about Leicester forest in days gone by, when in the thirteenth century the forest came right up to the edge of the town. 'Mind you,' he said, 'although there was plenty of wood then it had to be paid for. It was dead wood and the Earl of Leicester allowed anyone to take away six cartloads for a penny, or as much as a horse could carry for a halfpenny, or a man's burden for a whole week for a farthing.'

'Well, at least the poor folks were able to keep warm in winter,' Jenny said.

'But were they? Don't forget, in those days they would earn no more than a few coppers a week.'

Bess stood in front of him, arms akimbo. 'Sam Herriott, Jenny has had her ups and downs in life and I'm sure she doesn't want to hear all about the trials and tribulations of people living in the thirteenth century, or in any other century for that matter.'

'But don't you see, Bess,' her husband replied patiently. 'If we don't know about the past we don't appreciate how well off we are in the present.'

'Well off? Thousands of people are starving, thousands more can't afford medicines when they are ill, and plenty of children still run barefoot in the winter.'

Kitty, who had been sitting quiet for once, reading a book, looked up and said to Jenny, 'You're lucky. You haven't yet heard about Lady Jane Grey who lived at Bradgate Park. She was only nineteen when she was forced to marry a man she didn't love and then had her head chopped off.'

Her father replied, still speaking patiently, 'And aren't you lucky to be living at the present time, not being forced to marry someone you don't like nor having your head chopped off?'

Kitty said, 'Oh, Dada, you really take the biscuit.' She began to chortle, then they were all laughing.

Sam got up and said he was going for a walk; Bess decided she would get on with mixing a Yorkshire pudding, and Kitty laid down her book. Coming to sit beside Jenny she began to question her in a whisper about the job offer at the de Kerr house. 'Take it,' she urged. 'Forget the silly old dyeworks. The de Kerrs may not be speaking to one another, but the two brothers will be sure to talk to you. If you got friendly with them you could perhaps invite me to the house – and then I could meet them! I'm dying for some excitement. It's all happening to you at the moment. Not that I begrudge you –' She broke off as her mother came in and wanted to know what all the whispering was about. Kitty sighed and said to Jenny, 'Soon they'll be putting me in a dungeon and locking me up.'

Her mother grinned. 'It's a thought.'

Jenny did not get much carving done that morning but it did not matter. The important thing was that she would be seeing Frazer. The afternoon was fresh and sunny and she had a happy carefree feeling, in spite of knowing she would be starting at the dyeworks the following morning.

Madame Auvéry welcomed them but seemed a little distracted. Then she explained that her nephew had visitors – a Mr and Mrs Delaware and their daughter, Felicity. She explained that he had met them in London and had been entertained by them.

Madame Auvéry suddenly seemed distressed. 'I think that marriage is on Mr and Mrs Delaware's minds, and the awful thing is that my nephew seems quite taken with their daughter. She's pretty, but – how do you say . . . she waved a hand. 'Empty-headed. Oh, do please forgive me for this display of emotion. I just have a feeling that I am going to lose him. They are wealthy and Mr Delaware was saying what opportunities he could put in Frazer's way. I could see he was excited.'

Bess soothed her. Of course her nephew would not desert her. After all, it was only natural that a man should be attracted to a pretty young lady.

Jenny could only sit frozen. This was something she had not even remotely imagined. Which, of course, was utterly foolish. Frazer Durant was not only an extremely attractive man, but he was also highly talented.

The Frenchwoman dabbed at her eyes then sat twisting the flimsy handkerchief between her fingers. Jenny leaned forward and said gently, 'Your nephew would never desert you. He not only loves you, but has your welfare at heart. If he did get married he would not leave you on your own here, I'm positive about that.'

'Thank you both.' She looked at Jenny. 'I had hoped . . .' She left the rest of the sentence unspoken but Jenny guessed by the wav she had looked at her what had been in her mind.

Frazer brought the guests in and made the introductions. For some reason Jenny had imagined Mr and Mrs Delaware to be rather aggressive people pushing for marriage between their daughter and Frazer, but although they were obviously doting parents, they were quite an ordinary-looking couple, quietly dressed. The daughter was pretty in a doll-like way, with dimpled cheeks, a rosebud mouth and fair ringlets. She kept giving smiling sidelong glances in Frazer's direction.

It was not the daughter, however, who worried Jenny – but Frazer. He seemed completely besotted by her, never taking his gaze from her. Jenny wished she could find an excuse to leave.

CHAPTER NINE

Bess was in high dudgeon when they left Bank House. That dreadful Mr and Mrs Delaware, with their foolish simpering daughter! What was Mr Durant thinking of, to become involved with them? They might be wealthy but they certainly did not come from the upper-class. In fact, in her opinion they were frauds. They probably hadn't any money to speak of at all, but were just pretending to be rich to snare the attractive young man for their daughter. And poor Madame Auvéry: she would have to live with them if the couple married, and who would want to endure the company of such a flibbertigibbet as Felicity Delaware . . .

Jenny let the words wash over her, as she thought of her own stupidity for not accepting that Frazer's attentiveness to her had just been kindness. It was in his nature to be kind to everyone – look how caring he was with his aunt.

Well, that was one more lesson to learn. She could have stepped from the frying pan into the fire. There had been a temptation to forget the dyeworks and go and work at the de Kerr house – and why? Out of curiosity, to see how wealthy people lived together in a house where the family wrote notes to one another instead of talking. From now on she would stay with her own class.

After her aunt had repeated the story at home, Sam said, 'Well, you know what they say, Bess – love is blind. And anyway, Mr Durant will know what he wants. He could be a lot happier with this type of girl than with an intelligent one like our Jenny.'

Kitty laughed. 'You've already got the two of them married, and all the time Mr Durant could be wondering, with amazement, how any girl could be so stupid as this awful Felicity!'

Bess looked up quickly, and so did Jenny, but then Bess shook her head. 'No, I recognised that look. It was that of a man who has lost his heart.'

Sam raised his shoulders. 'Well, I hope he finds it again soon and then we might get back to some kind of normality. I'm famished.'

By the next morning Jenny felt calmer. She was starting a new job and would do her best to make a success of it. It was still dark when she left the house with her uncle to go to the dyeworks, but the canal bank was full of activity. Bales from the works were being loaded on to narrowboats by the light of naphtha flares. There was a babble of voices as men from the banks shouted to those on the boats, interspersed with ribaldry and guffaws of laughter.

The building was lighted and Jenny could see that some machines were already working. A man called to Sam, 'Hi there, guv! Who's the lovely lass you've got with you?'

'My niece, Jenny Carter. She's come to sign on, so see you behave yourself, Jack.' Sam's tone was amiable and so was the reply.

'I'll look after her like me own sister, guv. Cross me heart.'

A woman shouted, 'He ain't got a heart. Your niece better watch out.'

Sam said to Jenny, 'His name is Jack Pexford. The women call him The Pest because he teases them. He's harmless, Jenny. If he tries to fuss you just ignore him.' He stopped to speak to a group of men and while Jenny waited for him a stream of workers passed, men and shawled women and girls, with a lively chatter among them.

When Jenny went into the works with her uncle he took her to the section where cones of wool were on machines, waiting to be wound. A middle-aged woman came up and Sam introduced Jenny. Then he said, 'I'll leave her in your good hands, Maggie. She hasn't done this kind of job before but she's a hard worker and she's quick to learn.'

When he left, the woman asked Jenny if she had a pinny. She was quietly spoken. Jenny produced a big pinafore from a bag. 'Yes, my aunt said I would need one.' She put it on and by then another girl and a woman came up ready to start. Maggie introduced Jenny to them and they all seemed friendly enough towards her.

The girl, Ada, who was about her own age said, 'You'll soon settle in. Maggie's a good teacher.' Jenny was aware of a smell like vinegar and when she mentioned it, Ada said, 'It's the chemicals, you'll get used to it.'

What bothered Jenny most was the noise: it was not only the machines but the workers shouting to one another above them. During her first day she learned how to wind the hanks of wool onto the bobbins. She was shown the dyeing room, saw the stockings in the vats and watched the material being winched up. She learned that the water came from the canal and was stored in vats situated in the roof that would hold anything from forty to a hundred gallons. She was told there were workers known as trimmers, debaggers, barrow-wheelers and knockers.

She saw girls holding poles between their legs so that the stockings could be turned inside out to remove the 'pilling' on the wool, and heard the coarse remarks of the men as they passed.

By the end of the day all Jenny wanted to do was to drop into bed and sleep. What she remembered most afterwards was the tenderness of her aunt as she tucked her into the warmed bed, and after kissing her on the brow whispered, 'The first day is always the worst, my love.' This made it all seem worthwhile.

During the next few days Jenny slipped into the routine as she had done in any job she had tackled over the years, even to coping with Jack Pexford, who had managed to touch her body in one part or another as he passed. This she had achieved by ignoring him, but when he deliberately grabbed her breast, she drew her nails down his cheeks and said, in a calm voice, 'Don't try that again, or else . . .'

Some of the men who had seen the action laughed. One said, 'Met your match, Jack lad, have you? Let that be a lesson.'

When Jenny glanced back she saw Jack looking at the blood on the fingers he had obviously put to his cheek.

The story soon got round the works and Ada said to Jenny, 'Good for you, gal, you've made The Pest a laughing-stock. A lot of the women say he's harmless, it's just his bit of fun, but I know he has a nasty streak in him. He doesn't touch me now after I once gave him a hefty kick on his shin with me heavy boot. He was limping for days.'

None of the women were deliberately nasty to Jenny, but a few would make remarks within her hearing that they'd better watch out, she was a tale-carrier. Wasn't her uncle the foreman?

Ada said, 'Tek no notice of them, gal. They're only jealous that Jack The Pest doesn't ever attempt to touch them.'

As each day went by she grew less tired, and even began to hanker for something to do in the evenings.

Her aunt said, 'Take the opportunity to rest. Read a book.'

'No, I can't settle to reading. My mind is too active. I'm going over everything I've done at work, and recalling things people have said, not only to me, but to others.'

Her Uncle Sam lowered his newspaper. 'Why not do some of your carving? You said you found it soothing.'

'Yes, I do, it's just that . . .'

When Jenny paused Bess said softly, 'It'll make you think of Mr Durant and his aunt. You're missing them, love, aren't you?'

Although Jenny wanted to deny it she knew it was true. 'Yes, I miss hearing about them. It's like losing track of old friends.'

'I feel the same way and I know that Madame Céleste at least will be wondering why I haven't been to see her. Your uncle thought it best to stay away.' Bess sounded aggrieved.

Sam eyed her in an indulgent way. 'Typical woman, twisted all my words. I simply said it might be wise to stay away for a while, seeing that Mr Durant was involved with these other people. I didn't say you hadn't to go.'

'Right.' Bess put down her knitting. 'I'll drop a little note to Madame asking if it would be convenient for you and me to call on Sunday afternoon, Jenny. If she makes an excuse then I'll know we're not wanted.'

Jenny's heart began to beat a little faster, wondering whether it would be the right thing to do, to call. Her feelings for Frazer would get all stirred up again, and it was only going to hurt if Mr and Mrs Delaware should be there with their daughter. She brought out her bag containing the pieces of wood and after spreading newspaper on the green chenille tablecloth, she tipped out the contents.

Sam picked up one of the smaller pieces on which Jenny had carved a pattern and studied it. Then he looked up. 'Do you know, I think you have a flair for this work? This piece you've done is excellent and I'm sure that Mr Durant will tell you so.'

'Praise coming from such a talented man would be praise indeed,' she said quietly. 'I'll do a practice piece – a headboard for a doll's bed.'

Jenny became so absorbed in her work that she was not aware her uncle had gone out until Kitty came breezing in. 'I met Dada,' she said, then added solemnly, 'He was arm in arm with Mrs Beecham.'

Bess counted some stitches on her knitting needle then looked up. 'Oh yes, and where were they making for – the canal?'

Kitty giggled. 'You're much too sure of Dada. One of these days you'll get a shock when you find he's packed up and left us.'

'Give me one good reason why he should.'

'Oh Ma, you're so smug! Boredom for one. Your lives are the same day in and day out. You never even vary the food. We have shepherd's pie on Monday, Lancashire hotpot on Tuesday, on Wednesday it's liver and onions, on . . .'

'Kitty love, it's what your father wants. He likes it that way. If we had sausages and mash on Monday or Tuesday he would behave as if the sky had fallen in. You'll find out these things when you get married.'

'If I do, I would have roast beef and Yorkshire pudding in the middle of the week if I felt like it, and shepherd's pie on Sunday.'

Bess grinned. 'How little you know about men, my love. Start wearing the trousers and your marriage would be doomed from the off. Not, of course, unless you married a weak, namby-pamby man.'

'I most certainly wouldn't. He would have to be strong and good-looking. On the other hand, of course,' Kitty went on airily, 'I might not marry at all.'

'Is that so? Might I ask why?'

'Because I don't want to make babies, that's why.' Kitty suddenly turned and hurried out of the room. The next minute she could be heard running up the stairs.

Bess eyed Jenny in dismay. 'What was all that about?' She laid down her knitting. 'I'd better go up to her.'

Jenny, making a wild guess that some boy had been trying to make love to her cousin, laid a hand on Bess's arm. 'It might be best to leave her for a while. Perhaps she's fallen out with one of the young men she knows.'

'That's possible, but I don't like her to be upset. On the other hand she won't want me making a fuss.'

When Kitty didn't come down again, however, Bess went up and when she returned she said that Kitty had had a row with her friend Hilda. They had said nasty things to one another. She paused then went on, 'I did try and persuade her to make it up and she promised. These things do happen when you're young.'

Jenny got the truth when she went to bed. Although her cousin was in bed she was wide awake for once. She dabbed at her eyes and said in a shaky voice, 'I hate men, Jenny. I never want to get married. Herbert Beatty walked me home tonight and he suddenly drew me into a shop doorway and started to feel over my body. It was horrible. He tried to get his hand under my skirt. I pushed him away and he accused me of leading him on. I didn't, I didn't. If some people hadn't come along I don't know what would have happened.'

Jenny, who did not have enough experience about the making of babies to pass much comment, simply told her to put it from her mind. No doubt the young man would apologise for his behaviour.

Kitty replied that she would never give him the chance. She never wanted to see him again.

The next morning she was her own bright self and no one would ever have guessed that anything unpleasant had happened to her. That evening, however, she stayed in and as her parents had gone to visit friends Kitty talked while Jenny did her carving.

'I've given a great deal of thought to what happened last night, Jen, and I've decided to marry an old man who has plenty of money, but who is an invalid and is unable to . . . well, make babies.'

‘Oh Kitty, stop talking a lot of nonsense. I can’t imagine your parents allowing you to marry an old man, especially one who is an invalid.’

‘They won’t be able to stop me. If they do I’ll run away, as you did.’

Jenny realised then how naïve her cousin was. She had no idea at all what Jenny had had to endure from her mother before she ran away from home. She tried to explain, but Kitty refused to listen. Her mind was made up and no one was going to stop her from carrying out her plan.

A dilemma was now facing Jenny. If she told her aunt and uncle of their daughter’s plan then Kitty would never trust her again. On the other hand, if she kept the knowledge to herself heaven knows what foolhardy thing her cousin might get up to. She said, speaking lightly, ‘So, have you any elderly gentleman in mind to help you carry out your plan?’

‘Oh, yes,’ Kitty replied airily. ‘There’s Mr Hawkins at the big house. He’s a kindly old man in a wheelchair. Hilda’s aunt is housekeeper there. She encourages us to come and visit her master. He’s lonely, as he has no family and enjoys our company. I don’t think he’ll live long and he has a lot of money.’

Jenny stared at her, shocked. ‘I can’t believe it’s you talking, Kitty! You would break your parents’ hearts if they knew what was in your mind.’

‘Don’t tell them, Jen, please.’ Kitty was in a sudden panic. She began to cry. ‘I don’t know what I want, I’m so unhappy.’

‘Unhappy? Someone ought to give you a good hiding. You’ve been spoiled rotten. You have everything you want – lots of nice clothes. If you were living in poverty you might have something to grumble about. You talk about marrying an old man as if you were telling me you were going to a party. Have you thought what it would be like to share the life, the bed of an elderly invalid? He'll expect some kindness, some love from you – a kiss and cuddle now and again. Would you want to kiss an old man with stinking breath?'

Kitty's tears suddenly stemmed. She looked at Jenny with distaste. 'Stinking breath? You make it sound awful.' She shuddered.

'That is the reality, Kitty. Face up to it.'

'I don't think I want to know the reality, I prefer to dream.'

'Then I give up.' Jenny picked up the knife and went on carving. Kitty said pettishly that she thought she would go and see Hilda, but when Jenny made no reply she stayed where she was. After a moment, she came nearer and looked at the carving.

'You're good at it, aren't you? Do you think I could do some?'

Jenny was ready with a sharp retort when her uncle's words came to her: 'Before the voice can speak in the Master's presence, it must have lost the power to wound.' She sighed. After all, it was not her cousin's fault that she had been spoilt. She looked up.

'You can always try.' She found a piece of wood and a spare knife, drew a simple design, showed Kitty how to hold the wood and the knife, then spread a sheet of newspaper to catch the shavings.

To give Kitty her due, she did work painstakingly at first and Jenny encouraged her, thinking it would be good if they could work together, but after a while Kitty lost interest. She was no good at it, she had no talent, she was a failure, at that anyway. What she really would enjoy doing was making up lotions, like Madame Auvéry. Jenny was aware of her cousin casting sidelong glances at her but when she made no response, Kitty said she thought she would go and see Hilda after all. She put down the knife and wood, said, 'Tell Ma I won't be late,' and was at the door when Jenny called her back to clear the paper and shavings away. Kitty laughed and said she was worse than her mother, but did clear them away.

It was the first time Jenny had been alone since she arrived at her aunt's and she was surprised at how much she missed the company. She had to force herself to concentrate on her work.

When her aunt and uncle did go out they were always back by nine o'clock and Kitty was always in before them. This evening, though, nine o'clock came and went, without anyone returning. At ten past, a young boy knocked with a message to say that Mr and Mrs Herriott would be a little late. At half-past nine Jenny began to worry about Kitty. At a quarter to ten she arrived breathless then, realising that her parents were still out she sank onto a chair. 'Oh, thank goodness. Don't tell them what time I came home.' When Jenny asked where she had been Kitty said, 'Well, as far as the parents are concerned I was at Hilda's house and Hilda was supposed to be with me here. But, actually, we were visiting Mr Hawkins.' It was spoken with a defiant air.

Jenny began to clear her work away and when she made no comment her cousin sat up. 'All right, say your piece. Tell me I had no right to go and see him.'

'I've already told you how I felt about your attitude towards marriage, Kitty.'

Her cousin got up and came over to her. 'Mr Hawkins is a very nice person, Jenny. He's a gentleman and is well educated.'

Jenny, who had been determined not to get involved any more with her cousin's silly ideas could not help retorting, 'A gentleman? What man with any thought would keep two young girls talking until nearly ten o'clock?'

'He wasn't to blame. It was the fault of Hilda's aunt. She went down to her sitting room to let us have a chat with her employer and she fell asleep in her chair. And

Mr Hawkins didn't know the time because he doesn't have a clock in his room. He doesn't sleep very well and he can't stand the clock ticking.' Kitty raised her head suddenly, 'Oh, here are Ma and Dada.' She turned to Jenny. 'Please, please don't say anything to them about Mr Hawkins.'

Bess came bustling in, followed by Sam, apologising for being late. 'We've kept you two up. Nip off to bed the pair of you and I'll bring you up some cocoa. I'll tell you about our evening tomorrow.'

The girls sipped their cocoa in silence for a while then Kitty put down her mug. 'Jen, I know you think I'm acting stupidly, but I wish you could understand how I feel about marriage.'

In the flickering light from the candle-flame her cousin's pretty face looked distorted. Jenny said quietly, 'Let me say one or two things, Kitty. Like me, you're seventeen. You haven't even started to live, yet. You mentioned that when the farmer's son, Charlie Townsend, tried to have his way with you in the barn you experienced a strange tingly feeling in your body. You felt sorry for him when his father thrashed him for what he had been about to do, so you must have liked him. With Herbert Beathy you felt hatred, you said you didn't want to see him ever again.'

'I do hate him and I don't ever want to see him again. Never!'

'Now then, supposing Charlie came back into your life, would you feel the same way about him? Think about it, carefully.'

In the candlelight her cousin's face now wore a puzzled look and it was some time before she replied. 'I'm not sure. I *did* like him, it was just the shock he gave me.'

'What I'm trying to prove to you is, that if you love someone and that particular man was gentle towards you, tender, I think you would be more inclined to respond to any overtures he might make. Mrs Hind said that loving between a married couple could be beautiful. It must be, or people wouldn't want to get married. There would be no romance.'

Kitty was now looking deeply interested. 'When you mentioned Charlie, I had that tingly sort of feeling again. And it was . . . well, a little stronger. I haven't experienced that with any other young man. Tell me, Jen, are you in love with Frazer Durant? Do you have that tingly feeling when you meet him?'

'No. I did think once I could be in love with him, but even if I was we could never marry. I'm in a different class.'

'I don't think that would make any difference. Have you felt tingly towards any other young man?'

'I don't think so. No, but then I've never been in your position. No one has attempted to make love to me. I should imagine there must be some . . . well, gestures before that happens.'

Kitty said softly, 'Thanks for letting me talk to you, Jen. You are so sensible. You work things out carefully. I feel completely different about marriage now. I'll wait for the right man. Do you think –'

Jenny said, 'We'd better drink our cocoa or your mother will want to know why.' She drank hers quickly and slid under the covers. She lay awake for a long time mulling over all she had said to her cousin. She had been offering advice without really knowing anything about making love. Why did she not have a tingling sensation when she was with Frazer? She was sure it was love she felt for him. Kitty had said how sensible she was – so had her Aunt Bess. Was it that she was too down to earth in her approach to life, and this made her incapable of experiencing deeper feelings? She had known jealousy, but then there was nothing beautiful or romantic about that. On the contrary, it was a hateful thing. Mrs Hind had once said that jealousy was a destroyer. She had also said that with true love one had to be prepared to make great sacrifices for the happiness of the other.

If she really and truly loved Frazer she ought to go right out of his life and leave him to be happy with Felicity Delaware. But if she did that, she argued, she would never get any feedback for her work, and this had become important to her. She really did want to master the craft and do something worthwhile in her life. At the weekend, if her aunt pressed her, she *would* go with her to Bank House.

Jenny was on the edge of sleep when an image of the de Kerr mansion swam into her mind and with it, the urge to see it again. Perhaps she would go and take a look at it one weekend.

It was not long before Jenny had settled down at the dyeworks and felt she had been there for months. Maggie the overseer helped her all the way, and now Jenny had mastered the winding of the wool. She had also become accustomed to the fluff that rose from the wool and the steamy atmosphere of the dyeing room.

Jack Pexford had avoided her for two days after she had scratched his face, but on the third he came to apologise. He seemed genuinely sorry and Jenny said, 'Let's forget it, shall we?'

He smiled then and she realised what an attractive man he was. After that he would chat her up, but although he never made an attempt to touch her again he always stood so close to her that she could feel his body heat. Some of the girls and married women too would fawn over him to gain his favours, but Jack was very particular and only went for the ones with the good looks.

On the Friday morning when Jenny was walking with her uncle to work he said, 'Well, Jenny, this is your big day. You'll have your first wages in your hand this evening.'

She laughed. 'I can't believe it. I know I'll feel like spending the lot but of course I can't. I must save. We don't know what the future holds, do we?'

'I wouldn't worry about the future at this stage, love. Have a spend. You'll have plenty of time to earn more.'

'Yes,' Jenny said, but having lived such a frugal life when she was at home she knew it would not come easy to be extravagant. She had been told that her wages would be ten shillings a week, but even when she had that amount in her hand she could hardly believe it. It seemed like a fortune.

Her greatest pleasure was in being able to pay for her board. Bess at first had refused to take anything, but when Jenny threatened to find lodgings elsewhere, she agreed to take five shillings, adding, 'That is what I take from Kitty, but I do insist she saves for the future and I would like to think that you will do the same, Jenny.'

Jenny eagerly agreed, but said she must first buy some underwear and later on she could do with a warm coat. Bess and Kitty told her happily that they would have a look around the shops on the Saturday afternoon.

Jenny, having planned to go and take a look at the de Kerr house, wondered how she was going to pull this in, too. She would have to wait and see – perhaps Fate would help her.

CHAPTER TEN

Jenny was used to wearing second-hand underwear bought from market stalls, but Bess would have none of it. 'You don't need to buy vests that are already darned. You have the money to buy new, and that is what you are going to have.'

Jenny had never been in a shop where one could buy underwear or any other clothing, and was intrigued that although the shop was small and narrow, the shelves were stacked from floor to ceiling with cardboard boxes, also bundles tied with strips of cotton. There were ladders that ran along a rail. The assistant was elderly but within seconds of having been given the order she was climbing nimbly up the ladder saying, 'Vests, vests, yes, here we are.'

The vests were laid out for display and when approved two were left out, the box returned and with a broad smile she asked if there was anything else she could show them – corsets, chemises, drawers, nightdresses?

Jenny found herself saying, 'Have you any chemises trimmed with embroidery and slotted with pale-blue satin ribbon?'

Oh yes, indeed she had, and drawers to match. Away she went up the ladders again. Boxes were dropped to the floor and by this time Jenny's cheeks were burning. She whispered to her aunt that she had asked for them on impulse and Bess squeezed her hand and whispered back, 'Why not treat yourself, my love?'

'But I don't have enough money, Aunt Bess.'

'We'll talk about that later. Have what you want.'

At her aunt's insistence Jenny came out of the shop with a chemise, a pair of white cotton drawers to match and two pairs of navy blue drawers for everyday wear. Although she hated the navy blue ones she was as excited as if she had been buying a ball dress. She would wear the chemise and white drawers on Sundays, not that anyone was going to see them, but she would know she was wearing them and that was important.

When they came out Bess said she knew a woman who had a second-hand shop near the Infirmary. They would go and see if she had a winter coat suitable for Jenny. 'She gets some good stuff from the big nobs at Stoneygate – there's some lovely houses up there. I told her about you needing a winter's coat and she promised to put one aside if she thought it suitable. She's good that way.'

Jenny's protest that she had no money left was overruled by Bess, who said if she was in need of another coat, she was going to have it.

'That shop stinks,' Kitty remarked, screwing up her nose.

'It does not. I'll box your ears, our Kitty, for trying to put Jenny off like that.' Kitty was indignant – she hadn't been doing any such thing! – but her mother turned to Jenny. 'Take no notice of her, love. The shop smells just a little bit musty. It's natural, isn't it, having clothes that've been worn lumped together in a small space. A good blow on the clothes-line will put an end to all that.'

The shop turned out to be not much larger than the last one, but there was a room behind where clothes were hanging. The woman who came out of this back room was tall and thin. She wore a black hat and coat, but had a large white apron tied round her middle. It was snowy-white and stiffly starched.

'Ah, Mrs Herriott,' she greeted Bess. 'I'm glad you've come. I've got two lovely coats for you to look at for your niece. Is this the young lady? My, isn't she pretty. Come and have a look at them. They're in here.' They all squeezed in, with Kitty going through some dresses on a table.

All the coats had a hook through the looped tape at the back and were hung on a piece of clothes-line. A piece of material covered the two she had kept for Jenny. One was a dark brown tweed and the other a grey velour with an astrakhan collar and cuffs. 'Oh,' said Jenny, 'they both look lovely.' She took off her old black coat and tried on the brown tweed. It fastened up at the neck and an attached scarf of the same material wrapped around her throat. The woman parted the line of coats to reveal a long mirror. Although the glass was scarred where the silver had worn from the back, there was no doubting that the coat was quality.

Bess was full of praise for it. 'It's a cosy looking coat. It'll keep you warm on these cold winter mornings. Try the grey one on now. That could be a Sunday coat.'

Jenny began to say she couldn't possibly have two coats but Bess said firmly, 'Try it on, my love. Do as you're told.'

When the coat was on the woman said, 'My, doesn't she look classy . . . a real toff.' Then she added, 'Hang on a minute. I've just had a thought. There's a hat goes with that one.' She rummaged in a cardboard box and produced a close-fitting astrakhan hat, with a bobble on top.

When Jenny put this on Kitty drew in her breath. 'Oh, Jen, they're just right for you. You show them off.'

Jenny was getting worried. Although she loved the coat she was getting into debt and she had been looking forward to having her wages and being able to put something aside.

Bess said, 'Wear the brown one, Jenny. We can wrap your old one up. I'll settle up and then we can sort the money out afterwards.'

The two coats and hat were wrapped in crumpled brown paper and tied with string, and Bess said she would carry the parcel. Jenny tried all ways to find out what the coats had cost but her aunt said, 'Forget it for the time being. You'll be earning money for weeks to come, so you can pay it off so much at a time.' She gave Jenny a beaming smile. 'You can go to Bank House on Sunday wearing your grey outfit and you'll knock that silly simpering Felicity into a cocked hat.'

Kitty and Jenny exchanged glances then her cousin shrugged as though to say there was no understanding adults.

Bess said when they were outside, 'Now that I'm near old Mrs Tully's house I think I'll call and see how she is. What are you girls going to do?'

Kitty gave Jenny a quick nudge. 'Oh, we'll have a look around the market and the shops and see you back home.'

'Right. I'll take the parcels with me. Don't be too late now.'

'So,' Jenny teased when her aunt was out of sight, 'what wicked thing are you planning?'

'Well, if you must know, I want to go and see Mr Hawkins.' Kitty had a defiant air. 'I'm no longer thinking about marriage but I do want to see him. He really is a very lonely man. I would ask you to come with me but I don't think you would want to.'

Jenny, who had a plan of her own in mind, shook her head. 'Not at the moment, although I might go with you some time.'

Kitty looked relieved. 'Where shall we meet? We'd better go home together.' Jenny agreed and they arranged to meet near the dyeworks in about an hour's time.

Although Jenny felt a little guilty at first, she soon decided it would have been foolish to explain to Bess that she wanted to take another look at the de Kerr property, seeing that her aunt was so convinced that the de Kerrs were going to be part of Jenny's future.

She stepped out, feeling good in the brown coat. It was so cosy, and the pockets so deep she felt she would never need to wear gloves. She arrived at the house at a different place from the first time, and walked around the wall trying to get her bearings, but she simply came to other walls at either end. She came to the conclusion that alterations had taken place over the past five years, for not only was the wall much higher, but she could find no entrance to the grounds, which was very strange indeed. Before, there had been iron gates and a drive up to the house. There had to be an entrance somewhere. If only she could see over the wall! A search for large stones produced a number that could be arranged to enable her to achieve her object.

It was a rough, wobbling pile and twice Jenny slipped but at last she felt she was high enough to see what she wanted. She grabbed the wall, pulled herself up, looked over and gave a gasp as she met the gaze of a tall, well-built man. She only had time to notice his thick dark hair and stern expression when a stone shifted under her and she slipped and landed on her back. She lay, staring at the grey-clouded sky, wondering what damage she might have done to her body, when a voice demanded whether she was all right.

The man was looking at her over the wall. 'Don't try to move until I come around,' he ordered.

It was some time before he appeared, and by then she was trying to draw herself up. He scolded her for not waiting for him. 'Women are so impatient and so foolish. Why on earth were you peering over the wall anyway?'

'I simply wanted to take a look at the garden,' she snapped.

He eyed her in astonishment. 'A look at the garden? Why?'

Furious at his manner, she said icily, 'If you must know, for the beauty I saw in it five years ago.'

'Five years ago? Well!'

Jenny, who was getting more and more mad every minute, glared at him. 'Would you be so kind as to help me up? I could have a broken leg, a sprained ankle or even a broken back.'

'I doubt whether there's anything broken,' he replied dryly. 'If there was you would have been more concerned with the pain instead of the temper you are in.'

'I am not in a temper,' she retorted.

'If that is so I would hate to meet you when you are.' He leaned forward. 'I shall put my arms around you and raise you gently. If you feel the slightest pain say so at once.'

'You needn't bother,' she pouted. 'I can manage on my own.' She made to draw herself up and then he became angry.

'Stop behaving like a spoilt child.' He put his arms around her and drew her slowly up. When she was on her feet he held her firmly against him. 'All right?' She was aware of great strength. She was also aware of tremors going through her body. She made to ease away but he held her more firmly than ever. 'Take your time. Do you feel bruised in any way?'

'No, I – feel all right. Thanks. I'm sorry I snapped at you.'

He released her then and she found herself looking into dark eyes that held her gaze. 'I think you had better come into the house and sit down for a while, Miss –'

'Carter, but no, I'm quite all right, thank you.'

'You are not all right. You are trembling – you need to rest for a while.'

She was about to protest but he put his hand firmly under her elbow and she realised she was glad of his support. She was not quite sure, however, whether she was trembling because of the fall or because of the mesmeric presence of this very virile man. She stole a glance at him. He had a strong body and a strong profile, with rugged features.

He suddenly apologised for not introducing himself.

'I am Dominic de Kerr,' he announced, as though he were some omnipotent Being. They went under a tunnel of trees, veered left and came to iron gates and a lodge.

Jenny said, 'No wonder I couldn't find the entrance.' The lodge-keeper opened the gates and touched his forelock to his master.

Once inside the grounds, Jenny realised that new gates and a lodge had been built. The ones she had seen originally were on the other side of the grounds. The wall, too, had been built up. Dominic said, 'So what did you find so beautiful the last time you saw the garden?'

'When I was here before I saw wonderful animals cut from bushes. I understand it's called topiary work.'

She was aware of him studying her. 'We do get a lot of curious people wanting to see our rather odd family. I doubt whether one person comes to see the grounds.' He paused and a sour expression came over his handsome face. 'Unfortunately, the mother of my stepmother happened to dislike the animals and, as my stepmother is ruled by her, all the topiary was burned.'

'Oh, no! How could she? They were works of art. There was a prancing pony,' Jenny pointed to a circular piece of soil, 'in the centre of that ring, I think.' She turned and looked about her. 'There was a dog in that corner over there and –'

'They are gone,' he said harshly. 'And until my stepmother and her unhappy relative are gone too, nothing will be replaced.' A gust of wind suddenly swept across the garden lifting small spirals of dust on drive and pathways.

'Come, let us go indoors,' he said. 'I think we are due for a storm later.' He put a hand under her arm and escorted her to the wide steps that led up to the big oak front door. An elderly maid had it opened before they reached it. The hall was large, with a staircase that branched into landings at either side. There were no paintings of any kind, nor portraits, only a pair of crossed swords on one wall with a bronze helmet above them. A fire had been laid but not lit. Jenny gave a shiver and her host said, 'There is a fire in the library. Come this way.'

Going into the library was like stepping into a different house. Although the furnishings and furniture were sombre, the blazing fire gave a feeling of welcome. Every wall was lined with books and she said a little facetiously, 'Have you read them all?'

He gave her a bow and a smile that changed his whole face. 'But of course. Do sit down, Miss Carter.' He drew a chair forward. 'Can I offer you some refreshments?'

'No, thank you. I must be going soon.'

The door opened suddenly and a woman Jenny recognised as the older one in the overturned carriage incident came in, her expression icy. Ignoring Jenny, she said to Dominic, 'I do not approve of you bringing a strange woman into this house.'

Impassively, Dominic made the introductions.

'Madam, may I introduce Miss Jennifer Carter . . . Miss Carter, the Honourable Mrs Brevedere.'

Mrs Brevedere's head went up. 'Carter?' For the first time she looked at Jenny. 'Ah, Miss Jennifer Frances Carter!'

Dominic looked from one to the other. 'You've met?'

'Oh yes, we've met and I should say to Miss Carter that if she is applying for the post of companion, she ought to have gone to the servants' entrance.'

'I'm not applying for the post,' Jenny said quietly. 'I had a fall and Mr de Kerr was kind enough to ask me in to rest.' She got up. 'I am fully recovered.' She turned to Dominic. 'Thank you for your help.'

She left with him hurrying after her, asking her to wait, but she was at the front door before he caught her up. 'Miss Carter, you cannot go like this.' Jenny had her hand on the door-handle and as he put his hand over hers a tingling sensation went through her body that made her draw in a breath. 'I'll walk with you.'

Once they were outside she stopped. 'If you don't mind I would rather leave on my own, Mr de Kerr. I have someone to meet.'

'I see.' His voice was cold. 'Well, if *you* don't mind I should like to accompany you to the gates.' He made no effort at conversation and when they parted all he said was, 'I hope you arrive home without further mishap.' He then turned swiftly and went striding along the drive as though he were being chased by demons.

Jenny felt suddenly deflated, realising she had behaved rather badly. She had not properly thanked him for picking her up after her fall and taking her to the house to rest.

When Dominic went into the house Mrs Brevedere was emerging from the library. She made for the stairs but he barred her way. His eyes were blazing.

'When I have a guest, I expect that person to be treated with respect.'

'Respect?' she scoffed. 'She's a working girl.'

'And has more breeding in her little finger than you have in your whole body.'

Her cheeks flushed. 'How *dare* you speak to me in this way! I shall have you put out of this house.'

'If you attempt it, Madam, I promise you will regret it to the end of your days.' There was now a menacing softness in his voice. 'I am my father's heir and master of this house, and I shall prove it very soon.'

'My daughter has the proof to show who owns this house – and an excellent solicitor to uphold her claim. If you will step aside, sir, I wish to go up to my room.'

He looked at the haughty face for a moment – a hateful face he thought – and excused himself. Going into the library he sat down at the desk and drummed his fingers on the polished surface. Who was this girl who had just left? A working girl, the Honourable Mrs Brevedere had called her. Whoever she was she had presence. She had beauty. He felt annoyed that she had dismissed him as though he were of no importance. No female had ever treated him in this way before. He could have his pick of women – not that he had wanted anyone since his father had died. The business of the will was his sole consideration. There had been some skull-duggery somewhere, he was sure of it. His father would never have attempted to alter a law that had been laid down centuries ago. He would certainly never have left his children dependent for their home and keep on a helpless woman like Dominic's stepmother Theadora.

The girl was back in his mind again. She had obviously applied for the position of companion to Mrs Brevedere. But why, in heaven's name? She would be dancing attendance on the old harridan day and night. He rolled the name of Jennifer Frances Carter round his tongue. She had beautiful eyes – aquamarine. Unusual with such dark hair. She had poise, too. Damn the girl, she was getting under his skin. He must forget her, he had far more important things to deal with.

As Jenny walked in the direction of the canal she had a feeling of unfinished business, yet knew there was nothing more that could have been said. If only she could tell her Aunt Bess what had happened, but that was impossible. It would be letting Kitty down. Some minutes later Jenny realised what was niggling at her: it was Mrs Brevedere's disparaging attitude, suggesting she should have gone to the servants' entrance – as though she were merely an unpleasant insect to be ground under foot. What a contrast to Madame Auvéry, who treated her Aunt Bess and herself as equals.

When Jenny arrived at the spot where she had arranged to meet her cousin, Kitty was already there and looking very pleased with herself. 'Well, Jen,' she said brightly. 'Did you enjoy your little wander around?'

'Yes, I did – and was Mr Hawkins pleased to see you?'

'Very pleased indeed.' Kitty spoke softly and there was a look on her face that Jenny could only describe as secretive.

'What did you talk about?'

Kitty raised her shoulders and moved away. 'Oh, this and that.'

'Such as?'

'Why do you want to know? It's not important. We talked about books and the kind of work that people did, and . . .'

'Kitty, what are you hiding?'

She sighed and stopped. 'Well, if you must know, he gave me a present.' She opened her small leather bag and started to pull out a gold chain. It got caught on something and as she tried to free it, Jenny glimpsed some gold sovereigns. With the chain free, Kitty closed the bag quickly. She dangled the chain which held a heart-shaped locket. 'This belonged to his wife, apparently. He said he would be pleased if I would wear it. He didn't want it to go to anyone else when he died.'

When Jenny made no reply Kitty became angry. 'I didn't steal it, and I didn't give him anything for it. Well, just a peck on the cheek.'

'And why did he give you the sovereigns?'

'Oh, trust you to spot those! It's like being spied on!' She pushed the chain back in her bag and began to hurry ahead. When Jenny followed she found her cousin sitting on a bench outside a spinney, looking so disconsolate that she sat beside her and put her hand over hers.

Kitty looked up. 'Oh Jen, you make me feel I've done something dreadful but I haven't. When you told me about the lovely negligée that Madame Auvéry wore when she was ill I longed to have one. I imagined myself sweeping across a bedroom, the chiffon floating out behind me.' Kitty's eyes now held a dreaming gaze. 'When Mr Hawkins asked me if there was anything I would like to buy I told him about the negligée and he gave me five sovereigns.'

Jenny shook her head in despair. 'Kitty, Kitty, where do you think you could keep it? When could you wear it?'

'When Ma and Dada are out. You could try it on, too. We could have fun – play games. Pretend we were daughters of the rich.'

There was such an innocence on her cousin's face then that Jenny hated to disillusion her. 'Kitty, you must return the locket and chain, *and* the money.'

'No! They were presents, and you can't return presents! It would be like insulting Mr Hawkins. You are making something nasty out of it, when he gave me the gifts out of the goodness of his heart.'

'So it wasn't your intention to let him see you in the negligée one evening when the two of you were alone?'

'No, no . . . of course not!'

'Could you say that with your hand on the Bible?'

Kitty hung her head for a moment then looked up, and her eyes were brimming with tears. 'Why do people have to make something bad out of a person doing a kindness?'

'Kitty, let me ask you something. If one of the women at work told you that a young girl had been seen floating about an elderly man's bedroom, wearing only a flimsy negligée, what would you think?'

She was silent for a moment then looked up. 'I'll give Mr Hawkins the money back but I'll keep the chain and locket. I'll hide it until I'm old enough to wear it without having to ask my parents' permission.' Kitty paused then went on, a note of bitterness in her voice: 'I wouldn't like to be you with horrible thoughts.'

Jenny sighed. 'I've known a different kind of life from you. I've met bad men, even men of the church who have tried to seduce young girls by offering them gifts. None, I might say, as extravagant as what your Mr Hawkins has given you. Some of these girls became pregnant and were cast out by their parents. I just didn't want to see you getting into trouble. I only beg of you that you will return the money.'

'I told you I would, didn't I?' Kitty jumped up and went storming ahead once more but Jenny didn't worry. Her cousin would work it all out in her own good time and would want to talk about it again.

Two things helped to get the rest of the day over. Bess was full of her visit to her friend who lived near the Infirmary, and when she had run out of breath three different couples, friends of Bess and Sam, dropped in to see them.

Kitty went up to bed at nine-thirty and when Jenny followed ten minutes later her cousin was gently snoring.

Putting Kitty's problems to the back of her mind, Jenny went over all that had happened to her that afternoon, with Dominic de Kerr's sardonic face vividly recalled. He had certainly made an impression on her, yet she was unable to say how she felt about him. Looking into his eyes had sent tremors through her body, and his touch had brought a tingling sensation. Was this what Mrs Hind had meant when she said that a wife could enjoy her husband's love-making?

Just thinking about being held in Dominic de Kerr's arms had Jenny astonished by her body's response. Heavens above! The time for that was when she was married. She plumped up her pillow and turning over onto her side, settled for sleep. But she spent a restless night.

CHAPTER ELEVEN

Kitty took no part in the conversation at breakfast the next morning, but this passed unnoticed as Sam was busy planning the morning's itinerary for Jenny's benefit and Bess was talking about visiting Bank House that afternoon, pointing out that Jenny could put on her new coat and hat and show silly Miss Felicity that she had competition.

At this Kitty got up. 'Why don't you let people plan their own lives, Ma, instead of always interfering!' Picking up her empty plate she carried it into the kitchen.

Bess stared after her. 'What on earth has got into her? She's been like a bear with a sore head since she got up this morning.'

Sam shrugged his shoulders. 'That's our Kitty – up one minute, down the next. Leave her and she'll come round.'

'No, I won't have anyone moody in this house. I'll have it out with her. Kitty! You come in here.'

Jenny, feeling responsible, began to clear the dishes away. Kitty came in, looking sullen. 'Yes, what do you want?'

'I want to know what's wrong with you, and get that miserable look off your face. If something's upset you let's hear about it.' Kitty muttered that nothing had upset her and her mother said that no one went around with a long face without a reason and it was then that Jenny spoke up, hoping to ease the situation.

'I'm to blame, Aunt Bess. I was teasing Kitty yesterday and she took it the wrong way. I'm sure we can sort it out.'

Kitty grumbled that she didn't like to be told what she could and couldn't do, and would have gone on but her father held up a hand. 'That's it, it's finished. Get the table cleared and the dishes washed and I'll take you and Jenny to see the Jewry wall.'

Kitty said she didn't want to go to the Jewry wall and Sam told her she was going and that was that, and in a strained atmosphere the dishes were washed and stacked away. Usually Kitty would come quite quickly out of a mood, but it was not until they were at the Jewry wall and Sam was explaining that this was thought to be part of the wall that enclosed the town in medieval times that Kitty spoke to Jenny directly for the first time that morning.

'It must have taken ages and ages to build.'

'Yes, it must. Look at all these tiny stones.' Jenny fingered some. 'They've worn smooth with time.' She stepped back to take a look and realised how thick the wall must be judging by the deep alcove.

Sam said, 'It's thought that some Roman baths were built outside the wall and soon they may be unearthed, which will be very interesting.' He went on to explain that the wealthier Roman men met in the baths to discuss the sort of matters that wealthy Englishmen discussed in their clubs at the present time. Jenny thought this very amusing and began to laugh, then Kitty joined in and soon the two girls were giggling helplessly.

When Sam, smiling, walked on and they followed, arm in arm, Jenny thought how good it was to be friends again.

They went from there to the Guildhall. Although Jenny was aware of walking in a place where people had trod centuries before, she found her mind going over more recent events – those of the previous day, in fact. She wondered if Dominic de Kerr might be thinking of her. Then she dismissed this: he would have better things to occupy his mind than a girl peering over his wall.

That afternoon, Bess and Jenny were welcomed by Madame Auvéry, with as much pleasure as if they were family. 'How wonderful it is to see you both, and Frazer will be delighted, too. We talk so much about you.' To Jenny she said, 'My nephew has wondered how you are progressing with your carving.'

Jenny held up her bag. 'I've brought it with me. Oh, I do hope he approves. I find it so fascinating to –'

Bess interrupted, saying in a casual way, 'We were not sure whether you might be expecting visitors.'

Madame Auvéry shook her head. 'No. Today we shall have you both to ourselves.' In a confidential way she added, 'I am not fond of the Delaware family, but there, Mr Delaware can put business into Frazer's way, so I must be pleasant to them. Jenny, how lovely you look. This grey suits you. Do take off your coats and hats.'

Jenny had started to unbutton her coat when Frazer came in. He greeted Bess, then turning to Jenny he held her at arm's length. 'I do declare, Jenny, you get more beautiful every time I see you.'

Jenny experienced a lovely warmth stealing over her. It was totally unlike the feeling that Dominic de Kerr had aroused in her, and yet she felt that it was a more serious and lasting kind of emotion. The young maid came for their hats and coats while Marie set out the tea, and when the four of them were comfortably settled, Frazer asked Jenny if she had brought any of her work for him to look at.

She told him yes, she had spent a lot of time at the carving and was eager for his opinion of her work.

It was when Bess and Madame Auvéry got into a lively discussion on cooking tasty, inexpensive meals, with Bess going into a detailed description of how to make an excellent meatloaf from a sheep's head, that Frazer suggested in a whisper to Jenny that they should escape to his workroom. To which she happily agreed.

With only a murmured excuse they left, and Frazer grinned to Jenny, 'I don't think we will even be missed!'

This joking intimacy was all a pleasure to Jenny, and she was in a seventh heaven of delight later when Frazer praised her work: 'You are a natural. I didn't give you any directions for miniature carving yet here you have a bedhead that is perfection.'

Delighted at the praise, Jenny said, 'It started with a diamond shape and the rest fell into place as I worked.'

'It's good if you can work this way.'

Jenny delved into her bag. 'I also felt I wanted to make small people, some who would be sitting and some standing.' She tipped the contents onto a table.

Frazer studied each figure carefully before going on to the next. When he laid the last one down he looked up and his eyes were alight with pleasure. 'These are excellent. I love the different expressions on the faces of each one. Take him – with the right clothes he could be a bad-tempered farmer. And this lady and gentleman are so arrogant-looking that they just have to belong to the aristocracy.' He nodded slowly then looked up. 'You have a definite talent, Jenny, and I would be very grateful if you would make some characters for the doll's-house I'm currently working on.' Jenny was so stunned she could only stare at him. 'You could do it,' he said earnestly. 'I know you could.'

She shook her head slowly. 'I don't think so. I did those figures as an experiment – they gave me pleasure. But if I had to do them as part of an order I would make a mess of them, I know I would.'

'You wouldn't. I think you could do anything you set your mind to. You decided to leave home and you did it. You made up your mind to work in the dye factory and you did it. Leave there and work for me!'

'No, I couldn't. But I can tell you what I *will* do. I'll go on making these little figures and let you have them. I'll do anything you think may be suitable for you. In this way I won't feel bound. I know my work will be better if I don't have to work to order.'

'You are a very unusual young lady, Jenny. There's a strength of will in you that I admire. I also admire your honesty, your integrity and I shall be pleased indeed if you will do what work for me that you feel capable of doing.'

To cover her embarrassment at so much praise Jenny brought out the makings of a cradle she had done. 'I've carved the side pieces, the ends and the hood, but I would like to know how to put them together, Frazer. My uncle was talking about dove-tailing but he thought these might have to be glued, being so small.'

'Yes, these can be glued, but I shall show you how to do dove-tailing as well.' He looked up. 'You really amaze me. These pieces have been cut exactly to scale.'

'It was you who stressed this to me,' she said. 'It was something that fascinated me – I couldn't imagine pieces being made so small.'

It was not until her aunt looked in and said they must be going that Jenny realised how much of Frazer's time she had taken. When she apologised he said, 'Please don't, I've enjoyed working with you.' To Bess he said, 'I'm sure you must know what a very talented niece you have, Mrs Herriott. I've offered her a job but she's refused and I admire her principles for doing so.'

'Refused?' Bess looked at Jenny in utter astonishment and Jenny told her she would explain it all later. At the moment they must go and let their hosts get on with their work.

Jenny was glad that evening when her uncle came in so she would have at least one ally when trying to convince her aunt and Kitty that she had no intention of working for Frazer Durant.

'Just stop it, the pair of you,' he said. 'Jenny's talking sense. Every piece made will have to be perfect. Now as it stands, she's at ease when she works in the evening. It's a hobby. But if she was employed by that young man it would be a strain. She's been working against the wrong odds since she was young. Just let her go on as she is and don't try to push her into doing something she's not happy about.'

'But think how she would benefit,' Bess insisted. 'It's not every girl who has the chance to work for someone of Mr Durant's calibre.'

Sam held up his hand. 'There's to be no more getting on to Jenny to change her mind. If you really want to help her, why not make some clothes for the tiny figures? That should keep you out of mischief, my love.'

Bess thought it a lovely idea, but Kitty was not so keen. It meant work, and she did enough of that during the day to satisfy her. Oddly enough, though, when Bess brought out scraps from her ragbag, it was Kitty who sorted them through and worked out the costumes for the various figures. Sam took up whittling again and they were a busy, happy foursome who worked and laughed and chatted each evening. Sam glued the pieces of the tiny cradle together, and whittled the tiniest baby figure. Bess made the baby clothes while Jenny fashioned a baby carriage – which had Kitty crooning over it and saying it made her want to get married and have babies – and then Bess wiped a tear from the corner of each eye and said how surprising it was that simple things could mean so much. Jenny felt moved and wondered how Frazer would have reacted had he been present. She had purposely thrust Dominic to the back of her mind.

Jenny was really looking forward to the next Sunday and going to Bank House, but unfortunately that Sunday turned out to be one of the worst she had ever experienced.

It all started when Bess, who had gone upstairs to search for something she had mislaid, came storming into the kitchen holding up the chain and locket and tossing five sovereigns onto the table, demanding of Kitty to know where they came from. Bess's cheeks were suffused with colour. Kitty was chalk-white.

'I don't know where they came from,' she said, and looked with desperation at Jenny.

Jenny felt ill, reliving the time once more when her mother had held up the chemise and called her a whore.

'Well?' Bess demanded, her voice shrill. Sam, who had come in at that moment demanded to know what was going on. When Bess explained the situation he turned to Kitty.

'So where did you get them?'

'They don't belong to me, they're Jenny's.' Jenny could only stand mute, shocked.

'Are they yours, Jenny?' Bess spoke quietly. She nodded and would have walked out but Bess barred her way. 'I know they're not. You would have mentioned them.'

'They're not minc,' Kitty shouted. 'They're not!'

Her father thundered, 'Stop lying!'

'I'm not lying. I wouldn't lie.'

'You *are* lying.' He took her by the shoulders. 'I've spoken these words to you before. Now I shall repeat them: "Whatsoever shall be the thoughts on thy mind, also shall be the person on your face".'

Kitty hung her head and Jenny, suffering for her, said, 'Kitty was trying to do me a good turn.'

'No,' Kitty whispered. 'I'll tell the truth.' But it was only part-truth that was told. She said that Mr Hawkins had given her the locket and chain as a token of his gratitude for her kindness to him. The money had been for her to put towards her bottom drawer, as he thought he might not still be alive at the time of her marriage.

Kitty told the story so simply that one could believe it, but when the situation registered neither Sam nor Bess was mollified. Bess was openly angry, but her husband had his anger under control, and for this reason it was more frightening. He said it was obvious that the wretched Mr Hawkins was trying to seduce his daughter, and gave the impression that he would have no compunction in throttling him. He ordered Bess and Kitty to get ready. They were going together to see him.

They were away for over an hour and Jenny agonised over what could be happening. Why, oh why had Kitty not returned the money after promising to do so? This was the most damning thing. The gift of the locket might have been accepted. She sank into an arm chair. They had all been so happy. Now things would never be the same again, as her aunt and uncle would never trust Kitty again. When they did return, her cousin went straight up to her bedroom, Sam said he was going for a walk, and Bess was left behind, looking drained.

'Oh dear,' she said to Jenny on a small sob, when the two of them were alone. 'I would not like to go through an experience like that again. It seemed more awful, the man being an invalid, and I don't think he has an ounce of bad blood in him. He was desperate for company and Hilda's aunt says he's always wanting to give people gifts for their kindness.' Bess's eyes filled with tears. 'The most awful thing was Kitty lying to us. Sam is so deeply hurt. He's been a good father and it's like spitting in his face. I can't bear for him to be unhappy.' She pulled a handkerchief from her coat pocket and dabbed at her eyes. 'I worry about Kitty. She trusts everyone. I know that Mr Hawkins is a nice person, but suppose she met someone else who wasn't so nice and took advantage of her innocence? She swears she'll never go there again, nor take gifts from anyone else – but can we trust her?'

'I think you can, Aunt Bess. She won't want to hurt you and Uncle Sam again. She loves you both, very much.'

'I can only hope that this will be a lesson to her. She's not a bad girl, just thoughtless.' Bess paused. 'I couldn't go to Bank House this afternoon, Jenny, but this shouldn't stop you from going.'

'No, I'll leave it for this week, too. Perhaps we can go there next week. I shall meet Kitty out of Sunday School later today and see if she would like to go for a walk. That may help ease the atmosphere.'

'Oh, that's good of you, Jenny. Give her a good talking to – she'll listen to you.'

Jenny made no reply, knowing her cousin would not want any more lectures after the recent upset. Later, when she suggested meeting after Sunday School Kitty gave an offhand, 'Please yourself,' which made Jenny regret having offered. As it turned out, however, she need not have worried. When her cousin emerged from the church hall she was with several youths, laughing and talking as if nothing had happened. Jenny was introduced to the group and invited to join them for a stroll, and she accepted, but only so she could be with Kitty when they went home. To her the youths seemed immature, and she put this down to having discussed business with Frazer Durant and, more recently, met the rather aggressive Dominic de Kerr.

When they left the boys Kitty said in a defiant way, 'I suppose you've been sent to preach to me about my errant ways.'

'No. I came feeling you might want company, but as it turned out I was wasting my time.'

'You weren't.' Kitty spoke quietly. 'I was pleased to see you, and I did need you. I felt like a terrible sinner this morning. I *was* a sinner and I want to apologise for trying to put the blame on you. It was an awful thing to do. I wouldn't have done it had I not been afraid of the parents knowing what I had done. Mr Hawkins isn't the bad one – I am. Dada seems to think that a certain planet was in a wrong place at a wrong time where I was concerned.'

'A good let out,' Jenny said dryly.

'Yes, it is, isn't it?' A slow smile spread over Kitty's face. 'Naughty planet. I wonder which one it was?'

'I would forget it.' Jenny spoke sharply. 'Think yourself lucky that your father has tried to find an excuse for you, no doubt to ease your mother's mind.'

'Yes.' Kitty sobered. 'I say silly things because I know I've been foolish. I'll try and behave differently from now on.'

For the rest of that day and evening there was very little talk and Jenny was glad when bed-time came.

On the Monday morning when Jenny arrived at work her uncle told her that a new girl had started; she would be on the wool-winding and Jenny would have to do various other jobs for the time being. The newcomer was a distant relative of the boss.

Jenny had no objections, since it was all experience. What pleased her was the fact that the other three people with whom she had worked on the wool-winding told her they would miss her. Maggie said in her quiet way, 'I wouldn't be surprised if we'll have you back with us before long,' and she nodded at the new girl who was chewing on a corner of her handkerchief.

A man shouted, 'All right, Jenny, let's have yer,' and she went to be shown how to turn the stockings inside out after dyeing. This was the job that her aunt thought was shameful, putting a pole between the legs, fitting the toe of a stocking on the top then drawing it down the pole. Having been warned in advance about the ribald remarks that might come from some of the men, Jenny was able to ignore them when they did come.

But when Jack Pexford said with a mean laugh, 'Enjoying a thrill?' it brought a protest from some of the women, also from quite a number of the men.

Jenny replied, 'The thrill I'll get is when some of your mates chuck you in the canal for your filthy talk.'

One man shouted, 'He ain't no mate of mine.' Which was followed by other men calling, 'Nor mine either.' Jack Pexford made himself scarce. Jenny concentrated on the job.

Once the stockings were inside out they were put to a brush machine that de-pilled them. Jenny found this work more tiring than the wool-winding and was glad when she was taken off this job and became a knocker for the rest of the day. This work consisted of taking a batch of stockings after dyeing, and knocking the tops on the end of a bench to separate them.

Working in the steamy atmosphere drained Jenny and she was relieved when it was time to go home. She had just left with some of the women when there was the sound of shouting, a huge splash and a burst of laughter. A woman called, 'Aye up! They've chucked Jack The Pest into the canal!'

Maggie took hold of Jenny's arm and hurried her away, with the warning that she would have to look out for him the next day because he was a vengeful man.

Jenny's mind was still on this incident when she reached home and found a parcel waiting for her, then it was forgotten. 'Who can it be from?' she gasped, and was urged by Bess to open it and find out.

To her delight there was not only a letter from Mrs Hind, but some drawings that Jenny had done when she was younger. *'I found them at the back of a cupboard,'* Mrs Hind had written. *'My husband and I thought them very good and felt sure you would like to see them again.'*

Bess, who was hovering, said, 'Well, and what does Mrs Hind have to say about your mother?'

Jenny, handling the drawings, said, 'I would be about ten or so when I did these. I can remember Mrs Hind always trying to find me paper to scribble on.'

'The letter,' Bess urged.

'Oh, yes.' Jenny began to scan it then she looked up. 'Well! What do you think? My mother's taken in a lodger, a middle-aged man. He works at one of the factories nearby.'

'Heaven help him,' declared Bess.

Jenny read on, making comments as she read. 'Ma doesn't even speak to Mrs Hind now. She doesn't speak to anyone . . . Oh, the boys came home last Saturday. They only stayed half an hour . . . There was an awful row and when they left Ma shouted after them that they need never show their faces there again. Oh, dear. I wonder what could have happened?'

'They probably wanted to take a different job and your mother was against it. They never did want to work on a farm.'

'Mrs Hind doesn't mention the girls.'

'Well, they'll be under your mother's thumb for ever more. They haven't your courage to break away.'

Jenny went back to the letter. 'There's not much more, really. She says that Mrs Thwaite's always asking after me, which is nice of her. She and her husband were the ones who took me as far as Durham on my way down here.'

The sheaf of drawings slipped from Jenny's knee to the floor and Bess gathered them up. She held one out, smiling. 'Well, just look at this. You really do have talent, love. Those animals look as if they could walk off the page.'

The sheet was covered with drawings of horses – galloping, rearing, jumping a fence. Jenny was surprised at the quality of her work.

Bess was turning over the other sheets. 'Oh look, here's one of the lads. Doesn't your Tom look young? And the twins, they just seem like babies. Here's one of your father. You've made him quite serious, but I think there's a smile lurking there somewhere. I remember when you were here he was always trying to get you to draw hands and feet and you always wanted to draw faces.'

'Yes, I remember. Can I have a look at the one of Papa?' Jenny felt tears prick under her lids. Her father always tried to be happy when he was with her, but many times she was aware of a sadness in him.

Bess, who was looking over Jenny's shoulder, said gently, 'As young as you were, I think you captured truth for a moment. When my brother was a young lad he was so happy-go-lucky, always laughing.'

'My mother killed his high spirits,' Jenny said bitterly, 'just as she tried to kill my enthusiasm for drawing. If Papa brought me some paper and a pencil she would throw them in the fire. One time he raised his hand to hit her then he turned quickly and went out. I wish he had hit her, it might have done her some good.'

Bess sighed. 'I doubt it.' She handed the sheaf of drawings back to Jenny. 'You must let your uncle see those. He'll be so interested.'

Sam was more than interested. He told Jenny that if she wanted to take up drawing again he would provide her with the materials. 'You have talent and it's being wasted.'

'Not really,' she said. 'I'm always drawing people and animals in my mind. And recently, I see designs.'

At that moment Kitty came in. She gave them a brief nod and was about to go out of the room again when Bess said, 'What's the matter? Cat got your tongue?'

'No, but I didn't think you were speaking to me.'

'Your father and I had our say yesterday. You should know we don't drag things on.' She got up. 'I'll see to the meal. Jenny's had a letter from Mrs Hind with some drawings she did when she was younger. You'll see them later. Come and help me.'

No sooner had Bess and Kitty gone than Sam brought up the incident of Jack Pexford. 'I heard about it before I left. I'm letting it go this time in the hope that he's learned his lesson, but if he ever makes any more remarks like that to you, please tell me.'

She agreed, only too glad that no further trouble would come out of the incident.

Although there was not the ease between Sam and Bess and Kitty that there had been in the past, the atmosphere was certainly better than it had been the night before. They did talk. Mostly it was about making items from wood, with Sam whittling away, showing Kitty how to tackle a clown. 'You must get the proportion right. With practise you'll get to know how much to allot for the head and the hat. You wouldn't, for instance, start halfway down this piece for the neck, otherwise you would have a clown with a short body and little legs, and they always look better with long legs. It would be different if you were making soldiers, as they come in all sorts of shapes and sizes. So do other people, like butchers or farmers.'

'Or husbands,' Bess said, then added laughingly, 'and wives too, for that matter.'

Kitty looked suddenly serious. 'I think that God is very clever. We all have two eyes, a nose and a mouth yet no two people look alike, unless they're related. How does He do it?'

'It's because He's the Creator,' Bess said.

Sam paused in his whittling. 'Artists can do it in paintings. Have you ever looked at a crowd-scene in a Biblical painting? There are numerous people, yet each one is an individual and wears a different expression. That, I should imagine, is why Mr Durant praised Jenny for her tiny figures. They were all so varied and all so realistic. Of course, your father was a good painter too, Jenny, but Abigail objected to his work. I think she was jealous.' When Bess made to protest he said, 'I think it's right that Jenny should know. She's old enough.' He turned back to her. 'When you were quite young your mother took all your father's paintings in to a field and made a bonfire of them.'

'Oh, no! How could she do such a thing?'

'In fairness to your mother I must tell you that the paintings were of –'

'No, Sam. No!' Bess exclaimed. 'Leave it there, *please*.'

When he remained silent Jenny said in a low voice, 'The paintings were of nude women, is that it?'

He nodded. 'It was beautiful work, Jenny. He had nothing to be ashamed of. His work was just beginning to get noticed when this "burning" took place. He never put brush to canvas again.'

'I thought I could never hate my mother more than when I left home,' Jenny said bitterly. 'Now I feel I want to kill her for what she did to Papa.'

'I can understand how you feel, love, but you have to realise that your mother was reared in a strict religious faith. It must have been a terrible shock to her to find out what kind of work he was doing.'

Sam said firmly, 'I think we had better change the subject. What do you fancy making, Kitty? Circus people, everyday people, or perhaps animals?'

'I'd like to make a little pig.'

Sam whittled away at a circus clown, Kitty at her pig and Jenny at a figure while Bess selected pieces from her ragbag to make clothes for the small figures. Outwardly the atmosphere was one of amiability, but Jenny was inwardly seething with renewed hatred for her mother, who had destroyed her father's desire to paint – something he had obviously loved to do.

She kept starting on a figure, working on it for a while then tossing it on the fire. When the fourth had ended up as ash Sam said, 'Having trouble, love?'

'Yes. What I should be working on is a big piece of wood, carving my mother's face. I would make her into a gargoyle – the ugliest woman you have ever seen. Hateful, mean, vicious –' she choked on her emotion.

'You wouldn't, Jenny. Every person has some good in them. I have a block of wood in the shed you could use. I'll bring it in.'

Sam left and there was silence.

CHAPTER TWELVE

Aunt Bess broke the silence. 'I don't always agree with what your Uncle Sam says,' she addressed her niece, 'but I do think he's right in regards to your mother. My brother must have found some good in her. After all, he fell in love with Abigail.'

Sam came in then with the block of wood, and put it on the table. 'It's a good piece for carving, love, but I imagine it will be something you would prefer to do in private. You can work on it in the shed – I've put an oil-lamp there, and matches.'

Jenny touched the piece of wood. What a thoughtful man her uncle was. She had realised when he came back in that she would find it impossible to work on the bust with other people watching. Sam told Bess and Kitty that the shed would be barred to them until the work was completed, which had Kitty saying in a teasing voice, 'And so we'll be more tempted than ever to take a peek.'

Jenny began to wish she had never mentioned her mother. They all went on with their various tasks.

The following morning Jenny was on her way to work when a shawled woman stepped out of the mist and asked quietly if she could have a word with her. The woman turned out to be Jack Pexford's wife. She pleaded with Jenny not to make any complaints against her husband. 'He'll lose his job if you report him,' she said agitatedly, 'and it'll be me and the kids what'll suffer. We have six, the seventh is on the way. He's not a bad man, just a stupid one, although he thinks he's so clever. He chats the women up and I think they egg him on.'

The woman was trembling and Jenny laid a hand on her arm. 'Don't worry, Mrs Pexford, I won't make any complaints. It's all over as far as I'm concerned. I'll steer clear of your husband if I can and if I can't, I won't say anything. I give you my word.'

'Thanks, Miss Carter. I'm grateful.' She seemed to vanish into the early-morning mist.

For two days Jenny only caught glimpses of Jack Pexford and decided he was keeping out of her way but on the third morning when he was passing, he said under his breath, 'Don't think you're going to get away with what you did to me.' His tone was vicious. She made no answer but found herself trembling. She had settled in at the dyeworks and liked the job and the other people there. The women had come to realise that Jenny never gossiped, and if told anything in confidence would never repeat it. Jenny wanted to keep her job.

All that day Jack Pexford was on her mind and in the evening after dinner she told the others she would like to go to the shed and do some carving. Sam went with her to light the lamp, told her not to stay until she got chilled, and left.

A lot of Jenny's anger over her mother had gone but the urge to try and sculpt a head was still strong. She did feel cold at first but it was surprising how much warmth the lamp gave out. It was a large one and the light was good, too.

Jenny handled the block of wood for quite a long time, trying to imagine it as the head of a woman . . . the head of her mother, and failed. Was it because all her anger had drained away? No, she had only to think of the indignities she had suffered over the years for a hatred of her mother to surge over her once more.

Jenny put the block of wood down and as she sat staring at it she realised it was not a woman she was beginning to envisage, but the head of a man . . . a man with strong, arrogant features.

Dominic de Kerr.

No. She would not tackle such a task. He had no part in her life. But even as she was thinking this her fingers were itching to start. She got up and moved restlessly around the small hut, fingering a small tin of nails, then a sheet of sandpaper. Frazer had lent her a leather pouch that held several knives and hesitantly, she undid the leather tie then unrolled the pouch, knowing as she did so that if she selected a knife she would start on the head. It was now or never. She took one from the rolled-up packet and without further thought began chipping and slicing away at the wood.

Although Jenny had no knowledge whatsoever of where to start, instinct guided her and after an hour's work she had the beginnings of a brow, small hollows where the eyes would eventually be, and a shaping that indicated the placing of the ears. When she stopped she felt utterly drained.

What was she going to say to her Uncle Sam? That she had changed her mind, and was trying to carve the head of a man she had only met for a short time – and for whom she had no particular liking? In her mind she could hear her uncle saying, 'That should be interesting.' Jenny put a piece of sacking over the head, turned out the lamp and after standing for a few moments in the cold night air, went indoors to the luxury of a blazing sea-coal and log fire.

Bess said, 'You look frozen. Come by the fire at once and get thawed out.' Jenny guessed that if her uncle had not been there Bess and Kitty would be firing questions at her. She accepted the cup of hot milky cocoa her aunt brought to her and felt guilty because of not giving any information as to how she had progressed.

When her body was glowing and Sam went out of the room Jenny said, 'It didn't work out as I expected.'

Bess gave a deep sigh. 'I'm glad. Now we can get back to normal and do our little jobs together. I missed your chatter. You always seem to have something to talk about, even if it's just something that you remember Mrs Hind telling you.'

Jenny had come to realise how big a part their neighbour had played in her life, and knew there would have been very few pleasant memories to recall, had she never known dear Mrs Hind.

For days the head of Dominic de Kerr plagued her, and although she still did her work on the miniatures, Jenny spent some time every evening chipping at the block of wood until it took on a life of its own. It breathed arrogance. At least, it did at first. Then there was something about the mouth that hinted at tenderness. No, no, it was wrong. She was trying to give him characteristics he did not possess. It was wishful thinking on her part. She would leave it until she could see him again some time. Yet working on the head had eased some of the feverishness in her.

On the Sunday morning Kitty awoke with a heavy cold and her mother insisted on her staying in bed. Sam suggested to Jenny that they have a walk to Granby Street where he would show her the Grand Hotel. 'It's such beautiful architecture,' he said. 'You'll appreciate it.'

Jenny was glad of the opportunity to be alone with her uncle. He had never mentioned the head she was working on, nor had she, and felt guilty about it. The trouble was in having to explain how she had met Dominic de Kerr, without involving Kitty.

They were walking towards the centre of town when she said, 'There's something I want to ask you, Uncle Sam. You remember how I wanted to carve the head of my mother because I was full of hatred. Well, when I was ready to start it was no longer my mother I saw in the wood, but a man, a comparative stranger.'

'It does happen,' he said calmly.

Jenny explained briefly how she had had an urge to see the house of the de Kerrs again, and in so doing, had met the eldest son. She did not go into details, but simply said that she had had no liking for the man, so why should she want to do a head of him?

Her uncle glanced at her. 'I take it you are busy with the work, so what surprises you about him?'

'He's an arrogant man, yet I find I'm portraying a tenderness in him. I'm a raw amateur, of course.'

'One has to peel away many layers, Jenny, before finding the real person underneath. It can sometimes take years. I remember a story I was once told about an artist who wanted to paint a young lady. She was beautiful, but he saw her as hard and cold – and that was how he portrayed her. Three years later they met again and once more he painted her portrait. This time he found a warmth about her, and a gentleness.'

'Because he had fallen in love with her?' Jenny asked.

'No. It was just that before, he had been told she was cold and he had not attempted to look deeper. You said you wanted to carve a head of your mother and you would make her the ugliest woman ever seen. If you had tackled it, I think you might have been surprised at the result.'

Jenny shook her head. 'No. Abigail Carter has only ugliness in her.'

Sam smiled tenderly at her. 'Tell me that after you've carved her in wood.'

Jenny had never been further than the Town Hall Square, and as they walked along Granby Street Sam made her aware of the architecture of various buildings but when he got her to cross the road and stand and look at the Grand Hotel, she saw immediately the beauty of it.

He pointed out the bell-shaped tower on top saying softly, 'The first time I saw that, love, was on a moonlit night. The moon was behind the tower and the sky star-studded. I felt awed, as though I were in some Eastern country. And then, do you know what happened? I saw a shooting star coming to earth and I made a wish.'

'What did you wish for?'

'Contentment for my family. So far I'm not complaining.'

He talked about the stars and how big stars exploded and gave birth to young stars and Jenny's eyes went wide. 'They have children?'

'Of course, just as every living thing on earth procreates.' He talked about animals and the thousands of different species of insects there were in the world and Jenny said, 'What a wide knowledge you have of things, Uncle. Didn't you ever want to do anything but work in a dyeworks?'

He chuckled. 'I've done all sorts of jobs. When I left school I ran away to sea. Unfortunately I was constantly seasick . . . like the great Lord Nelson, and had to leave after a year. In spite of the sea sickness, however, it was a great experience and I would not have missed it for the world. After that I had numerous other jobs then was employed by an elderly man on a big estate to help him catalogue his hundreds of books.'

Sam was silent for a while and when he spoke there were tears in his voice. 'That man treated me like a son. All I learned came from him. He had a telescope and taught me about the heavens; he also introduced me to astrology. He gave me books to read on all sorts of subjects and we would discuss them together.' He paused 'Then he died suddenly and that world came to an end. His relatives, who had never liked me, threw me out. I begged for some books he had given me as gifts and they threw them after me.'

'Oh, poor you. How dreadful.'

'It's life, Jenny. I took a number of jobs after that, then I met your Aunt Bess. We fell in love and, knowing I would have to get a steady job if we were to be married, I went into the dyeworks.'

'So Fate brought you together?'

'Yes, I think you could say that, but I did have a choice about getting married. I must be honest and say I wasn't keen to get tied down so young. I felt there was still so much in life to explore. I really wanted to travel.'

'But love won.'

'Yes, love won, and although I have no regrets that we married I do, now and again, have a great urge to see more of the world.' He laughed softly. 'Don't tell your Aunt Bess.'

Jenny thought how strange life was. She had always thought of her uncle as a quiet, home-loving man, a book reader. She had never imagined him as someone craving adventure. Also, she had been thinking of herself as a Jack-of-all-trades, having a job at the dyeworks, being interested in miniature furniture, drawing and carving a head, but she had a long way to go before catching up with Sam, who had worked with a blacksmith, groomed horses, been a cowhand, a shepherd, a cabin boy, a cataloguer of books and many more things.

It had been a very worthwhile morning, and there was still the afternoon to come when she would see Frazer Durant again.

The afternoon, however, turned out to be a big disappointment at first. Mr and Mrs Delaware and their daughter were there, with Felicity sitting next to Frazer and giving him coy glances. Madame Auvéry was making an effort to be sociable while Frazer seemed to be quite at ease. He certainly did show a genuine pleasure when he greeted Bess and Jenny, and there was no doubt about the Frenchwoman's pleasure, too. Mr and Mrs Delaware had no change of expression when they greeted the newcomers but their daughter gave them a sour look before making an effort to be pleasant. Tea was brought in and some small talk was exchanged while they ate cake and sipped tea.

Then Madame Auvéry asked the Delawares in a casual way how long they were planning to stay in the Midlands and Mr Delaware said that actually, they had rented a furnished house in Oadby and would be staying on for several months. They planned to do some entertaining.

Madame Auvéry looked taken aback, but Frazer was smiling pleasantly. 'Well now, that is nice for you. You'll enjoy the countryside.'

Bess was looking murderous, while Jenny felt sick. This would be the end of her get-togethers with Frazer, bringing work for him. But as it happened, in this she was wrong. After second cups of tea had been poured for the Delaware family, he turned to Jenny and said, 'Am I right in thinking you have some work to show me?'

'Yes, she has,' said Bess beaming. 'You'll like them.'

Frazer held out his hand to Jenny. 'Then, if our guests will kindly excuse us, we shall go to the workroom for a few minutes.'

Mr and Mrs Delaware showed no change of expression, but Felicity asked if she could accompany them? Frazer shook his head. 'I'm so sorry, Felicity, but this is business and it needs absolute concentration.'

Jenny smiled to herself as she noted Bess's triumphant look. She could almost hear her thinking, 'Good for you, Frazer Durant.' He and Jenny left to a silence that was humming, but no remark was passed by Frazer on the situation. As soon as they were in the workroom he said, 'Now for the spoils!' Jenny laid out all the figures and he exclaimed with delight, 'Hmm, these are superb!' As he examined each one carefully, she explained that her aunt and cousin had dressed the tiny figures.

'Eventually,' she said, 'there will be five daughters and seven sons. There will also be the parents and the staff. My aunt has been in service so knows all the various positions – housekeeper, cook, et cetera.'

Frazer, who had been watching Jenny's face, began to laugh. 'How delightful you are, with your changing expressions. You are so dedicated.'

'And rightly so,' she said, a little put out. 'You strive for perfection and so do we, who are your workers.'

He was now regarding her seriously. 'I've offended you, Jenny.'

'Not at all. I just wanted you to know that we are dedicated to produce work as perfect as possible.'

'I can see that, and I do appreciate it. I've started on the doll's-house – would you like to see it?'

'Oh yes, please!' she said, feeling excited. She had been interested when she saw the plans, but the actual structure of the house exceeded all her expectations. It was three-storeyed, with an arch at either end of the building that led to stables and farm-buildings. Frazer told her smilingly that it was a gentleman's country residence. The front of the house opened in three places to show the rooms. There was parquet flooring in the hall and library but other rooms apart from the kitchen and bathroom had carpets. It was not yet furnished except for the nursery where Jenny saw the baby's cradle, complete with baby.

'My aunt positively drools over the child,' Frazer said, 'and wishes it was a little bigger so that she could nurse it.'

Jenny felt inordinately pleased about this, and promised that the baby would have a nanny as soon as one could be made.

Frazer laid his hand gently over hers. 'You are a lovely person, Jenny. My aunt and I are very fond of you. We both feel so pleased that we met you that day on the train. Aunt Céleste was so lonely, having left new friends behind in London and Paris. She treasures the friendship of you and your aunt.'

Although Jenny had not felt a tingling sensation when Frazer covered her hand, as she had done at Dominic de Kerr's touch, she nevertheless felt a great warmth. She said, 'We appreciate the friendship of you both, too, very much. We are not of your class, Mr Durant, but never once have you made us aware of it.'

'Please don't mention the word class. It's the way people behave that is important in life. My aunt and I need the wealthy in order to conduct our respective businesses, but in our private lives we choose to be with those with whom we are comfortable.'

Jenny felt moved. 'It's kind of you to say so, Mr Durant.'

'Please call me Frazer.'

This was something Jenny knew she would find difficult, but she would try. Now she said, 'You should be getting back to your guests, Frazer.'

He smiled at her then sighed, 'I suppose so, but do come again soon and bring some more of your delightful figures – promise?'

She promised but felt sure there would be changes now that the Delawares were living in Leicester and visiting Bank House often. It was a big grumble with Bess, until her husband told her he did not want to hear another word about the Delawares; they had as much right as she and Jenny to visit Bank House. Bess stopped talking about it, but Jenny knew she was still upset until Sam produced some tiny little figures of lady trapeze artistes for the circus he was planning. They were so delicately formed and could be ballet dancers. Sam had carved the little frilly skirts from the wood, but Bess said they would be even better if there was a top layer of net. And she proceeded to go gleefully through her ragbag to find a piece of pale blue net that she just knew she had. She chanced across it and skirts were made. Sam had painted the figures white and the delicate blue of the net with a few embroidered rosebuds made by Bess gave the perfect touch.

Jenny had come to accept that she was good at facial expressions, but knew that her uncle had a gift for portraying body movements. Each minute figure was different. One had her arms above her head and stood on tiptoe, another clung to a piece of silver cord, one leg outstretched. A third was gripping the bar of a swing. Although the bar was not swinging her body gave the impression that it had reached a pace where she was about to make a jump.

Jenny whispered, 'We could go into business.' There was a silence then both Bess and Kitty began talking excitedly, both ready to start the very next day.

Sam calmed them down, pointing out that they would get only a few coppers for the figures and that there was rent to pay and four people to be clothed and fed. 'Just carry on as you're doing,' he said, 'and treat it as a hobby.'

Which, of course, made sense, but the three females had a lot of fun talking about how interesting it could be going into private business. Kitty said, 'Just think, getting up in the morning when you felt like it.'

Her father laughed. 'With that attitude you would be bankrupt in a week. To even exist you would have to work twenty hours out of twenty-four.'

This ended all thoughts of going into business. It did, however, made them more keen to go on with their hobby. Bess would go round all the dressmakers she knew and beg scraps of material. Kitty would start working earlier in an evening and Jenny felt the same way, curious to know just how much work they could turn out in a week.

The following morning Jenny was musing about this on her way to work. Apart from the first morning, when her uncle had taken her, she went alone, with Sam leaving half an hour earlier. The air was damp with swirls of mist and she was just thinking how glad she would be to get into the warmth of the dyeworks when a figure suddenly pounced and threw her to the ground.

The unexpectedness of the attack and the fall winded her, but the next second, guessing who it was, Jenny clenched her fists and struck out at her assailant. In return, he dealt her a blow that made her see stars then, clamping a hand to her mouth, he said in vicious tones, 'If you make a sound I'll knock you out.'

This sent her into a rage. She clawed her fingernails down her attacker's cheek and received another blow. This time she could feel warm blood running down the side of her face. She had expected him to start fumbling under her clothes but instead he spat out the words, 'See how you like to be thrown into the canal, bitch,' and, grabbing her under the arms, started dragging her across the ground.

Oh God, he was pulling her towards a quiet part of the canal where there were no people. He was bumping her over a mound of stones and instinctively she reached out and grabbed one. He had to bend over to drag her along. He was muttering obscenities and she brought her hand up quickly and hit him on the head. He dropped her to hold his head and she tried to roll away from him then but he was like a wild animal punching her on the face, pummelling her body. Her hand found another stone and this time she crashed it against his ankle. He shouted and hopped about on one foot. And then she heard men's voices. She mustered all her strength and shouted, 'Help! Help me, please!' Another blow winded her and she blacked out.

When she came to she could see light through tiny slits. Then she heard her Aunt Bess say with a sob, 'Oh, Jenny love, what has he done to you? Your poor face.' Jenny tried to move but pain gripped her. It was all over her body, in her back, her arms, in her head.

An authoritative voice suddenly said, 'Will you please clear the room while I attend to the patient.'

Then her Uncle Sam was saying, 'Oh, you've managed to get here, Doctor. I've been looking everywhere for you. How is she?'

The voice was sharper. 'If someone will get these people out of the room I might have a chance to find out.' There was movement, people murmuring then a gentle hand was touching her. 'Tell me if this hurts you, Miss Carter.'

The pain was almost unbearable. A warm cloth was being wiped over her face then she heard the words, 'No, the nose is not broken.' Blackness descended.

When Jenny next roused, firelight cast dancing shadows on the walls and she could see a figure sitting by the bed, but the lamp was turned low and she had no idea who it was. She moved a hand and the figure leaned forward, and she saw to her surprise that it was someone who resembled Frazer Durant.

'Aunt Bess?' she whispered.

'I'll get her for you.' The voice was like Frazer's too. A moment later darkness descended once more.

When Jenny next awoke, she was astonished to find she had been in bed for three days. Everything looked misty, but her Uncle Sam told her it would soon clear. Her vision had been upset by the blows she had received.

Jenny said, 'Jack Pexford. Where is he?'

'In gaol, where he ought to be.'

'Oh, his poor wife and children. There are six of them, and Mrs Pexford is expecting another.'

Mrs Pexford was all right, her uncle said gently. Everyone had rallied round to help her; she was not to blame for any of this. Then he added, 'You have to start getting well, love. You've had a rough time.'

Jenny wanted to know what had happened but Sam said, 'Later.'

For the next few days she remained in a haze then one morning, she was aware that the bedroom was filled with sunshine and she could see her Aunt Bess clearly, sitting by her bed, sewing.

When Jenny asked what she was making Bess looked up quickly. 'Oh, my love, you're on the mend at last. I can't believe it. How do you feel?'

'Stiff.'

'You will be for some time. You're lucky to have your eyesight. That brute Jack Pexford. He nearly beat you to a pulp and he dragged you over stones. It was terrible. Everyone at the works is up in arms about him, so are all the people round about. Everyone's been so kind. Mr Durant came and sat with you from time to time.'

'Mr Durant?'

'Yes. You kept asking for him to help you.'

'I must have been delirious.'

'Oh, you were. We thought we were going to lose you. Madame Auvéry wanted to visit but she had a cold and the doctor told her to stay indoors. Everyone's been asking about you. There was even an enquiry from the de Kerr family. Now then, what do you think about that? I've been dying to tell you!' Bess's face was one broad smile.

Jenny felt colour rush to her face. Her heart was thumping. 'Which one of the de Kerrs enquired?' she whispered.

'Dominic, the eldest son – the Prodigal Son as they call him. I'll get his note. Such beautiful writing.'

Jenny's heart would not stop its mad beating and when Bess came in with the note she looked at her niece with alarm. 'Oh dear, you're all flushed. I've been talking too much. You'd better lie down again. Yes, yes,' she insisted when Jenny made to protest. 'Your Uncle Sam will kill me. He told me not to talk you to death. You're due for your next dose of medicine – I'll go and get it.'

Jenny read the note when she had gone. It was written in a beautiful copperplate hand.

'Dear Mrs Herriott,

'I wish to convey my good wishes to your niece after her dreadful accident, and trust she will soon be back to her former good health,

Yours sincerely, Dominic de Kerr.'

Jenny read it twice more, hoping to find a reason for the note, but it really was just a polite enquiry. It did puzzle her though, how he had found out her aunt's name and address.

Bess came in with the medicine then, putting an end to her speculation but not to her feeling of excitement at Dominic de Kerr's interest in her, which was strange seeing that she had no particular liking for him.

It was Kitty, at Jenny's request, who brought a mirror to let her see the damage to her face, and although she knew she had been brutally treated she was unprepared for her swollen nose, the ugly bruising on her cheeks, the two black eyes. Her whole face was distorted.

Kitty was roundly scolded by Bess for letting her cousin have the mirror, but Kitty thought it sensible, saying, 'Having seen the worst she can now look forward to seeing an improvement every day.' Which had Jenny wondering in despair if her looks would ever get back to normal.

Recovery was slow for Jenny. The first time she was allowed up she cried at her weakness and had it not been for her Uncle Sam she might have gone into a state of depression.

'Think of the good things, Jenny,' he said gently. 'You are alive, your bruises are fading. You still have the use of your hands. You have your sight, you are able to walk a few steps. Tomorrow you will walk a few more. And do you know why? Because you are so well-liked, so well-loved that you have the good wishes of many, many people.'

When she complained that she would not be in this state were it not for Jack Pexford, her uncle looked sad.

'All that could have been avoided, love, had you not put it into the men's minds to throw him into the canal.'

At this Jenny forgot her pain and retorted, 'So now *I'm* to blame for being battered?'

He took her hands in his. 'Jack has his faults, haven't we all? But we also have a certain amount of pride. Jack had his – he liked to think he was important, that he could get any woman he wanted. He found his match with you. You made people despise him. When he was thrown into the canal he was shamed, reduced to nothing. He was a laughing-stock.'

Jenny snatched her hand away. 'I'm astonished that you stick up for him. Look at my face – not exactly pretty, is it? I think that you must be his only champion, Uncle Sam.'

'I would agree with that, but then I am the only one at the dyeworks who has been to see him in gaol. He's a broken man.'

'And I'm a broken woman because of his brutality! I just don't understand you.'

'I don't expect you to, Jenny.' He laid his hands on her shoulders. 'Just go on improving and very soon we'll be having our pleasant evenings again all working happily together. I'll see you later.'

Jenny was still fuming when Bess came up with a hot drink. She poured out all her complaints and Bess sighed. 'There's only one Sam. I love him but there are many times when I simply don't understand his reasonings. He's always trying to get people to remain silent when they're angry, but he makes sure he has his say. Do you remember how he went on and on about that Mr Hawkins when he gave our Jenny the locket and the money? What a time that was! I felt really ill.'

'That was different,' Jenny said. 'Kitty was involved. It was only natural that he wanted to protect her, as his youngest child. It's different with me.'

It was not until the evening of that Saturday that Jenny began to realise what her uncle had been trying to tell her, and her face burned. She had been so pleased with herself at having managed to get men and women on her side when Jack had made his nasty remark. She had had a wonderful feeling of satisfaction when his workmates had thrown him into the canal.

The result of this was that he was in gaol, a broken man who would have a job finding work when he did come out. Also, his wife and children had been reduced to depending on the charity of others. But then should a woman put up with filthy remarks? In spite of arguing with herself, Jenny knew that all this trouble could have been avoided had she taken her complaint direct to her uncle. As the foreman, he would have given Pexford fair warning about what would happen if his behaviour was repeated.

The incident did one thing for Jenny: it made her determined to get well again.

It helped that Frazer Durant called the following Sunday. When Bess told her she had a visitor, Jenny put a hand to her face then her aunt said gently, 'He saw you at your worst, my love.'

'Jenny!' Frazer held out both hands to her. 'How good to see you again, and looking so much better this time. How do you feel?'

'Oh, much improved. Do sit down.'

He sat studying her. 'It's amazing, the change in you. Aunt Céleste sends her love, by the way. She asked me to give you a kiss for her.' He leaned over and kissed her cheek. Jenny felt her colour rise and was glad when Bess came in with refreshments.

To cover her embarrassment, Jenny asked about the progress of the doll's-house, and was told with great enthusiasm. 'It's going splendidly. My client saw it last week and was overjoyed.' Frazer paused then said softly, 'My aunt and I have missed your visits, Jenny.'

'I've missed my visits to Bank House, too,' she said. Then not wanting him to know just how important they were to her, she added quickly, 'I have started working on the figures again, and shall do some more today. How is your aunt? Has she plenty of work?'

Frazer was silent for a moment then leant forward to say earnestly, 'Jenny, I feel I need your help. My aunt is refusing to see any of her clients and won't say why. Mrs Herriott has been once to see if she could help, but it was no use. When you feel well enough, would you call and see her? She wept when she knew about your . . . accident.'

When Jenny said she would call the very next day Frazer became agitated. No, she must give herself proper time to recover.

Jenny drew herself up. 'I'm perfectly well enough to go out. I was only afraid to show my face because of the bruising. Now much of that has gone and I really want some fresh air. If I don't call tomorrow it will be the day afterwards.'

Then they spoke of other things and Jenny felt as though she were on holiday recuperating after an illness, which is what the wealthy people did.

Her biggest problem was how to visit Bank House without Aunt Bess. When Jenny explained the reason, Bess gave in but insisted on accompanying her niece as far as the house, in case she collapsed.

Jenny had to admit that she was glad of her aunt's support, but she refused to knock on the door until Bess left. Madame Auvéry's eyes were full of tears when she greeted Jenny. She took the girl in her arms and gave her a hug. 'Oh, chérie, your poor face. But there, I am not to dwell on it. Come and sit down and tell me all that happened.'

Jenny skimmed over the incident then steered the chat to business, saying first how she had missed making the furniture and tiny figures, then asking the Frenchwoman casually how the salon was doing. This brought a flood of tears. How could she possibly concentrate on her clientéle when her nephew was being pursued by marriage-hunters?

The Delawares were never away from Bank House, apparently, and if they were not there in person then they were entertaining him at their temporary home in Oadby.

Jenny eyed her in astonishment. 'But why don't you mention your worries to Frazer? I am sure he would put your mind at rest.'

'I have, but he's enamoured with that dreadful girl. He seems to be hypnotised by her. If he marries her my life is finished. I could not live in the same house with her!'

Jenny's heart beat uncomfortably, as she tried to imagine her life without Frazer Durant, without the discussions she loved so much.

'You must tell him how you feel,' she urged. 'You could be imagining that he's enamoured of this Felicity. He has to be polite to Mr Delaware who is able to put business in his way.'

No, no, Jenny did not understand. He was a man besotted with the wrong woman. Madame Auvéry held out her arms. 'I wanted him to fall in love with you, Jenny.' Her voice held a tremor. 'You would make a perfect wife, it would be a perfect marriage. I could live happily with you.'

Jenny, suddenly realised she was dealing wth a woman who had solely her own interests at heart, and she spoke sharply. 'If Mr Durant is truly in love with Miss Delaware then there is nothing anyone can do about it. What is more, he has a right to choose whom he wants to marry.'

'But don't you see, that dreadful Felicity would make him unhappy! She is so demanding. She wants it all her own way. She has been spoilt by her doting parents. I can't allow this to happen.'

'Then talk to him, Madame.' Jenny tried to speak kindly, suddenly pitying this Frenchwoman who was in an alien country and faced with a situation she dreaded.

'I cannot, Jenny.' Her shoulders sagged with despair. 'He has made big sacrifices for me in the past, and it is impossible to ask him to do more.'

Jenny took the older woman's hands in hers – beautiful slender hands that seemed so fragile against her sturdy ones with their square tips. 'I have to consult your nephew about my work. I'll try to find out what his plans are then, but please don't expect too much.'

'Oh, thank you, thank you, dear Jenny. I have great faith in you, you have such strength. If Frazer's mind is made up about Miss Delaware I shall do my best to accept it.'

When Frazer himself came in later and greeted her, his eyes were alight with pleasure and some of the heaviness in Jenny lifted. His aunt was probably exaggerating.

In the workroom he turned to her. 'Before we discuss work, tell me, did you find out what is bothering my aunt?'

Jenny hesitated for a moment then plunged in. 'She's worried that you will marry Miss Delaware and that her life will change.'

Deep down Jenny had expected him to deny it and felt a pang when he made no reply. He moved around the workroom, fingering various items before turning to face her. 'I'm so sorry that my aunt would not willingly accept the prospect of my marrying Felicity.'

Jenny's mouth was so dry she was unable to make any reply.

'Miss Deleware is tremendously interested in my work and her father can open many doors for me.'

'And opening doors is important to someone in your position,' Jenny replied, unable to keep a wryness from her voice.

'So you too disapprove, Jenny.'

She raised her shoulders. 'Who am I, to approve or disapprove? It's your life.'

A maid came to say there was a gentleman asking for Mr Durant. He excused himself, walked to the door then turning said, 'Please stay until I come back, Jenny.'

She had wanted to leave, needing solitude to think over what had happened. At that moment she felt no better off than she had been at home: she went out to work, was at the bidding of everyone, she had been knocked about . . .

Jenny stopped, aghast at where her thoughts were leading her. How could she possibly say she was no better off living with her uncle and aunt, people who showed her every kindness, who loved her. Their house was warm and she was well-fed; she had a job where she was respected and *not* treated as a slave. She also had the friendship of Frazer Durant and his aunt. Where she had gone wrong was in imagining that Frazer could be in love with her. She was being just as selfish as his aunt, who only considered what was best for her.

Chastened, she awaited Frazer's return.

When he did come in he was smiling. 'Another satisfied customer. I did an alteration on the front of a small doll's-house – a collector's item – and the owner was delighted with the improvement. There was not much money involved, but it's a case of personal satisfaction. I think you understand about that, Jenny. I'm always aware of your dedication when you bring me the figures you've been working on.'

She looked up at him, surprised. 'You are?'

'Yes. You treat them with the love and care I feel you would lavish on real people. Now then, to resume: Aunt Céleste has been worrying that her life may change if I should marry. I must assure her that there would be no change whatsoever. Moreover, if I do marry it will not be for some time. I must be firmly established before that happens, so it would be another year at least.'

He began then to talk about his work and to discuss with Jenny her plans for additional figures, and when she went back to sit with Madame Auvéry, she was able to settle her hostess's mind that no big change was on the horizon, and this restored her peace of mind.

Time would prove her most important ally: in another few months Frazer was sure to realise that the silly Felicity Delaware would not enhance his life in any way.

CHAPTER THIRTEEN

The following day, Jenny told her aunt all about her visit to Bank House and how she had managed to settle Madame Auvéry's mind over Felicity Delaware. Bess approved and also agreed that time was all that was needed for Frazer to see sense.

After this, Jenny let her thoughts run in a different channel. She had already decided not to go back to the dyeworks. Not only because of the battering she had received, but also because, deep down, she had not felt it to be fulfilling. Yet when she tried to analyse what she really wanted to do, she got nowhere. She enjoyed making the small figures, but even if she could earn her keep that way she knew she would not want to do it full-time. She needed to be with people, and also liked variety – a challenge.

A challenge . . . ? Jenny found herself thinking of the day she had come across the overturned carriage and had met Mrs de Kerr and her dragon of a mother, the Honourable Mrs Brevedere. On that occasion, the old lady had offered her a job as companion. Jenny had thought of that then as a challenge. True, she had changed her mind when she encountered the woman again, and had been treated with such disdain. Yet a job in that household would certainly not be dull. She thought of the sons and daughters of the late Laurence de Kerr, who wrote notes instead of conversing with one another or with anyone in the household, and felt a ripple of excitement. How different it would all be!

When she broached the subject at home that evening, Bess was horrified but Sam, who secretly yearned for adventure, was in favour of the idea.

'I can understand the attraction. It would be a challenge for our lass. She would be trying to communicate and understand the reasoning of the different people in the house. It could be a really fascinating undertaking, getting to know all the different temperaments.'

'Oh, you and your different temperaments!' Bess retorted. 'You'll be suggesting to Jenny next that she find out what signs they were born under, and which planets dominate their lives.'

'Now that would be an excellent idea,' Sam replied amiably.

Bess just about exploded. 'Oh you, you . . .'

Kitty said, smiling at Jenny, 'I think you want to go because of meeting the dashing Dominic de Kerr, and I can't say I blame you.' Jenny denied this vehemently, but had to admit to herself later that it was partly true.

There was a great deal of discussion that evening on the fors and againsts of Jenny applying for the job, and tempers were getting a little frayed when Kitty suddenly piped up, 'There's one thing none of you are allowing for. The Honourable Mrs What-do-you-call-her might no longer *want* Jenny as a companion!'

Silence followed this remark, then they all burst out laughing and the tension was eased. Sam suggested that Jenny take the job, if she had the chance, for she could always leave if she didn't like it. And so it was settled.

The following morning Jenny was very surprised to receive a letter from Mrs de Kerr herself asking if she would consider taking the job of nanny to her small daughter.

'My mother recommended you, Miss Carter,' she wrote. *'She thinks you are a very capable and intelligent young lady. My daughter Averil who is five years old has become very withdrawn. I want her to go to boarding school later, but they will not accept her unless she is able to communicate normally. If you are interested, would you be so kind as to let me know and we can arrange to discuss the*

situation.' It was signed, '*Yours sincerely, Theadora de Kerr.*'

Bess, who had listened to Jenny reading the letter aloud, remarked, 'Well, if that isn't Fate, I don't know what is: a ready-made job offered to you. Our lives are certainly mapped out for us.'

Jenny shook her head. 'No, because I don't think I want the position of nanny. The only children I've looked after are our Meg and Annie, and then I was little more than a child myself. As soon as I was able to scrub I was put out to work. And anyway, I couldn't go for an interview with these bruises on my face.'

'You're making excuses, love – they're nearly all gone.'

'I still don't think I want to look after a child.'

'All right, look for something else, then. You are the one who is going to do the work.'

Her aunt's manner was quite offhand and Jenny realised later it was this that decided her to at least go for the interview. Once it was settled Bess took over. Jenny was to put on her best dress, her best coat and hat and she was *not* to go to the servants' entrance but to the front door.

Jenny had already made up her mind about this, deciding that if she was asked to go to the servants' entrance, she would just walk away. It was all very well to plan this, however, sitting safely in her aunt's house, but once she was approaching the de Kerr residence, Jenny felt as though she had been put through the mangle and life had not yet returned to her limbs.

When the house came into view she stopped and took several deep breaths and as she did so, asked herself why she was behaving so foolishly. She had a choice, hadn't she? No one was forcing her to take the job. She walked on with resolute steps.

The lodge-keeper was obviously expecting her, because as soon as he saw her he opened the gate and nodded towards the house. Before she could knock on the front door it was opened by the same maid as before. She said, 'Please follow me, Miss Carter.'

Jenny was shown into the morning room and, to her surprise, felt amazingly calm when she was faced by Mrs de Kerr and her mother. Mrs Brevedere simply looked her up and down while her daughter, who seemed nervous, said, 'Good morning, Miss Carter. Do please sit down.' When she was seated in a tall-backed chair facing them Mrs de Kerr looked appealingly towards her mother as though begging her help. The old lady stared straight ahead and her daughter, pulling at the lace edge on a cambric handkerchief, said in a low voice, 'I had better explain about my daughter, Miss Carter.'

Her mother interrupted sharply. 'You have already explained about her in your letter, Theadora. You now want to know if Miss Carter is willing to accept the position as nanny.'

Her hackles up at this domineering attitude, Jenny intervened with, 'There are several things I need to know, Mrs Brevedere, before I can even consider taking the position.' She turned to the other woman and said gently, 'I want to know about your young daughter. Is she a nervous child? Has she had any school lessons? Does she know her alphabet? Can she count at all?'

'She's had very little schooling,' declared the old lady shortly. 'She's not responsive to teaching.'

Jenny ignored her and again addressed Mrs de Kerr. 'Can she repeat little rhymes, does she enjoy being told stories?'

'I don't know. She's had other nannies. They didn't seem interested in her.' The lace was nearly being tugged off the edge of the handkerchief. 'She's a sweet child.'

'She is *not* a sweet child,' Mrs Brevedere retorted. 'Why do you lie about her, Theadora? Miss Carter needs to know that she would have a difficult child to deal with. She refuses to converse, no doubt copying the other four stupid people in this house. Children are copyists.'

Against her will, Jenny was beginning to respect the old lady for letting her know the truth of the situation. It had to be told, otherwise how could she be expected to cope? She said, 'I am willing to try and get some reponse from Averil and I must say I do not easily accept defeat.'

'I guessed that.' Mrs Brevedere looked at her daughter. 'Well, are you willing to give Miss Carter a trial?'

Theadora murmured yes, of course, and after that her mother took over again. She mentioned a monthly salary which surprised and pleased Jenny. She accepted. But when the old lady told her that she would be allowed one Sunday afternoon off a month, leaving after lunch and returning at six o'clock, Jenny protested. She would only accept the position if she was allowed *every* Sunday afternoon off.

Mrs Brevedere bridled. This was quite out of the question. None of the other staff had time off every week, and it was impossible to make an exception.

Jenny got up. 'Then I'm sorry to say that I must turn down the position.'

The old lady glared. 'Blackmail will not work with me, Miss.'

'I would not stoop so low, Mrs Brevedere.' Jenny spoke softly. 'My aunt and uncle have given me a home. I appreciate this and would not wish to be away from them for a month at a time. I would be homesick, and that is not conducive to producing good results in one's work.'

The old lady sat weighing her up for a moment, then she asked: 'Where did you get your learning?'

'Most of my knowledge came from my father, who was well-educated.'

'And your commonsense?'

'I think most of that came from life, struggling to exist.'

Mrs Brevedere stood up. 'Very well, Miss Carter, you shall have every Sunday afternoon off. When can you start?'

As Jenny was free, it was agreed she would start the very next day, and she went home jubilant. Bess was full of excitement at first but when told of all that had transpired she was not so sure her niece had done the right thing. 'They obviously haven't been able to keep other nannies. Is the child not . . . well, not all there?'

'If she isn't, don't you think the poor little thing needs some attention? The mother is utterly helpless and I don't think Mrs Brevedere has an ounce of affection in her whole body.'

When Sam came home he was on Jenny's side, while Kitty's first question was – had she seen the wonderful Dominic de Kerr?

'No, not yet and I might not get to see him. I think the rest of the family live in a different part of the house.'

Kitty grinned. 'He could be living on the roof but I would like to bet that you'll be seeing him very soon. He likes you, I know he does. I can tell by the way he took you inside the house to recover from your fall. I think he might be in love with you. He did send you a note after Jack Pexford knocked you about. No man would do that if he didn't think something about you.'

'In love with me?' Jenny scoffed. 'With this face?'

'What are you talking about! You can hardly see any bruises now and anyway, they wouldn't stop a man from loving you if he had seen you before without them.'

Bess said, 'That'll do, our Kitty. Now get the table set.'

Jenny was making preparations that evening ready to start her job the next morning when her aunt came into the bedroom and held out a parcel. 'It's just a little present, love. I hope you like it.'

The gift was a brown dress with a pale cream collar, simply styled, and highly suitable for her new job. Jenny was touched by the gift. 'Aunt Bess, it's lovely, but you shouldn't have bought it.'

'I wanted to, my love. You have to look the part. You can wear your brown coat and I picked up this brown velvet hat. Now stop thanking me, it was only a few coppers.' Jenny felt she wanted to weep, her aunt had done so much for her.

The dress was a perfect fit, and wearing the brown hat and coat she felt suitably clad when she arrived at the de Kerrs' residence the following morning. To her surprise, a number of people were assembled in the morning room to meet her. Jenny thought she had never faced a more formidable group.

Mrs de Kerr was there, looking agonisingly uncomfortable, but it was her mother who was in charge. Two young men and two young ladies, who were obviously 'above the salt', stood at one side of the room and five more people, whom Jenny presumed to be staff were lined up on the other. Mrs Brevedere explained, in frosty tones, Jenny's position in the household and introduced her to the rest of the staff. The first two women were given the prefix of Mrs in front of their surnames. Mrs Withers, the housekeeper, was a grim-faced angular woman who did not even acknowledge Jenny. Mrs Bentley, the cook, with steel-grey eyes in a round, highly-coloured face, gave her a brief nod. The rest – housemaid, parlourmaid, under-parlourmaid and skivvy simply stared straight ahead. Mrs Brevedere, after explaining that Jenny would be meeting the butler and other male staff later, then dismissed the female staff.

All this time, the de Kerr brothers and sisters stood unblinking. When the door had closed behind the servants the old lady said to Jenny in scathing tones, 'And these dummies you see are named from left to right Eustace, David, Arabella and Penelope. If they address you at all it will be in writing. You are at liberty to reply or ignore them. If you speak to them they will not reply.'

Jenny only had time to observe that Eustace was tall and dark with an aquiline nose, his brother fair with cold blue eyes, that the eldest girl was auburn-haired with hazel eyes and her sister very fair with grey eyes, before the old lady dismissed them.

After they had all walked stiffly out of the room she said, 'I hope I do not come in contact with them for a few more months.'

Her daughter spoke for the first time since Jenny's arrival. 'You certainly do not do anything to improve matters, Mother.'

The old lady's mouth tightened. 'May I remind you that I do not discuss family matters in front of servants.' Which immediately put Jenny in her place.

Mrs de Kerr said she would now have her small daughter brought down to meet Jenny. A young maid fetched the little girl in and Jenny saw a fairy child with hair like spun gold. Her forget-me-not blue eyes were dreamy and even when her mother spoke to her she remained in a world of her own.

The mother became agitated. She shook the child. 'Averil, you must answer!'

Although Jenny knew she had no right to interfere she took hold of the little hand and said softly, 'Come and see what I have for you.'

There was no response until Jenny brought a cot from her bag, complete with baby, and set the cot rocking on the table. Averil stood for a moment watching it then a slow smile spread over her face. The cot had stopped rocking and she set it in motion again. She made no attempt to speak but Jenny knew that the first barrier was down.

Mrs de Kerr looked at Jenny in astonishment. 'She has all sorts of toys but she won't even look at them. What she was always playing with was an old teddy bear, but her last nanny burnt it. She said it was dirty and unhealthy.'

Jenny's heart ached for the child. How could anyone deprive a little one of a well-loved toy? She herself had adored her teddy bear when she was small, in spite of it being minus an eye and an arm. She said, 'I feel quite sure that your daughter and I will get on very well indeed. Just give us time.'

The baby had been taken out of the cot, had the cover wrapped around it and laid back. There was a look of love on the child's face.

Mrs de Kerr said she would take Jenny up to the nursery and she could get settled in. Averil picked up the cot and slipping her other hand into Jenny's gave her a heartwarming smile.

The nursery was not sparsely furnished as she had imagined. It had thick rugs on the floor, and there were two beds at one end of the room with chintz counterpaves, and a dressing-table and clothes cupboard at either side of the wall. There was a table and chairs, and a small and large arm chair at either side of the fireplace. A fire burned brightly in the grate and there were two brass coal-scuttles full of coal. To Jenny's surprise and pleasure the window overlooked a part of the garden, in which there was plenty of greenery at the moment, but little colour.

There was a knock at the door and Jenny, expecting it to be a maid, called, 'Come in.' However, it was Dominic de Kerr, and hot colour rushed to her face.

'Good morning, Miss Carter,' he said pleasantly. 'How are you getting on with your protégée?'

'We've made quite a good start, Mr de Kerr. Averil has not yet spoken to me, but I have had a big smile.'

'Oh, then you are certainly privileged. That is more than anyone else in this house can say. What is your secret?'

'The baby in the cot, I think.' Averil had not even looked up when Dominic came in. With tongue between her lips, she was now painstakingly wrapping the baby in the sheet.

He said, 'Whoever made the cot and baby is talented. That carving is excellent.'

When Jenny told him that she had made them he said, 'Why waste your time looking after a child when you can turn out work such as this?'

Jenny bridled. 'I think it has something to do with what my uncle calls 'job satisfaction'. If I can get Averil to converse, and live a normal life, it would be worth sacrificing a work of art, if I owned such a thing.'

'My, we are dedicated.'

There was a hint of sarcasm in his words and she said, 'I would not expect a man like you to understand.'

He looked annoyed. 'Considering that our one and only meeting was brief, I cannot see how you can judge *what* kind of a man I am.'

'Words and actions convey a lot.'

'Is that so? How ignorant I am. And may I ask what conclusions you've reached about me, judging by my *words and actions*?'

'I think you are arrogant, hasty in your decisions owing to impatience, but I sense there is a certain caring in you.'

'Thank you. Perhaps you would let me look into your crystal ball some time, when you can spare it.' His tone was icy. She reminded him that she had simply answered his question and he gave her a mock bow. 'How true. I must choose my words more carefully in future when dealing with you.'

'I hope not,' she said quietly. 'It would make for very stilted conversation.'

'And conversation is a rarity in this house.' His tone this time was bitter.

He had excused himself and was at the door when she said, 'Mr de Kerr, may I ask you something? I ask simply because of being employed here. I can understand there being an animosity between stepmother and stepchildren, but why do your brothers and sisters not communicate with one another? Surely there should be close ties, especially under the circumstances.'

His laugh was harsh. 'I doubt if it will help you to understand the situation, but I shall tell you anyway. They all blame one another for being in this situation: my brothers think that my sisters should get married and give them a home. Unfortunately, my sisters do not have substantial dowries so there is no man eager to marry either one of them. If you can persuade them to attempt to get themselves out of this predicament I promise you I will run up the flag.' He opened the door then added over his shoulder, 'It will be something to look forward to in this dreary life.'

Before she could stop herself Jenny said, 'You have control of your life. It's up to you whether it's dreary or pleasant.'

He turned to face her and his eyes were blazing. 'You talk a lot of nonsense. What am I supposed to do? Leave this house for my wretched stepmother to live in for the rest of her life? My father would never have left us in this position. He was a stern but sensible man. He respected each one of his offspring and would not have left my sisters without sensible dowries; he would not have left my brothers depending on what money my stepmother cares to dole out to them. I shall stay until I find the answer to the mystery. So be prepared to put up with my moods *and* my arrogance, Miss Carter.'

'You sound just like Mrs Brevedere,' she answered calmly. He left, slamming the door behind him. Her legs trembling, Jenny sank into an arm chair. Why, oh why would she not heed her uncle who was always saying, 'If angry words are being said, make no reply.' She was wanting to seem clever, that was why. She must stop this silly attitude, fit in with her environment.

Averil came and sat down on the chair beside her. She held the 'baby' lovingly against her cheek. Jenny drew her close. She would concentrate on getting this fairy child to talk.

That first day was the longest Jenny had ever known. Meals were brought up to the nursery and when she tried to talk to the young maid the girl looked scared. She set down the tray, mumbled that she'd been told to come straight back, and fled.

Mrs de Kerr came up during the afternoon to ask how she was settling in. Jenny said that naturally it felt strange at first, but she was sure it would not be long before she had grown used to the routine. She was about to ask if she could take the little girl for a walk after her rest when Mrs de Kerr said hurriedly, 'I think I hear my mother calling me,' and left, leaving Jenny staring at the closed door and feeling like a prisoner. Where was the challenge she had anticipated? If she was left with just the child to look after then she would be worse off than being back at the dyeworks.

Averil woke from her afternoon nap and began sketching figures in the air. Jenny told her they were going for a walk, and when they were outside she would tell her a story. There was no response to this whatsoever, and even when they were both dressed to leave the child remained in her own little world. However, she still clung to the baby in the cradle and would not leave without them.

The house was so silent as they went downstairs that Jenny found it uncanny. There was not even a creak in the floorboards no murmur of voices anywhere – not even in the basement where kitchen staff would be.

It was with a feeling of relief that she stepped outside with her small charge. A robin was hopping along one of the paths but when Jenny pointed it out to Averil the child moved close to her as though afraid. What had the family done to her, for heaven's sake? When Jenny led her closer to the robin Averil snatched her hand away and made to go back to the house, so Jenny picked her up and talked soothingly to her.

She made up a story as she went along. 'There was once a little robin redbreast, and he was *so* lonely. It was winter and it was very cold and none of the other birds wanted to be his friend because he had been naughty and stolen their food. The little robin was sorry and wanted to tell them so but the others wouldn't listen and they all flew away from him. Poor little robin,' Jenny said. 'We should never run away from them, because this little robin might be lonely. I think he's hungry. Shall we give him a piece of biscuit?' She took out a piece she had in her pocket and threw it down to the bird. It came to them at once and started pecking.

At first Averil clung to Jenny's neck, but she eased her away and said, 'Ah, the poor little robin *was* hungry. Tomorrow we shall bring him some bread.'

The child followed the movements of the bird but would not allow Jenny to set her down. She must have been frightened once by a bird, but how, Jenny could not imagine. She walked down the drive. Perhaps the lodge-keeper would know. However, Mr Watson turned out to be a taciturn man who said that they were all a rum lot up at the house except for Mr Dominic – he was the only decent one among them.

Jenny thought that if he was the best, heaven help the worst. Although Averil was no weight to speak of, Jenny wanted her to walk and get some exercise. She had to be firm and promise not to let go of her hand before she could persuade the little girl to get down and walk. Jenny pointed out various plants but Averil took no interest whatsoever, and when the auburn-haired eldest daughter came into view, a heavy shawl about her shoulders, Averil showed fear.

Not wanting to force her charge to face Arabella de Kerr and perhaps make herself ill, Jenny took a different route back to the house. She was determined to find out why a child should not only have a fear of birds, but of people who lived in the same house.

Tea was brought up to the nursery by the same young maid, who once more disappeared as soon as the tray was delivered. Jenny had hoped she might be asked to have dinner with the family so she could find answers to her questions, but a note was pushed under her door later to say that dinner would be brought upstairs at seven o'clock.

Jenny was fuming. She was like a prisoner in a cell. Well, she was certainly going to have to tackle someone about the situation. She washed and undressed Averil, put her to bed, then told her little stories until she slept, cradle and baby held to her. When her dinner was delivered, this time it was by an older maid called Mary, who not only seemed friendly but who also had a sense of humour. Once she could see that Jenny was friendly too she asked, 'So how are you getting on in the zoo?'

When Jenny replied that she was not getting on at all, Mary gave a nod. 'I know how you feel. Look, I've got to go now but I'll be back in about an hour and I'll tell you some of the goings on then. It might be longer than an hour but I'll be here eventually.' She grinned, 'Even if it's midnight.'

The evening seemed even longer to Jenny than the morning because she was unable to settle to anything. It was after ten when Mary arrived. She put a finger to her lips and did not speak until she was in the room with the door closed. 'You never know who's on the prowl. There's always someone creeping about, watching the movements of other people in the house.'

Jenny's eyebrows went up. 'What on earth for?'

'Well, Mrs de Kerr is supposed to have a fancy man and so have each of the girls.'

'I can't believe that any man would be attracted to those three. Mrs de Kerr is so hopelessly helpless, and the girls seem so horribly aloof.'

'Ah, but don't forget that our hopelessly helpless mistress, as you describe her, is worth a lot of money. And ditto, if the valiant Dominic finds out that anything underhand has been going on to do with the will, the girls will eventually be wealthy.'

'Have you seen any of these men creeping around?'

'Oh, yes. It's always been at night-time, though, so I've never actually seen their faces.'

Jenny stared at her. 'Tell me, Mary, have you any idea why Averil is not only frightened of birds but of Arabella, too?'

'Yes, I can. The last nanny, whose name was Didson, was always slipping out to meet menfriends – not only at night but during the day, too. One night Averil woke as she was leaving and followed her. Didson was furious, and to stop her doing such a thing again, she drew horrible pictures of birds and animals and told her they would eat her up if she ever followed her again. As for her being afraid of Arabella, the poor kid wandered into her room once and Arabella was so mad she not only nearly shook the living daylights out of her, but swore she would give her a good hiding if she went in there again.'

'Oh, good Lord, the poor tormented little thing.'

Mary nodded. 'The awful part of it is that nobody likes Mrs de Kerr and of course they all hate her bitch of a mother so that the poor kid doesn't get any sympathy. The staff won't allow her into the kitchen – and you wouldn't be welcome there either because you are seen to be working for the enemy. Everyone is against the poor little soul. It's so unfair! I've seen the girls push her out of the way and the brothers, too.'

Jenny was furious. 'I can't understand people taking out their vengeance on an innocent child. She needs love, not hate – and I'll see that she gets it.'

'I'll add mine, whenever I get the chance,' Mary said. 'She's had some awful nannies, she really has. I spoke up about it once and had my head snapped off by Cook and was told to mind my own business. Time after time I've been going to hand in my notice but the money's good and my family need it. That Didson woman was the worst. I have no liking for old Brevedere, she certainly shows no affection for her grand-daughter, but she did at least get rid of Didson when she found out what was going on.' Mary got up. 'I must go. The other maid I share with sleeps like a log as a rule, but if she does wake up she'll ferret to find out where I've been. I'll try and pop in as often as I can. Look after the little one.'

'I will,' Jenny said, 'and thanks. It's good to have a friend.'

'For me too.' Mary grinned. 'I'll make my way back to the battle zone.'

Battle zone was right, Jenny thought grimly, and felt again how lucky she was to have one friend in this hate-filled house.

CHAPTER FOURTEEN

Jenny planned a special agenda for the next day. She wanted to make Averil a rag doll, something she could cuddle. But the first thing she was going to do was to call in at the kitchen when she took the child for her morning walk, and give them a piece of her mind. She felt all churned up inside and it might help to ease her temper.

In spite of all Jenny's talk to Averil the next morning, trying to get her to understand about the beauty and the charm of the birds, she was still reluctant to go downstairs and outside. She clung to Jenny's hand when they went down to the basement and into the kitchen. Jenny would rather have confronted the staff alone, but it was impossible to leave Averil with anyone.

The housekeeper was talking to the cook and she looked up as Jenny entered and said, her voice sharp, 'No one invited you in here.'

'No,' Jenny replied, equally sharply. 'And it's the last place I would want to come to meet mean, miserable people like you.'

Cook's florid face went an even deeper red. The housekeeper was so affronted her voice was shrill as she demanded that Jenny repeat what she had just said.

'I called you mean, miserable people because that is what you are. You are both grown women who treat this child cruelly because you hate her mother and grandmother.'

Both women looked about them fearfully as though the ones Jenny had mentioned might be lurking in cupboards. It was Cook who spoke this time. 'We hardly ever see the child.'

'I know, yet you declare a hatred for her.'

'Who has been talking?' the housekeeper demanded.

'No one you know,' Jenny said softly. 'But beware, because you are being watched.'

'It's that Dominic,' declared Cook.

Jenny laughed. 'He wouldn't even think you important enough to mention your names.'

'You're only saying this,' Cook went on, 'because we haven't invited you to eat with us.'

'Eat with *you*? It would make me sick. Come along, Averil, we shall go and enjoy some lovely fresh air.' Jenny's legs were trembling so much they would hardly carry her up the stairs, and it was a relief to get out in the open and take some deep breaths.

Well, once more she had made her tongue go. If she got the sack it would be her own fault, but somehow she didn't think she would. She had left the two women wondering who had been talking. Someone they didn't know . . . that would give them food for thought. When she glanced back she saw Mary at the bottom of the basement steps, a broad grin on her face. She gave a wave then disappeared.

Jenny squeezed Averil's hand and walked on. They strolled around the garden. Jenny hoped to perhaps see another robin but there was not a bird in sight, neither on the ground nor in the trees. What she did see, however, was a black cat making in the direction of the lodge. She pointed it out to Averil and for a moment the child drew back, but then suddenly some kittens came running to the mother and she tugged at Jenny's hand.

A woman emerged from the lodge at that moment and catching up each kitten, popped it into a basket. She smiled at Jenny. 'I was going to come and make myself known to you, Miss Carter. I'm Mrs Watson.'

Jenny had difficulty in hiding her surprise. Mr Watson was so rough-spoken, so taciturn, while his wife, although rather plain, was pleasant and so beautifully spoken. She said, 'How nice to meet you, Mrs Watson. It's a change to find a friendly face.'

Margaret Watson said wryly, 'It's not easy in the midst of all this gloom and doom but there, come inside and Averil can play with the kittens. Mr Dominic was the only one who could get her near them.'

'Who is taking my name in vain?'

Jenny turned to see a smiling Dominic de Kerr. Mrs Watson said, 'Where did you spring from?'

'I was taking a short-cut through the shrubbery to tell you that I've found a home for another one of the kittens.' He turned to Jenny. 'Good morning, Miss Carter.' He held out his hands to Averil, but although she drew closer to Jenny she did give him a shy smile.

'And has the *Honourable* lady at the house agreed to allow Averil to have a kitten?' asked Margaret Watson.

'She has not. She says an animal will be too much of a nuisance.' His eyes were stormy and Jenny found herself recalling an expression Mrs Hind had used once about an uncle: 'He was a fine figure of a man when he was angry.' It was the stance – his legs slightly apart, his head up, his back squared – that gave him an aura of power. It was also his good looks that drew one to him. Jenny gave a shiver of pleasure as she studied him.

Mrs Watson suggested they should all go inside the lodge and have some tea and Dominic, all anger gone, said he would come on one condition: that he could have one of her sultana scones. She laughed and said he must have known she had just taken some out of the oven before the kittens escaped.

It was Dominic who coaxed Averil to hold a kitten and to eventually give it a cuddle. She made small crooning noises to it, which delighted them all, especially Jenny who had never heard a sound from her.

'This is a breakthrough,' she enthused. 'I shall go on trying to get her to say a few words.'

They stayed quite a while and when Jenny said they must go, Dominic offered to walk back to the house with them. Averil, who had not wanted to part with the kitten and who had been given a picture of kittens by Mrs Watson, kept dawdling behind to take another look at them. Dominic became angry again that the child had been denied the pleasure of having a kitten.

'Why?' Jenny asked. 'Why should they deny a lonely child something to love? And is there a particular reason why some people in the house seem to take a delight in scaring her?'

'I haven't yet found an answer to that, but I will,' he said in grim tones.

'If your stepmother were to die, would Averil inherit?'

Dominic gave her a quick glance. 'Yes, if she lived to get it.'

Jenny stared at him in horror. 'Do you think she's in any danger?'

'I think there's a plot afoot to make her so scared that something might happen to her.'

'Surely not?' Jenny paused then went on, 'If . . . Averil were to die, who then would inherit the estate?'

'Who else but her *Honourable* grandmother, who is next of kin, and you know how vicious she can be.'

Jenny shook her head slowly. 'No, I can't accept that. Mrs Brevedere may be a most unlikeable person, but I feel she would not stoop to murder! It was she who suggested I apply for the post of nanny, not because she has any liking for me, but because she knew I would not get mixed up in anything underhand. In my opinion she wanted the child to behave normally.'

Dominic would not agree. 'She's a clever woman who could easily pull the wool over anyone's eyes if she wished.' Jenny said not by her. She had seen too much of life in the raw to be taken in by anyone. When they arrived at the house Dominic said he would not be coming in, as he had some business to attend to. He lifted Averil up and gave her a hug and she put a fingertip to his cheek, which brought a boyish laugh from him. Then he touched Jenny's cheek lightly. 'With your help we might win. Keep up the good work.'

Jenny's pulses responded to his touch immediately and she had to turn away to hide her burning cheeks. 'Come along, Averil. We shall see the kittens again tomorrow.'

'Is that a promise?' Dominic asked softly. 'Tell me what time and I shall be there, too. I enjoyed myself this morning. It was good to see the simple pleasure of a child and forget all the hate that surrounds us.'

Jenny felt she wanted to reach out and give him a hug. 'We'll be there in the morning about the same time as today.'

'Good. I shall look forward to it.'

Jenny went into the house in a trance-like state. How different he was from what she had imagined. He had endeared himself to her in that he liked children. She could still hear his boyish laugh when Averil had put a fingertip to his cheek. And Jenny felt a quiver go through her as she felt again his touch. Averil was sitting on a stool, her gaze far away as she hugged the picture of the kittens.

Jenny suddenly sobered as she thought of Dominic's words about Averil inheriting – *if* she did not die. An icy finger touched her spine. What evil was going on in this house? She made up her mind to call on the two brothers and the sisters, to confront them and find out in which direction their thoughts ran.

After lunch when Averil had settled for her afternoon's nap, Jenny made a plan. She would call on the girls first, note their response to her visit then go and see the brothers.

When Averil was asleep Jenny crept out and locked the door behind her, not wanting to risk someone creeping in and scaring the child. She knocked twice on the door of the sisters' rooms before the eldest girl came. Then she simply looked questioningly at her.

Jenny said, 'I wanted to make myself known to you and your sister.'

Arabella immediately lifted a small writing pad hanging from her waist-belt and scribbled something on it. She then tore the page off and handed it to Jenny, who read, *'We do not want to know you.'* The door would have closed then had she not blocked it with her foot.

Jenny said slowly and distinctly, 'If you do not allow me in I shall bring the police to make some investigations.' This provoked a look of fear, and after a moment the door opened wider. Arabella motioned to her to enter. She did not, however, gesture for Jenny to be seated.

The auburn haired Arabella walked to a door in the room, knocked and while she waited wrote something on the notepad. The door was opened a fraction and Penelope read the note. Then, without a change of expression, she came into the room, closing her own door behind her.

Jenny looked from one to the other. 'I don't care what you do in your closed little worlds, writing silly notes to one another, but while I am looking after Averil I will not have you scare her half to death.' Both girls wrote frantically on their pads, tore off the pages and handed them to her.

They had both written that they had nothing at all to do with any events connected with the child.

'Oh yes, you have!' Jenny exclaimed. 'You ignore the fact that her mind is being disturbed, and you do nothing about it. You are grown people. This is a child of five who has been so scared that she's lost the power of speech! You are as guilty as if you had set out to make her mad and suffer an accident.'

The pair became agitated and there was some more mad scribbling. Both wrote in similar vein, as before, that the child had a mother and a grandmother who ought to look after her.

Jenny crumpled up the pieces of paper and threw them on the fire. 'Whether you like it or not, your father's blood flows in Averil's veins as well as in yours. I should imagine he will be turning in his grave knowing how you two are behaving, not only to the child but to each other. You're like spoilt children writing these little notes.'

There was more scribbling: what they did was not her concern. She had been engaged to look after the child, and that is what she should be doing.

'And so I am,' Jenny declared. 'It's why I'm here now. There are some very strange goings on in this house, with strangers arriving and departing at all hours.'

This brought a frightened look to the face of each, but before they had a chance to write any more notes Jenny went on, 'There are men constantly creeping along corridors, men who have no right to be in the house. And always there are others watching them. One of these nights you'll both be found with your throats cut.'

Jenny knew she was being melodramatic but it certainly caused a panic between the two sisters. Never had pens been wielded so swiftly. The notes once more were almost identical: they knew nothing about men creeping along corridors. Who had told her?

Not wanting Mary to be brought into this Jenny said, 'There are more spies in this house than family or staff. And by what I have learned from people outside this building, there had better be some changes or mayhem will be done.' With that she looked searchingly from one to the other, threw the rest of the notes on to the table and walked out, closing the door quietly behind her.

So far so good. Now she would visit the sons.

The actions of the brothers were almost identical to their sisters', except that they were not so vulnerable in believing that strange men were creeping along corridors at night. But then Jenny added the fact that strange women were also prowling around, and then Jenny felt that they both looked guilty!

Eustace had the same erect bearing as Dominic, but was not so tall or so well-built. He also had a slightly arrogant air. David was less so, in fact, Jenny felt he was more likeable. He had worn a worried look when Jenny mentioned that Averil was being ill-treated by people in the house, and when she appealed to them to see that the child was not frightened, David wrote a note saying he would do all he could. Eustace just stood woodenly, so antagonistic towards her that Jenny lost her confidence and was glad to leave.

Mary brought the dinner up that evening and imparted with glee the news that the sisters had actually been quarrelling. 'You should have heard them, shouting like fishwives, each blaming the other for your visit. You've stirred things up good and proper, in the kitchen as well as upstairs. They are all blaming each other for telling tales. You could cut the atmosphere with a knife.'

Jenny sighed. 'I certainly made my tongue go but will it do any good? I thought that Averil seemed so relaxed this morning, but I haven't made any headway with her. I've gone through all the simple phrases, like the cat sat on the mat, the dog had a bone et cetera, but not a word will she say.'

Mary said she must go but would look in for a chat about ten. It was another long evening for Jenny because she found she was unable to settle to any work and realised by nine o'clock just how much she was missing her aunt and family – the working together, the talking, the laughter. It also made her realise how lonely Averil must have been with a nanny who shut her away in the nursery while she went out to meet some man, or spent hours down in the kitchen chatting to the other staff. No wonder the child was unable to talk.

She brought out some pieces of material to start making the rag doll for Averil. She had cut out a round of white linen and had started embroidering a face on it when Mary arrived. The maid stood staring at her work. 'Oh, aren't you clever! My little sister would love a doll with a face like that.' Jenny said she would make her one after this and Mary was delighted. With a second doll on order Jenny had an incentive to work on the present one. *Incentive*: that was something necessary at all times. She would go all out to get Averil to talk. The morning might help, when she would see the kittens again. Before Jenny went to bed that evening she had completed the doll's head, stuffed it and had it stitched ready to put on the hair – black wool that she had cut into strands.

With working late Jenny had thought she would fall asleep right away, but her brain was still active, going over everything she had done and said that day. Mainly, however, it was Dominic who was uppermost in her mind. He was such a mixture of concern and anger. He had tried to get permission for Averil to have a kitten – a small enough thing to ask on the face of it, but how it must have irked him to beg a favour of a woman he disliked so much, then have it refused. It must be awful having to take orders from a woman who had been given the right by her weak daughter to take charge, especially when he was convinced that there had been some tampering with his father's will. He could be wrong, of course, and what then? Would he continue to carry this burden of hatred on his shoulders? He complained about the hostility in the house, but he was certainly adding to it.

Jenny forced herself to put this side of it to the back of her mind and concentrate on seeing him the following morning. It would be good to have his backing when trying to get Averil to talk. The little girl was beginning to lean towards him. He could get her to smile, to touch him and to play with the kittens, which was a big step in the right direction. With this thought, Jenny settled for sleep.

The next morning she talked to the child about the coming treat. She would be seeing her Uncle Dominic again, and also she would be able to play with the kittens. This brought no wonderful happy response but Jenny felt that the child was not so deeply shut away in her own little world as usual, and when they set out to go to the lodge, there was no resistance from her at leaving the house.

When they were nearing the lodge Jenny could see Dominic framed in the window of the living room. He had his back to them but Jenny had a lovely warm feeling of anticipation and her heartbeats quickened as they drew nearer. It was therefore quite a shock when he met them at the door and said in a low intense voice, 'Can I have a word with you?'

Mrs Watson came forward smiling, a kitten in her arms. She greeted Averil. 'Ah, there you are, my love. Here is Spot ready to play with you.' She held out her hand to Averil who went readily with her.

Dominic walked away and Jenny followed, bewildered, wondering what on earth could have happened. When they had gone a short distance he stopped and faced her and his expression was cold.

'Now, Miss Carter, perhaps you'll explain why you've been spreading rumours in my house that I have been spying on everyone?'

Jenny eyed him in astonishment. 'I don't know what you are talking about. I've never mentioned your name to anyone.'

'Perhaps I had better use the word *implied* – that I've been creeping around watching the movements of everyone.'

'No, I haven't! I had no reason to.'

'But you do admit that you have been approaching all and sundry?'

Jenny straightened. 'I am sure that *you* will admit that a great deal of intrigue goes on in that house. You must also admit that Averil has been scared half out of her wits, not by one person but several. I have simply let everyone know that I'll take action if Averil is badly treated. I also let those concerned know that I'm aware that men go creeping about the landings late at night.'

Dominic was suddenly alert. 'What do you mean by men creeping about the house? Have you seen any? Or is it something you were told?'

'I was told.'

'By whom?' he snapped.

'That I can't tell you. There's enough ill-feeling already.'

'You have no right to interfere. You were employed to look after the child.'

'And that is what I'm trying to do! Why can't you see it?'

'All I can see is a meddlesome young woman pushing her nose in when she has no right.'

Jenny was seething, but she forced herself to speak quietly. 'I take it then that you prefer to allow Averil to be terrorised by certain people, and have her mind affected by it? Perhaps this might be of benefit to you.'

She saw his hands clench in anger. 'I'll try to ignore that. You are obviously obsessed by hearing tales from one of the servants who knows nothing whatsoever of the situation.'

'I was told by a most sensible person who also has Averil's well-being at heart. This person has seen and heard things that perhaps you're not acquainted with. Did you know that the child was left alone for many hours by her previous nanny and was shown horrible photographs of birds and other animals that would harm her if she left the room?' Jenny shook her head. 'I don't think that you have the faintest idea of what has been going on, Mr de Kerr. Why don't you investigate before accusing me of dropping poison? And now, if you'll excuse me I'll go and see to my charge.'

She walked away, her head up but she had to fight back tears. It had all seemed so promising and yet now she would have Dominic de Kerr to battle with, as well as the other evil influences in the house.

CHAPTER FIFTEEN

Mrs Watson could see why Dominic was annoyed but she was on Jenny's side. 'You did right to try and shake them all up love. They seem to be playing Follow My Leader. Before Mr Laurence married again this was a reasonably happy household. There were ups and downs, of course, just as there are in any family, but without that awful poisonous atmosphere.'

When Jenny asked if she thought Mrs de Kerr was the disturbing influence Mrs Watson looked thoughtful. 'No, I don't,' she said finally. 'The family were against her from the start, and their hatred grew when they found out about the will, but the staff always got on well with her. She was a good mistress, and a reasonably good mother. But of course all that changed when her husband died and her mother came to live here. No, I'm wrong.' Mrs Watson contradicted herself. 'She changed before that, but I can't exactly pinpoint when it was. She seemed to be frightened of something – always looking over her shoulder, as if she was being watched. One day she came to the lodge in a highly nervous state and asked if she could stay for a while. She sat in a dark corner of the room but her gaze was on the window all the time, as if she were expecting someone to come after her.'

'Strange,' Jenny mused. Then she looked up. 'Mary told me that a strange man visits Mrs de Kerr late at night.'

'A strange man? No, we would know about it. There's only one entrance, and that's through the gates. And anyway, she's not a woman who's at ease in the company of men – never was.'

For the first time it occurred to Jenny that Mary might have been making up the stories. She enjoyed a bit of gossip, it was clear, and had been gleeful when she'd overheard Arabella and Penelope quarrelling. When Jenny mentioned this, however, Mrs Watson shook her head. 'I've always found Mary a truthful girl. She's the best of the bunch, the only one I'd trust. Why should she say that Theadora had a man visiting her if it wasn't true? It doesn't make sense.'

Jenny hesitated then told her that according to Mary, the two sisters entertained men, too.

At this Mrs Watson laughed. 'Oh, now she *is* making things up. Can you imagine any man being drawn to either of them? They haven't two pennies to rub together and they both look constantly po-faced. Always have done – I don't know why. Mind you, they never were allowed much of a social life. Their father was always trying to protect them from fortune-hunters. When he died and they found out they were paupers it was a dreadful blow to them, and of course to the boys, too, to find that they were dependent on their step-mother for whatever she decided to allow them.'

Averil, who had been playing with the kittens, came over to them, holding one. She said quite clearly, 'Spot is crying.'

Jenny and Mrs Watson stared at one another then, laughing, gave each other a hug with Jenny exclaiming, 'She's talking!' She gave Averil a hug, too, and the kitten began a louder mewing.

Jenny took the tiny ball of fluff from her. 'Perhaps you've been squeezing Spot a little too hard.' The child nodded in understanding and going to where the other kittens were gambolling, picked up Snowy, who was all white, and was very gentle with him.

'Oh dear,' Jenny sniffed, 'I want to cry. Isn't it marvellous? Pray heaven she'll keep on talking.'

But no amount of coaxing could get her to say another word. 'Don't rush her,' Mrs Watson said sensibly. 'She'll talk in her own good time. And don't worry about Dominic, either. I think he will come to realise in time that you did what you thought best for the child. Come and see me in the morning again, or any other time. I'm in most of the day. Mr Watson is the outdoor one in this house.' She smiled. 'I only see him at meal-times.'

Jenny walked back to the house, Averil skipping along by her side, thinking of all that had been discussed. She had a sudden longing for things to be right between Dominic and herself again.

She had hoped to see Mary bring up the meal at midday, but it was the young maid who brought the tray in and then scuttled away as if running from a witch. Jenny found she could smile at this.

Averil had no more to say but wore a look of quiet pleasure on her little face and so Jenny was satisfied that the child was contented. After she had put her down for her rest she made the body of the rag doll, and the arms and legs, ready for it to be stuffed and completed that evening.

But as it turned out, her plans were forgotten. After Averil had woken from her rest and Jenny was taking her for a walk in the grounds, she saw a man emerge from behind a bush in the distance, look about him then make quickly for the back of the house. With her heart thudding madly, Jenny froze for a moment then hurried in that direction, with Averil taking running steps to keep up with her.

Jenny was just in time to see the stranger reach the top of the back stairs, then disappear from view. Who could he be? Should she go after him? But he could be anywhere in the house before she was halfway up the stairs. Her mind made up, she took Averil's hand and walked slowly towards the bush from which the man had emerged. To her astonishment there was a hole in the wall behind it, and another bush on the other side that camonflaged the hole. So this was why a man, or men, could be found creeping along corridors. Mary was obviously right after all. With her legs feeling a little unsteady Jenny went straight off to see Mrs Watson.

'A hole in the wall?' queried the other woman, aghast. 'Why has my husband never noticed it? He walks by that way several times a day. You stay here, I'll go and find him.'

She was soon back. 'I've left Tom trying to work out how long that hole has been there. He's furious! What I want to know is, how many other people know about it? One thing's certain – there'll not be anyone getting through that hole this evening! Tom's going to keep watch and catch whoever it is. He says we're not to tell anyone – he doesn't want them forewarned.'

Jenny was uneasy for the rest of the day. It was one thing to be told that someone was prowling around the corridors, but quite another to know for sure that a stranger had easy access to the house. Not that they would find it easy now, but anyone determined to get in would find a way. An agile man could scale the wall without any trouble. Other questions began to tease her mind. If Mrs de Kerr wanted to have a man visiting her, why not do it formally, all above board? She was a widow. Although if she married again it would, of course, create a further upset among the family as her husband would then be in charge of her affairs. He could insist that Mrs Brevedere live elsewhere, for a start. No, the dominant mother would never risk allowing *that* to happen. Her daughter was under her thumb and there she would stay.

Jenny thought of the two sisters and Mrs Watson's disparaging remarks. It was true they had no money, and they did both look as sour as prunes, but love could do strange things. It could bring out the best in people. A niece of Mrs Hind who was always sulky-looking changed completely when she fell in love. The de Kerr girls were not bad-looking – it was the sulky expressions that spoilt them.

That evening when Averil was asleep Jenny started to work on the rag doll. She found it difficult to concentrate while listening for unusual noises at the same time, although the house had that deathly quiet about it. She kept expecting Mary to pop in but it was well after ten o'clock when she came, and Jenny had a feeling of being thwarted, having promised not to tell anyone what had happened that afternoon.

Mary was full of gossip. This time, Mrs de Kerr and her mother had had a row. So had the housekeeper and the cook, as well as the two sisters. 'It was like a madhouse,' she declared. 'You could have heard them all at the Clock Tower!' She was obviously enjoying the drama. Later she talked about her family and stayed later than usual. When she got up to go she said, 'All families have skeletons in their cupboards. We have a few, but the biggest skeleton in the cupboard is in this house – and I can't tell you about it because it would be more than my life's worth.' There was a seriousness about Mary then, a fear in her voice that made an icy finger go down Jenny's spine.

'Shouldn't you talk to someone about it?' Jenny asked, but before she had finished speaking Mary had the door opened and was away.

Jenny not only locked the door that night but propped the back of a chair under the handle as an extra precaution. With so much activity going on one couldn't be too careful. Nothing transpired during the night, however, and when Jenny took Averil to the lodge next day, Mrs Watson said her husband had stayed near the gap in the wall all night waiting for the intruder to come or leave, but no one had appeared. He had left his brother keeping an eye on the place while he had a sleep, but he would take over again later.

During the next three days there was nothing unusual to report. Dominic was apparently away for a period but Mrs Watson had no idea where he had gone. Even Mary seemed to have run out of gossip. She was impressed with the rag doll that Jenny had finished sewing and was starting to dress. She was even more taken with the tiny wooden figures that Jenny had started carving again.

'They're beautiful,' she enthused. 'So real, so alive that I feel I know them. Could I make some, do you think?' Jenny explained that she had only a limited supply of wood with her to work on, but would bring some more back after she had been home on the Sunday afternoon. Mention of this brought a wave of homesickness. She suddenly longed for Sunday to arrive but at the same time wondered what would happen to Averil while she was gone.

Mrs Watson settled that for her. She would take care of the child if Jenny could get the mother's permission. Knowing that Mrs Brevedere was actually in charge of things Jenny approached her.

'Mrs Watson is a capable woman,' she said, in her aloof way. 'I do insist, however, that you return in time to put the child to bed. She's used to you. How is she progressing? Is she talking yet?'

Jenny explained about the one time she had spoken and added, 'I'm just letting it come in her own time. She does seem more settled and no longer shows fear when I take her out.'

The old lady's head went up. 'Fear? Why should she be afraid to go out of doors? She must have fresh air and exercise.'

Jenny explained that this was what she was having, then asked boldly if it was possible for Averil to have a kitten as a pet. Mrs Brevedere brought the palm of her hand down on the arm of the chair. 'Definitely not. I've already told that wretched eldest son that I will *not* have cats roaming about the house.' Jenny persisted, saying that the only time the kitten would leave the nursery was when she would be with it, but the old lady said, 'No! Let that be an end to it.'

Even this did not stop Jenny. 'Mrs Brevedere, everyone in this life should be loved and have someone or something to love back. Averil adores those kittens. It was through one of them that she spoke for the first time since I've been here! Would you deny her the right to be a normal chattering child?'

It was not a smile that changed the dour expression, rather a look of interest in the sharp eyes. 'Miss Carter, you are about the most persistent person I have ever met. Against my will I shall give you permission to have a kitten in the nursery, but if it is found at any time outside the room, I shall have it destroyed.'

Jenny felt her insides curl up. 'That will not happen.' She left with a feeling of jubilation and could hardly wait to tell Mrs Watson.

The lodge-keeper's wife eyed her in amazement. 'You mean to say you got that old skinflint to change her mind? We'll have thunder and lightning before the day is out. That's splendid, Jenny. Spot is Averil's favourite. Oh, won't she pleased!'

When Averil was told, her smile was something really beautiful to behold. And to the delight of Jenny and Mrs Watson she said, 'Mine?'

Jenny thought then how rewarding were the simple things in life, like a child's pleasure at owning a kitten. It was the most important event that had happened in her new job, something to tell her Aunt Bess and family.

When Jenny set out for her afternoon off, it was like a spring day. The first crocuses were beginning to show purple and yellow in the beds, giving her a lovely feeling of contentment. Averil was safe with Mrs Watson so she could really enjoy her visit home. Her aunt, uncle and Kitty, who had been watching for her, were all at the door to greet her and no prodigal son or daughter could have had a more loving welcome.

Jenny gave a shaky laugh. 'Anyone would think I'd been away for a year instead of a week.'

'It seems like a year,' declared Bess, flicking away a tear. 'But come on, why are we all standing here? We want to know your news.' Jenny gave a shortened version of what had taken place, missing out the mysterious men creeping along corridors at night but concentrating on Averil, the kittens and the kindness of Mrs Watson. Bess said she thought it wonderful to get the little girl to talk then asked if Mrs Watson was young. Jenny said she thought about the late thirties, then Sam, who had knocked the dottle from his pipe, said, 'So, is it true what folk say about there being hatred in the house?'

Jenny had tried to skirt around about this part of it. 'Yes, but fortunately I'm not involved. It's a pleasant nursery and the food is good.'

Kitty was eager to know about Dominic de Kerr. Did Jenny see him often? How did he behave towards her – and did Jenny feel she could fall in love with him?

She had said very little about Dominic, mentioning only that he was an attractive man with, she felt, a strong character. He had treated her with courtesy but as she did not see him often, she had little chance of falling in love with him.

Kitty was disappointed, sure that Jenny was missing good opportunities to get to know him better. Jenny changed the subject by asking her aunt and cousin if they had managed to dress any of the figures who were destined to be servants in the doll's-house.

Mother and daughter exchanged grins and when they brought out those they had completed, some female staff and some male staff, it brought gasps from Jenny.

'Oh, they're absolutely marvellous! Frazer will be delighted.' Jenny had made the figures and Bess and

Kitty had picked out the right ones to suit their status, and dressed them accordingly. The haughty-looking housekeeper in her black dress and fichu and her lace cap; the head-footman in his tiny dark green velvet jacket with gold braid, his knee-breeches and white wig; and in contrast, the bootboy and skivvy, both looking most subdued. Then there was the gardener, some of his underlings and housemaids. Jenny kept praising them and Sam said, 'I reckon they made a fair job of them.'

'A fair job?' Kitty protested. 'This is professional work. I feel we should be in business together.'

Some lively discussion took place between the three of them with Sam winning in the end. He stipulated that making and dressing the figures must remain a hobby until they proved it could earn big money.

Bess asked to see the rag doll Jenny was making for Averil. So far she had made a dress and petticoats, and had quickly embroidered the bodice of the dress with leaves and forget-me-nots, and had found a large enough piece of blue velvet to make a small cloak and bonnet. What she had not completed was the feather-stitch on the hem of the flannelette petticoat, and lace edges on the two calico ones.

'This doll is alive,' Bess said. 'I feel that at any minute she's going to speak. You must take her with you this afternoon and let Mr Durant see her. I'm sure he could find a market for such work.'

Jenny complained that she would not have enough time to make any more but Bess brushed this aside. She would have time if she gave up her present job. Sam made a protest then, and when he held up his hand, Bess knew that the subject was closed.

As it happened, Bess had some news, too; she had been saving it until Jenny had told hers. 'What do you think, love? We've had letters from all the family in Australia and . . .' her whole face was alight '. . . both girls are expecting. Sam and I are going to be grandparents twice over and Kitty an aunt. Isn't that lovely?'

They celebrated with Bess's homemade potato wine. It went straight to Jenny's head and she wondered how she was going to be able to visit Frazer and his aunt that afternoon. By the time they had eaten, however, she was back to normal and prayed that the Delawares would not be visiting. They weren't, but Madame Auvéry's talk at first was all of a party the couple had given the night before, and how much she had enjoyed it. They were such interesting people, and Felicity had been so sweet, so kind.

Jenny's spirits dropped to zero until she caught Frazer's glance and saw a mischievous twinkle in his eyes. Later, when he took Jenny to the workroom, leaving Bess and his aunt chatting happily together, he said, 'I warned Aunt Céleste that she was not to spoil your visit by calling the Delaware family names and I'm afraid she rather overdid it, bless her. So, tell me about your new job then you can show me what you've been doing. Your aunt said you had been making a delightful rag doll.'

Jenny, her spirits restored, said, 'I'll show you the figures I've been making for the staff and those that my Aunt Bess and Cousin Kitty have dressed and I know you'll be pleased with them. Then I can tell you about my job later.'

He was full of praise for the small dressed figures, remarking particularly on the way the uniforms of the staff fitted the characters Jenny had created. 'You belong to a very talented family, Jenny. Your aunt and your cousin must have very nimble fingers indeed to fashion these clothes so perfectly.' He then asked to see the rag doll.

He spent some time examining her, his expression serious. 'Jenny, you really are missing your vocation,' he announced. 'I could put on my hat and coat and go out right now and not only sell this doll, but come back with a substantial order for more. The face is so expressive, so expertly done.' Jenny thanked him for his encouragement but pointed out that it had taken her some time to make the doll and she could not see working on them full-time as a viable proposition.

He demurred; all she would need to do would be to make the faces – other women could be employed on the bodies and clothes. 'It's a gift you have, like portrait painting. You can have fifty men painting the same woman: forty-nine of them will paint her face, the fiftieth will capture her soul.'

Jenny thought of her uncle and the story of the artist who had missed the warmth and beauty in a model, only to recognise and reveal it in a second portrait some years later. She said, 'My father was an artist.'

Frazer gave a long drawn-out, 'Aaah. That accounts for it – it's in the blood. I am not going to try and persuade you to do anything. What you really want to do will come when you are ready for it.'

She gave a rather wan smile. 'At the moment I'm intent on trying to make a child talk, a child who lost her speech through fear. She has spoken twice recently and it was so rewarding I wanted to cry.'

He took her hands in his. 'Keep on with what you are doing, Jenny. Can you talk about it?'

She gave him a very brief account of her job and was taken aback when he said, 'And this eldest son, Dominic? I take it you are fond of him?'

For a moment Jenny was unable to answer. How had she managed to convey that impression? 'No,' she said at last. 'I'm not even sure that I like him.'

'Oh, you like him.'

She searched his face. 'What makes you say such a thing?'

'The way you talked about him.' His smile was gentle. 'You sounded almost tender about him at one time. You said how different he was when he was with the child, wanting for her to have the kitten.'

Relieved that it was nothing more, Jenny teased him. 'I would be tender towards you if were caring about Averil.'

'I certainly would be caring about her. I love children, want them when I marry and hope that my wife will want them, too.' He paused then went on, 'I should correct that: I wouldn't marry, if the lady I was courting had no wish for children.'

'If you really loved her you would.'

'But I couldn't love a woman who did not have a mothering instinct. It isn't natural.'

When Jenny reminded him that some women didn't know they couldn't have children until after they were married he said, 'Ah, now that is different. I'm talking about a woman who will state categorically that she does not want a family. Not like you, Jenny, who is so caring about your little charge.' He paused then added softly, 'I've grown very fond of you, Jenny. Please don't think I'm trying to rush you into anything. I'm not yet in a position to offer you marriage, but I just had to let you know how I felt.'

Jenny's feelings were in a complete turmoil. A few weeks ago she would have been overjoyed at hearing such a thing. Now all she could think of was Dominic de Kerr, and she knew deep down that the emotions he roused in her were fiercer, totally different from those she felt for Frazer.

'I feel honoured,' she stuttered. 'I am very fond of you Frazer, but like you, I'm unable to say more than that. I don't think I'll ever be able to express how much the friendship of you and your aunt has meant to me. I've learned about a new way of life that has taken me into a different world, a world of art.'

'No, Jenny, the art was already a part of you. All it needed was an opportunity to bring it out. You were adventurous to leave home and make a new life for yourself. If you had not met Aunt Céleste and myself it would have been someone else who brought your talents to the surface.'

Jenny smiled. 'I like to think that it was Fate, and that we were all destined to meet that day on the train.'

'I'm sure you are right and I hope we can go on being good friends until Fate decides it's time for us to become closer.' He spoke emotionally, and Jenny was moved. She wondered how she was going to keep such a situation to herself, yet she knew she had to. If her Aunt Bess learned what had transpired, it would be all over the neighbourhood.

As it was, when they left Bess was so full of Frazer's praise for the work that she and Kitty had done that she could think of nothing else. Was it possible they could all go into business together? Jenny skirted that and then her aunt asked about the rag doll, and her niece was honest and repeated what Frazer had said. Bess was overjoyed: Jenny could embroider the faces, while she and Kitty would make the bodies and fill them! Had he suggested that Jenny gave up her job right away? Actually, Jenny was glad of the questions. They kept her from dwelling on the importance of what had occurred between Frazer and herself. It was something to be mulled over when she was alone.

Bess was carried away into blissful realms of fancy, but came down to earth with a bump when she learned that Jenny had no intention of giving up her job as nanny to work on the dolls full-time. And when Bess went harping on about what a good opportunity she was missing, Jenny said quietly, 'Aunt Bess, let me ask you something. Which do you think is the most important – my making rag dolls, or giving little Averil some love and helping her to learn to talk again?'

Bess gave in immediately, and there was a tremor in her voice as she replied, 'There is only one answer, Jenny love.'

Once they got back, Sam and Kitty had to be told all about the praise from Mr Durant over the dressed figures, and the tremendous success of the rag doll. The time went all too quickly. The four of them walked to the gates of the de Kerr property together. Jenny rang the bell and when she saw Mr Watson come out of the lodge holding up a lamp, she said good night to them all, told Bess she would drop her a line the next day and turned as the lodge-keeper opened the gate. He mumbled that no visitors were allowed at night and she said, 'Yes, I know. They're just leaving.' She waved to them and was about to walk up the drive when he added gruffly, 'Good job you're back.'

Jenny's heart gave a lurch. 'What's wrong? Is Averil all right?'

'She is, but someone else isn't.' He turned and walked away. Jenny began to run.

Mrs Watson met her on the terrace. 'It's all right, Jenny, Averil is safe. It's Mary that's the problem. Come in – the constable is waiting. He wants to ask us some questions.'

Constable? Oh God, what had happened?

CHAPTER SIXTEEN

When Jenny first entered the kitchen of the lodge, only two people registered. Averil, who was asleep on the sofa, a rug over her, and Dominic de Kerr, looking angry, standing beside her. Then she was aware of the constable, a portly man who was making notes. He looked up. 'Ah, now you will be Miss Carter.' He motioned her to sit opposite him at the kitchen table. 'There are just one or two questions I need to ask, my dear. Where have you been since you left here at one-thirty?'

She told him, gave him the address and said that several of her aunt's neighbours had seen her during that time. Jenny then asked why she was being questioned.

The constable referred to his notes: the maid, Mary Ingles, had disappeared from the house at one o'clock and had not returned. When Jenny asked if she had run away he said, 'No. All her belongings are still here and she was in the middle of eating an apple when . . .' The officer paused then looked up. 'Mrs. Watson tells me that you were friendly with the maid. Did she say anything to you that could explain her disappearance?'

Jenny thought of Mary telling her that she knew the secret of the house, but in case she had been overdramatising, she simply said, 'No, not really. I like Mary, but she is rather inclined to exaggerate situations.'

'In what way?'

'Well, as a simple example, if there was a light shower, Mary would come to the nursery and say it was deluging down.'

The constable gave a nod. 'I see. Thank you, Miss Carter. You've been very helpful.' He closed his notebook and stood up. He took Dominic aside, spoke to him in low tones, said good night and left.

Mrs Watson turned to Dominic. 'So what conclusion did he come to?'

'That Mary will turn up. He believes she probably slipped out to meet some young man, was away so long she dared not come back and will eventually reappear with some garbled excuse.'

'That is quite ridiculous! Mary is not that sort of girl.'

Dominic nodded towards Jenny. 'Well, you can blame our clever Miss Carter for that. She told the policeman that the girl exaggerates everything she says.'

Jenny protested. 'I said she was *inclined* to exaggerate. Perhaps you would have preferred me to tell him that she talked about intruders wandering along the corridors at night. Think what that would have stirred up!'

'Mmm, well I don't want to hear any more about it. I've wasted enough time over the stupid girl. Now, if you will excuse me . . .'

When he had gone Mrs Watson shook her head. 'There's something very strange going on, Jenny. Mary would never leave the house in a hurry like this without telling me. We've been good friends for a long time. And she thought you a marvellous person. I saw her this morning about twelve o'clock and she said she couldn't wait for you to come back and tell her all your news. No, Mary did not leave of her own accord. I'm worried.'

Averil suddenly stirred and murmured, 'Nanny.'

Jenny looked quickly at Mrs Watson, who gave a shaky laugh. 'And that was why *I* was longing to see you back. After you left, Averil kept pulling me by the hand and I couldn't think why and it had just dawned on me when she asked for you. Oh, Jenny, she's improving every day. We'll soon have her chattering away fifteen to the dozen.'

'How did you get her to understand that I would be back?'

'Simple. I took her to the gates, said "Nanny" and waved. Then I told her you would be back and I picked her up and gave her a hug and do you know, she smiled. She understood. She's been as good as gold all day. Now I think we must get her to bed. I'll carry her if you take the storm-lamp and this iron bar. One never knows who might be lurking around in the dark.'

It was not the most cheerful remark to make and Jenny was glad when Mrs Watson offered to stay with her in the nursery for a while. Once Averil was settled in bed they talked again about Mary's mysterious disappearance but did not reach any conclusion.

Jenny still felt uneasy when Mrs Watson had gone, and she had to force herself to sit down and finish the rag doll so that she could give it to Averil the next morning. Afterwards she went to bed and fell asleep right away.

Jenny had no idea at first of what had aroused her, then she became aware of a gentle tapping sound. She drew herself up in bed and sat listening intently. The tapping became urgent and she realised it was on the door. With a racing heart she threw back the bedclothes and slid to the floor. Who could it be? Should she answer it? It could be the intruder.

'Jenny, let me in. It's Mary.' The voice was just a whisper but in the silence of the night it sounded loud. Jenny turned up the lamp that was always left on low for Averil and ran barefooted to the door. After removing the chair wedged under the knob she turned the key in the lock. A very dishevelled and shivering Mary stumbled in. Jenny, who was shocked into silence, led her to an arm chair, got her seated, then bringing a quilt from the bed, wrapped it round her friend. She put two logs on the still-red embers of the fire and knelt down beside Mary.

'What happened?' Her voice was shaky. 'Shall I get some help?'

Mary gripped her hand. 'No, no. Don't leave me alone – he would kill me! I was abducted.'

'Abducted? By whom – and why?'

'I can't tell you. I've given my word . . . on the Bible. Oh Jenny, I've been in hell! I thought he was going to kill me!'

If it had not been for the bruises that were already appearing on Mary's cheeks, Jenny would have been somewhat sceptical. She herself was beginning to shiver. She brought a blanket and wrapped herself in it. 'Try and tell me what happened, from the beginning.'

It was a garbled account that Mary gave, but real for all that. Jenny relived the nightmare with her. Mary had been standing at the window in her room, eating an apple, when someone came up behind her, stuffed a gag in her mouth then pulled a black bag over her head. He had tied her hands behind her then pushed her in front of him out of the room. Mary said she ought not to have been there at that time of day. She had sneaked up to have the apple. The man had kept pushing her and they had gone along to the end of the passage to the right. They had then gone through a door – a door that she had never known was there. A note of hysteria came into Mary's voice then, and the story became more unreal. She described endless stairs and passages – and once she had felt cold air on her face. Then he had flung her into a room and left her there. It was ages before he came back. She could hear dogs barking. She tried to get her hands unfastened but the cord was too tight.

Mary held out her hands. There were angry-looking bloodstained weals on her wrists. Jenny said gently, 'I must get some bandages.' While she bathed and bound them she said, 'But why, Mary? Why?'

'Because I know the secret of this evil house and he said that someone was coming to kill me. I pleaded with him to let me go, swore I would never tell anyone. I said I would swear on ten Bibles and that I would never break my word because I would be too afraid of being sent to Hell. I said if he would let me go I would go miles and miles away from here and I would never come back. He was quiet for a long time then he took me over to a wall and made me feel with my fingers where there was a jutting piece of sharp stone. He told me I had half an hour to get free, but promised that if I ever set foot in this house again, I would be killed. He then left.'

She paused and there was an anguish in her voice when she went on, 'It seemed like ten hours before I managed to get the cord cut. I did find the door, but when I got outside I couldn't make out where I was. I groped my way along passages that twisted and turned. It was pitch black. Then I came to a part where my fingers no longer touched walls.' She gave a sob. 'It was awful to be in an open space and be unable to see where I was going. I could hear water running somewhere. I moved about an inch at a time. Suddenly I was touching a door. When I opened it I could see a faint chink of light at what seemed to be the end of a tunnel. Eventually I came to another door with a panel of glass in it and this brought me into the garden, where I was only yards away from the basement stairs.'

'The basement stairs?' Jenny echoed. 'I can hardly believe it.'

'Neither could I. Oh Jenny, I felt I had been rescued from a tomb. I was still terrified and didn't know what to do. I had promised not to go back into the house but where else could I go? I dare not go home or my family would be involved. In the end I managed to get one of the kitchen windows opened and I came to you.'

Suddenly she began to cry and couldn't stop. Jenny, having seen a small bottle of brandy in the medicine cabinet, poured some into a glass and got her to drink it. It calmed her, then Jenny said they must do something. She suggested speaking to Dominic but Mary was aghast. Did she want to get her killed?

The logs had caught and were burning brightly. The warmth was comforting and when Jenny pointed out that Dominic was the only one in the family they could trust and that he would be able to get her safely away from the house, Mary gave in.

While Jenny dressed, Mary gave her the position of Dominic's room on the first floor. After making sure that Mary had locked the door behind her, Jenny set off along the landing. She tapped gently on Dominic's door and to her surprise it was opened straight away. He was still fully dressed and had a book in his hand. He stared at her. 'You do know that it's two o'clock?'

'Yes, but it's terribly important. May I come in?'

'If you must.' He opened the door wider. When she started to explain the situation she was aware of the smile touching his lips but as she continued he became serious and asked her to sit down. He passed no remark until she had finished and even then he sat unmoving for several moments before announcing, 'This is serious. It's a matter for the police.'

Jenny said angrily, 'I don't think you've been listening properly. Call the police and Mary is dead. I am certainly not treating this lightly, nor would you if you could see the state she is in.'

'Miss Carter, why are you always assuming that you know what *I* am thinking! I am trying to reason sensibly. The culprits involved are obviously not raw amateurs.'

'Would you come and talk to her?'

'Yes, all right, but it may be more sensible to come later on. If these corridors are being watched it could lead them straight to her. I think it will look more natural if I visit you at a normal sort of hour.'

'And might I not be followed when I leave here?'

'Not if we part after a fond embrace.' There was an impish glint in his eyes and Jenny felt a tremor go through her.

She shrugged. 'That sounds sensible.'

The fond embrace outside his door was extended until every pulse in her body was throbbing. 'Good night, my sweet,' he called softly, as she left. 'I shall see you tomorrow.' To keep up the farce she turned to wave to him then hurried away, her lips still warm from his caresses, wondering what it would be like to have this man make love to her.

Then she thought, heavens above! She had been on a mission of danger and ended up dreaming of romance. How could she be so foolish, carried away by the expertise of Dominic de Kerr. She must be on her guard from now on.

Mary was in a distressed state when she learned of the arrangements, but later saw the sense of it. Jenny suggested she share her bed then they would all talk things over when Dominic joined them later. It had worried Jenny that Averil might suddenly regain her voice and mention Mary's name, but after having been given the doll first thing the following morning, she had no eyes or time for anything else.

Although Mary hid when the maid brought in the breakfast, Jenny took the tray from her at the door. They shared the food and had just finished when Dominic arrived. He called out a bright good morning, talked to Averil, who showed him her doll with a happy smile, then the three of them got down to business. Dominic had it all worked out.

He would deliver Mary to a friend, who would take her into the country to stay in hiding until such time as things could be worked out. She would be perfectly safe. 'They're a shooting family,' he said lightly, then added in more serious vein, 'they're also very kind people, and I can assure you that you will be well looked after. Don't worry about your family. I shall have a talk with them and let them know you are safe. Jenny said you have good and sensible parents who will not give anything away.'

Mary, near to tears again, thanked him. Her right eye was black, and there was bruising down her cheek, but she had nothing but good to say of her captor. She was responsible for the bruising, she admitted, because she had so strongly resisted him. To the surprise of both Mary and Jenny, Mary was to leave by the secret way with Dominic when it was dark. He had apparently known about it as a boy and had once been soundly thrashed by his father when he had lived in the underground passages for three days, stealing food from the pantry when everyone was asleep.

'No wonder you were sent away,' Jenny said.

'I deserved it, I was a terrible rebel.'

'And still are, I should imagine.'

'I have reason to be,' he replied shortly. 'Now, have you got the instructions correctly?'

When he had gone, Mary said, 'Ooh, isn't he good-looking? I think he fancies you. Even when he was talking to me, he was glancing at you.' The next moment she was saying she was worried in case anything went wrong.

It was not an easy day and Jenny was glad when it was finally dark and time for Mary to leave. Dominic had brought clothes for her. He did not say where they had come from and Jenny did not ask. Goodbyes were said, with the two girls clinging together, both tearful, then they were gone with Jenny praying silently that all would be well.

At eleven o'clock the following morning Dominic called in to the nursery to say he had heard by telegram that Mary had arrived safely at her destination. He took Jenny by the shoulders and sat her in a chair, saying gently, 'It's been a trying time for you. You look all in.'

She looked up into dark eyes, eyes that held a slumbrous look at that moment. 'I only wish I knew what it was all about.'

He straightened. 'I know some of it, but I still need the key to know the full answer. Try to live normally – I shall see you from time to time.' He left so abruptly that Jenny wanted to call him back. She sat, feeling an isolation after all the activity. An urge came over her to see the secret places where the intruder had taken Mary, yet she knew she must not be found searching for the door on the top floor.

Averil came over to her, and holding out the rag doll said, 'Walk.'

Jenny, feeling choked, lifted her up and held her close. *Walk* . . . a simple little word that sounded so wonderful coming from the mute young lips. 'Yes, my love, we shall go to Mrs Watson's and see the kittens, and you shall show them your dolly.'

'Dolly,' repeated Averil with a happy smile.

When they left the house Jenny felt much better. A bad thing had taken place but there was something good to balance it. After the doll, now known as 'Dolly' had been shown to Mrs Watson, Averil, for the first time, took off her own hat and coat, propped the doll up on the sofa and knelt down on the floor to play with the kittens.

Mrs Watson and Jenny stood watching her with indulgent smiles for a moment then the older woman looked at Jenny and said soberly, 'What a day it was yesterday. It keeps coming into my mind. I don't suppose there's been any news of Mary?'

Jenny hesitated then, deciding if there was anyone she would really trust it was this woman, told her the whole story. When she had finished Mrs Watson stood staring at her in disbelief. 'It's impossible that this could happen in broad daylight!'

'You would believe it if you had seen Mary's bruised face and bleeding wrists.'

At that moment a friend of the lodge-keeper's wife dropped in and Jenny said she would take Averil for a short walk and come back later, but the little girl didn't want to be parted from the kittens so Jenny was persuaded to leave her.

As she strolled from one path to another she wished she had the child with her, to show her things and take her mind off all that had happened the day before. She thought of Mrs Hind once telling her of going to a theatre with her husband and seeing a melodrama in which a villain was cutting women's throats. 'I was terrified,' she said, 'yet was enjoying it at the same time. But when, a week later, two young women in our area really had their throats cut, that was real-life drama and I felt sick.'

Jenny remembered how Mary's story had seemed like melodrama and had then become drama. She stopped and looked up, startled, as Penelope de Kerr suddenly appeared in front of her. The girl held out a note on which was written, *'Can we talk?'*

'Yes,' Jenny sighed impatiently, 'but only if you talk as well.'

'Very well. Will you come this way?' The girl beckoned to a small summerhouse that was partially screened by trees. When Jenny had last been near the place it had looked very dilapidated; since then it had been painted and new bench-seats fitted. The smell of new wood and paint was strong.

Penelope brought out cushions from a box and put them on the bench. 'Do sit down, Miss Carter.' This quietly-spoken young lady was very different from the sulky one she had met at the house. Jenny sat down and waited. Penelope was hatless, but she wore a blue alpaca cape, which emphasized the grey of her eyes.

'Miss Carter, I want to apologise for my behaviour the last time we met. My sister and I have become very embittered because of family circumstances. This has extended, unfortunately, towards each other and our brothers. We've been told by Dominic, who does not mince his words, that we have behaved rudely towards you, who have no part in our quarrels.'

'That didn't worry me,' Jenny said. 'What did make me angry was the way you all treated your little step-sister. She is an innocent victim in all this awful business.'

'My sister Arabella has not yet come round to my way of thinking, nor have my brothers, but I feel sure they will see the error of their ways in time. We were all good friends before my father married again.' She paused and stared straight ahead, her hands cupped on her lap. 'I wish those days were back again. We've been living in a void, as it were, time just standing still – nothing happening from day to day. That is, until yesterday, when Dominic told us about the servant girl who had gone missing. Then I suddenly came to life. It was good to feel the blood flowing freely through my veins again.' She smiled then. It was brief but brought a temporary sweetness to her oval face.

Jenny tried to imagine Arabella smiling but failed. 'So, how are you going to plan your life?' she enquired politely.

Penelope turned to her and said earnestly, 'Help me to be friends with Averil.'

Jenny was suddenly on her guard. Why this abrupt change of heart? Why should a maid's disappearance alter Penelope's viewpoint so radically? She was careful with her answer.

'It's taken me some time to get close to Averil. I'm just beginning to get through to her, to get her to talk.'

'So she can talk?' Was that alarm in her voice?

'She is saying one or two words.'

'Such as?'

Jenny evaded the question. 'These are early days, Miss de Kerr. I need to have Averil with me all the time to gain her confidence. I don't want anything to interfere with her progress.'

'But I won't harm her. I want to help – please.'

Jenny got up. 'But you and your sister did do her harm. You were both sharp with her at a time when she was a very frightened little girl. I'm sorry, but Averil must progress a great deal further before I introduce you back into her life.'

Penelope sat looking at Jenny as though weighing her up, then she said, 'I don't actually think you have the right to do that.' There was no aggression in the statement but Jenny remained firm.

'I am employed as nanny, so the child is in my care. If you wish to raise an objection I suggest you speak to Mrs Brevedere who employed me.' With that, Jenny bade her good morning and left, her stomach churning a little, not sure whether she really did have the authority to lay down the law to a de Kerr.

Mrs Watson assured her she had done the right thing. 'I can't see a leopard changing its spots in five minutes,' she cautioned. 'All the family but Dominic have shown an animosity towards the child, and I don't see how Mary disappearing could make Penelope change her attitude. If I were to hazard two guesses, she either wants to find out how much we know about Mary, or she was keen to learn how Averil has progressed with her speech.'

Jenny looked at her, puzzled. 'But what difference would it make if she knew that Averil was chattering away like a normal child?'

Mrs Watson gave a knowing nod. 'Supposing she had seen something or heard something that she shouldn't have?'

'What, for instance?'

'I don't know, Jenny. I only know there has to be a reason why someone has been nasty to the child, has tried to put fear into her.'

Jenny gave a shiver. 'Oh, don't! It makes me think of people being murdered, having their throats cut.'

Mrs Watson stared at her, shocked. 'In heaven's name, why? I hadn't thought about murder.'

'No – and don't. I'm just being stupid. It was something someone once told me.' Jenny told the story of Mrs Hind going to the theatre to see a melodrama and Mrs Watson chuckled.

'I know how she felt. I once saw a play called *Maria in the Red Barn* and I dared not go into a dark house for many months afterwards. Let's stop all this talk and get on to something more cheerful. I'll make some cocoa.'

Mrs Watson had led an interesting life. She had been lady's maid to the wife of a wealthy peer of the realm, and had travelled to various countries. Jenny had heard snippets before but this time her hostess talked about balls she had attended, one held in a château in the Loire Valley in France, and Jenny was so enthralled by the descriptions of the château, its furnishings, the ladies' ballgowns and so on that all unpleasant thoughts vanished.

'Oh, there's a lot more I could say,' Mrs Watson said, a mischievous glint in her eyes. 'I could tell you tales that would open your eyes about the wealthy. Every time there was a ball there would be trouble: wives sleeping with other men and their husbands sleeping with other women. It was boredom, you see.' She laughed. 'Something we aren't troubled with. How are you getting on with your little figures?'

'Slowly. I must get back to them again. It was difficult to settle, but now I will. Oh, you've done me the world of good. I shall have to hear about some more of your adventures.'

'Look, Jenny, I can always come and spend a part of some evenings with you. That is, if you would like me to. I'm mostly on my own then. I could maybe sew some dolls' bodies for you.'

Jenny beamed. 'I would really welcome your company. The nights are so long after Averil is in bed. I used to look forward to Mary popping in for a few minutes. No,' Jenny spoke firmly. 'No more talk of unpleasant things. You can tell me some more about your wicked past.'

'Don't tempt me, or you'll be sitting up until the early hours.'

Jenny laughed. 'Lovely! So that's a promise.'

The next few nights were a joy. The lodge-keeper's wife came early to the nursery so that she could spend some time with Averil before she went to bed. Spot made them all laugh with her antics, and it was wonderful to hear Averil chuckling. She would show the kitten the doll and talk to both, sometimes scolding the doll if it tipped over, but always just mouthing the words.

Jenny was satisfied, sure now that talking would follow. She or Mrs Watson would repeat little nursery rhymes and the child would shape her lips to the words and move to the rhythm. When they quoted, *'Little boy blue come blow up your horn, the sheep's in the meadow, the cow's in the corn . . .'* they did the action of the boy blowing the horn and dancing to it.

To, *'Mary, Mary, quite contrary, how does your garden grow? With silver bells and cockleshells and little maids all in a row . . .'* they mimicked picking flowers and smelling them, then ringing a bell.

Averil loved it.

Mrs Watson, who started to stitch up the bodies of the dolls, was nimble-fingered. Jenny did a variety of jobs. She would embroider a face, make a wooden figure or perhaps carve parts for tiny cradles, and the two would discuss various aspects of their lives and in that they were never at a loss for words.

While they were working Averil went through the ragbag sorting out scraps of material and wrapping them round Dolly or Spot, which had the kitten playing with the pieces. It trailed pieces of ribbon over the floor and Averil would tug to get them back then drape them round the doll's hat or waist.

One night Mrs Watson was talking about her father when she stopped suddenly and said in a shocked way, 'In heaven's name, why?'

Following her gaze, Jenny saw that Averil had bound her doll's eyes with ribbon, also its mouth.

The implication of the action sent a coldness through Jenny's body that she had never known before.

Dear God. What had the child experienced, what had she suffered to make her do such a thing?

CHAPTER SEVENTEEN

Jenny and Mrs Watson waited until Averil was in bed and asleep before discussing the shocking incident. Mrs Watson said there could only be one explanation. At some time she must have witnessed something forbidden, and had had her own eyes and mouth bound, to impress on her that what she had seen must not be repeated to anyone.

'Poor little soul,' Jenny said. 'I ache for her. This must be followed up – I'll let Dominic know about it.'

'Do you think that's wise? Perhaps I'm being foolish, but I feel we ought not to trust anyone – not even Dominic de Kerr.'

'But he helped Mary to get away!'

'We were *told* he did. We have no proof.'

Jenny clasped her hands tightly. 'Oh, don't!'

'Sorry. I didn't want to add to your worry, but I do feel we should be on our guard. Averil must never be outside anywhere unless one of us is with her.'

'It's a big responsibility. I feel that we should speak to someone else. I know it's difficult to trust anyone but I do have faith in Dominic. He's always been lovely with Averil, so concerned, so brotherly. I don't think he would hurt her and I'm sure, deep down, that you feel the same.'

Mrs Watson looked distressed. 'I've always liked him, even when he was in a temper, but we have to think of the child. Dominic really detests his stepmother and Mrs Brevedere.' When Jenny made no reply she raised her shoulders. 'All right, I'll go against my better judgement and agree to you letting him know. When he calls in the morning I'll tell him you want to see him.'

As it happened, Dominic called in when Jenny was at the lodge. Averil gave him a sweet smile and held up her doll. He played with her and the kittens, and got her to do the actions to *Mary, Mary, Quite Contrary* and Jenny knew that no man with evil in him could pretend such affection for a child.

Later she asked if she could have a private word with him and they went outside. When she explained about the disquieting incident she could see that he was trying to control his anger.

'A person like that should be hung, drawn and quartered, and I should like to be the one to carry it out. What sort of person would commit such an act towards an innocent child? I was inclined to blame members of my family for being cruel to Averil, but I do know that none of them are capable of such a dastardly act.'

Jenny told him then about his sister Penelope calling, wanting to be friends and added that they had actually talked together. He turned his head quickly. 'Talked? No silly notes? I would say, tread warily. There's a reason for this sudden turnabout.'

Because he was echoing Jenny's own reaction, the fear came back to her. 'What could be her motive?'

'I have no idea but she evidently wants to begin by endearing herself to the child.' He thumped one clenched fist in the palm of the other hand. 'But why, I can't begin to imagine. There are so many loose ends. I thought I was beginning to unravel the mystery, but now I seem to be as far away as ever from solving it. Who was the intruder who came to the house? He obviously entered via the secret passage. I've had that way blocked up and wonder now if I was wise: if I had watched instead, I might have caught him. It's a case of being wise after the event.'

His tone was bitter and Jenny said, 'You did what you thought best and quite frankly, now I know the way is blocked up, I'll feel easier in my bed.'

'Good.' He smiled suddenly and this changed his whole personality. 'I'm glad I have one satisfied customer.'

On an impulse she said, 'What is your birth sign, Mr de Kerr?'

He looked surprised. 'I'm a Taurus.'

'A Taurus. Oh, the Bull. Sometimes I feel you are two different people.'

'Ah, that is because I was born on the cusp. The grandfather clock had just finished striking midnight on the twenty-first of May when I was born, which should have made me a Gemini, but my father said according to his watch the clock was two minutes fast. As his watch had never been known to be a second out in the preceding ten years, I was registered as a Taurean. I hope you approve.'

Jenny smiled. 'It wouldn't make any difference whether I approved or disapproved.'

'But I would rather you approved.'

She knew he was teasing her now and feeling glad that it had turned out this way she replied in light vein, 'Then I do.'

She was aware then that he had tensed. 'My brother David is coming in this direction. I have nothing to say to him.'

David had the same air of arrogance as his two brothers, but she liked him more than Eustace. He was hatless, and a thin shaft of sunlight brightened the fairness of his hair. He wore a dark cape, draped casually over a dark green velvet suit. When he reached them he addressed Dominic quietly. 'I should like to speak to Miss Carter, if you don't mind.'

'I do mind, but if Miss Carter is willing . . .'

Jenny knew that Dominic would not be pleased if she accepted, yet curiosity drove her to say, 'Yes, I am.'

He gave her a slight bow and said he would wait for her at the lodge. When Dominic left them he was bristling with anger.

'Shall we walk?' David asked, 'or would you prefer to sit?'

'I would rather walk.'

He guided her in the direction of the lawn with a path that led to a rose arbour. 'I wanted to apologise to you, Miss Carter, for the way I behaved when we last met.'

'Your sister Penelope's words exactly, when she apologised.'

'We've been warring for a long time, and we are just beginning to show some sense. It was she who asked me to apologise – no, insisted, pointing out to me that we had all behaved rudely when you were not even involved in our quarrel.'

'And has Penelope also indicated the error of their ways to Arabella and Eustace?'

'Alas, they are a more stubborn breed. Penny and I would like to make friends with Averil. We thought that with your help . . .'

In response to this, Jenny repeated more or less what she had already told Penelope.

'But I'm sure it would help if she knew she had nothing to fear from us, her stepbrothers and sisters,' he persisted.

Jenny looked at him directly. 'But that is the trouble, Mr de Kerr: Averil *does* have a fear of you all.'

'That's ridiculous and anyway, I think you are overstepping your position, Miss Carter.'

Jenny told him, as she had told Penelope, that he must speak to Mrs Brevedere who had engaged her.

'I'm afraid the Honourable lady is no friend of ours.' David made no attempt to hide the venom in his voice. 'My stepmother and everyone in the house is ruled by her. I don't think there is anything more to be said. May I escort you to the lodge?'

'No, I can manage, thank you.'

'Then I'll bid you good day, Miss Carter. I hope that our next meeting will be more favourable.'

Dominic was at the door of the lodge when Jenny returned, impatient to know what had transpired between them. Because she had no wish to cause any more friction between the de Kerr offspring she said, 'David also wants to have access to Averil, to make friends with her. I felt he was genuine, but I told him that she needed more time to gain confidence over her fears.'

'A good job you did, otherwise I would have had something to say.'

Jenny was beginning to get a little weary of all the bickering and bad feeling. 'Some goodwill might not come amiss, Mr de Kerr,' she said quietly, then thought he might flare up.

Instead he said steadfastly, 'I think if you knew all that had gone on in the past, Miss Carter, you might feel like running a hundred miles away from here.'

'Perhaps so, but it's here I am and here I'm going to stay until I can teach Averil to talk.'

'And that is something I appreciate very much. I admire your tenacity. I shall let you know if I hear anything further that will shed a light on the problem. I won't be far away.'

Jenny wondered why it was that every time she got herself annoyed with Dominic de Kerr, he came back with some remark or statement that put him in favour again. She went in to find Mrs Watson on her knees, playing with the kittens and Averil clapping her hands and chuckling. Seeing Jenny, the woman sat back on her heels and raised her eyebrows. 'Well?'

With the story told, Jenny said, 'I don't see what else we can do except keep on our guard the whole time until something gets sorted out.'

When Mrs Watson came over that evening they got on Christian-name terms, with Margaret suggesting that they talk about happy times they had known in their life. Jenny agreed and said, 'You start. Did you come from a big family?'

Margaret said yes she had, but the happiest times she could remember were when she first went into service as a skivvy.

'As a skivvy?' Jenny echoed. 'I can't ever recall meeting a happy skivvy.'

'Ah, but then they perhaps never had the chance of working with a lovely family. Even the cook at that place was different. She was big and was always laughing. The mistress insisted on her staff getting the same food as the family, and we did. I was a skinny little thing when I first started the job, but within a few weeks I began to put on weight and became rosy-cheeked.'

'Did you meet your husband at the house?'

'No, I met him years later when I became a lady's maid. He was head gardener of the establishment. I used to go for a walk every morning very early and that's how we met. He's a big man, as you know, and rather uncouth. He didn't have very much to say then but I looked forward to meeting him because he knew so much about plants. Then he did talk. I also found out that Tom was very fond of animals, and he was gentle with them. He was in his mid-thirties then and I had just turned thirty. I was reconciled to being a spinster, and he had never been married. Then our friendship grew to something more and when he asked me to marry him I accepted.'

'So what brought you to the lodge?'

'My husband developed back trouble after trying to move a huge tree trunk that was blown down in a gale. The trouble is that Tom likes to be out of doors all the time and I hardly ever see him, apart from meal-times. That's why I enjoy your company so much, Jenny.'

Margaret then drew Jenny out about her life, but Jenny spoke mostly of happy times shared with her father. She made no mention of her mother and Margaret did not attempt to probe further.

At times Jenny found the days dragging in her new job, and longed for Sunday afternoon when she would be back in the homey atmosphere of her aunt and uncle's house and could see Frazer and Céleste Auvéry again.

On one occasion she found herself comparing Frazer and Dominic. Both were attractive men, strongly-built. Both were educated with a business background, but whereas Frazer could be gentle and tender, Dominic was more often than not very hot-tempered. It was true that he had reason to be, yet she felt sure that if Frazer were in the same position, he would deal with matters more quietly. And yet, the thought of Dominic pulling her roughly to him set her body pulses throbbing. Determinedly she tried to put both men to the back of her mind but Dominic still kept intruding.

It was not until the following Saturday morning, however, that she saw him again. Mrs Watson had called early to take Averil to the lodge, so that Jenny could have a brisk walk on her own and she was about to go and collect the child when Dominic hailed her. He came quickly towards her, wearing a top hat and overcoat and carrying a leather bag. 'Sorry, I only have a minute.' He spoke in a low voice. 'I thought you might like to know that Mary is settling in well. She's working for the family she's with and is being paid.'

Jenny thanked him for telling her and he stood looking at her for a moment. 'It's strange, but I've never had anyone to worry over before. Or should I say, I didn't think that I had. I must go. I'll be away for a few days but shall contact you when I get back.' Mr Watson had the gate already open. Dominic went striding towards it.

Margaret, who had come out into the porch said, 'So what news had the master to impart this morning?' Jenny was surprised at the tart note in her voice. She told her about Mary and was taken aback when her friend remarked dryly, '*If* one can believe him.'

'Why shouldn't we?'

'Because I don't think we can swallow everything that Dominic de Kerr says. He told us that he had had the entrance to the secret passages blocked up – but Tom tells me it's just as it always was and, in his opinion, it's never been touched!'

Jenny rose immediately to Dominic's defence. 'I don't think you are being fair, Margaret. The intruder, whoever he might be, is no novice. Who is to say that he didn't make the entrance available again, but in such an expert way that it looked as though it had never been touched?'

Margaret suddenly looked doubtful. 'You could be right, but –'

'You had nothing but good to say of Dominic when I first came here.'

'People change. I've changed.'

'But not fundamentally. You haven't changed from a caring, loving woman to someone who would be cruel to a child. The ones involved in this are after money. You told me once that Dominic inherited a small fortune from his maternal grandparents, so he isn't after more.'

'Some people can't have enough. Money becomes their God.'

'So Dominic is mean, tight-fisted?'

'No, just the reverse, he's a generous man. He's helped many poor people. Oh, I don't know. I want to believe he's not involved.'

'I'll leave you to think about it. I'll get Averil and take her off for some more exercise.'

'Jenny . . . I accept that Dominic is not involved, and I'm sorry to sound like a turncoat. It's just that I worry about Averil.'

'I know,' Jenny said softly. 'Between us we'll keep her safe.'

Margaret's sister was staying with her for the day on Sunday so that Jenny left for her afternoon off, her mind free from worry. As before she had a lovely warm welcome from her aunt and family, with a demand from Bess and Kitty to know all the news. Jenny talked about Averil's progress and how she responded to the nursery rhymes, but made no mention of the doll's eyes and mouth being bound. Sam asked if Jenny was teaching the child to add up, and she said yes, but that Averil seemed unable to grasp numbers. At this Sam got up and said, 'Just a minute.' He went out to the shed and returned with a bead frame. 'How about this abacus, then?' He was smiling all over his face. 'Thought of this the other day. That's how your cousins all learned to add up. I've cleaned it, and it's as good as new.'

'Oh, it's a lovely one!' Jenny exclaimed, moving the brightly coloured beads along the pieces of wire. She moved one bead, then the next, saying 'One and one are two,' and they all laughed, no doubt the others as well as herself remembering their childhood and learning to add up numbers.

Playing with the abacus also made her realise how a simple toy like this might really help Averil to progress in her small world of education. She got up and dropped a kiss on Sam's cheek. 'Thanks, Uncle.'

Kitty, as expected, wanted to know how her cousin was progressing with the dishy Dominic de Kerr. Bess was more curious about the 'family at war' and oohed and aahed when she knew that one of the brothers and sisters had actually approached Jenny. Did she realise what she had achieved? These young people had not actually *spoken* to anyone in the house for years! Kitty kept trying to get a word in edgeways about Dominic but her mother was in full spate now about the family, wanting to know how the awful Mrs Brevedere and her daughter Mrs de Kerr were treating her niece and, when informed that Jenny seldom came into contact with them, was vastly deflated.

Kitty was also disappointed that Jenny hardly ever saw Dominic de Kerr, and that at the moment he was away. She then gossiped to Jenny about all the parties she had been to, and how many new young men she had met. When Jenny noticed her aunt shaking her head she said to Kitty, 'Lucky you, I envy you,' thereby pleasing her cousin.

A disappointment was in store, however. When Sam and Kitty were out of the room Bess said, 'I'm afraid I won't be able to come with you to Bank House this afternoon, Jenny. My neighbour Mrs Dell at number fourteen is very ill. She has no family and we in the street are taking turns to sit with her.'

Jenny assured her that it was quite all right, she would go on her own. Then came the blow when her aunt said hesitantly, 'I'm afraid you won't see Mr Durant. He's gone to London on business.' Until that moment Jenny had not realised just how much she had been looking forward to seeing him. The let-down was like a sudden pain. Bess said brightly, 'But of course his aunt will be there and she's always eager to see you.'

'Yes, of course. I'll tell you all her news when I get back.'

When Jenny was ready to leave Kitty said she would walk to Bank House with her. 'No,' she added smiling, 'I am not going to ask if I can come in with you. Anyway, I wouldn't want to, not without Mr Durant being there. I'm off to see Hilda.'

When they left the house Jenny said, 'So where are you really bound for, Kitty?'

Her cousin pulled a face. 'Why do you always see through me?' Her head went up defiantly. 'If you must know, I'm going to see Mr Hawkins, and don't you dare tell Ma. I still like him, more than ever. He's a gentle person and so lonely. And no, I don't take anything from him. He's just a very kind and interesting man. If only Dada could know that, I think he would find him a very well-educated and good companion.'

When Jenny suggested that she confide in her father, Kitty pulled a face. 'He wouldn't listen. He doesn't think I have any brains.'

'He has good cause to think that if you keep going against his and your mother's wishes. Talk to him – ask him to go with you to visit Mr Hawkins. Explain how knowledgeable he is.'

Kitty was silent for a while then she said, 'I'll think about it.' She left Jenny before she reached Bank House.

The Frenchwoman's warm welcome made up a little for Frazer's absence. They talked non-stop for the first few minutes then Céleste said with a broad smile, 'I have had implicit instructions from my nephew to show you the progress of the doll's-house. Come to the workshop and we shall look together.'

For several seconds Jenny was lost for words. The project was not just a house, but a whole estate, with stables and outhouses at the back and lawns, shrubbery and trees at the front. Balconies had been added at the first and second-floor windows. There were even fountains in the middle of the lawns; nymphs poured water from slender jugs into the bowl of the fountains, when a tap was turned on.

'It's a dream,' Jenny breathed, 'but how can a child get into the rooms?'

'Ah, allow me.' A lever was pulled down at the side of the house; the gardens parted and moved to the sides, then the front of the house opened up in two parts.

Jenny gasped. 'It's magnificent, so ingenious!' None of the rooms had yet been furnished, but there were already carpets on the floors and small pieces of handmade tapestries done in lovely colours and patterns, hanging on the walls. She noticed boxes containing bathroom suites, cutlery, china, pots and pans, plus another boxful of curtains, bed linen, blankets and chintz quilts. Only then did Jenny learn about Frazer's new team of workers, who provided all these sundry items, and she found herself a little jealous of these 'ghost' workers.

When she mentioned them Madame Auvéry said, 'They are necessary, my dear. What Frazer truly appreciates is your contribution of the figures with their lovely expressive faces and the cradles.'

Subdued, Jenny felt ashamed of her pettiness now and said quietly: 'It was nice of you to tell me, Madame Auvéry. I do appreciate it.'

'I tell you because my nephew is not here to tell you. All the time he is singing your praises. And now! We must have our tea.'

It was while they were enjoying tea and Marie's baking that Jenny had a shock: Frazer was apparently planning to expand the business. 'Expand?' She could hardly get the word out.

'Oh yes, indeed. That is why he went to London last Friday – he wants to employ many more people.'

London? Jenny felt an ache. 'So you will be . . . leaving here?'

Céleste gave an expressive shrug. 'I know nothing until he returns. I do know, hovever, that his customer is – how do you say – "over the moon" with the photographs he has seen of the doll's-house. How could he be otherwise? The work is perfection. Just as your work is perfection, Jenny.'

When Jenny left Bank House her mind was in a turmoil. All she could think of was her two friends leaving Leicester. How could she bear not seeing Frazer? Dominic de Kerr raised strong emotions in her, at times almost a passion, and what she felt for Frazer was a more gentle love, a stability. Yes, that was it – a stability. With Dominic she was never quite sure of him. Jenny sat on the wooden seat outside the small spinney where her Cousin Kitty had sat sulking the day they had fallen out and thought how much had happened since she had left home. It seemed impossible now to believe that she had lived in the same dreary rut for years, a slave working to hand money over to her mother who had not needed it. Now she was involved in dramatic happenings, in evil – and had no idea what the outcome would be.

But she did have the love of her relatives and of Frazer, the affection of Madame Auvéry and the friendship of the kindly Mrs Watson. And, of course, there was the warmth of Averil who clung lovingly to her after being parted for a short while. These good things made up for the evil incidents.

With a sigh Jenny got up and resumed her walk along the towpath. She was nearing the end when she heard running steps behind her and someone calling her name. Turning, her heart leapt as she saw Frazer sprinting towards her. He was not even out of breath as he took her hands in his. 'Jenny! I tried to get an earlier train but just missed it. There's so much to tell you. Shall we go back and walk along the old towpath?' He cupped her elbow and said in a low voice, 'I hated not being there when you arrived. I don't know how much Aunt Céleste told you about my visit to London.'

'She said that your client was delighted with the doll's-house, and also that you were thinking of extending the business.'

'Yes – and that is now definite.' His voice was full of excitement. 'So many wonderful things are happening. I'm going to America in a few day's time – I should be away for about two weeks.'

'America?' Jenny tried to instil some excitement in her voice but her heart had begun a slow painful beating. She would never see him again. 'That's wonderful. And will you be opening a branch of your business out there?'

'No, no. I'm looking forward to the trip and meeting some influential people in the trade, but I'm going to extend Bank House over herc. You see, I also own the field at the side of our place and I don't think I shall have any trouble getting planning permission to build on it.'

Jenny suddenly felt she was floating on air.

'After all,' he went on, 'I will be providing jobs for quite a number of people.'

Stupidly, this had not occurred to Jenny and now she felt dismayed. 'So you will not be needing me to make any more figures for you?'

'Of course I shall.' He laughed and gave her a quick squeeze. 'You are my head designer.'

'No – I – well, I wasn't meaning that exactly.'

He stopped, his expression serious. 'But I do, Jenny. You have such a natural flair for the work. I saw the dolls you brought lined up in the workroom and although I just had a very quick glance at them before I rushed off to catch you up, I was much impressed, not only by their fascinating faces, but also by their costumes. Many people can copy designs but few can create them. You are blessed with the gift of creating. Will you work for me?'

For a moment she felt overwhelmed by the offer. To be working all the time with him, to be free of the atmosphere of evil . . . she could be living again every day with her uncle and aunt.

Then Averil's sweet little face rose up before her.

Jenny looked up at him. 'I would like nothing better, but it's impossible. I can't leave the child, Mrs de Kerr's daughter. She's only five years old, and she needs me. I can't desert her.'

Frazer looked puzzled. 'But the de Kerrs could have their pick of nannies.'

It was difficult to explain without going into the full background, and Jenny had to be satisfied with stressing that she had to stay until the child could at least hold a conversation.

Frazer accepted her explanation, but she sensed he was disappointed that she had put a stranger's child before his own needs.

To make it easier she promised, 'I shall go on working every evening for you and, after all,' she teased him, 'the plans are not yet passed.'

'You are right, of course. In my mind the work is already in progress! Still, some talented men in the miniature furniture world have offered to work for me, and having the backing of wealthy people has really helped me. After my visit to America things should look even better.'

'I thought your house was really beautiful,' Jenny enthused. 'I can understand you getting orders. It's so unusual, a real collector's piece.' A clock began to strike five and she said, 'I must be getting back to my aunt's. She'll be wanting to know all the latest news and I have to leave again before six.'

'Oh, Jenny, why can't you be available every day? There are so many things I want to discuss with you.'

'Save them up for a couple of weeks. I'll try and squeeze some extra time when next I see you.'

Frazer would have been happy to linger, and there was nothing Jenny would have liked better, but she knew how the time flew. Before saying goodbye, he drew her to him and his lips, warm and soft, covered hers. The kiss was gentle at first, but soon became passionate and although her body was trembling as she responded, it was only momentary. She drew away. 'I love you,' he said.

Someone came out of the house next door and Jenny whispered, 'I'll see you next Sunday,' and hurried down the path. The door was partly ajar and Jenny turned and gave a wave before she went in. Her heart was beating fast and she paused a moment before going into the kitchen.

Her Uncle Sam was in there alone. He put down his book. 'Ah, there you are, love. How did you get on? Your aunt's not back yet, and neither is Kitty. Sit down and I'll make you a cup of tea.'

'No, I'll make it.' The kettle was singing on the hob and Jenny pushed it on to the fire. She told him Frazer Durant's news as she took off her hat and coat.

'By what I hear,' Sam said, 'he's a very go-ahead young man.'

Wanting to keep off the subject of Frazer, Jenny said, 'There's something I'd like to ask you about astrology, Uncle.' She felt breathless and made the excuse she had been hurrying. Jenny told Sam about Dominic de Kerr, giving him his birth-date and the time he was born. She explained, 'Sometimes, he seems to be two different people. Is that because of the time he was born – between the divisions of the two signs? I think he called it the cusp.'

'That is right. Cusp means the leaving or entering a House in astrology. Yes, this does have a bearing on a person's life, but of course, there are other factors for someone seeming to have two personalities. There is the position of the sun, the moon and other planets at the time of birth. It's like this, Jenny – oh, here is your Aunt Bess. We might be able to finish our talk later.'

But Jenny knew there would be no hope of a further quiet talk with her uncle that day. Bess burst in: 'How did you get on at Bank House, love? Mrs Burns said she saw you talking to a young man at the front door. Was that Mr Durant?'

Her aunt was still in full spate when Jenny said she really must leave or would be late. Bess offered to walk back with her, but when Jenny teased her, saying she would have to run, not walk, Bess laughed and gave in.

Jenny smiled to herself as she hurried up the street, thinking of her aunt's excitement that Frazer had asked her to work for him when the extension was built. Even

Sam had not been able to get her to simmer down by stressing it could be another year or more before that happened. In her aunt's mind Jenny was already married to Frazer Durant. Still, it gave her a lot of pleasure.

Knowing it was near six o'clock, Jenny began to run. Mr Watson had the gate opened when she arrived and told her that his missus had already taken the little lassie up to the house.

Jenny arrived at the nursery breathless and flopped into a chair. 'Just . . . about . . . made it. Thanks for . . .'

'I'll do the talking while you get your breath back. Averil fell asleep at the lodge so I carried her up here and she hasn't even stirred. Oh, by the way, when the Sunday post came this morning, Tom was about to bring it up to the house when he noticed that there was a letter for you – delivered by hand.'

'By hand? Well, it can't be from Aunt Bess.' Jenny slit open the envelope, drew out the single sheet of notepaper, then looked up. 'It's from Mary. Well, that's a nice surprise.' She read it out.

'Dear Miss Carter,

'I thought I had better let you know that I'm well. This is a lovely place and the people are so kind. I do some housework and some sewing and they pay me a wage. Mr de Kerr has been very nice. I miss our chats. When all this is sorted out I'll be home again. I'm not a very good letter-writer so I'll stop there. Mary.'

Jenny looked up. 'I think she's quite a good letter-writer.' Margaret remained silent and Jenny said, 'What's wrong?'

'I'm sorry, Jenny, but that letter is not from Mary. You see, she can neither read nor write.'

All the happiness of the afternoon vanished. Jenny felt as though a great weight had descended on her. 'Who do you think –?' She held out the letter. 'Dominic de Kerr?'

Margaret made no reply.

CHAPTER EIGHTEEN

After a silence Margaret Watson said, 'It's a terrible feeling being betrayed by someone you trusted.'

Jenny hesitated before replying, 'But *are* we being betrayed? When Dominic told me that Mary had settled in with the family I accepted it, so why should he take the trouble to pretend she had written a letter to me?'

'So you wouldn't start asking any awkward questions?'

'No, I can't accept that. Someone else knows where Mary is and wrote the letter, not knowing she is illiterate. I think there are two people in this plot, whatever it is, and I'm going to show this letter to Dominic and watch his reaction.'

Mrs Watson pleaded with her not to do it, saying the less she told him the better, but Jenny was determined to confront him. When she did see him he was on his way to the lodge to visit them. He chatted to Averil, who as usual smiled shyly at him, and when they all arrived at the lodge together he greeted Mrs Watson cheerily then said, 'And what has happened since I've been away?'

Jenny brought the letter from her pocket. 'This arrived.'

He read it through quickly then looked from one to the other. 'There's something very strange about this: Mary can neither read not write. She told me so and asked if I would let you know she was safe.'

Jenny felt as though a bright ray of sunshine had lightened the rather dim kitchen, but when she looked at the lodge-keeper's wife there was not such a happy response. Margaret Watson was studying Dominic. At last she said, 'Then wouldn't you think that Mary is in danger? After all, someone else must be involved in what is going on if they know where she is.'

'Not necessarily. The person who wrote this could know she was missing and just be intent on making trouble. I should think that everyone in this house knew she was unable to read or write, so the author of this must have simply wanted to stir up a hornet's nest. There are many of this mean breed of people about.' Colour rushed to Mrs Watson's cheeks and Jenny hoped she had not taken the remarks as a rebuke.

A moment later Dominic got up. 'I shall, of course, get in touch with the people where Mary is staying and make sure she is all right. I'll do that today.'

When he had gone Mrs Watson said angrily, 'He made me feel guilty of causing trouble.'

Jenny soothed her. 'Of course not. He was just annoyed that after all the trouble he went to in getting Mary into a safe place, some fool is trying to cause an upset.' Margaret was only partially appeased.

It was early the next afternoon when Dominic called in at the nursery to tell Jenny that Mary was really all right. He held out a key. 'She gave me this and said that it unlocks a small box on top of the cupboard in her room. The box contains a locket that she says only you know about. A young man gave it to her, but she never wears it because he died. Will you come to her room with me now and confirm that she's safe?' Averil was sleeping and so Jenny, after locking the door, went with Dominic. 'What if we are seen going together into Mary's room?' she worried.

'I'll think of something should the occasion arise.'

They were back in a few minutes without having encountered anyone. Jenny had identified the locket. She said, 'There really was no need to prove anything to me.'

'There was to Margaret Watson. A pity – I thought we were good friends.' Jenny was quick to assure him that the woman had always spoken highly of him, but she knew by his expression that he was not convinced. He said, 'I have another small lead to the mystery and shall follow it up. I'll let you know if there are any further developments.'

However, things remained quiet as far as the trouble in the house was concerned, but Averil was making huge strides. She began counting and playing with her abacus, learning her numbers beautifully and was as joyful about it as Jenny and Mrs Watson. She did not make any further progress with her speech, but kept repeating the words she already knew.

Although the evenings now went quickly for Jenny, working with Mrs Watson on her dolls and enjoying long talks, she still hankered for Sunday afternoons. Often she would see David or Penelope walking in the grounds but neither made another attempt to approach her.

One Friday it seemed as though spring had suddenly arrived. The air was warm and everywhere one looked there were small clutches of purple and yellow crocuses. Jenny had stopped to show Averil a particularly large bed of them when a voice from behind them said, 'And how are my two favourite young ladies this bright morning?'

Jenny's heart skipped a beat. She turned. 'Good morning, Mr de Kerr. We were just looking at the beautiful show of flowers. How different it makes one feel.'

Dominic held out his arms to Averil and when he picked her up she chuckled. He laughed 'And this little lady appreciates the lovely weather, too.' He paused, then went on. 'I've just had an idea – how would you like to have an outing tomorrow? We could take a picnic lunch and have a ride around the countryside in the trap.'

Jenny felt a small tremor of excitement. 'It sounds lovely!'

'Good. Then let us ask dear Mrs Watson if she will be willing to chaperone us.'

Jenny suggested it might be more tactful if she were invited simply to accompany them, as chaperone suggested a matron. Dominic, smiling, agreed. Mrs Watson thought it a delightful idea and said that she would provide the lunch.

One thing Jenny realised she must do, and that was to ask Mrs Brevedere's permission to take Averil on the picnic. The old lady's expression was sour as she stated her doubts that Dominic de Kerr was a suitable escort. 'Everything he does is for a purpose,' she sneered. 'He probably wants your goodwill.'

Jenny had a job to control her anger. 'I can't imagine Mr de Kerr seeking anyone's goodwill. I only know that he has helped Averil to learn to talk and to count. He has endless patience in spite of being a volatile man. The important thing to me is your granddaughter's welfare; I think it would be good for her to see some of the countryside.'

'I will say that you are a fighter for what you want, Miss Carter, and this is commendable when it concerns the care of your charge. You have my permission to go to this picnic, but I must insist that you return before dusk.'

Jenny assured her they would be back long before then. She was at the door when she was recalled and asked whether there had been any news of the missing maid. Jenny, who did not want to lie, said, 'I'm sure that if there is any news you will be the first to know, Mrs Brevedere.'

When Mrs Watson knew of the interview, she was angry. 'That woman's not even mistress of the house but there she sits like a queen giving orders. I hardly ever see Mrs de Kerr herself these days. In the past two weeks I think I've only seen her three times – twice walking with her mother in the garden and once at her bedroom window. Then she looked ill. Anyway, we have permission for the picnic and that is the main thing. I'm really looking forward to it.'

So was Jenny, feeling it would make up a little for the fact that Frazer would not be at Bank House on the Sunday.

Saturday dawned bright and sunny, and the air was unusually warm for the time of year. Dominic arrived wearing a Norfolk jacket and a cap set at a jaunty angle. Mrs Watson teased him, saying he looked the perfect sporting country gent and he laughed and replied it was how he wanted to look.

The trap was large with plenty of rugs in case the weather became cooler. Averil was the focus of attention, her wide-eyed interest delighting them all. Dominic told her the horse was called Flora. She mouthed the word, but was as yet unable to say it. Margaret told them that the poor child had never been into town before. For the first five minutes Averil would take a little peep then huddle against Jenny. By the time they were in the midst of traffic, however, she was sitting up and watching everything, her eyes wide.

Dominic told them they were going to Bradgate Park. Jenny gave a little shiver, remembering poor Jane Grey who had been beheaded. When they left the town and came to the countryside, it was a new delight for Averil, seeing the cows in the fields and horses galloping around kicking up their heels, but what had her laughing out loud were early lambs cavorting. 'Lambs,' she repeated after Jenny, and clapped her hands.

Jenny hugged her. 'Oh, bless you! This, I know, is going to be a wonderful day.'

One field was a brilliant green and Mrs Watson said the crop was winter wheat. Then there were the lovely snow-white flowers of the blackthorn tree whose flowers came out before the leaves. Dominic said, 'Wait until you see the view from the Watch Tower.' The mare went at a spanking pace and Jenny felt exhilarated . . . with Dominic continually turning to smile at her in between urging Flora to put her best leg forward.

It was a rocky climb to the round Watch Tower, and Dominic gave Averil a piggyback. She too was excited and when they reached the top and he set her down she had to be restrained from running away. Jenny had never seen the countryside from such a height and was fascinated by the patchwork of fields with their various shade of greens. There were scattered farms, cottages and churches. Below them was Charnwood Forest, and to left of it lay the city of Leicester, which was almost blotted out by the pall of smoke from the factory chimneys.

When they came down from the Watch Tower Dominic said he knew a splendid place for their picnic. It was about half a mile away, a dell with a drystone wall at one side and forest at the other. Once there, he unhitched the horse then spread the rugs on the grass beneath the wall. Mrs Watson remarked that the grass looked as if it had been recently mown and Dominic said, 'It has. This is a fairy dell, you see. The Little People do it through the night.'

To which she replied laughingly, 'Perhaps you can ask them if they will make us a cup of tea.'

'That is no problem.' He went to the trap and brought back a spirit stove. 'There's a fairy well in yonder dell.' He came back holding a kettle aloft, water dripping from it. This was a side of Dominic Jenny had never seen before and she felt quietly happy.

A tablecloth was spread on the grass and all the goodies laid out – ham and egg pie, Cornish pasties, apple tart, fruit cake, scones and Maids of Honour.

'We shall all be wanting to sleep after this,' Jenny said.

During the meal Dominic nodded towards the wood. 'I remember coming here as a child and playing hide-

and-seek with my brothers and sisters. Once I managed to hide myself in the undergrowth for so long there was quite a panic. Eventually I leapt up, yelling and flapping my arms, scaring them to death, including our nurse who thumped me.' He grinned. 'That woman had powerful muscles. I was black and blue for ages.'

'And you deserved to be,' declared Mrs Watson, 'scaring them all like that.'

Dominic sobered. 'We were all happy then. Like other children we were always fighting, but we soon made up our quarrels.' He was silent for a moment then suddenly jumped up. 'Who wants another cup of tea? The kettle's on the boil again.'

When they had finished the meal Averil was up and running around once more. Jenny said, 'She's in her element, but she'll be wearing herself out. It will soon be time for her nap.'

'Well, when she is, she can join me,' Margaret said, stifling a yawn. She sat back with a rolled-up shawl behind her head. 'I feel really sleepy, but then I haven't walked so far in years.' Minutes later Averil was cuddled up against her, her eyes closed.

Dominic whispered to Jenny, 'Shall we have a walk in the woods? There used to be dozens of squirrels darting around here at one time.' He held out a hand to pull her up and the contact was enough to send butterflies fluttering inside her.

After the bright sunlight and warmth in the dell the wood seemed dim and cool. It was church quiet and suddenly her body was warning her it should be forbidden territory. She made no effort, however, to leave.

'Where are all the squirrels?' Dominic asked. 'And the birds?'

'Probably having their rest.' She was aware of a tremor in her voice. The loam was soft under her feet. It seemed as though everything had been set up for a restfulness and yet her heart was beating in agonising thuds. This was ridiculous! She was responsible for the tumult inside her – and why? Because she was longing for Dominic to take her in his arms. How could she do this when earlier she had been despairing because she would not be seeing Frazer the following day? Were other people's emotions so fickle?

She tried to think of something to say to control her emotions and came up with, 'This is the first time I've ever been in a wood.'

He stopped. 'The first time? I can't believe it.'

She walked on. 'I come from a working family. There was no time for visits to the country.'

'Poor you.'

'I didn't feel deprived because I knew no other life.'

He stopped again and this time he took her by the shoulders, saying softly, 'You've missed so much.' He drew the back of his fingers gently over her cheek and her nerves leapt in response. 'You are a very attractive young lady, Miss Carter, and I would like to repeat our kiss of the other night.'

He tilted her face and his mouth came down over hers and moved sensuously. Delicious tremors tantalised her, but when he kissed her throat and began to undo the buttons on the bodice of her dress she knew an excitement she had never experienced before. His hand was under her camisole cupping her bare breast, and she drew in a quick breath as a throbbing ecstasy took over her body. She moaned and his mouth covered hers again, this time with a wild passion that took her beyond reasoning.

Suddenly there was a screeching as a bird flew overhead, and sanity returned. Drawing away Jenny made an effort to button up her dress. Her hands were shaking.

'Jenny . . . listen!'

'No.' She turned away and began to run, stumbling once over the exposed root of a tree.

Dominic caught her up. 'Jenny, we must talk.'

She hung her head, whispering, 'There's nothing to say. I was foolish to let myself be carried away.'

'No, I was the foolish one for allowing my feelings to take over. After the other night . . . I didn't realise you were so inexperienced.'

Tears that had risen and were about to spill over were stemmed. She looked up at him, anger rising. 'Did you think that I allowed myself to be available for any man to have his way with me?'

'No, I . . .'

'Yes, you did! What a fool I was in thinking you were a gentleman.'

'You were not thinking I was a gentleman when you responded to my kisses like a – like a . . .'

'A whore? Is that what you were going to say?'

'No, I –'

She turned and left him, fastening the rest of the buttons, her body stiff with anger. How could he? How could *she* have been such a fool? If it had not been for that screeching bird she might have let him make love to her properly and she could possibly have become pregnant. What a lucky escape!

When Jenny came to the gate that led into the dell she stopped, uncertain what to do. It would spoil the day for Mrs Watson and Averil if there was obvious ill-feeling between Dominic and herself. Yet how could she behave normally?

He came up slowly. 'Well, are we to go back both looking in a black mood? Or do we make an attempt to appear still to be friends?'

'I think it would be sensible if we act as though we had enjoyed our walk in the woods.'

'I agree. And as the rest of our party still seem to be asleep, may I suggest we try and put in some practise?'

It niggled Jenny that Dominic had not once apologised for what had happened and it made it all the harder for her to respond when he talked about the countryside as they walked the length of the wood. At last he stopped and said wryly, 'It might help if you made the effort to ask some questions instead of behaving like a piece of walking wood.'

Although she seethed at the insult, Jenny did realise it would take two to achieve an air of normality so she said, 'Very well, you talk about something and I shall try to respond.'

He told her about spending several weeks in Egypt and she was so fascinated she forgot to feel offended. In fact, when they got back and found the others awake, no one would have guessed there had been any animosity between them.

On their return, Dominic left them at the lodge. When he picked up Averil and gave her a hug she put her arms around his neck and laid her cheek against his, and they were all touched by the gesture, Dominic especially.

After he had gone Jenny said, 'I won't stay now. I'll take Averil back and give her a bath. Will you be over later?'

'I will, if only to hear what went wrong between you and Dominic this afternoon.'

Jenny stared at her. 'You are very discerning, Margaret!'

'Yes – and I don't know if it's a good or a bad thing.'

It turned out to be a good thing for Jenny, a chance to tell her, very briefly, what had happened, and to express her deep-rooted anger that Dominic had not once apologised.

'I very much doubt that he will, Jenny. It's not in his nature. Some people can show that they are sorry, but can't say the actual words. I would say he is a passionate man and you are a warm, loving person. It was natural that you should be drawn together.'

'But he had no right to think I was easy game, to suggest that I was a –'

'Don't say it. That was your word, not his. You should try and forget what happened and to accept that men like Mr Dominic are spoiled by having women throw themselves at them. And you can't expect them to refuse – men have stronger sexual appetites than women. I'm speaking generally, of course. There are some women who can't live without a man making love to them all the time.'

Jenny learned a lot more about sex that evening and felt a little more kindly disposed towards Dominic de Kerr. Not that she wholly forgave him, but she did understand now how a man could suffer if he was led to expect to make love to a woman then was rebuffed by her. When she was in bed that evening she relived the incident in the wood. Thinking of Dominic's caresses, his lips teasing hers, was a delicious but tormenting experience. She forced herself to remember Frazer's gentleness instead, and finally slept.

Jenny did not see Dominic for the next two days. Mrs Watson told her he would be away, but he had not said where he was going. During the morning of the first day, Jenny had a visit from Mrs Brevedere. She had not set foot in the nursery before, and Jenny was taken by surprise. She invited her employer in, and drew out a chair, but it was waved aside.

'I simply came to know if the picnic was a success,' Mrs Brevedere asked grandly.

'Thank you, yes it was – a definite success. Your granddaughter showed a great deal of pleasure. She was most interested in the horses, cows and early lambs that we saw. She chuckled delightedly at the antics of the lambs. She's over with Mrs Watson at the moment. I am about to follow.'

'Did the outing encourage the child to say further words?' In spite of the old lady's cold autocratic manner, Jenny had a feeling that she was anxious to know.

'No, not yesterday, but this morning she mentioned the lambs and also repeated the word Flora, which is the name of the mare that drew the trap.'

'And that was all?' Was there relief in her voice?

'I'm expecting more. It was all so new to her; she was excited and I think certain things will surface as the day progresses.'

'Let me know if she says more, I am most interested.' Mrs Brevedere made to leave then paused. 'Her mother wishes to see her. She will call in an hour. Will you ensure that the child is here.'

'Yes, of course, Mrs Brevedere.' Jenny closed the door after her then leaned against it. Now what was all that about? Why should Mrs de Kerr suddenly take an interest in her child when she normally neglected her? Jenny put on her hat and coat and went off to the lodge.

When Margaret was informed of the visit and the coming appointment with Mrs de Kerr, she looked thoughtful. 'Mmm, very strange. Why do they want to know whether Averil has done any more talking? Could it be that the old lady is worried in case she says anything she ought not to? And why should the mother take an interest in her daughter after ignoring her for so long? It'll be interesting to see if the little one can remember her mother, and to see how they get on. I haven't seen the two of them together for a very long time. It's not natural, the way Mrs de Kerr treats that child.'

'If Averil shows fear, what then?' The question was left unanswered.

When Mrs de Kerr did arrive at the nursery Jenny thought she looked less nervous than previously, and when invited inside she said, her tone pleasant, 'And where is my dear little daughter?'

'Hiding.' Jenny smiled. 'She loves to play hide-and-seek. Averil.' Jenny went to the far arm chair and held out her hand. 'We have a visitor.' The child peeped out, stared at her mother for a moment then withdrew. Her playful expression had changed to one of puzzlement.

Jenny drew her forward. 'Your Mama is here to see you.'

The child hid behind Jenny's skirt and no amount of coaxing would get her to raise her head. It was not that the child showed fear, she was just overcome by shyness. Her mother suggested in a low voice that they sit down and talk, and perhaps it would draw Averil out, if she was ignored. Jenny managed to get the child on to her lap but she kept her face hidden all the time they chatted, discussing the picnic, the countryside and the animals.

Eventually Mrs de Kerr began to show signs of agitation. She said that her mother would be annoyed with her for not making friends with her daughter, then in a complaining voice she went on, 'I haven't had the opportunity, have I? I've been indisposed. Three times I've had to take to my bed recently.'

Jenny suggested she came more often, made regular visits then Averil would get to know her better.

'Yes, I shall do that.' Mrs de Kerr spoke with conviction as she left, but she was a bundle of nerves.

Jenny talked gently to Averil, explaining that her mother loved her and wanted to be friends, but to her surprise and dismay the child shook her head and gave a positive, 'No.' She then slid from Jenny's lap, brought her hat and coat and said, 'See kittens.'

Although Jenny and the lodge-keeper's wife discussed the incident at length later, no conclusion was reached. Things would just have to take their course.

On the next Friday, Jenny had a note from her Aunt Bess to say that Madame Auvéry would be away that Sunday but to bring what work she had done, and Bess would deliver it to Bank House on the Monday. She concluded, *'I know you'll miss your visit but we shall have you all to ourselves for the whole of Sunday afternoon. A special treat!'*

Jenny found herself thinking the same thing too. Bank House did not have the same draw without Frazer, and it would be nice to catch up on all the family news properly without having to rush away.

On the Sunday morning she awakened with a premonition of disaster, and tried to analyse it. Could it be because Dominic was still away? She missed him and wanted to be back on a friendly footing again. Since Mrs Watson's talk on sex she now partly blamed herself for having led Dominic on through ignorance. There was also the fact that she worried about Mrs de Kerr. She had not been back to try and get acquainted with her small daughter again – why?

Reluctant to go home in a depressed state, Jenny tried to shake off her misgivings, then suddenly guessed their cause when she reached the canal bank and found her Cousin Kitty waiting for her, looking pale and drawn.

'Jenny, I'm in awful trouble,' she burst out immediately, and began to sob loudly.

'You're pregnant, aren't you?' Somehow Jenny knew it, and her heart sank.

Kitty looked at her, wide-eyed. 'How did you know? I've only told one person and he wouldn't –' she began to sob again.

'I guessed. Who's responsible?'

'A boy – I don't even know his name! I'll explain how I met him later. He won't marry me, though, he can't. He has a widowed mother and brothers and sisters.' She paused then looked at Jenny pleadingly. 'Mr Hawkins would marry me, I know he would – but I'll need your help in persuading the parents.'

Jenny stared at her, shocked. 'Mr Hawkins? Are you mad? He's not only an old man but an invalid to boot.'

'He's not old,' Kitty declared vehemently. 'He's not even fifty yet. He's a kind man, and I do love him in my own way.'

'Kitty, your parents will never allow you to marry him.' Kitty then declared that she would have an abortion: there were women who did that. Jenny shook her, saying that those women used dirty knitting needles, crochet-hooks, terrible instruments of death. 'Yes, Kitty,' she said when her cousin's face twisted with horror. 'Some girls not only lose their unwanted baby, but they end up bleeding to death.'

Kitty sobered and clung to Jenny, looking miserable and terrified while her cousin talked gently but firmly to her. 'Your parents must be told, love. They'll be shocked, but they love you and they will help you, you wait and see.'

Big tears welled up again and rolled slowly down Kitty's cheeks. Jenny went on talking softly to her and gradually the tears stemmed and her cousin agreed that her parents would have to know. Then she said with pleading, 'Jenny, would you come and meet Mr Hawkins? You arrived half an hour earlier today, so Ma won't be expecting you yet. It won't take long. He's a lovely man, you'll definitely like him.'

Although Jenny was determined not to do anything underhanded nor to meet this Mr Hawkins, ten minutes later she was being introduced to him, and found herself shaking his hand.

CHAPTER NINETEEN

From the outside, the house looked as if it needed some repairs, but inside it was tastefully furnished. Kitty had a latchkey, which Jenny disapproved of, and in fact she now regretted having agreed to meet Mr Hawkins, at all. It could raise all sorts of complications with her aunt and uncle if they found out.

Kitty knocked on a door to the right of the hall, opened it and peeped in. 'Hello,' she said softly. 'I've brought my Cousin Jenny. May I bring her in?'

'Of course. How delightful.' The voice was gentle, cultured. Kitty waved to Jenny and they went in.

Jenny was not quite sure how she had pictured Mr Hawkins, but she was quite unprepared for the very attractive man in the wheelchair, who held out a hand to her, saying with a smile, 'This really is a pleasure, Miss Carter. I've heard so much about you from Kitty, how talented you are.' His handclasp was firm.

Jenny found she was blushing. 'I'm afraid it's an exaggeration, Mr Hawkins.'

'She didn't exaggerate when she said you had an unusual kind of beauty.' Jenny's colour deepened, and for once she was lost for something to say. Their host motioned her to a chair. 'Do please sit down. Would you care for some tea?'

'No, but thank you. My aunt is expecting me.'

A middle-aged woman, Hilda's aunt who was still housekeeper, ambled in. Although she ignored the girls she was neatly dressed and quietly spoken. She handed Mr Hawkins a piece of paper and while he read it Jenny studied him. His hair was touched with silver but it was thick and curled at the ends. He had beautifully sculpted features and was slenderly built. When he looked up at the woman and said something in a low voice, Jenny saw that his eyes were a clear grey. He was certainly much younger-looking than she had imagined, and she wondered how she had ever managed to get the impression that he was an unsavoury type of old man who favoured young girls.

When Hilda's aunt had ambled out again he said in a sober voice to Jenny, 'I'm presuming that Kitty has told you of her trouble?'

'Yes, she has and I do think that her parents must be informed.'

'I agree, and if it sounds strange that a man of my age and in my state of health should offer to marry Kitty, it's to give her and the child a chance in life. No doubt you know, Miss Carter, that I have not very long to live. As my widow, Kitty would be comfortably off and able to marry again eventually.' Jenny found it difficult to reconcile herself to the way the subject of death and birth was so dispassionately discussed.

'I have no family, no relatives of any kind,' he went on, 'and the only friends I have are widely scattered, some abroad. I'm glad of Kitty's company. My housekeeper is a kindly woman, but has little conversation.' He smiled suddenly at Kitty and apologised for talking as though she were not in the room. There was something so sweet, so warm about his smile that Jenny found herself drawn to him.

He addressed himself to her again. 'I know it will be difficult to persuade Mr and Mrs Herriott to give their permission for me to marry their daughter, but I thought it might help if you put the case to them.'

'I will, but –' Jenny shook her head '– I can't see them accepting the situation. Kitty being the baby is the apple of their eye. What is more, my aunt is a romantic and dreams of seeing her daughter going to the altar with a young man.'

Mr Hawkins spread his hands. 'But that is impossible in this situation, so . . . what is the alternative?'

'What, indeed?'

Kitty burst out, 'I'd rather have a child who had a father than bring up a bastard child!'

They discussed the situation without reaching a conclusion. At last Jenny got up. She must go – her aunt was expecting her. Mr Hawkins thanked her for at least coming to see him, then said he hoped that when they met again it would be under easier circumstances. Kitty came to the door with Jenny but said she was staying on with Charles for a while. She begged Jenny to break the awful news to her parents, saying, 'I can't bear to see their faces when they know.'

'No.' Jenny spoke firmly. 'I'm not going to tell them. It's your place to do it – you are the one who's in trouble, and you owe it to them. They'll be upset but they would certainly be more upset if they heard the news second-hand.'

Kitty wailed that she wouldn't do it, couldn't do it, but Jenny remained firm. In the end Kitty went back into the house and conferred with Charles, returning disgruntled to say that he agreed with Jenny.

Jenny received a loving welcome from her aunt and uncle, with Bess asking where they had been – they were late. It was then that Bess realised that Kitty was rather quiet and she said, 'What's the matter, duck? Who have you fallen out with now?' At this Kitty burst into tears, and between racking sobs told the whole sorry story.

Jenny thought she would never forget the look of horror on her aunt's face and the distress on that of her uncle. Bess finally broke the stunned silence that followed. 'How could you do such a thing, Kitty?' At first her voice was low with shock, then anger took over. 'You've been told what's right and wrong, over and over again. Do you realise the disgrace you'll bring, not only on yourself, but on us? Even if the boy marries you, everybody will know you were in the family way when you got wed. Who is he, anyway?'

Kitty mumbled that she couldn't tell them, then that he couldn't marry her, and why. At this her mother jumped up. 'Oh, no! You'll be bringing an illegitimate baby into the world!'

'I won't,' Kitty shouted. 'Mr Hawkins is willing to marry me.'

Bess stared at her in disbelief for a few seconds then slapped her hard across the face. 'It's his, isn't it, the dirty filthy –'

'No, no, it isn't!' Kitty screamed the words.

Her mother raised her hand to strike her again and Sam jumped up and restrained her. 'That's enough, Bess. Sit down.' He spoke sharply and Bess sank into a chair and wept. The worst part for Jenny was when Bess found out she had gone with Kitty to meet Mr Hawkins and said, 'How could you?' looking at her as though she were a traitor. It was Sam who replied to this, gently pointing out that Jenny had been drawn into a difficult situation and was only trying to help.

There was never a time during the afternoon when it looked as if a decision could be reached, but the feeling of animosity between them had gone and they talked of what was best to do, even though Bess spoke in a despairing way.

Kitty, who had earlier talked of adoption, now wanted to keep the baby. Her mother said that in that case she could go to live with an aunt who adored children and who might be willing to bring the child up as her own. Kitty dismissed this suggestion. She wanted to marry Mr Hawkins; he would give her and the child a good home. Yes, he was more than twice her age, but he was a kind, gentle person and she really loved him.

Bess mouthed, 'Loved?' and shook her head.

Sam was more forthright. 'I must ask you this, Kitty. Are you only willing to marry Mr Hawkins because you know he won't live long, and that you will be left quite well off when he goes?'

Kitty gave a definite no, but when her father stated sternly that he wanted the truth she hemmed and hawed a little, then said, 'Well, the important thing is to give the baby a name and not to bring any shame on you and Mama.'

Bess wailed, 'Oh, Kitty, people are not daft. The moment you announce that you and Mr Hawkins are to wed they'll start putting two and two together. They'll know the baby can't be his.'

They were still in this state of miserable indecision when Jenny had to leave. Bess said she would walk back with her but Sam told her no, she was to rest. He would walk with Jenny.

Jenny guessed why, and no sooner had they left the house than he broached the subject of Charles Hawkins. What was her opinion of the man? She told him of her initial reluctance to meet him, feeling sure she would dislike him, and then taking to him immediately when they did meet. 'He's well-educated and seems a gentle person. He admitted he would appreciate Kitty's company, but I feel sure that in return she and the baby would be well looked after. Hilda's aunt will be there to keep an eye on her, too.'

Sam gave a deep sigh. 'I must admit that I liked the fellow when we met before, but what sticks in my craw, and I know in your aunt's too, is Kitty breaking her promise to us not to see him again. Obviously he encouraged her, even knowing we didn't approve.' He paused. 'Mind you, I doubt whether the poor man stood a chance if Kitty decided to keep turning up. Oh love, what a mess. It was the last thing I expected to happen.'

Jenny linked her arm through his and said softly, 'In your own words, Uncle, things could be worse. There might have been no Charles Hawkins to offer marriage – what then?'

He put his hand over hers. 'Thanks for reminding me, Jenny. How glibly we utter these platitudes when they apply to someone else. But there, let us talk about another subject. What about the young man you were telling me about last week when Bess interrupted? You mentioned that he seemed to be two different people at times.'

'Yes, and you explained that it wasn't only that he had been born between two birth signs, Taurus and Gemini, but that planets have a bearing on our lives.'

'Oh, they do, Jenny. People born on the cusp can inherit some of the Taurean traits and some of the Geminian characteristics. This is why at times they can seem to be two different people. Also, if a planet that was incompatible with a certain birth sign moved into that particular House, the people born then could be in for a bad time. Do you understand?'

'Yes, I follow you, but there seem to be an awful lot of planetary complications that can affect our lives.'

'More than I care to mention. That is why one must make allowances for certain people – and that is why I am trying so desperately to allow for Kitty's behaviour.'

Jenny remembered how only a short time ago, her cousin had been so distressed by the facts of life and adamant that she would never have a baby! Since then, perhaps like herself, Kitty must have learned how powerful and excitingly demanding sensual feelings could be . . .

From then until they reached the gates of the de Kerr residence, Sam talked of his worries about Bess. 'She's so achingly bewildered, stunned that such a thing could happen to *our* daughter. Bess had such plans for her; Kitty doesn't know, but her mother has a chestful of linen for her bottom drawer, and the satin all bought and ready for her wedding dress, as well as the lace for her veil. Foolish perhaps, but it gave your aunt immense pleasure to buy those things. She's heartbroken, you know.'

Jenny said gently, 'I'm sure that things will turn out all right in the end. Tell Aunt Bess I'll write to her tomorrow.'

In the light of Mr Watson's lamp her uncle looked a sad, rather forlorn figure and Jenny could have wept for the three of the family who had been so kind and caring to her. She gave him a long hug and then set off up the drive with the lodge-keeper accompanying her. He made no attempt at conversation until they reached the front door, when he said boldly, 'There's been a right how-d'ye-do at the house today. The old lady's disappeared.'

Jenny's head came up quickly. 'Mrs Brevedere?'

'Aye, vanished into thin air. But there, I'll let the missus tell you all about it. Couldn't wait for you to get back. She's here already. The little lassie was falling asleep, so Margaret said she'd put her to bed.'

Jenny called, 'Thanks!' and ran up the steps. The door opened as if by magic and the elderly maid, for once, addressed her. 'You've come back to trouble, Miss.'

'So I hear.' Jenny ran across the hall and up the stairs, her heart racing like mad. Margaret Watson was at the nursery door. She put a finger to her lips. 'Ssh, she's asleep – just dropped off.'

'What happened?' Jenny asked, taking off her hat. 'Your husband said that Mrs Brevedere had disappeared.'

'Yes, she has.' They spoke in low voices. 'I've made some tea. I'll pour you a cup.'

With their cups of tea to hand they sat comfortably in front of the fire and Margaret related the news. 'Apparently she disappeared right after breakfast this morning. I didn't learn about it until much later, when

Mr Dominic came to ask if I had seen her. I told him the last time I saw her was yesterday morning, when she was taking a walk in the grounds. The worrying thing is that all her clothes are still there, apparently even the hat and coat she was wearing yesterday.'

In spite of the warmth of the room Jenny gave a shiver. 'It's like a repetition of Mary's abduction. But why?'

'No one can even guess at it. Mrs de Kerr's in such a hysterical state that the police were unable to get a word out of her. The doctor's given her a sedative.' Mrs Watson gave a knowing nod. 'Mind you, I think she knows something, but isn't telling. I'm sure it's all mixed up with that intruder, and Mr Dominic thinks so too. He's gone again to visit Mary, to see if he can get anything more out of her. She said she knew the secret of the family but would never tell anyone otherwise she'd be dead. Makes you feel all goose-pimply, as though someone's walking over your grave, doesn't it?'

Mrs Watson stayed late that evening, and she had only just gone when there was a gentle knock on the door. Thinking her friend must have forgotten something, Jenny hurried to open it and drew a quick breath when she saw Dominic standing there. He looked utterly weary. 'I know it's late,' he said, 'but I desperately need to talk to someone.'

'Come in. Would you care for a cup of tea?'

'No, thank you. It's nice of you to offer.' He gave her a brief smile, sank into an arm chair and closed his eyes momentarily. 'I've been all over the countryside looking for Mary. When I arrived at my friends' house where she had been staying and working, she had gone – vanished.'

Jenny ran her tongue over lips that had suddenly gone dry. 'Was it as before, with her clothes left behind? And like Mrs Brevedere's mysterious disappearance?'

'Exactly – and that's the worrying part. The last time, someone was supposed to be coming to kill her. If this was true, there would be no question of her escaping the second time.' He drew his fingers across his eyes. 'I just don't know what to think. And why should Mrs Brevedere suddenly disappear too?'

'Could she be at the bottom of this? After all, if she disappeared, no one could hold her responsible for Mary vanishing.'

He was suddenly alert. 'Strange, but that never occurred to me. The next question is, why? And who was this intruder? If we could find that out, we would know all the answers.' He shook his head slowly. 'I feel so responsible for Mary. I thought she would be safe.'

He sounded so full of despair that Jenny said reassuringly, 'It's possible she might be. Supposing she became conscious of being watched? She might have caught a glimpse, say, of the man who abducted her and just made a run for it.'

'Yes, that is possible. It's a hope.' At last Dominic got up. He took Jenny's hands in his and said softly, 'I can't thank you enough for letting me talk to you. Now I must go and let you get to bed.'

She sensed his loneliness and at that moment wanted to put her arms around him, and make it all better, but the memory of their last embraces prevailed. She said, 'Things look black now, but tomorrow, everything may work out all right. You know the saying that it's always darkest before dawn.'

There was that brief smile again. 'You're a darling girl. What would I do without you?'

This was heartwarming to Jenny, after what had been a terrible day all round. At Dominic's suggestion she turned out the lamp while letting him out. Afterwards, she undressed by the light of the dying fire and crept into bed to think through all that had happened. Nature, however, took over and she fell into an exhausted sleep.

The next morning Jenny felt terribly jaded. Averil was no trouble, as she played contentedly with Dolly, Spot and her bead frame, but Jenny wanted to hide away from any more possible upsets. There was a saying among older people that trouble always came in threes.

Mrs Watson's sister Miriam came to call for Averil, to take her over to the lodge to see some piglets that had just been born, and Jenny was getting ready to follow when there was a knock on the nursery door. Was it Dominic? With her heart a-flutter, Jenny hurried to open it and found herself staring at his brothers and sisters, who were standing there like a delegation of four. It was Eustace who spoke, his manner surprisingly pleasant.

'Miss Carter, will you please accept our apologies for intruding on your privacy, but could we talk? It is quite important.'

Jenny looked from him to David and then from Arabella to Penelope. All wore friendly expressions. 'Then you had better come in,' she said in a neutral voice, adding, 'I was just about to leave.'

Arabella spoke up. 'We promise not to keep you long.' Could this be the sour-faced woman who had been so anxious to snub Averil the last time they had met? Her expression now was gentle, full of concern. They entered in single file in order of age, and Jenny drew out chairs for them.

'Well now,' began Eustace. 'Because of you, Miss Carter, and your censure of our behaviour, my brother and sisters and I came to see just how foolishly we had been acting. We've done a great deal of talking together and have now come to ask your help.'

Jenny felt at a loss. 'I don't see how I can help you in any way.'

'We think you can.' This from David, who had lost all his former arrogance. 'Because of our idiocy we've lost contact with most of the people in this house. Our stepmother is ill and can't see us, and –'

'Or won't,' interrupted Arabella. 'Now, with Mrs Brevedere's disappearance we are completely in the dark about what is going on here.'

Jenny raised her shoulders. 'So am I.'

True to the order of age, it was Penelope's turn to speak. 'But you are friendly with Dominic, and we know that he confides in you.'

'So why aren't you all friendly with him? He *is* your brother.'

There was a moment's silence then they all spoke together, the gist of it being that they were not sure whether he was involved with all the strange happenings.

Once more Jenny looked from one to the other. 'You spent your childhood together – surely you must know whether he would be capable of such dreadful underhanded dealings! I've known him only a short time, but I have the impression that he wants what is best for all of you. And according to what I was told, your eldest brother is not in need of any money for himself.'

There was another short silence then Eustace spoke. 'We felt we had been cheated out of our inheritance, but it was not until Dominic came home that evil things began to happen.'

'I presumed it was because he was investigating the validity of your father's will, and that some unknown person wanted to prevent him.' After a quick discussion among themselves the four agreed this could be possible, then the gaze of all turned on Jenny and she shook her head. 'I have no idea who it could be, and as far as I know neither has your brother. I can only tell you that he's doing all in his power to get to the bottom of the mystery.'

'Miss Carter.' A slight arrogance was back in David's voice. 'You have met Mrs Brevedere many times: what do you know about her?'

'Absolutely nothing, Mr de Kerr.' Jenny spoke coldly. 'I don't think I've met her more than three times since taking this post and then it was to discuss my work. And in case you are interested, I've only spoken twice to your stepmother since I arrived.' She got up. 'And now if you'll excuse me.'

The other three berated David for his attitude. Eustace said to Jenny, 'Please believe me, Miss Carter, when I say that we really did come to ask for, and to offer, friendship. We've been withdrawn and at loggerheads for so long I think we've lost the niceties of normal behaviour.'

David then offered humble apologies, saying his brother was right and begged that she would give them just a few more minutes of her time. There was one more important thing they needed to know. Jenny gave in and sat down again. It was Eustace who asked if it was true that there had been an intruder in the house, and if so, had she seen him?

'I was told there had been several intruders who were in the habit of visiting the rooms of you all . . . singly, of course.' Each one vehemently denied this then Jenny concluded, 'But I myself have never encountered one intruder, male or female.' She then insisted she must leave.

It was not until they were on their feet that Jenny realised she had caused animosity once again among the brothers and sisters. She said, 'Look, I'm sorry. You came here offering friendship and I've behaved badly. I do think there is someone who has set this rumour around trying to make trouble. If you would care to call again to discuss it you would be more than welcome.'

The atmosphere changed immediately to one of pleasure. They thanked her and accepted.

On her way to the lodge, Jenny realised just how much she had to tell Mrs Watson. There was Dominic's visit of the night before with news of Mary, and the deputation from his brothers and sisters. Mrs Watson tackled the second visit first, scolding Jenny for believing what the brothers and sisters had told her. 'They don't want friendship, love. They wanted to see what they could worm out of you, find out how much you know.'

'I feel they were sincere.' Jenny spoke firmly. 'I think they finally realised how isolated they had become through all this note-writing, and remembered how important friendship is. You and I enjoy a good chat – just think how lonely it would be if we wrote stiff notes to each other instead.'

Mrs Watson threw up her hands. 'But *we* wouldn't be so stupid!'

'How can we tell, when we haven't been in such a position?'

'True, true. All right, I give in, but make sure they don't learn about Dominic trying to find a safe place for Mary, or he might find himself in prison.'

Jenny looked at her in alarm. 'Prison?'

'We all did wrong. The police should have been informed. If Mary has been . . . killed, we are as guilty as Dominic, and although it doesn't bear thinking about, we must take part of the blame.'

Jenny was so shocked she was unable to speak. Mrs Watson took her hands in hers. 'Oh, I'm sorry, Jenny. Forgive me for being so melodramatic. I think it's something inbuilt in me. Tom is always getting cross with me for making mountains out of molehills. Forget what I said. I'm sure Mary will be all right. If the person who abducted her wanted to kill her, he would have done it the first time.' Jenny wanted to believe her but a feeling of guilt remained.

It was late afternoon when she next saw Dominic. He held out an envelope with a slip of paper on top. 'This was in the postbox at the gate. Read it.'

Written on the envelope was *dom. de ker*. On the slip of paper it said, *I am al rite. m.*

Jenny felt an easing of tension. 'Thank goodness she's alive. What do you make of it?'

'Either she's a captive and the one holding her has written this, or she's in hiding somewhere else and the person sheltering her has written it.' He looked grim. 'The last time I went to see her I had an odd sensation of being followed.'

'Whoever she's with must care that she's kept safe. After all, he or she has troubled to let you know that Mary is all right.'

'That's true, but I feel so thwarted at being unable to solve the mystery. I just can't find the knot that's tying it together. It's so frustrating.'

'I know, but be thankful that Mary hasn't been killed. If she had, we would have been held responsible. By rights we ought to have informed the police of her whereabouts.'

Dominic waved a hand dismissing this. 'If it had been a lord, or a duke missing there would have been an army of police searching, but not for anyone as lowly as a servant girl. Anyway, as you say, she's alive and that is the important thing. I'm going back to see the people Mary was staying with again to see if I can get the glimmering of a lead as to what happened.'

Although the mystery of Mary's disappearance had not been solved, Jenny was in a much more relaxed state of mind, not only on that day but the next one too, because the de Kerr brothers and sisters had paid another call and a nice friendly feeling had developed between them all. Mrs Watson and her sister Miriam had taken Averil to a nearby farm for the afternoon, and Jenny decided to take advantage of this free time to work on a doll's face and to do some carving on the tiny pieces for cradles. She was busy with these when they called.

All four were fascinated, and a new intimacy developed from their interest and enthusiasm, the brothers wanting to know if anyone could make miniature furniture and the sisters saying they did quite a lot of embroidery to pass the time, and could perhaps try their hand at working on some dolls' faces.

'Why not?' said Jenny. 'The more the merrier!' There was laughter, then Eustace said they must be going.

Jenny opened the door and came face to face with Mrs Watson, who surveyed them all then said to Jenny, her tone sharp, 'I'm glad you are all enjoying yourselves. I just came to let you know that Mrs Brevedere has returned. My husband found her at the gate, all dishevelled and disorientated, with no idea of where she has been or what has happened.'

The sudden silence somehow held a menace.

CHAPTER TWENTY

As soon as the de Kerr brothers and sisters had gone, Margaret Watson apologised. 'Forgive me, love, for being so sharp. It was seeing you all laughing, after having just left Mrs Brevedere. The old lady looked so dreadful that although I dislike her, I couldn't help but feel some sympathy. The doctor has examined her and now she's in bed. They've sent a nurse to look after her. We'll perhaps know more tomorrow.'

Jenny expected her to pursue this subject, but instead her friend began to question her about this latest visit from the two brothers and sisters. When Jenny explained their interest in the dolls and toy furniture, Margaret shook her head grimly. 'Jenny, you're too kind. Try not to be taken in by them. Why should they be here, all joyful, just when Mrs Brevedere returns in such a state? Oh, how I wish we could get to the bottom of all this. Come along, let's get outside and enjoy some fresh air. I feel my brain needs clearing!'

Jenny wished that some of the problems on *her* mind could be solved. There was the matter of her Cousin Kitty's trouble, for a start. And were Dominic's brothers and sisters as sincere as they seemed? Mrs Watson had cast doubts in her mind. And what about Mrs Brevedere? Was she genuine? Also Dominic himself – could she trust him?

To add to her worries, Jenny received a heart-rending letter from her Aunt Bess later that day saying how difficult it was to deal with Kitty. *'First she wants the baby, Jenny, and wants a father for it, then in the next breath says she doesn't think she ought to marry Mr Hawkins in case he lives a lot of years instead of dying soon and she really does want a proper husband. This isn't my little girl. I ache for her. She's become hard – I don't know her any more. Sam has talks with her and she seems to soften up; she cries and tells us she loves us. Then she'll say she must live the life that she wants. I realise now, that although we've been firm with her in many ways we've spoilt her in others. But she's* our *baby, Jenny.'*

Jenny felt her aunt's pain. What had happened to her cousin? Kitty had always been a little wilful, but never hard. On the contrary, she shed tears if she found an animal or a bird hurt, would care for them lovingly. Jenny wondered how her uncle would account for this change and guessed he would put it down to the wrong planet being in the wrong House at the wrong time.

The days passed without any more drama. Apparently Mrs Brevedere was up and about again, fully recovered and as sharp with everyone as ever before; Mrs de Kerr was over her hysteria and the two women were to be seen walking together in the grounds early morning and late afternoon.

Jenny had not seen Dominic since he'd gone to try and get more information about Mary, and for once Mrs Watson had no idea where he was. What upset Jenny, however, was the fact that the brothers and sisters had not called again, despite their seeming interest in her work. She had thought herself a good judge of character, yet it looked as if Margaret had been right when she said they had called for an ulterior motive. It was disappointing.

Usually as Sunday drew near Jenny would feel excited, but this time, she felt flat. Frazer was away and even Madame Auvéry was staying with friends. There was also an unhappy atmosphere at her aunt's because of Kitty's behaviour . . .

But in this Jenny was wrong. When her cousin came to meet her she was in high spirits. 'It's all settled,' she announced. 'Charles and I are definitely getting married – in a month's time. The banns were called for the first time this morning.' She chuckled. 'You should have seen the faces of the congregation. No, not all, only the nasty gossipy ones, but I don't mind. And guess what? We've been invited by a friend of his to go to Switzerland for our honeymoon! And that's not all. Ma and Dada are also invited.'

'Your parents are going with you on your honeymoon?'

'Don't look so surprised. It's not like going on a proper one, is it? Charles and I won't be able to . . . well, you know what.' Kitty twirled around. 'It's the most wonderful thing that's ever happened to me.'

Trying to get Kitty back down to earth was an impossibility. All she could talk about was her wedding outfit and the fact that she could now wear the most exquisite chiffon nightdress and matching negligée without anyone forbidding her. It was a dream come true. She also gave the impression that her parents were over the moon about the wedding, but Jenny found them very subdued when she arrived, even though they both did their best to look pleased when Kitty talked about the wedding.

When Kitty left to see her 'fiancé' and Sam went for a stroll, Jenny and her aunt got down to a heart-to-heart talk, with Bess saying, 'It's all so terribly sad, Jenny. There is our Kitty pregnant and all she can talk about is Switzerland and clothes. But do you know, the one I feel most concerned about is Mr Hawkins. It's just as though a new world has opened up for him. I think he's been a very lonely man for years, stuck in a wheelchair with very little company. I can understand how it was for him having Kitty and her friend Hilda jollying him up, as it were, hearing the viewpoint of young people. He spoke very highly of you, incidentally. What worries me is if, when they come back from Switzerland, Kitty should get into one of her moods. Then it's nigh impossible to make her see reason.'

'I wouldn't worry about that if I were you, Aunt Bess. Mr Hawkins is a very nice person and as long as Kitty behaves herself they'll be fine, but if she starts rebelling I'm sure he won't allow it.'

'What makes you think that?'

'When Kitty asked me if I would tell you and Uncle Sam about the baby I told her that she should be the one to do it. Mr Hawkins firmly insisted on this. Although Kitty grumbled she accepted his authority.'

'That gives me some hope. I don't want to go to Switzerland, you know. The thought of it scares me. Sam's looking forward to going, of course. He'll be in his element because Mr Hawkins's friend is a professor of science. His wife does speak English so there will be one person I can talk to, but I won't be in their class, Jenny.'

Jenny took her aunt's hand in hers. 'Now listen to me. You can chat to anyone and forget about class. The wife, I'm sure, will be so pleased to hear your news of England. You'll both benefit.' Jenny did a lot of talking, pointing out every advantage she could think of and at the end of it her aunt seemed a lot brighter.

There was no chance of having a talk with her uncle alone until he said he would walk her back to the de Kerrs' and, true to his nature, he asked first how she was doing in her job. Not wanting to go into all the unpleasant incidents that had taken place, she told him how delighted Averil had been with the bead-frame and how much she had benefited by it. Then Sam asked her about the head she had been carving and Jenny said hesitantly, 'I haven't done any more work on it. I'm not really sure what kind of a person Dominic de Kerr is, and perhaps I'm a little afraid of finding out.'

'Don't be, Jenny. Tackle it – you'll soon know.'

Not wanting to even think of Dominic Jenny changed the subject. 'I hear that Mr Hawkins's friend is a professor of science.'

Sam's eyes were suddenly alight. 'Yes. He also has a wide knowledge of astronomy and astrology, and as I'm told he enjoys talking about his subjects I think we might have some lively discussions.' He paused. 'Bess was worrying about going abroad but I hear that the professor's wife is most interested in hearing every little item about England, so the two of them should get on very well together.'

Jenny had a sudden urge to tell her uncle all about the strange happenings at the de Kerr place, then at the last moment changed her mind, knowing he would only worry about her.

As they reached the gate Mr Watson came out to open it. Sam kissed her and said, 'We'll see you next Sunday. Look after yourself, and write to your aunt if you have time.'

The only thing that had happened during Jenny's absence today, apparently, was that Averil had counted up to ten on her bead-frame, Margaret told her this jubilantly when she came up to the house later that evening. Jenny passed on her Cousin Kitty's news and to her surprise, Margaret thought it all quite wonderful that a man should so readily offer to be a father to a bastard child, even though he was so much older than his bride. 'And how romantic to be spending their honeymoon in Switzerland.' Her eyes were dreamy. 'It's like a fairy story.'

Thinking of all the heartache suffered by her uncle and aunt, and the first awful bleakness of her cousin when she learned she was pregnant, Jenny wondered at the vagaries of human nature. Mrs Watson always seemed such a down-to-earth person! But there, as her Uncle Sam was always saying, 'It takes all kinds of people to make a world.'

They worked as they talked, and usually Jenny would go on with the dolls' faces and miniature furniture for a while after Margaret had left. This evening, however, she was restless and realised it was the carving of Dominic's head that was on her mind. She brought it from the back of the cupboard, unwrapped it, set the carving on the table and sat studying it.

It was strange, but she had difficulty in picturing Dominic's face, yet some nights when she was in bed every feature was clear. Was it because she was so unsure of the real man? Would she ever get to know him? When no urge came to work on the carving she wrapped it up again and put it back in the cupboard, deciding that when she saw him again she would make a close study of his features.

The following afternoon, just after she had put Averil down for her nap, Dominic's sister Arabella arrived, wanting to know when it would be convenient for the four of them to have tuition on the making of the dolls' faces and the miniature figures.

Jenny invited her in saying, 'As I hadn't heard from you again I thought you must have changed your minds.'

'Oh no,' protested Arabella. 'It was just that you seemed to be so busy we didn't want to encroach on your time.'

When Jenny pointed out that she was always busy working on the articles at some time of the day and evening, Arabella seemed surprised. So it was a dedicated sort of work.

'Not necessarily,' Jenny said. 'I just love doing it. You can work on it as you please. You can come tomorrow about this time, if you wish. Averil will sleep quite deeply for half an hour or more. We can talk quietly.'

Arabella said, 'Splendid. We shall look forward to it. Thank you, Miss Carter.' Jenny had noticed that her hair was done differently today, giving a softer look to her face, and that her dress was a little more elegant than the rather drab grey she had worn the last time.

When Jenny sat down to work again she found herself going over her life and thinking how much had happened since she had left home, how much she had learned, both good and bad. Before coming here, stars had just been twinkling lights in the heavens. Now they were beings which gave birth. Planets, which had just been brighter stars, now seemed like gods who governed lives. The sun and the moon were more important gods. She had asked her uncle once when she was younger where the God was who was in the Scriptures and he replied, 'Accept that He is always within reach if you need His help or you will never know any peace.' She had not understood that then, and could not quite accept it now, seeing there was so much evil in the world, yet deep down she knew there must be some omnipotent Being.

When Mrs Watson came that evening, Jenny postponed mentioning the visit of Arabella, knowing she would not approve of her giving tuition to the brothers and sisters. Perhaps tomorrow – there had been enough discord for the time being.

No sooner had Mrs Watson gone, however, than Dominic arrived in a temper, demanding to know why she was going to teach his brothers and sisters to make toys. Jenny, furious for being censured when she had thought she was doing a good turn, retorted, 'I am not employed by you so don't tell me what I can and cannot do.'

'I'm telling you for your own good. I don't know what their motives are. They avoid you, avoid all contact with you, then suddenly become oh so friendly.'

'I could say the same about you. You are like two different people. You're friendly one minute and shouting the next. I never know when you're speaking the truth. You tell me that Mary is safe, and then a few days later she disappears. You bring a letter to say she's all right. I never see you for days at a time. How do I know what you're doing!'

'Why should you know? May *I* remind *you* that I am not employed by you.' Jenny felt suddenly deflated. He had neatly turned the tables. 'I have business to attend to,' he went on. 'I'm not like my brothers who sit twiddling their thumbs or writing silly notes to one another.'

'You've made your point, Mr de Kerr. Now, if you'll excuse me, I'm tired.' She made to close the door but he took a step forward.

'Jenny, don't you see, I'm doing this for your own good! I feel swamped at times by the mystery surrounding us. I don't want you to be caught up in any more intrigue.'

'Why should I be? I should have thought you would have been pleased that your brothers and sisters had something useful to occupy them, instead of sitting "twiddling their thumbs or writing silly notes to one another".'

He took her by the shoulders and said, all anger gone, 'I can only repeat that I was doing it for your own good. You are never very far from my mind. I want you, Jenny.' He cupped her face, tipping it towards his. His touch made her body leap with desire. She wanted to feel his hands on her skin, caressing her. His mouth covered hers and the sensuous movements of his lips caused havoc in the secret parts of her body. She tried to resist him but every pulse was throbbing. She had given in and was responding to his passion when a shocked voice called, 'Jenny!'

They drew quickly apart but Jenny had time to see Mrs Watson's back retreating down the stairs. Oh, no! Her dismay must have been obvious because Dominic said, 'You are not answerable to Mrs Watson.'

'No, but she's been a good friend and cares for my welfare.'

'And thinks you have to be protected from me?' There was now a coldness in his voice.

'I don't know what she thinks, nor do I care what you think. Will you please leave.' There was a tremor in her voice.

'Listen, Jenny, I –'

'Will you please, *please*, go.'

He withdrew. She closed the nursery door and leaned back against it, tears rising. She made an effort to control them, but they spilled over and rolled slowly down her cheeks. Why, oh why had she ever come here? There was a movement from Averil's bed. The next moment she was sitting up and calling, 'Nanny, Nanny, where are you? I'm cold.'

Jenny's tears stemmed. She hurried over to the bed and picking the child up, wrapped her in the quilt and carried her to the fire, soothing her. 'There, there, my love, we'll soon have you warm.' She held her close, rocking her.

Comfort for Averil had been Jenny's first reaction, but her second was to realise that the little girl had spoken her first real sentences. She kissed her brow again and again. Oh, this was marvellous. This was why she had come here. It was all wrapped up in Fate – there was a purpose in everything. Why should she question events? They were all part of a big plan. She wished that Margaret had been there to hear Averil say the words. Perhaps the child would say more tomorrow.

Within minutes Averil was fast asleep again, but Jenny still held her close as though by putting her back to bed she might take away her speech. When she did take her back to bed she put an extra eiderdown over her then returned to the chair by the fire, where she found herself going over the sensual scene with Dominic de Kerr. Did he consider her an easy conquest? What would have happened had Mrs Watson not arrived? Would she have yielded wholly to her emotions? She kept thinking no, but realised that her thoughts lacked conviction. She even pictured herself in bed in his arms, with Dominic making passionate love to her . . . and felt ashamed.

The next morning Averil, although bright, made no more attempts to say whole sentences. Although one part of Jenny was reluctant to go to the lodge after the incident of the night before, the other part was anxious to let her friend know of the child's progress and, as it turned out, this broke any barriers that might have existed.

'Oh, isn't that splendid!' Margaret hugged Averil then turned to Jenny again. 'Soon she'll be holding a conversation with us. We might even,' she lowered her voice, 'find out the reason why she lost her voice in the first place.'

On the contrary, however, Averil used fewer words than ever while they were there, leaving the two women puzzled.

The next morning Jenny was on her way to the lodge with Averil when she stopped to show her a bird. With a feeling of someone standing behind them, Jenny glanced over her shoulder and saw Mrs Brevedere watching from a short distance away. She felt uncomfortable.

The old lady came forward. 'Good morning, Miss Carter.'

'Good morning, madam. I trust you are feeling better?'

'I'm perfectly well. How is the child progressing?'

'She's doing splendidly.' Jenny told her about the sentences that Averil had spoken and was aware that her employer was immediately on the alert, wanting to know if she had said anything further.

'Not so far, but I feel she will. She can count up to ten now on the bead-frame.'

'Indeed? That is very good news. I shall inform her mother.'

Without even a word to her grandchild the old lady turned and walked in the direction of the house.

Jenny was wondering why she felt uneasy when a sparrow came hopping up and Averil shouted, 'Bird . . . biscuit . . .' then added, 'Please,' and Jenny gave her a biscuit from her pocket with Averil ending up feeding several sparrows.

After that Jenny found herself thinking of the afternoon, when the brothers and sisters were due to call for tuition, and wondered if she was doing the right thing. Would so much talking waken Averil? If she did, would she become withdrawn with the visitors as she used to be?

As things turned out, Jenny's problem was settled for her, albeit unsatisfactorily, when Mrs Brevedere called to take Averil to spend the afternoon with her mother. Jenny pointed out that the child was used to having a sleep in the afternoon, but the old lady dismissed this. That was a babyish practice and must stop. She would call for her at two o'clock. Jenny felt sick with worry, feeling there was something wrong. They had not done this before – so why now? It was only since she had mentioned that Averil had spoken a sentence. Did Mrs Brevedere think she might say something that would lead to the solving of the mystery? Would Averil go willingly with her grandmother? She seemed to have accepted her but she had not been taken to any other unfamiliar room in the house recently.

The child did not at first go willingly with her grandmother. The old lady coaxed her with a sweet and Averil left, but not before she had held out her arms to Jenny for a hug.

Feeling like weeping when she had gone, Jenny busied herself getting out tools and wood for carving, and linen and embroidery silks for the dolls' faces. She was tense when the de Kerrs arrived, but they all seemed to be in a good mood and, knowing they need not be quiet as Averil was not there, the room was soon filled with chatter. It seemed impossible that these were the same silent brooding people Jenny had met just a short time ago.

The dolls' faces they created on a first attempt were perfectly acceptable, but they lacked expression. Frazer had said there were plenty of mass-produced dolls – it was the individual expressions of the handmade rag dolls that made them special and unique. The girls said they would try again.

Eustace and David had produced some misshapen figures that caused amusement. These had gone into the waste-paper basket but Jenny fished them out, seeing them as comic figures that might attract children. Encouraged, David then made a barrel-shaped man with a ridiclously tall hat and a long hooked nose, while Eustace produced a lanky figure with a Robin Hood hat and very big ears.

They all had a good laugh at these. 'They really are excellent,' Jenny giggled. 'I'm sure that Mr Durant will find a use for them. Do as many as you can.'

The two men had the advantage of having whittled away with their penknives for hours at a time when they were schoolboys, while the women had the advantage of spending most of their spare time embroidering. They still found it extremely hard to make each doll individual. When Jenny showed them some of the faces she had made, they marvelled at her expertise and said she must have been born to the art. Jenny thought then of her father and knew a terrible longing to have him back. For a while she had to force herself to be bright.

Jenny was sure they would all have been willing to stay on into the late afternoon, but she explained that Mrs Brevedere could call at any minute with Averil and would not be pleased to find her thus occupied when she was paying her wages for being a nanny. They all pulled faces at this but said they quite understood. All four thanked Jenny profusely and asked if they could come for another session. She told them she would arrange it. In the meantime, they were to go on practising with their work.

Mrs Brevedere had said she would bring Averil back at about half-past five, but half-past came and went, then six. After that Jenny began looking out of the door every ten minutes, expecting to see the tall angular figure of her employer coming up the stairs holding the hand of a tired child. Averil needed a lot of sleep and was always ready for bed no later than half-past six. When they had not arrived by a quarter to seven Jenny felt frantic. Something had gone wrong. She would have gone to Mrs Brevedere's quarters but felt she dare not leave the nursery in case they arrived. She walked to the top of the stairs but there was no sign of life below. Mrs Watson usually came over at about a quarter to eight, but sometimes she came a little earlier. Jenny prayed it would be one of her early nights.

It was. She ran halfway down the stairs to meet her and gabbled out the story. Mrs Watson urged her back up the stairs and putting an arm around her waist, led her to the nursery. Once inside she closed the door and said in a firm voice, 'Now start again and speak slowly.'

Jenny drew her a hand across her eyes. 'I'm sorry, I'm so upset.' She repeated what had happened then Margaret herself became worried.

'Look, Jenny, I'll stay here while you go and see if you can find this wretched woman . . . or her daughter. I had a feeling all along that there was something fishy about her disappearance.'

Jenny hurried away. Ten minutes later she returned, trembling and feeling sick. 'They've gone, all three of them. Mrs Brevedere left a note on the door for me.' She held it out and the other woman read it aloud. *'Miss Carter,*

My daughter and I have decided to take Averil away for a change of scenery. We shall be absent for two or three weeks. If you stay on in the house your wages will be paid.

You are free, however, to visit your family when you wish. H. Brevedere.'

They were silent for a moment then Jenny burst out, 'What are they up to? They didn't even take any of Averil's clothes! They must have left in a terrible hurry.'

Mrs Watson shook her head. 'No, they didn't. I've just realised – I saw a carriage leave here around six o'clock. They must have been in it. My husband wasn't there, he hadn't been given any orders. It was probably carefully pre-arranged that they left after dark, and the reason they didn't pick up Averil's clothes was obviously that they didn't want you asking any questions.'

They were still discussing the situation when Dominic de Kerr arrived, his eyes stormy, demanding to know what Jenny had been thinking of to allow his little sister to be taken away from the house.

She was tense to begin with, and when she thought of the care she had taken of Averil and the injustice of being blamed for her disappearance she lashed him with her tongue, telling him what she thought of him and his family. When he said sharply, 'Stop it, that's enough,' she shouted back, 'No, it isn't!' and struck him across the face. For a second she stood, staring at him. Then, appalled at what she had done, she turned and ran out of the nursery, down the stairs and out of the house into the grounds, not even pausing until a stitch in her side forced her to stop.

And there she stood, clinging to a wooden fence, her breath coming in sobs, vowing she would leave the de Kerrs. She didn't want their money or anything more to do with them.

CHAPTER TWENTY-ONE

Mrs Watson caught up with Jenny a minute or so later, and put an arm around her. 'You had a right to be angry with Mr Dominic, love, and I told him so. He had been misled by a servant who said that Averil had been snatched by two men and hustled into a carriage. Some people love to exaggerate.'

'He didn't even trouble to question me,' Jenny said, a look of bitterness on her tear-stained face. 'Just accused me of negligence. I hate him and the house. I'm leaving.'

'Jenny.' The other woman spoke gently. 'There's been too much hatred in the house and among the family. You brought an air of sanity with you, commonsense. Eustace and David, Arabella and Penelope have all benefited from it, and so has Mr Dominic – although he might not admit it. There's still a lot of anger in him but the day we went for the picnic he was as he used to be, adventurous and fun-loving. He's so frustrated at not being able to sort out this tangle.'

Jenny looked at her friend accusingly. 'It wasn't so long ago that you were saying not to trust him. Now you're finding all sorts of excuses for his behaviour.'

'I know. He was a great favourite with me when he was younger. I wept the day he was sent away to boarding-school. You can imagine his heartache at being cut off from his family and spending his vacations with relatives he hardly knew. He loved his home, adored his mother, but she was always ill and his father thought that his pranks upset her.'

'Why didn't you tell me this before when I asked about his parents? You told me you would rather not talk about it.'

'I don't know why – it's something I can't explain. Perhaps it was seeing him so unhappy now after your quarrel that I felt you ought to know, so that you could understand his anger.'

'I only know I hate him and that I don't want to see him again.'

'Are you being really honest with yourself? Aren't you in love with him?'

Jenny guessed the reason for the question. 'When Dominic kissed me the other night it was on the spur of the moment,' she said.

'Strange, I thought the kiss was being returned.'

'It wasn't! If you must know, I'm in love with Frazer Durant.'

'And how many times have you quarrelled with him?'

'Never. He's a gentle, caring man. He's in love with me, but I wasn't sure how I really felt about him until now. I want some peace in my life. I've been at odds with my mother since I was a tot.'

'Peace can bring boredom.'

'I'll risk it. I'll go back to my aunt's.'

'And tell her you are giving up your job because of an angry man being in love with you?' Mrs Watson's words brought Jenny to her senses. For one thing, she had been determined to pay her way when she had come to live with her aunt and, although she had saved some money, she had no means of knowing when she would get another job.

'I'll stay,' she said, 'but tomorrow I'll visit my aunt.'

'Good. Now in the meantime, come and have a cup of tea at the lodge with me.'

They had very little chance of discussing anything that evening, though, because Mr Watson was in and out, opening and closing the gates for callers, dealing with messages and fetching and carrying for small repair jobs on the estate.

When Jenny went back to the main house Mrs Watson went with her. She made up the fire and stayed with her for the rest of the evening. Jenny was glad of her company because there were so many things to remind her of Averil – Spot the kitten, the doll, the bead-frame . . . She put the toys away in a cupboard and nursed the kitten as they talked. Like all the other mysterious happenings, there seemed to be no explanation to the present one.

Although they worked at their sewing, there was none of their usual bright chatter or eagerness to get something completed, simply a feeling of anxiety. During a lull when Jenny got up to make some cocoa, Dominic de Kerr arrived. He stood stiffly and made no attempt at an apology. He said, 'No doubt Mrs Watson has explained why I spoke so sharply to you.'

'Yes, she has.' Jenny's manner was as stiff as his own, and she did not mention slapping his face.

'I have some news,' he said, stepping inside the nursery. 'Half an hour ago I received a note delivered by hand, from Mrs Brevedere. In it she said she had informed the police that she was going away on holiday with her daughter and grand-daughter for two to three weeks, but because they had left rather hurriedly people might worry and enquire where they had gone. She added that if I wanted any further information I could ask at the local police station.'

'And did you?' Jenny and Mrs Watson asked in unison.

'Of course, but I am no further forward than when I received the note. According to the inspector, they have the present address of my stepmother, her daughter and mother, but were asked not to divulge it because they have gone away for health reasons and do not want to be pestered with visitors – an explanation which, I might add, the inspector thought perfectly valid.'

Discussing these mysterious happenings, eased the stiffness that had existed between Dominic and Jenny. When she asked if he had any opinion on this strange situation he said he had several but added, 'Whether I am anywhere near the truth I have no idea. I ask myself why my stepmother, who has ignored her small daughter for so long should suddenly take such an interest in her, so much so that Averil is whipped away without even stopping to pack any of her clothes.'

'I doubt whether your stepmother had anything to do with it,' Mrs Watson said dryly. 'She's completely under her mother's thumb.'

Jenny looked thoughtful. 'Mrs Brevedere was very much on the alert when she knew that Averil had spoken a whole sentence. She was anxious to know what else she had said.'

'It depends what it was that Averil was likely to say, doesn't it? And who she might implicate . . .'

Mrs Watson asked Dominic who he thought it might be and for what reason, then added after a pause, 'Do you think it has something to do with the will?'

'I don't know yet who is involved or why. As for the will, I'd say yes, this whole mystery revolves around it.'

'I only want to know one thing at this moment,' Jenny said, looking distressed. 'Do you think that Averil is in any danger?'

'No, oddly enough I don't. I use the word oddly because I dislike my stepmother and her mother so much it would be easy for me to say yes, but I think that Averil was taken away for her own protection.'

'Then pray heaven she'll be safe from whatever evil there is.'

Dominic got up then to leave but promised faithfully to let them know if he had any further news. Before he left he clasped Jenny's hand tightly in his and said softly, 'Try not to worry. I'll see you tomorrow some time.' And any hostility that she might have felt for him drained away.

Jenny had a peaceful night, but the old fears were back again as soon as she awoke and saw the empty bed. Fortunately, Mrs Watson called in right after breakfast, saying, 'You said you were going to see your aunt this morning. I'll walk with you part of the way and call on a friend.'

Bess tried to dismiss Jenny's fears; she was making too much of it. They had simply decided to go for a holiday, that's all. Some people were like that – impulsive. She then went on to say it must be Fate. Jenny was free for two or three weeks, and so she could help her to choose an outfit for the wedding. Wasn't the Lord good? He had answered her prayers.

Jenny began to relax. They covered a lot of ground during the morning discussing Kitty's wedding and the visit to Switzerland, and had just decided to go shopping in the afternoon for an outfit for Bess when the woman from the second-hand shop, where Jenny had obtained her two coats, called with a generously cut saxe-blue dress and coat with matching hat for Bess to try on. The outfit, she said, had been worn only once before at a big wedding.

The ensemble was perfect. Bess, her face red with excitement, kept turning this way and that in front of the wardrobe mirror. It would have been impossible to have bought anything better, had she paid the earth for it. Just wait until Sam and Kitty saw it.

Kitty was having a fitting at the dressmaker's that evening. She had insisted on using the white satin material and veil that her mother had kept for her, although she had no right to be a white bride, Bess fretted. Kitty insisted that if she didn't wear white, everyone would be suspicious.

'It's awful, Jenny, she has no shame. And we still don't know who the father is.'

'Oh well, if she's happy that is the main thing, isn't it? Things could be a lot worse.'

'Yes, I suppose you're right. The one thing that pleases me is that she really does seem to want this baby. I only hope she'll turn out to be a good mother.'

Bess dressed up in her finery when her husband was due home, and she was over the moon when Sam stared at her in genuine astonishment and declared she looked like a duchess. He was not expecting to see his niece there, too. She told him, as she had told Bess, that she had a couple of weeks off as the child's mother had taken her away for a holiday, and Sam too, said it must have been Fate that she was free to visit them at this time.

As Kitty was going straight to the dressmaker's from work, Bess suggested that Jenny go and meet her coming out. She did and had another warm welcome. 'Oh, Jenny,' her cousin said, a little tearfully, 'you don't know how much this means to me. I've fallen out with Hilda, as she's jealous that I'm marrying Charles and I have no one of my own age that I can talk to, not freely, I mean. There's so much I want to discuss that my mother wouldn't really understand. I insisted on being a white bride without telling her the whole truth, because deep down she resents my marrying Charles.'

'It's only natural, Kitty. He's over twenty years older than you.'

'This is what I want to explain to you. I have loving parents and although I know I've been spoilt a little I have been disciplined, even smacked when I've needed it. What I feel my mother lacks is the understanding of the love there can be between a young girl and an older man. It's not a fatherly affection I feel for Charles, it's become that of a wife wanting to bring some brightness into her husband's life. Yes, Jenny, I'm truly in love with Charles and I want to do what I can to please him, while there's still time.'

She paused as some carts came trundling by with the drivers shouting to one another, then went on with a wry smile, 'I've changed, haven't I? Charles is responsible for this. He says he can't wait for us to get married, can't wait for me to have the baby. Because it's my baby he says he feels it will be his, too. He longs to hold it, love it. He's a wonderful man, Jenny. He's taught me to be patient, to try and contain my anger – to treat other people as I want to be treated, and all this without lecturing. It's for him that I want to be a white bride, so he may see me looking virginal on our wedding day.'

Jenny was deeply touched by the change in her cousin and when Kitty suggested they call and visit Charles later that evening, she agreed at once. She had no intention of mentioning the troubles at the de Kerrs' to her aunt, knowing she would worry, but on the way she told Kitty how fond she had become of Averil, about her progress and she said, a tremor in her voice, 'If anyone hurt her I think I would feel like killing them.'

Kitty glanced at her then said softly, 'I think it's time you were married and had a baby of your own. How are you getting on with Frazer Durant and with the de Kerr son, Dominic?'

'They're both away at the moment. I don't know whether I'm in love with either of them.'

'You'll know when you want to get married and have babies,' said Kitty with the wisdom of a grandmother. Jenny suddenly smiled and teased her. Then she told her about Bess's spanking new wedding outfit and they arrived at Charles Hawkins's house in a happy mood.

Charles looked achingly pleased to see them and when she saw Kitty giving him a kiss she hoped her cousin would stay in love with him. Kitty told him about her mother's wedding clothes and added that apparently her father had told her she looked like a duchess, and Charles said stoutly that Bess was a lovely woman and that Kitty was a lucky girl to have such wonderful parents. He then asked Jenny how she was going to spend her holiday and seemed genuinely interested in everything she said, which was part of his charm.

When Kitty complained that all the people at the factory that day had been as awkward as could be he said with a mischievous grin, 'How satisfying it must have been for you to help them throw off their ill-humour.'

Kitty pulled a face. 'I haven't yet mastered your technique, Charles. I can see you being reborn as a sage in a temple across the sea talking to your disciples.' Charles chuckled and said he thought he would have to be reborn many times before he reached that exalted stage!

He talked generalities after that with the gift Jenny's uncle had of making each item seem fascinating; she knew that when the two men were thrown together in Switzerland they would become the best of friends.

During the rest of that first week without Averil, Jenny spent part of the time at the lodge and the other part with her aunt. Although she caught glimpses of Dominic de Kerr from time to time, he apparently only called in once to see Mrs Watson – and then it had been a fleeting visit to leave a parcel that would be collected.

'He didn't even mention your name,' she said to Jenny, 'and when I asked if there had been any more news of Averil, he simply said no and left.'

Jenny had no sightings of the brothers and sisters and made no effort to contact them, for the simple reason that she did not wish to do any work. Then, on the Friday afternoon when she left the de Kerrs', she met her Aunt Bess, huffing and puffing as she came up the rough path towards the gate. On seeing Jenny her face was one big smile. She waved. 'Guess what! We have an invitation from Mr Durant to spend two days in London.'

Jenny stared at her in bewilderment. 'I thought he was abroad.'

'He was, but he's back in London now and his aunt is with him. She wrote the letter and enclosed a five-pound note for our train fare. We leave on Monday morning. Isn't it exciting? I couldn't wait for you to come home. And isn't it Fate that your people are away! I'm sure they would never have allowed you the time off.'

Jenny tried to think of a reason why Frazer should invite them to London. Surely it couldn't be just to give them a treat. After all, he had recently returned from America and must be dying to get home. Perhaps when she read Madame Auvéry's letter she might find the answer.

There was no more, however, than what her aunt had told her.

When he knew about the invitation, Sam exclaimed, 'Enjoy yourselves while you have the chance, my dears. Kitty and I will manage.'

Kitty said, 'Yes don't you worry, Ma. Dada and I will manage fine.'

On the Sunday afternoon Jenny said to Mrs Watson, 'My one big worry is that Mrs de Kerr and her mother may decide to come home while I'm away, and then they'll expect me to be here to look after Averil.'

'Well, for one thing I'm sure they won't be home, and for another if they do arrive they will have to look after her – they took her away. Now stop worrying, Jenny, and enjoy yourself.'

Bess was so excited on the Monday at the thought of going to London that she was trembling, and Jenny wondered how she would ever cope with a trip to Switzerland, but once on the train with sociable travelling companions, she was in her element.

Jenny was wearing her grey coat and astrakhan hat, and Bess had decided to wear her saxe-blue wedding coat and matching hat, along with a squirrel stole that she had bought second-hand. She looked smart and said she felt comfortable.

By the time they reached St Pancras, Jenny was beginning to feel like a seasoned traveller, and seeing Frazer waiting for them beyond the ticket barrier she felt a sudden rush of affection for him.

Bess said, 'Oh, my. Doesn't he look handsome? A real gentleman.' He was wearing a caped coat and top hat, and seemed to stand out among the other people waiting for friends and relatives. The delight on his face when he spotted them sent Jenny's heart racing. He embraced each in turn and his special smile for Jenny had her thinking that *this* was the man she really loved.

There was a limousine waiting for them with a chauffeur – and Frazer explained that a friend's house and car had been put at his disposal while he was in London. When Jenny asked after his aunt he looked solemn for a moment and said she had not been well, but that she seemed rather better today and was so looking forward to their visit. He then drew their attention to various buildings along the route.

Both Bess and Jenny were entranced with the department stores, the clothes of the wealthy as they stepped out of their carriages and were met by commissionaires who ushered them into shops and restaurants. Bess kept saying that she wished her husband could be here to see it all, then ended up by telling Frazer all about Kitty's wedding.

Their destination was a house in Kensington, in a square of elegant, four-storeyed dwellings with a pillared entrance. Bess gripped Jenny's arm and did not let go until a servant came to take their hats and coats. And from that moment, the two women were treated like royalty. They were escorted by a footman to the drawing room where their names were announced to Madame Auvéry, who was sitting on a throne-like chair, looking like a queen. She rose, held out a hand to each, but the moment the door had closed on the footman she chuckled and gave them an affectionate hug.

'Oh, how good it is to see you both. I thought you would never get here. How was the journey?'

It was some moments before Jenny realised that the Frenchwoman was heavily rouged. Later, after a wonderful meal and talking non-stop, with Frazer describing New York, his aunt telling them about her exploits in London, and Bess and Jenny giving their news, the rouge could no longer disguise her pallor nor her deathly exhaustion. She apologised when a nurse came to escort her to her room, but Frazer assured them that his aunt had been longing to see them and would be much better the next morning.

After Céleste and the nurse had gone he told them his aunt would be going into a nursing home on the Wednesday for treatment of a longstanding complaint, and he added that that was the reason why she had particularly wanted to see them. He then said, 'Now you are not to worry. I am assured she can be cured, it's just a question of time. In the meantime she insists that I show you the sights.'

At nine o'clock that evening, Bess started stifling yawns. She begged to be excused – bed was calling. All the lovely excitement had tired her out. Jenny got up too saying she would go with her and let Frazer sit back and relax, but he protested, said he felt fresh enough to move the Rock of Gibraltar. At this Jenny laughed and said that she felt fit enough to help him.

When they were alone he said softly, 'It's so good to see you again, Jenny. In spite of being kept busy when I was away, you were often on my mind.'

'I missed going to Bank House, and talking to you and your aunt.' She paused, stared into the heart of the fire for a moment then looked up. 'What is wrong with Madame Auvéry? Don't tell me if you would rather not.'

'Actually, I think she wants you and your aunt to know. There was almost a desperation in her plea to have you both here in London. The trouble goes back to just after my uncle died. She started drinking – not much at first, but gradually she became dependent on it. We did manage to wean her away from alcohol at one stage, and she showed no signs of starting again until we came to Leicester. We had agreed that drinks should be limited to one glass of wine at midday, one in the evening and one at bedtime. This she rigidly adhered to – or should I say she *allowed* me to believe she did.'

'Aunt Bess and I never saw your aunt the worse for drink.'

'That was the trouble, she showed no signs of it – not until recently, anyhow.' He suddenly took his hands away from his chin and clenching them, punched the arms of his chair. 'I blame myself for the way she has degenerated. I was so busy with my own work I didn't notice it.'

'How could you, when she didn't show any ill-effects?'

'No.' His shoulders went slack. 'Even the friends she was staying with here had no idea she was drinking until they found her almost unconscious one evening. They contacted me in America and I came back last Monday and took her to see a specialist straight away. The rest you know.'

'I'm so very sorry. She's such a warm, kind-hearted person. Will the cure take long?'

'I only know that it runs into months. But there, this is your little holiday and I'm spoiling it for you.'

'No, there will be time to enjoy it. I wanted to know what was wrong with your aunt and can now understand it: the drink was a solace to her. When she comes back to Leicester Bess and I will try to be with her more often. Aunt Bess would have visited more regularly but did not want to intrude.'

'You could never intrude. Aunt Céleste loves you both, talks of you as her two dearest friends.' He reached over and covered Jenny's hand with his. He went on softly, 'She's longing for us to get married. Will you marry me, Jenny?' She was so startled by the sudden proposal that she snatched back her hand, bringing a look of hurt to Frazer's eyes. 'I'm sorry, I had hoped . . .'

'It was so unexpected. I –' She was going to say that she did love him then Dominic de Kerr came into her mind and his image was so potent he could have been there in the room with them. She ended up by saying, 'I'm very fond of you. Can we leave it at that for the moment?'

'Yes, of course.' He sounded quite pleased. 'It was foolish of me to have rushed you like that. I was carried away, having you all to myself.' He smiled. 'I shall change the subject and talk business. Now, I know a man in London who is more than a little interested in your dolls. He thought the faces a delight, raved over the different expressions, and says, he wants to meet you. Also, I know several people who make all sorts of items for doll's-houses – I thought you might like to visit them.'

'It all sounds exciting. I would love to see them.'

'Then we shall arrange it.'

When Jenny went up to bed she was surprised to find her aunt wide awake. 'Oh, I just pretended to be sleepy,' Bess confessed with a grin. 'I wanted you and young Frazer to be alone. Did he say anything nice?'

When Jenny related all that had transpired, her aunt's expression changed from sorrow over her friend Céleste to delight at Frazer's proposal.

'There's nothing that could have given me greater pleasure,' she declared. 'Do you realise, my love, that if you had not run away from home you might never have had a proposal from one of the most handsome, most darling men in the world?'

'Yes,' said Jenny, and wondered why she was not more excited about it.

CHAPTER TWENTY-TWO

From the moment of waking the next morning, Jenny and her aunt were on the go. Neither of them wanted to waste a moment, especially as Frazer had the day already planned. When Jenny asked after his aunt he told them she was going to rest and would see them that evening for dinner, when they could tell her all they had done. He then said they would combine business with pleasure today, but would spend the whole of the next day sightseeing!

The limousine was waiting, and as they drove along Piccadilly Bess drew Jenny's attention to the displays of golden daffodils and purple grape hyacinths that stood in tubs on the first-floor ledges of department stores, on balconies and on the pavement outside the doors. The traffic was as heavy as the day before, the limousine mingling with carriages, cars, carts, vans, trams and men pulling barrows.

When the car turned into Regent Street Jenny remarked on the width of it and the beautiful buildings which, too, were bright with flowers. 'Yes,' Frazer said. 'Nash made a magnificent job of it,' and drew their attention to various designs of architecture.

Bess began to giggle and they realised why when she nodded to the open carriage in front, where a woman had her parasol up, when the sun was more often hidden behind clouds than free of them.

They eventually came by a roundabout route to the Edgware Road, a less grand kind of district containing small shops with living accommodation above, offices and warehouses. They drove into a yard and all got out. Bess said she wanted to have a ramble round the local shops but would not go far afield. Meanwhile,

Frazer and Jenny went up some stone steps and into an office where a youth announced them to a small spruce man who was coming out of an inner room. He greeted Frazer then beamed at Jenny, bowing low over her hand when she was introduced. 'Miss Carter, I am truly delighted to meet you. Such artistry!' He ushered them into his private office and when they were seated he said, 'You really have a remarkable talent.'

Jenny glanced at Frazer, wondering whether this Mr Whately had mistaken her for someone else, but he was smiling too.

'Your dolls are superb, Miss Carter,' the man went on, 'and I have a proposition to put to you. I have six small granddaughters, three each to my two sons and their wives. Now the children are unique in that not one bears the slightest resemblance to the other.' He handed her some photographs. 'I think you will see what I mean.'

After studying them carefully Jenny said she agreed and Mr Whately nodded. 'I thought you would. Now to business. I would like you to make a doll for each one of the six girls, recreating their individual features and dressing them in the same kind of clothes they are wearing in these photographs.'

Jenny felt dismayed. 'I'm sorry, Mr Whately, I don't copy faces. When I start one I have no idea how it will turn out!'

'But you can do it,' he said earnestly. 'I am confident you can. When they're done I will show them to my customers, and I can get you many more orders. Just think of the pleasure of parents, and grandparents, if you can produce a perfect image of a child or a grandchild. They will pay handsomely.'

Jenny cast a helpless look at Frazer and he said, 'There's no harm in trying, Jenny.'

'That is it,' Mr Whately said, excitement in his voice. 'Attempt it, Miss Carter. If you fail I will understand.' They discussed it and in the end Jenny agreed to try, after Mr Whately had promised she could take all the time she wished.

When they came out Bess was just coming back into the yard. She was delighted to have found a leather tobacco pouch for her husband for sixpence at a second-hand stall. When told about Jenny's order she was enthusiastic, and positive that her niece could fulfil it. Frazer intervened with, 'Now for some sightseeing, ladies,' and asked them where they would like to go first. He had mentioned all the tourist attractions the night before and Jenny was all for going to the Tate or the National Gallery, but her aunt had pointed out that they could go to places like that if it rained and Jenny agreed.

Frazer suggested an itinerary that took in Buckingham Palace, the Houses of Parliament and Westminster Abbey. When they went down the Mall and joined the crowd of sightseers at Buckingham Palace, many of them foreign tourists, Bess declared she was almost fainting with delight. Whoever would have thought she would have been standing outside the Royal Palace? Jenny was very impressed by it all, too, and especially by the red-coated, bronze-helmeted Guards, who sat unmoving on equally motionless horses. What really impressed her were the Houses of Parliament, with their wonderful architecture, carved stonework and lovely windows with leaded panes. She thought them the most beautiful complex of buildings she had ever seen. As their sightseeing had taken longer than anticipated, Frazer suggested they have some lunch at a small café he knew, then go to see the miniature items for the doll's-houses and return to Westminster Abbey later. This was agreed.

They were Italians who ran the café and Jenny thought the food excellent. Bess said her spaghetti bolognese was different from anything she had ever tasted before, and thought on balance she would have preferred roast beef and Yorkshire pudding. Frazer smiled, taking it all in good part. Later when Jenny was alone with him for a few moments she mentioned the incident, stressing that her aunt would not realise she might be causing offence and he said, 'Jenny, your aunt belongs to that body of people who are the salt of the earth. They speak their mind and I like it.' He touched her hand. 'That is what appealed to me about you when we first met. Not that you've ever said anything to offend – it's simply your way of expressing what you think.' He lowered his voice. 'Don't ever change, darling.'

Her aunt came up to them then and they set out to see the miniature items which were produced in various houses and workshops in the East End. Jenny, who had been sitting quiet for a while, sat up as the district changed and became more working-class. She had a sudden feeling of homesickness, which was odd because she had no wish to go back to her roots, at least not to live with her mother.

The car stopped outside a scruffy terraced house and immediately one or two women were visible peeping from behind their lace curtains. A door opened and a tall thin woman emerged. She greeted Frazer and acknowledged Jenny and Bess with a shy smile, then asked them in.

They went into a kitchen first, where four girls between the ages of around twelve to sixteen were making clothes for miniature figures. They looked up and smiled but went immediately back to their sewing again, and Jenny was astonished at the speed of their needles. She was also flabbergasted at the quality of some of the completed figures, which were laid in a row on a very narrow bench. Some were in satin ballgowns trimmed with sequins, while others wore smart outdoor clothes, and flower-trimmed hats; the flowers were so minute, Jenny wondered how they could possibly be fashioned. When she queried this with Mrs Derwent, the mother of the girls, the woman brought out a box full of various coloured fragments of silk, stabbed at one with a needle and in seconds had it curled into a minute rose.

Bess and Jenny gasped and Mrs Derwent laughed. 'You should see my two youngest girls working when they come home from school. They're like greased lightning.'

They were then invited into the front room to see women making menswear for the figures – shirts, suits and overcoats. In an upstairs room, other women and youngsters were making children's clothes and babies' outfits and all were working at an amazing speed.

Mrs Derwent then shepherded them into the house next door, where women and girls were making bedding sets for tiny cradles as well as single and double doll's-house beds. There were quilted satin bedcovers with near-invisible stitches, handmade lace-edged sheets and pillowcases, and wee satin sheets and pillowcases in white and pastel colours, with Mrs Derwent saying that they were purchased by wealthy people whose children had beautiful doll's-houses. Of course, all the items were collector's pieces. Jenny took leave of their hostess with sincere regret, feeling she could have learned so much more from her.

When they were back in the car Bess said, 'My goodness! That was breathtaking. I thought the clothes I made were very good, but now I realise I'm just an amateur.'

Frazer assured her that she was imaginative, which was all-important, and that her work was 'well-tailored', which had her beaming with satisfaction.

Their next port of call was a small factory where a man and his four sons made everything in the way of doll's-house kitchenware – minute copper pans, kettles, fire-grates, cups and saucers, plates, basins, dishes, coal-scuttles and tiny sets of cutlery. Jenny and Bess were amazed at the perfection of everything.

The last place they visited was a workshop at the back of a house where three elderly brothers made miniature furniture. There was the lovely familiar smell of wood, which had Jenny and Frazer sniffing happily and exchanging a pleased glance. He was really in his element here, and chatted as two of the men went on working while the eldest of the Sloane brothers showed the visitors finished pieces stored on shelves. Most of it was everyday furniture, suitable for a simple doll's-house, but a large cupboard which he opened contained beautifully fashioned luxury items. Frazer eyed them lovingly and the man handled them with equal care as he brought out certain pieces to show them.

One was a bookcase, the top with sliding glass doors and the cupboard below exquistely carved with swans on a pond beneath a willow tree. Jenny drew in a quick breath. 'Oh, how wonderful. Look at those swans – those leaves. They look so real!'

'And how about these, young lady?' Mr Sloane brought out a small box and raised the lid. In it were the tiniest leather-bound books, their titles in gold lettering. 'A friend made them,' he explained, 'but don't ask me to tell you what the titles are. I can read them only if I use a very strong magnifying glass.'

'How on earth could any man see to make those?' Bess exclaimed in disbelief.

Frazer laughed. 'He must be second cousin to the man who wrote the Lord's Prayer on a pinhead.'

'I don't believe it,' Bess scoffed.

Mr Sloane stroked his chin. 'I haven't seen it myself, but I've heard from a number of people that it *did* exist. I'm told it was in a museum, and I am inclined to believe it, since when I was young I would not have credited that tooled leather imitation books like these could have been made to suit this six-inch bookcase.' He unlocked a small wooden box on a bench. 'I'll show you something else that might interest you.' He brought out some tiny pictures made to hang on doll's-house walls; some of them had gilt frames and others wood. The smallest round ones held portraits of people, the rest were country scenes. 'What do you think of these?' he enquired. 'Every one is an oil painting.'

The scenes were so clear it was impossible to believe they had been done by hand and not by magic. Jenny's voice was full of excitement as she said, 'I would like to try my hand at these.'

Frazer smiled tenderly at her. 'And why not? Everything else you've tackled has been successful.' He turned to Mr Sloane. 'Hamish Whately told her she had remarkable talent.'

'That is praise indeed coming from the great Hamish.'

Jenny's declaration that she had a long way to go brought a smile to Mr Sloane's rather sombre face. 'With your wonderful enthusiasm, Miss Carter, I would say you were well on your way.'

When they left it was with a cordial invitation from the brothers to visit again soon. Before they got in the car Bess pleaded to be taken back to Westminster Abbey, and although Jenny was longing to visit the National or Tate Gallery, she gave in to her aunt's wishes.

Bess was almost tearful when she had her first proper glimpse of the Abbey, then was awed by the magnificent architecture. Jenny was also impressed, but irked at having to shuffle behind a crowd of sightseers. She felt that a holy place was somewhere to sit quietly and meditate. After a while she found her mind going over all they had seen that afternoon, then she finally concentrated on the order for the dolls and the desire to try her hand at miniature oil paintings. An organ began to play quietly. There was a hush among the visitors and for the first time Jenny could remember, she had a feeling of God being there with her . . . and experienced a strange peace.

When they were back in the car, Frazer said to Jenny, 'We'll go to art galleries in the morning, I promise,' and Bess declared brightly, 'And I shall walk around and look at all the lovely things in shop windows that I can't afford.'

But Bess did not get to see the shops, nor Jenny the art galleries. Tragedy struck. Madame Auvéry, who had not been well enough to come down for dinner that night, was found dead in bed by her nurse early the next morning. It was suicide, a massive overdose of barbiturates.

They were all devastated, with poor Frazer blaming himself.

His aunt had left a note for Bess and Jenny thanking them for their friendship; it had meant so much to her. A postscript for Jenny said, *'My darling girl, I had hoped to see you married to Frazer. Comfort him, will you?'*

In a letter to her nephew Céleste said that no one was to grieve. She would never be able to do without drink, and it was far better to die now than become a broken alcoholic who was no use to anyone. She apologised for the pain she had caused Frazer and begged to be forgiven. This was followed by loving messages that had him white-faced and distraught, and Jenny and Bess in tears.

The young man was inconsolable, and kept saying he ought to have known what she was planning to do. Jenny dried her tears and said, 'How could you, when she was doing her best to keep her state of mind from you?'

'Oh, Jenny, Jenny. Help me,' he begged. She put her arms around him and laid her cheek against his, knowing as she did so that she was committing herself to him. He buried his face against her shoulder and sobbed, releasing the tension.

Afterwards they were all involved in the various arrangements. Frazer had a lot of telephoning to do and once, when he was in the hall, Bess said to Jenny, 'We can't possibly leave that young man on his own, but I must let Sam know that we won't be home tomorrow.'

Frazer, who had come back into the room and overheard this, hastened to insist that they must not alter their plans. He held out a hand to each. 'Don't think I want to be rid of you. I would like nothing more than to have your continued support, but I know you have other responsibilities. I really don't know what I would have done without you today. I just fell to pieces and you propped me up. I couldn't even help poor Nurse Dean who was in such a state. The trouble is, like me, she feels she ought to have known that Aunt Céleste had the means of taking her own life. But there, we can all be wise after the event.'

When Jenny asked if any relatives would be coming he nodded. 'Yes, I have notified a cousin who will be coming to stay, and other friends will be arriving tomorrow.' He paused and a look of bleakness came into his eyes. 'A post mortem will have to be held, of course, and the press will no doubt seize on this because . . . well, my uncle committed suicide three years ago. I have to tell you this. It was front-page news at the time and the newspapers will certainly give this plenty of coverage. Pierre embezzled some money and was sent to prison; he took his own life while he was serving his sentence. That was why Aunt Céleste started drinking. I thought if I could get her away to England and help her to start a salon she might recover, but it wasn't to be.'

Both Jenny and Bess offered commiserations, and Frazer said, 'Many of her friends deserted her in her hour of trouble, so that was why your friendship meant so much to her.'

They were all on the verge of tears again when a maid came to say there was a visitor for Mr Durant. Frazer squared his shoulders and went out.

'Poor lady,' Bess murmured. 'What a burden she carried.'

'Poor Frazer,' declared Jenny. 'He had *all* the burdens on his shoulders. I don't know how he coped.'

It was a long, busy day with many people coming and going. The middle-aged relative who arrived late that afternoon was a charming woman who took over without any fuss, and Jenny and Bess felt better knowing they could leave everything in her capable hands.

They had been dreading the parting with Frazer the next morning but it was made easier by the arrival of a close friend of his called John Drake. He promised to stay for as long as Frazer needed him.

In the train Jenny said, 'I would have stayed on had it not been for the fact that Mrs de Kerr and her mother might suddenly return with Averil and expect me to be there.'

'I'm glad you have left. Both you and Frazer were in an emotional state, and things might have been said that you would regret later.'

Jenny turned her head. 'Such as?'

'Him proposing and you accepting. I know that was my dearest wish originally, but now I've changed my mind. I feel that young man needs mothering.'

Jenny was indignant. 'Why – because he asked for my help when he was so distressed? Have you any idea of the shock he must have received, finding his aunt dead in bed?'

'Yes, of course it must have been terrible.' Bess was immediately contrite. 'I do like him, I like him very much, it's just that you've had such a hard life and I want you to have a husband who will look after *you*.'

Jenny wanted to say she was sure that Frazer would, if they married, but she remained silent, not really knowing *what* she wanted out of life at that moment. Was it a career? And what about Dominic de Kerr . . .

CHAPTER TWENTY-THREE

For the next three days Jenny was unable to settle. She had had an emotional letter from Frazer, saying how much he loved her and had appreciated having her with him at such a tragic time. He went on and on, and ended up begging her to write every day, if only to say hello. Perhaps he was being childish, but he truly loved her and missed her so much.

After Jenny had read the letter for the third time she found herself mentally comparing it with one that Dominic de Kerr might have written and she felt sure there would be nothing flowery in that. But then he was not that kind of person. Mrs Watson often made excuses for his offhand behaviour, saying he was just not the kind of man who could ever show his true feelings.

Margaret had not set eyes on him while Jenny was away, and neither had anyone else, it seemed. Nor was there any news of the other members of the family. Mrs Watson had caught a glimpse of the two sisters in the garden one day, but had seen nothing of the brothers.

On the fourth day home Jenny settled down to begin work on the dolls for Hamish Whately. She had the photograph of one of his granddaughters in front of her when she started to embroider the first face, but it was not that particular child who was coming to life but one of her sisters. Although Jenny could not account for this, she was pleased to have captured one likeness at least.

When she attempted the first child again, it was yet another one who came to life. When Margaret was told about this she said it was uncanny and felt all goose-pimply. The odd thing was that every time Jenny attempted to capture the image of the first child, it was unfailingly one of the other granddaughters who blossomed under her needle. She said that she too was now becoming goose-pimply and had to ask herself why this should happen. Margaret said that strange things did occur in life for which there was no rational answer. When she saw her, Bess declared it to be creepy and gave a shiver, while Jenny's Uncle Sam suggested quietly that it could be some aversion in her that made her reject this particular child.

'No,' she said, 'I think her quite delightful.'

'Then keep on thinking of her in that way and no doubt, in time, you'll have no trouble in catching her image. Seeking for a reason will only impede you.'

Feeling sure her uncle was right, Jenny tried to concentrate on the child's happy looks, but it made no difference. It was impossible to capture the likeness, so she worked on the other dolls.

The day before Madame Auvéry's funeral a letter came from Frazer that really upset Jenny. She took her worry to her aunt. 'What do you think? The wretched Delawares and their simpering daughter are staying with Frazer and, he says, looking after things very well.'

'So what is your complaint?'

'You know what they are like, Aunt Bess. Clingers, determined to get him for a son-in-law. He's so easy-going, they're bound to trap him, I know it.'

'Jenny,' Bess spoke sharply. 'He asked you to marry him. If he asks Felicity, too, then you are well rid of him.'

'Yes.' Jenny felt ashamed of her outburst. No more was said but it continued to be a sore point with her that the Delawares could take Frazer over. She could imagine Mrs Delaware, with her smarmy manner, fussing over him and Felicity in her simpering way eyeing him coyly. Oh stop it, she chided herself. She had felt suffocated when he had asked for her help, and now she was jealous of other people being there with him . . . No, not other people, just the Delawares.

The day after this Dominic's two sisters called at the nursery. Arabella said they had deliberately stayed away, knowing there had been a death in her family circle, but felt now they just had to offer their condolences. When Jenny explained it was not a relative who had died and added that she had a great deal to tell them about dolls and miniature furniture, they brightened up and were all smiles. She asked after the brothers, and Arabella threw up her hands. 'Don't talk to me about *them*. They swore they would never get into that awful state again of not speaking, and yet here they are, silent once more.'

Penelope made excuses for them. 'It's lack of money and prospects. They're young men with their life before them, but what hope have they for the future? They can't train for an interesting career, or go anywhere, and they certainly can't get married. They should be enjoying a social life at this stage, meeting eligible young ladies.'

'*We* have no chance of getting married, either,' Arabella reminded her, 'but we occupy ourselves. Look, here's our sewing.' She held out two small linen bags. 'We've been embroidering doll's faces, as you suggested.'

The ones that Arabella had made were perfection in Jenny's eyes, each one having a different personality. Penelope's were replicas of one another, but were nicely done. After Jenny had praised them both, which she felt they deserved, she told them about the order she had had, and showed them the photographs of the six girls. Before she could say any more, Arabella picked up the photograph of the child whose image Jenny had been unable to capture and said, 'Oh, isn't she like our Dominic? That thick hair and laughing dark eyes – that is, when he *used* to laugh!' Penelope, on the other hand, said she could see no resemblance at all.

Jenny, whose heart had started a fast beating, knew now why she had rejected that particular child. She had unconsciously recognised the likeness and then been unable to cope with her emotions, just as she had reacted to the carving of Dominic's head.

The girls were most interested in the fact that Jenny would be well paid for her commission, and Arabella asked if there might be an opportunity for her and her sister to earn some money. Jenny explained the requirements once more and it ended up with Penelope determined to make each doll's face different and Arabella agreeing to try and capture the likeness of the child that Jenny had failed to do.

A day and a half later, the two girls were back, Arabella with a striking likeness to the child in the photograph and Penelope with two completed faces that bore no resemblance to one another, nor to the other ones she had made. Jenny's unstinted praise had the sisters delighted. With luck, they might be in business. Jenny said she would let Frazer know when he returned after the post mortem and funeral.

To her disappointment, he had not returned three days after the funeral, nor had there been any word from him. Jenny had the feeling of being suspended in time, especially as she was constantly on the lookout for Dominic, also his stepmother, Mrs Brevedere and Averil. To add to the feeling of isolation, she had gone three times to her aunt's during the day, and twice in the evening, and found no one in. A neighbour said they would probably be at Mr Hawkins's, making plans for the honeymoon trip, but Jenny would not go to Charles Hawkins's house without a proper invitation, feeling that her aunt could easily have let her know they would not be at home.

On the second evening when Jenny returned from trying to visit Bess, she felt very low. When she came in the kitten, in its excitement at seeing her, tumbled over her foot. She picked up the small bundle of warm fur and fondled it. 'Poor Spot, are you lonely too? Are you missing your little playmate?' Tears welled up as she asked the kitten, 'Why am I here? Nobody wants me.'

The next moment there was a knock on the door. Jenny got up, thinking it was probably only Margaret. She swallowed hard and called, 'Come in.' The next moment she was staring at a smiling Dominic de Kerr. Suddenly she burst into tears.

'Jenny, what's wrong?' He went immediately to her side.

'Everything. Where have you been? There's nobody around.' She gave a hiccupping sob. 'N-nobody wants me.'

'Of course they do.' He put his arms around her. 'I do.' She tried to pull away but he held her close. 'I had to go away and if you will let me dry your eyes I'll tell you where to, and why.' There was another sob then she held up her face. He teased her as he dried away her tears. 'I didn't think you could cry. You're so strong, so fearless. Now come and sit down and tell me all about it.'

She told him about the sudden traumatic death of Madame Auvéry, of going to London and, with some omissions, she ended with the awful lost feeling she had.

'I can understand it, and you had good reason to feel abandoned the way you did. You see, I did write to you while I was away, but unfortunately my letter was never delivered to you, nor was one that came from your aunt.' Jenny looked up startled and Dominic went on in a low voice, 'Either Tom Watson at the lodge or his wife kept them.'

'It's not possible! Neither had a reason for doing such a thing.'

'It was done, though. Why, I have no idea. Here are the letters – both envelopes have been opened.'

Dominic's letter had come by post, while her aunt's note had been delivered by hand. With thudding heart Jenny read both. Dominic's letter was to tell her that he was beginning to unravel the mystery and would be back soon. Her aunt's note was to explain that they were visiting Mr Hawkins regularly as he had had a fall. He was getting better, but if no one was at home when Jenny called she was to go over to his house.

Jenny looked up, distressed. 'Aunt Bess will be wondering why I didn't call. That can be sorted out, of course, but how can one explain the opened envelopes? I don't know Margaret's husband very well, but he seems like an honest man. As for Margaret, why – she would never stoop to such a thing. Where did you find the letters?'

'In a book in their bookcase. It was by sheer chance, though. When I arrived at the lodge, neither Tom nor his wife were anywhere around, which was unusual. I had sent a letter asking Mrs Watson to do some shopping for me and, as the goods were not there I decided to wait. I must have hung around for ten minutes and then I looked for a book to read. I had taken three out when I noticed one that I thought had fallen to the back of the shelf. I picked it up and saw the letters.'

Jenny stared unseeingly across the room. 'I don't know what to say.' She suddenly brought her gaze to him. 'Did you say you were getting closer to solving the mystery?'

'I did find out where my stepmother and her mother have taken Averil. I can't tell you where, except to say it's a small seaside town. Averil is all right, she seems reasonably happy. I haven't spoken to them. All I've learned is from eavesdropping. The most I heard was during a visit to a tea room. The tables were set in small alcoves and I sat in the one next to them, sheltered by a table holding potted plants.' He smiled. 'I think I would make a good sleuth.'

He sat back in the chair. 'Many ends are still to be tied up, but at least I do know now that my stepmother is mixed up with some man of whom she's afraid. Hazarding a guess I would say he had forged my father's will and is now blackmailing her for extra money. He could also be threatening harm to Averil if he doesn't get it.' Dominic paused then continued, 'I came to the conclusion that they had taken the child away to protect her, which I must admit surprised me as I've never had anything good to say about my stepmother or her mother. However, it would be quite monstrous if they had wished any harm on their own daughter and granddaughter. They love her all right – they're just not very demonstrative people.'

When Jenny protested that they could not keep Averil hidden forever, Dominic nodded. 'True, and judging by what I overheard, they are planning to come back home soon. Meanwhile, I have a lead and shall take it from there.' After another pause he said, 'By the way, don't say anything to the Watsons about those letters. They may not be missed for some time. When they are, I'm sure the one responsible will show guilt. I shall watch Tom, you watch his wife.'

Although Jenny hated the idea of spying on Margaret, she had no choice but to agree.

Dominic was on his feet ready to leave when he said, 'I must go now, but I'll see you tomorrow.'

Jenny did not go to the lodge as usual the next morning, but saw Margaret around later. There was certainly no sign of guilt on her face, in fact she greeted her cheerfully.

'Hello, Jenny. Dominic's back! He arrived last night. He left a note for Tom to take up his shopping but I didn't see him. Where had he been, I wonder. Have you seen him?'

'Yes, briefly last night. He seems to be following what he thinks are clues to the mystery, but I'm not sure he's on the right track.'

Before they parted Margaret said she would come over that evening to do some work, adding with a laugh, 'We can enjoy a good old gossip then.'

Jenny made a quick visit to her aunt later but did not go into why she had not called at Mr Hawkins's house.

Bess hardly seemed to notice. She was full of her own troubles. 'I've been so worried, Jenny. Mr Hawkins tipped his wheelchair over recently while he was reaching for something. He cut his head and he's badly bruised, but he tried so hard to make light of it. It'll be a good job when he and Kitty are married then she can take care of him. Do you know, Jenny, she's a different girl these days. She's so kind and caring towards Charles. She's with him now. That housekeeper of his is no good. Hilda's aunt, indeed! All that family are good-for-nothing! I think she sleeps most of the day – drunk, probably. When I went into the kitchen once to see her about something, she was just pouring herself a gin. Said she had to take it as a medicine for her kidneys. How's that for a tale? But there, I'm talking my head off. How are you my love? Have you heard any more from our poor Frazer?'

But before Jenny could draw breath to reply, Bess was off again, talking about the wedding. It was drawing near. Would Mr Hawkins be well enough to travel? She still wished she didn't have to go all that way to Switzerland, but of course she had to. Had she told her that Kitty had given up her job? It was the only thing to do. Mr Hawkins had to be looked after. Kitty was cooking for him and Mr Hawkins had praised her, said what a good cook she was. Her aunt paused for breath then flopped into an armchair. 'Oh Jenny, I'm sorry, I'm talking you to death. I don't know whether I'm on my head or my feet.'

'Now just sit quiet. I'll make some tea and we'll talk things over. I can help you with your packing.'

Within ten minutes Bess had calmed down. She said, 'You and Sam have a way of soothing people, Jenny. I'm glad you came. Earlier I began to get panicky again about Switzerland, feeling sure I wouldn't be able to cope. Now I know I can.'

Jenny stayed two hours, getting up to leave when Kitty came back. Her cousin looked different, *was* different. She had lost that tempestuous manner. Her voice held a warmth, a caring when she spoke of Charles Hawkins and about the baby. Once she said soberly, 'I can't believe I ever thought that money and having a good time were the most important things in life. I do wish that you could get settled down with someone, Jenny. How are you getting on with Frazer Durant and Dominic de Kerr?'

'We're friends, Kitty, and that's all.' Jenny spoke firmly. 'I'm thinking of starting my own business. I have orders for dolls, and the money is good. At the moment that is what's important to me. There will be time enough when I'm established to start thinking about marriage and children.'

When Kitty started to lecture her on not waiting too long, Jenny smiled to herself. Only a short while back *she* had been warning her cousin about the dangers of getting into trouble. 'I must go,' she said lightly, 'my sewing awaits me. I'll be back tomorrow.'

She intended to go straight back to the house but Margaret hailed her from the lodge to say that a Mr Durant was waiting for her. Frazer came out of the lodge smiling, hands outstretched and Jenny experienced a quick pleasure. He drew her to him and kissed her lightly on the cheek. 'How are you, dearest?'

'I'm fine. I've just been to see Aunt Bess. Would you like to come to the house with me? I can make you some tea in the nursery.'

When he asked if she was allowed gentlemen visitors she smiled and told him that they were rather a rarity.

After thanking Margaret for her hospitality he walked with Jenny up the drive, remarking on the size of the house and grounds.

Jenny had made up the fire before going out so it was glowing red. She offered to make him tea but he said that Mrs Watson had already made him some. As he took off his hat and coat she busied herself plumping up cushions and moving ornaments on the mantelpiece.

Frazer said quietly, 'Jenny, what's wrong? Have I embarrassed you by coming to your room?'

'No, of course not. I'm pleased to see you.' How could she tell him that seeing him in the privacy of her room looking so distinguished and so very attractive, had brought a weakness to her limbs.

'You're sure?'

She saw a hurt look in his eyes and thinking of all he had gone through recently she assured him softly that she was very, very sure. 'We're friends, Frazer, good friends.'

'I had hoped we were more than that.' There was suddenly a naked longing in his eyes. 'I asked you a question while you were in London, Jenny. Have you thought about it?'

She dropped to her knees beside his chair and said earnestly, 'I'm fond of you, very fond, but I don't know whether I'm in love with you. It would be wrong to agree to marry you when I'm not sure. I've asked myself over and over again what real love is. I'm pleased to see you, I'm upset when I hurt you.'

'And how do you feel when you see this Dominic de Kerr?' His lips had tightened.

Jenny, knowing she could not possibly admit that he sent tremors all over her body at times said, 'Mr de Kerr is an unknown quantity. I doubt that anyone will ever get to know him. I would go so far as to say he's a man who would be very difficult to live with.'

Frazer gave her a winning smile. 'So I don't need to torment myself imagining you in another's arms.'

'Oh, Frazer, you didn't!'

'I did, but not any more.' He had sobered. 'I've been foolish about a lot of things recently. When I finally arrived back in Leicester I went straight home but . . .' He hesitated then went on, 'I couldn't go into the house. When my aunt died I sent word to the servants, saying I would let them know when I was returning but I forgot, then found I couldn't face the emptiness of Bank House. I left my luggage in the wood-shed and came over here. Mrs Watson told me you were out but said she thought you would not be long. I waited. It was childish.'

Jenny swallowed hard to get rid of the sudden restriction in her throat. 'No it wasn't. You loved your aunt, you cared for her. She was an important part of your life. You were coming back to an empty house where you would be reliving memories. I'll walk back with you and stay awhile until you feel settled in.'

'Will I ever?'

'Yes, of course you will. You have your work – that will be your saviour. It was mine when I came back from London with no Averil being here. I know that's a different situation, but it's the empty room that hurts.'

Frazer searched her face. 'How strong you are, Jenny. Adversity has shaped your character. I've known it in a lesser way, but it has not shaped mine, it's weakened it.'

'Oh no – think what you've achieved. Look at how you've built up a wonderful and fascinating business, which you now intend to expand. Losing someone you love is a terrible thing. When my father died I wanted to die, too, but my mother wouldn't let me. One morning when I refused to get out of bed she dragged me out, threw my clothes at me and told me if I wasn't dressed and downstairs in two minutes she would take a belt to me. I had had a taste of the belt before. I was downstairs in less than a minute.'

Frazer laughed. 'Oh Jenny, you're wonderful.' He got up and gave her a quick hug then said, 'With you beside me I can face dragons.'

Jenny was glad she had offered to go home with him. Bank House felt cold and cheerless, and there was that consciousness of Madame Auvéry not being there. Fires had been laid, however, ready for a match to be put to them and after Frazer had lit every one in the house it began to take on a welcome cheeriness.

With the heat and light Frazer seemed more at ease, and no sooner was he in the workroom than he said he was itching to start work again. Jenny noticed that chimney pots had been added to the doll's house and when she mentioned it he said that one of his assistants had done them while he was away.

She looked at him in surprise. 'I didn't know you employed other people, but then I only ever see you on a Sunday.'

'And I'm glad you do,' he said softly. 'I have three men and one youth who work for me while I'm here.'

After a while Jenny began to feel quite at home and wondered if it was possible to be good friends with a man and for a deep love to develop gradually. Look at Kitty, who had originally become friendly with Charles Hawkins for mercenary reasons. Now she was longing to be married to him so that she could be with him always and look after him. Jenny put the matter to the back of her mind; she would go on as she had been doing for the time being.

There were several callers while she was there, and when Jenny felt that Frazer was over the worst of settling in she said she would go now but call in again later, and possibly bring some figures she had completed. Having mentioned the figures she came to realise that she now saw them as stepping stones to a more lucrative career . . . the dolls.

Jenny had tasted freedom, and although she still loved Averil and longed to see her again she wanted to spread her wings. Dominic seemed to think that his stepmother and her mother had the child's interests at heart, but could she trust him? There was always a niggling doubt that he never told her the whole truth. How had he found out where the three were staying? He had told Jenny at the time of Mary's disappearance that he had blocked the entrance to the secret passages, yet Margaret's husband Tom had found them unblocked. But could she trust Mr Watson? Or Margaret? And what about Mary, who had disappeared for the second time. Was it all one big conspiracy? Then there were the de Kerr brothers and sisters. They had been at loggerheads for years, never speaking, then for a time they had all been friendly, laughing together. Now the brothers had fallen out again. True, the sisters were still acting normally, but was this for some ulterior motive?

The more Jenny thought about it all the more confused she became. It would not be long before Kitty and Charles were getting married and then her aunt and uncle would be going with them to Switzerland. Jenny could see this looming ahead as a rather lonely period for her. The days would seem empty without her aunt and family. She squared her shoulders. Heavens, she was letting herself get into a state of depression. She must pull herself together. Her aunt and uncle were only going away for a week, not a year.

CHAPTER TWENTY-FOUR

After Frazer came home the days and evenings flew by for Jenny. She would work on the dolls in the morning, visit her aunt during the first part of the afternoon and go and see Frazer later. Most evenings, Margaret came up to the nursery to work with her and chat, and on others Jenny would meet her aunt and uncle and cousin at Charles Hawkins's house. These were occasions she particularly enjoyed, because she was completely relaxed in the company of Kitty's future husband. Bess felt the same and remarked how well Sam and Charles got on. One or the other would start a discussion and in many cases all of them would eventually join in. Both men had a lively sense of humour and there would be plenty of laughter as well as serious debate.

Jenny would have considered this period one of the nicest times in her life, had it not been for the tragic fact that Charles had been warned he would not have long to live if he remained in England. Until he and Kitty had planned to marry, he had not particularly wanted to live – but recently there had been talk of them making their permanent home in Switzerland, in the hope that the lovely mountain air might help him.

There were four days to go before the wedding when Jenny heard the news that Mr Whately had been delighted with the dolls she had made for his granddaughters. A colleague of Frazer's who was going to London had delivered them, and now Frazer's eyes were shining with excitement as he said, 'After he had telephoned me I felt I wanted to run and find you, to say that he's decided to pay you a pound for each doll.'

She stood staring at him. 'A pound? *Each*?'

'That's right.' Frazer picked her up and swung her around. 'You are made. You can go into business now.'

When he put her down Jenny said, 'I can't believe it. I just can't believe it. They're only rag dolls.'

'They may be just rag dolls, Jenny, but they are beautifully dressed, each one an individual – collectors' items, in fact. They're for the wealthy. Very few people can get an exact likeness to a child, but Mr Whately said that yours are perfection. Already he has orders for you. One is from a titled lady!'

A slow smile spread over Jenny's face. 'I've made six whole pounds. I could make nine pounds, ten pounds . . .'

Frazer grinned. 'You could make a hundred pounds!'

A hundred pounds was beyond Jenny's comprehension. She said, 'I just have to go and tell Aunt Bess and Mrs Watson. Oh, I'm so happy I could burst into song.'

Frazer pulled her to him. 'And I'm so pleased that I was the one to pass on the good news!' He paused and his manner changed. He stood looking into her eyes. 'You're so beautiful, Jenny. I want you.' His voice was suddenly ragged. Lips touched lips then his mouth covered hers and his kisses became more demanding. Tremors teased her body. She responded momentarily then drew quickly away. Frazer started to apologise and she said, 'No, please don't, it's not necessary. I'll see you tomorrow.' She snatched up her hat and coat and fled.

Once outside she ran a few yards then stopped, calling herself all kinds of fool. She had wanted Frazer to show more passion, yet the first time he did so, she had run like a scared rabbit. What must he be thinking of her? She put on her hat and coat and walked on. Minutes ago she had been so excited about the news of the dolls but now she felt flat – and knew she could not go to her aunt's and pretend a joy she no longer felt. Her one small consolation was that she had told Frazer she would see him the next day, so he would know she had not fallen out with him over the incident.

Jenny made for the de Kerrs', hoping she would not be waylaid by Margaret Watson. It was not Margaret who came out of the lodge, however, but her aunt Bess, waving a telegram. 'It came to our house, love. I think you should open it.'

Telegrams to Jenny meant sickness or death. Her heart beat faster as she opened it. She scanned it then looked up. 'It's from Mrs Hind. My mother is very ill – she's not expected to live. Mrs Hind wants to know if I'll come.' Jenny folded the telegram and put it in her pocket. 'The answer is no.'

Her aunt looked shocked. 'Jenny, you must go if its so serious.'

'Aunt Bess, I never knew anything but misery living with my mother. Why should I go now and perhaps ease her conscience? Anyway, it's Kitty's wedding on Saturday and I certainly don't want to miss that.'

'Which do you think is right?' her aunt said quietly. 'Going to church to see your cousin in white satin and a veil, posing as a virgin in God's House, or giving your mother some small comfort before she goes to her Maker? She has a lot of sins to account for and must be very afraid.'

'Not Abigail Carter,' Jenny said firmly. 'She was not afraid of anything or anyone.'

'You don't know what she suffered during her life. We don't know ourselves through and through, so how can you truly know your mother? She wasn't always angry. After all my brother, your father, loved her once.'

Her father . . .? Jenny felt at that moment that her aunt had probed an open wound. She stood silent for a while then said in a low voice, 'I'll go.'

While Jenny packed, Margaret found out the times of the trains. She would have two hours to wait so she ought to go and see Frazer. It was important, Margaret said.

Jenny told him about her mother then said bravely, 'I had to make my peace with you before I left. Deep down I did want you to love me and I don't know why I got into such a panic.'

'Thanks for telling me, Jenny,' Frazer said softly. 'I was so worried, feeling I had rushed you and scared you off. I'm glad you love me. We shall talk about marriage when you get back.'

'Frazer, I –' she began but he went on, 'I'll take you to the station later. At the moment I must leave you for a little while. I have a customer due and I can see him crossing the yard.'

Jenny was uncertain how she felt when she left. She had not wanted Frazer to feel offended by her rushing away earlier, but then neither had she wanted to give the impression that she was keen to hurry into marriage. She had a career to pursue. She put the matter to the back of her mind. She wanted to see Kitty and Charles before she left, to wish them well on their wedding day in case she couldn't get back for the ceremony. She wanted also to see Dominic's sisters and to find out if they had heard anything about their brother. Also she had to leave word with Margaret in case Mrs de Kerr arrived back with her mother and Averil. The one person she regretted not being able to see before she left was her Uncle Sam; she could have done with his understanding and support.

A telegram had been sent to Mrs Hind and she was there at the Central Station to meet Jenny. They were both tearful as they hugged one another, then Mrs Hind said, 'Come along, my love, we'll get a tram home and we can talk on the way.'

Home . . .? The only people she had loved here were her father and dear Mrs Hind. It was not until they were on the tram that she asked about her mother.

'As ill as she is, Jenny, she's still an angry woman. She hadn't spoken to me since you left until five days ago and then it was because she had collapsed in the street and a neighbour came for me. As you know she had never been friendly with anyone. I sent for the doctor. He said she had pleurisy and would need to be poulticed. He also said she would have to be kept warm and suggested having her bed brought downstairs. The menfolk saw to that and the neighbours rallied round.'

'It's a wonder they did after the way she had treated them.'

'Ah well, my love, it was illness. As poorly as she was she kept telling everyone to clear out, including me. I wanted to send for you then but she wouldn't hear of it and became so agitated I had to heed her. Then yesterday she suddenly got very weak and when the doctor said she was very low indeed, I felt you had to know.'

'I have to admit I didn't want to come,' Jenny said, 'and I'm not expecting her to welcome me.'

'When I sent the telegram I don't think she would have recognised you, but an hour later she seemed to perk up and when I left Mrs Brough with her so that I could come and meet you, she was actually shouting at her to get out. So heaven knows what state we'll find her in.'

Mrs Hind then told Jenny she had contacted her brothers and sisters about their mother's illness, but none of them wanted to come.

'And the lodger? Has he left?'

'He had to. Your mother was so awful to him and yet he was such a nice person.' When they were halfway up the steep street Jenny noticed that someone was standing outside the front door. Mrs Hind said, 'Oh dear, I wonder what's happened. That's Mrs Brough.'

As they reached the woman she greeted Jenny then told her that her mother had ordered her out. 'I thought it best to humour her.'

Jenny thanked her, then she and Mrs Hind went down the passage to the back door. Jenny paused, 'Well, now for it.'

The bed had been placed against the wall facing the fire. Jenny had never seen such a bright fire since the time her mother had burnt the camisole. She appeared to be sleeping but the moment they went near the bed her eyes flew open. She glared at Jenny then demanded, 'What are you doing here? Heard I was dying, did you? Well, you won't get a penny of my money so you'd better go back where you came from.'

Jenny forced herself to say quietly, 'I don't need your money, Ma. I'm starting my own business soon.'

Her mother looked pale and drained, but she still had the strength to say, 'I'll believe that when it happens. Where would you get the money to start a business?'

'I've worked for it.'

'Huh,' she sneered. 'You won't get any of my money to start a business. I'm going to leave it all to the church. I've led a good life and I deserve to go to heaven. I will go there.' Jenny and Mrs Hind exchanged glances. 'And the others needn't think they'll get anything either, they've never done anything to deserve . . .' Her voice trailed off, her eyes closed.

For the first time Jenny knew pity for her mother who hoped to pave the way to Paradise with 'coffers of gold'.

Mrs Hind whispered, 'I'll put the kettle on.' Later a Mrs Oakes came to sit with her mother, allowing the two of them to go back to the other house and have a talk on their own. Mrs Hind said, 'I've so enjoyed your letters about your life in Leicester. How exciting it all sounds, your lovely aunt and family and your cousin getting married and honeymooning in Switzerland.

What a pity you will have to miss the wedding. But there, that's life, isn't it?'

She paused then asked about nice Mr Durant and his beautiful doll's-houses and the furniture he'd made. Jenny told her about going to London with her aunt but made no mention of the sudden death of Céleste Auvéry nor of Frazer proposing to her. Perhaps later. There was some talk of Mrs Hind's relatives then she said, 'You haven't mentioned your little charge – Averil, isn't it?'

'Oh yes, she's fine.' Jenny was glad she was able to say that the child was away with her mother and grandmother, and that that was why she had been free to come north.

She was aware of Mrs Hind studying her. 'There's something I feel I ought to mention to you, Jenny. When your mother was first ill she was delirious and kept saying she must make a will or "the kids" would get her money and she was not going to allow that.'

'I don't want her money,' Jenny said, a bitterness in her voice.

Mrs Hind reminded her that she had a right to it, and so had her brothers and sisters. All of them had slaved since they were children to add to what savings her mother already had. When Jenny made no reply Mrs Hind went on, 'All right, so you are mixing in a different society now. You may be able to start a business of your own, but what about Jimmy and Tom, Meg and Annie? They might have to fight their way through life. They will want to get married eventually. Would you be content for them to bring their children up in poverty when by pushing to claim what should belong to you all, they could live in better conditions?'

Jenny glanced at Mrs Hind, stared into the fire for a moment, then gave a sigh. 'I suppose you're right.'

'There's just one more thing I want to say. You told me once that your mother didn't believe in banks. So, no doubt she has her money hidden in the house. Now then, she's been delirious once or twice and talked a lot. I wasn't always with her and not all people are honest. If she has mentioned her savings –'

'They're not in the house. When I found out she had been lying to us, letting us think that we had to struggle to buy a loaf of bread, I searched the house from top to bottom, mainly to find any papers she might have regarding the property she owns. That was the biggest shock I had, but I couldn't find a thing.'

Mrs Hind held out her hands. 'So, where can she have hidden it all? Perhaps she's put money and papers in the bank.'

'No, definitely not. She wanted the money near her where she could gloat over it.'

They went on talking but reached no conclusion. Jenny returned to her mother and Mrs Hind promised to join her later. At midnight they both saw a change in the patient. Her breathing was shallow, her skin paper-white. Jenny had never seen anyone die and found it an unnerving experience. It was one thing to say she hated her mother, but quite another to let her die without saying a kind word to her. Once when Abigail's eyes fluttered she took her hand in hers and said, 'Ma, I'm sorry.'

Her mother turned her head and now her eyes were open. They were dull and without recognition. 'It's all right. My husband is waiting for me.'

Tears welled up then. Would her parents really be united, find some happiness in an after-life? Her mother's eyes had closed again, but a little colour had come back into her cheeks and she seemed to be breathing more easily. Jenny looked up at Mrs Hind. The old lady shook her head.

Jenny sat by her mother's bed, watching her face. At one o'clock in the morning it was as though a shadow passed across it. It was not until an hour later, however, that there was a further change. Abigail's face seemed to have shrunk, all colour had gone and she gave a deep sigh as though of relief. Jenny knew then she had gone.

Mrs Hind closed her mother's eyes, crossed her hands on her chest then pulled the sheet up over her face.

There were no tears. Jenny did not wish for her mother to come back, but she did hope that her parents had met in this different world and that they would be able to start a new life, happier than the one they had known. Mrs Hind went for a woman who lived a few doors away to lay her out, and she said, 'God rest her soul. Never did I meet a more unhappy woman. The Lord will take her to His bosom and grant her peace.' It was this lady who offered to send word to Jenny's brothers and sisters, to let them know that their mother was dead, and the date of the funeral.

The relative who employed the boys said, when he came to pay his last respects, 'I couldn't get the youngsters to come and see their mother while she was ill, but I'll certainly make sure that they're here for the funeral. I'm far from being a wealthy man but I'll see she won't have a pauper's burial.'

Mention of a pauper's burial had Jenny and Mrs Hind discussing her mother's money again after he had gone. 'It has to be hidden somewhere,' Jenny said, but nothing came to mind until one of the neighbours unwittingly gave them a clue.

She tutted, 'I can understand your poor mother catching her death of cold. The night before she took to her bed for the last time, I saw her in the early hours of the morning going to the wash-house. I couldn't sleep and was looking out of the window. She was in her nightie, carrying a lamp and a small bundle under her arm. I thought then she was mad to be taking washing to the shed at that hour. My husband called me back to bed so I never saw her return.'

When the woman had gone Mrs Hind said, 'It wouldn't be dirty washing your mother was taking to the wash-house, Jenny, it would be dirty money! Come along, we'll take a look.'

Although to Jenny it was such a sordid thing searching for money her mother didn't want them to have, she saw the sense of it. Apart from her brothers and sisters benefiting, there were funeral expenses to meet.

The wash-house was shared by the two houses on either side of the narrow alley leading into the yard. The family next door were all out at work, so no curiosity would be aroused. Inside were all the usual things – the poss tub, the mangle, clothes-baskets and two tin baths hanging on the walls. On washdays one bath was used to blue the clothes, the other to starch them. On Friday nights the family would have a bath in them. On shelves around the walls were all sorts of bits and pieces that might come in useful, like jars, tools, screws and nails. In one corner were the rusted parts of a bike, also two wooden rollers and a wheel from an old mangle. In another corner was the copper for boiling the clothes. Underneath, a fire would be lit to heat the water.

They examined everything – opened jars, and battered cardboard boxes, and looked in discarded peg-bags that hung on the walls. The floor was stone, the walls brick and nowhere could they see a place where bricks might have been loosened to make a hiding place.

'Well, wherever the money is,' Jenny said at last, 'it isn't here.'

Mrs Hind shook her head. 'Doesn't look like it, does it? We'll have to try and think of somewhere else.' They were at the door when she stopped. 'The stopcock!' She was excited. When Jenny looked bewildered she went on, 'It's to turn the water off. It'll be under a slab. You have to go elbow-deep to get at it. Space, Jenny, *space*:

room to put a parcel or a box. Let's move this rubbish away.'

Jenny too became excited when, before they had removed all the rusted pieces of bike, the slab was visible. Mrs Hind found a strip of iron and levered it up, then they both stared inside at the tin box. Jenny lifted it out, her heart thumping.

They took it into the house and a few moments later were staring at bundles of notes. Mrs Hind said, in an awe-struck voice, 'There must be about five hundred pounds here!'

In fact, there were nearer six hundred and Jenny felt breathless, unable to take in that all this belonged by rights to her brothers and sisters and herself. In a notebook next to the money was a list of property her mother owned, and the amounts of the rents due. Everything was there in the minutest detail but there were no letters of any kind nor records of any other transactions. That is, until Mrs Hind turned to the last page in the notebook and . . . came to the will.

There was a bequest by Jenny's mother that in the event of her death, all her properties and monies were to be divided between her two sons, James and Thomas, and her twin daughters Margaret and Anne. The will, as such, was signed by two of the staff at the house where her mother had worked.

Jenny sat stunned. She had not wanted money from her mother, but having found it, she felt a terrible flatness that she had been disowned. Mrs Hind reached out a hand. 'I'm sorry, Jenny. You've brought the most wages into this house. You must fight it.'

'No, it wouldn't bring me any pleasure. Strangely enough, I don't hate her any longer. I did what I wanted and left home. I'll make my own way and will probably enjoy it more if I become successful without her help.'

Afterwards, Jenny was glad she had not shared in the money. When it became known about the will, the uncle who employed her brothers said he had a right to a share, and so did some other relatives who turned up at the funeral – people Jenny had not seen since she was a child. There was a heated argument between them all as to who should be the guardians of the children. After all, they were under age. Tom, who was the eldest, said firmly that he had been to a solicitor who had promised to guide them.

Jenny felt pleased that her brother had the ability to stand up to the relatives. He would get on. Mrs Hind said afterwards, it was the bitterest funeral she had ever attended, and she and Jenny collapsed into chairs with deep sighs when they were alone. Tom had wanted her to have a share in the estate, but she refused. It was not her mother's wish and she really wanted no part in it. The girls came for the funeral but behaved like strangers to Jenny. They told her they would come home, buy some new furniture and not only keep house for their brothers, but try and get some embroidery work to do at home. Their brother James, like Tom, wanted to buy an apprenticeship in a firm dealing with legal matters. Jenny had a feeling that they would both go far, but she was not so sure about the twins; they were painfully shy. But then, the money might make a big difference to their confidence.

Two days later, Jenny was ready to go back to the de Kerrs. Margaret Watson had written to say that Kitty's wedding had gone off fine: there was a crowd of well-wishers outside the Registry Office, and the station platform was crowded later when the foursome left for Switzerland.

'Oh Jenny, it was so beautiful and yet so sad. I think everyone there was fighting back tears. Will tell you more when I see you and am looking forward to hearing all your news.'

The following morning there was another tearful parting between Jenny and Mrs Hind. The old lady saw her off at the station, and both promised to keep in touch. Jenny felt a terrible ache as the train moved out. Mrs Hind had been like a mother to her and the ties were strong, whereas her mother, in a way, had become a stranger. The train rounded the bend and those on the plaform waving were swallowed in a cloud of steam. Jenny sat back feeling that another era in her life had ended. What did the next one hold?

CHAPTER TWENTY-FIVE

Margaret had promised to meet Jenny at Leicester but it was Frazer who was waiting instead. 'Jenny,' he said softly, 'I've been longing to see you. Did you have a good journey?'

'Yes, thank you.' She knew she sounded stilted but felt she had nothing else to say.

'Come along,' he said, seizing her elbow and picking up her case. 'There's a cab waiting. I have some good news for you!'

It wasn't until they were settled in the cab and on their way that he told her, and he was smiling as he annonnced, 'Mr Whately has over fifty orders for your dolls. I could hardly wait to tell you.' His excitement was almost a tangible thing, but Jenny could only stare in dismay.

'Frazer, I can't possibly cope with that number! Averil might be home soon.'

'You can do it. Mrs Watson was telling me that Arabella has already done very good likenesses of two of her nieces. Plenty of people would help you.'

Jenny kept saying no, that even with help it was impossible, but Frazer persisted. Mrs de Kerr and her daughter might not be back for weeks: she must at least start on the order.

It was not until they arrived at the lodge and Margaret came out to greet her, saying, 'Isn't it wonderful news! Just what you wanted – a chance to start your own business,' that Jenny began to feel a few flutters of excitement.

'Yes, I suppose it is,' she agreed. 'I'll see you later.'

Frazer squeezed her hand as the cab drew away. 'So you'll do it?' Jenny nodded, smiling, and said she would have a good try.

There was a lovely fire blazing in the nursery and she had an odd feeling of coming home. Frazer talked of her leaving this job and setting up full-time to work on the dolls. Premises could eventually be found where she could live and work, but this was something for the future. Frazer had to leave then as he was expecting a client at Bank House, but when he got up he said, 'We must have a long talk, darling, not only about business, but about our future lives together.'

Jenny, not wanting to discuss anything at the moment, forced herself to speak lightly. 'With all those dolls to cope with I won't have time for anything else.'

'We'll make time. It's a question of priorities.' He drew her to him and whispered emotionally against her hair, 'And I think you know what they will be.'

When Margaret popped in later she said, 'Well, things are certainly progressing – your own business coming to fruition! I have some more news for you. Mr Dominic is getting nearer to the root of the mystery here, and he'll be telling you all about it. I think he was a little jealous when I said that Mr Durant was going to meet you at the station.' Margaret smiled. 'But Mr Dominic, as we well know, has always to be in the limelight. Now, tell me what happened up North. You said there was a lot to talk about.'

When Jenny got to the part about the will and the money, Mrs Watson was appalled. It was all wrong, Jenny should have had her share. Jenny dismissed this; she had been upset at the time, but now it seemed unimportant. Then she asked for all the details of the wedding and when that had been recounted, it was time for Margaret to go back to the lodge, as her sister Miriam was coming.

Jenny's next visitors were Arabella and Penelope. They had come to offer condolences over her mother's death, but when she passed over it quickly, and they were told about the order for the dolls they soon forgot the bereavement and were all excited at the prospect of becoming involved in a business deal.

It was late afternoon before Dominic arrived. He said it was good to see her back and in the next breath added, 'I hear that Frazer Durant met you at the station.'

'Yes – is there any reason why he shouldn't? He's a good friend. Now, do you wish to come in, or is this just a fleeting visit?'

'I do have something to say which may interest you.'

'Then come in. I've just made some tea.'

She poured him a cup and as she handed it to him he said, 'I was sorry to hear about your mother. It must have been a shock to you.'

'Yes, it was. She always seemed a very strong woman. What was it you had to tell me?'

'Oh yes. I still don't know the whole story, but I have found out the name of my stepmother's lover.'

'Her . . . lover?'

'Yes, I guessed she had one but she never would admit to it, and I found it difficult to trace him. I still haven't, but at least I now know his name. He's a wily bird. He found a way to get into this house and to do that he must have had some help, for my stepmother has no knowledge of the secret entrance. I think it could have been Tom Watson. He's a surly type who, I feel sure, would do anything for money.'

'Oh, surely not! I know he's a bit strange, but I don't believe he would stoop to that.'

'What about the letters you never received? I don't know why he should withhold them from you, but one never knows what is going on in a mind such as his. Everyone who comes to the gate has to be passed by him – it must make him feel important.'

'How much do you know about your stepmother's . . .'

'Lover? Only that he was in the army and was court-martialed for blackmailing another officer's wife with whom he had an affair. He's a nasty piece of work. How my stepmother became involved with him I have no idea.'

'So what are your plans now?

'To try and trace him. I will, you can depend on it.' Dominic looked grim. 'He's totally disrupted our lives.' He paused and studied Jenny, his head inclined. 'On the other hand, if the will had been straightforward I might never have come back here and met you. I'm in love with you.'

Jenny clenched her hands. 'I doubt it.'

He looked surprised. 'Why should you?'

'For the simple reason that you say it as if you were telling me you were going for a walk.'

'What do you expect me to do? Pick you up, throw you over my shoulder, carry you to my cave and seduce you?'

Jenny's lips momentarily trembled. 'Well, at least that would be more exciting than having a man sitting there like a piece of wood and saying, "I'm in love with you".'

'Oh – and how do you think your precious Mr Durant would have said it?'

'Oh, he was very tender, very gentle.' Jenny was enjoying herself.

Dominic glared. 'So it's like that, is it? He's already asked you to marry him. What was you reply?'

'Yes, of course. We are trying to settle on a date for the wedding.'

'Well, in case you never learn the real meaning of passion, perhaps you'd better have a sample.' He picked her up, strode across the room and after throwing her onto the bed, climbed up beside her and drew her roughly to him.

For one glorious minute her body throbbed with desire and she knew an ecstasy when his hands teased her and his lips explored her mouth, her throat. Then as suddenly as he had picked her up, he left her and the door banged behind him. Jenny lay still for some time, giving herself a chance to return to normal. She compared the two men in her mind. Frazer was a naturally gentle person, who would always need to be loved and cared for, and yet she felt sure he would not object to her following a career. No, he would help her artistic talents to flower and would encourage her in every way. They would have a shared interest.

Dominic, on the other hand, was more demanding; he would always have to come first and would expect his wife to be there when he chose to come home. No, he would be impossible to live with. She was not going to give up her independence, not for any man: she had fought too hard for it. And anyway, it was Frazer who had asked her to marry him. Dominic had not actually proposed. However, this did not stop her from thinking about him; she even dreamed about him a little. Life would actually be much more exciting living with a man like that. Or would it? Jenny really knew very little about him, much less than she knew about Frazer, who had become a true friend. She had no idea what business he was involved in or where he went when he disappeared for days on end. And he was a hot-blooded man. For all she knew he could be making love to different women up and down the country. She must put him out of her mind and get on with her work.

Having a big order for the dolls not only helped to distract Jenny but it was also good for the two sisters. Although most of the photographs sent by Mr Whately were of little girls, there were several of boys, and for these, soldier-dolls were required. As it turned out, Penelope was better able to capture the male images and also did well in making the soldier uniforms. The girls worked in their own part of the house, but would come to show Jenny their work every afternoon. As Jenny was responsible for the quality of the faces, and had been hired for her special skills, she gave their dolls particular attention, occasionally correcting one aspect or putting the finishing touches, and was always ready with a word of advice. Margaret came over from the lodge as usual in the evenings, and she and Jenny enjoyed a good gossip as they sewed.

Jenny did not see Dominic again until the Saturday when her aunt and uncle were due home from Switzerland. She had come out of the lodge and was about to walk up the drive when she saw him coming towards her. Her heart began to race and she paused, expecting him to stop, instead of which he raised his hat, said stiffly, 'Good morning,' and swiftly passed her.

She walked on, hurt and furious. All right, if that was to be his attitude in future she would simply snub *him*. But ignoring Dominic de Kerr would not be easy. Seeing him again had brought the incident in the nursery back with such force that pulses were beating in forbidden places. It was Margaret who brought her back to normality. She came hurrying out to her. 'And what's wrong with His Lordship this morning? He walked right past you – I saw him – and ignored me when I waved from the window. What have we done to upset him now?'

'I'm afraid he gets into moods. It must be terrible to be married to a man like that.'

'It's worse being married to a man whose mood is always the same,' she answered wryly. 'Especially if he is never known to have a bit of fun. Mr Dominic can laugh and tease, as you well know. He'll come round, he never sulks for long. Do you remember how pleasant he was, how fun-loving, on the day we had our picnic?'

Jenny's most vivid memory of that day was Dominic wanting to make love to her in the woods. She said, 'I must go and get some work done. There won't be a chance of doing anything once my uncle and aunt are home. I can't wait to hear all the news. I feel they've been away for months.'

'That's because you love them,' Margaret said quietly.

Bess and Sam were due home in the evening. Kitty and Charles were staying on for another week then would decide whether Kitty would make a home there, while Charles went into a sanatorium for a spell. As Jenny was not sure what time her aunt and uncle would arrive, she went over in the afternoon to light a fire and prepare a meal. She had taken some work with her but found it difficult to settle down. So many things were going round in her mind. She mulled over her relationship with Dominic. Although she was very drawn to him, it was mainly in a sensual way. He excited her more than Frazer did, but Dominic had made no mention of marriage, and would have seduced her by now, if she had let him. If she was sensible she would leave Leicester and make a completely new life for herself elsewhere. Yet she needed the background of a home life, wanted the affection of her aunt and uncle. Also they would be a little lost at first if Kitty decided to stay in Switzerland.

Thinking of her cousin made Jenny realise how flyaway Kitty was looking forward to having a baby for her husband's sake. That was true love. Jenny herself did want to have children too some time, to have a proper home of her own, and she would miss out on that pleasure if she became too ambitious. She was very fond of Frazer. He craved affection and they had so much in common. Not only was he very good-looking, but they really did get along well together.

Just at this point, Jenny heard the key turn in the front door. She jumped up and rushed into the passage, and the next moment there was a joyful reunion with her uncle and aunt.

Bess was in tears as she hugged her. 'Oh Jenny, we've had a wonderful, wonderful time, but it's lovely to be home.'

Sam was emotional too. 'Oh Jenny, my love, you are a sight for sore eyes. We were dreading coming home to an empty house.'

Jenny felt choked as she understood properly for the first time how Frazer must have felt when he was reluctant to go into Bank House after his aunt had died.

The three of them, over many cups of tea, talked nonstop. Jenny heard all about the wedding, how very touching it had been, and then about the place they had stayed at in Switzerland.

'There's such a closeness between the people there,' Bess said. 'Every one was so unbelievably kind – and the scenery!' She described the snow-capped mountains, the scattered chalets, the air like wine, the gentian blue of flowers on the lower slopes, the tinkling of cowbells in the still, clear air.

Sam said, 'We both felt very near to God, Jenny. It brought a peace to all four of us, and it was no longer a terrible wrench to leave Kitty behind. Bess and I could not have wished her here with us under the circumstances. She has been offered a small chalet to rent, not far from the hospital, so that she can visit Charles easily every day during his treatment.'

There seemed to be a hundred and one little incidents to tell Jenny, and she enjoyed every minute. At eight o'clock Sam said he really must go and see a friend and let him know they were home. Bess looked terribly tired but when Jenny said she would go and let her rest or unpack, her aunt begged her to stay; it was Jenny's turn to fill her in on all that had happened while they had been away. For instance, had Jenny made it up with Abigail before her mother died?

When the whole story was recounted, Bess was wide awake once more and up on her high horse about the will. She repeated what Mrs Hind had said about Jenny's right to share in the bequest, and pointed out all the advantages of having some money behind you, but Jenny was adamant. Her mother had not wanted her to have a part of it, and that was that. No amount of coaxing from Bess could get her to change her mind. By then it was so late that Jenny decided to stay overnight in the room she had once shared with Kitty.

The next morning her aunt brought her up a cup of tea, saying she was just popping next door but would not be long. Jenny's breakfast was in the oven.

Bess had let her oversleep. Jenny was just wondering whether to leave a note for her to say she would call again in the afternoon, when Margaret knocked on the front door. She was breathless.

'Jenny! Mrs de Kerr and Mrs Brevedere are back . . . but Averil isn't with them!'

'What's happened? What did they say?'

'Nothing. I opened the gate for their carriage really early. They both looked worried to death. Later I heard from one of the maids that Mrs Brevedere asked for breakfast to be sent up to them. The meal was to be left outside their doors and neither of them was to be disturbed. I felt you had to know.'

'I'm glad you came. Oh God, what's happened to Averil? I'll just scribble a note for my aunt.'

They arrived at the gates as Dominic was coming out. When Jenny started to blurt out the news about Averil, he said abruptly, 'I know. She's been kidnapped. I'm going to the police.' He was bristling with anger and went striding away. Jenny and Margaret stood staring after him then Jenny whispered, 'Kidnapped?' and Margaret reached out a hand.

They went shakily into the lodge and sat at the window, waiting for him to return. It was half an hour before he came back and then a police constable was with him. They walked up to the house together and it was another half hour before they emerged and came back down the drive. They stood talking at the gate for a while then Dominic approached the lodge. By this time Jenny felt as drained as she had done after working a fourteen-hour day, something she had done often in the past.

Dominic, who was grim-faced, looked from one to the other then raised his shoulders with a weary gesture. 'It's hopeless, we can't get anything from either of them. My stepmother was hysterical at first then, when her mother slapped her face, she started crying and moaning. And the *Honourable* Mrs Brevedere says she only knows that Averil was snatched from them when they were coming back from a walk along the beach. No, they don't know who did it. Averil simply disappeared into thin air, apparently.'

'A likely story,' declared Margaret.

'And they left it to you to report the kidnapping to the police! Oh, my poor little Averil. So, what happens now?' asked Jenny.

'I don't know. I just don't know.' Dominic gave a weary sigh and got up. 'I'll go back to the house and talk to my brothers and sisters. Maybe one of them knows something that I don't. Perhaps bullying might produce something.'

He left after this and Jenny got up, saying, 'I must go too and try to do some work on the dolls. It won't be easy. Oh God, do you think she's safe?'

'Hold on, I'm sure she's perfectly all right. I'll come with you.' Margaret picked up her coat. 'Working might help us to stop worrying about the little mite. I'd like to get my hands on the kidnapper.'

That day was the longest Jenny could remember. Very little work was done, because their hearts were simply not in it. Dominic called to say that he was no further forward after talking to his brothers and sisters, and he was going back to the police station to see if there were any developments. He did not call again.

Margaret went over to the lodge several times to see if her husband had found anything out and she also questioned the servants but had drawn a blank. At nine o'clock she and Jenny had just decided to call it a day when there was a tapping on the door. Margaret said, 'Ah, Mr Dominic,' and was about to open it when Jenny caught her arm. She was trembling, remembering another time when there had been a similar tapping.

She moved cautiously forward and called softly, 'Who is it?'

'It's Mary,' came a sobbing reply. 'Let me in.'

Jenny unlocked the door and then gasped as Mary staggered in, with Averil in her arms. 'Oh, Lord in heaven,' Margaret exclaimed and as Jenny took Averil she supported the collapsing figure of a very dishevelled Mary.

Jenny, who minutes ago had felt so utterly weary she wondered how she would find the energy to crawl into bed, immediately started giving orders. 'We'll put each one in a bed. You get the kettle on and I'll fetch some brandy, then Dominic must be told.'

'Nobody must be told . . .' whispered Mary. 'Nobody . . .' Her hands and face were filthy. When Jenny had the brandy, she raised the girl up and gently put a glass to her lips. 'Just sip it.'

Margaret, who had been hovering, leaned forward to speak close to Jenny's ear. 'You had better take a look at Averil.'

Mary groaned, 'She's been given laudanum.'

Laying her back on the pillow, Jenny went to the other bed, her blood pounding. She felt the child's pulse – it was beating, but weak. She dared not even wet her lips with brandy if she had been given drugs. She looked up at Margaret appealingly. 'She must have a doctor.'

'No,' Mary called feebly. 'The man's out there, he'll kill you.'

Jenny got up. 'He won't get the chance.' She picked up a heavy iron poker and turned to Margaret. 'I'm going for help. As soon as I'm out of this door, lock it and put a chair under the handle.' She took off her shoes, opened the door cautiously and peeped out. No one was visible. She closed the door, heard the key turn then fled along the corridor and down the stairs, praying that Dominic would be in. She knocked gently at his room and as soon as the door was ajar she pushed her way in and closed it behind her. Before he even had a chance to speak she had the story told.

'Come with me,' he commanded tensely. Taking her by the hand he hurried her to his brothers' quarters where he told Eustace what had happened, explained about the laudanum and urged him to bring the doctor as fast as possible. Dominic and Jenny then went back to the nursery, Jenny to sit with Margaret who was watching Averil, and Dominic to question Mary.

The girl told a rather garbled tale, with a lot of pauses, about how she had been kidnapped from her safe new home and kept a prisoner. Then to her surprise, she said, Averil had been brought to her and she was ordered to look after the child. After another long pause Mary said that she had been unable to talk to the little girl because she had been constantly drugged with laudanum. At this point Mary became tearful but Dominic was ruthless, wanting to know where she had been held prisoner. She said in the passages beneath the house, but when Dominic told her sternly that he knew she was not telling the truth, as he had been through every underground tunnel and room only the previous day, she began to sob, saying the man had sworn to kill her if she tried to escape. A knock at the door brought the interrogation to an end.

Dominic pulled the covers over Mary, warned her not to make a sound then went to the door to admit Eustace and Dr Foster.

After the doctor had examined Averil he said she would eventually recover, and to give her the medicine he had brought with him. It was an effective antidote. No doubt she would still be sleepy for a couple of days, but they were not to worry. He then asked who had administered such dangerous quantities of the drug. Dominic said, 'Its a long story, doctor. Can you trust me to tell it to you in a day or two?'

'Yes, of course, Mr de Kerr.' Eustace, after a quiet word from Dominic, went out with the doctor.

Dominic drew the cover away from Mary and spoke gently to her. 'I want the truth, Mary. It's important. While you are telling lies you and Averil remain in danger. If you don't tell me what has really happened, I shall have to inform the police and they will get the truth from you.'

Margaret said coldly, 'I've made a pot of tea. You should allow Mary to have a cup – the poor girl looks quite ill.'

Jenny said she agreed with this and Dominic threw up his hands. 'Let her have tea by all means, as long as you are prepared for a desperate criminal to break in here and finish what he began, not only with Mary, but with Averil too. Which is more important – a cup of tea or a killing!'

Colour rushed to the faces of Margaret and Jenny.

Mary said in a low voice, 'I'll tell you the truth.' She drew herself up in bed and her fingers gripped the edge of the cover. 'This all started a while ago, shortly after the master had died when a young man came to the house as under-gardener. Joe Cross was good-looking and teasing and I fell in love with him. Then one day I was surprised to see him go into Mrs de Kerr's room, because usually the head-gardener dealt with all the outside staff and matters like that. I was curious so I listened at the door and I heard Joe say he had come for the money. The mistress, sounding agitated, refused to give him any more. Then Joe, in a menacing sort of way, told her she'd better pay up or else . . . By then I was really worried, and didn't want to get caught eavesdropping, so I upped and left without hearing any more.'

Dominic handed her a cup of tea and after taking a swallow Mary went on, 'That night I told Joe what I had heard and asked him what was going on. He was angry, said he was only acting under orders and that I was to keep my mouth shut. I promised I would.' She looked appealingly at Dominic. 'I loved him so much, you see.'

She was silent for so long after that, that Dominic prompted her. 'And then?'

Mary brought her gaze slowly back to him and shuddered. 'That was the worst part. I was asked to look after Averil for a while because her nanny had suddenly left. I didn't mind, I liked children. Averil at that time was a real chatterbox and always wanting to play hide and seek. Often I would find her hiding in the garden and I would warn her that she mustn't go outside on her own. She was only a tot and I didn't want to lose her. Then one day I couldn't find her and Mr Watson at the lodge said she wasn't in the grounds and was probably hiding somewhere in the house. I started to look. I was getting a bit frantic when one of the maids said she thought she had seen her go into her mother's room, so I went up.' Mary was silent again and she began to shiver.

Jenny got up to go to her but Dominic waved her away. He took Mary's hand in his and spoke gently. 'The story has to be told, Mary, and you'll feel better when it has. Take it slowly.'

Mary began by whispering and stammering, the gist of it being that she could hear a man talking, his voice raised in anger, Mrs de Kerr crying and Averil whimpering. Mary's voice began to gain strength. 'It was Averil who made me open the door. The voices were coming from the bedroom that led off the sitting room. I saw a man partially dressed and Mrs de Kerr, who was wearing only a nightdress, standing wringing her hands and Averil sitting on a stool, her eyes . . .'

Mary began to tremble and Dominic put his arm around her and drew her to him. 'You're doing well, Mary.'

After a moment she said, a tremor in her voice, 'Averil had her eyes and mouth bound with tape. As I stood there, paralysed with horror, the man shouted at Mrs de Kerr, "I had to do it to make her understand she was not to repeat what she had seen and heard in here."

' "But you threatened to kill her kitten, and all the birds and the animals that she loves," wailed the mistress. "That is cruel."

' "You are responsible for that, you stupid bitch!" he shouted back at her. "You are the one who committed bigamy." '

The silence following this revelation was so profound that an owl hooting in the grounds sounded as though it were in the room. Dominic broke the spell. '*Bigamy*? Are you sure, Mary?'

She nodded tearfully. 'Yes. Mrs de Kerr then said, "But I thought you were dead, Edward" and he replied, "You knew damn well I wasn't. You were just after the old man's money." Then Averil's whimpering got worse and I longed to rush in and rescue her. Instead, I crept away then returned, making my footsteps loud and knocking clearly. I called to ask if Averil was there, trying to sound normal although I was shaking in every limb. Mrs de Kerr brought her to me after a few minutes' delay. She said she had been lying down when Averil came in. She made to kiss her but the poor little soul pulled away. I picked her up and she clung to me.

She looked terrified.' Mary paused then said, 'That was the day she stopped speaking. I wanted to die.' She began to cry but Dominic was ruthless again, saying there was a lot more to be told. He asked her to describe the man Edward.

Mary dried her eyes and blew her nose. She said he was tall, and must have been handsome once but looked as if he drank a lot. He spoke like the gentry.

'Aha,' Dominic said. He got up, walked around the room, and came back. 'So . . . what happened after that? Was Joe still working as an under-gardener here?'

'Yes.' Mary lowered her head. 'And God help me I still loved him in spite of knowing he was involved in the goings-on. I tried to pretend that nothing had happened. I was bright, talked a lot. Nannies came and went, but none of them could get my poor little pet to speak again. Then Miss Carter came and she was so worried about Averil, so dreadfully concerned that I began to feel more and more guilty for remaining silent about what had happened. I told Joe that I had decided to tell how Averil became mute . . . and the rest you know. He kidnapped me that day in my room.'

'Did he really give you the chance to escape?' Jenny asked.

'Yes, and he did the last time I was kidnapped, too. I know there's a criminal streak in him but I think in his way he loved me.' There was a tremor in her voice. 'He was upset when he brought Averil to me, especially when he knew that she might have to be killed too. I don't think he's the one we need to worry about. It's this man Edward, who he was working for – Mrs de Kerr's first husband. When Joe guided me to the exit, he left me, saying I would never see him again, so he must have run away. But Edward is still out there somewhere waiting. I still don't really understand what is going on. Is Mrs de Kerr innocent? What is Edward after, exactly? Oh dear, I feel faint.'

Dominic said, 'Now then, I have to leave you. I have a lot to do. I'm going to enlist the help of Eustace and David. I hope they will stand guard and see that no one gets into this room. In case they're unable to prevent an assault I want you to be prepared. I have a revolver but feel it is probably safer in my possession, ladies.'

Margaret said, 'Will you let my husband know that I'm staying with Jenny and Mary tonight? I'll keep a pan of boiling water on the hob and will have no hesitation in throwing it over whoever tries to break in.'

Jenny picked up a heavy iron poker and said she thought that that would inflict some damage on an intruder, while Mary flung back the bedclothes, tottered across the room and held up a heavy brass plant-pot in one grimy hand and said, 'How about this?'

Dominic said dryly that he thought they were rather enjoying the prospect of a fight, but Jenny said no, it was simply if trouble came they were not prepared to 'turn the other cheek'.

CHAPTER TWENTY-SIX

Jenny and Margaret took turns in sitting up with Averil. She only roused once, long enough to be given her medicine, before falling asleep again. Mary was in a deep sleep of exhaustion. The night seemed long to Jenny. She mulled over all they had learned and thought that if it were true, nothing would ever be the same again. What would happen to Mrs de Kerr, who had committed bigamy? It was considered a terrible offence. She could be imprisoned, and Mrs Brevedere made homeless. None of the de Kerr family would tolerate her, not after the way she had behaved. Then there was Averil. Dominic seemed fond of her but Jenny was quite sure that his brothers and sisters would want nothing to do with their small step-sister.

Nothing untoward happened during the small hours and at eight o'clock the next morning Averil was awake for about ten minutes. Although Jenny talked gently to her she showed no response. Margaret said, 'Give her time, she has to get the laudanum out of her system.'

Mary seemed subdued, but after a good wash and a loan of some of Jenny's things, she seemed more alert. Dominic arrived at half-past eight with his brother Eustace, who helped to bring up trays of breakfast for them all, which was very welcome.

Dominic seemed irritable, and after the two brothers had gone Margaret looked at Jenny. 'It sounds as if he's got out of the wrong side of the bed. Either that, or the cat has clawed him.'

Mary said, 'Perhaps he didn't believe my story.' To which Margaret retorted that it had better be true or Mary would be finding herself in dire trouble.

'It's true,' came the whispered reply. 'Time will prove it.' When Dominic returned, however, there appeared to be doubts about this. According to statements made to the police constable by his stepmother and Mrs Brevedere, it was all lies on Mary's part. Mrs de Kerr, who had been quite calm, had stated categorically that she had been married only once – and that was to Dominic's father. Where was the proof that she had committed bigamy?

Mary looked suddenly drained. 'I know only what I saw and heard. Why should that man tape Averil's mouth and eyes?'

Jenny spoke up for Mary. 'We do know that this must be true by what the child did to her doll.'

'But was the man we suspect responsible? Enquiries are under way. The constable will be here shortly to question you all so no one is to leave this room until then.' Dominic went to the door and after he left, he locked it from the outside.

Mary said passionately, 'If fifty constables came they wouldn't make me say anything other than what I've said already.'

'I believe you,' Jenny said quietly.

Half an hour later two constables arrived. Numerous questions were asked and lengthy notes made. Before they departed, instructions were given that none of them must leave the house. Dominic returned presently, looking as if he hadn't slept for a week. He told them that everyone in the house, including staff, would be questioned, assuring them that the truth would be found.

The sun was shining, the garden was full of colour, the red of tulips, the gold of daffodils and the purple of late crocuses, yet to Jenny there was a greyness in the day; it was there in the inert figure of Averil, the misery of Mary's demeanour and the overall uncertainty. Even when Dr Foster came and gave Averil a clean bill of health, it did nothing to lift the gloom.

It was early evening when Dominic returned, with the news that no record had been found of his stepmother having gone through a previous marriage ceremony, and before any remarks could be made he said to Mary, speaking gently, 'I have good news and bad for you, Mary. Mrs de Kerr is not going to press any charges against you, but she wants you to know you are no longer employed by her.'

Mary replied in a low voice, 'That means I won't get a reference, so I won't get another job.' She was on the verge of tears and Dominic took her hands in his and assured her she would. The people whose house she had been hiding in would give her a job. They had been delighted with her work.

She thanked him, then begged him in a pitiful way to try and find the man she had seen in Mrs de Kerr's room. 'He's real, sir. As God is my judge I'm telling the truth. I can see him now, a diamond-shaped scar on his right cheek.'

Dominic looked up quickly, but said nothing. His reaction when the scar was mentioned, however, gave Jenny the confidence to assure Mary that more enquiries would be made. She was not to worry. When Mary got up saying she must return Jenny's clothes and leave, there was a general protest that she was not well enough to go anywhere. Jenny said, 'You can share my bed for a while, and if Mrs de Kerr objects I know my aunt will be delighted to put you up.'

An hour after this Averil came to full consciousness. She held out her arms to Jenny who picked her up and held her close, crooning softly to her. Dolly was brought to her and Spot the kitten, who pounced at her feet, but she made no move to take them, just cuddled in to Jenny. When the child made no effort to speak Jenny prayed that all the good work that had been done was not lost.

Averil soon fell asleep again and did not wake until the following morning. The alcoholic tincture of opium took time to leave the system, despite the medicine she had been given. Margaret had gone back to the lodge the previous night as, according to Dominic, now that Mary had been 'proved' a liar there was no danger from any so-called mystery man.

Before Margaret left she told Mary to come to the lodge for breakfast the next morning so that she could not be accused of staying on in the house after being sacked.

Averil had woken bright the next morning and although she was still unable to speak she kept running to the window and pointing to the birds. Jenny promised she would take her to see them. She had her dressed ready to go out to get some fresh air when Mrs Brevedere arrived in high dudgeon. How *dare* Jenny allow the maid Mary Ingles to stay in her room overnight, after the woman had been sacked!

It was hard for Jenny to control her anger. 'Because she was in no fit state to walk anywhere, ma'am.'

'And now, as I understand it, she's with the lodge-keeper's wife. They are employees and if they want to flout my orders they can pack their bags and go. And you with them, miss.'

Seconds ago Jenny had been worrying about the Watsons losing their livelihood, now she was in the same boat. She was casting around frantically for something to say that would avert such a catastrophe when she suddenly realised that underneath all her bluster, the bombastic Mrs Brevedere was uneasy. Why? Was she afraid that if they stayed, they might find out the truth? Perhaps they were too near it already for comfort.

Jenny stared steadily at her and said softly, 'Do you think that wise, ma'am? Mr and Mrs Watson have given excellent service and do not gossip. Neither do I, and I have been successful in getting Averil to talk.'

A steely-grey gaze met Jenny's for a moment, then was lowered, but when she looked up again the eyes had narrowed. 'Don't fool yourself that the three of you are not replaceable.'

'Oh, I'm sure we are, ma'am, but would new members of staff have our *knowledge* of the . . . er, running of things?'

Mrs Brevedere was immediately wary, weighing up the situation. Then she was her usual self again, sharp, arrogant. 'Don't try and be too clever with me. I got your measure when you gave me your full name of Miss Jennifer Frances Carter, making yourself out to be so important!'

Jenny widened her eyes. 'Oh no, ma'am, I am not clever, but I do think it important to give one's *correct* name. Surely you must agree with that?'

At this, Mrs Brevedere froze, so that Jenny wondered what she had just said. Then the old lady turned away, saying she had no more time to waste on trivia and would give Jenny her final decision about the jobs later. She picked up her stick and after straightening her back she left.

'What did I say?' Jenny said aloud to Averil, who had hidden behind an armchair as soon as Mrs Brevedere had arrived. She picked her up. 'I've bamboozled your grandmother, my darling. We shall go to the lodge to see Margaret and Mary and find out if they know why.'

Margaret lost some of her colour while Jenny was relating the story, but quickly got it back when she came to the end of it and said, 'I'm positive that we'll be keeping our jobs but I don't know what my name has to do with it.'

Margaret looked thoughtful. 'Perhaps it's not your name that's bothering her but something else you said.' When Jenny repeated the conversation word for word and came to the part about how she thought it right to give her correct name, Margaret pounced. 'That's it! That was what was worrying the old lady.' When Jenny looked puzzled Margaret went on, 'Don't you see? You were thinking in terms of your own name, but if her daughter had used a fictitious one when she was married to this army captain the old lady would think you knew the truth and were threatening her.'

Jenny would not accept this. 'If she had been married before she had no need to use a fictitious name.'

'N-no, but . . .' Margaret hesitated then suddenly gave a quick nod. 'I'm positive the name has some bearing on it.'

Mary ventured, 'Perhaps Theadora was Mrs de Kerr's second name. I was christened Elizabeth Mary, but I was always called Mary.'

Jenny pointed out that the name Theadora would be on the marriage certificate whether it was the second, third or fourth name and the people at Somerset House had said there was not a Theadora among the list of Taylors, which was her maiden name.

They were exploring all sorts of possibilities when Margaret, who was standing at the window, said, 'Dominic and his sisters are coming down the drive. They might know something that's eluding us. Shall we ask them in, Jenny?'

'Why not? Six heads are better than three.'

When explanations had been given, all three de Kerrs were very much interested, Penelope saying at once, 'There's something about the name that's been teasing at the back of my mind for some time, but it simply won't surface.'

Jenny said, 'When your father first brought your stepmother home, how did you all address her?'

'Certainly not as Mother,' Arabella replied dryly. 'We didn't call her anything as it happened, because we refused to speak to her.'

'She must have been a very unhappy bride,' Jenny said.

'We were an unhappy family. Our father was absolutely besotted with her. She was all coyness and honey, but it was just a façade. You should have heard the way she spoke to a shop manager when the wrong article had been delivered.'

'Then her mother came to live with us,' Penelope groaned, 'and that made it worse than ever.'

'She is the ultimate bitch,' her older sister declared. 'Our lives became a hell.' At this point Dominic complained about the language but Arabella upheld her sister's remarks.

'You were not here, Dominic, so you never heard the honey-sweet Theadora quarrelling with her mother. Her language was that of a guttersnipe. Oh yes. You saw the gentle Theadora, the one who was full of nervous tension and who suffered from migraine when anything went wrong. You didn't see the wine-swiller, the one who stuffed herself with chocolates when she was supposed to be ill in bed. It was the doctor who caught her out. He told us and was never allowed in the house again, all because *dear* David couldn't keep it to himself. Do you wonder that we feel out?'

Dominic shook his head. 'I still think you are both exaggerating these incidents.'

'Oh you do, do you?' Penelope stood, hands on hips. 'Arabella and I were blamed for mistreating Averil, yet we were kindness itself to her. We loved her – it was her own mother who condemned us to the child, filled her head full of horror stuff, told her that if she didn't stay away from us we would stick knives into her. Disgusting things to say to a young child. And if it were possible to get Cook to tell the truth, she will verify this. She overheard it.'

Jenny felt shocked. Having seen Mrs de Kerr in a highly nervous state on the day that her carriage had overturned in Humberstone village, she felt inclined to believe, like Dominic, that the sisters were exaggerating the incidents. Later that day, however, she and Margaret were to witness something that left them both, not only shattered, but aware that the de Kerr sisters had been right about their honey-tongued stepmother.

Margaret and Jenny were returning home from a walk by the canal and were just passing a spinney not far from the house when they heard a man and a woman in earnest debate, their voices raised. Margaret gripped Jenny's arm. 'It's Tom,' she whispered, then after a pause added, 'and *Mrs de Kerr* . . .'

The voices came from behind some thick foliage. Mrs de Kerr was saying angrily, 'You made a right mess of it, Watson, didn't you? You were told to get rid of that Joe Cross and that stupid maid. Now we have everyone suspicious about the marriage.'

'I don't know what you're making all the fuss about,' came an angry reply from Tom Watson. '*You* came out lily-white with the police. It was Mary who was branded the liar. And you had better watch out. It was your rotten greed that stirred everything up. You agreed to pay your first husband the money then you backed out.'

'And why? Because he wanted Averil killed. I admit I don't want her – I never wanted children, but it was arranged that she wouldn't be harmed and then he went back on his word.'

'The trouble with you is that you want to make all the rules,' he snarled. 'You and your mother cleared off with the kid when you were told not to.'

'Because Edward Courtney was after her. And I tell you this now,' she added in vicious tones, 'if he harms a hair of her head I personally will rip his heart out and that is no idle threat!'

There was movement among the undergrowth and Margaret grabbed Jenny and ran her to the shelter of an old brokendown wooden shed where they stood, stricken, trying to regain their breath. When all was still Margaret dropped to her knees and put her hands to her face. 'Oh God, I can't believe it . . . Tom . . .' She lowered her hands and looked at Jenny in an agonised way. 'Say it's not true.'

Jenny leant over and drew her to her feet then put her arms around her friend. 'I can't believe he could do such a thing.'

'Tom is a quiet man,' Margaret said on a sob, 'sullen at times but . . . but there he was, shouting at Mrs de Kerr!'

'She needs to be shouted at,' Jenny replied grimly. 'She really pulled the wool over my eyes with her false nervous ways.' Margaret then started to tremble with reaction and Jenny suggested they try and make for home.

Averil was sound asleep on the couch in the lodge with a rug over her. Mary looked sleepy and Margaret suggested she go upstairs and lie down in the spare room. The girl nodded gratefully and left. With a cup of tea each, they sat down to discuss the situation.

'What do I do, Jenny?' Margaret implored. 'How can I act normally with Tom, knowing what's going on? Yet I don't want to confront him until we've got to the bottom of this business. There's no doubt in my mind now that there was a bigamous marriage.'

'Nor in mine,' Jenny echoed. 'If only we could find out about the name. That, I'm sure now, is the clue.'

Margaret sugared her tea and when she stirred it and kept on stirring it, Jenny reached out and stayed her hand.

'Oh, dear,' Margaret sighed. 'It's amazing to think that one's whole life can be shattered by overhearing a conversation between two people – people who are not what they seemed. I would never have guessed in a hundred years that my husband would have got himself mixed up in a plot that could have led to murder. How could he have been talked into it by a cheating, lying person like Theadora de Kerr?'

'Perhaps a need for change, or adventure? You were saying earlier that you would like to go and live abroad, possibly without your husband.'

Margaret toyed with the sugar spoon. 'Yes, I did, didn't I? I'm not even sure whether I meant it or not. I only know I shudder now when I think of him.' She looked up. 'How could he behave in such a way? He isn't at all like the man I met and married. He was so quiet and pleasant then; when he did talk it was about gardens, flowers and plants. There was something so gentle about him. Later he could sit for hours without saying a word. I didn't mind at first, then it began to irk me, but even then I just accepted it – that was the way he was. But he wasn't, was he? There was all this evil in him. Could he have fallen in love with Mrs de Kerr? Perhaps her very aggression appealed to him. Perhaps I was too placid. He was probably bored by me.'

She went on compulsively talking, recalling her adolescence, when she was full of hope for the future, dreaming that a handsome young man would fall in love with her and she with him. Then she spoke of her dreams fading when she was nearing thirty and no man had spoken for her. Tom had come into her life then and she was charmed by his personality and believed that this was the man who would claim her love. 'He was no prince,' she said dreamily, 'but I was happy when we were first married. Later, however . . . Well, Tom was not a sensual man. He seldom made love to me. My sister-in-law, a fun-loving girl, told me once she had the urge to be made love to by a tough labourer. I told her I thought that terrible and she laughed and called me a prude.'

Margaret sat back and there was a sadness in her eyes. 'Am I a prude?' She was silent for quite a while then she looked at Jenny. 'Thank you for listening to me. I've purged myself of all the hurts, all the pains I've suffered, so perhaps I can now lead a normal life. But before I make any plans I'm determined to find the answer to this bigamy business.'

It was as though the question had been floating around because it was answered twenty minutes later when Dominic arrived, slightly breathless. He announced that he had just heard from Cook that his stepmother's original Christian name was *not* Theadora.

Margaret and Jenny exchanged quick glances then Dominic went on, 'As a baby she was christened Tabitha, but my father hated the name, apparently, and before they were married he made her change it by deed poll to Theadora.' He paused. 'So if there *is* a Tabitha Taylor in the records at Somerset House, there could be a case of bigamy for the police to proceed with. I shall set things in motion at once.'

CHAPTER TWENTY-SEVEN

The next day became something of a nightmare to Jenny. Before Dominic had left her the previous night, he had made her promise to stay inside the nursery until he contacted her again. Now things were going to be stirred up again, there could be trouble from the Army Captain, Edward Courtney, he warned. She had taken it that he meant that Averil could be in danger from the man – but why? She was no longer a threat to Courtney. He had no idea that they had found out that Mrs de Kerr's first name used to be Tabitha.

Jenny had expected Dominic to call and let her know what had transpired, but by early afternoon neither he nor anyone else had called. She had only half-expected Margaret, knowing the state her friend's mind must be in. She had, however, thought that Penelope at least would call, wanting to know what was going on. On the other hand, Dominic might not have mentioned the latest developments to anyone else which, as Jenny thought it over, seemed sensible, when they did not know exactly who was involved. No one, for instance, would ever have imagined that the quiet Mr Watson could be caught up in such a dreadful conspiracy.

Averil came to Jenny, took her by the hand, pulled her first to the window, pointed at the flowerbeds then drew her towards the door. It had been difficult keeping the poor child entertained, but now Jenny made up her mind. She said, '*You* say to me . . . *go out* . . . and I shall take you to the lodge.'

The sweet little face changed expression several times as Averil tried desperately to get the words out, then changed to sadness as she failed. Jenny picked her up and held her close. 'Another time, my darling.' Then she added, 'Come along, get your hat and coat and we'll go to the lodge.'

While Averil was struggling to get her coat on, something she loved to achieve on her own, Jenny wrapped the iron poker in a piece of paper and tied it with string, thinking grimly that if anyone attempted any kidnapping with her around, they would meet with strong opposition.

From leaving the nursery, Jenny would walk so far, then go backwards a few steps and after a time, Averil began to chuckle, seeing it as a game. They arrived at the lodge, to find Margaret on the porch waiting for them. She picked Averil up and cuddled her. 'How lovely to see you both. I've been watching out for you all morning. I couldn't come to you because I'm expecting Miriam. Have you heard anything from Mr Dominic?'

They went inside and Jenny explained why she had not come earlier, then, showing her the weapon, she added, 'Someone would have had a very sore head if there had been any nasty business.' They began to giggle like children and ended up tearful.

Margaret drew her fingertips across her eyes and gave a sniff. 'There. Now we'll have a nice cup of cocoa.'

Averil played with the two remaining kittens, which Margaret had decided to keep, and Jenny asked her how she had coped with her husband. Margaret told her she had been asleep when he came in last night and that when she got up this morning, he had already gone. She concluded with the hope that Mr Dominic would bring some satisfactory news soon. They were in the middle of discussing the problem when Margaret's sister Miriam arrived and made a great fuss of Averil. On impulse Jenny asked Margaret if she and her sister would keep an eye on the child while she went for a quick visit to Frazer Durant. She had not seen him for some time and he would be wondering where she was.

To this Margaret replied dryly, 'He knows where you are.'

'Yes, I know, but he does have urgent orders to fulfil.'

'So do you.'

'But not in the same class. I won't be long.'

As Jenny hurried to Bank House she reflected how someone like Margaret would have no idea how much work and time was involved in the size of orders that Frazer was tackling. Others would be able to help, but the spadework had to be done by him alone, because of the expert touch. She went in the back way to Bank House as usual, but no one came in answer to her knock. Had he perhaps given the servants time off? He sometimes did so without warning. Jenny tried the handle of the door and found it was unlocked. She pushed the door open and peeped in. The room was empty but a fire blazed brightly in the grate. Perhaps Frazer was in the workroom. She went along the passage, heard voices and stopped outside the partly-open door.

A man, whose voice she recognised as belonging to a colleague of Frazer's was saying, 'I know your business is launched, old man, but there's a long way to go from that to sailing the high seas and reaching the opposite shore without any trouble. The Delaware money would come in handy to keep your sails billowing.'

'I know, Reggie, but although I'm very fond of Felicity it's Jenny Carter I'm in love with and want to marry.'

Jenny's heart had begun a slow beating. Although she knew she ought to leave she felt as though her feet were glued to the floor.

'Frazer, for heaven's sake be sensible. Marriage is for a lifetime. Romance flies out of the window eventually, it's only natural. I was crazy about Maudie when I married her. Now we're poles apart. She has her cronies, and I have my business. I've struggled to get where I am today, working all hours God sends and I've got a dicey heart because of it. I didn't have your opportunity, but I certainly wish I had.'

Jenny's feet unlocked and she fled, not wishing to hear any more. She reached the canal bank and stopped there to catch her breath. As her heart steadied she thought how casual she had been about Frazer's love, taking it for granted that she could marry him if she wanted. She did love him, but at the same time she was unquestionably drawn to Dominic de Kerr, who seemed to be a much more passionate man. Would she, however, want to marry him? At that moment she thought no. He was too much of a mystery man, while with Frazer she would always feel safe – or at least she *would* have done so, had the question of Felicity Delaware not cropped up.

It suddenly occurred to Jenny that she was in the wrong train of thought. She was considering what was best for her when she should be thinking what was best for Frazer. True love meant unselfishness, putting the loved one first. It meant sacrifice. She ought to step down. If his business should fail at any time, there would be no money to prop it up. Unless, of course, he married Felicity . . .

Jenny walked on slowly. Was her life always to be shrouded by uncertainty, unhappiness? No, she was creating the unhappiness. She had the chance of building up a business. She would concentrate on that, forget about love and marriage.

When she got back to the lodge Margaret said, 'You haven't been long. Did you see Mr Durant?'

'Just briefly. He was with a customer. Has Dominic been?'

'He looked in to say he would be back in half an hour. You know what he's like, vague, never gives any definite news. If he does marry I doubt whether his wife will ever know where he is, or with whom. He could have several mistresses and he would bamboozle her into thinking he didn't know even one.'

Miriam protested. 'Oh come on, Margaret, you're being too hard on the man. I think Mr de Kerr is most efficient. He found out exactly where his stepmother and her mother had Averil hidden and –'

'And the next thing was that Averil was kidnapped,' Margaret retorted. 'I wouldn't trust him as far as I could throw him and that's not very far!'

'You say that because you are in love with him, and he doesn't love you,' Miriam said quietly.

Colour rushed to Margaret's face. 'That's a dreadful thing to say. It's not true!'

Jenny looked appalled from one to the other, then said to Miriam, 'I really don't think this should have been said when your sister is going through such a dreadful time.'

Margaret lowered her head. 'I haven't told her yet.'

'Told me what?' asked Miriam, looking bewildered. With the story told she got up and put her arms around her sister. 'Oh Meg, why didn't you tell me? I'm so sorry. Now I know why you needed someone to love you.'

'I didn't! I didn't,' she protested then whispered, 'Yes, I did.'

Jenny, who had never come across such a situation before, felt very upset. Margaret had often said disparaging things to her about Dominic. Had she done so to make her think ill of him? Jenny longed to leave but stayed because she wanted to see if, when he came, he knew of further developments.

It was not long after this that he arrived, saying at once however that there was nothing to report. The police were still investigating and waiting for news from London.

Miriam, who had made tea, began to pour it. Jenny stood up, saying she wouldn't stay but would get Averil back to the house. Dominic, who was stretched out in an armchair in front of the fire, one long leg crossed over the other said lazily, 'Wait and I'll walk with you. You're not supposed to be out on your own, anyway.'

'There's no need for you to come with us,' she snapped, and picked up Averil's hat and coat. 'There can't be any danger – not unless one of us has informed Edward Courtney that we all know your stepmother was christened Tabitha, not Theadora.'

Dominic was on his feet. 'Jenny, what's the matter? Even if one of us did impart this information, which I very much doubt, it's not important. It is important to know, however, that this man has a streak of madness in him. He's vicious. He wants to kill but gets other people to do his dirty work for him. Now that his orders have been defied he may attempt to do the deed himself. He won't stop to think that the person concerned is unable to do him any harm.' He cast a quick glance at Averil, who was in a day-dream.

Angry that she had made herself look foolish, Jenny was trying to think up a suitable reply when he continued, 'Incidentally, the police think that Averil should be taken to a safe house.'

'Like Mary was?' she retorted. 'Oh no, you're not taking her anywhere until *I've* seen the police.'

'Jenny, this is for the child's safety. I know a doctor and his wife who would be willing to care for her. They have three young children, two boys and a girl of Averil's age. It might help her to talk, as well. It makes sense.'

Jenny hastily put Averil's hat and coat on the child. 'No. She is not leaving me until I've spoken to the police.'

Margaret intervened. 'You might think I should have no say in it seeing my husband's involvement with the affair, but I can understand Jenny's need for caution. I've known Averil since she was born and I love her too.'

Dominic flung up his hands. 'All right, put her at risk if you must but don't blame me if anything goes wrong.' He turned to Jenny. 'Go along, then. Take her home. I'll enjoy a cup of tea.'

'I'll go in a minute. First I want to ask one more thing. I know you said you would tell your brothers and sisters about finding out about your stepmother's name, but why has neither of your sisters been to see me? They were helping me to make dolls and were very keen, especially Penelope.'

'I have no idea. If it will please you I'll have a word with them, ask them to come and see you.'

'Thank you.'

'Now then, can you trust me to walk to the house with you? I really do feel it would be sensible.'

Jenny gave in with not too good a grace, and Margaret told her that she and Miriam would come over and see her later. Dusk had fallen, and once they were outside Jenny was glad of company. Dominic carried Averil and talked to her until they reached the nursery door, then he said to Jenny, 'I'll go and see the girls and I'm sure that one or both will come right away. I'll keep in touch.' He kissed Averil and left. He sounded so weary Jenny felt sorry she had spoken so nastily to him. All the enquiries and running about had been left to him.

She had taken off Averil's hat and coat and was stirring the fire when there was a knock at the door. Penelope? She hurried to open it then stood dismayed as she met the gaze of a tall, well-dressed man. She guessed who he was even before he had introduced himself as Captain Edward Courtney. His manner was polite, his voice soft as he asked if he could come in and have a word with her.

Jenny, who felt as though ice was running through her veins, gripped the poker she still held and forced herself to try and speak calmly. 'I'm sorry, sir, it isn't convenient. I'm expecting Mr Dominic de Kerr and his brothers at any minute.'

'This will only take a moment, Miss Carter.' There was menace now in his voice. She made to close the door but he put his foot against it. 'Don't fight me, you haven't a chance.' He took a step forward.

Her blood unfroze and her heart began to pound. She stepped back and raised the poker swiftly. 'Don't you move or you'll feel the weight of this!' He just laughed and made to grab it, but she was too quick for him. She hit on the shoulder as hard as she could. He gave a shout of pain and holding his shoulder, dropped to his knees. 'Get out!' she yelled.

He grabbed her by the ankle and she hit him again, this time on his back. 'You bitch!' He caught hold of the hem of her skirt and she struck his hand, which had him moaning in pain.

The next moment she was aware of people running then all seemed pandemonium. Although Jenny did not black out she found herself swimming in mist. When it cleared she saw that two constables were dragging the vicious captain to his feet and Margaret was urging her to come and sit down. Jenny could hear crying and she whispered, 'Averil?'

'She's all right, Miriam is with her.'

Jenny was wishing she too could cry to ease the awful constriction in her throat, but she couldn't. She was suddenly surrounded by people and realised it was Dominic's brothers and sisters, all greatly concerned to know if she was all right. The next moment Dominic himself was there and giving orders. 'Leave her alone, let her rest, she's had a shock. Come along now, out.'

Margaret held out a cup. 'Drink this, it will help.' It was tea, laced with brandy.

After she had taken a sip, Jenny said, 'Edward Courtney?'

'He's been taken care of. He'll be charged, and Mrs de Kerr and her mother have been taken away for questioning.'

Something suddenly struck Jenny and she glared at Dominic. 'Where were you when all the trouble was going on?'

'Looking for Penelope. You particularly wanted to see her, didn't you? She wasn't in her rooms. I found her eventually having an almighty row with Theadora and her mother. I had a job to get them apart. It was a right furore.'

'I could have been killed,' Jenny accused him.

'I knew there were men posted around on the lookout for the charming captain.'

'If I hadn't had the poker and he had been armed with a knife, I could have been dead by the time the constables reached us.'

'But he didn't have a knife and you did have the poker, so what's the use of worrying about what might have happened?'

Jenny turned away from him. 'You are just too unconcerned for my liking. I think you are mixed up in this.'

Dominic threw up his hands. 'Oh, for heaven's sake be rational. Were you, or were you not, anxious to see Penelope?'

'Yes, but . . .'

'There are no buts about it. I did as you asked now you accuse me of treachery.'

Margaret intervened, reminding Dominic gently that neither of them were in a fit state to argue. He nipped the bridge of his nose between thumb and forefinger then looked up. 'How right you are, Mrs Watson.' He turned to Jenny. 'I'm sorry, it's been a trying two days. I'll go and give you a chance to recover. I'll call in in the morning and see how you are.'

All three watched him leave, a slight droop to his usual square shoulders. Margaret said, 'It's not the nicest thing to have to do, inform the police that your stepmother is a bigamist and an accessory to fraud. Yet being the eldest, he had to do it.'

'I know, but I still can't help thinking he's involved in some way.'

'Yet it was his words earlier that made Miriam and me come in case you were in any danger. He looked to me as if he were at the end of his tether. But there, you rest, there's time for talking later.'

Margaret and Miriam stayed with her all evening, discussing many things, including the gossip that would ensue if Mrs de Kerr were charged. The public gallery would certainly be overflowing if she did come to court. Margaret maintained that a good lawyer would have Theadora freed, on a plea that she had thought her first husband was dead.

This set off a discussion on the problem of Averil and what plans would be made for her welfare. Jenny was dismayed to learn that Dominic had already discussed this two weeks before with Margaret.

She found herself trembling as she asked, 'Would I then be cast aside after all I've done for the child?'

'It would be for her own good,' Margaret said wisely. 'She needs a proper family life. If she's with other children all the time she may start to talk and keep on talking. Hasn't this been your aim?'

Jenny had to admit it had, but she still felt deeply hurt that Dominic had gone over her head.

He came after breakfast the next morning, asked Jenny how she was feeling and before she had a chance to reply swept Averil up, holding her above his head. 'And how is my best girl this morning?' She chuckled and he shook her, smiling. 'I can see that you are all right.' When he put her down she brought the kitten to him, then as he held it up she went for the doll. He obliged by holding it up in the air too then he turned to Jenny, laughing, 'It's a good job the menagerie ends there or I would be here all day.'

'And that would never do, would it?' she answered dryly.

'Oh, we are in a bad mood again, are we?' His tone was teasing, but his expression was serious.

'I think I have a right to be. You discussed with Margaret the possibility of handing Averil over to a doctor and his family to be brought up without even mentioning it to me.'

'I didn't want to mention it to you until I had discussed it with someone, and Margaret was my first choice. She's been the only one in this house I could talk to until you came. She's a sensible person.'

'And in love with you.' The moment Jenny had said it she could have bitten her tongue out. Dominic eyed her coldly.

'That is a childish and unkind remark I would not have expected to come from you. I thought you were sensible, too, but it seems I was mistaken. If you will excuse me.'

She wanted to say, 'Don't go,' but the words refused to come. Later, her feeling of humiliation turned to anger. Why should Dominic de Kerr put her in the wrong? He hadn't even waited to see how she was feeling after the awful incident of the night before.

She wanted to get away from the house altogether but felt unable to face Margaret after what she had just said. Perhaps later she would be able to confess her jealousy. Jenny suddenly tensed. Had she really been jealous of Margaret? Yes. Underneath the hurt of Dominic discussing Averil with her, she had hated the idea that he might be drawn to her friend. He had been right to call her childish: how could she be jealous of the older woman, who had never had any real love from her husband and who had tried to brighten her drab life by day-dreaming and fantasising a little about a kind and handsome young man.

Jenny was wondering whether she ought to go to the lodge when Penelope arrived, full of the happenings of the day before. 'I just had to come and see how you were, Jenny. Dominic was saying how splendidly you had behaved. He said that you actually attacked that dreadful man with a poker. What courage! I would have fainted. I heard the kitchen staff too, praising you to high heaven. You are quite a heroine. Thank goodness we do at last know the truth about the will.' She went on talking about what a difference the money would make to their lives, but Jenny found herself thinking about Dominic praising her – a crumb of comfort in her misery.

'So what do you think, Jenny?' Penelope concluded. 'As I say, it'll be ages before probate can be granted. We could really start up our own business.'

'Business?' Jenny repeated, her mind still on Dominic.

'The dolls – we did talk about it! And you may be out of a job if Averil goes to live with this doctor and his family whom Dominic knows . . .'

The peace that had been creeping into Jenny's mind about Dominic, turned immediately into a seething cauldron. He had even discussed Averil's future with his sisters! Not so very long ago, he had had no time for them at all. Penelope was waiting, her expression eager and Jenny made an effort to achieve a degree of calmness.

'I did intend to start a business eventually, but I'll need time to find somewhere. I don't even know whether I shall stay on in Leicester, and you and Arabella will want to be here to look after your brothers.'

Penelope waved a hand, dismissing this. 'Oh, that is all changed. They too want to get away from this house with all its unhappy associations. Arabella and I want to go to London. We'd like to rent a house, set up a workroom, work on the dolls during the day and have a social life in the evenings.' She was full of excitement and Jenny did not have the heart to disillusion her and explain that single women living on their own could not swing into a whirl of gaiety without having good connections. Nor would ladies making dolls be accepted into the homes of the gentry. Jenny promised they would talk about this later. Before Penelope left, she said that when everything had settled down she and Arabella would get back to making the dolls, but that at the moment, everything was at sixes and sevens.

Too right, Jenny thought grimly. She would have to get down to work again herself and soon – she had orders to fulfil. Needing something to spur her on, she decided to see if Margaret would look after Averil again so that she could call on Frazer once more, properly this time. She agreed at once and passed no remark.

Jenny was at the entrance to the yard of Bank House when she saw Frazer coming out of the back door with Felicity Delaware, his arm around her shoulders. They stopped outside and turned to one another, Felicity looking up at him, her expression grave. He looked solemn, too, and perhaps because Jenny had been involved in so many unhappy incidents recently, she stood watching them in a detached way as though they were strangers. She was thinking how much prettier Felicity looked when she was not being coy, when there was suddenly a lull of sound as though the world had come to a stop. In the clear crisp air she heard Frazer say, 'It's too early to plan anything yet, Felicity. I need time. I'll let you know.'

The next moment there was a cacophony of sounds, including the clatter of hooves. A cobbled road ran by the side of the yard and above the low hedge Jenny could see the top half of the dark green carriage belonging to Mr Delaware.

Felicity started running. She opened the gate at the side of the house and waved at Frazer before getting into the carriage. Jenny turned and walked away, and still feeling detached from the scene, wondered idly if Frazer had kissed Felicity before she left. When she came to the wooden seat outside the spinney, which she had come to regard as the 'trouble' seat, because so many unhappy incidents had been related on it, she sat down and found herself thinking, for no reason, how different Frazer and Dominic's temperaments were, yet how similar their young lives had been. Both had been sent to relatives to be brought up, were deprived of the closeness of family. Frazer was tender and gentle, and when he had asked her to marry him there had been true love in his voice. Dominic was hot-blooded, passionate – but when he proposed, he could have been asking her if she would like a cup of tea. So different, yet both had succeeded in business . . . only Frazer could perhaps get to the top if he had some capital behind him.

Jenny got up and walked on, her mind made up. She would try and start a business, get right away from Leicester. As she thought of leaving Averil she felt a grief, but knowing there was nothing she could do to change the situation, she flicked away her tears. This very afternoon she would arrange to go and see her Aunt Bess. She had been sorely neglecting her.

To Jenny's surprise Bess herself was waiting at the lodge for her. 'Jenny, my love, at last! I was worried about you. I would have come sooner, but I don't like intruding in your working life. Mrs Watson was telling me there's been some sort of upset, but that you would tell me all about it.'

Margaret said, 'Why not take your aunt up to the house, love, and then you can have a good old natter without interruptions. Miriam's taken Averil to a farm to see the animals. We'll bring her to you later on, never fear.'

Jenny accepted gratefully, knowing that Averil would have come in for most of her aunt's attention, and she wanted it for herself, to discuss her various problems.

On the way to the house, Bess was full of how lovely a person Margaret was and how she had always thought she was mismatched to the sullen lodge-keeper. Jenny asked after Kitty and her husband, and Bess was enthusiastic about how well they were getting on. 'We had a letter yesterday with such splendid news. Charles is actually showing an enormous improvement in his health: he may even fully recover, it seems. And Kitty is so happy. She's enjoying carrying the baby and can't wait for it to be born. A nurse at the hospital there wrote a letter to us independently and said that Kitty's devotion to Charles is beautiful to see. Isn't it lovely, Jenny? I can hardly believe it.' Bess dabbed at her eyes. 'Now then, tell me about you.'

Trying to decide how much to tell her aunt and how much to leave out, Jenny said, 'When we get upstairs.' Then, over a cup of cocoa, she told Bess about the possible bigamy and forged will, pointing out that as these were considered to be such serious crimes, Mrs de Kerr might be sent to prison. If such a thing did happen, Averil would go to live with foster-parents.

Bess immediately seized on this. 'And you'll be able to come back and live with us. The sooner the better, I say. What a dreadful place this is – bigamists and forgers, I don't know. Wait until your Uncle Sam hears about this. I knew you were destined to live here, but I didn't know for how long. It'll be lovely to have you back home, Jenny. When do you think it will be?'

'I don't yet know what the plans are for Averil, but when I do leave . . .' Jenny paused then plunged in, 'I had actually thought of going to London and opening a business for making rag dolls. You've seen them already. I do have quite a number of orders.'

Her aunt dismissed this plan. 'You don't have to do that, love. You can work at home. I'll help you. It is a splendid idea, Jenny.'

'Well, I–'

'You wouldn't want to leave Frazer anyway, now would you? You'll soon forget this awful bigamy and forged will business. Who found out about it? I expect it would be Mr de Kerr, yes? I think you said that he came home specially, feeling that everything was not above board. How do you get on with him? Mrs Watson told me he was a very likeable young man, but sometimes a little aloof. She talked a lot about him.'

Jenny knew that her aunt enjoyed talking, but tonight it seemed as though she were wound up like a toy. She had probably been alone a lot and missed Kitty in the evenings. Sam was a great reader, and Bess needed to gossip. Jenny decided to tell her the part of the story about overhearing Mr Watson and Mrs de Kerr quarrelling, but she would not mention the attack on herself by Edward Courtney.

Strangely enough, Bess calmed down soon after that. Mrs de Kerr and the captain belonged to another world, probably Dominic de Kerr did, too. However she had met Margaret Watson and her husband before, and they were part of a life she herself mixed in and so she understood it more. She grieved for Mrs Watson who was a very genuine person and didn't deserve to have such an awful man for a husband. How lucky she was, to have a caring partner like Sam.

'Do you know, Jenny,' she said quietly, 'we don't appreciate what we have until it's taken away from us. Sometimes I get a little bit mad with Sam when he buries his head in a book, but far better that than getting mixed up with crime.'

This made Jenny wonder whether she should be content to settle down with her aunt and uncle and make dolls. She did feel a little calmer now in her mind.

Two days later, however, she had cause to think again when Dominic arrived just after breakfast to bring her the latest news. His stepmother and her mother, who had been released pending further enquiries, had vanished.

'Vanished?' Jenny echoed.

'All their clothes are gone. It's thought they left late last night. The police believe they've gone abroad, judging by torn-up pieces of paper containing sailing times from London docks. The one redeeming feature of all this is that my stepmother left a note confessing to the bigamy, and also to agreeing to the forgery of the will. I should imagine it's the one good thing she's done in her whole life.'

Jenny said, 'The person I feel sorry for is Averil, having been burdened with that dreadful slur on her name.'

Dominic squared his shoulders and said coldly, 'I happen to have the same name, but I shall never allow her to think in that way.'

Jenny felt swift colour rise to her cheeks at her use of the word slur. It had been a slip of the tongue. Dominic walked to the door and turned. 'If I can find a gentlewoman who will marry me, despite my *dreadful* name, I shall adopt Averil.'

He left without a goodbye and Jenny wondered if he would expect her to leave at once. Then she thought – No, to the devil with him! She was not going to run away because he was all huffed. Marry a gentlewoman indeed! What did he consider her to be, then? A peasant? Well, peasant or no she would talk to her dear Averil before she left.

CHAPTER TWENTY-EIGHT

The next day Jenny did not see Dominic or hear anything of his movements and, thinking he might be making arrangements for Averil to go to her foster-parents, she talked gently to the child of the possibilities of them being parted. She explained about the children she would have to play with, and told her she could take Spot and Dolly with her. Jenny presumed this, Dominic having described the doctor and his wife as warm, loving parents.

Averil listened, seemed absorbed, and eventually brought a book to her that Jenny had made up of drawings of children playing with a ball, with a dog and making sandcastles.

Relieved that she had apparently accepted the coming parting so readily, Jenny drew more pictures in which she introduced the kitten and the doll. Averil sat on the little stool by the fire and turned the pages again and again.

When they went to visit Margaret the books went with them, Averil clutching them to her with one hand and clinging tightly to Jenny's hand with the other. Being close to her became the pattern for the rest of the day. She would stand beside her if she were talking to Margaret or climb onto Jenny's knee when they sat down and then cuddle in to her. When Miriam called and wanted to take her to see the piglets, Jenny had to assure Averil that she would be staying right where she was until she came back. Even then, the child kept glancing back before they left.

Margaret shook her head. 'It's going to be very difficult to leave her when the time comes.'

'I know.' Jenny felt choked already. 'I can only hope that we have a few days together so I can get her used to the idea.'

'It could still be hard, but children usually adapt to new surroundings very quickly, and being able to play with other children will be a novelty.' Jenny agreed but felt desolate. Margaret then talked to her in her forthright way. 'You did say a while ago that you would like to start a business: you would have had to part from Averil then, Jenny. The only difference now is that the decision has been made for you. I met Penelope the other day and she was telling me that you and Arabella and herself were going to London to rent a house and go into business.'

Jenny was aware of an underlying hurt in her friend's voice and remembered how hurt she herself had been when Dominic had talked to Margaret about foster-parents for Averil before mentioning it to her.

She protested that nothing at all had been settled. Penelope had simply got hopelessly carried away when she learned that they might be getting money from the will. Jenny concluded, 'She has no real idea what it would cost to run a place in London, nor of the hard work it would entail making dolls full-time. She and Arabella have only made a few at their leisure, remember.'

'But you are planning to leave Leicester?'

Jenny looked up. 'I'm afraid I shall have to, Margaret. My nice little world seems to be crumbling.' Her voice broke and Margaret was immediately all sympathy.

'What's wrong, Jenny? Tell me.'

The story was told of Frazer's meeting with Felicity Delaware, and of Dominic's hostile attitude when he spoke of marrying a 'gentlewoman' and adopting Averil. Then Jenny dissolved into tears.

Margaret soothed her. Poor Jenny, she had had a dreadful time, one way and another. She then pointed out that the incident between Frazer and Felicity could have been quite innocent, and that Dominic was wound up and irritable with all that he had to do.

Jenny dried her eyes. 'You could be right, but I do want to get away. I'd like to start a business, only it will have to be in a small way to start with. I want to be in London because the only contact I have is Mr Whately. Up to now I've worked for him through Frazer, but it's necessary to me that I run my own business.' Margaret was silent for a while and Jenny said, 'Well?'

'Well . . . I've been thinking. I too have to get away from here, and soon. I would like to go to London as well. Many of my relatives live there. I could ask them to look for a small house or flat for us – that is, if you were willing. I could work with you, Jenny, and what is more, I have some savings behind me, and if you wished, I could advance you some to get us started.'

Jenny stared at her. 'I can't believe it! The offer is heaven sent. Oh Margaret, there's no one I would like to work with, more than you. We just seem to strike a chord.' Jenny got up and gave her friend a hug. 'We're in business!'

After that they got down to serious talk. When Jenny said they would need outworkers Margaret told her there were plenty of needlewomen in her own family and among their friends who would be glad to do that. The problem would be in finding people who could copy faces from photographs. Jenny dismissed this in a light-hearted way. Surely they would come across one or two out of the whole population of London!

Things happened very quickly after that, not always pleasantly. When Margaret told her husband she was leaving, Tom Watson said that she could clear out right away, he was sick of her ladylike ways. He wanted a real woman. Margaret responded, 'Oh yes? Like Mrs de Kerr?' – and proceeded to relate the conversation she had overheard. She then added that she would leave him when she was good and ready, and that if he raised any objections she would tell the police what she knew. That quietened him, she told Jenny, but she was afraid of what he might do. In the meantime she was going to stay with her sister.

Jenny also had an upset with her Aunt Bess, who begged her to stay; with Kitty gone she had no one but Sam. Jenny felt terrible, acknowledging the many kindnesses she had received from her aunt and her uncle, yet at the same time needing to lead her own life. She tried to explain this to her aunt but it was only when Sam came home that Bess began to see reason. He was stern with her: how could she treat Jenny so! Their niece had been browbeaten by her mother all her life and now Bess was doing exactly the same thing.

At first her aunt protested strongly at this: Jenny's mother had been a grasping sort, out to claim all the money she earned, but she hadn't ever wanted anything from her!

'Yes, you do, Bess,' Sam corrected her gently. 'You are claiming her affection, trading on pity for yourself and that is not kind.'

This was when Bess broke down and begged forgiveness. Jenny put her arms around her. 'There's nothing to forgive, Aunt Bess. I have so much to thank you and Uncle for. I love you both. I'll keep in touch. I'll write to you, come and see you when I can. You and Uncle can perhaps come and see us. I know you like Margaret.'

Although her aunt was not happy when Jenny left, she was more calm and would perhaps, in time, become reconciled to the idea that she and Sam were on their own now.

The following day when Jenny was at the lodge with Averil, she saw Frazer come through the opened gate and make for the lodge. She panicked and picked up her coat. 'I don't want to see him!'

Margaret took the coat away from her. 'Of course you do. You can't leave Leicester without seeing him. I'll bring him in.'

Averil was already on the alert clinging to Jenny's skirt. When Frazer came in she hid behind her. Margaret picked her up and coaxed her into leaving by suggesting a visit to the piglets. Even then she would not go until Jenny promised she would still be there when they returned.

This delay had given Jenny a chance to face Frazer with a degree of calmness. She said, 'Hello. I wasn't expecting to see you.'

'I hadn't seen you for some time. Are you all right?'

'Yes. I called in twice but each time you were engaged. The first time, you were with a colleague who was trying to persuade you to marry Felicity for her money. The second time you were with Felicity herself, looking soulfully into her eyes as you told her that you needed time to think it over – whatever "it" was.'

Slow colour had mounted to Frazer's face when she first started talking, but now it gradually receded. He sat on the edge of the kitchen table and eyed her steadily. 'Why didn't you make yourself known? In the first instance you would have heard me tell Reginald Bates that it was you I wanted to marry, and in the second, if you had queried the conversation between Felicity and me you would have found out that what I needed to think over, was whether I would be able to escort her to a ball! Incidentally, I was *not* looking soulfully into her eyes. Felicity is a sad little lady, constantly being pestered by her parents to find herself a husband. They have me in mind, but she is desperately in love with someone else. She had hoped I would be able to escort her to the ball, so that she might have the opportunity of meeting this privileged young man. I say privileged because she's a very kind and decent person, something you would have discovered, had you bothered to find out.' He stood up. 'And now I think you would be pleased if I left. I'll bid you good day.'

He was at the door when Jenny said, 'Please wait.' She went up to him. 'I'm sorry, Frazer, for my behaviour. I can see now it was rather childish, but life has been so topsy-turvy of late. I'm leaving the de Kerrs.'

He looked alarmed. 'Leaving? Why? I heard there had been some upset with the family, but I've been away for a few days.'

Jenny gave him a very brief version of events then told him that Averil was going to foster-parents. 'So . . .' She spread her hands. 'I've decided to move to London and set up a business making my rag dolls. I'll have better contact with Hamish Whately like that.'

'It sounds splendid, but Jenny . . . I won't see you. I've been at fault, always letting you come and see me, when I should have called on you.' He paused then added softly, 'I haven't stopped loving you.'

'And I'm still fond of you, Frazer, but you have your business to run and I want to start one. I hope we can still keep in touch.'

'Jenny, are you sure this is what you want? I'm just beginning to get myself organised and when I do, I'll have more time to be with you.'

'Let us wait until then, shall we? I promise to write.'

He thrust his fingers through his hair. 'I've been a fool for neglecting you. Why didn't I see it? I've taken you too much for granted. You've always been there in the background. We'll get married. We can work together!'

'No, Frazer. I too want to build up a business. It's necessary to me. I just have to achieve something in life. It's difficult to explain. I may fail, but I have to try. And I'm not going to the other side of the world.' She smiled. 'You might even find time to visit me when next you go to London.'

'You can depend on it,' he said fervently. He drew her to him and kissed her, but when she was aware of a rising passion she drew away in spite of wanting to respond.

He left, reluctantly.

Margaret was back and they were discussing Frazer Durant and how men took women for granted when Dominic arrived. He greeted Averil first as he always did, then turned to Jenny. 'I've arranged to take Averil to her foster-parents this afternoon.' He spoke briskly as though to get it told quickly, then looked in astonishment as Averil flung herself at Jenny crying, 'No, no. I want to stay with Nanny!'

The joy of hearing her speak again was lost in the pathos of the child's plea. Her lips were quivering, her eyes tear-filled. Jenny choked, picked her up and tried to soothe her. She would be all right, she murmured. Remember the children she would be playing with, the animals. But whatever she said, the child was inconsolable.

For the first time ever Jenny saw Dominic lost for words. In the end he said, 'Is there anything you can suggest? She really ought to be with a family.'

'Yes. Let the mother and children meet once or twice on her home ground until she gets used to them.'

'I'll speak to Mrs Greer and see if I can arrange it.'

Mother and children came late one afternoon. Jenny liked them all on sight. Mrs Greer reminded her of her Aunt Bess, a woman who, one could see, loved children but like Bess could be firm if they tended to get out of hand. The seven-year-old twin boys, James and Frederick, had a mischievous twinkle in their eyes while their five-year-old sister, as dark as Averil was fair, immediately took charge of her, saying that she would look after her. Averil did not draw away when Caroline took her by the hand and promised to show her their puppy, which was in the carriage outside.

Mrs Greer turned to Jenny and said kindly, 'I know what a dreadful pull it must be for you parting with

Averil, Miss Carter, and Mr de Kerr has told me how Averil adores you, but I can assure you she will be well looked after and loved.'

'Yes, I'm sure she will be, Mrs Greer. I'm so glad you came with the children and that I could see Averil with them.' There were some joyous yelps from a white and black terrier puppy, which was tied by its lead to a wheel of the carriage, and Jenny and Mrs Greer laughed as Caroline, in her motherly way, said to Averil as she made to stroke it, 'Be careful, she can nip your finger. Pip is just a baby dog yet, you see.'

Jenny said, 'Your little girl is lovely. I'm sure that she and Averil will get along splendidly.'

Until then Dominic had kept tactfully in the background, giving them all time to get acquainted, but now he came up and said he agreed with Jenny, but they would find out Averil's reaction later.

Mrs Greer promised to bring the children again the following day. Averil had not said a word while they were there, but she did say afterwards, 'I like Pip.'

Dominic tried to draw her out further, but she still clung to Jenny. He left shortly afterwards, his manner still stiff towards her.

Mrs Greer brought the children three times, and after they had gone the third time Averil kept watching for them from the window. She had spoken each child's name several times and when Jenny asked her if she liked the children she would nod and then say, 'I like Pip.'

Dominic had looked in briefly after each visit and behaved like a stranger each time. Jenny was pleased to find she could ignore this. When she reported Averil's reaction after the third visit he said, 'That's it, she's ready to leave. I'll make the arrangements. You may stay until you find another position. I'll pay you for the time you do have to stay.'

'There's no need,' Jenny answered coldly. 'I shall move back to my aunt's when Averil leaves – that is, until I go to London. I'm opening up a business there.'

'A business?' he queried sharply. Jenny gave him no chance to probe further. She asked to be excused, she had packing to do. He wore a puzzled frown as he left.

Learning that Averil would be leaving the following afternoon, Jenny talked to her, explaining that although she would be living with the Greer family, she would keep in touch. 'Sometimes I shall come and see you. I know you will be a good girl and do as you're told and remember this, my darling, I shall love you always.' Averil's answer to this was to cuddle in to her.

Jenny had to force herself to be cheerful the next day, especially as Averil followed her everywhere. When the carriage arrived she said, 'Here are your friends, James, Frederick, Caroline and Pip.'

Averil ran to the window and said, smiling, 'Pip!' To Jenny's relief she also smiled at Mrs Greer and the children when they were ready to get back into the carriage and leave, but when Jenny held her to say goodbye, Averil whispered, 'I love you, Nanny,' and the heartbreak on the sweet young face had Jenny fighting back tears.

'I love you too, my darling,' she whispered back, 'but remember you will always be there in my thoughts. Take care of Spot and Dolly.' There was a little solemn nod then Dominic was lifting her into the carriage.

Jenny stood with Dominic waving until the carriage was out of sight, but what she remembered was the beautiful blue eyes brimming with tears. With a sob she turned and hurried away. Dominic came after her and caught her arm. 'Jenny . . . I'm sorry. You must realise it's best for Averil to be with a family.'

It was enough to stem her tears. 'Of course I do, but even a *peasant* can be allowed a few tears when parting with a loved one.'

'What on earth do you mean?'

Her head went up. 'You stressed you would marry a *gentlewoman*, then adopt Averil. I think that answers your question.' She hurried away, and when he came after her this time she screamed, 'Just leave me alone will you, *please*!' and began to run.

By the time she got back to the nursery Arabella and Penelope were waiting for her to say goodbye. They had wanted to say goodbye to Averil also but Dominic wouldn't allow it in case it upset the child.

Jenny had had a long talk with the girls and they finally realised it would not have worked if they had gone to London, but they had asked if they could go on embroidering the faces for the dolls and Jenny had agreed. Penelope was tearful, but all Arabella could talk about was her share of the money from the will. When she got it, she said, she was going to have a holiday abroad. In Italy, possibly. Penelope could come if she wanted, but she was not really worried if she had to hire a chaperone. Penelope then shrugged as though to say it would not worry her if her sister did hire a chaperone. She promised to write. Arabella promised nothing.

When Jenny arrived at her aunt's she said to her, 'Well, that is an end to another era. In the mood I'm in now, I feel it's also an end to my dealings with Frazer Durant and Dominic de Kerr.'

Bess shook her head. 'No, Jenny, this is not the end. I don't know why, but I'm absolutely certain you'll be seeing both of them in the not too distant future.'

During this time Margaret had gone to London to visit her family and do some research, and the day after Averil had gone she called to see Jenny at her aunt's. She was smiling all over her face. 'Thought you might need cheering up. Your luck and mine has changed since we decided to get away from that awful house of hatred. My sister took me immediately to a flat that is for rent above a shop where bedding is stored for a firm at the end of the road. My family are within easy reach. I went straight away to the agent and paid a month's rent down as a deposit.'

Jenny was beaming now. 'Oh, Margaret, that's wonderful.'

'It's Fate,' declared Bess, 'sheer Fate.'

Jenny shook her head. 'No, not Fate. As Uncle Sam said, we all have a choice. You and I, Margaret, made it happen. We could have sat and talked and done nothing.'

'But the fact that you did move is pure Fate. You were guided by the stars and planets.'

Jenny began to disagree and Margaret laughed. 'Why worry? I'm just delighted we can go into business. Both the shop and flat want a jolly good clean, but the family said we are not to worry, they will see to that, and to furnishing the flat. As my eldest sister said, "We shall beg, borrow and steal, but it shall be ship-shape and Bristol fashion by the time you're ready to come in." It was an order that we were not to attempt to come until it was all done. I thought we could be getting on with some work in the meantime. I know a woman who, I think, will put me up. I'm certainly not going back to the lodge.'

'Stay here,' said Bess eagerly, and when Margaret hesitated she added, 'Please.' And so it was all settled and when Sam came in he found all three women chattering fifty to the dozen.

'My goodness,' he said, 'I can see I'm not going to get a word in edgeways,' but Jenny saw the pleasure in his eyes, knowing that his dear Bess had company for a time at least.

Bess went to all the dressmakers she knew in the district begging for scraps of material for the dolls' clothes. Jenny bought cloth for the bodies and silks for embroidering the faces, and Margaret got down to cutting out bodies and faces.

Jenny wrote to Penelope and Arabella, giving them her new London address, and told them that if they had any dolls' faces ready, they could bring them to her aunt's house, if they wished. Penelope came alone, which did not surprise Jenny, and she hit it off straight away with Bess. Each thought the other 'a lovely person'. Jenny, seeing that both could benefit from a friendship, encouraged it, and during the next few days Penelope was a regular caller. She was not a quick worker, but Jenny heard her aunt say that the two of them could work together and Penelope happily agreed.

From her, Jenny learned that Dominic had gone away and would not be back for several weeks. 'He's such an unhappy man,' Penelope said, 'which is a shame because as a boy he was such a bright spark.' She added that she thought the change in him dated from when he had been rejected by their parents.

Jenny felt a momentary ache for him, then thought of how he had been brought up in comfort. She had been hated by her mother and brought up in poverty. It was up to him to overcome his hurts. In spite of this, though, his image persisted and she had a sudden longing to see him. Frazer would often come into her mind, too, during the day, but she would not allow him to stay there for long. She had her future to think of.

Then the day came when Margaret had word to say that the flat was ready to welcome them. Goodbyes were said to Jenny's aunt and uncle and Penelope, with Bess not quite so tearful as she might have been, without Penelope giving her moral support.

The flat that Margaret had found was in Hackney, in the East End. It was not luxurious but it was certainly clean and cosy. The rooms had been papered and painted, there were bright handmade rugs on the brown linoleum, the black-leaded range in the kitchen and steel fender gleamed, and the furniture also had a mirror shine.

The most warming thing, however, was the greeting from Margaret's family, who were there en masse to meet them. They overflowed from the kitchen into the scullery and Jenny was taken to their hearts right away. She was called, me old duck, duckie, gal and Jen, and she loved it. When she thanked them all for the hard work they had put in and all the furnishings, they dismissed this as nothing. She was Maggie's friend, wasn't she, and they had got the furniture for a song.

Food was provided and they ate standing up, with a mug of tea on a plate containing a variety of cakes, which were in constant danger of being knocked off at every movement of the crowd. Margaret's father, a big man with a hearty voice who was in charge of proceedings, made a speech saying they were all to give a big welcome to Maggie's friend Jenny, and to work hard to help make their new business a spanking success. A cheer went up at this. His wife, a tiny woman with an infectious laugh that set everyone else off, said how wonderful it was having their Maggie back in the fold. This brought another cheer and Jenny saw her friend's eyes glistening with tears.

When they had all gone, Margaret said, 'This evening made up for all the empty years I spent with Tom. He never liked my family, wouldn't let me visit them – said they were heathens, and all because they enjoy a sing-song at each other's houses.' She grinned. 'You have that pleasure to come.' The next moment she was serious again. 'Isn't life strange? It must be Fate that we met. If you had never come as nanny to Averil, the evil in the house might have continued unchecked. It was you who began ferreting out the reasons why Averil should be as she was, and you who brought some sanity into the lives of Mr Dominic's brothers and sisters. And now, because of your artistic talent, I am back with my family, where I should have been years ago. But there, that part of my life is behind me. We'll have to plan our day for tomorrow.'

They stayed up talking until late. Quite a few of Margaret's sisters, aunts and cousins were apparently good at sewing and embroidery but only one seemed to have the knack of capturing a likeness to the photographs that Jenny had sent. The family had, however, said they would ask around for suitable people.

It was a week before they found two women and a girl who were able to create a likeness to real children. And at the end of that week, Jenny had a letter from Mr Whately saying how delighted he was to hear from Mr Durant that she had moved to London. He asked if she would be so kind as to call and see him, as there was further business he wished to discuss with her. He gave her times suitable to call.

Jenny, who had read the letter aloud to Margaret, now looked up. 'What further business could he mean? We couldn't take on more than we have already.' Margaret said of course they could, that that was what running their own business was all about! She suggested that Jenny go that very afternoon. Jenny, however, insisted that Margaret come with her. They were partners, after all!

Hamish Whately was delighted that Jenny had a partner. It would help, seeing that work was pouring in. It was not only the regular work, but he was now being approached by people who wanted dolls representing adults. He beamed from one to the other. 'Isn't that splendid? You will soon be famous. Some of these orders are coming from abroad.'

Margaret shared his pleasure, but Jenny stared at him in dismay. 'I couldn't do it, Mr Whately. I would find it hopeless to capture an adult expression. Grown-ups are too complex – they've lived, they have knowledge that children don't have.'

Mr Whately leaned forward. 'The fact that you mention this, Miss Carter, really delights me. You must have a deep insight into human nature, and this is exactly what's required. My clients require dolls representing their wives, cousins, aunts, mothers, grandmothers. I was asked for male dolls, too, but feel that this would be rather too difficult to tackle.'

'Hmm, women will also be too difficult to do,' Jenny said doubtfully. 'I wanted once to carve a head of my mother and I just couldn't do it. I kept seeing the head of a man I knew, so I tried to do a likeness of him instead and failed.'

'Ah,' he wagged a finger. 'That is because those people were too close to you. A stranger would be different. You would be studying a copy of the person and you would see them as nice people, because they would be thinking of nice things while the photograph was being taken.'

Margaret laughed, then Jenny was laughing too. 'You put a good argument, Mr Whately, but I still don't think it will work.'

'That was what you said when I asked you about "young dolls",' he teased, 'and Mr Durant suggested that you have a go at them.'

Jenny sighed. 'All right, I'll try, but I feel I'm doing the wrong thing.'

He took a photograph from a drawer. 'This is my wife and I can assure you she is one of the most uncomplicated people you could hope to meet. Try her as an experiment.'

Jenny studied the photograph for some time then looked up. 'Did you say "uncomplicated", Mr Whately? I would say your wife is a most complex character – and utterly delightful.' She got up. 'And on that note, I feel we ought to go.'

'No, no, this is interesting. Do please stay, Miss Carter.'

'I shall see you again soon. I think you have a gentleman caller.' Before she had finished speaking the office boy knocked to announce a Mr Sedgewick.

Outside, Margaret grinned, 'How could you leave the man in such suspense! He's probably been married for years then suddenly finds he has a different wife from what he imagined.'

'Serves him right, saying she was a most uncomplicated woman.'

'So you were just teasing him, then?'

'Oh, no. Mrs Whately is a very loving woman, but she definitely has a secret – I could see it in her eyes. I would say it's possible she has a lover.'

Margaret stopped. 'You can't mean that!'

'Oh yes, I do.' Jenny smiled. 'I think that after all, I may enjoy capturing the souls of women. Who knows what I might find out?'

CHAPTER TWENTY-NINE

At the end of three months the orders had become so large that Jenny now had seven women doing the embroidery work, and several others making up the dolls' bodies and dressing them. One very interesting little incident had arisen from Mr Whately's commission. He was delighted with the result saying, 'That is exactly my gentle Annabelle, Jenny. You must meet her and see for yourself.'

He wanted to arrange a lunch at an hotel but Jenny, panicking at not having a suitable dress, pleaded pressure of work so Hamish Whately said they could have drinks at the office, instead. He would get up a little celebration and invite a couple of colleagues to make an even number.

To Jenny this was quite an experience. She met Mrs Whately first – a quiet, gently-spoken woman, who was simply dressed. They were in the larger office, which was rather luxuriously furnished. Wine and glasses were laid out on a side table, also titbits. 'The inner sanctum,' Mrs Whately whispered to Jenny. 'Hamish thinks he's giving me a special treat.' There was a lovely mischievous sparkle in her eyes, and Jenny thought; Ah, wait until the men arrive.

She was not disappointed. The two middle-aged men whom they met a few minutes later, were both well-groomed and full of charm. The tallest of the two kissed Mrs Whately's hand and her look told all.

Jenny could not remember spending a more enjoyable morning. She did her share of flirting as well as Annabelle Whately. The strange thing was that Mr Whately seemed not to notice that his wife sparkled. Or was it that he noticed, but did not show it?

When Margaret asked Jenny how she was so sure that Mrs Whately led a double life, she shook her head. 'I have really no idea. I just sensed it. Just as I'm sensing the natures of the women whose images I've been asked to produce in a doll. The ones I've done so far have all been praised – yet not all of them are nice people.'

'Is anyone nice? I'm not. I have a great big grudge against Tom for spoiling my life. I know you will say that I spoiled it for myself by not leaving him sooner, but I suppose it would have meant admitting defeat – a sort of false pride. You like Mrs Whately and applaud her – and yet she's having an affair. I can't uphold that.'

'Margaret, I think when a man talks about his wife as being self-effacing, and yet she so obviously is attractive to other men, he deserves to be cheated. He was really smug and condescending about it as though, poor soul, she was nothing. That is how I feel Dominic de Kerr thinks of me. He spoke of marrying a *gentle-woman*, after asking me to marry him!'

'And it still rankles?'

'Of course it does. Anyway, let's forget him. I must get on with some work. I left you slaving this morning while I enjoyed myself.' Margaret said that she was having pleasure hearing about it.

At one time during the evening Jenny asked herself why she was working all these hours when she could perhaps have found another job that was less demanding, but after the effect of the wine had worn off she was as enthusiastic as ever. They were doing so well, people were full of praise for their product and she had a lovely ready-made family, who kept her lively. Two evenings a week they all gathered in one of the houses where someone would play an accordian and they would join in singing music-hall songs with gusto. Often when Jenny was in bed after one of these evenings and they had been singing sentimental songs, she would long to see Frazer again and now and again to see Dominic, but because she would always feel tearful on these occasions she tried to put them quickly from her mind.

Frazer wrote often to her, but it was always with news of his work: the plans had at last been passed for the extension to the workroom and the men would soon be starting on it . . . he had more and more orders for doll's-houses and had taken on some extra helpers. He never once mentioned Felicity Delaware's name, and always ended with how much he was missing Jenny and hoped they could meet soon. Each letter was signed, *'With much love, yours, Frazer.'*

Jenny had received only one letter from Dominic, and that was to tell her that Averil had settled in well in her new home. She was saying more words now and could put short sentences together. His letter had ended, *'Best wishes for your success'* and it was signed with his full name. Jenny tore it into small pieces and dropped them into the fire.

Letters were sent regularly to Averil and Mrs Greer, who always replied right away, spoke brightly of the child's progress and told Jenny that she was constantly mentioning her name. The little girl treasured the letters she sent her and the drawings that Jenny enclosed, adding that her own children thought them wonderful, too.

Aunt Bess also wrote every week, with dozens of snippets of news – of neighbours, local shopkeepers, of Kitty and her husband and Jenny's other cousins in Australia. She also mentioned Penelope de Kerr, and remarked on what a truly lovely person she had turned out to be. It was so difficult to imagine that she had ever fallen out with her brothers and sisters. Bess had come to the conclusion that she had been under the dominance of her sister, who was quite aloof.

Arabella sent the completed faces to Jenny every so often, but with only a short note enclosed, saying that she hoped they were acceptable. Arabella's work was perfection itself, and Jenny from time to time would write her a newsy letter. Otherwise, she kept to brief notes, as did her correspondent.

Often there would be a few lines from her Uncle Sam added to Bess's letters, and these Jenny would treasure. She read them again and again because they would answer some of her little grumbles or misgivings. Two of them had been: *'Never regret what has gone; smile with the expectation of what you hope to achieve'* and *'Don't burn the midnight oil; it has a habit of burning up the body'.*

As time went on, Frazer came more and more into the forefront of Jenny's mind and Dominic faded, simply because she refused to let him into her thoughts. When she first left Leicester and thought about him, it was always of the time he had carried her to the bed and started to make love to her. Then her body's response would be both an ecstasy and an agony. Eventually, Jenny got rid of this frustrating torment by always thinking of him saying that he would try and find a *gentlewoman* to marry. That always did the trick, and doused her passion. She would think, the nerve of the man! Who did he think he was? Now he had only to cross her mind and she would think, 'Gentlewoman indeed!' and his image would be gone.

It was at the beginning of June, on a lovely sunny day, that Frazer Durant suddenly came back into her life. Margaret was out, when there was a knock on the front door. Jenny put down a box of dolls and ran downstairs, flabbergasted to encounter a smiling Frazer on the doorstep. He with a sheepish grin, 'Don't turn me away. I had to come to London on unexpected business and couldn't leave without seeing you.'

'Well, of all people!' There was a quiver in Jenny's voice. 'I can hardly believe my eyes. Come on in and I'll try to find a space for you to sit down.'

'Like that, is it?' He followed her upstairs and into the kitchen then stopped. 'Good heavens! I was prepared for you to be busy, but I had no idea you were mass producing.'

'But of course! It would not be much of a business otherwise. This happens to be our monthly packing day. Margaret has just gone to find out from one of our workers why her quota of dressed dolls has not arrived.' Jenny cleared a pile of boxes from an armchair. 'Sit down, Frazer, and I'll get you a cool drink.'

She went into the scullery, took a deep breath to help calm her nerves then, getting the bottle of home-made lemonade from the ice-box, she poured two glasses and carried them in. 'There you are. I think you'll find this refreshing.'

Her guest, who had been studying a row of opened boxes with the photograph of an adult pinned to the costume of each doll, looked up at her. 'Jenny, these dolls are fantastic – masterpieces, every one. I had no idea that the finished article was like this: the exquisite clothes, the likeness to the photographs, and that wonderful patrician quality.'

Jenny felt a glow at his praise. She said softly, 'You were the one to teach me perfection, Frazer. I shall always remember the first time I saw your pieces of miniature furniture. One item that has always stayed in my mind was a dresser with numerous tiny drawers, each one having its own key. Four were secret drawers. I could have wept for the beauty, for the skill and patience that must have gone into it.'

Frazer turned back to the dolls. 'And you, too, have sought perfection.' He singled one out and asked if she herself had done that face. She told him yes and he said, 'I feel I know this woman, not because of the photograph, but because you have woven truth with your needle. She is smiling, but there's a sadness behind the smile.'

'You see it, too,' she said, surprised. 'What else can you see?'

'I feel she's a woman hurt by her own coldness.'

'Frazer, I can't believe it! Why can we both see these things?'

'It's probably because we are two of a kind. We're steeped in our work. I can see beauty in a piece of rough wood, or flaws in what appears to be a perfect piece of mahogany, while you can find beauty in a plain face or flaws in a beautiful one behind a photographic image.'

'Oh Frazer, it's so good talking to you! I'm with lovely people, they couldn't be kinder, but I haven't found anyone I can really talk to in a deeper way about my work. Very often I find myself wanting to talk to my Uncle Sam. He understands me.'

'But you didn't feel a need to talk to me?' he asked, half teasing, half serious.

She raised her head and eyed him steadily. 'I think of you often, Frazer, but perhaps I've been afraid of meeting you again.'

'Why? I've missed you terribly.' Frazer paused then said softly, 'You are the only woman I've ever loved, Jenny. I keep hoping that we can be married one day.'

She found it impossible to tell him that this was why she had been avoiding him. She had a great affection for him, but was this enough for marriage? 'I want to build up the business more,' she prevaricated. 'It's important to me. I want my freedom to continue, for a while at least.'

'Once you are established you won't let go, Jenny.'

She looked up at him. 'I shall because I do want to be married and have children, but not yet. I am only seventeen still.'

Margaret arrived at that moment and Jenny was glad of the reprieve. Frazer had another appointment to keep, but he stayed an hour longer and told them that his extension was now well under way and that all was chaos at Bank House at the moment. 'But,' he added, smiling at Jenny, 'there'll be heaps of room for you to work with your dolls, when we marry.'

Aware of Margaret's quick glance, Jenny said, 'By the way, did Felicity Delaware ever manage to get her parents to accept the young man she's in love with?'

'Alas, not yet. They still have their minds set on me as their son-in-law. I am now plotting with Felicity to help her run away with her beau to Gretna Green.'

Margaret said teasingly, 'Take care that you don't find yourself married to that young lady.'

Frazer grinned. 'I might, if her intended changes his mind!'

Jenny wondered if, in spite of his banter, Frazer wasn't just a little in love with Felicity? He always spoke very highly of her. Jenny felt a little twinge at this but would not admit to jealousy; it was simply a conviction that Felicity would not be the right wife for him.

After Frazer had left, the two women had to finish getting the boxes of dolls together, ready to be collected, and as they had to concentrate on the checking it was not until later that they had a chance to discuss Frazer's visit.

Margaret warned Jenny that she could lose him if she kept putting him off, and that she was missing the chance of making a good marriage to a fine man. 'A loving marriage,' she stressed. 'He even agreed to you working together – what more could you wish for? Is it that you still hanker after Dominic de Kerr? If so, you're wasting your time.'

'Why?' Jenny asked quietly. 'Is it because you hope that now you've left your husband, one day Dominic might turn to you, despite the age gap?'

Margaret flared up. 'Of course not! What a dreadful thing to say – so mean.' The next moment she was looking at Jenny in a piteous way. 'Or am I? I just don't know. I think of him all the time, yet I know he wouldn't want me. I'm much older, as you say, and anyway, he's in love with *you*.'

'Of course he isn't. Do you think if he loved me he would have said such an insulting thing, suggesting I came from peasant stock?'

'He's a complex person – I shouldn't imagine he realised what he was saying. I've known all along that he was in love with you, but I didn't want to acknowledge it. That was why I kept criticising him, trying to put you off him. You can read the characters of the people whose photographs you copy, but you haven't been able to read my face.'

'Yes I have, Margaret. I know your faults, but I also know your good points, and they far outweigh the bad. I am not exactly perfect myself. I hated my mother, still do even though she's dead, when I should be able to understand or at least try to make some allowance for her being the way she was. It's possible that I let my love for my father blind me to his faults, and that deep down, I knew it and that is why I'm afraid to love any other man, afraid of getting married.'

'Don't let the years go by and remain a spinster as I did, because you want a prince of men.' Margaret said. 'I suggest you start to do some serious thinking and decide which man it is you really love. I don't mean just giving the matter a casual thought now and again, but delving deep inside yourself to find out what you really want out of life – a husband, or a flourishing business in which you can observe other women's imperfections!'

Jenny raised her head quickly at the harsh words, but saw that Margaret's expression was gentle. She said, 'Thanks for giving me a jolt. It's reminded me how self-centred I've become.'

'No, Jenny, not self-centred, just forgetful. No woman could have been more caring than you were with Averil, nor have given her more love. This talk has done *me* good. I have been thinking of myself as the neglected wife because Tom was dedicated to his job, but I realise now that things might not have gone wrong, had I been more caring. Not that I could go back to him. In fact, I ask only one thing – that you and I can remain friends.'

'Of course,' Jenny said warmly. 'For always.'

Although Jenny had been determined at that moment to 'delve deep' and discover her real needs, she found herself shying away from the process, unwilling to learn what a search might reveal.

Usually when a batch of dolls had been dispatched, she and Margaret would have the rest of the day off, Margaret to go and visit her sisters, Jenny to write letters. Afterwards they would meet up at the parents' house.

This evening, however, when the letters were done, she felt restless and uncommunicative. The June air was heavy, the sky darkening with gathering storm-clouds. She raised the window higher but there was not even a slight breeze. After going into the scullery, Jenny went out on to the landing at the top of the stone steps that led down to the yard, and stood looking at the small shed. In it was the wooden block out of which she had started to carve the image of Dominic de Kerr. She had looked at it a number of times since, but had been unable to see him clearly. Now she wondered if that had been her reluctance to know the inner man. She started to go down the steps, hesitated a moment, then went the rest of the way.

She brought the block up, put it on the kitchen table and, as she was removing the cloth from it, heard the first rumble of thunder . . . She gave a little shiver. Was it an omen? What was she about to disclose?

She sat looking at the indentations she had made for his eyes and ears, and suddenly felt at a loss. Where could she start? She was fooling herself: she was not competent enough. There was a sudden crash of thunder, making her jump. The gods were getting mad at her, she thought wryly. She picked up the knife, then as it began to rain felt a stirring inside her. At first drops as big as pennies lay on the windowsill then the heavens opened and it was deluging down. Jenny closed the window then drew back as lightning forked from sky to earth. Suddenly there was a corresponding wildness inside her. She went back to the table and as heavy brattles of thunder shook the heavens she carved swifly, not stopping to think or plan her next move.

The storm gradually died away, the sky lightened and the room felt cooler but still Jenny worked on, feverishly, not pausing to study what she was doing. At last, suddenly drained, she sat back. The night sky was moving in and she closed her eyes. She must have slept because when she awoke, it was dark. Still feeling weary she got up and lit the gas. With her eyes not yet accustomed to the light she was unable to see her work clearly and had moved to the table when she heard the key turn in the front-door lock. Margaret . . . Not wanting her to see the bust of Dominic before she herself had examined it, Jenny wrapped it in the cloth and put it in the bottom of the cupboard.

Margaret came in, complaining about the storm. 'I'm soaked. What a night! The family missed you but it would have been foolish to have come out. Apart from the rain there was a lot of forked lightning, and it could have been dangerous.' She put a hand to her brow. 'I have an awful headache. I always get one when a storm comes. I don't think I'll bother with a hot drink, love. I'll get straight to bed. See you in the morning.'

Jenny waited until all was quiet then she brought out the carving.

She sat studying it. The work was far from perfect, but to her utter astonishment, Dominic de Kerr had emerged. She had thought him an arrogant man, but now it was the pride of simple self-respect that she saw in him. There was a wistfulness in his eyes, a tenderness in his mouth. Jenny wondered if she was perhaps giving him these qualities out of wishful thinking but no, there was an air of sadness about him and that was not something she would wish on anyone. It seemed to Jenny then that he was reaching out to her, and she thought of all he had endured. He had been alone when searching for the truth about his stepmother, travelling here and there chasing after information, being away for days on end, not knowing whom to trust. She had not trusted him. The only time his brothers had helped was when he asked them to stand guard to protect her and Averil from Theadora's husband Edward Courtney.

Dominic had been in the right when he sought a family who would provide a stable background for Averil, but she had been all uppity because she had felt slighted. Jenny's cheeks burned when she recalled asking if this was to be her reward after all she had done for Averil. It had always been *I – I – I*... No wonder he had told her he would look for a *gentlewoman* to marry, and then adopt Averil. Jenny was the one to presume he thought of her as a peasant, when all he had wanted was what was best for the child.

Jenny sighed. She felt exhausted after this session of 'delving deep'. She got up, was about to cover her work, then left it for Margaret to see the next morning and went to bed.

Margaret got up very early the next morning and brought her a cup of tea in bed. 'You are very clever,' she said quietly. 'You've captured his true image. Will you now admit to yourself, and to Dominic, that you wronged him?'

Jenny answered quickly, 'No, I couldn't. I have my pride, too.'

The older woman looked sad. 'Then you'll never know true love, not until you learn humility.'

'That cuts two ways. Now, to work! Which do we start on today – the dolls for children, or the ones for adults? I'll get both out.'

Although Jenny was aware that Margaret disapproved of her attitude, there was no hint of a rift between them. They worked well together, all through the long hot summer, and then she heard from Frazer that he was going to America on business for two weeks. Other news from Leicester came via her Aunt Bess. Kitty, apparently, was coping well with her pregnancy, now well-advanced. Charles was definitely improving but the couple would probably remain permanently in Switzerland if he was to live a normal life. Kitty didn't mind. All she wanted was to be with her darling Charles. Bess wrote that she was still good friends with Penelope de Kerr and would now feel lost without the young girl's company. She was like a daughter to her. Jenny felt there was a reproof in these words, but tried not to worry about it. Her first responsibility was to the business. It was growing and they had engaged more outworkers. She had money behind her and she was pleased about it.

By the end of the summer, both Jenny and Margaret admitted to feeling jaded and decided to take a long weekend break. Jenny would go and visit her aunt and uncle, and Margaret to see a cousin in Brighton.

For Jenny, her trip to Leicester was like a big homecoming, but although her aunt wept with pleasure when she arrived, her talk now was all of Penelope and what a delightful girl she was. Sam was aware of this. When he and Jenny went for a stroll on the Sunday morning, she said it was like old times but then her voice broke and she burst into tears. He pulled her arm through his comfortingly. 'Now don't upset yourself over Penelope. You know your aunt – she has to have someone to look after. Kitty left, you left, then Penelope came on the scene. She's been good company for Bess.'

Jenny thought, There I go again thinking only of myself. She said aloud, 'I've been a little homesick lately and like a child I want all the attention when I do come home. I'm all right now.' She changed the subject. 'By the way, Uncle, you once gave me all the birth signs to study and told me after I had read them to guess what signs you and Aunt Bess had been born under. Although you're different in many ways, I think you are both Cancerians.'

Sam laughed delightedly. 'Ten marks out of ten! You are quite discerning.'

They talked of birth signs and the influence of the heavens during the rest of their walk, and when they came back laughing Bess said, beaming at Jenny, 'Oh, it's so lovely to see you laughing again. You seemed so down when you arrived that I was really worried about you.'

In spite of being glad to be 'back in the fold', Jenny felt restless and knew it was because Frazer was abroad. She had wanted to talk to him, get to know how she really felt about him. Dominic was also away, not that she would have called on him – it was up to him to approach her. Penelope said that one never knew where he might be, and when Jenny asked lightly if he was thinking of getting married, she looked at her wide-eyed and said, 'The wife that he would want simply doesn't exist.'

Bess scolded her gently. 'Now that shows you don't know your brother, Penelope. I didn't once, but I do now, and he'll surprise you one of these days.'

What her aunt had learned about Dominic she did not divulge, and Jenny would not ask. She knew only one thing, then – that she was ready to go back to her dolls.

On their return to the East End, both Jenny and Margaret said the change had done them good. Henceforth they would have more frequent breaks, when ever they felt jaded.

Autumn arrived without either wanting to go away again, and it was not until October came in, with its fog and dampness and dull days, that Margaret wailed one overcast morning, 'I don't want to go anywhere, I just need something to cheer me up! At the moment there's nothing exciting happening. It's all work, work, work!'

Later that morning a telegram came from Bess saying, *'It's a boy. All are splendid. Letter follows.'*

Margaret and Jenny danced around the kitchen. Five minutes later Margaret's youngest sister arrived and positively glowing said, 'Guess what? Jimmy Watts proposed last night. I couldn't believe it. He's never even hinted that he was interested.' She laughed, and there were tears in her eyes. 'I've loved him since we went to school together and I said yes.'

There was more dancing round the kitchen and Margaret announced, 'There has to be a third surprise now. I wonder what that will be?'

Ten minutes after her sister had gone there was a knock on the front door and she jumped up. 'That's it!' She ran downstairs to open it. Jenny could hear a man's voice and then footsteps coming up the stairs. The kitchen door was pushed open further and Margaret re-entered, pink-faced. 'We have a visitor,' she stated.

Jenny sat staring for a moment, too taken aback to say anything. Then she got up as Dominic de Kerr came forward, hand outstreched. 'Jenny . . .'

She found herself saying, 'What has brought you here?'

'Frazer Durant.'

While Jenny was absorbing this, Margaret had put on her hat and coat and said, 'I'll go out and do some shopping. See you both later.' And quickly left.

Recovering, Jenny asked their visitor to sit down. Then, her voice unsteady, she asked him why he had come on Frazer Durant's behalf.

'I haven't. I have come on my own behalf,' he said steadily. 'I met Frazer by chance. I asked about you and he suggested I came to see you.'

'Oh, did he? May I ask why?'

'Because he knows I am in love with you, and he thought I should mention it to you again.'

'Mention it again?' Jenny didn't know whether to laugh or throw something at him. She said coldly, 'May I remind you that before I left your house you suggested that I was of peasant stock, and told me that you were going to try and find a *gentlewoman* to marry – then you could adopt Averil.'

His voice was equally cold when he replied, 'I mentioned a gentlewoman, simply meaning someone who would be at home to look after the child. It's important.'

'So because you couldn't find such a paragon, you have come back to me in the hope that I will resume my duties as nanny, is that it?'

'Certainly not. I know of six or seven other women who would jump at the role. I just came to tell you that I still love you. If you were to get rid of that nasty little black dog you have sitting on your shoulder, then we might be able to talk in a reasonable way.'

Jenny glared at him. 'You were the one to always have a black dog sitting on your shoulder. You were forever snapping at me, always finding fault.'

'My little dog has gone,' he said quietly. 'I know I was not the nicest person to get along with, but it was all the worry. You accused me of acting like a piece of wood when I proposed to you. I may have done, but then I am quite shy, you know.'

'*You* – shy? Forgive me if I laugh.'

He studied her for a moment then said, 'It's true. I know that at times I appear aggressive, and I've made love to many women, but I had never loved anyone until I met you, and although I wanted to tell you that I loved you, I found it difficult. I loved my mother but when I kept telling her so, my father told me sternly not to be a namby-pamby. Possibly because of this and through my childish habit of playing tricks on people, which I thought was fun, I was sent away. My aunt and uncle, who looked after me, were kind people but undemonstrative, so I became withdrawn where showing affection was concerned.'

Jenny, understanding, ached for him. She had had affection from her father and returned it, but had never had one word of love from her mother, ever. She reached out and touched his hand. 'I'm sorry, Dominic, I didn't know.' She paused. 'But why did Frazer send you to me? He's asked me to marry him several times.'

'But you refused, Jenny. He knew that I was in love with you and said he had come to realise that you loved me.'

Jenny withdrew her hand and was on her high horse again. 'Oh, so you did a bit of bargaining for me.'

'There you go again. I thought for a moment you had got rid of that black dog. I'll tell you how it all happened. We met on a train from Edinburgh. I had caught it by the skin of my teeth, and went into the first compartment I came to, and dropped into a seat trying to regain my breath. The man sitting opposite me very kindly put my luggage up on the rack and when I had recovered, I thanked him and introduced myself. When he gave his name there was immediate interest but, I'm glad to say, no animosity.'

Dominic repeated their conversation and Jenny realised it had been sensible and straightforward. Both men loved her, both wanted what was best for her. Dominic concluded, 'I felt it was Fate that I had met Durant. I had stopped running, you see, sure I would not be able to catch the train but then I made a last-minute sprint and caught it.'

A silence followed and Jenny was aware of a longing in Dominic's eyes. She knew then that she had never stopped loving him, but she had to ask herself if her love was strong enough to make sacrifices. He wanted a wife who was a homemaker, not a businesswoman. She wanted a husband, a home and children, but was she ready for it now? When she remained silent Dominic got up and she saw that his hands were tightly clenched. 'I'll go, Jenny. You've given me my answer. I'm sorry, but love can't be forced. I wish you well.'

She sat as though frozen for seconds then she thought of his loneliness, his hurt at being sent away from the love of his mother, and she suddenly couldn't bear it. How could one compare someone's suffering with inanimate objects? As she jumped up she heard the front door close. She raced down the stairs, flung the door open and seeing Dominic crossing the road, his shoulders hunched, she shouted, 'Dominic, wait, I love you!'

He straightened, swung round and came running. Two girls who were passing, stopped and gawped. One said, 'Cor, I'd swing for 'im, duck.' The other grinned, 'Me too.'

Then Jenny was in his arms – strong arms, that held her tight. She was vaguely aware of the girls pausing nearby. One said, 'Gi' 'er a kiss, mister,' and the other one urged, 'Go on, duck. Gi' us a treat.'

Dominic grinned over his shoulder at them then his mouth covered Jenny's and the ecstasy of their joint emotion brought a weakness to her limbs. Dominic then picked her up, walked in the house, kicked the door shut and carried her upstairs. After laying her on the sofa he knelt down beside her. 'Oh my darling, how am I going to contain myself?' He traced a finger gently round her mouth. 'I've dreamed of this.'

'So have I,' Jenny whispered, her blood running wild. She wound her arms around his neck knowing she was tormenting him as well as herself. She caressed his cheek with her cheek, wanting to feel his skin against hers. This brought a swift response. His mouth sought hers and his hands moved sensuously over her body, touching the most sensitive places that made her moan. Then suddenly he had pulled from her and was getting to his feet.

'We must talk, Jenny.' His voice was ragged. 'Margaret could come back at any minute. Now we know how we feel about one another we must arrange to get married, as soon as possible!'

Jenny, frustrated, sat up. 'You stay away all this time and within minutes of arriving you make love to me, then you break off suddenly and demand that we get married as soon as possible.'

He held out his hands and his eyes were full of pleading. 'Help me, darling. I fell in love with you the day we met. At times I've felt demented, wanting you and thinking it was Frazer Durant you loved. You told me once you were going to arrange a date to get married – that is why I didn't come to see you sooner.'

Jenny felt suddenly ashamed. She had said that out of a childish pique, never thinking he might suffer because of it.

'I'm so sorry, Dominic, I didn't realise.'

He sat down beside her and took her hands in his. 'We'll get a house down here and –' Jenny tried to interrupt but he begged her to let him finish. 'We can set aside a room for your work. Averil shall live with us, she'll be in her element. Margaret can continue to work with you too if she wishes.'

Jenny stared at him. 'You mean you'll let me go on with the business?'

'Until such time as you want children and that, Jenny, shall be your decision.'

It all seemed too good to be true – Jenny felt there just *had* to be snags. When she mentioned this to Dominic he said, 'I want only for us to be happy, but I do beg two things: that we can have a quiet wedding, and that it will take place as soon as can be arranged.'

'Why should we rush?' she asked.

'Because, my darling girl, although I have always prided myself on having an iron control, I now find myself in danger of losing it when I'm with you.'

'I don't mind if you lose it,' she said, her expression demure, her tone teasing.

He pushed his fingers through his thick dark hair with a gesture of despair. 'Jenny, Jenny, what am I going to do with you?'

'Love me,' she whispered.

'No, we shall wait.' He spoke firmly and Jenny was glad.

She said, a quiver in her voice, 'Yes, sir.'

Dominic chuckled. 'That does not fool me, but you will find out, my darling, who is the master when I do make love to you. Tomorrow we shall go and see about making arrangements for the wedding, also about the honeymoon. I thought – Paris?'

Paris . . . who could have imagined it? Jenny's thoughts drifted for a moment and she imagined waking in Dominic's arms to the sounds of the French capital. She looked up at him. He was watching her, his eyes dark with love. She held up her arms. 'Could we perhaps elope to Gretna Green?'

He drew her to her feet and answered softly, 'You must have read my thoughts.'

There was only time for a passionate embrace before they heard the key turning in the front-door lock. When Margaret came in they were standing hand in hand, their eyes shining.

'All right,' she said, smiling. 'What news do you have to tell me?'